suhrkamp taschenbuch 1117

Robert Walser

Sämtliche Werke in Einzelausgaben

Herausgegeben von Jochen Greven

Siebzehnter Band

Robert Walser, 1878 in Biel in der Schweiz geboren, lebte als junger Dichter und Commis in Zürich und anderen Städten seiner Heimat, dann als freier Schriftsteller in Berlin, wiederum in Biel und schließlich in Bern. Er starb 1956, nach Jahrzehnten stiller Zurückgezogenheit als Anstaltspatient.

Mit der Übersiedlung nach Bern Anfang 1921 begann ein neuer Abschnitt nicht nur in der Biographie Walsers, sondern auch in seiner schriftstellerischen Arbeit, markiert durch eine erneute Wendung zur Modernität und zuweilen avantgardistisch anmutende Textkompositionen. In den folgenden 13 Jahren sollte mehr als die Hälfte seines uns heute bekannten Werks entstehen – freilich gelang ihm nur noch die Veröffentlichung eines einzigen schmalen Buches. Die übrigen Arbeiten verstreuten sich über Zeitschriften und Zeitungen im ganzen deutschsprachigen Raum, soweit sie nicht als Manuskripte oder bloße Entwürfe vom Autor zurückgehalten wurden. Dieser bedeutende Teil von Walsers Werk wurde daher erst in der postumen Gesamtausgabe zugänglich, seine Rezeption hat in den 60er, 70er Jahren erst begonnen. Dieser Band versammelt den literarischen Ertrag von Walsers ersten fünf Berner Jahren, wenn man von den Entwürfen und «Die Rose» absieht – eine vielförmige Fülle von Prosastücken und kleinen szenischen Texten sowie das einzig erhaltene Fragment seines Romans «Theodor».

Robert Walser
Wenn Schwache sich für stark halten

Prosa aus der Berner Zeit
1921–1925

Suhrkamp Verlag
Zürich und Frankfurt am Main

Diese nachgelassene Prosa erschien erstmals
1966/67 in den Bänden VII und VIII
der Edition «Das Gesamtwerk»
im Verlag Helmut Kossodo, Genf und Hamburg

suhrkamp taschenbuch 1117
Erste Auflage 1986

Druck: Ebner Ulm · Printed in Germany
Umschlag nach Entwürfen von
Willy Fleckhaus und Rolf Staudt

1 2 3 4 5 6 – 91 90 89 88 87 86

WENN SCHWACHE SICH FÜR STARK HALTEN

NEUESTE NACHRICHT

Ich bin jetzt etwas besser gekleidet wie bisher, trage einen hochnoblen Hut, führe mich demgemäß auf, zahle pünktlich und wohne bei einer Frau mit zwei Töchtern, die mit zwei Doktoren der Philosophie befreundet waren. Beide Herren kamen von beiden Damen mit der Zeit ab, indem sie sich nach andern Beziehungen umsahen. Ach, wie sind Lieblosigkeit und Untreue unhold!

Doch was gibt's Neues? Neulich wurde ein Vortrag über Dostojewski abgehalten, ferner über den Wert der Psychiatrie für die menschliche Gesellschaft gesprochen. Ein Prediger äußerte sich über und gegen das Sektenwesen. Im Theater wurde Maria Stuart gespielt; ich sah bei diesem Anlaß Frau Else Heims wieder.

Im übrigen fühl' ich mich hier in Bern ziemlich wohl. Gewiß bin ich jetzt nicht mehr so unabhängig; ich arbeite tagsüber in einem Büro, das heißt: in einer Art Gewölbe, blättere in allerhand alten Akten, in Briefen, Berichten, Verordnungen, Erlassen, lege Verzeichnisse an und bemühe mich, sachlich zu sein, was ich ganz hübsch finde, obschon ich mich dabei ein wenig anstrengen muß.

Das Schöne ist, daß ich ein gutes Gewissen habe. Hieran fehlte es mir zwar meines Wissens nie. Unangenehmerweise fiel mir kürzlich ein gesunder prachtvoller Zahn aus, was aber zum Glück kein großes Unglück ist. Freilich muß ich nun mit einer Lücke im Mund herumspazieren, aber das tu ich trotzdem gern, nämlich abends, wenn die Feierstunde schlägt, und Samstag nachmittags.

Da geht's jeweilen frisch und jugendlich ins runde duftende Freie, und da kümmert mich nichts mehr, da bin ich wieder der, der ich von jeher war, und bin glücklich und mache allerlei nette kleine Bekanntschaften, gehöre der Welt, wie auch sie mir gehört, und die Welt ist weit, und mein Herz ist's auch, obschon es gar nicht mehr so jung ist.

Was sind Jugend und Alter vor dem erhebenden Gedanken und dem jeden derartigen kleinen Unterschied auflösenden Gefühl der Unendlichkeit der Naturgeschichte?

NACHRICHT NUMMER ZWEI

Zweifellos besitz' ich viel Selbstvertrauen. Zuweilen bild' ich mir vielleicht sogar etwas ein. Zwar wohn' ich nur in einer Vorstadt. Immerhin hat mein Zimmer einen Parkettboden. Hesse freilich wohnt feiner. Ich geh' häufig an seinem früheren Haus vorbei.

Neulich zerbrach mir mein Spiegel. Eine alte Frau meinte, das bedeute Unglück. Ich bin jedoch absolut nicht abergläubisch. Würde sich das für mich schicken?

Übrigens hab' ich auch einen Balkon, habe ihn aber noch wenig gewürdigt. Über derlei Beiträge zur Lebensannehmlichkeit fühl' ich mich erhaben.

Es ist wahr, ich bin bequem. Zur Herstellung eines Dingelchens von Skizze brauch' ich zwei Wochen. Einfälle lasse ich fallen, hebe sie gelegentlich zu mir empor und adle sie dadurch gleichsam.

Vor einiger Zeit erhielt ich einen Strauß Nelken, damit ich mich an ihrem Dufte trösten solle. Seit wann hätt' ich so was nötig?

Viele meinen, ich sei ein Lamm, dann ist's plötzlich ganz anders. Eß ich Schlagsahne, so kann ich recht zärtlich sein.

Mittags und abends bin ich jeweilen glücklich. Da geh' ich irgend einen Weg, womöglich jedes Mal einen neuen, und suche mich zu zerstreuen.

Doch bin ich schon zufrieden, daß ich die Welt nach wie vor lieb haben, zwei, drei Worte mit jemand reden, etwas kaufen oder dran denken kann, wie sich mein ferneres Leben gestalten wolle.

Wie macht es mich zum Beispiel froh, wenn ich jemand ein Verhältnis zu mir gewinnen sehe. Die ganze Woche freu' ich mich aufs Ablaufen derselben. Geringe Freuden sind unter Umständen viel wert.

Um von Spaziergängen in hiesiger Gegend zu reden, so war ich einmal in einem entzückend gelegenen Städtchen, ein anderes Mal an der Aare, wie war's da sonnig.

Neulich kam ich im benachbarten Hügelland vor ein stattliches, mit Abbildungen geschmücktes Gebäude, das ich als das Gasthaus wiedererkannte, in das ich einst hereintrat, als ich jung war. Hoffentlich bin ich's auch heute noch in gewissem Sinne.

Eine Frau interessierte sich für mich. Sie schrieb mir einen mehrseitigen Brief, den ich mit einem einseitigen beantwortete. Seither schreibt sie kein Wort, nun wart' ich auf neue Kundgebungen. Langweil' ich mich bei alle dem ein bißchen?

NACHRICHT DREI

In einem Variététheater sah ich allerlei Leute, da saßen welche, die schon über den Durst getrunken hatten, der Wirt schenkte ihnen darum einige Aufmerksamkeit.

Zwei zarte Mädchen rauchten Zigaretten. Jemand fiel es ein, zu erklären, er sei der dümmste Mensch, den es gebe. Die Behauptung war stark, er rechnete offenbar nicht mit der Möglichkeit, daß er sich vielleicht irre.

Ein junger Mensch trug eine groteske Mütze, aber was will das gegen die Stirnbänder und die Frisuren einiger Damen sagen? Die Kellnerin hatte für jeden ein artiges Lächeln. Energisch rasselte die Registrierkasse.

Jetzt trat ein Artist auf, der sehr schön sang und dazu auch noch sehr hübsch aussah. Hernach traten zwei auf, die allerhand aus einer Zeitung vorlasen, danach erschien ein Drollikus mit gepudertem Gesicht, steifem Hut, abgetragenen Handschuhen und trug vor: «Wenn ich verheiratet wäre.»

Dann kam ein Soldat, der über sich selber lachte. Ein Schnupftuch hing ihm aus der Hosentasche. Alles lauschte und lachte mit. Eins steckte das andre mit Vergnügtheit an. Einer der Gäste spielte mit den Händen seiner Geliebten, einmal umhalste er sie sogar.

Der Direktor kündigte jeweilen eine neue Nummer an. Ich dachte an eine Arme, die mich diesen Abend angeschaut hatte. Wo war sie nun? Sprach jemand etwas Liebes zu ihr?

Nun erschien einer ganz still und sang in vertrauter Art ein seltsames Lied. Sein Vortrag machte die Stube groß und größer. Natur und Menschheit traten jedem vors Gemüt, die Sonne, die Sterne.

An sich sah er nach dem Alltag aus, aber aus seinem Munde blühte ein Frühling, und ein Leben machte sich spürbar, wie es die Bücher erzählen, die wir immer wieder gerne lesen. Minutenlang war's ernst, ja, das war ein guter Eindruck.

Nun kommt was andres: Neulich marschierte ich nach

THUN

Ich ging und ging, es war ein fortlaufend stilles Schaffen mit den Beinen. Indem ich Strecke um Strecke zurücklegte, pries ich die Natur, die uns mit allerlei Eigenschaften ausstattet. Dem einen gibt sie eine Vorliebe fürs Stillsitzen, dem andern die Neigung, sich häufig zu bewegen.

Ich kam durch zwei, drei Dörfer, in einem derselben hätt' ich eine Frau besuchen können, leider erlaubte es mir die Zeit nicht. Ich erreichte Wichtrach, ging durch einen Wald, rückte dem Berner Oberland näher und näher.

Im Dorf Heimberg sah ich zwei Wirtshausschilder, einen Wilhelm Tell sowie eine famos abgebildete Rütliszene. Bald überraschte mich der Anblick des Thuner Schlosses. Wie freute es mich, eine Stadt zu betreten, in der ich einstmals als Kontorist diente.

Zuerst aß ich einen Kuchen, schaute mir darauf die Läden an, ergötzte mich am Studium des Rathauses, ging die Schloßtreppe hinauf und fand es oben reizend.

Alles sah wie vor Jahren aus, die Häuser, die Gärten. Diese Unverändertheit rührte mich. Hier stand das Amt – dort das Pfarrhaus.

Ich trat in den Friedhof, ging um die Kirche, worin musiziert wurde, fragte einen Herrn nach der Ursache des Tönens und erfuhr, daß gerade Konzertprobe sei. Ich dankte ihm und sprach: «Der Platz über dem Städtchen, so nah vor der Bergwelt, eignet sich für eine Aufführung gewiß prächtig.»

In der Sonne promenierten Mädchen. Der Himmel, der bis dahin bedeckt war, ging mit einmal wie eine blaue Blume auf und leuchtete herrlich, als freue er sich über dies Stück Erde unter ihm.

Der Niesen glänzte silbrig, und im Luftraume flogen Wolken und wehte ein fröhlicher Wind. «Drinnen spielen sie eine Sinfonie, ist nicht auch hier draußen eine solche?» dachte ich und ging den Hügel herab. Auf der Brücke bot einer mir ein gedrucktes Blatt an. Noch ging ich rasch bis zum Kleist-Haus und machte mich hernach auf den Rückweg.

VIERTE NACHRICHT

Es existiert hier eine kleine Gemäldeausstellung; der Künstler pflegt hinter einer spanischen Wand zu sitzen. Tritt jemand herein, so erhebt er sich und heißt den Ankömmling willkommen.

Kennen lernte ich einen stillen, feinen Juristen.

Geschlafen hab' ich in einem wundernetten Bett, das man abends nur aufzuklappen braucht und das am Tag wie ein Schrank aussieht.

In einem Klubzimmer diskutierte ich mit einem Amerikaner, trank Likör, hielt eine Art Rede und benahm mich so, daß ich schier für weltmännisch galt.

Zur Zeit trage ich eine Taschenuhr, gewöhne mich mithin wieder an einige Kultur und finde gewissermaßen den Weg zur sogenannten Zivilisation, wozu ich mir gratuliere.

Nun red' ich von einer

ZEITUNG

Deutlich sah ich sie; wie hätte ich sie nicht sehen sollen? Hing sie doch ganz in meiner Nähe. Sehnt' ich mich nach ihr? Sollt' ich sie zu mir nehmen? Zweifelnd saß ich da und kam zu keinem Entschluß.

Zweierlei lag in mir, erstens war ich neugierig, zweitens war ich's wieder keinesfalls. Im Grunde war sie mir wurst, wieder im Grunde vermochte ich mich von ihrem Anblick kaum zu trennen.

Ihren Titel las ich recht gut, er wirkte faszinierend. Tatsache ist, daß sie mich lockte, sie hatte etwas Prickelndes. Wiederum stieß sie mich eigentlich ab. Indem sie mich hinriß, wollt' ich gar nichts von ihr wissen. Das war widerspruchsvoll.

Mein Wunsch, mich in sie zu versenken, war Wahrheit, obschon ich mir das Ansehen gab, als wär' ich total erhaben. Meine Gleichgültigkeit war bloß gespielt. Wahrheit ist, daß sie mich anzog.

Was mochte sie enthalten? War das für mich ersprießlich? So sehr ich von ihrer Unwichtigkeit überzeugt war, trieb's mich, zu ihr hinzueilen, damit mir nicht etwa ein anderer zuvorkäme.

Ich hatte Lust, sie nicht zu beachten, und hatte wieder die größte Lust, Bekanntschaft mit ihr zu machen.

Ohne sie konnte man kaum auskommen. Alle gingen zu ihr. Sich mit ihr zu befassen, schien für alle eine Gewohnheit. Nur ich machte mir nichts aus ihr?

Draußen schien die Sonne, ich saß da und kam nicht von der Lockung los und nicht von der Neigung los, aber ebenso wenig von der Abneigung.

Fraglos bedeutete sie viel. Dies und jenes stand darin, ich brauchte es bloß in mich aufzunehmen. Was geschah jedoch, wenn ich das tat? Das eben war fraglich.

Schon wollt' ich auf sie hineilen und mich mit ihr abgeben, aber im letzten Augenblick besann ich mich und entzog mich ihr, doch nein, es war so:

Ein anderer kam mir zuvor, hielt sie fest in Händen, derart, daß meinerseits der Verzicht leicht war, worüber ich froh war. Ich ging hinaus, wie prangte der Himmel, wie glücklich fühlt' ich mich, daß mir einer zuvorkam.

Zwar nahm er mir etwas weg, doch gönnt ich's ihm von Herzen. O, man muß nur nicht mißgünstig sein, dann geht's einem gut, hab' ich recht oder nicht?

OSTERMUNDIGEN

Neulich spazierte ich in der Umgebung, stieg auf die nahegelegene Anhöhe, kam an einigen Bauernhöfen vorbei und langte gegen Abend bei den bekannten Steinbrüchen an, stand dicht am Rande der Felswand, stieg hinab und trat in das Bergwerk, in das eigentümliche Gebäude, wo seit Jahrhunderten Baumaterial erbeutet wird.

Bedeutsam schien es mir hier, mit großem Interesse ging ich durch die seltsamen Hallen, setzte den Fuß bedächtig, beinahe andächtig aufs ringsumliegende Gestein, auf Blöcke und Platten. Sah es nicht schier wie in einem Monumente aus?

Im Archiv, wo ich zur Zeit aushilfsweise arbeite, fand ich in einem Urkundenbuch diese Steingrube als «Kilchenbank» bezeichnet, eine Benennung, die auf die hiesige, große Kirche hindeutet. Nachher ging ich ins freundliche Dorf, wo es mir so gefiel, daß ich unwillkürlich zu mir sagte: wie traulich!

In der Ferne der Münsterturm, ringsumher zarte Waldränder, belebende Höhenzüge, in der Nähe einer, der vor seinem Heimwesen stand, und ein anderer, der über die Frühjahrsmatte ging.

Nachdem auch ich eine Weile gegangen war und mich umbog, war alles Gewölk fort, der Mond mitten in klarer Abendsphäre, sonnige Wölkchen fröhlich darin fliegend. Zufrieden kam ich nach Hause und schrieb an jemand, der mir im Leben wert und lieb ist: Gewiß erinnerst du dich noch. Schon das Erinnern muß dich ja erheitern. Um eine redliche Prüfung kann es nicht anders als hell sein, und ein Insichgehen und Abwägen ist immer sonnig. Da entsteht ein liebenswürdiges Lösen, ein reizvoller, lichter Ausgleich, es leuchtet um dich, und alles ist schön.

Du weißt wie es war, und so wie es war, wird's auch bleiben, daran ändert Gegenwärtiges nichts. Du warst ernst, alles Fröhliche kam erst immer hinterher, wie eine Belohnung für arbeitsame Stunden.

Du suchtest die Freude nicht, gingest ihr eher aus dem Weg, aber sie lächelte dich an, und du ließest dich gerne hinziehen. Du warst weder nüchtern noch ausgelassen, weder geschäftlich noch das Gegenteil davon. Übermut scheint mir so übel zu sein wie Unmut.

Wer das Erlebte nicht empfindet, nicht bedenkt, dem entflieht es, und er erlebt es nie. Fröhlicher wie jetzt warest du nie, aber auch nicht ernsthafter; du gingest bewußt und unbewußt jene Linie entlang, die man den Mittelweg nennt, spürtest das Ewige, jenes Hereinscheinen eines Schimmers aus anderer Welt, sahest am Tag den Himmel und nachts träumtest du.

REISE INS EMMENTAL

Da es früher Tag und zudem Sonntag war, so beschloß ich, ins Emmental zu wandern. Das Gehen ließ sich gut an; mich freute es, mich leistungsfähig zu sehen. Mit dem schimmernd hellen Wetter war ich überdies sehr zufrieden.

Leute begegneten mir, die zur Kirche gingen; ich hatte in einem fort zu grüßen und tat es gern. Auch ich ging in die Kirche oder war wandernd schon darin, denn die Natur war für mich ja göttlich.

Im Gehen aß ich ein Stück Schokolade. Einer, der nicht recht reden konnte, fragte mich um Auskunft; ich sprach mit dem Armen wie ein Vater. Wie hübsch ist's, einmal so recht herablassend zu tun; man kommt sich dabei groß vor.

Vor mir ging ein Braut- oder Ehepaar, der Mann trug einen Rucksack, der voll Nahrungsmittel sein mochte. Bald grüßte ich einen Menschen, bald ein Haus, bald ein Stückchen Wald. Ich liebe nie bloß ein einzelnes; bei mir ist's womöglich immer ein Mannigfaltiges.

Autos fuhren heran, ferner Velos und Fuhrwerke; ich will aber en gros verfahren und derlei détail weglassen.

Immerhin sei mitgeteilt, daß ich in einer Gegend ging, wo ein Tal ins andere führt, viele schöne Bauernhöfe abseits auf luftiger Anhöhe liegen. Die Erde stellte sich hier in aller Eigentümlichkeit dar, nahm die ungezwungensten Formen an. Red' ich nicht schier im Hochschulton?

Um so zuversichtlicher fahr' ich fort und berichte von einem Mädchen mit Goldlocken und blauen Augen, das dem Wanderer von einem geschnitzten Balkönchen herab gute Reise wünschte; sowie von einem Schloß mit bemalter Fassade. Wie schön ist ein solches vom sinnenden, bildenden Kunstfleiß belebtes Gebäude.

Ich kam ins Dorf Lützelflüh, wo Jeremias Gotthelfs Denkmal steht. Fast hatte ich Lust, den Hut zu lüften, ließ es aber lieber bleiben.

Eine Schar junger Mädchen stand um das Monument; die wurden samt dem Landschaftshintergrund und dem Mahnen an einen großen Geist friedlich photographiert. Auf der Straße spazierten Menschen, und über das warme, sonnige Land tönten die Glocken.

Ein junger Herr ging neben mir, der einen Kuchen trug. Ich ließ den Träger sanft hinter mir; dachte nicht, daß ich ihn bald wiedersähe. Aus Ortsunkenntnis machte ich einen Umweg und traf daher zum zweiten Mal mit dem Zuckerbäckerprodukt zusammen.

Zwischenhindurch könnte ein Blumenmätteli erwähnt sein, ich tue es nur flüchtig. Dafür schlägt es jetzt zwölf Uhr; der Ausflügler langte in Sumiswald an und trat in den «Bären», um zu speisen. Es gab Forelle, dann eine Bernerplatte, worauf Creme folgte. Das ganze begleitete ein vortrefflicher Wein.

Die Tischgesellschaft bestand aus zwei Herren, wovon einer nach Schluß der Tafel mit mir weiterzog, indem es zu zweien unterhaltender wäre, womit ich übereinstimmte.

Mein neuer Bekannter war Bauführer, der zu Huttwil wohnte, auf das auch ich hinzielte. Unter allerhand Gespräch kamen wir zu einem Berggasthaus. Die Stube war dicht voll Gäste. Einer rühmte den Wirt Weiermann in Affoltern. Derselbe stehe weithin im besten Ruf.

Abends kamen uns in einem Walde Mädchen entgegen, die so gut sangen, daß auf ihre Lieder lauter Loblieder hätten erklingen sollen. Dann wäre die Gegend ein einziges freudiges Tönen gewesen.

Sollte es nicht mit allem Menschlichen so sein? Freude und Vergnügen gingen dann miteinander. Jede Zufriedenheit sähe sich mit jeder andern verbunden, alles Handeln gewänne den Beifall aller – Phantasien, die auf einem anheimelnden Spaziergang und an wohlig vorbeistreichendem Sonntagabend erlaubt sein mögen.

Inzwischen erreichten beide Fußgänger obgenanntes Städtchen, suchten einige Restaurants ab und traten hernach in den «Mohren», um zu soupieren.

Im Schlafgemach, das mir angewiesen wurde, erblickte ich eine Kollektion Bilder. Eines hieß «Treue», das andere «Unschuld», ein drittes «Die Blumen der Tugend» usw.

«Unschuld» hielt ihr Fingerchen am Mund. Was für allerliebste Lippen! Welch reizender Blick! Unwillkürlich vernahm ich Musik, doch spielte niemand.

Ich ging ins Bett und schlief prächtig; folgenden Tags trat ich den Rückweg an. Ach, herrlicher Morgen! Mehr will ich nicht ausrufen, darf aber vielleicht beifügen, daß mich die goldig-blaue Luft, der Sonnenschein, der Wind und die Wolken entzückten.

Das Glück ging mir mit Tänzerschritten voran. Solch schönen Tag dachte ich nie erlebt zu haben. Sind wir guter Dinge, so ist's uns, als wären wir es nie zuvor so sehr gewesen. Liebenswürdige und schöne Täuschung!

Fleißig schritt ich hin und kam nach Affoltern, wo ich bedauerte, auf Weiermann verzichten zu müssen, da es noch zu früh war, doch spräch ich gewiß später einmal gern vor.

In Windungen ging es sachte den Berg hinauf; in den Äckern arbeiteten Männer und Frauen. Schön sah es aus, wie einer auf erhobenem Felde Samen auswarf, die Gestalt sich von der hellen Luft anschaulich abhob.

Unten im Lande lagen Dörfer und Städte. Einige Zeit nachher war ich in Burgdorf. Auf dem dortigen Schloß herrschte einst das Geschlecht der Kyburger.

Der Nachmittag verlief gelinde und angenehm, und wie schön war daraufhin die gestirnte Nacht.

DIE ELFENAU

Mein Bureauchef war neulich riesig artig, er sagte mir, ich könne nichts. Durft' ich mir solches gefallen lassen?

«Ei was», erwiderte ich, «ich kann allerlei, ich kann zum Beispiel abdanken. Ist Ihnen das lieb? Bitte, äußern Sie sich.»

Ihm blieb nichts übrig, als damit einverstanden zu sein. Demnach legte ich meine Tätigkeit nieder, sagte Adieu und empfahl mich.

Eine Weile bedauerte ich, keine Stelle mehr zu haben und keine Obliegenheiten mehr glätten und pflegen zu dürfen.

Was sag' ich da? Sind Pflichten Kinderchen mit lieben Äugelchen und netten Löckchen? Das wäre etwas Neues.

Item, ich suchte mich zu fassen und stieg auf ein Pferd, das gewissermaßen beflügelt ist und den Namen Pegasus trägt.

Einige meinen vielleicht, die Allegorie sei verbraucht; ich würde besser getan haben, mit etwas anderem zu kommen, doch schreib' ich eben, was mir einfällt.

Kurz, ich war nun in der Landschaft, wo frisches Gras grün glänzte, Butterblumen gelb leuchteten, Kühe weideten und Fuhrleute lustig mit Peitschen knallten.

Häuser schimmerten hell, und die Vöglein sangen auf den Zweigen und in den Lüften ihre Lieder, daß es eine Freude war, zuzuhören. Ein Bursche schaute aus einem Fenster und spielte Harmonika.

Ich kam durch einige allerliebste Wäldchen, worüber viele entzückte Worte verschwendet werden könnten, falls das etwas nützte.

Verschwendung schadet jedoch meistens eher, so auch hier, und darum will ich sparsam sein. Tu' das nur, Dichterlein.

Die Worte, der Geist, die Sprache, all das Magere und Wenige, und dann wieder das Volle und Viele, ich habe einige Mühe, mich zu sammeln.

Aber man merkt doch der Tonart an, daß ich heiter war, und die Heiterkeit dauerte an. Es war auch zu schönes Wetter. Der Hauch, der Duft, das Leichte, Gefällige ringsumher: glich's nicht einem Lustspiel?

«Nun bist du existenzlos, das kann nett werden», sprach ich zu mir, aber ein süßes Blütengärtchen, eine Wiese mit Wiesenschaumkraut und ein springendes Kitzlein ließen mich über den unpassenden Gedanken munter hinwegsetzen.

Reizend war's, die goldene, kühle Luft zu trinken oder,

besser gesagt, einzuatmen und die Phantasien fliegen zu lassen, als wären es Schmetterlinge, deren Leben nichts als ein Flattern ist.

Den ganzen Tag tat ich nichts als hübsche Wege aufsuchen, Blumenbeete betrachten, an Wirtshäusern vorbeigehen und überlegen, ob es sich lohne, einzutreten, aber ich sah davon ab.

Flinke Wellen und blinkende Wolken. Abends stand ich vor einem Schloß und ging hinein, denn ich kam mir vor wie ein wandernder, gitarrenspielender, legendenhafter Christian Günther.

Die Besitzung hieß Elfenau, ich fand daselbst ein Gemach, das mir in jeder Beziehung für mich geeignet schien.

Eine Frau trat auf und sprach: «Ich brauche nicht zu fragen, wer Sie sind und was Sie hier begehren, denn ich kann es ahnen.» – «Das freut mich», gab ich zur Antwort.

Wir setzten uns ans Fenster und waren befreundet, eh' wir viel sagten. Nachher unterhielten wir uns, Stunde um Stunde verging im anziehendsten Gespräche.

«Wenn dir am Aufenthalt etwas liegt, so darfst du hier bleiben, vorausgesetzt, daß du mich achtest und liebst.»

«Kann eine schöne Seele wie du daran zweifeln?»

Nun kam ein entzückend lichtes Leben in mich. Das Gemüt wurde mir zum fortwährend blauen Himmel.

Leise, leise Winde und Erzählungen, was jedes erlebte; sanftes Reden, wo jede Silbe, jedes Wort wohltat. Ich weiß nicht, was noch.

Ach, ich will tun, als wäre alles, alles, alles längst gesagt. Nicht wahr, ich mache mir's bequem, aber sollte ich etwa nicht?

BRIEF

Geehrtes, nettes, edles Fräulein, wie gern möchte ich Sie mit mehr Beiwörtern schmücken, Sie haben das aber gewiß nicht nötig. Außerdem können Sie glauben, ich spaße bloß, doch meine ich's ernst, obwohl ich vielleicht oft ein bißchen tändle.

Sie schrieben mir, bei Ihnen sei ein Schwingfest abgehalten worden. Sie gehörten zu den Frauen, die den erschöpften Ringern Erfrischungen darboten.

Hier gab's neulich ein Wettrennen, ferner fand ein Musikfest statt. Auf dem Platz vor dem Münster wurde Hofmannsthals «Jedermann» aufgeführt. Von Zeit zu Zeit gibt's Promenadenkonzert. Derlei Dinge entbehren Sie; aber Sie lesen dafür abends ein Buch oder empfangen Besuch.

Bei uns ist ein warmer Verehrer des Ewig-Weiblichen gestorben, nämlich eine Art Vorsteher, der zur Angestellten sagte: «Fräuleineli, warum eilt Ihr so sehr? Strengt Euch ja nicht an.» Die, die er so zart behandelte, las die Todesanzeige, fing an zu lachen, wurde aber sogleich ernsthaft.

Eine Witwe wollte hochzeiten, doch durfte es nur ein Hausbesitzer sein. Nun kaufte einer ihr und sich zuliebe ein Haus, verspekulierte sich dabei, jetzt verschmähte sie ihn. Sie hat einen hübschen Studenten bei sich wohnen, pflegt ihn wie einen Sohn, bringt ihm täglich eine Tasse Milch. Er läßt sich's schmecken. Liebende dienen gern.

Von meinem Zimmerchen aus seh' ich auf hohe, alte Bäume, die manchmal herrlich rauschen. Ein Vögelchen flatterte eben am Fenster, als wollt' es mir etwas sagen. Ich esse in einer Kaffeewirtschaft, wo man unter anderem

Grießbrei mit Zucker und Zimt und Brotschnitten bekommt.

Auf einer Reise sah ich zwei Städte, jede ein apartiger Ausdruck. In der ersten war alles zierlich, die Häuser wie für Kinder gebaut. Ich kam mir furchtbar schwer vor und meinte, ich würde mit meiner Figur das Idyll erdrücken. In der andern sah ich stattliche Gebäude, wahre Prachtbauten. Die Straßen von Menschen belebt. Geist, Ansehen und Grazie. Ich trat in ein Haus, im Hof plätscherte inmitten großblätteriger Pflanzen ein Springbrunnen. Schüchtern klingelte ich wie ein Handwerksbursche. Die Hausfrau war verreist. Aber wie reizend dünkte mich dieses Michunbedeutendfühlen. Beide Eindrücke beruhten freilich mehr nur auf Imagination. Ich sagte mir, es schicke sich, jederzeit das Gleichgewicht zu bewahren.

Täglich geh' ich an J. V. Widmanns einstigem Chalet vorbei, was mich jedesmal gewissermaßen anheimelt. Vielleicht mach' ich nächstdem eine Bergtour ins Oberland, wo Alpenrosen und Enzianen blühen, geh' jedoch nur, wenn die Berg-Emmi dabei ist. So nennt sich eine Schneiderin, die viel liest.

Bei dieser Gelegenheit darf ich Ihnen vielleicht folgendes erzählen: Einer kam vom Lesen nicht los; Bücher ersetzten ihm Menschen. Er las ziemlich alles, denn er dachte, daß jedes Buch irgendwie anregend sei. Bald las er im Zimmer, bald im Wald; dort suchte er sich die hübschesten Plätze aus, um es ja behaglich zu haben.

«Manon Lescaut» gefiel ihm so gut wie «Paul et Virginie». Von Lesage las er den «Hinkenden Teufel», von Dostojewski «Arme Leute». Traktätchen verschmähte er nicht; es käme ja jeweilen auf nachheriges Verarbeiten an. Sein Geist blieb durch Lektüre jung, das war's, was er wünschte.

Von Chateaubriand versprach er sich nicht viel, aber «René» belehrte ihn eines Besseren. Eine Lehrerin lieh ihm sämtliches von Shakespeare. Welch eine Wunderwelt sich ihm da öffnete! Sechs Wochen las er nichts als Schiller.

Grillparzers Tagebuch begeisterte ihn; Prosa von Goethe erschien ihm sprachlich und sittlich das Höchste. Eines Tages kam ihm das Neue Testament vors Gesicht; er las es mehrmals und glaubte, es sei das Schönste. Seitdem liest er nichts mehr, denkt bloß ans eine; geht umher wie einer, der sich fertiglas und überlegt, was nun folge. Noch weiß er's nicht; vielleicht fällt's ihm gelegentlich ein.

Ein Mädchen erhielt zum Geburtstag außer Briefen voll Glückwünsche und Freundschaftsversicherungen und nebst netten Blumen schöne, leider nur viel zu lange Strümpfe. Was da gelacht wurde!

Ich frage spät, wie's Ihnen geht. Inzwischen wird's Zeit geworden sein, den Brief zu schließen; hoffentlich sind Sie nicht unzufrieden damit.

TRAMFAHRT

Zu Fuß bin ich ein Landsknecht, Reisläufer; steig' ich in ein Tram, so bin ich einer, der zu leben weiß, ein Mensch von Bildung, ein Großstädter und fühle mich elegant, habe was Amtliches, Gediegenes.

Hei, wie das saust, das fliegt ja förmlich. Ich grüße jemand sehr höflich, der auf der Straße geht. Wer fährt, hat allen Grund, freundlich zu sein. Beständig steigen Personen aus und ein.

Die Stadt erscheint mir vom Tram aus wie neu. Was sich da nicht alles bewegt: leichtfüßige Mädchen, Beamte, Studenten, Handwerker, Kaufleute. Plakate kleben an Mauern; Marktfrauen legen Melonen, Tomaten, Erdäpfel, Rüben, Kabis zum Verkauf aus.

Über eine Brücke geht's; durch Straßen rasselt's. Einst sah ich in einem Tramwagen eine Frau, deren feinbeschuhte Füße einem Paar Täubchen glichen; es war abends spät, sie kam aus einem Theater.

Wintersonne scheint. Etliche halten ihre Hände in den Hosentaschen. Wartet, bis es kälter wird. Die Vorsichtsmaßregel ist zu früh.

Eine Dame im Pelz steigt ein wie die Sacher-Masochsche «Venus», die ich mit nicht geringem Entzücken einst in einem Stübchen las, von wo aus ich Sterne und Frauen andichtete, was mich eine herrliche Beschäftigung dünkte.

Wir sind am Bahnhof angelangt; hier steig' ich um. Nummer 8 trägt mich weiter. Einmal riet mir einer, ich möchte Straßenbahner werden, da könnt' ich täglich Frauen aufs artigste behilflich sein. Ich lächelte; das tut auch mein Aufsatz.

Hoch aus seinem Wohnsitz herab lächelt Gott mit Himmelsbläue und liebem, warmem Licht auf uns Erdenwesen, geht uns in unveränderter Gelassenheit mit bestem Beispiel voran, ist immer gütig.

Ich greife weit aus, daß ich vom Tram zu so Erhabenem schweife, find' es aber ganz natürlich, bin nun an meinem Bestimmungsort und springe ab, und damit ist dieser Essay fertig; der erste ist's nicht, wahrscheinlich auch nicht der letzte.

Ein Mädchen ließ mich wissen, sie säh mich gern glücklich, die zarte Seele! Was verstehen Frauen unter Glück? Eine reizvolle Haushaltung! Aber man soll immer erst ein wenig unglücklich sein wollen. Nachher gleicht sich's aus.

Eine andere schrieb mir, sie leide an innerer Leere, vielleicht war's aber bloß Pose oder ein Kniff, um mich unruhig zu machen, aber ich mache mir keinen Vorwurf. Ich pflege keinerlei Träumerei mehr; mir ist's um was anderes zu tun.

Eine dritte unterdrückte um meinetwillen eine «Träne». Was für ein Ereignis; eine vierte erzählte mir auf einem Spaziergang ihre und ihrer Familie bilderreiche Geschichte, wofür ich ihr warm die Hand drückte.

Schrieb nicht ein leidenschaftlicher Mensch zart-sittsame Prosa und ein trockener Mensch einen leidenschaftlichen Roman? Man verstellt sich gern!

Acht Tage weilte ich als Gast im Kreis von liebenswürdigen Leuten am Thunersee, beschäftigte mich in einem liebreizenden Obstgärtchen mit Kaffeetrinken und Lesen und war darüber gar nicht unglücklich.

In wünschenswerter Behaglichkeit las ich die «Biene Maja», Seiten aus Kellers «Grünem Heinrich», Stellen aus dem sich ungemein angenehm unoriginell gebenden Dichter Stifter, ferner was seinerzeit Heine über Deutschland schrieb sowie eine übermütig-kokette, graziöse Novelle von Brentano, der mit den Jahren fromm wurde, womit er besser ein bißchen gewartet hätte.

Ein bildhauender Künstler meinte, Künstler dürften es im Leben nie gar so sehr gut haben. Während er dies sprach, führte er selber ein überaus idyllisch-wohliges, von Laub- und Nadelbäumen umgebenes, bergluftreiches, glückliches Landschaftsdasein; widersprach also mit seiner Praxis seiner Idee. So was kommt vor.

Eine Dame war voll Richard Wagner-Verehrung, sie reiste einst mit ihrem Mann nach Bayreuth zu den Festspielen, wovon sie recht anschaulich erzählte. Ein augenniederschlagendes Dienstmädchen war von raffaelischer Schönheit; sie kochte gute «Rösti».

Wieder bewährte ich mich im Weineinschenken, man nimmt die Flasche nachläßig, fest, leicht in die Hand, läßt den Inhalt gleich einer silbern-glitzernden Linie ins Glas herabfallen, als gleite ein Bach über einen Felsen herab. Einer gutherzigen Frau las ich eine Kleistsche Novelle vor und bewies im Kritisieren von schöngeistigen Produkten einige Autorität.

Wie ging ich neulich schlank, unbekümmert, fast groß durch ein abendlich Gelände, wo die Gebüsche Gesichter schnitten, das Laub am Boden rauschte, die Berge sich zackig am Horizont abhoben. Ich verstehe heute so gut wie je, fröhlich zu sein. Wenn ich mitunter hart gegen andere bin, so bin ich's auch gegen mich selber.

Ein Ausflug nach Spiez führte mich vor Paul Cassirers Sommerhaus. Tilla Durieux, René Schickele sind Namen, die interessieren.

Ich habe aus einem Mansärdchen ziehen müssen, wo's ganz rembrandtisch war. Früh morgens fiel durch eine Lücke der helle Sonnenstrahl, nachts die goldenen Mondpunkte, jene Goldstücke, die dem einen nichts, dem andern mehr gelten als geprägte.

«Innere Stimme» lautet eine Lebensbeschreibung, die veröffentlicht sein möchte. Des Schreibers Gattin glaubt immerhin an ihn. Aber die Affische ist nicht klug gewählt. Entspricht etwa der Gehalt dem ungeschickten Titel? Diese Bemerkung ist boshaft, andere lassen aber ihre Bosheit auch aus. Sogar an mir!

Jemand sagte mir: «Wie können Sie fortgehen, jetzt wo's so köstlich herbstlich ist?» Ich erwiderte: «Was man nötig hat, findet sich überall.» Hier in Bern hat eine Hodler-Gedächtnisausstellung viel von sich reden gemacht. Auch mich hat sie interessiert; am meisten Eindruck von sämtlichen Bildern machte mir «Das mutige Weib», ein Prachtstück!

Irgendwo in einem alten Städtchen gibt es ein Restaurant «zum Meerfräulein». Das erinnert an Shakespeares Stammkneipe im ehemaligen London. In Mumpf am Rhein fand ich eine Tafel mit der Inschrift: «Geburtsort der Rachel 1821». Übrigens eine entzückend-biedermeierhafte Ortschaft.

In Basel schenkt' ich Variétékünstlerinnen mit Manieren eines Prinzen a.D. Schokolade. Beobachtet hab' ich auf einer Wanderung einen mit vierzehn Stangen unterstützten Fruchtbaum, sprach mit einer kinderwägelistoßenden Arbeiterfrau, traf einen schwarzwälderuhrprüfenden Altertumshändler an und aß in einem katholischen Dorf evangelisch zubereitete Strübli mit wahrem Heidenappetit.

Gestern sah ich «Orpheus und Euridike» von Gluck. Das Theater war halb leer; ein gänzlich unbesuchtes würde besser ausgesehen haben. Wie die paar Begeisterten einsam dastanden! Einer erinnerte mich mit seiner seltsamen Figur an den Ingenieur Hermann in Puschkins «Piquedame». Die Aufführung ging an. Ich lobe nicht, denn wer eine Leistung lobt, sieht aus, als hätt' er noch nie eine bessere gesehen. Bravo, bravissimo, der versteht sein Handwerk! Ist das nicht der geborene Rezensent?

Der Komponist lebte zu Zeiten Diderots. Irr' ich mich, so schein' ich ungebildet, aber was tut's? Besteht denn Bildung unbedingt darin, daß man sich nie irrt?

Eine Zuschauerin imponierte mir durch ihre Schönheit. Können Frauen Gescheiteres tun als – gefallen?

Einige Glatte wehrten sich mit vornehmer Geringschätzung vergeblich gegen ein paar Rauhbautzige, die den Schwung der Einbildungskraft und Mutterwitz besaßen. Auf der Straße verkaufte ein armer alter Mann «schöne neue» Kalender.

FESTZUG

War's Luise, die ich begleitete? Kaum weiß ich's noch. Einzelheiten vergessen sich. Es ist schon gar lange her. Ein Fest war im Gang. Im Eßlokal betrachtete ich zum ich weiß nicht wievieltenmal ein Bild: Die junge Wohltäterin. Gleichsam zum Dessert, und sprang dann, an Seele und Leib gestärkt, hinaus. Einzig schöne Zeit! Das Leben war wie ein Traum, blond und blau, spielerisch leicht. Ich gab Stellungen auf, trat sanft und artig und folgsam in neue hinein. Das war bei mir eine Art Sport. Vielleicht war ich in dieser Hinsicht unnachahmlich. Mancher Chef schaute mich besorgt an, ich aber blieb sorglos. Meinen Freundinnen blieb ich keineswegs treu; wenn ich sie aber bei mir hatte, und sie mich, fehlte es uns nie an Unterhaltung. Jetzt warteten wir, und das taten viele. Wir waren also nicht die einzigen, denen die Geduld schier ausging. Kopf an Kopf stand die Menschenmenge; man konnte sich kaum bewegen. Hände, Hüte, Gesichter und zwischen Lippen eingedrückte Stumpen. Das hatte etwas Heimeliges, Drolliges. Ein ganzes Volk schien versammelt. Die Straßenbahnen mußten anhalten. Ein Umzug sollte stattfinden, aber er kam lange nicht; es schien, als nähm' er sich dazu sehr viel Zeit; endlich erschien er. Zuerst schritten Helvetier einher, dann Römer. Hierauf kam das Mittelalter mit Burgfrauen und Minnesängern; dann Söldner der Renaissance mit Wagen voll Beute; hernach die Neuzeit mit ständig zunehmender Verfeinerung, zierlichem Benehmen, schmucken Kostümen. Alle Fenster, Balkone waren mit Leuten besetzt. Wer erhöht saß, konnte auf die unten umher Gehenden und Stehenden flott herabblicken, was wohl spaßhaft war. Kein Stand war hier nicht vertreten. Abwesend war eigentlich niemand. Wer hätte solche Stunde einsam verbringen mögen? Der Fahnenschmuck, die Efeugirlanden dürfen nicht unerwähnt bleiben. Zu sehen gab es allerlei ländliche Trachten. Jetzt kam Goethe und neben ihm Bodmer. Beide schauten würdig drein, verheimlichten jedoch ein lustiges Lächeln absolut nicht. Die Freundlichkeit ging mit dem Ernst, das Behagen mit einem Anflug von Feierlichkeit. Aufzuzählen gäb' es vieles, das ich übergehen will, weil sonst der Zug endlos würde. Zuschauer und Schauspieler bildeten im Grund nur ein Bild und ein Leben. Die, die im Spiel mitwirkten, hätten ebensogut unter dem Publikum sein können. Aber wo spielte sich denn die Geschichte ab? Am Limmatquai? He, man wird es erraten haben. Auch über die Quaibrücke bewegte es sich und durch die Bahnhofstraße. Zu sehen war der junge Mozart, der zarte, unglückliche Lenz. Erstgenannter wußte so gut wie nichts von Unglück. Die Natur hatte ihn mit dem liebenswürdigsten Gemüt ausgestattet. Ferner sah man Keller und Meyer, Böcklin und Stauffer, den Idylliker Gessner und so noch andere. Stadt und See strahlten im hellsten Licht. Hündchen und Kätzchen, Täubchen und Spätzchen schienen vom Fest ebenfalls vergnügt. Freilich braucht's Einbildung, um so was zu sagen. Am Bahnhof langten aus umliegendem Land immer mehr Leute an. Den Umzug verschönerte unter anderm ein junger Mann mit wirrem Haar, idealischem Mantel, genialem Gesichtsausdruck; es war Georg Büchner. Industrie und Handwerk, Handel und Landbau sandten ihre Abgesandten. Von rollenden Läden herab wurden Weggli, Schinkenbrötchen, Blumensträuße, Limonade und Literatur verkauft. Der Andrang war namentlich nach letzterem Artikel groß. Ja, ja, man täuscht sich! Wer auf dem Berg stand, sah in der Ferne die Alpen. Flaggen flatterten; damit ist erwiesen, daß etwas Wind wehte, nicht wild, nein, sachte, also durchaus rücksichtsvoll. Im Gedränge sah ich eine Dame. Jahre später klopft' ich eines Morgens bei ihr an, stellte mich ihr als Menschen vor, der aufs Dichten einstweilen verzichten, sich aber dafür Lebensart aneignen wolle, worauf ich ihr Diener wurde und als solcher Talent an den Tag legte. Um beim Fest zu bleiben, so nahm ich eine Dänin wahr, die ihrerseits von mir wenig Notiz nahm. Ich ließ mich aber mit Freuden nichtbeachten, wenn nur ich achtgeben und nach Herzenslust im Fluge lieben durfte. Lieben ist himmlisch schön! Möglich ist, daß ich im Gewimmel Maria Waser sah und sie für eine Beliebige hielt, da ich sie persönlich noch nicht kannte. Sind im Leben voll Zufälligkeiten nicht viele Begegnungen denkbar? Mit den Spazierenden spazierte Emanuel von Bodmann. Den kannt' ich und grüßte ihn. In den Kaffeehäusern aß man Glace und schlürfte mittels Röhrchen kühlen Kaffee. Eine Göttin, die sich sonst nur im Olymp aufhielt, ließ sich auf schneeweißer, schwanenflaumweicher Wolke zu den Vergnügungen der Menschen hernieder und schaute wunderbar umher; aber es erblickte sie niemand. Wie ich wieder einmal phantasiere! Es tut mir leid, daß ich's tat. Alles ging nun auseinander, verlor sich hierhin und dorthin. Du auch, falls du mit dabei warst.

IM SPITAL

Ich wurde auf einer Tragbahre die Treppe hinabgetragen, in ein bereitstehendes Auto geschoben und ins Spital befördert, wo ich nicht gebeten zu werden brauchte, mich ins Bett zu legen, ich tat's von selber. Die Pflege war, wie ich annahm, daß sie sein werde, freundlich, abgesehen vielleicht davon, daß mich eine anscheinend ungemein tüchtige Schwester etwas zu herablassend behandelte, womit ich mich jedoch aussöhnen lernte. Sie meinte eines Tages, das Glück sei nur ein Traum. Ich erwiderte, ich hätte es als etwas Wirkliches empfunden und hoffe ferner eine Spur davon aufzulesen. Man gab mir Bücher, ich las sie mit Vergnügen, war denn das nicht auch schon wieder etwas Glückliches? Nebenher schmeckte mir das Essen ausgezeichnet. Meine Krankheit bestand in einem vorübergehenden Nichtmehrgehenkönnen, folglich meine Aufgabe im Geduldhaben; da mich tagelanges Liegen genügend ermüdete, schlief ich nachts aufs beste. Als ich um Feder und Tinte bat, um einen Brief zu schreiben, erinnerte man mich an ein Verbot, derlei den Patienten zu verabfolgen, mit Tinte könne das Bettzeug befleckt werden. Dann bekam ich vielleicht einen Bleistift? «Sie wollen Schriftsteller sein und haben das nicht selber? Können Sie's denn ohne beständiges Dichten aushalten?» – «Ich pflege das bloß zu tun, wenn ich gesund bin», entgegnete ich.

Stille und Sauberkeit im Hause gefielen mir sehr. Jeden Freitag erschien eine erwünschte Persönlichkeit in Gestalt des Friseurs, doch warum nicht längst vom Wichtigsten sprechen, vom Arzt, dem gegenüber ich mich so artig benahm, wie das nur ein Kranker fertigbringt. «Ich wäre im Interesse behenderer Kur für mehr Schmerzen zu haben. Gehen Sie nicht zu vorsichtig mit mir um?» fragte ich ihn und tat das der guten Stimmung wegen, damit er sehe, ich sei bei guter Laune. Ich dürfe nur mit langsamer Besserung rechnen, erwiderte er und fügte gewinnend bei, der Augenblick werde schon auch kommen, wo ich wieder eine Fußpartie wagen dürfe. «Morgen», sprach er, «bekommen Sie eine Einspritzung, Sie können sich darauf freuen, es wird ein bißchen wehtun.» Angenehm war mir, zu sehen, wie er sich jedesmal, eh' er wegging, leicht vor mir verneigte, eine Ehrerweisung, die ich für so richtig hielt, wie ich mich beeilte, sie zu erwidern. Fiel mir irgend ein Wunsch ein, so hatt' ich bloß auf den Knopf des elektrischen Glöckchens zu drücken, worauf jemand fragen kam und ich mein Begehren kundgab.

Lag nicht sonntags stets ein schmackhaftes Stück von einem Huhn auf meinem Teller? «Wie's wohl draußen geht?» dachte ich, «wo sind sie alle, die ich kenne?» Von Zeit zu Zeit ließ ich einen Blick in den Garten gleiten;

Warten und gezwungenes Stillsein besaßen schier etwas Schönes. Aus jeder Pflegerin-Schürzentasche guckte ein Füllfederhalter hervor, Ausstattung, die zur Würde, womit sie ihre Obliegenheiten verrichteten, nicht wenig beitrug, die ich mir genau merkte, damit sie nichts Unnötiges zu sagen brauchten. Arbeitenden die Mühe zu erleichtern, wo sich die Möglichkeit dazu vorfindet, find' ich hübsch. Besuche freuten mich, und ich dankte jeweilen fürs freundliche Kommen wahrhaft innig. Ich wundere mich und wundere mich auch wieder nicht, wie mich die Lust überkam, den Liebenswürdigen hervorzukehren; am liebenswürdigsten benahm ich mich damit im Grund gegenüber mir selber. Menschen für gütig zu halten, bedeutet das nicht für uns ein Geschenk, das uns heilend beschäftigt? «Was kann ein Kranker besseres tun, als nachgiebig sein?» sagt' ich mir und neigte so zu einer Weichheit nicht gegen mich selbst, aber gegen andere, in diesem Zustand eine Art Stärke erblickend. Wenn ich von der Bettflasche reden darf, so mahnte mich dieselbe ans nicht zu unterschätzende Prinzip der Bequemlichkeit. Ein Lichtapparat diente zu halbstundenlanger Bestrahlung in ungestörter Ruhe. Ein und das andere Mal tadelte mich die Schwester wegen zu langen Gebrauchs der Nachtbeleuchtung, wobei mir einleuchtete, wie's mich vergnüge, gerügt zu werden, was mir eine Eigenschaft scheint, die mir vielfach im Leben hinderlich gewesen sein dürfte, mir aber anderseits viel Fröhlichkeit brachte.

Gewiß begehrt' ich hie und da auf, aber, wie ich versichern darf, absichtlich, damit eine Unterhaltung zuwege komme, ich nicht wehmütig erscheine, was mich nicht ziemend dünkte. In Ungarn wisse sie ein Sanatorium, meinte die eine Pflegerin, «bleib' im Land und ernähr' dich redlich» die zweite. Ich wog beide Aussprüche sorgfältig ab, ohne zu einem Resultat zu gelangen. Im Nachbargebäude befand sich eine, wie ich mir dachte, töchterreiche Haushaltungsschule. Im Zimmer über dem meinigen lag ein lungenkrankes Mädchen, dessen Husten mich überzeugte, ich sei mit meinem Übel nicht allein. Gern hätt' ich der Leidenden ins Gesichtchen geschaut oder ihr gar die Hälfte dessen, was sie plagte, abgenommen; ich schämte mich, nicht leidender zu sein, als wie sich's verhielt. Gehversuche, die ich allmählich machte, führten mich zuerst nur im Zimmer umher, später auf die Veranda und in den Garten. Die Unbestimmtheit, die sich mir im Gesicht, wie mich der Spiegel belehrte, eingezeichnet hatte, und aus der festerer Gedanken beeinträchtigten Seele herrührte, gefiel mir zu wenig, als daß ich sie mir nicht auch sogleich schon durch dienliche Übung wegdachte.

KONZERT

Dieses Konzert gefiel mir ausnehmend. Ich horchte gleichsam über die Musik vornehm hinweg. Der Dirigent rührte mich. Lasse übrigens, bitte, nicht außer acht, wie sehr ich Grund zu haben glaube, mich für gebildet zu halten. Muß man durchaus in die Gebilde der Kunst versinken? Das scheint mitunter geboten, ist jedoch nicht immer unerläßlich. Was mich packen wollte, ließ ich kühl an mir abgleiten. Um mich für einen Mangel an Ergriffenheit zu entschädigen, fing ich mit meinen Nachbarinnen stumme Unterhaltungen an, eine Beschäftigung, in die ich tiefern Sinn zu legen wußte. Hier berührte ich auf zarte Art eine Hand, dort ließ ich ein paar Augen dadurch hell aufschimmern, daß ich sie warm anschaute. War es schwierig, mit einem Bein zu korrespondieren? Solche Anknüpfungen sind stets unzweideutig und werden darum auch im Nu begriffen. Zärtlichkeit, mit Vernunft angebracht und einigem Geschmack vorgetragen, kann sich unmöglich anders als beliebt machen. Mein Fuß fand Gelegenheit, an ein Füßchen zu appellieren, das für die Sprache, die er führte, Neigung zu haben schien. Ich war demnach sozusagen nach jeder Richtung hin mit Arbeit überhäuft. Ist denn nicht die Kunst die Dienerin des Lebens, die aufheitern und glücklich stimmen soll? In bester Gemütsverfassung verließ ich denn auch, als der letzte Ton verklungen war und man sich erhob, den Konzertsaal. Wie einer, der seine Pflicht erfüllt hatte, schritt ich die Treppe hinab. An der Garderobe war ich Damen beim Mantelanlegen behilflich, wie sich's schickte und es die Betreffenden entzückte. Galantsein zähle ich zu den schönsten Genüssen. Mithin sag ich wohl mit Recht, das Konzert habe mich befriedigt.

THEATER (I)

Neulich ging ich ins Theater. Ich pflege auf erhöhte Plätze zu niedrigen Preisen zu steigen. Mir macht das Vergnügen. Vor der Vorstellung sah ich eine Landschaft, indem ich bis zur Aufführung draußen im Feld spazieren ging. Leute wie ich erscheinen gern eine viertel oder sogar halbe Stunde zu früh im Zuschauerraum, damit sie die Lust haben, mitanzusehen, wie sich nach und nach der Raum mit Publikum füllt. In einer Loge nahm eine

Dame Platz, die mich an Renoirs berühmtes Logenbild mahnte. Ich liebte die Erscheinung aus der Distanz, sie ließ es sich gefallen, da sie von dem Vorgang ja gar nichts merkte. Unten im Parkett marschierte eine Familie stilvoll auf, Vater, Mutter, Sohn und zwei Töchter. Das Oberhaupt setzte sich unter Auffliegenlassen von zwei flotten Rockschößen. Die Mutter, eine noch elegante Frau, berührte mit ihren schönen Händen ihre Haare, um sich von der Korrektheit desselben zu überzeugen. Der Sohn benahm sich unscheinbar, er bewies, daß er sich zu fügen wisse. Beide Töchter schienen mir scharmant. Eine oder die andere würde sich vielleicht geeignet haben, ihr meine Hand anzutragen. O, es ließ sich von der Galerie herab hübsch ins Leben herabschauen und phantasieren! Da begann die Ouvertüre und damit das Stück, das ein altes Stück war und doch ein immer grünes und junges. Rechts von mir saßen Ehepaare, links hatte ein Lebemann Platz genommen. Im Foyer schaute mich während der Pause einer an, dessen Augen mir sagten, er wünsche sich von mir angeredet, was ich aber nicht tat, da ich ihm nicht das Recht geben wollte, sich eine Meinung von mir zu bilden. Sieh mal an, wie ich vorsichtig bin! Über den Wert des Stückes lasse ich mich nicht aus, das taten wohl schon viele Federn. Mir genügt, zu versichern, daß ich während des ganzen Verlaufes glücklich war, derart, daß ich einige Male fürchtete, die Bewegtheit mache mich närrisch. Kann ich zum Lob Stärkeres vorbringen? Soll ich das Stück nennen? Soll ich sagen, wofür ich glühe? Wozu das? Ich lasse lieber darüber raten. Das ist für mich schöner und für andere interessanter.

ICH GING WIEDER EINMAL INS THEATER

Wie ich damals vor «Jene» hintrat, um mich zu entschuldigen. Ich kam mir dabei schlank vor. Sie fixierte mich ruhig und lang, ließ mir Zeit, alles deutlich vorzutragen. Ich überreichte ihr meine Einsicht in die begangene Unart wie ein Fruchtkörbchen. Sie nahm das Präsent an, wechselte kaum die Miene, sprach bloß: «Ich hoffe, das kommt nicht mehr vor.» Glitzerte in meinen Augen nicht etwas wie eine Träne? Aber vielleicht sage ich damit zuviel, illustriere mich zu farbig. Ich möchte hier ganz «schlichte» Worte brauchen, nicht mit Worten spielen, wie ich's leider schon so häufig tat. Sie lachte natürlich ein bißchen über mein abbittedarbringendes Dastehen. Wahrscheinlich würde ich über meine Figur auch gelacht haben. Das Lachen verzieh ich ihr, d. h. ich hatte ihr ja ganz und gar nichts zu verzeihen, sie, sie hatte das ja zu tun, und sie tat's, indem sie lachte. Übrigens lachte sie absolut nicht laut, dazu ist sie ja viel zu zart, und sie soll seither ein zartes, kleines, feines Mißgeschick gehabt haben, nicht von Bedeutung, aber sie hat scheinbar doch dann und wann an mich gedacht, wenn vielleicht auch nur «lachend». Sie werden mich verstehen. Es erzählte es mir jemand. Gestern wurden mir im Theater die Augen feucht, das war ein herrlicher Moment, aber warten Sie doch mal, ich muß da noch etwas nachholen:

Ich stand so im Zimmer einer Frau, einer großen, schön gebauten Frau, und der Fußboden knarrte unter ihren Schuhen und Füßen. Ob ich das wohl lieber hätte unterlassen sollen zu sagen? Ich weiß es nicht, aber vielleicht schadet's nichts. Ich hörte dieser Frau über eine halbe Stunde zu, sie gab mir gleichsam Auszüge aus ihrem Leben. Ihr Mann liege krank im Bett, sagte sie. Ich erkundigte mich nach der Anzahl ihrer Kinder und bekam zu wissen, sie habe zwei Töchter, oder waren es mehr als zwei? Ich möchte mich hüten, irgendwas zu behaupten. Die Hauptsache dabei ist gewesen, daß mir die «stattliche» Frau gefiel, was ich sie ungezwungen merken ließ. Dann mit einmal ging ich. Ich stand noch so da, als wäre ich in ihrer Nähe wie angewurzelt, wie an den Fußboden angenagelt, den sie mit ihrem Gewicht knarren machte, und plötzlich war von meiner Anwesenheit keine Rede mehr. Vielleicht war's ein Fehler, daß ich unvermittelt eine Verbindlichkeit löste. Sehen Sie, es sah aus, wie wenn ich «weggeflogen» wäre, still aber blitzschnell. Es scheint dies einer der Züge meines Charakters zu sein, aber mir liegt nun noch ein Geständnis auf der Zunge, ich möchte da gewissermaßen schnell noch etwas beichten, nämlich kundtun, wie «die mir wüstsagte». Gewiß handelt es sich da nur um eine «Kleinigkeit», um eine etwas zu freiherzige Freiheit, die sich meine Freiheitlichkeit, ich möchte sagen, «schweizerische Unabhängigkeit» herausnahm. Schließlich ist man nicht dazu Schweizer, daß man sich nichts als Freiheiten usw. erlaubt. Ich verstehe dies ja sehr gut. Worin diese «Freiheit» bestanden hat, brauche ich nicht auseinanderzulegen, es wäre dies taktlos. Ich kann Sie bloß versichern, daß es sich um eine Art Korridorlichkeit handelte, um so eine Art Knabenhaftigkeit, über die sich «die Ärmste» erboste. Wie ich sie mit dieser «zarten Frechheit» erregte. Es tut mir ungeheuer leid, aber es wird natürlich wieder einmal zu spät sein. Ich kam im Leben mit angemessenen Betrachtungen schon allzu häufig zu spät. Sicher werde ich diese Erregte lange nicht vergessen. Wie ich gestern von diesem Balkon herunterschaute! Doch das kommt später.

Es gibt da am Rand eines der an unsere Stadt grenzenden Wäldchen ein Bäumchen, das einen querlaufenden ziemlich dünnen Ast hat. Das Bäumchen pflege ich morgens um 7 Uhr früh zu besuchen, um mich an dem Ast in die Höhe zu ziehen, was man in der Sprache der Turner den «Aufzug» machen nennt. Solches und anderes sollte vielleicht von mir besser vermieden werden, denn wie, wenn mich da eine bessere Frau, sagen wir, eine Dame sähe? Welchen sonderbaren Eindruck würde eine solche «verehrenswürdige Erscheinung» von mir gewinnen? Heute früh tat ich das auch wieder, bin wieder zu meinem Bäumchen gegangen, doch Sie sehen wenigstens hieraus, wie offen ich bin. Gestern also ging ich nach langer Zeit wieder einmal in unser Theater. Seit dem letzten Herbst betrat ich die Stätte nicht mehr. Aufgeführt ist gestern eine komische Oper worden, die aber auch Rührendes, Ernstes enthält, denn wie wäre sie sonst zu einem so süßen, kleinen Weinen gekommen? Neben mir saß ein Backfischchen, d. h. eine jugendliche Dame, ein Mädchen in zartem Alter, an der mir ein sehr hübscher Mund auffiel, und die auf ein paar Bemerkungen, die ich an sie zu richten wagte, sehr nett antwortete. Als nun so auf der Bühne gesungen, im Orchester musiziert wurde, der Zuschauerraum hübsch dunkel war, rührte ich meine kleine, junge Nachbarin ganz, ganz zart an, da hätten Sie sie sehen sollen. Ganz entzückend war's, was für einen Zurechtweisungsblick sie mir zuwarf. Dieser Ausdruck von Würde am unerfahrenen Wesen, ich meine, ich brauche ja auch hier nicht weitläufig auf Einzelheiten einzugehen. Diese so nebensächliche Angelegenheit ist doch kein Park zum drin spazieren. Während der Pause ging ich, einer Eingebung gehorchend, vielleicht der Sängerin zu Ehren, die so schön gesungen hatte, ins Foyer hinab. Hier hielt ich's für angebracht, ans Buffet zu treten und eine Flasche Bier zu konsumieren. Hernach trat ich hinaus auf den Balkon. Unten vor der Fassade gingen Leute auf und ab. «Ich Malaye», sagte ich. Mir war ganz märchenhaft zumute. «Wie gut du zu mir bist», sprach ich ferner, ohne dabei viel zu denken. Manchmal kommen mir Worte von selber. Und heute bin ich zum Glück verhältnismäßig recht früh aufgestanden, aber was kommt mir wieder für eine «ganz andere» in den Sinn, der ich Artigkeiten sagte, und die vielleicht auf Fortsetzung der Artigkeit wartet.

Die Oper war die «Entführung aus dem Serail».

ÜBER EINE OPERNAUFFÜHRUNG

Ich aß sehr spärlich, kam mir fromm vor, daß ich mich mit gelinder Beköstigung, mit dem dringlich Erforderlichen begnügte, die Erkräftigung bestand in einer Tomatensuppe sowie darauffolgendem Käsekuchen. Das war am Sonntag vormittag, d.h. gegen elf Uhr. Den Samstagabend verbrachte ich in Herrengesellschaft, wobei Kraftworte nach Belieben fielen. Einer von denen, in deren Mitte ich saß, lud mich etwas zu brüsk ein, ihm irgend etwas über die Ewigkeit zu sagen. Ich erwiderte ihm, das Thema interessiere mich nicht, indem ich beifügte, daß mir meine Bescheidenheit, die von beträchtlicher Ausdehnung sei, verbiete, mich geistig ins Grenzenlose hinauszubegeben. «Im übrigen», sagte ich, «halte ich die Ewigkeit für einen Apparat, eine Art Gestell.» Man zeigte einige Verblüfftheit und bot mir einen Teller Kutteln an. Kutteln sind so eine Spezialität, ein Gekröse, das Ähnlichkeit mit Tiefseepflanzen hat, es ist Fleisch mit Fasern, Fransen. Der Leser verzeihe mir, wenn ich ihn mit solchen Bagatellen zu unterhalten wage, und er erfahre ferner, daß es im Lokal zu einer Unannehmlichkeit kam, indem sich zwei Burschen so aufführten, daß sie zur Räumlichkeit hinausbefördert werden mußten, was mit Promptheit vollführt wurde, nämlich vom Geschäftsführer. Er nahm die Schicklichkeitsverletzer beim jedesmaligen Kragen und setzte sie mit Prägnanz an die Luft. Den einen der beiden Bevorzuger extremer Richtung auf dem Gebiete nächtlicher Vergnüglichkeit bedauerte ich, weil er ein hübsches Gesicht besaß. Er verlor auf der Luftschiffahrt, die nicht beabsichtigt, sondern ziemlich erzwungen war, seine Tabakpfeife, und nun war es Sonntag, dessen herbstblätteliges Aussehen ich zu einem kleinen Ausflug benutzte, der mich zu einem Wirtshaus führte, das sich «Wirtshaus zur frohen Aussicht» nannte. Mit der Fröhlichkeit der Aussicht hatte es seine Richtigkeit. Die Hügeligkeit rings herum hatte gleichsam den Charakter des Zuverlässigen, nicht ohne graziös anzumuten. Den Weg rahmten Bäume ein. Nach einer Weile bewilligte ich mir ein Glas Bier und gelangte dann zu einem Pferderennen, in das ich eine viertelstündige Aufmerksamkeit hineinwarf. Man merkte mir gar nicht an, wie ich da achtgab. In der Stadt angekommen, drängte mich der Hunger zur Frequenz eines ebenso stattlichen wie weiter gar nicht exquisiten Lokals. Die Kellnerin setzte mir auf mein Kommando, vielmehr auf meine höfliche Bitte, ein sogenanntes Gnagi vor, das

Gnagi war warm, und es bestand aus einem Schweinsmund. Meine Gedanken beschäftigten sich mit dem so ungemein wichtigen Metzgerberuf, ohne den wir nicht in die Lage kämen, so vorzügliche Bissen zu uns zu nehmen. Einwohner der Stadt der Völkerbundssitzungen setzten sich zu mir an den Tisch.

Abends saß ich im Theater, und ich werde wohl über die Aufführung etwas sagen müssen. Ich tu es sehr gern, denn es war eine Art Stubenmädchenstück mit lieblichster, lustigster und doch auch wieder bester, schönster und ernsthaftester Musikbegleitung. Es war eine der obersten Opern, die es gibt. War ich wert, etwas so Amüsantes mitanzuhören? Es war das hübscheste schürzenbewaffnete Mädchen, das da sang. Wie sie herumtrippelte! Vielleicht hielt sie sich für die Hauptperson, und in gewissem Sinn war sie sehr wichtig, da sich eine hochstehende Persönlichkeit eingehend mit ihr abgab, indem sie von dieser Repräsentationsfigur aufs sehnsüchtigste geliebt wurde. Aber da kam ein Page vor, der sich in alles, was einen Rock und eine hohe Frisur trug, bis zum Erzittern und bis ins fieberische Glühen verliebte. Die Rolle wurde von einem Mädchen gespielt, und natürlich sehr gut. Jedes Mädchen spielt ja das Verliebtsein nie anders als prächtig. Dieser Page liebte die Gemahlin des gebieterischen Menschen, von dem wir sprechen. So sang er sie denn schmachtend und doch auch wieder keck an, und diese Mischung von Verzagtheit und zarter Draufgängerei mußte bei der aufmerksam auf ihn Horchenden eine Empfindung wenigstens der Neugierde erwecken. Sie befanden sich zugleich in allernächster Nähe und in einer Entferntheit, von deren Beschaffenheit nur das entflammte Gefühl etwas weiß. Er sang wie ein begeistertes und dennoch um keine Begeisterung wissendes Vöglein, und das liebäugelnde Singen machte ihn silbern schimmern, und ihm schien, daß ihm sein Herz mit einem aus Rosen geformten Dolch durchbohrt sei, und aus dem Lied, das er sang, weinte und jubelte es über ihn herunter, und doch war sein ganzes Auftreten wieder weiter nichts als lachhaft. Natürlich trat jetzt der Herr der Situation ins Gemach. Herren von Situationen müssen beständig fürchten, sie könnten aufhören, es zu sein. Ein Kammerdiener stand im herzlichsten Einvernehmen zu seinem Ideal. Dieses Ideal war zugleich das Ideal jener erheblichen Persönlichkeit, die ihrer selbst nicht so sicher zu sein schien, wie sie wünschte. So schien also eine Gemahlin ihren Gemahl mit einem Pagen und der Gemahl seine Gemahlin mit einem Stubenmädchen zu betrügen. Mit dem Betrügen war's gottlob nicht allzu schlimm. Alle hinterlisteten und klagten, alle rückten vor und traten zurück, freuten sich und erschraken, spotteten einander aus und liebten sich. Es glich einem beständigen Necken bei sehr viel Empfindungstiefe, einem fortwährenden Unglücklichsein inmitten zauberischen Glückes, und das bißchen Falschheit, das überall seine Hand im Spiel hatte, erhöhte ja bloß das Interesse, das man an den Spielenden und Lebenden nahm; man fürchtete für alle, indem man sie um der Verstrickungen willen beglückwünschte, die das ihrige dazu beitrugen, daß sie nicht so schnell froh wurden, sich nicht allzu sicher fühlten, und das duftete wie eine große, schöne Pflanze, nämlich das ganze Stück selbst, aus welchem die saftiggrünsten Blätter reizendster Erfindungen wuchsen. Ach, wie sang und benahm sich die Dame schön, und wie war sie dabei von solch hoher Einfachheit. Die Spieler wetteiferten gleichsam im Eifer, zu disharmonieren, aber sie schienen dazu zu gut geschult; auch aus ihren Übermütigkeiten sah man Schönheit sprießen. Ich kämpfte mit einer Anwandlung von Schläfrigkeit, weil's mich dünkte, es sei gleich, ob ich wache oder schlafe; ich bildete mir ein, das Stück sei ein Traum, den ich auch mit geschlossenen Augen zu sehen, dessen Geist ich auch in der Geistesungegenwärtigkeit aufzunehmen vermöge. Die Stirne brannte mir. Das Theater war übrigens etwas zu stark eingeheizt worden. Wie sich dann aber alle gütig schieden und in schönen Verständigungen fanden. Ungeeignetes löste sich auf, indem die heitersten Verhältnisse entstanden. Der Mann von Gewicht bat die, die an ihn glaubte, an die er aber selber nicht mit so viel Freiwilligkeit geglaubt hatte, um Verzeihung, indem er vor ihrer Vortrefflichkeit niederfiel, aber auch jetzt hatte man mit der beinahe zu Zarten und zu Großdenkenden ein unbezwingliches Mitleid, ein Mitleid, das sich dann auch auf alle anderen bezog, womit man ja dem Verfasser des Stückes am ungezwungensten Dank sagte. Ich verließ das Theater im Gefühl, daß das Stück noch lange nicht aus sei, daß es immer weitergehen müsse, gar nicht zum Schluß kommen könne, wie das nimmerwelkende, immer wieder grünende Leben.

ICH NANNTE MICH TANNHÄUSER

Gestern ist von mir ein sehr schönes, gutes, nuancenreiches Betragen an den Tag gelegt worden. Wie ich mich stilgerecht beherrscht habe, und wie ich eigentlich gar nicht nötig hatte, mich zusammenzunehmen! Darf ich wohl mitteilen, daß ich im Restaurant Kaninchenbraten mit Kartoffelstock aß, indem dies beides mit Sauerkraut garniert, verziert gewesen ist? Letzteres hat mir ausgezeichnet gemundet, es war eben recht sauer, d.h. ich glaubte, die Säuerlichkeit sei nach allen Richtungen gleichmäßig verteilt gewesen. Nachdem ich mir auch noch Zeitungsnachrichten gehörig hatte schmecken lassen, legte ich mir den wohlklingenden Namen Tannhäuser zu, ganz aus allernächster Eingebung, und zog als solcher hinaus in die sonnige Gegend, direkt gegen einen Bergzug zu, den ich in stattlicher Gelenkigkeit erklimmte, indem ich mich an Baumästen, wo das nottat, elegant in die Höhe zog. Im Tannenwald hatte ich eine Begegnung, nämlich die, die ich am allerwenigsten erwartete. Man kann da demnach von einem überaus unverhofften Antreffen reden. Meine einstige Geliebte war's, die an Seite ihres Mannes und zweier kleiner Kinder daherzuschreiten kam. Ich grüßte die Freundin mit einer mich selber verblüffenden Unbefangenheit und wurde wiedergegrüßt. Was konnte ich Besseres verlangen? Auf dem Berggipfel saßen im Wintersonnenschein Leute am Boden, die erstens die entzückende Alpenaussicht, zweitens ihren Imbiß genossen. Es kam dann einer daher, der mich lange, lange anschauen zu sollen sich für gebunden glaubte halten zu sollen. Ich gewährte ihm das Vergnügen gern. Seine Augen schienen mich etwas zu fragen, ich hielt mich aber nicht für verpflichtet, zu erraten, was. Ich strenge mich am liebsten immer erst dann geistig an, wenn's etwas abträgt. Ein Haus stand einsam an einer Halde. Schade, daß ich dieses Wort Halde brauche; erinnert es nicht zu sehr an Gedichte und Geschichten, die jeder schon irgendwann kennenlernte? Aus einem andern Hause rief ein Mädchen aus allen Kräften nach ihrem Rudi, er solle machen, daß er heimkomme, aber sof–fort. Wie die helle, befehlende Stimme am Waldrand fröhlich klang. Ich meinerseits spielte nun den Tiroler, indem ich mir die Hosen über die Knie hinaufzog und eine Weile nacktbeinig weiterging. Was so einem Tannhäuser nicht einfällt! Womöglich noch anderes als nur Wädeleien. Drei Mädchen schauten mir etwas später entrüstet ins Gesicht, das ihnen ein wenig zu glücklich vorgekommen sein mag. Unsere Zufriedenheit macht auf die Umwelt den Eindruck von etwas Gefühllosem. Aber wenn du so suchend, so verlangend, so verunglückt ausschaust, wirst du dann nicht bisweilen lachhaft befunden? Eine Wirtschaft war voll pelzmäntelanziehende Frauen und tischeinbeschlagnehmende Herren. Abends war ich dann im Theater, wo eine sehr nette, ich möchte sagen, geschmackvolle Oper vor ausverkauftem Haus gegeben wurde.

Die Heldin spielte bald Dienstmädchen, bald Dame, der singende Held bald den Herrn und Gebieter, bald den Unterliegenden. In der Zwischenpause nahm ich mich einer Waffel milde an, indem ich sie barmherzig verzehrte.

O, wie sie sich freute, daß sie mir schmeckte.

Sie lächelte, als ich sie zerbiß.

Indem sie litt, machte sie sich mit dem Sinn des Daseins bekannt.

Die Lady auf der Bühne trug eine Sammetschleppe und beliebte eine Reitgerte in der behandschuhten Hand zu haben nebst einem Federhut auf dem Haar. Ein ganzer Kranz von Fräuleins kam graziös aus dem Wald hervor, aber vom Helden ist zu melden, daß er eine Prachtsarie mit Bravour sang, die ihm reichen Beifall eintrug.

Er war nur ein schlichter Ackerbauer, und wenn er laut betonte, die Lady sei sein, und wenn er damit zunächst nicht Anklang fand, vielmehr zum Gefangenen gemacht wurde, so mußte uns das einleuchten, die wir die Tribüne mit unserer Gegenwart ehrten. Er verstand überaus reizvoll zu liebhabern, sie auch, und Geschehnis, Farbe, Musik klangen aufs wünschenswerteste zusammen. Das ganze Haus hatte gleichsam vor Vergnügen eine rote, frische Wange. Solch einen Theaterabend lob ich mir, an welchem sie sich zuletzt dann doch noch zum Glück bekamen.

Ich sah, wie die Sängerin, die die Lady spielte, mit den Augen in den Himmel hinaufzündete. Als er sie umarmte, schien mir die Umarmung groß genug, daß sie in derselben schier verschwand. Sie wurde ganz klein, fast unsichtbar. Nur ihr Haar lispelte: «Hier bin ich.» Sonst nahm man gar nichts mehr von ihr wahr, so fest, so innig hielt er sie. Sie existierte nur noch als ein Stückchen Umschlungenheit. Sie war eben, wie man sagt, völlig weg. Sie war so froh über seine fromme, entzückte, liebende Übermacht. Er wieder hatte beide Hände voll zu tun mit Sichmächtigerweisen. Ah, wenn der Starke mit den Armen etwas Schwaches, etwas Weiches umhalsen möchte und nichts finden würde und ins Leere taumelte...

ÜBER EINEN FILM

Ich komme diesmal wieder sehr ernst.

Unmöglich vermag ich hier zu witzeln.

Zu schön war ja nach Schluß der Vorstellung dieses uns Heimkehrende überraschende, dichte Schneegestöber. Wie kam ich weißbeschüttet zu Hause an und hielt noch eine Rede. Ich möchte dir die Hand küssen, liebes Mädchen. Du hast so noble Finger.

Doch genug hierüber für heute.

Wie ich noch lebhaft an den schmähungenbedeckten Pfarrer dachte, dessen Haar genial flatterte. Er schaute als Nordländer, einer uralten Überlieferung gehorchend, leider gern ins Glas und war dabei hochintellektuell. Seine Andächtigen rührte er bis zu Tränen, um sie einen Moment später zu veranlassen, zu den Stöcken zu greifen, damit er zu spüren bekäme, wie sie ihn hochachteten. Dieser Prediger muß ein Schoßhündchen ersten Ranges gewesen sein. Später lag er als Flüchtling in einem Schloß auf dem Stroh. Wie das uns mit dankenswerter Deutlichkeit vorgeführt wurde. Hiezu wurde musiziert; das Tönen versöhnte uns mit dem unschönen Betragen des doch so Schönen. Es schien, er habe gar, gar keine leiseste, blasse Ahnung, wie beliebt er sei. Da wurde er Hauslehrer und riß seine Schülerin durch Rezitieren von Gedichten hin. Sie verehrte ihn. Dies trug sich wohl schon häufig zu und führte noch jedesmal zu zartesten Konflikten. Als er ihr gestehen mußte wer er sei, seine Verprügeltwordenheit beichtete, erschrak sie nicht nur sehr vor ihm, sondern ließ ihn mit einem Köpfchensinkenlassen, wie man sagt, fallen. Aber es gab da noch eine andere, wie ja da überhaupt recht viele ansehnliche Personen auftraten, und dann sah man sie in Schlitten, an den Tannenästen hingen Schneelasten, und ich bekenne nun, daß ich hier von einem Kinostück rede, das nach einem Roman der

SELMA LAGERLÖFF

geschaffen worden war. So etwas muß man gestehen. Ich hätte es Ihnen gleich von Anfang an sagen sollen, dann würden Sie nicht erstaunt gewesen sein.

Die Schloßbesitzerin hatte einmal ihre Mutter aus der Gutsumzirkelung gestoßen. Sie hielt sich eine passende Schar von Höflingen oder Kavalieren, die, obgleich sie irgendwann und -wo Tapferkeitsproben abgelegt haben mochten, bürgerlich kaum in Betracht kamen. Auch unser ehrenwerter Gösta zählte zeitweise zur Schar. Natürlich kann ich unmöglich über alles Geschaute treuen Bericht oder genaue Rechenschaft ablegen. Man wird Gewisses vergessen haben dürfen.

Ich habe da schon eine «Andere» erwähnt. Sie besaß ein sehr seelenvolles Gesicht. An der Kasse hatte sich übrigens eine Dame bemerkbar gemacht, die nun mit im Zuschauerraum sitzen und auf die «Wandlungen» blicken mochte, die dieser Gösta Berling durchmachte, auch aufs weite, breite, total verschneite Land, und auch auf dies schöne Gesicht der andern, die zum einstigen Pfarrer sprach:

«Geh gut mit dir um, du verdienst es ja so sehr.»

Diese Worte wurden ihr von mir in den Mund gelegt, denn immer wurde eher bloß gemimt als gesprochen.

Wahrscheinlich war ich nicht der einzige, der ihn beinah benied, daß er Gefahr lief, zu versimpeln, eine Gefahr, die von der Schönen stärker empfunden wurde als vom Strauchelnden selbst. Ich wurde übrigens angesichts seines vertrauten Umganges mit dem traditionellen Gläschen zu einem der ehrlichsten Alkoholgegner, zum überzeugtesten Verfechter der Wichtigkeit der Mäßigkeitsidee.

Möge mir das geglaubt werden.

Wie er mir manchmal geradezu «dumm» auf sie blickte! Ihr aber war das scheinbar lieb. Sie liebte ihn eben, deren Gatte auch wieder mal keine Ahnung zu haben schien, welchen Schatz er an seiner Frau Gemahlin besitze. Sie sah unglaublich gemahlinnenhaft aus, noch so jung und doch dabei, wissen Sie, von einer Hoheit im Benehmen. Gekleidet war sie sozusagen freisinnig. Selten unterhielt ich mich so gut wie an diesem mir unvergeßlich bleiben werdenden Abend, der mir vor Augen führte, wie ausnahmsweise Hauslehrer Hausbesitzer werden können. «Nimm dich zusammen», dachte ich, als ich ihn reich sah.

Mir gefiel er auf der Schlittenpartie besser, wo sie noch nicht die seine war, wo sie ihm befehlend zurief: «Was tun Sie? Ich will, daß Sie sogleich umkehren!», wo er mir ganz er selbst zu sein schien, und wo die, die sich an der Kasse bemerkbar gemacht hatte, auf ihrem Platz vielleicht zitterte, da ihr die Frage kam: «Wird er glücklich?», und die Rede, die ich nachher im Zimmer hielt, war die überflüssig? Item, sie lief vom Stapel.

Das Schöne, das darin bestanden hatte, daß sie nur mit Mühe an ihn glaubte, diese so süßwogende Besorgnis, war das nun erledigt? Fast rief ich am Schluß der Vorstellung ein «schade» aus. Wird sie's nicht vermissen, daß sie sich nun nicht mehr um ihn zu sorgen braucht, war mein Gedanke. Lassen Sie mich nicht entscheiden, ob dieser Gedanke etwa unrichtig war. Weshalb stiegen mir aber um die «Glückliche» Befürchtungen auf? Fürchtete ich für die Nunnichtsmehrbefürchtenmüssende? Aber wozu nehme ich so viel Anteil? Warum sich immer etwas fragen? Wurde die an sich schon zu Schöne dadurch, daß ihre Brust voll hochgearteter Sorge war, nicht noch um so und soviel schöner? Die Abspiegelung der Wallungen und meine Rede dann zu Hause. Außer dieser «Eigentlichen» war da ja auch noch eine Tochter aus sehr angesehenem Hause. Der Film dauerte ja denn auch bei dem Reichtum an Mädchengestalten dreieinhalb Stunden. Diese Zuletzterwähnte rief, als sie von Gösta weggeführt wurde, aus: «Mir geschieht's recht!» Offenbar war dies eine «Abtrünnige». Mangel an Vertrauen hat eben Folgen. Wie ich mir da Mühe gebe! Als die Eigentliche sich so um ihn mühte, seht, da war sie schön. Nur wenn wir im Sinne An-uns-Arbeitens schön sind, sind wir's so, daß wir uns selbst und denen, die mit uns zu tun haben, gut werden. Sie werden zugeben müssen, daß mich dieser Film stark beanspruchte. So viel Interesse!

NAPOLEON UND DIE GRÄFIN WALEWSKA

Ich saß wieder einmal im Kino, das mir zeigte, wie Napoleon zu Tisch saß und Kirschen aß.

Seine Geliebte, die Gräfin Walewska, die er immer ansah, saß etwas entfernt, und wollte die Hand nicht ans Herz legen, wie er wünschte, daß sie täte.

Alle Anwesenden waren betreten.

Indem der Kaiser Kirschen kaute, schaute er zerknirscht vor sich hin. Seine Eigenliebe machte ihn beben. Er saß und vergaß, wer er eigentlich war.

Um des Vaterlandes willen sollte Walewska die schöne Hand ans womöglich noch schönere Herz legen, aber sie trug das Bild eines jungen Mantelumdieschulterwerfers im Busen.

Derselbe war bloß Adjutant, aber dafür hübsch, indes Napoleon weder mit Mänteln noch mit einem hübschen Antlitz versehen war.

Polens Patrioten warteten, indem sie auf den Kaiser schauten, der in einem fort seine Gräfin anschaute, ob ihre Hand täte, was er wünschte.

Noch immer tat sie's aber nicht, und der große Lippenzusammenbeißer schien alle Hoffnung aufgegeben zu haben.

Die Anwesenden fürchteten für Polen.

Napoleon zitterte vor seiner Eigenliebe.

Walewska sah ihren Mantelumschlungenen und glaubte sich noch immer fest an ihm halten zu müssen.

Zeit verfloß; im Saal war's still.

Endlich zog eine Liebe zu etwas Höherem als nur bis zu einem hübschen Gesicht in Walewskas Busen.

Mit bis dahin wahrscheinlich unerreichtem Mienenspiel hob sie langsam die schönste Hand, die es je gab, und legte sie an den Sitz ihrer Empfindungen.

Als das Napoleon sah, der in einem fort Kirschen gegessen hatte, wurde er seinerseits ebenfalls zum großen Mimiker. Über sein Antlitz spielte Sonnenschein, und alle die andern flüsterten sich zu: «Er ist bei wundervoller Laune.»

Die Gräfin hielt noch immer die schönste Hand der Welt ans hingegebenste Herz, in ihre Nachgiebigkeit hinabweinend.

Der Herrscher fand sie entzückend, indes der Mäntler irgendwo seinen Mantel umwarf.

Napoleon aß nun den Rest der Kirschen lebhaft; eine um die andere flog nur so in den Mund hinein.

Er grüßte die Gedemütigte ehrfurchtsvoll.

Die Gräfin fand, sie sei sehr schön
auf bänglichen Entschlusses Höh'n;
sie zitterte, er sah sie fleh'n,
mit Mißversteh'n sie anzuseh'n,
dürft' jemand sich das untersteh'n?

AUFSATZ ÜBER LÖWENBÄNDIGUNG

Einige verließen während dieser Vorführung den Platz. «Da müßten wir uns ja fürchten», sagten sie, als hätten sie gedacht, sie seien zu wertvoll, um einmal einige Furcht auszuhalten. Fürchten ist doch an sich so interessant. Ich fürchtete in erster Hinsicht für den Bändiger, für den doch wohl auch andere ein wenig zitterten. «Schließlich kann's ein ganz netter Mensch sein und übt hier einen schweren Beruf aus», sprach ich zu mir. Dieser Beruf sieht nun vielleicht schwieriger aus, als er ist; er enthält sogenannte Tricks, beruht auf einem System. Die Löwen waren schläfrig, träg, das bemerkte man gleich; sie bekommen ihr regelmäßiges Essen. In der langdauernden Bewegungsunfreiheit entlöwen sich gleichsam, so nach meinem Dafürhalten, die Löwen. Gleichwohl sind sie gefährlich. Dann aber sieht man bei Löwenbändigungen stets oder doch meistens mehrere Löwen, was natürlich etwas erklärt, nämlich, daß ein einzelner ein schwierigerer Erziehungsgegenstand ist als eine Gesellschaft. Bei den Mormonen z. B. sind die Ehen für den Ehemann bequem gewesen; man hat sie um ihrer lasterhaften, schlafhaften Bequemlichkeit verboten. Sollte nicht auch im Drill beim Militär so eine Art Schläfrigkeit sein, wenn man's bei Licht betrachtet? Dieses gemeinsame Gehorchen. Natürlich will ich gegen die Nützlichkeit des Militärs nicht streiten. Ich ziehe da bloß Vergleiche. Die Soldaten wissen, daß sie bei Widersetzlichkeit Strafe zu gewärtigen haben. Die Löwen wissen das auch. Die Löwen könnten, wenn sie wollten, ihren Beherrscher mit größter Leichtigkeit in Stücke reißen, so wie auch rebellische Soldaten, wenn sie wollten, sich ihres Vorgesetzten mit größter Leichtigkeit bemächtigen könnten und wie auch die Mormonenfrauen ihren Gebieter, wenn sie das gewollt hätten, würden haben ohnmächtig machen können.

Ich darf hier wohl folgendes gestehen: Ich richtete meine Augen nur flüchtig auf die Person des Bändigers, weil ich ihm damit zu schaden fürchtete. Wen ich nämlich anschaue, dem nehme ich womöglich irgendwie Besinnungen, Kräfte weg, ich irritiere ihn, mache ihn gleichsam «träumen». Man versteht daher, wenn ich ausführe, ich hätte bewußt, d. h. aus Sorge für den Bändiger, auf diejenigen Punkte oder Flächen hingeschaut, die er seinen Löwen befahl einzunehmen. Wir wissen immer noch zu wenig von seltsamen Wirkungen. Für alle Fälle ist nun ja jeder Löwenbändiger mit einer Eisenstange ausgestattet. Kämpfte nicht übrigens einst Pipin der Kleine erfolgreich mit einem Löwen? Er trat diesen Kampf an, um seinen Bespöttlern Achtung abzunötigen, was ihm ja denn auch nun gelang. Gewöhnlich wird ja mit der Bändigung früh, d. h. zu einer Zeit begonnen, wo die Subjekte ganz jung sind, was natürlich die Aufgabe in hervorragendem Maß erleichtert. Schon die Langeweile, die sie im Käfig erleben, bändigt, zähmt, lähmt an und für sich schon. Die Einförmigkeit, zu der die Löwen verurteilt sind, dient dem Bändiger gleichsam wie ein fleißiger, tüchtiger Gehilfe. Man artet ja bekanntlich bei Untätigkeit in Üppigkeit, Weichlichkeit aus. Wie sie ihn umduckten, als leisteten sie ihm nur widerwillig den gewünschten Dienst, war für mich einfach Musik. Löwen brüllen mit herrlicher Exaktheit. Man kann's Präzision nennen. Schade übrigens beinahe für solches Temperament. Aber auf der anderen Seite lauern ja solche Bestien in den Wüsteneien nur Lebendigkeiten auf, um ihren ungestümen Hunger zu befriedigen. Hier in der Dressur erhalten sie keine allzu große Portionen, daneben aber ist die Kost gesund, d. h. sauber, ja, es gibt sogar hie und da mal Leckerbissen.

Mir gefiel sehr, daß der Bändiger in ganz unromantischem Aufzug erschien. Seine Gewandung war einfach. Anscheinend so zu seinem Vergnügen gab er dem einen oder anderen seiner Untergebenen mit dem Peitschengriff einen Aufmerksamkeit erweckenden Nasenstüber, wie etwa ein Lehrer zu seinen Schülern sagen würde: «Heda, aufgepaßt!» Wundervoll ist ja das Bezwingen der Körperkraft auf dem Wege geistigen Mühens. Was die Gefahr bei diesem Metier betrifft, so soll man versuchen, sie weder für zu gering noch für zu groß zu halten. Er faßte nun gerade den Bösesten, Wildesten um den gelben Hals, um mit ihm zu tändeln. Erstens tat er das natürlich um der Schönheit des Schauspiels willen.

Einem Publikum bietet man Sensationen an, damit es sein Interesse nicht verliert. Zweitens aber sind einem Löwenbändiger seine Löwen lieb, und der am ursprünglichsten Gebliebene, der Löwenhafteste, ist ihm der Liebste. Ihm liegt am meisten an dem, der ihm am meisten zu schaffen gibt. Einem Frauenkenner, oder sagen wir, einem Liebhaber, geht's ja mit den Frauen ähnlich, einem charaktervollen Anführer mit seinen Soldaten, einem Vater mit den Kindern usw. Drittens aber kann sich ja der Löwenbändiger in solchem Fall sagen: was gefügig wurde, kann aus Bedürfnis oder Laune, aus Naturgesetzhaftem unartig werden, indes das Unartige, eben auch aus dem Gesetz der Abwechslung heraus, zur Artigkeit gestimmt ist, wenn man ihm die Ehre erteilt, zu glauben, es verhalte sich so. Jedenfalls muß ein Löwenbändiger in hohem Maß zu sich wie zu seinen Klienten Vertrauen in sich wohnen haben. Jeder seiner Gebärden ist er absolut sicher. Kühnheit wird bei ihm zur Unerläßlichkeit. Seine Haltung muß den Löwen erklären: ihr tut mir keinesfalls etwas! Mir kann unmöglich etwas zustoßen! Und wenn ihm auch ganz andere Gedanken kämen, er muß tun, als wär' er ihr Gott. Er muß schön und brutal sein, um nicht von der Pistole Gebrauch machen zu müssen, was eine Geschäftsschädigung wäre.

BIN ICH ANSPRUCHSVOLL?

Man macht mich auf Romane bedeutender Autoren aufmerksam.

Ich erhalte Verlegerbriefe.

Frauen aus der Gesellschaft erinnern sich meiner.

Ich besitze Manieren, schüttle sie allerdings plötzlich ab, um sie neuerdings aufzunehmen.

Mitunter komme ich mir seltsam vor.

Ärzte fragen mich teilnahmsvoll, ob sich denn wirklich niemand um mich kümmert, als wenn sie das für sehr unrichtig hielten.

Ich glaube bald selber, daß man mich vernachläßigt hat. Übrigens schadet das absolut nichts. Ich habe dafür sozusagen um so intensiver «gelebt».

Ich lese alle Mittag so zum Mittagessen «meine» Zeitung. Diese Tatsache ersucht mich, sie zu erwähnen. Was bittet mich außerdem um freundliches Kundtun?

Habe ich etwa «allerlei vergessen»?

Ich wechselte wieder einmal mein Domizil. Wann komme ich wieder zur Lektüre eines französischen Buches? Ich sehne mich danach.

Was hat man unter «Bildung» zu verstehen? Was richte ich da für Fragen an mich?

Zimmersuchen und so weiter habe ich gern. Man schaut dabei in Häuser hinein, in die man sonst nie hereinblicken würde.

So gelangte ich beispielsweise auf der Suche nach einem geeigneten Schaffensraum und Wohngemach ins Innere eines Hauses aus der Barockzeit. In den Korridoren hingen alte Bilder.

Selbstverständlich bleibe ich nach wie vor für Mansarden interessiert. Ich interessiere mich für so vieles.

Ob ich mich wohl bald um eine Lebensstellung höflich bewerben werde? Auch diese Frage beschäftigt mich gewaltig.

Ich fand in ärmerer Leute Haus ein sehr niedliches Zimmer, das nur leider nicht heizbar war. Mit der Aussicht aufs Land, die das kleine Fenster darbot, erklärte ich mich im Nu einverstanden. Das Zimmer konnte bloß so als Zimmerchen aufgefaßt werden.

Indem ich mir dies Zimmer anschaute, schaute ich mir gleichzeitig auch die Logisfrau genau an. Ich wünschte mich zu überzeugen, ob sie mich eventuell «näher» interessierte.

Im Fensterchen lag überdies, in etlicher Entfernung auf einer Anhöhe stehend, das Volksernährungsgebäude, wo

Wirtschaftsfragen studiert werden mochten. Früher wohnte in diesem eleganten Hause ein Literatur- und Kunstprofessor. Es hat mir das einmal jemand gesagt; nun dachte ich daran. Eine Frau aus meinem Bekanntenkreis amtet dort als Aufwartefrau; ich lernte sie kennen, als sie eine Kostgeberei betrieb.

«Der Tisch ist für mich etwas zu klein, da ich nämlich ziemlich viel schreibe», sagte ich zu der Logisfrau, deren Äußeres ich eingehend beobachtet hatte, und grüßte sie und entfernte mich.

Ich sah mir nachher auch ein dunkles, aber warmes Hofzimmer an. Zu der Frau, die es mir zeigte, sprach ich: «Vielleicht komme ich auf den Raum zurück. Ich bin gegenwärtig von Pfeilen durchbohrt.»

«Um Gotteswillen!» fragte sie erschrocken, «von was für Pfeilen?»

«Von Amors Pfeilen», erwiderte ich still und wie wegwerfend, als kämen mir diese Pfeile nebensächlich vor.

«Es gibt doch unbarmherzige Frauen», warf sie hin. Ich gab zurück: «Jede sorgt begreiflicherweise zunächst für sich.»

Damit ging ich, und jetzt beschäftigt mich diese sehr seltsame, meiner Ansicht nach wichtige Frage: aus was besteht die Bildung? Und dann diese zweite, diese andere Frage von größter Wichtigkeit, die läßt mir auch keine Ruhe, nämlich die Frage von der Bedeutung des sogenannten Völkischen. Wie ich mit diesen Problemen wohl zurechtkomme?

Und dieser Arzt, der mich gleichsam so nebenbei rasch ein bißchen «bemutterte». Er gab mir ein Buch zu lesen, das nun meinen Tisch mit seiner Gegenwart ziert.

Und dann «diese schöne Frau», die mich in einem

Laden so aufmerksam fixierte, als wolle sie mir sagen: «Dich kenn ich; gib acht!»

Sie besaß ein so schönes, feines Antlitz und dazu noch sehr feine Füße. Die Sache war die: ich saß da so im Laden und wartete auf etwas. Von dieser Dame habe ich im Augenblick geglaubt, daß sie mir schon irgendwo begegnet sei, daß sie mich nun wiedererkenne und daß sie von mir eine ganz bestimmte Meinung habe. Das alles kann natürlich meinerseits auf Täuschung beruhen. Man täuscht sich ja so leicht, wo man sich interessiert.

Frühmorgens sieht man in unserer so netten Stadt zahlreiche hübsche Mädchen, die zu irgendwelcher Beschäftigung gehen.

Es wird nachgerade für mich «ernst», das weiß ich.

Ich habe mir vorgenommen, einen Roman zu schreiben, der natürlich psychologisch sein muß. Es wird sich darin um Lebensfragen drehen.

Ein Schullehrer, der auch schriftstellert, hat mir zwei sehr aufmerksame, kluge Briefe geschrieben.

O, diese Schnelligkeit in allen meinen ausgedehnten Langsamkeiten und demgegenüber wieder diese Trägheit in all meinem umfangreichen Fleiß.

Sollte ich wirklich so ein «Volkskind» sein, das sich selbst noch nicht einmal versteht? Das wäre gräßlich!

Aber ich schwebe immer wie in einem Goldzustand, d.h. bescheiden gesagt, ich habe zu mir Vertrauen. Andere leider nicht immer, wie z.B. eine sehr nette Frau, bei der ich auch bei dem Zimmersuchen vorsprach.

Das Zimmer sah reizend aus, wissen Sie, so sonnig, so hell. Ich sagte sogleich zu mir: «Hier möchte ich wohnen.» Der Waschtisch war neu und schneeweiß, und es gab da eine einladende Chaiselongue, die ich unter Umständen anders plaziert haben würde.

«Das Zimmer ist das reine Gedicht, liebe, hochverehrte Frau», sprach ich zur Vermieterin, «ich setze mich hier im Geist schon fest.»

Sie erwiderte: «Sie müssen zu meinem und wahrscheinlich auch Ihrem Bedauern erfahren, daß ich mich nicht schon jetzt entschließen kann. Sie sind sehr anspruchsvoll, nicht wahr?»

Ich gab zur Antwort: «Ja, das bin ich».

«Eben deshalb möchte ich Sie bitten, es mich noch ein bißchen überlegen zu lassen. Telephonieren Sie mir doch. Nicht wahr, tun Sie das. Sie erhalten dann Bescheid.»

Ich nahm vom Zimmerwunder Abschied. Mit welchem Lachen ich nun daran zurückdenke! An die Frau, die im Zögern ihr Heil suchte.

Was mich betrifft, so wohne ich nun recht anständig, ja sogar beinahe fein. Meine Umgebung befriedigt mich. Man kann meiner Ansicht nach ziemlich überall wohnen, und dazu hat sich ja noch bei jemand, der mich kennt und schätzt, eine im Handelsfach wichtige Persönlichkeit nach meiner Wenigkeit erkundigt und wird, wie ich glaube, die Auskunft erhalten haben, die sie sich wünschte.

Ich glaube, daß ich noch etwas aus mir mache. Was ich noch beifügen möchte: Eine Schauspielerin schrieb mir, sie sei in einer Mißstimmung nach Hause gekommen, habe an mich gedacht und dabei sei sie heiter geworden.

AUFSATZ ÜBER EINEN LANDAUFENTHALT

Ich will diesen Aufsatz langsam schreiben, woraus sich eine Gewähltheit, ein sanftmütiger Überblick ergibt.

Vorsichtig sein hat manchmal gar keinen Zweck, ist aber an sich schön. Achtgeben scheint mir eine der besten Freuden.

So gebe ich denn auf die Worte, die hier der Feder, deren Führer ich bin, entströmen, kolossal acht und sage, daß ich in einer Art Ferien gewesen bin, die zu meiner Zufriedenheit verliefen.

Es handelt sich um zirka zehn Tage Abwesenheit vom Schreibtisch. Ich konnte eine leise Sehnsucht nach ihm konstatieren. Wo ich meinen Urlaub verbracht habe, wird nicht unbedingt nötig sein zu sagen.

Ich wohnte in einem kleinen Haus und ging täglich in ein großes, das sich als mächtiger Block vor dem erhob, der über eine Brücke seinem Eingang zuschritt. Nicht Arnold von Winkelried war's, sondern ein Herr Wink, der allen denen zuwinkte, denen er den Eintritt gestattete.

Das Haus entstammte dem Frühmittelalter. Indes ich den Frühling genoß, las ich in der Zeitung das Ableben eines Pfarrers. Ein Herzschlag setzte seiner gesegneten Tätigkeit ein jähes Ziel. Mir begegnete der Verstorbene einmal in einem Büro. Ich erkannte den sorgfältig in geschriebenen Überlieferungen nach irgendwelchen Bekanntmachungen Suchenden sogleich, er aber mich nicht. Er war sehr vertieft und sah dabei sehr fein aus, und nun wunderte ich mich über sein Hinscheiden.

Mir fällt ein, mitzuteilen, daß ich «da oben» recht gut

aß. Der, der die Mühe der Herstellung der Speisen übernahm, war einer, von dem mir erzählt wurde, er sei ehedem gar sehr «rot» gewesen, d. h. er habe «sozialistisch gedacht». Nunmehr dachte er gutbürgerlich. Wie war der Gesinnungsumschwung über ihn gekommen? Man deutete diesbezüglich auf die Gattin.

Ich finde es richtig, daß Frauen Einfluß ausüben. Sie sind angenehme und brauchbare Aufhalterinnen einer Entwicklung, die es in sich hat, daß sie der Gesellschaft ebenso viel schadet wie nützt. Frauen wollen, daß ihre Männer «etwas bedeuten». Ist dieses Bestreben nicht ebenso rührend wie anerkennenswert?

Ich komme auf eine Flasche Wein zu sprechen, die mir eine Hochherzige schenkte. Ihre Hochherzigkeit besteht darin, daß sie jemand dankbar bleibt, dem sie dienstbar sein durfte. Sie spendete mir übrigens die Flasche Wein nicht direkt, sondern auf dem Umweg einer Anspielung einer Freundin von mir. Freundinnen sehen den Freund gern auch von andern Frauen verhätschelt.

Ich darf sagen, ich sei während meines Aufenthaltes in «dieser geradezu entzückenden Landschaft» durchwegs verwöhnt worden. Man gönne mir das ruhig, denn das Beliebtsein gestaltet sich für mich zum Teil zu etwas Mühsamem. Welcher Intelligente begriffe das nicht augenblicklich? Wir wollen uns im Grund ja gar nicht so sehr des Lebens freuen. Vergnügtheit will von Mißgestimmtheiten unterbrochen sein, damit erstere sich belebe. Jeder nur spärlich Gescheite weiß, daß nur ehrlich verdientes Glück wirklich eins ist.

Schrecklich, wenn dies richtig gesprochen wäre. Man sollte so wenig Sinnreiches und so viel Sinnloses wie möglich sagen, ist das nicht auch Ihre Meinung, werte

Frau? Was europäische Leser nicht schon Gesundes und Gutes zusammengelesen haben, das dürfte anfangen langweilig für sie zu werden. Ich rate ab, viel Weises zu lesen, weil dadurch der Eifer, weise zu werden, erschlaffen kann. Das Leben mache uns gut, nicht die Bücher. Diese seien möglichst unterhaltend. Sich gut unterhalten, sollte das etwa keine Weisheit sein ?

Da ich eingeladen worden war, so kosteten mich die Ferientage keinen Heller. Zwischen dem Frühstück, das ich ab und zu versäumte, und dem Mittagstisch beschäftigte mich die Instandstellung meines allerdings etwas kleinlichen Heimes. Ich schüttelte den Teppich, damit er sich entstaube, brachte mein Bett in Ordnung, damit sich niemand anderes dieser Arbeit zu unterziehen brauche und las dann ein paar kurze Märchen, deren Schönheit und Klugheit eben in der Kürze bestand.

Näher zu erwähnen brauche ich diese Lektüre nicht, aber dann diese von mir immer fleißig eingesogene, gesunde Luft. Ich könnte von den Wiesen sagen, sie hätten mir die Erlaubnis erteilt, mir einzureden, ich sei ein reicher Herr, so üppig, so wohlhabenheitausdrückend sahen sie aus. Der Anblick von etwas Notleidendem stimmt uns wehleidig; schauen wir in etwas Zufriedenes hinein, so muß es uns bald auch heiter stimmen. Vom Wald, den ich betrat, sage ich, daß es undenkbar ist, Sie seien je in Ihrem gewiß mannigfaltigkeitaufweisenden Leben in einen ebenso frischen gegangen.

Ein bedeutungsvoller Teil des großen Hauses war in Zeiten politischer Unruhe von Verfechtern einer Idee des sittlichen Aufschwunges nicht ohne Nutzen, aber auch nicht ohne Nutzlosigkeit zerstört worden. Bei einer Umänderung geht meistens mit Verbesserungswürdigem auch Nichtwiederzuersetzendes verloren, doch wären Klagen hierüber unangebracht. Innert gewissen Zeiträumen bedürfen die Menschen in der Tat der Aufrüttelung.

Zeitweise ist in dem Gebäude eine Fabrik betrieben worden, nachdem es früher eine Schule für Söhne von Vornehmen beherbergt hatte. Nunmehr wohnten zweierlei Art von Leuten darin, solche, die über Entgleiste die Aufsicht führten, und jene Verirrten, oder sagen wir, Erkrankten. Die Leitung lag in den zarten Händen eines Kindes, und wenn ich in die Umgebung schweifte, so dachte ich vom ersten Schritt an bis zu dem, der mich über die Schwelle des Hauses führte, respektvoll an diese «Direktorin», die diejenigen unter sich sah, die wieder ihrerseits zum Herunterschauen Anlaß fanden, der berechtigt war.

Erwähnt sei ein jugendlicher Vertriebener, der sich, während er auf Zurückvergütung oder Wiedereinsetzung hoffte, worin er sich immerhin einem schönen Trug hingeben mochte, im Handküssen übte, indem er «dem Kind» in diesem Sinn huldigte. Er nannte das Kind «gnädige Frau». Für einen Ausgewiesenen mochten sich derartige Höflichkeitsformen schicken.

Sein feines Benehmen und seine Beschäftigung standen in einem Widerspruch zueinander. Er war in Kreisen aufgezogen worden, wo gewinnende Aufführung beinah als eine Unerläßlichkeit gilt. Wenn er nun etwa misten mußte, so konnte er zunächst doch wohl von seiner ererbten Umgangsweise wenig oder keinen Gebrauch machen. Dafür eignete er sich eine Körperkräftigung an, die ihm vielleicht ebenso dienlich werden kann, wie mehrerlei Zurückerstattung, die er sich aus dem Kopf schlägt, wodurch ihm der Kopf nur leichtet.

Ich benahm mich meiner Beschützerin gegenüber einmal ungezogen genug, daß sie darüber erstaunte.

Ich befinde mich sehr wohl, wenn ich Vorwürfe, die mir gemacht werden, ihrer ganzen Länge und Breite, will sagen, Ausdehnung nach, anerkenne. Ich bin dann ruhig, und andere sind's auch. Vielleicht bin ich deshalb der Eigenwillige, Nachgebende, weil ich stark bin. Über ein sehr liebes, hübsches Mädchen in dienender Stellung weggleitend, rede ich in der Annahme, daß es Ihnen recht ist, noch vom Lesesaal, der den Hausbewohnern jederzeit offen stand, und wo ich Gelegenheit hatte, zu lesen:

SEINE HAND LAG IN DER IHRIGEN.

Diese so unabhängige Hand, die da ganz für sich hinzugehen schien, um einer andern Hand einen Besuch abzustatten, machte mich lachen, und nun lag, als ich wieder bei mir ankam, ein Brief auf meinem Tisch, worin mir eine Persönlichkeit, die ich schätze, mitteilte, sie habe einer Dame dadurch, daß sie ihr von mir erzählte, Tränen zu entlocken gewußt.

Solches zu lesen, mußte mich wundern. Zugleich freute mich selbstverständlich eine so kostbare Nachricht.

Eine solche Gemütszartheit, und inzwischen tat ich nichts als versuchen, ob's mir gelinge, einen Ball in ein im ersten Stock befindliches Fenster geworfen zu bekommen.

Ich bin «dieser Schönen» von nun an verpflichtet, aber vielleicht vergesse ich sie.

Legte ich aber nicht hier vielleicht einen ganz niedlichen Bericht ab?

BERICHTERSTATTUNG

Dieses Fest wurde für unsere liebe Stadt zu einem Erfolg, dessen Fülle einem prachtvollen Bouquet glich. Strahlend strich ein Dialektdichter rund um tanzende Kostümlichkeiten, Knaben hielten lange Stangen in den Händen, die mit Täfelchen versehen waren, auf denen Ankündigungen geschrieben standen. Auch ich mengte mich unter die Menge, die sich aus allen Gegenden unseres Vaterlandes rekrutierte. Straßenbahnwagen fuhren gestopft voll, doch verhielt sich's so: Nur diejenigen Wagen waren so überaus dicht besetzt und wurden so eifrig benutzt, die nach dem Ausstellungsgebäude dirigiert wurden, von den übrigen ließ sich das nicht sagen. Die Kellnerinnen in den Restaurants ertranken schier in der Flut der Festbesucher, und ich darf wohl sagen, daß ich Teller auf Tischen liegen sah, in denen Mehlsuppe braun schwamm, indem sie annahm, daß sie gegessen wurde. Mir ist ein überaus herziges Mädchengesichtelchen in Erinnerung geblieben, das von Verlegenheit bestürmt wurde, weshalb es ja auch aufs fröhlichste errötete. Eine Wirtin, die ich lange Zeit nicht mehr gesehen hatte, und die das in Bezug auf mich ebenfalls sagen konnte, gab mir mit einer Erfreutheit die Hand, die so nach Ungekünsteltheit duftete, daß ich glauben durfte, das Leben liebe mich.

Heute früh war es gewissermaßen Sonntag. Ich glaubte an diese ebenso heitere wie achtungerweckende Tatsache mit der Kraft sämtlicher Scharen meiner Entschlüsse, die vollkommen intakt schienen und es wohl auch waren. Unter den sehr achtbaren Teilnehmern am Feste erblickte ich die hochaufgerichtete Figur eines Universitätprofessors, der zweifellos im Geist eine Ansprache hielt. Nunmehr spreche ich von Fahnen, die teils unbeweglich hingen, teils sich in anmutigen Wendungen um sich selber drehten, also sozusagen einesteils schliefen, anderseits aber zappelten und lächelten, als freuten sie sich, auf die Köpfe der Leute herabzufrohlöckeln. Ein Bankgebäude sah sehr selbstbewußt aus. Jemand lachte, ohne zu wissen, warum. Mehr als hundert Extrazüge schlängelten sich in den Bahnhof hinein, der vor Vergnügen vibrierte, eine so erhebliche Rolle spielen zu dürfen. Eine Dame in weißem Pelz ging unter den andern Gestalten wie eine Erscheinung aus einem Roman, aber was ich vorbringen wollte, ist, daß ein Student wie ein Diplomat dasaß, und daß ein Politiker wie Talma dastand. Die Unvoreingenommenheit, mit der ich mich durch das zusammengeströmte Volk wand, hatte mit der Sauberkeit einer Säule die stärkste Ähnlichkeit. Ich weiß nicht, ob das Glockenspiel tönte, als die Kirchenbesucher aus den drei Türmen der Kathedrale hervortraten. Die Frauen trugen Gesangbücher in den frommen Händen. Ich betrachtete sehr aufmerksam das Haar am Ohr einer Person, die soeben gebetet hatte.

Mir fiel übrigens auf, wie da einige Menschen eine Behendigkeit zeigten, wo sie Grund zur Gemächlichkeit gehabt hätten. Andere bewegten sich langsam, wo ihnen Geschwindigkeit zu empfehlen gewesen wäre. Ich dachte an meinen Freund, der sich einzig deshalb verheiratet hatte, weil die Betreffende ihn wissen ließ, sie halte die Frauen für bedeutendere Geschöpfe als die Herren der Schöpfung.

Dieser Ausspruch scheint es ihm unsäglich angetan zu haben.

Die Sonne scheint auf den Tisch, woran ich diese Sätze schreibe.

Wahrscheinlich gefallen sie ihr.

BEITRAG ZUR CONRAD FERDINAND MEYER-FEIER

Ein beinahe durch die blankgefegten Straßen fliegender Journalist notierte im rastlos arbeitenden Weltgehirn: Flieger fliegen im Blau über meinem Kopf, den kein Hut deckt, was ich für schön und zugleich gesund halte. Ich sehe einen Rohproduktlastwagen und bin über mein Talent verblüfft, wahrzunehmen, wie ein Kavalier einen Regenschirm trägt, der einst der Herzogin von Kapulien gehörte. Ein Beamter fällt mir dadurch auf, daß er im Sonnenschein seine Hände in den Hosentaschen verbirgt. Es gibt Leute, die einen nicht zu grüßen wagen, weil sie denken, es könnte möglich sein, man erwidere etwa ihre Höflichkeit nicht. Ein Bekannter von mir hatte erwartet, ich würde die hübsche Schwäche an den Tag legen, ihn zuerst zu grüßen. Ich unterließ das aber mit einer fast grandiosen Promptheit. Dadurch büßte er die Sicherheit seines Benehmens mir gegenüber ein, das mir gestand, daß er mich schätze, daß er mir das nur nicht offen habe zeigen wollen. Was mich betrifft, so ist es so: wenn ich einer Person begegne, die ich respektiere, so nehme ich vier Meter vor der Begegnung den Stumpen, wie man hierzulande eine Art Zigarren nennt, aus dem Mund, ziehe die Mütze ab und verneige mich so fein und unmerklich, daß an der Achtungerweisung unmöglich gezweifelt werden kann, was so Einflechtungen sind, und nun hörte ich plötzlich einen Herrn zu seinem Nachbarn sagen: «das ist einer von denen, die die Neigung haben, nicht normal zu sein». Eine Radfahrerin führte ein Netz mit sich, das voll Gemüse und Früchte war. Ein Mädchen hat rote, hohe Schuhe an, sich vom weißbestrumpften Bein eindrucksreich abhebend. Vor einem Hotelrestaurant, worin eine Gouvernante sitzt, für die ich mich interessiere, nicht ohne auch noch anderswo meine Interessiertheiten zu haben, steht ein mit einem großen Faß beladener Wagen, das Götternaß enthalten mag. Auf allen Straßen und Hausfassaden liegt weicher Herbstschimmer. Rebberge und Abende an Seegeländen tauchen vor meinem lebhaften Geist auf samt Tanzhäuschen in Eichenwäldern auf Eilanden. Vielleicht werde ich drei bis vier Tage in einem ländlichen Zimmer herbergen, dessen Möblierung noch aus der Rokokozeit herstammt. Ich zweifle zwar, daß ich vor Aufgabenerledigenmüssen dazu komme. «*Quatrevingtquatre*», so klingts nun an mein Ohr. Bei uns wird viel französisch gesprochen. Ein Sänger disputiert mit einem Schauspieler vor dem Stadttheater. Ein kleines Kind lächelt mich an, aber man braucht bei Kindern die Kleinheit nicht hervorzuheben, da ja alle Kinder klein sind, obwohl es hie und da auch große gibt, vielleicht sogar mehr, als man anzunehmen geneigt ist.

Beim Mittagessen las ich in einem Blatt, das von Freidenkern bevorzugt wird, von einem Eisenbahnunglück. Ich erinnere mich dessen genau, da ich erst vor drei Stunden zu Mittag aß. Ein Gedicht verfolgt mich; ich werde die Energie haben, es niederzuschreiben. Wenn Mädchen gesehen sein wollen, fangen sie Arrangements mit ihrem Haar an zu treffen; es kann dies als eine feine Aufforderung empfunden werden, Zeit mit Versuchen verlieren zu wollen, sich zu verlieben, aber die Zeit ist kostbar, sie will ausgenützt sein. Energielose Leute reden gern von Energie. Von mir bin ich überzeugt, daß ich einen stillen Willen besitze. Ach, wie dieses Knaben-an-der-Hand-führende Dienstmädchen sich hübsch ausnahm! Einst warf ich einem Vornehmheit repräsentierenden Kindermädchen eine Kußhand zu. Ihre Kopfbewegung sagte mir: «Bitte ersparen Sie sich das.» Man befindet sich manchmal in einer etwas zu guten Laune. Die Häuser waren heute von einer Schönheit, einer Verhaltenheit im Dastehen, wie ich es kaum sagen kann. Ein Dichter, einer jener geistreichen Unsichermacher zarter Salönchen, nahm seine Vergötterte beim behandschuhten Händchen und fragte sie, wie ihr die Verse gefallen hätten, die er ihr einzusenden die leichtbegreifliche Unverschämtheit besaß. Sie erwiderte errötend: «Ich freute mich sehr, aber lassen Sie mich, bitte einstweilen, gehn.» Der Dichter schien für die Einfachheit solcher Sprache kein so vollkommenes Verständnis zu haben, wie sie es wünschte, die ihn für irgendeinen hergeschneiten Galan hielt. Ich machte ihn ergebenst auf die Sträflichkeit oder Ungebührlichkeit aufmerksam, die mir in seiner Aufführung zu liegen scheine. Indem er mich anschaute, der ihn da behelligte, entfloh die Hohe.

Eine stadtbekannte Erscheinung murmelte etwas in den Bart, sie besaß zwar keinen, aber man drückt sich gern so aus. Es gibt Sprachwendungen, die sich von selber bei uns einfinden. Im Schaufenster einer Buchhandlung glänzten, prangten die Ausgaben eines großen Dichters. Ich rede von Conrad Ferdinand Meyer, dessen hundertsten Geburtstag die gebildete Welt feiert, die man häufig auch die ungeduldige und unruhige nennen könnte. Bildung scheint noch eine ungelöste Aufgabe zu sein. Wir wollen immer eitel auf sie sein, doch nie stolz, und wir wollen niemals sagen, wir hätten nichts mehr zu lernen, und wir wollen uns nicht nur bei hundertsten Geburtstagen von berühmten Dichtern der Verpflichtungen erinnern, die uns die Bildung nahelegt, und wir wollen in allererster Hinsicht, wenn es sich um Gebildetheit handelt, nicht mit derselben rund um uns werfen. Im Grund ist ja immer nur der gebildet, der sich stets um Bildung bemüht, der ganz einfach bloß versucht, es zu sein, weil das nämlich gar nicht so leicht ist.

SPANISCHE WEINHALLE

Während uns, die wir in dieser verhältnismäßig luftigen Halle saßen, von einer kleinen Bühne herab eine Tänzerin ihr Können zeigte, wurden von uns so und so viel Zigarren angezündet und ist so und so oft von uns das Glas mit seinem erheiternden Inhalt an den Mund gesetzt worden. Der Raum war natürlich dicht besetzt, und es saßen Frauen da, die über ihr ganzes Gesicht hinüber lachten. Andererseits verließ eine zu Ernsthafte das Lokal, weil ihr Gatte ihr vorgeworfen hatte, sie biete ihm keinen Unterhaltungsanlaß. Vielleicht war es sehr vernünftig von ihr, aus einem Zimmer zu verschwinden, das zur Belustigung diente. Ich hatte eine hübsch gedruckte und refüsierte Novelle bei mir. Nun, mit diesem Produkt meines Geistes trat ich jetzt zu einer Lady hin, die sich von Verehrern umgeben sah, und bot es ihr zum Kauf an, einen ziemlich waghalsigen Preis nennend. Die Lady willigte in die Sache ein. Sie fing sogleich an, die Novelle zu lesen, und mir schien, sie sei davon befriedigt, denn ich sah sie lächeln. Nur über Zufriedene kommt ja die Lust, die Lippen auf hübsche Art zu kräuseln. Die Tänzerin erhielt Blumen, und ein zu fröhlicher Gemahl erhielt von seiner Gemahlin, die ihn sorgfältig beaufsichtigte, eine mahnende, liebevolle Ohrfeige, die ihn jedoch beinahe noch übermütiger zu stimmen schien. Solch ein kleines, kleines Frauchen war's, und er war ein wahres Kraftmenschexemplar, aber gerade solche wissen zierliche Züchtigungen zu schätzen. Aus dem Wald von Gesichtern, der mich umgab, ragte eine Fräuleinsnase hervor, aber die Nase hing eher herunter, als daß sie kühn heraufstieg, sie schien viel Philosophie zu besitzen. Die Musik klang kräftig und warm, sie erwärmte das Gemach wie ein Ofen, dieser Ofen sprudelte von nicht allzu melodiösen Melodien. Es war mit diesen Melodien so: sie bildeten einen Kahn oder, wenn man will, eine Gondel; der gehörig acht gebende Hörer saß darin, und die Gondel glitt nun dahin, und der, der es sich in ihr bequem gemacht hatte, konnte an irgend etwas denken, zum Beispiel an Spanien.

Als ich nun so an Spanien dachte, fiel mir der Roman von Lesage ein, der sich «Gil Blas» tituliert, und der im siebzehnten Jahrhundert zu Paris gedichtet wurde, und der sich seiner ganzen teppichhaften Länge nach in Spanien abspielt; denn lange Zeit war es Sitte, daß alle Romane im Lande der Stiergefechte vor sich gingen. Wer diesen Roman nicht kennt, der kennt etwas sehr Schönes und Bildendes noch nicht, denn dies Buch ist in der denkbar angenehmsten Sprache geschrieben. Ich dachte an spanische Städte wie Barcelona und Madrid, Granada und Sevilla, die zum Teil einst unter arabischer Herrschaft standen und gleichsam nur Schritt für Schritt christianisiert werden konnten. Welcher Literaturkundige weiß nicht um das graziöse, herzige, liebliche, lustige Gedicht Brentanos, worin die anziehendsten Sevillanermädchen zu den Fenstern herausgucken? Ist nicht der weltbekannte Don Juan eine durch und durch spanische Figur? Bezüglich der Malerei, wie klingen uns da Namen von der besten Bedeutung entgegen! Velasquez malte die seriösesten Hofnarren. Goya die berückendsten Kurtisanen. Die spanische Landschaft soll schön sein, hat mir jemand versichert, mit dem ich mich über Höflichkeit unterhielt, die ja gleichsam in Spanien zu Hause ist. Sie ist ein sehr wichtiges Kulturmittel. Ich halte Höflichkeit für ebenso richtig oder für fast noch wichtiger und richtiger als Aufrichtigkeit, die uns oft nur beunruhigt. An Beaumarchais und Prosper Mérimée dachte ich, an diese sich für Spanien begeisternden Franzosen.

Inzwischen hatte die Lady ihre Handschuhe angezogen. Als ich sah, wie sie sich anschickte, die Weinhalle zu verlassen, erhob ich mich, damit sie mich so erblicke, wie sich's schicke, nämlich achtungsvoll. Etwas Figarohaftes lag in der Haltung, die ich ihr gegenüber annahm, also etwas Vergnügtes. Sie nahm sehr beifällig Notiz von meinem Bemühen, ihr darzutun, ich sei guter Laune. Als sie gegangen war, existierte ein Hauch von vornehmer Ironie nicht mehr im Lokal, aber nur mir fiel das auf, der eine Ader, einen Nerv für alles hat. Der Wirt hatte zu tun, und das wird ihm lieb gewesen sein. Was mich betrifft, so machte ich an diesem Abend eine ebenso unbedeutende wie nette, liebe, kleine, feine und, wie ich glaubte, passende Bekanntschaft.

ICH SOLL ARBEITEN

Ich halte Unbescheidenheit für so nett wie Genügsamkeit. Es sind dies zwei Gegenden, von denen ich sagen möchte, ich hätte beide kennen gelernt. Aber richtig, da bestieg ich ja zwei Berge. Meine Schultern und Beine zitterten, erbebten ein wenig, als mute man ihnen zu viel zu, aber man muß immer wieder Vertrauen zu sich haben. Ich war nämlich, wie soll ich sagen, bereits etwas fett geworden, was mich beunruhigte. Die beiden Bergbesteigungen taten mir nun schon recht gut, und mir liegt ob, in der Schlankmachung meiner Person fortzufahren.

Eine Frau aus dem Volk ging da so eines Mittags über einen sonnenbeschienenen Platz; ich eilte auf sie zu und reichte ihr die Hand. Nun gibt es Leute, die, wenn sie Zuschauer dieses Beginnens gewesen wären, bestimmt ausgerufen hätten: «Wie albern!» Ich begleitete diese Frau bis vor die Haustüre, wo ich sie nach ihrem Namen fragte. Sie antwortete: «Das bekommen Sie später einmal zu wissen.» Unmittelbar auf dieses gewiß unbedeutende Ereignis ging die Bergebezwingung vor sich. Ich will die Wälder da oben nicht rühmen; sie könnten sonst ihre Unschuld einbüßen, ihr Wunderbares.

Vielleicht sollte von Landschaft so wenig Rühmens gemacht werden wie von Kindern, die leicht innerlich irgendwie zu ermüden anfangen, wenn sie sich geschätzt sehen. Kindern tut es vielleicht recht gut, wenn sie eine gewisse Achtlosigkeit zu spüren bekommen; sie dürfen nicht so von ihrem Wert überzeugt werden. Bewunderung erzeugt ja Übermut, Härte. Ich glaube, daß es so ist.

Als ich vom Berg herabstieg, sah ich eine Schlanke

ihrerseits denselben Berg heraufsteigen. Umflatterten Bänder diese zarte Gestalt? Möglich, daß ich mir das bloß einbilde. Jedenfalls schaute ich ihr nach. Langsam ging sie, als sei sie kränklich, suche auf der Höhe Erholung. Um den Mund schien sie mir einen Leidenszug zu haben. Wie einen so etwas interessiert. Und nun diese ganz andere Erscheinung, diese Dame, die mir heute vormittag plötzlich im Hausflur entgegentrat, wo ich nie für möglich gehalten hätte, ihr zu begegnen. Natürlich verbeugte ich mich vor der Stattlichen, die mich von früher her kannte, und die nun zu mir sagte: «So? Hier wohnen Sie?» Und sie trug Trauer. Wer's wohl sein mochte, um den sie ostentativ klagte? Diese Frau sah mich sozusagen eines Abends anscheinend ein wenig ungezogen, und jetzt war ihr da also jemand gestorben; sie aber zeigte noch dieselbe schöne stille und starke Haltung. An ihrer schmalen, feinen Hand blitzten gleichsam großäugige Steine von sonderbarer Sanftheit, und ich finde es an unserer nicht allzu großen Stadt nett, daß man stets wieder dieselben Menschen erblickt.

Aber man sollte sich wirklich nicht jedesmal so aufs Frühstück freuen, wie ich das an mir konstatiere. Ich nahm mir übrigens eine Übersetzung vor.

«Sie sollen arbeiten», redete mich ein Mitbürger an, und er fügte bei: «Man sieht Sie häufig flanieren, was sich nicht gut ausnimmt.»

«Ich danke Ihnen», flocht ich ein, indem ich anmerkte: «Mitunter muten Frauenerscheinungen fast faszinierend an.»

«Sie haben da», sprach der gutherzige Herr, «sehr zeitvergeuderische, pagenhaft-unbedeutende Interessen, die sozusagen ein Stübchen bilden, das Sie lüften sollten.

Scheinbar leben Sie geistig beständig in einer Art Mansarde, während Sie, was Ihren Interessenkreis betrifft, in einem Wohnhaus wohnen könnten. Sie sind eine Journalistennatur.»

Ich fragte, wofür er sich selber halte. Der Mitbürger glaubte meiner Frage dadurch ausweichen zu sollen, daß er sich auf ein ablenkendes ‹Hm› beschränkte. Dieses Ausweichende enthielt etwas Zurechtweisendes. Ich hielt diesen Herrn ohne weiteres für einen Beamten, den ich schon häufig angetroffen hatte. Nun ging er da so seines Weges. Die Straße schien unter seinen gewichtigen Schritten zu kichern. Manchmal kichern Mädchen über die bedeutendsten Leute, indem sie seidenfeine Witze machen. Aber vielleicht kommt es zum ersten Male in der Geschichte der Belletristik vor, daß ein Schriftsteller sagt, daß eine Straße gekichert habe. Ob womöglich diplomatische Adern in mir schlummern? Also arbeiten soll ich? Aber das sage ich mir ja täglich selbst.

Und nun möchte ich von einem Zimmer sprechen, das ich einige Monate lang bewohnte, und das einem Saal glich, in den von Zeit zu Zeit ein Mädchen hereinschaute und die Frage vorbrachte: «Sollte ich mich etwa verirrt haben?» Ich saß in diesem Gemach an einem sehr erwähnenswerten Tisch, trat etwa ans Fenster, schaute in die Gasse hinaus und rief aus: «Wie hübsch sie ist!» Damit meinte ich die Architektur. Für mich war's herrlich, im Zimmer hin- und herzuspazieren, das mich die Wiesen, Äcker, Felder, Wälder da draußen aufs kompletteste vergessen ließ. Alle acht Tage wurde das Zimmer von der Putzfrau geputzt, daß es nachher glänzte, als wäre es ein Tanzsaal. Ich will weder den schneeweißen Waschtisch, noch die Gardinen, die den Raum mit der Zierlichkeit ihrer Faltenwürfe schmückten, einer Hervorhebung für wert erachten, da dies provinziell wirken würde. Ausstattungsgegenstände nimmt man als selbstverständlich hin. Dagegen sei mir gestattet, zu sagen, daß ich dort prachtvoll schlief. Mich ins Bett zu legen, gestaltete sich mir jeweilen zu einem Vergnügen, dessen Schilderung ganze Seiten einnähme. Ich schlief dort mit grandioser Sorglosigkeit. Mein Schlaf glich einem Parke. Wenn ich aufwachte, schlich sich der Wunsch in meine Inwendigkeit, es möchte sogleich wieder Abend sein, damit ich Grund hätte, nur schnell wieder einzuschlummern. Wie würde mich jener mich zur Tätigkeit auffordernde Herr rügen, wenn er hörte, wie ich hier spreche. Vielleicht erhalte ich eine Anstellung auf irgendeinem Bankinstitut. Vorläufig korrespondiere ich mit einem Mädchen aus ausgezeichnetem Haus, was mich seelisch hebt und geistig ermuntert.

Frauen, die zur Starkheit neigen, nenne ich im stillen, was ja freilich sehr primitiv gesprochen zu sein scheint, Birnen. Jedenfalls weiß ich um eine ganze Reihe herziger Frauen, denen ich den Hof machen kann. Ich habe demnach Aufgaben, die ich um so fleißiger zu erfüllen bestrebt sein will, als mir in einem fort jenes hervorgehobenen Mannes Ausruf: «Sie sollen arbeiten» im Ohr nachtönt.

In hiesiger Stadt starb ein bekannter Verlagsbuchhändler, bei dem auch ich ein Buch verlegt habe. Jemand teilte mir mit, er verreise im Frühling nach Sizilien. Wie ich vor einigen Tagen durch die Straßen sprang. Ich glich einem Ausläufer. Es war eine wahre Lust. So lief ich z. B. mit ausländischen Banknoten auf eine Bank, worauf ich mich zu meiner Waschfrau verfügte. Auf einem kürzlich stattgefundenen Ausgang ließ mich ein kleines Mädchen je einen Streifen von seinen rosigen Beinchen erblicken. An einem Bach lag eine in den Nachmittag hineinphilosophierende, sich im Naß abspiegelnde Mühle. Streckenweise dachte ich an den einstigen venezianischen Feldherrn Colleoni, dessen Statue weltbekannt ist. Wie kamen mir im Sonntagabend zwei Frauen schön und groß vor. Wie weich sie meinen Gruß erwiderten. Mir fehlen übrigens zur Zeit Schuhbändel. Alle diese noch unerledigt in mir ruhenden Aufgaben! Ich habe Manschettenknöpfe gekauft. Schreibpapier lieferte mir eine einladende Papeterie. Soeben ist mir eine Gedichtanthologie übersandt worden, worin sich Proben meiner Sangesfreudigkeit befinden. Wenn ich gestehe, daß ich mit Essays kämpfe, wird niemand an meiner Vielbeschäftigtheit zweifeln. Ein sehr netter Mensch sprach eines Tages zu mir: «Andere Schriftsteller füllen irgendwie Lücken aus, Sie aber schriftstellern bloß zu Ihrem Vergnügen.»

Wie wir alle geschickt sind. Diese ihren Wert um ihres massenhaften Vorkommens willen teilweise einbüßenden Tadellosigkeiten. Diese überall verbreitete «Lebenskunst». Und auch ich bin nun schon so ein «Techniker» geworden. Einst war ich so naiv. Aber ich meine vielleicht nur, ich sei es nicht mehr.

Diese für die Gesellschaft, fürs Vaterland usw. «Verantwortlichen». Das Erhaltende, Hebende, das jeder dritte, vierte, zehnte Mensch vertritt. Alle diese «Stützen der Gesellschaft».

Ich schrieb einem Vorwürfe-an-mich-Richtenden: Ich schrieb schon Allerlei, worüber die einen herzlich lachten, indes andere sich unangenehm berührt fühlten. Was diesen ein Geschenk bedeutet, empfinden jene vielleicht als Ungebührlichkeit. Hoch über der Frage, was taktvoll oder taktlos sei, lebt und wogt das Leben, bewegt sich das mitunter rücksichtslos scheinende Talent.

WOHNUNGSWECHSEL

Ich schlug soeben ein neues Zelt auf. Im Völkermuseum in Berlin studierte ich seinerzeit die Indianerabteilung, worin sich farbenfeine, spitzdachige Wohnungen befanden. Auch altmexikanische Kunst war in der Nachmittagsdämmerung vertreten. Indem ich zu meinem Bedauern fand, daß meine bisherige Mansarde zwar recht nett, aber auch recht eng sei, erlaubte ich mir, ordnungsmäßig aufzukünden. Diverse meiner Mitmenschen unternehmen weite Reisen, per Eisenbahn und zu Schiff, und können hiebei natürlich stattliche Bekanntschaften machen und zu allerlei nützlichen Weltanschauungen kommen. Ich begnüge mich, innerhalb der Grenzen unserer Stadt zu nomadisieren, eine Wanderart, die mir überaus bekömmlich zu sein scheint, denn ich sehe, wie ich sagen kann, verhältnismäßig gesund aus, d.h. es scheint mir, daß ich blühe. Demnach gedeihe ich also sozusagen getreidehaft. Es gibt hier Leute, die sich beklagen, sie imponierten mir nicht, aber du liebe Zeit, man kann sich unmöglich in einem fort beimponieren lassen, das würde ja eintönig werden. Ich liebe Abwechslung im Wohnen sowohl wie speziell auch im Essen sehr. Unterdessen wohne ich also jetzt in einem in nächster Umgebung der Stadt gelegenen ehemaligen Landsitz, den lange Zeit eine sehr angesehene gleichsam ehrwürdige Familie bewohnt hat. Die Tapete meines Wohnraumes scheint mir von recht anmutiger, gefälliger Art. Ich bin mit der Wandeinkleidung durchaus zufrieden. Der Fußboden ist quadratiert; seine Zeichnung freut mich. Da es Winter ist, lasse ich täglich für 60 Centimes einheizen. Der große alte Garten, der den Titel Park verdient, ist mit Schnee bedeckt, was wie eine Pelzbemäntelung aussieht. Es hat so etwas Hermelinhaftes. Im neuen Bett schläft sich's gut. Eine Luft umgibt das Haus, die von einer Gesundheit ist, und das Haus steht auf einer zarten Anhöhe, zu deren Füßen die Aare gelassen vorbeizieht, die ein Zweigfluß des Rheines ist, an dessen Gestade der Rheinwein wächst. Früher gab es am Ufer der Aare ebenfalls Reben, die jedoch längst wegen Erträgnismangel eingingen. Mein Teeservice erwartet, daß ich es demnächst brauche. Eine kleine, aber scheinbar ganz feine Bibliothek befindet sich auf einer Konsole, und soeben habe ich eine vortragabzuhaltenbeabsichtigende Schriftstellerin brieflich gebeten, mich zu besuchen, falls sie Lust habe, mir das Vergnügen ihres Erscheinens zu schenken. Ob sie kommen wird, wird sich herausstellen. Zwei Fenster spenden mir in genügendem Maße Licht, und was zieren den Garten für hohe, schöne, schlanke Bäume. Wie ich mich soeben bemüßigt gesehen habe nachzuschauen, enthält die Bibliothek, die nicht mir, sondern meiner Wirtin gehört, eine Weltgeschichte in drei starken Bänden, und ich zweifle nicht, daß ich von Zeit zu Zeit in dem bildenden Werke lesen werde, denn es gibt immer Minuten, die mit etwas ausgefüllt sein wollen.

Ich glaubte schon, daß mir ein wichtiges Papier abhanden gekommen sei, nämlich die Aufenthaltsbewilligung, die sich aber seither zum Glück wieder vorfand. Und nun hängt mir da im Zimmer eine Abbildung des durch Lord Byrons Gedicht «Der Gefangene von Chillon» weltbekannten Schlosses eben angegebenen Namens, das mit seinen Mittelalterlichkeiten, seiner Romantik den Genfersee ziert, von dem jeder Gebildete wissen muß, wo er liegt, gewann doch in diesen Tagen die Stadt Genf hohe Bedeutung.

Vielleicht dürfte mein Sessel etwas rauh sein, aber ich werde diesbezüglich allen Ansprüchen einfach Schweigen gebieten. «Du arbeitest nur deshalb so eifrig für die Presse, um den Lohn in allerlei Restaurants zu tragen», redete mich dieser Tage eine Dame an, die mir die Respektabilität selbst zu sein schien. Ich warf auf die Bemerkung hin bloß einen bittenden Blick in den Himmel. Wieder begegnete mir jene so unsäglich sympathische Lehrerin, und wieder verbrachte ich eine Stunde bis zwei im Kreise jüngerer Sänger und Schauspieler. Diskutiert wurde über nichts Unwichtigeres als über das Leben. Jeder gab mir seinen Namen an. Einem Beisitzenden beliebte es, mich «Kleiner» zu nennen. Da er's aber denkbar anerkennend meinte, ließ ich's mir gefallen. Letzten Sonntag trat ich, einem Schneegestöber ausweichend, in eine gangbare Wirtschaft. Arbeiter und Bürger pflegen dieses Lokal zu frequentieren. Das Bier ist dort sehr süffig, mit anderen Worten wohlschmeckend. Ich kam mitten in ein Lottospiel, dessen Gewinnste in Enten, Zuckerdüten, Würsten, Rippli, Konserven, Käse, Schokolade, also in lauter Wünschenswertigkeiten bestanden. Was meine Persönlichkeit anbelangt, so verzichtete sie aufs Mitspielen, indem ich auf die Freude hinwies, die für mich im Zuschauertum enthalten sei. Ein freundlicher Herr mittleren Alters errang eine Prachtsfleischwurst. Ein junger Mann machte sich nach kürzerer oder längerer Zeit eine elegante Zungenwurst zu eigen. Der Spielarrangeur rief hellstimmig Zahlen aus. Die Spieler hatten Kartons vor sich liegen, und gewonnen hatte jeweilen der, dem es glückte, mit Glasplättchen eine Zahlenreihe zu decken. Gespielt wurde sowohl zu ebener Erde wie im ersten Stockwerk. Ein Telephon diente zur Übermittlung, also zur Herstellung einheitlichen Ganges der Geschäfte. Gerne würde der Wurstansichreißer noch eine Zuckerdüte umarmt haben, um sie vors Antlitz seiner Gemahlin zu bringen, aber die letztere Erwerbung gelang ihm nicht, dafür gelang sie einem andern, und dieser andere war ja sein Mitmensch, und wir sollen heute mehr als je menschenfreundlich sein. Gespielt wurde zwei Nachmittage lang, und ich ließ mir erzählen, daß die Veranstalter des Kurzweils an die Behörde je vierzig Franken Erlaubnisgeld zu zahlen hätten.

Über die Besitzung, worin ich wohne, verfügt die Gemeinde.

LÄNDLICHER SONNTAG

Von einem zarten Knaben ausgehend, den ich mit Spielen beschäftigt sah, Damen und Herren gingen sonntäglich ruhig vorüber und alle schenkten ihm eine Art Achtung, die er absolut unbeachtet ließ, und Schuhe hinter mir zurücklassend, die die Beaufsichtigerin des Knaben trug, die mit je vier Knöpfchen versehen gewesen sind, verfügte ich mich aufs Land hinaus.

«Sie gehen eigentümlich schnell, merkten Sie das nicht selber?», hat mich da eine Gestalt angeredet, die, wie sie mir sagte, eine Irrenhausentsprungenheit suchte.

Auf die Frage, wer ich sei, antwortete ich: «Heimarbeiter.»

«Und wo wohnen Sie?»

Ich gab adrett meine Adresse an.

«Wohin belieben Sie zu springen?»

«Ich befinde mich da ganz im Bann des berüchtigten Gilles de Rez, der ein Feudalherr war, wie er zum zweiten Mal innerhalb europäischer Zivilisation nicht wieder vorkommt.»

«Um welche Zeit lebte dieser anscheinend große Herr?» wurde gefragt. Die Frage war eine vorsichtige, leise. Die Erwiderung lautete: «Im Mittelalter.»

«Wodurch zeichnete er sich aus?»

«Durch Nichtachtung des Gesetzes. Er bekam gleichsam die Harmlosigkeit satt, die auf Selbstbeherrschung beruht. Er liebkoste gewissermaßen die Kinder vieler seiner Untertanen, und um ihnen nicht Gelegenheit zu geben, erzählen zu gehen, wie huldvoll und nett er mit ihnen gewesen sei, beförderte er sie ins Jenseits. Man kann also sagen, er habe seiner Leute Eigentum nicht respektiert, maßte sich Übergriffe an und war dennoch einer der Gebildetsten seiner Epoche.»

«Und nun wären Sie da also ein auf einem Ausflug befindlicher, harmloser, Feudalherren in Erwägung ziehender Geistes- oder Heimarbeiter? In diesem Fall wünsche ich Ihnen viel Vergnügen. Ich bin Landjäger, und Sie werden verzeihen, daß ich zu prüfen bestrebt gewesen bin, ob Sie arretierungsfähig wären oder nicht.»

Er lüftete nicht ohne ländliche Nonchalance seinen Hut, der etwas wie eine gutmütige Ironie ausstrahlte, und ich flog den Abhang hinauf. Es kann vorkommen, daß auf wettergebräunten Veranden lesende Landestöchter sitzen, und ebenso leicht ist es möglich, daß Wege schmal und Häuser klein sind, und daß Heustöcke Ähnlichkeit mit Grenadierkopfbedeckungen zeigen, Obstbaumäste haben etwas von zackig-genial gehandhabten Geigenbögen. Schrieb ich doch einst über Paganini, den unter anderen Goethe gehört haben dürfte, einen Aufsatz. Blonde Mädchenköpfchen sind über einer Balustrade sichtbar, nun kommt ein Wald, und nach demselben kommt eine schöne stattlich berockte Bauernfrau, die mir einen Übeltäter oder Tunichtgut in Erinnerung ruft, der korrektionshausflüchtig in eine Hütte schlich, wo ihn eine Frau mitleidig aufnahm, weil sie ihn mit einer Situation kämpfen sah, die ihn zersplittern zu wollen schien.

Burschen spielten auf der Wiese, die nicht eines Grünlichkeitsschimmers entbehrte und an dunkleres Äckerliches angrenzte, das Hornußspiel, das im Auffangen mittels Brettwerfen eines Hornbällchens besteht. Der Hornuß wird durch Schwingen eines biegsamen Stockes hoch über die Köpfe geschleudert. Wie schön ist's übrigens, von einem Sandsteinfelsen, der einem Kegel gleicht, auf eine Dorfschaft samt Kirche, Pfarr- und Wirtshaus und Käserei herabzublicken. Man steht hoch über sämtlichen Einwohnern.

Die Sonne besaß etwas Feines und zugleich Großes, sie lag gleichsam langausgestreckt am Boden und schien zu wachen und schien wieder zu schlafen. Über ein Seelein sah ich nachlässig hinweg, dann stand ich eine Minute oder länger vor einem Schulhaus, vielmehr Seminar, das im Anfang des neunzehnten Jahrhunderts von Emanuel von Fellenberg gegründet wurde, und das heute noch Jünglinge zu Lehrern ausbildet. Solch ein angehender Lehrer kommt dann aber vielleicht an eine sehr einsame Wirkungsstelle, wo er fühlt, daß ihm seelisch manches fehlt. Wiederholt geht's jetzt durch ein Dorf. Ein Dorf liegt nah am nächsten. Ein Häuschen scheint mich mit seiner Besonderheit zu fragen, ob ich es interessant fände, aber ich überspringe einiges und sitze jetzt im «Wirtshaus zum Rudolf von Erlach».

Dieser Name ist hierzulande populär, da er einem Heerführer des vierzehnten Jahrhunderts gehört, der dem aufkeimenden Staat einen wesentlichen Dienst leistete, indem er freisinnig zu sein für rätlich hielt und sich demgemäß in einer Affäre benahm, der er zu vollem Erfolg verhalf. Das Wirtshausschild stellt ihn als gepanzerten Ritter dar, der unbeweglich zusieht, wie sich der gasthäuselige Verkehr abwickelt. Den Ofen ziert die Jahreszahl 1830. Nichts als Portionen Schinken werden von allen Seiten her eifrig begehrt. Der Wirt ist zugleich Metzger. Auch ich finde mich zu einer sich auf das Haustier namens Schwein beziehenden Bestellung bewogen. Ein Gast nimmt seine Nachbarin mit kurzentschlossener Vertraulichkeit bei der Nase. Er deutet damit an, daß sie ihn schätzt. Einer singt ein Lied von der Gleichheit. Man stutzt zunächst allerseits ein wenig, aber der Sänger singt loyal, daher wollen die Zuhörer auch freundlich sein und spenden gemäßigten Beifall, der zu sagen scheint: «Es ging an.» Die Kellnerin sieht wie Preziosa aus. Die Wirtin lenkt den Schinkenexport. Ein Mann spricht zu seiner Frau, die mit dem Wein, den sie vorgesetzt bekam, nicht zufrieden zu sein scheint: «Hättest Burgunder bestellen sollen. Wozu hast du denn dein Maul?»

«Vor Gästen, wie z.B. der Herr hier ist, der mir ein Auslandskorrespondent zu sein scheint, könntest du anstandshalber Mund statt Maul sagen», wendet sie ein, er aber hat für die Einwendung keine Empfindung, da er ein Schinkenvertilger ist, wie beinahe alle. Indes mich eine sogenannte «Glatte» zu Liebenswürdigkeiten hinzureißen versucht, betritt ein Dichter mit herabwallendem Haar die Stube und fällt angenehm durch einen Balladenvortrag auf. Auf dem Heimweg entfalte ich eine Pariser Zeitung und erreiche buchstabierend eine Lokalität, worin ich abends jeweilen behaglich speise. Ein alter Mann mit schneeigem Haupt liest in einer Bibel. Ich habe hier schon mit dieser und jener Putzfrau Bekanntschaft gemacht. Nord- so gut wie Südländer tauchen hier auf. Ein Abendesselein kann hier, sagen wir, auf einen Franken zu stehen kommen, jedoch bietet sich die Möglichkeit dar, Opulentheiten zusammenzustellen, da niemand gegen Kombinationen etwas einwendet. Neulich aß ich in diesem durchaus gemütlichen Raum kurz hintereinander zwei Kuchen, um mich unmittelbar danach zu fragen, ob mir sonst noch etwas beliebe.

Ich rede stets sehr kulant mit mir. Niemand versteht so meisterhaft mit mir umzugehen, wie ich selber. Wenn ich reden will, leihe ich mir sogleich zwecks Zuhörerschaft das Ohr. Bin ich schweigsam, so entzückt's mich. Ich bin unaufhörlich mit mir einverstanden. Selten mache ich mir einen Vorwurf; ich leugne aber nicht, daß das mitunter vorkommt.

Die Bildungssprache, möchte ich mich erkühnen zu glauben, verhalte sich zu den landläufigen, einheimischen Ausdrucksarten wie die schöne und schonende, aber auf stillanordnendes Gebieten nie verzichtende Führerin zur Gehilfinnenschar. Wer ungezwungen bleiben will, muß auf sich achtgeben.

Was es dort, gnädige Frau, noch für wäldliche Ursprünglichkeiten gibt. Dort fühlte ich mich gestern nachmittag fast als Indianer. Zarteste Stimmungen fielen mir vor die Füße, die in etwas defekten Schuhen steckten. Ich muß heute damit zum Schuhmacher. Weit ging ich übrigens, um es mit Ihrer Erlaubnis zu gestehen, nicht. Der Sonntag war mir viel zu artig, zu mild dazu. Mir schien es unpassend, mich allzusehr anzustrengen. Ein paar Minuten lang lag ich auf einem sehr angenehmen Moosplätzchen meiner ganzen Länglichkeit nach ausgestreckt, wobei ich mir die Keckheit herausnahm, mich Ihnen in Gedanken zu nähern. Die Blätter hoch oben an den schlanken Buchen waren unsagbar grün und in ihrer grünen Luft unaussprechlich schön. Ich rede da ekstatisch oder exotisch, d.h. man kann sagen, etwas überspannt. Ich schwärmte diese Welt voll Grazie von unten herauf an, womit ich den Schmuck meine, den elastischen, biegsamen, der sich in der Luft hin und her neigte. «Ihr seid glücklich oder eher selig, denn ihr wißt nicht, was Glück ist», sprach ich sie an, die aussahen als liebten sie sich, was ich mir so einbildete. Es war also ein wundervoller Sonntag, dessen verführerisches Etwas mich in eine Gartenwirtschaft leitete.

Hier, verehrte Frau, zog Ihr dienstfertiger Diener, wenn Sie nichts gegen einen Eifer einzuwenden haben, der sich bemüht, Ihnen zu schmeicheln, Notizbuch und Bleistift hervor, um unter den Bäumen zu dichten. Ich tat es so, daß sich niemand bewogen fühlen konnte, Notiz davon zu nehmen. Ich saß ja auch wie die Stille und Genügsamkeit selber da. Die Kellnerin, die mit Tabletten voll Gläser und Teller viel zu springen hatte, sagte anerkennungsvoll zu mir: «Wie sind Sie geduldig; wenn nur alle so wären, aber manche tun so, daß man fast verrückt werden könnte!» Ich nahm das Kompliment so entgegen, wie wenn ich gewöhnt sei, daß man meine Tugendhaftigkeit laut lobe, und indem ich mich auf passende Ausdrücke für mein entstehendes Gedicht besann, sah ich eine Familie ankommen, die aus drei erwachsenen und drei unaufgewachsenen Personen bestand, dem Vater sah ich an, daß er seine drei kleinen Mädchen recht sehr liebe. Es schien mir, daß er die Erziehung ruhig nehme, und ferner kam mir vor, als wüßten das die Kinderchen genau, denn sie führten sich zu meinem Ergötzen und auch zu dem ihrigen ein ganz klein wenig ungezogen auf, und die Ungezogenheit wuchs wie eine Pflanze, trieb Stengelchen, Blätterchen der Lustigkeit aus. Die laue Strenge des Vaters schien für die jungen Seelen eine Quelle des Vergnügens zu sein. Zwei bis dreimal gab es mütterliche Tätsche. Wie sie da alle drei lachen mußten. Das Lachen spritzte, plumpste nur so aus ihnen heraus. Der Vater sprach seriös und doch wieder viel zu wenig ernsthaft: «Jetzt ist es bald genug!» Aus dieser Meinungsäußerung machten sie sich natürlich nur eine neue Fröhlichkeit. Es war so gegen fünf Uhr abends. Wie zieht sich eine Tageszeit leise, unmerklich in die folgende. Kaum ist's richtig Morgen, wird's schon Mittag, und wie rasch überrascht uns die Nacht. Ich hatte eine Wurst nebst einem Glas Bier bestellt, und nachdem ich beides zu Mund geführt und mich noch eine Weile besonnen hatte, schrieb ich:

Blankes Blau blitzelt
durch leuchtendes Gold,

auf manchen, der hier witzelt,
an Wurst und Schinken schnitzelt.
Entzückt seh' ich das Neigen
von schlanken, lieben Zweigen.
Gelb und Grün und Braun
sind ringsherum zu schau'n.
Ein Huhn pickt auf, was man
ihm freundlich bietet an.
Als dann zur Seit' ich schaute,
ich kaum den Augen traute,
wie herrlich er mir winkte,
seidengewandhaft blinkte,
der große, schöne, gute Strom,
mir war's, ich säß' in einem Dom.
Kann nicht auch die Natur
mit ihren Gebärden,
mit Wald und Fluß und Flur,
zur Kirche werden?

AUSFLUG AUFS LAND

Von einem zarten Rechtsanwalt vernehmend, man dürfe so ungerecht sein, als man Lust habe, man sei zum Erobern geboren, abenteuerte ich eines Tages auf heißer und weißer Landstraße, die schneeweiß vom Staub war, der auf ihr lag, ins sorgenvoll und doch auch wieder kummerlos lächelnde Grüne hinaus, mich mit Handschuhen versehen habend und fröhlich und wohlgemut ausrufend: «Ich bin ein Anhänger alles Gesunden und schreibe hoffentlich bald über die hohe Wichtigkeit des Vorhandenseins der Herzlichkeit in den Brüsten der Menschen einen ellenlangen, schlanken, korrekten, nicht zu dicken und nicht mageren, nicht zu gescheiten und nicht zu unbesonnenen, ruhigen und formvollendeten Aufsatz.» Meine so sehr nach Anständigkeit aussehende Hornbrille für einen Moment von der Nase, auf der sie ruhte, herunternehmend und sie sorgfältig putzend, erreichte ich, ins Himmelsblau hinaufschauend, und hie und da ein Schokoladentäfeli in die Öffnung hineinsteckend, die man mit dem Namen Mund kennzeichnet, einen rührenden Auftritt, der sich mitten auf der Straße abspielte, indem ein mit blonden Locken geschmückter, anscheinend überaus lieber junger Mann wie die Dienstfreudigkeit selbst ein Pferd mit jäh zufassender Hand aufhielt, das mit dem Wagen gleichsam durchbrannte, worin eine Dame saß, die sich durch das Tragen eines Wunders von Biedermeierkostüm denkbar vorteilhaft von der Landschaft abhob, die zu dem, was da vorfiel, ein erstauntes Gesicht, so ein Obstbaum- und Wiesengesicht, machte. Äcker schienen sich ins Unendliche auszudehnen; Häuser wiesen braune, gelbe, und, was Dächer betraf, rote Farbentöne auf, und nun sah ich, wie die Dame, mit vom Schrecken her, den sie ausgestanden hatte, noch etwas bleichem Antlitz, dem ritterlichen Hinzuspringer und ritterlich veranlagten Zügelanpacker artig dankte, indem sie ihm zum Andenken an seine schöne Tat sowohl ein Strumpfband schenkte, das sie sich mit unaussprechlich anmutiger Bewegung abschnallte, als sodann einen Kuß auf die Jünglingsstirne drückte. Nachdem einerseits der Kutscher fortgefahren und anderseits die Summe von Tugendhaftigkeit, dieses Erzeugnis offenbar redlichster Eltern, das Ergebnis einer gewiß vorzüglichen Erziehung, weitergewandert war, wanderte auch ich weiter, indem ich wandervögelige, überschwängliche, freiheitliche Liedchen vor mich hinpfiff, wodurch sich dieser und jener Bauer veranlaßt sah, sich über mich zu wundern. Tannenwälder brummten brummbärenhaft irgend etwas, was mir unverständlich blieb, in ihre dunkelgrüne Ernsthaftigkeit hinein. Ein Ulan aus der Glanzzeit eleganten Spielens mit dem Soldatentum ritt und sprengte auf seinem Klepper oder Roß an mir vorüber, als wolle er eine Maschinengewehrabteilung überreiten, um dazu vielleicht noch einige Haubitzen zu überwinden. Auf einem Hügel ließ es sich natürlich wieder einmal einer jener Menschen wohl sein, die man Dichter nennt und die hauptsächlich auf die Welt kommen, um mit allem, was sich darauf befindet, hübsch einverstanden zu sein, dadurch, daß sie fortgesetzt schwärmen und es in einem fort schön haben, während andere in den Büros sitzen und schwitzen. Ich warf ihm eine Idee zu; er besaß aber so viele eigene Ideen, daß er, was ich ihm gab, entbehren konnte. Sehr originell erschien er mir, und nachdem ich diese Beobachtung gemacht hatte, schritt ich in der Schrittart eines von Holbein gezeichneten Landsknechtes markant weiter und befand mich um vier Uhr nachmittags in einem Städtchen, während vielleicht jetzt durch größere Städte Größen und Berühmtheiten durch eine Menschenmenge schritten, in welcher sie total, wie man sagen kann, verschwanden. In einem Wirtshaus, in das ich einkehrte, sah ich mich recht rasch beschäftigt, eine an Goyamalerei mahnende Putzfrau mit Artigkeiten zu überhäufen. Beweise von Fähigkeiten auf dem Gebiet der Galantheit abgelegt habend, studierte ich nun das Bild eines Sohnes von Napoleon, das an der Gaststubenwand hing. Abends saß ich in einer Dilettantenvorstellung, die mir um ihres frischen Spieles willen, das mit Urwüchsigkeiten gespickt war, sehr gut gefiel. Man kann ziemlich ungeschickt und dennoch sehr gut spielen. Man kann ohne Routine sein und mit diesem Mangel einen Erfolg haben, der den Vorzug hat, daß er echt ist. Können kann Schablone sein. Wie wenig Leben hat diese.

EINDRUCK EINER STADT

Ein Wald war braun, durch den ich gegangen bin. Eine Gastwirtin schaute mir schmollend nach. Sie stand in stattlichen Kleidern vor ihrer Haustüre. «Du könntest wohl einkehren», schien sie mir zu sagen. Ich lief in eine Küche, erkundigte mich nach einem Dorfnamen. Ein Mädchen, das am Wegrand stand, trug ein Veilchen im Mund, und ein Denkmal trug eine Inschrift, die ich schnell las, und hier schauen mich nun seltsam-bedeutende Häuser historisch an. Die Gassen sehen aus, als wenn sie zu verstehen geben wollten, sie seien einstmals voll Leben gewesen. Der Fluß, der um die Stadt schleicht, scheint über sich zu lächeln, von so leiser Art ist seine Strömung, es ist, als sinne, denke er; das Glockengeläute tönt, träumt wie aus alten Zeiten her, d.h. aus Zeiten, die vergangen sind. Keine Zeit ist jünger oder älter als die andere, d.h. es kann vorkommen, daß einstige Zeiten jünger gewesen sind als gegenwärtige. Diese Stadt erzählt mit ihren Gebäulichkeiten, die aus dem Ehemals stammen, daß sie damals jung, kraftstrotzend war. Über Prunktreppen herab, die voll Gewühl von Menschen gewesen sind, steigt heute kaum noch eine einzelne Gestalt. Die Kathedrale macht den Eindruck der Verlassenheit. Sie scheint das Große ihres Zweckes verloren zu haben. Merkwürdige Fassaden scheinen den Wert von historischen Romanen zu haben. Paläste dienen zu Geschäftszwecken. Diese Stadt hatte einst politische, diplomatische Bedeutung. Hier hielten sich die Ambassadoren der benachbarten Staaten auf. Militär- und andere Verträge von Wichtigkeit wurden in diesen imposanten Zimmern unterzeichnet, deren Fenster so zierlich und hochoffiziös aussehen, die eine Sprache reden, die das Volk von heute nicht mehr versteht, die aber das Volk von früher verehrte. Die Sinnesart der Völker ändert sich, jung jedoch bleiben die delikaten Kapitäle und Gesimse, die dezent angedeuteten Säulen. Ein ehemaliges Bischofspalais beherbergt jetzt Mädchen, die zu Lehrerinnen erzogen werden, damit sie ihrerseits Kinder unterrichten würden. Spielend spazieren die Kinder in den Straßen, von deren Schicksalen sie nichts ahnen und das ja auch nicht nötig haben, Gärten gibt's da, die etwas Dornröschenhaftes an sich haben; ihre Vernachlässigtheit wirkt rührend, mindestens interessant. Halt, hier hat der Polenheld Kościuszko seinen Lebensabend verbracht. Das Haus ist hoch, von schlichter Großheit, und das Zeughaus redet von längst in den Abgrund des Zeitlichen hinuntergestürzten, epochemachenden Schlachten, und der Fluß murmelt zu all diesem Monumentalen, Schönen nicht einmal, als sei er zu bequem dazu, er schweigt, und die Brücke ist von einer feinen Schmäle wie ein Seidenband, und das Gebirge hinter der Stadt sieht wie eine Bühnendekoration aus in einem Stück, das von allen diesen heutigen kleinbürgerlichen Tagen gespielt wird, die gleichsam von glänzenden Abgeschiedenheiten zehren. In dieser Stadt zu wohnen muß für einen Historiker ein Genuß sein. Steinerne Heilige und die graziös figurierten Könige aus dem Morgenland schauen als eine vielleicht schon fast zu vornehme Versammlung in die spärlichen Interessen hinab, die aus größerem Interessenkreis hier übrig blieben. Manches gigantische Gebäude ruft dem Vorübergehenden zu: «Beuge dich», oder es ruft ihm zu: «Schau an meiner schwindligen Höhe empor», und ich tu's, und ein verständnisvolles Gruseln packt mich, und ich komme mir vor wie in einer Unwirklichkeit, die mich einengt, übrigens sehe ich hier doch auch schon einige Kinos vertreten, es will mich weitertreiben, und indem mich nichts hält, beweg' ich mich fort, es geschieht unwillkürlich. Seltsames Stadtbild, das!

EINE STADT (II)

Unwillkürlich lächle ich, wenn ich mir vergegenwärtige, was ich hier im Sinne habe, Ihnen zu sagen. Natürlich werden es Harmlosigkeiten sein. Das Wetter machte teils ein Sauerkrautgesicht, teils glich es einem unschuldig strahlenden Kinderantlitz. Es war, als weine und lache eine irgendwie und -wo verborgene reiche, reine Seele über die eingestürzte Kirche ihres Lebensanschauens. Ob dieser sonderbare Satz als empfindsam empfunden und als gefühlvoll gefühlt wird? Das vermag ich nicht zu wissen. Mir kam vor, als sei ich zweijährig, dann wieder war's mir, ich zähle ungefähr vierhundertfünfundsiebzig Jahre. Schon das war an und für sich seltsam. Ich hatte von seltsamen, toten Städten gelesen, die nur noch dazu da zu sein schienen, um von bewegter Vergangenheit der Beweis zu sein, und nun schritt ich da durch eine enge, schmale, dunkle, lange, alte und kalte Gasse, die sich dem Seeufer entlangzog, und worin es mir unmöglich schien, wohnen zu können, und dennoch wohnten hier Menschen, die ich für sehr nette Leute hielt, und die berechtigt sein mochten, sich selber so vorzukommen. War das nicht sehr merkwürdig? Diese Häuser mit ihren so besondern Physiognomien hätten ebensogut in Holland als etwa in Arabien, also ebensoleicht im Orient als im sittsamen, kleiderreichen und sprachgewandten Abendland stehen können. Schon allein dieser Umstand gab mir zu denken. Die Stadtansicht, die sich mir hier offenbarte, berührte mich also sehr, sehr eigentümlich. Mit gleichsam beklemmtem Herzen und mit umflorter Energie ging ich weiter, und nun kann ich unmöglich etwas anderes sagen, als es sei mir gewesen, als ginge ich auf den Gartenwegen eines sich um seine Existenzberechtigung windenden, schlängelnden Traumes. Abgesehen von der interesseerweckenden Tatsache, die darin gipfelte, daß sie mich eine Tafel sehen und anstaunen ließ, die von eines Hauses grauer Mauer herabverkündigte, hier habe der große Dichter Soundso das lieblichschimmernde Licht der Welt erblickt, stiegen Venedigvorstellungen über die Marmortreppenstufen meines geschmeidigen Denkvermögens in die Prachtgemächer meiner Phantasie.

Vielleicht war ja diese Stadt, die ich leise und anscheinend weise durchschritt, auch nur ein Trugbild. Ich selber war ja vielleicht auch eins, so eine Art Erscheinung, die eines Tages erscheint, um eines Tages wieder zu verschwinden, was gewiß etwas Allgemeines bedeutet. Außerdem kams mir vor, als regne es, obschon das durchaus nicht der Fall sein konnte, denn es verhielt sich mit der Stadtstimmung wie mit einem hinter den Ohren durchaus schon trockenen, eleganten Essay, von dem ich würde haben glauben können, er bezaubere und erheitere mich gleichzeitig. Was ich vor mir hatte, war ein Stück Historie. – Ich darf wohl beifügen, daß einst ein Bürgermeister des Gemeindewesens, das ich hier darstelle, für den Ruhm seines Vaterlandes in einer drei Tage andauernden Titanenschlacht umkam. Auf diesen erhebenden Umstand deutete eine Wandmalerei, die ans Rathaus angemalt war, an welchem ich mit außerordentlicher Bedächtigkeit vorüberwandelte. Dieses Rathaus war ganz aus dunkelrotem, ernsthaftigkeitzumausdruckbringenden Backstein erbaut. Übrigens erinnerte mich das halbmondförmig daliegende Ufer mit seinen Regierungsgebäulichkeiten und Kantonalbanken an den Quai von Portugals Hauptstadt, die ich ja aus Reiseberichten und Romanen überaus genau kenne. Schneeweiße, hohe Paläste schauen daselbst väterlich-wohlwollend auf das große, grüne Kind herab, das Meer, das, wie alle Kinder, nicht jedesmal, wenn man's wünscht, artig und manierlich ist.

Und nun gestehe ich, daß ich etwas sehr Merkwürdiges tat; ich trat nämlich in ein Haus, wo mir eine hölzerne, uralte Treppe erlaubte, in ein Gemach zu gelangen, in welchem es nach weiblichen Reizen so stark duftete, daß ich schon deshalb schier hinsank. Vier schöne, bleiche, reichkostümierte Mädchen wurden mir aufs taktvollste, d. h. auf die einnehmendste Art und Weise vorgestellt, indem ich gebeten wurde, zu erklären, welche es sei, die mir am besten gefalle. Die Wände des betörenden Zimmers waren ein einziger verwirrender Spiegel, worin sich die Schönen und Lächelnden vervielfacht erblickten. Sie schauten mich aus Wirklichkeit und Abgespiegeltheit, aus Lebendigkeit und Kunst erwartungsvoll an, und inzwischen ging vielleicht eine alte Frau gebückt über die Gasse, und dieses Lebens Wangen, meine Freunde, haben unzählige Runzeln und schimmern zugleich zärtlich-jugendlich, sind Kirschblüten und Katakomben. In einem Zirkus, der sich dicht an diese seltsame Stadt anlehnte, lagen große, träge Tiere mit melancholischen Körpern, und die Brunnenbilder sprachen nichts, ließen sich gelassen betrachten. Was die Baustile der zum Teil großartigen Bauten betraf, die mir stumm in diesem Theater städtischer Ansiedlung begegneten, so wird nicht zu zweifeln sein, daß ich immer sogleich ungefähr wußte, in welches Jahrhundert man sie legen könne; denn ich bin gebildet; nur Ungebildete glauben mir das nicht. Wie könnte ich, wenn ich nicht gebildet wäre, so boshaft reden? Sonst bin ich aber ganz sanft.

Das aus dem sterbenden Tag entzückend flammende, kletternde Abendgewölk umflatterte und umsang dann wie eine italienische Dekoration mein aus Brot und Käse und einem halben Liter Wein bestehendes, wanderburschhaftes Nachtessen. Bischofssitze standen da draußen, am Wasser, und während des Essens hielt ich von Diderot, an dessen Schriften ich dachte, viel.

DIE ALLEE

Wahrscheinlich sah der Maler nicht alles, was z. B. ich sah. Du weißt, daß ich ein Dichter bin. Ich schreibe Verse, aber ich schreibe sie nicht unmittelbar vor der Natur, vor dem, was mich dichterisch stimmt, ich spare es mir für nachher auf, stecke Eindrücke, Angeschautes gleichsam in die Tasche, um mich mit der Beute zu entfernen. Es ist dies eine Art Verhaltensmaßregel, ich möchte sagen, eine Verwaltung, ich bin insofern ein Verwalter, Versiegler, als ich auf zusammengelesene Ideen mein Siegel drücke, sie in die Schublade lege, um sinnlich zu reden. Ich sah eines Tages den Maler, mit dem ich übrigens nur so einige Worte, Zufallsworte, Höflichkeitsworte, gewechselt hatte, mit seinem Werkzeug vor einer Landschaft sitzen, deren Bild er einzufangen versuchte. Ganz flüchtig schaute ich auf seine Zeichnung. Es war kurz vor dem Mittagessen, und ich mußte mich da ja zunächst fragen, was uns aufgetischt würde. Diese Frage beschäftigte mich, offen gesagt, stark, und ich schaute also nur ganz wie auf etwas Nebensächliches auf des Malers Arbeit und sah da seine Striche, Striche sind Hilfsmittel. Es gab ja dann auch bei Tisch Fisch, der sehr prachtvoll schmeckte. Zu der Remoulade, die dazu serviert wurde, kann ich nicht anders als auch heute einfach noch, während sie doch schon längst verzehrt worden ist, jubeln. Ihre Beschaffenheit war göttlich.

Ob der Maler dieses Juwel von Allee gesehen hat, die ich da eines Tages gleichsam entdeckte, ob ihm vergönnt gewesen ist, so weit ins Dickicht, in die Verworrenheit der Landschaft vorzudringen, schien mir fraglich, denn er war ja verheiratet. Verheiratete springen nie sehr weit von ihren Gemahlinnen fort, das ist doch ganz klar. Indes die Malersfrau vielleicht einen Strumpf strickte oder bloß flickte, strichelte er, und dieses Stricheln war ja auch eine ehrliche Arbeit. Er kam mir als ein sehr guter Pantöffelchenkenner vor, und nun ging über den See ein auserlesen windiger Wind. Es war eine richtige Windsbraut, die da über das klare, blaue, schöne, heitere, lustige, flotte, liebe, gute Wasser jagte. Die Bäumchen am Ufer mußten sich vor diesem überaus zuverlässigen Wind krümmen und taten es scheinbar ganz gern. Der Wind machte sie silbrig schillern, und da saß nun der Maler und bemühte sich, mit Strichen den Wind, das Wasser, die Wellen, das ganze herrliche, pathetische Ereignis, dieses Phänomen, abzumalen, und ich sah sogleich, daß ihm die nötige Schrift, genannt Technik, fehlte. Der Wind war ein weißes Unsichtbares, also ebensogut ein unsichtbares Weißes. Man kann das Unsichtbare natürlich sehr gut abmalen, das sich auf den Ersichtlichkeiten deutlich abspiegelt.

Dieser Maler schien also meine einzig-schöne Allee, die ich entdeckt hatte, seinerseits nicht entdeckt zu haben, was mich selbstverständlich freute, da die Allee dadurch etwas wie mein Eigentum geworden war. Es dauerte eine Stunde, ehe ich sie abgeschritten hatte. Sie war also ungefähr vier Kilometer lang und lief die Seebreitseite entlang, und sie war unerhört, raffiniert schön, von einer unsäglich süßen, geheimnisvollen Schlankheit, mit der sie sich in der Luft wohlgefiel wie ein herziges Kind in einem Spiegel, der ihm sagte, wie hübsch es ist, was man zwar eigentlich lieber nie, nie wissen sollte. Niemand sollte sich selbst anschauen, denn der schönste und liebste Spiegel ist die Liebe, und wir spiegeln uns am belebendsten, vorteilhaftesten in unseren Anhänglichkeiten und Treuherzigkeiten ab, das nebenbei. Die Allee bestand aus Erlenbäumen, die zum Teil über hundert Jahre alt sein mochten, und vielleicht sah das alles, diesen Reichtum von Landschaftszauber, der Maler nicht. Es war eine Landschaftskostbarkeit ohnegleichen. Man wurde in dieser langgezogenen Allee ganz verzagt, von so einer Seltsamkeit war sie, so schön vom Abendsonnenschein umgoldet und umzärtelt; man fürchtete sich sogar ein wenig vor diesem Schönen. Die Allee machte mich zum schüchternen Knaben, ob man das nun für möglich hält oder nicht. Der See und die ganze Welt, dieser hohe Dom, worin alle, alle Dinge sind, verhielten sich still, kaum ein Lüftchen ging, es glich einem Gesang, es war wie ein leises, feierliches, glückliches, schöpfungsanbetendes Singen im unbeschreiblich Schönen, das ich hier so gut wiederzugeben versuche, wie der Maler mit dem winddurchfegten See fertig zu werden versuchte, als ich mit Mittagessensgedanken, mit gebackenen Fischgedanken und Salatgedanken an seinen Bemühungen, die mir ehrlich schienen, vorüberging.

Womöglich bemöbelklöpfelte und behäubelte ihn seine Frau ein bißchen. Man tut gut, nicht zu viel hierüber zu sagen. O, die Allee, die er nie sah, die sich mir öffnete, mir, mir. Als ich sie betrat, war ich ein Schwelger. Der grasige Boden war samtgrün, zum Sichhinlegen weich, das ganze schöne Zeug hatte so etwas Unangetastetes. Seit langer Zeit schien niemand mehr Grund gefunden zu haben, sie zu betreten. Jetzt bin ich hier, und sie ist dort.

MARKTBERICHT

Ein rheinländisches Fräulein, das Töchterchen eines Schullehrers, eine noch überaus junge Dame, mit der ich in ständiger Korrespondenz bin, ließ mich zu meinem Vergnügen wissen, sie habe nie gedacht, daß ich ein so ordentlicher, korrekter Mensch sei. «Wie kommen Sie mir auf Ihrer Abbildung vor», rief sie in ihrem letzten Briefe aus. Ich hatte ihr nämlich ein Zeitungsblatt eingesandt, das eine Photographie von mir veröffentlichte. «Werden Sie nur nie übermütig», glaubte das Mädchen in allerliebster Ernsthaftigkeit das Kompliment ergänzen zu sollen, das sie mir in bezug auf die Sauberkeit meines Aussehens machen zu dürfen geglaubt hatte.

Und nun ist da wieder so eine Festlichkeit in unserer Stadt abgehalten worden, und meine Wenigkeit, nachdem sie sich an einer bezaubernden Komposition, nämlich am Molièreschen Don Juan, gleichsam sattstudiert hatte, machte sich nunmehr an die Aufgabe des Studiums des Marktes und geriet hiebei in ein verhältnismäßig großes und doch wieder glücklicherweise nicht allzu heftiges Gedränge, Gemengsel. Ich hatte das seltene Glück, mit Papierschnitzelchen, Confetti genannt, über und über beworfen zu werden und eine mir bekannte Seelenadligkeit und Geistesfrische in Gestalt eines Sekundarlehrers von Sicherheitsbeamten als lästige Überflüssigkeit aus der Belustigung herausheben zu sehen. Er wurde herkulisch hochgehoben und verblüffend elegant entfernt, und der Protest, der gegen diesen Eingriff in die Genialität und Bewegungsfreiheit von allen Seiten laut wurde, ward leider keineswegs beachtet. Es sind nun ziemlich sicher gegen dreißig Arrestationen vorgenommen worden, darunter solche von Studenten und Lehrlingen.

Einen dieser Lehrlinge versuchte ich mit Anstrengung meiner Gesamtkräfte aus den Händen der Hermandad loszulösen; doch ich flog, von Abwehrmaßregeln vor die Brust getroffen, samt allen meinen innerlichen Niedlichkeiten, Idealitäten usw. zu Boden, und die Menge schwebte rücksichtsvoll über mich hin. Ich lag wie ein «Ritter ohne Tadel» da, und erst als ich mich aus der Lage meines Hingekugeltseins befreit hatte und wieder aufrecht stand, erkannte ich mich als das bescheidene Ich, das ich bin, wieder. Einer verkündete groß und schwer und laut, er sei die «Wahrheit». Er hatte nicht so bald diese Narrheit kundgetan, als er gebeten wurde, gefälligst mitzukommen, damit er bezüglich seiner Zustände fachmäßig untersucht würde. Mädchen glühten von Jahrmarktslustigkeit. Eine Nationalratstochter, sonst das sittsamste, schüchternste Mädchen, gebärdete sich, ihren Ergriffenheiten etwas zu ungezwungen gehorchend, wie eine Bacchantin. Ich erkannte im Gedränge, das mit seinem Gewoge die Schaufenster einzudrücken drohte, zwei Saaltöchter, ferner eine Stuttgart hübsch gefunden habende Bernerin, die man für eine Pariserin gehalten hätte, wenn sie nicht ausgesprochenstes Berndeutsch gesprochen haben würde. Ein harmloser, stiller, von der Festfreude entzückter, anscheinend sehr träumender Engländer wurde auf das zufallhafteste in leisesten Gewahrsam genommen. Man sah ihm an, wie er sich über das Erlebnis freute, über das er sich vornahm, in Londoner Blättern Bericht abzustatten, damit seine Landsleute etwas zu lächeln hätten. Was mich betrifft, so erblickte ich in der Menge von Gesichtern ein Gesicht, das den Himmel meiner Beseeltheiten bildet.

Über den Markt selber kann gesagt werden, daß er zu florieren schien. Mir schien, daß höhere und niedrigere Preise mit einer Gutwilligkeit gezahlt wurden, die mein Staunen hervorrief, aber dieses Staunen enthielt etwas sehr Angenehmes; mich berührte der Wunsch des Publikums, keine langen Umstände zu machen, denkbar sympathisch. An den heimeligen Vorführungen eines Münchener Puppentheaters, die gleichsam etwas Vorfrühlingshaftes ausstrahlten und -atmeten, erquickte ich mich wie ein Kind. Ich lachte mit den jugendlichsten Lachern und Lacherinnen über Sachen, die vielleicht gar nicht besonders lustig waren, die aber als Lustigkeit wirkten, weil ein Ernst dahinter steckte. Diejenigen, deren Betragen bewirkt hatte, daß sie über ihre Aufführung behördlich verhört wurden, haben natürlich zu gewärtigen, daß sie sich insofern zu entschuldigen haben, als sie eine gewisse, wie ich als Menschenfreund hoffe, nur gelinde Buße entrichten müssen; denn es ist nicht allzu begrüßenswert, daß es Leute unter uns gibt, die sich als eine Art Helden vorkommen, dadurch, daß sie Unruhigkeiten vermitteln und wecken.

Welch eigenartige Bemühungen.

Was für Köpfe, Anschauungen.

Noch teile ich gerne mit, daß ich in der Festhalle ein stilles, unsäglich bedächtiges, begeisterungsfrohes Glas Wein, das süß mundete, zu mir nahm, und im Bewußtsein, d.h. eher bloß im Glauben, daß Sie diesen Wirklichkeitsauszug werden drucken können, den ich für lesenswert hoffe halten zu dürfen, grüße ich Sie hold und brüderlich.

DAS PARLAMENT

Damit, daß man sich Opfer, Sündenböcke usw. aussucht, sei es nicht gemacht, dachte ich, indem ich, als ein mich zum Feste des Zuhörens selber Einladender, durch eine Seitentür ins Parlamentshaus eintrat, um als eine Art von Gast mitanzuhören, was in der Bundesversammlung gesprochen werde. Ich habe vor allen Dingen zu bemerken, daß sich das Bundeshaus, dieses Repräsentationsgebäude, an gleichsam hervorragender Lage erhebt. Übrigens hatte ich diesen Artikel längst vom Stapel laufen, das heißt aus meiner Schreibfeder herausfließen lassen wollen. Als ein Fremder eines Tages im Restaurant zum «Pfauen» in Zürich den großen Dichter Keller mit den Worten beehrte: «Sie haben Ihre Erzählungen mit Ihrem Herzblut geschrieben», soll er trocken erwidert haben: «Nein, mit Tinte.» Indem ich diese Einflechtung dulde, womit ich sage, daß sie mir keineswegs wichtig vorkommt, kündige ich an, daß ich in einem großen Saal Platz genommen habe. Ich sitze auf einer Galerie und schaue auf die Figuren der Herren Räte herab, die sich zum Teil auf ihren Plätzen mit Notieren befassen oder mit Lesen von allerhand beschriebenen oder bedruckten Papieren. Zum Teil scheinen sie tiefgedankenvoll; anderenteils findet es vielleicht der oder jener für üblich oder für vorteilhaft oder für passend und angezeigt, möglichst wenig bei «allem dem» zu denken. Einen Herrn grüßend, der sich gleich mir in die Assemblée einfand, erhebt sich unten die Gestalt eines Herrn vorgerückten Alters, und fängt zu sprechen an, und nach einer Minute belebt mich die Gewißheit, daß er zu verzichten scheint, großen Eindruck zu machen; er verhielt sich rednerisch gewissermaßen so, daß man beim Aufmerksamsein leise einnickte. Im ganzen Hause machte sich eine nicht zu leugnende Schläfrigkeit geltend. Unwillkürlich reiste ich gedanklich geschicht-rückwärts und stattete Rednern von Ruf und Begabung, wie z.B. Mirabeau, geistig einen kurzen Besuch ab. Erwähnter war ja ein vom Schicksal zu Regengüssen des Redens Erkorener. Seine Art zu sprechen besaß jeweilen die größte Platzregenähnlichkeit. Seine Ansprachen glichen Gewittern; er hat oft eher geblitzt und gedonnert als bloß gesäuselt und gesprochen.

Der Tag, an dem ich den Parlamentsbesuch ausführte, war übrigens der denkbar blaueste, schönste. Auf der Kuppel des hohen Hauses flatterte die Landesfahne in ihren zwei anheimelnden Farben. Ich hatte kurz vor Eintritt ins Gebäude eine Dame auffallend artig gegrüßt, und sie hatte sich natürlich bewogen gefühlt, mir zu danken, dadurch, daß sie sich ein wenig verneigte. Ich nahm auf einer Veranda mein Frühstück ein und blickte in ein orangen-, pfirsich-, kirschen- und zitronenleuchtendes, windgeschaukeltes-, gefächeltes Markttreiben hinein. Der Wind tropfte förmlich von blauer Farbe, ohne irgend einen Gegenstand blau zu färben.

Nun erlaube man mir, zu sagen, daß im Saal ein Fall zur Verhandlung kam, dem äußerst viel Bedeutung beigelegt wurde. Auf einer Separatestrade schrieben die Stenographisten und Zeitungsberichterstatter möglichst alles warm, Wort für Wort, nach dem, was gesprochen wurde, auf die Blätter ab, die sie vor sich liegen hatten. In einem dicht unter mir Stilldasitzenden glaubte ich einen Politiker zu erkennen, den seine ausgesprochen oppositionelle Stellung einen Rang hatte erklimmen lassen, auf dessen Bepolsterung er nun gleichsam ausruhte, was der Natürlichkeit einer Laufbahn entspricht, und was ich so aufgefaßt wünsche: Der Bedeutendheit wird dadurch mit der Zeit ein Ziel gesetzt, daß man sie als solche anerkannt hat. Eine Bergpartie z.B. hört mit Erklettertheit des erstrebten Gipfels auf, was sich gewiß von allerlei bürgerlichen Wirkungsfeldern sagen läßt. Dies ist etwas Selbstverständliches; aber von einem gewissen Gesichtspunkt aus gesehen haftet diesem Leichtbegreiflichen etwas Erstaunliches, Vieles-Erklärendes an. Mich interessierte eine stille Gestalt, die ehedem eine sich stürmisch gebärdende gewesen war. «Sieh da, er hat graues Haar, der vor Jahren seine Revolutionslocken zornig-graziös schüttelte.» Dieser Gedanke war einer von denen, die sich von selbst ergaben. Einen anderen von den Herren Räten konnte man auffallend emsig, gleichsam dienend oder verbindend, aushelfend, beistehend, hin- und hergehen sehen. Er gehörte, wie mir mein Nachbar erklärte, der Bauernpartei an. Dieser Nachbar war eine Kaffeehausbekanntschaft.

Ich könnte nun von diesem «Opfer» weitläufig reden. Meiner Ansicht nach stellen wir sozusagen alle etwas wie «Opfer unserer Epoche» dar; denn jeder, von was für einer Art er sein mag, nach welcher Richtung hin sich seine Sendung bewegt, opfert sich irgendwie auf; er bringt sich, seine Persönlichkeit, seine Schaffenskraft auf dem und dem «Altar» ganz einfach zum Opfer, er mag sich hintanhaltend oder vorwärtstreibend verhalten, und aus diesem Allgemeinheitsgrunde sind für mich die «Lämmer», die geopfert werden, gar nicht vorhanden. Es ist ein verzeihlicher, weil menschlicher Irrtum, anzunehmen, der und der sei zum Opfer bestimmt worden. Es befand sich auch in der Versammlung quasi ein Opfer. Alle anwesenden Insgewichtfallenden gaben sich sichtliche Mühe, ihn zu ignorieren. Ich aber sah mit meinen allzeit guten Augen und war befähigt, herauszufühlen, wie er gutgelaunt in sich hineinlächelte. Genug übrigens hiervon. Nur noch soviel: einem «Opfer» gibt man Gelegenheit, sich menschlich zu sammeln, ruhig sich «Bereicherungen» zuzuführen.

Was jenen obgenannten, als wichtig empfundenen Fall betrifft, so erledigte er sich rechtsgemäß, d.h. mit einer Abfuhr, die die Unbefugtheit erntete, und mit einem geradezu leuchtenden Erfolg seitens der Landesvertretung.

NUN IST SIE WEG, ABER SIE DENKT AN MICH

Ich hatte da erstens die Absicht, d.h. den gewiß zarten Wunsch, unter Menschen zu gehen. Ein Plakat kündigte nämlich sozusagen ein Konzert an, und ich wollte diese Veranstaltung «hohen Kunstkönnens» absolut zu besuchen, mir da gleichsam eine Art von Ehre geben. Es wäre für meine Wenigkeit eine Ehre gewesen, diesen vielgenannten Virtuosen mitanhören zu gehen. Warum unterließ ich es? Ich muß das jedenfalls schon deshalb sehr bedauern, weil ich mich vielleicht bei dieser Gelegenheit auf irgendeine Art galant hätte aufführen können. Wo sich Damen befinden, gibt es immer Anlässe zu kleinen Artigkeiten, die ja natürlich an sich in unserer so ernsten Zeit unmöglich viel bedeuten können. Also habe ich mir da etwas entgehen lassen, was mich zweifellos gefreut hätte. Und nun dieser Lauzun mit seinem Palais. Aber wie darf man so unvermittelt zu reden wagen, so dem Leser mit etwas ganz Neuem, Fernliegendem ins Haus zu fallen. Die Sache ist die, daß ich in einem Restaurant saß, wo es mir Zeitschriften zu lesen beliebte, worin ich zu meinem großen Vergnügen auf einen Aufsatz über diesen Lauzun stieß. Jeder wird ja von diesem illustren Namen schon gehört haben, nehme ich ohne weiteres an.

Lauzun war ein gleichsam unverbesserlicher Freund der Frauen, der bald in Paris, bald aber auch, und zwar vielleicht ebenso gern, in London lebte, und nun standen in der Zeitschrift, die ich in die Hand genommen hatte, indem ich Wein dazu trank, diesbezügliche, sehr interessante Abbildungen, braunes Mobiliar und hohe Säle. Ich blätterte mich noch durch andere Zeitschriften hindurch und fand z. B. ein Gedicht abgedruckt, worin das abgebrauchte Wort «wallen» vorkam. Sonst war das Gedicht ganz schön, was ich um so lieber gestehe, als ich mir erlaubt habe, es ein wenig zu rügen. Wie mich die Unterlassungssünde wegen des Violinkonzertes beinahe ein bißchen ärgerte. So nachlässig zu sein. Sich etwas vorzunehmen und den gefaßten Vorsatz dann einfach gemütlich fallen zu lassen. Ist das vernünftig von mir? Ob ich da nicht Grund zur Unzufriedenheit mit mir habe? In dem hervorgehobenen Restaurant saß ich ganz still, fast mäuschenstill, da, indem ich von Zeit zu Zeit aus meinen Revuen herausschaute und mit den Kellnerinnen, die ja vielleicht verdienen, daß sie Saaltöchter tituliert werden, einen Blick wechselte, was durchaus an sich selbstverständlich für herzlich belanglos gehalten werden muß. Man wird mir hierin recht geben. Saaltöchter usw. nehme ich nicht allzuwichtig. Ich meine, diese Mädchen wären ja nicht, was sie sind, wenn sie wichtig genommen würden; sie haben quasi das sehr angenehme Recht auf Nebensächlichkeit. Dies nebenbei. Wie würde ich in «diesen Tönen» geschwelgt haben, falls ich mich rechtzeitig besonnen hätte, in dieses «dumme Konzert» zu gehen. Ist es etwa deshalb ein «dummes», weil ich's nicht gehört habe? Nun werde ich Ihnen mit Verlaub etwas von Plätzen usw. sagen. Es kommt vor, daß mein Gewohnheitstisch in meinem Gewohnheitsrestaurant, wenn ich anlange, bereits von irgendwem eingenommen ist. Dies überrascht mich dann jeweilen ganz, ganz leise. Natürlich verrate ich mich aber dann in keiner Weise, sondern okkupiere irgendeinen andern zur Verfügung stehenden Stuhl, denn ich sage mir ja sogleich, es sei im Grunde gleichgültig, an was für einem Platz man esse. Womöglich interessieren Sie sich für diese Platzangelegenheit gar nicht. Ich für mich nenne sie einen kleinen Beitrag zur Beleuchtung des Alltagslebens; dafür werden vielleicht auch Sie sie gelten lassen können. Nun zu etwas anderem. Da war einer, ich meine, es saß in dem Restaurant, worin ich in den Zeitschriften geblättert habe, ein gleichsam noch junger Mensch, und dieser gewissermaßen noch ziemlich junge Mann fixierte mich in sehr auffallender Weise, und wir kannten einander sehr genau, grüßten uns aber nicht, vielleicht gerade deshalb nicht, weil wir uns überaus genau kannten. Wir «ignorierten» einander, indem wir uns lang, bös, hart anschauten, was sowohl von ihm wie von mir eine Leistung war, aber ist dies vielleicht nicht auch wieder «völlig nebensächlich», und darf man z.B. auf so einen Lauzun in gegenwärtiger, so ernster Zeit Gewicht legen? Aber wo läge denn das Hauptsächliche?

Wie dufteten die Konturen
dieser Mädchenbeine,
deren Anblick mich so riesig interessierte,
nach ein bißchen Bildung und zugleich
nach dem weiten Reich
der Ahnungslosigkeiten.
Wie schade, daß du ihre Sprache nicht vernahmest;
mir ersetzten die lispelnden Beine ein Violinkonzert.

Manchmal achte ich sehr auf die Gesetze des Reimes. Mitunter bin ich aber zu bequem, um mich dieser Aufgabe zu unterziehen, aber ich trug gestern immerhin einer bejahrten Köchin ein Handköfferchen eine Strecke weit nach, für welchen Dienst sie sich anmutig bedankte. Vielleicht sollte man nur feinen Frauen Artigkeiten erweisen. Wollen Sie mich diesbezüglich gelegentlich aufklären? Ich füge übrigens noch folgendes bei: die Köchin wohnte zuoberst in einer Mansarde, und da wollte ich ihr das Gepäck in die Höhe hinaufschaffen, sie lehnte aber das Anerbieten mit dem Hinweis ab, daß man's merken könnte. Ich verbeugte mich vor ihrer Umsicht und Klugheit und begab mich im Gefühl nach Hause, keinen allzu erheblichen Fehler begangen zu haben. Jenen zum Glück noch jungen Menschen, der einen Augenkampf mit mir ausfocht, habe ich seither noch nicht wiedererblickt. Er braucht sich weder für besiegt noch für siegreich zu halten. Wir sollten uns abgewöhnen, so rasch an Erfolg oder Mißerfolg zu glauben; das ist ja doch meistens ein Irrtum. Wir können doch nur im Anunsarbeiten wirklich schön sein. Was man Gesellschaft nennt, stützt sich auf die Willigen. Von jener «weißen Dame» und von diesen «strahlenden Gesichterchen» rede ich nachher, d.h. ein anderes Mal. Jetzt grünen die Bäumchen.

Und jenes Bild in der versteckten Gasse,
und dieses Leben, das ich niemals hasse,
das Dulderantlitz und die totenblasse
Miene der Siegerin, und nun dies nasse
Kindesäuglein wegen zerbrochner Tasse,
dies Tosen im entlegenen Gelasse,
das Tanzen dann durch dichte Menschenmasse,
und ob ich nun die Schöne bald erfasse?

Sie hing in einem Schaufenster. Vielleicht entschädigt mich ja auch dieses Bild einigermaßen dafür, daß mir das Konzert entging. Jener junge Mensch im Restaurant mit dem Blick voll Verachtung achtet mich selbstverständlich sehr. Ich weiß das ja. Er tut nur so. Zweifellos hat er mich bloß verwirren wollen. Er spielte mit mir, aber ich spielte auch mit ihm. Das Mädchen im Bild zeigt die frischesten roten Lippen. Sie werden es seltsam finden, wenn ich Ihnen eröffne, daß ich diese Lippen minutenlang angeschaut habe. Mein Mund hat diesen gemalten Mund «sehr sorgfältig berührt». Eine Art Turban bedeckt den Kopf, der so gut eines jungen Mannes wie eines jungen Mädchens Kopf sein könnte. Ein sehr feiner Teint spendet da gleichsam eine Beleuchtung von innen. Manchmal schauen mich junge Knaben an, als wollten sie mir sagen, sie wüßten Wege für mich. Grad, als hätt' ich mich verirrt. Vielleicht sieht's bloß so aus. Für mich wär's ja schmeichelhaft, allerhand Leuten Interesse einzuflößen, aber mir genügt, wenn ich immer wieder etwas zu tun habe.

Ich dachte, sie würde
sich etwa wieder zeigen.
So ohne jede Würde
mit ihr zu spielen.
Gerne möchte ich mich nun vor ihr verneigen.
Hat sie mich denn gar nicht verstehen
können, nicht gesehen,
wie ich glaubte, sie nenne mich ihr eigen?
Alle holden Geigen
tönten, wenn ich sie sah.
War sie mir nah,
so sprang ich von ihr fort, weil da

die vielen
Lustigkeiten, die mir ob ihrem Gesicht
   durchs Herz gegangen,
nach Freiheit rangen.
So zwangen
die Zärtlichkeiten mich zur Lieblosigkeit,
und nun ist sie weit, weit
weg, aber sie denkt an mich,
und ich weiß, das freut sie.

VARIETÉ

Nachdem ich mich in einem hervorragenden Blatt über die Situation orientiert hatte, indem ich mich gleichzeitig bei einer Dame wieder ein wenig beliebt zu machen versuchte, die ich kaltstellen zu sollen geglaubt hatte, schritt ich mit Schritten, die die lebhafteste Anteilnahme an den Geschicken der gebildeten Welt beflügelte, ins Lokal, wo unter dem Schein der Vergnüglichkeit hohe Politik gemacht wurde. Man ist dort an die Art, wie mir aufzutreten beliebt, gewöhnt.

Ich gestehe, daß ich auf einem vorher stattgefundenen Spaziergang durch die unsere Stadt umkränzenden Auen flüchtig an Frankreich dachte, was ja nahe lag. Nun sah ich die Schöne und Heitere sozusagen etwas bescheiden am Tisch sitzen. Ich fing sofort an, mich ihr bemerkbar zu machen, und ich kann kaum glauben, daß mich die Empfindung betrog, die mich wissen ließ, daß ich dieser so bedeutenden Erscheinung sympathisch sei. Italien kam zunächst zu Wort, dann England. Gewisse Erinnerungen bemächtigten sich meiner, wenn auch nur vorübergehend. Unter anderem dachte ich an die entzückend-fröhlichen Kirschbäume im prächtigen Herbstzustand, die ich draußen auf bläulichumwobenem Feld gesehen hatte.

Inzwischen hatte das niedliche Italien mit seiner Ansprache, die an Korrektheit nichts zu wünschen übrig gelassen hatte, Erfolg gefunden, schien aber dennoch nicht recht froh zu sein. Es war, als träume sie von etwas. Hier muß ich bemerken, daß ich immer möglichst dankbar applaudiere, weil ich meine, daß sich das gegenüber Kulturbemühungen zieme. Dem Lied Englands zollte ich ebenso spärlichen Beifall, wie ich mit seiner kühlen Haltung mich nötigte einverstanden zu scheinen. Nun erschien Deutschland in Form einer vielleicht auf den ersten Blick zu derben Gestalt. Ich lege gern das Geständnis ab, daß ich zuerst im Sinne hatte, die Person, der ich aufrichtig verbunden bin, zu blamieren, aber gerade dieser Umstand empfahl mir, ihr ein Zeichen von Achtung vor die Füße zu legen, obwohl das etwas zu schön, man möchte sagen, zu poetisch gesprochen sein dürfte. Genug, ich verhielt mich so, daß sie mich vertraulich anzublicken wagte, und das tat sie denn auch in der Tat sehr nett.

Frankreichs Vertretung ließ mich die russische vermissen. Gerne würde ich Asien mit seiner gelblichen Unergründlichkeit angetroffen haben. England liebäugelte mit einem Gast, der sich schon entschlossen zu haben schien, diesmal Italien seine Huldigung darzubringen, das ihm artigkeitsbedürftig vorkam. In Gestalt eines Sträußchens wurde eine Nation zufrieden zu stellen versucht, die davon absah, sich für zufrieden zu erklären. Im Grund gefiel ich der Engländerin, weshalb sie natürlich für nötig hielt, mich nicht zu beachten. Die Schweiz wartete in ihrer Neutralität auf meine Neigung, die doch etwas Neutralitätsverletzendes ist. Ich schaute sie immer an, um zu erkennen, ob sie mich anschaue.

Frankreich, die Unvergängliche, diese Große und diese Liebe, gab mir aus einer angenehmen Distanz zu verstehen, sie wisse um fast alle meine Eigenheiten, die sie sich nicht verbiete zu schätzen. Mir war der Wink äußerst angenehm. Ich erdreistete mich, sie auf ihr Aussehen hin zu prüfen, was sie sogleich bemerkte und als Aufmerksamkeit aufzufassen schien. Gewisse Leute besitzen so viel Selbstvertrauen, als um nicht unruhig zu werden, wenn sie sich beobachtet sehen.

Da sich Frankreich so lebhaft umschmeichelt fühlte, ging sie zu Italien, klöpfelte ihr auf das Schulterchen. Italien hatte sich nämlich groß zu gebärden versucht; der Versuch wurde zu etwas sehr Interessantem. Österreichische Fröhlichkeit würde mich, wenn sie anwesend gewesen wäre, vielleicht etwas zu lustig gemacht haben. Indem ich über die Abwesenheit von etwas Reizvollem fast froh war, bekundete ich einen Anstand; ich führte mich so auf, daß die Anwesenden von einer Liebe, die über sie wegzog, nichts merkten. Frankreich lächelte über mich in einem für mich nicht unvorteilhaften Sinne. Mich gegenüber keiner Gesandtschaft allzu entgegenkommend benehmend, berücksichtigte ich jede. Ob das Prinzip richtig ist, das mich vermuten läßt, es sei von mir richtig getan, keine Arbeitskraft aus ihrem Wirkungsfeld zu nehmen, weiß ich nicht. Nach meiner Überzeugung gehört ein Mitglied der Gesellschaft nicht sich, sondern der Idee des Nutzens, anderseits dient in der Tat der Freudige am besten. Ich hinterließ bei der Versammlung allerlei Eindrücke.

KLASSENKAMPF UND FRÜHLINGSTRAUM

Uns kamen zwei Bücher abhanden. Der Klassenkampf hieß das eine. Er war das Lieblingsbuch meiner Frau. Nun scheint er unwiederbringlich verloren. Die Art seines Davonfliegens ist mir rätselhaft. Die Notwendigkeit, für glaubhaft zu halten, wir seien alle in eine neue Phase des Sozialismusses getreten, drängt sich mir als unabwendbar auf. Hat der Klassenkampf wirklich seine Bedeutung, seine Berechtigung eingebüßt? Sind bisherige Gegensätze irgendwie ausgeglichen? Ich gleite über diese eminent umfangreiche Frage hinweg, deren Beantwortung ich einem Fachmann anheimstelle, und freue mich, zur Kenntnis bringen zu können, daß doch wenigstens der Frühlingstraum mir treu blieb. Um den Klassenkampf ist es schade. Noch ist meine Frau wegen seines unvorhergesehenen Verlustes untröstlich. Ob dieser Klassenkampf der Frühlingstraum meiner Frau war? Das mag sein, wie es will, wahrscheinlich kommt er nie wieder, und meiner Frau bleibt nichts übrig, als ihrer Neigung eine andere Richtung zu geben. Ihrer Intelligenz ist zuzutrauen, daß ihr dies gelingen wird. Gibt es ja doch so viele Bücher von anerkannter Qualität. Sie klammere sich auch einmal an einen andern, als an ihren fortwährenden Klassenkampf, aus dem z. B. ich mir nie sehr viel gemacht habe, obwohl dieses Bekenntnis ein Licht auf mich werfen könnte, das wie eine Beleuchtung meines Interessenmangels hinsichtlich des Fortschrittes der Gesellschaft aussähe. Manche Lichteffekte können indessen täuschen; ich nehme an, daß dies hier der Fall sei. Wenn meine Frau ihren Klassenkampf im Alltagsgewühl verlor, so besitze dagegen ich nach wie vor meinen Frühlingstraum, der ein Roman ist, worin Kämpfe zur Genüge vorkommen. Auch im Frühling kämpfte ja die Menschheit wie zu jeder beliebigen Jahreszeit. Meines Erachtens nach haben sich die Klassen bereits wesentlich genähert. Enthält diese Möglichkeit nicht einen langgehegten sozialen Wunsch? Die Sehnsucht eines Sozialisten zielt nicht auf Kampf, vielmehr auf Verständigung. Der Klassenkampf wäre also bloß ein Mittel zur Herbeiführung der Klassenverbrüderung. Meine Frau wird sicher auch ohnehin kämpferisch gesinnt bleiben, eine Stimmung, die ich an ihr lobe, da sie mir nützt. Eine Frau kämpft ja in der Regel weniger für sich als für ihren Mann, der inzwischen ruhig fortfahren kann, im Frühlingstraum zu lesen, der spannend von A bis Z ist. Ich zweifle nicht, daß meine Frau immer Grund haben wird, speziell von Zeit zu Zeit, gegen mich anzukämpfen. In dieser Beziehung bin ich um Motive der Belebung unbesorgt. Die Männer schlendern gern, wie ja ich z.B. in meinem Frühlingstraum herumschlendere. Würde es nicht zur höchsten Disharmonie führen, wenn unsere beiderseitigen Eigenschaften ähnliche wären? Daß das nicht zutrifft, ist das Werk des Schicksals, das mir um seiner Unverständlichkeit willen sympathisch ist. Übrigens haben sich die Klassenkampfsverflüchtigungsbefürchtungen verflüchtigt. Er ist da: ich weiß es. Er braucht sich um so weniger zu verleugnen, als sein Vorhandensein für uns gesund ist.

So hat sie ihren Liebling also wieder!

Sie ahnt es zwar noch nicht!

Oder spielt sie nur mit sich und mit mir, und spiele auch ich nur mit mir und mit ihr, und sind wir alle mit unseren Sorgen, die vollauf berechtigt zu sein scheinen, nur Spieler, und hätte diese Unmoral nicht auch ihre Moral, und wenn mein Traum ein Kampf und ihr Kampf nur ein Traum wäre?

DER NOBELPREIS

Heute bin ich gottlob wieder gesund und munter, was ich ja auch verdiene, da ich ein netter Mensch bin. Wie stand es gestern um mich? Gemütskrank war ich. Voll Nachdenklichkeit lief ich ungestüm und zugleich wund umher, und weshalb das? Ich hielt meinen Kollegen Hoffnungsvoll für den Nobelpreisträger für Literatur. Eine Zeitungsnotiz täuschte mich. Wie ich leichtgläubig bin! Ich hielt meinen Landsmann Hoffnungsreich für den glücklichsten und mich infolgedessen für den unglücklichsten Menschen. Alle hübschen Mädchen, bildete ich mir ein, hätten bereits die talentvollsten Spottgedichte auf mich gedichtet. Doch wie stark, wie groß benahm ich mich dennoch! Wie gefaßt ich dahinschritt. Kaum kann ich es veranschaulichen. Jedenfalls bin ich zufrieden mit mir. Ich erhielt einen vermeintlichen harten Schlag, weigerte mich innerlich aber keine Minute lang, die Tücke des Schicksals zu ertragen. Heute früh ging ich mich informieren und erfuhr, daß Hartnäckig, nicht Hoffnungsvoll, den Nobelpreis erhalten habe. Hartnäckig ist einer, dem ich die Würdigung gönne. Das sind so Empfindungen. Ich kann bezüglich meines lieben Landsmannes Hoffnungsfreudig ruhig sein. Das freut mich, und indem ich voll Freude bin, darf ich mich wieder blicken lassen. Gestern glaubte ich, ich sei unter meinen Landsleuten unmöglich geworden. Zum Glück mußte dieser unangenehme Glaube weichen. Freund Hoffnungsvoll arbeitet. Ich will das auch tun. Ich kann es jetzt. Ich bin dessen von neuem fähig. Inwiefern dieser Hartnäckig mit dem Nobelpreis gekrönt wurde, krönt mich die heiterste Ausgeglichenheit. Gestern glich ich einer geknickten Pflanze, während ich heute ein kräftiger Baum bin. Was doch Illusionen aus uns machen! Gedankenmacht, du bist seltsam! Wie nobel komm' ich mir vor, daß mich die Nobelpreisangelegenheit nicht mehr drückt. Ja, die Welt ist fröhlich und ernsthaft.

OLYMPIA

Ich schrieb: «Gestatten Sie, einen Brief an Sie zu richten. Ich sah Sie nämlich schon einigemal an Ihrem Fenster; Sie haben etwas an sich, das mir gefällt, ich meine überzeugt zu sein, daß Sie mir Vertrauen einflößen, und nun fällt mir da mit einmal eine Frau ein, die ich im Theater sah, wo ich sie sehr genau beobachtet habe, vielleicht nur schon zu aufmerksam, indem ich entdeckte, sie sehe nicht allzu gut mehr aus. Nicht wahr, man sollte Beobachtungen nie machen, aber weshalb macht man sie dennoch? Merkwürdig, daß wir aus einem Zwang, uns gegenseitig zu beurteilen, nicht herauskommen. Welch eine Schwäche das ist! Sie haben eine sehr schöne, große Stube, aber das klingt vielleicht schon etwas indiskret, und wenn es es ist, so nehme ich die Anmerkung zurück und tu, als sei sie mir nicht entschlüpft. Wie hübsch Sie sich kleiden! Sicher denken und fühlen Sie sehr vornehm. Ich saß neulich in einem Kaffeehaus, in einer Erfrischungshalle für alle, und da fühlte ich mich von irgendwem beobachtet, d.h. man beachtete mich von irgendwelcher Seite her, man schenkte mir eine gewisse Achtung. Sogleich empfand ich das als indezent und richtete meinen Blick auf Leute, die still-uninteressiert dasaßen. Solchen, die durchaus haben wollen, daß man sie sehenswert findet, huldigt man nicht gern. Vielleicht sollte ich im allgemeinen mehr sprechen, ich bin schweigsam, schlafe aber dafür vielleicht des nachts gut. Wenn Sie mich nun nicht etwa schon als Schlafmütze anschauen! Das wäre fatal, aber es gibt da noch eine Frau, die mir hie und da begegnet und die ich für schön erklären würde, wenn sie größer von Figur wäre. Jedenfalls hat sie ein Gesicht, das verdiente, von einem imposanten Körper gehoben zu werden. Wenn Sie finden, daß ich unschicklich rede, so täte mir das leid. Ich bin eine Art Dichter, der manchmal ein sehr nüchterner Mensch ist, der aber beinahe etwas wie eine Geliebte hat, was für mich natürlich viel bedeutet. Ich schrieb diesem Mädchen zu Ehren ein Buch voller bunter Eigensinnigkeiten; ich würde aber nie wagen zu glauben, sie könnte das Buch verstehen, das ich ihr selbstverständlich nicht in die Hände gelegt habe. Ich schrieb das Buch, weil sie mir nicht gestattete, meine Tage in ihrer Nähe zu verbringen, mich ihr zu widmen, was ich mit wahrer Lust getan hätte. Auch Ihnen würde ich das Buch kaum mich getrauen vorzulegen, aber wenn Sie befehlen, daß ich es Ihnen zu lesen geben soll, wird es kein Hindernis geben, Ihnen zu gehorchen. Ich bin die Freiheitslust selbst und möchte doch auch wieder gern haben, es sagte mir jemand, was ich tun, wie ich mich zur Umwelt verhalten soll, die ich kenne und zugleich vielleicht total mißverstehe. Es ist ja möglich, daß ich mich selbst nicht richtig behandle und anschaue. Übrigens täten vielleicht viele Menschen gut, sich diesbezüglich Fragen vorzulegen. – Ich bin einer, der viel liest, ohne die Fähigkeit zu haben, sich vom Gelesenen stark beeinflussen zu lassen. Bücher haben mich noch nicht im mindesten verändert, was ebenso gut ein Fehler wie ein Vorzug sein kann. Ich verehre Mozart und Stendhal, und ich halte Sie nicht für eine ebenso glückliche wie kluge Frau, aber wie ich da ungezogen geworden bin! Weshalb sollten Sie nicht ebensoviel Geist wie Annehmlichkeit um sich vereinigen, und wie könnten wir denn überhaupt je so glücklich werden, wie wir's wünschen? Wenn unsere Beschaffenheit haargenau unserem Sehnen entspräche, gäbe es ja keinerlei Sehnen mehr, und es ist doch so schön, Wünsche zu haben. Warum ist immer ein Himmel nie unter, sondern immer über uns, und warum freut es uns, zu ihm hinaufschauen zu dürfen? Auf der Konsole Ihres Zimmers steht eine chinesische Vase, verzeihen Sie meinen Augen diese schon recht unzarte Wahrnehmung, obschon sie sich von selbst erklärt und an sich ja gar nicht viel bedeutet. An dem Befremden zu zweifeln, mit dem Sie diese Zeilen lesen, und wenn es auch nur ein leises sein könnte, wäre eine Unhöflichkeit, von der ich mich frei weiß. Ich dachte ja auch ziemlich lange, d.h. ungefähr eine Viertelstunde darüber nach, ob es wohl außer Ihnen noch sonst Personen gäbe, an die ich mich mit dem Ersuchen wenden könnte, ob sie mich zum Abendessen einladen wollten, was eine Gelegenheit gäbe, mich auszusprechen, und ich kam dann zu der Meinung, daß die Kühlste die Geeignetste sei, die Zurückhaltendste die Vertrauenswürdigste. Bereits werden Sie wahrscheinlich aufgehört haben zu fürchten, daß ich Ihnen schmeicheln wollen könnte. Ihnen bei Tisch gegenüber zu sitzen, sei es um welche Tageszeit es wolle, um Ihnen auf allerlei Fragen Bescheid zu erteilen, würde mich nicht bedrücken, sondern erleichtern; ich habe das Gefühl, als sei ich jemandem, der voraussichtlich weder gut noch schlecht von mir denkt, irgendwelche Auskunft schuldig. Wie konnte ich z.B. solange diese Stadt, in der Sie eine achtungheischende Stellung einnehmen, bewohnen, ohne mich mit etwas anderem zu betätigen, als hie und da vor einer Kunsthandlung stillzustehen, eine berühmte Meisterabbildung zu studieren, dann in mein Zimmer zu gehen und über den Eindruck etwas zu schreiben?»

Indes ich diese Worte schrieb, lag das schönste Mädchen, von seinen Blaßheiten umjubiliert, im schimmernden Prachtgewand entzückendster Gesamtausgezogenheiten auf dem Sofa meines Arbeitszimmers.

«Du scheinst in deinen Beruf vertieft», sprach sie, und ich nickte. Als sie mich mit Schreiben innehalten sah, sagte sie: «Erzähle mir eine Geschichte!» Ich trat an den Spiegel, kontrollierte mein Aussehen und hob hierauf folgendermaßen an:

«Ein Schriftsteller verheiratete sich, nachdem er schon verheiratet gewesen und zum Entschluß gekommen war, sich zu sagen, es sei besser für ihn, unverheiratet zu sein, abermals, und zwar mit einer Tochter aus gutem Hause, die sich zur Sängerin auszubilden dachte, zu welchem Zweck sie ihre Zeit wie ein Singvögelchen verbrachte, indem sie den lieben, langen Tag nichts als trällerte. Wie habe ich lachen müssen, als er sich hiedurch im Dichten gestört sah.»

«Weißt du sonst noch etwas?» fragte Olympia, so hieß sie. Ich fuhr fort und sprach:

«Unlängst starb da so eine Größe auf dem Gebiet des Romans, so eine Art Bahnbrecher, der hauptsächlich zu Köchinnen durchgedrungen war. Er hatte es ihnen mit seinen Schriften derart anzutun gewußt, daß sie sich bewogen fühlten, sämtlich hinter seinem Sarg einherzuschreiten, was sie mit viel Manier ausführten. Wie mußte ich lachen, als ich das sah.»

«Das war sehr nett von diesen Mädchen», gefiel es meiner Gebieterin zu sagen, die die Miene ob dem, was ich erzählt hatte, nicht verzog, sondern mit göttinnenhafter Unberührtheit auf mich schaute. Ich setzte von neuem an und führte aus:

«Einmal war ein bildhübscher Bursche. Seine Dummheit war fast noch kostbarer als sein nettes Aussehen: sie nahm es an Höhe mit einem Kirchturm auf. Manches Mädchen hätte ihn gern küssen mögen. Sein Mund schien ihnen zum Geküßtsein wie geschaffen, aber dem Burschen kam nie der Gedanke, er besäße Anziehungskraft. Wie machte mich sein niegeküßter Mund lachen.»

«Er war wohl sehr bescheiden», sprach Olympia. Indem ich die Bemerkung unerwidert ließ, verbreitete ich mich über eine ungewöhnliche Art, das Leben zuzubringen.

«Es gab da häufig etwas an- und abzuschnallen, die meiste Zeit trug man irgend etwas. Täglich war ich fleckig und putzte mich ab. Wenn ich gebadet hatte, wurde ich gelobt, ich sah dann rosig aus. Allabendlich versammelten wir uns unter Bäumen, damit wir vernähmen, was uns mitgeteilt wurde. Wir waren unserer bald mehr, bald weniger, wir zerstreuten uns und kamen wieder zusammen. Von Zeit zu Zeit bekam ich den Auftrag, still zu stehen, bis man mich ablöse und ein anderer an meinen

Platz trete. Mich hielten sie alle für sehr fein und freuten sich über diesen für mich ziemlich belustigenden Umstand. Sie waren stärker als ich, aber dafür gutmütiger. Übrigens lachten wir uns alle dann und wann selber aus. Unsere Übungen schienen uns mitunter etwas possierlich. Auf der Schulter trug jeder eine Art Abzeichen. Herbstfrüchte fielen uns in die Hand, beinahe manchmal in den Mund. Mit uns nörgeln, schien uns zwecklos. An unserer Ruhe mußte jedes Uneinverstandensein mit uns abgleiten. Täglich wurden wir müde, aber die Ermüdungen enthielten neue Elastizitäten. Nachts schlief einer dicht neben dem andern. Unsere Aufgabe bestand hauptsächlich darin, so kräftig zu werden und zu bleiben, daß wir's fertig brächten, uns durch nichts gestört zu fühlen. Abnahme der Feinfühligkeit hat etwas beinahe Großes. Empfindsamkeit macht uns klein. Sogenannte höhere Empfindungen wären uns lästig gewesen. Ich wohnte, wie es die Umstände erheischten und zugaben, aber ich erhielt viele Geschenke in Form von allen erdenklichen Annehmlichkeiten. Immer hatte ich etwas Schmackhaftes im Mund und etwas mich Umschmeichelndes im Kopf, ich meine, in den Gedanken, und das ist's, worauf es ankommt. Diejenigen nennen mich egoistisch, die mich nachahmen möchten, das aber nicht zustande bringen. Aber warum bekundete man mir meist dann eine Zufriedenheit, wenn ich wohlhabend aussah? Man legte viel Gewicht darauf, mich glücklich zu sehen. Ich schaute nur ausnahmsweise so aus, wie es ihnen nicht lieb war. Einmal langten wir in einer Art Anstalt an. Beim Einzug sah ich, wie ein Herr mit einer Dame sprach. Beide schienen mir sehr vornehm.»

«Mußtest du da nicht auch lachen?» fragte Olympia.

«Nein! Das Lachen war bei uns nicht üblich. Wir waren gewissermaßen, so gering wir sonst sein mochten, zu gut erzogen dazu. Ein leichter Stolz umgab uns, womit ich nicht sagen will, daß wir vorbildlich gewesen wären. Still zu sein bedeutete für uns etwas wie ein Schmaus, und dann waren wir ja auch fast immer mit etwas beschäftigt.»

«Schöne Seelen», sagte jener Herr zu der Dame an der Pforte, über deren Schwelle wir schritten, «schauen billigend, aber auch nichtachtend in alles dieses an ihnen vorüberfliegende Denken.»

DIE RUINE

In welch wackerem Maß ich an diesen Waisenknaben denke, dessen guter Vater früh starb. Alles kam ihm grasgrün vor, als er für immer seine Augen zudrückte. Die Mutter widmete sich im nur zu ausgedehnten Maß der Menschheit, und so regnete es denn nun auf die Straße herab, was herunterzukommen vermochte, und unser armer Knabe stützte, mit dem Ausdruck der Verlassenheit im feingeschnittenen Gesicht, den Kopf in die kummervolle Hand. Mir scheint, ich sage die Wahrheit, wenn ich darlege und vor mich hinwerfe, er habe täglich bloß ein Stück Brot zu essen gehabt. Welch ein karges Los in einem Alter, wo doch nach Ansicht der Wissenschaft Lebewesen tapfer essen sollen. Doch da erblickte er etwas auf dem Boden, das ihm unverkennbare Ähnlichkeit mit einer Stecknadel zu haben schien. Lange blieb er im Anblick des interessanten Gegenstandes versunken stehen, ununterbrochen bewegte sich das nimmermüde Leben, die unaufhörlich sausende, brausende Zivilisation am Erstaunten vorüber, der sich, nachdem er es sich gründlich überlegt zu haben schien, zur unscheinbaren Nadel herabbückte, um sie seiner Wertschätzung zu würdigen. Nicht lang danach nahm sich ein Handelshaus seiner an, indem es ihn aus dem Vagabundentum ins Lehrlingswesen heraufhob. Als solcher benahm er sich anständig und folgsam, er legte einen stillen Fleiß an den Tag. Energie und Zähigkeit schienen diesem seltsamen und doch auch wieder alltäglichen Knaben angeboren. Er zeigte eine erstaunliche Ordnungsliebe. Für jede Art von Ausschweifung blieb er blind. Uns ist ein junger Mann bekannt, der die Kaufmannskarriere zugunsten der poetischen preisgab. Der Himmel und die menschliche Gesellschaft straften ihn hart dafür. Er wurde Schriftsteller und blieb als solcher bodenlos erfolglos. Ganz anders unser braver Knabe, von dem wir wissen, mithin mitteilen können, daß er mit der Zeit, d. h. im Lauf langsam verhallender Jahre, falls man so sagen darf, Direktor wurde. Allerdings alterte er, und als sein Stündlein gekommen war, wie ihm dies ja denn auch unausweichlich zu sein schien, gab er den tüchtigsten Geist, womit sich je ein Mensch ausgestattet sah, auf und sorgte sozusagen, daß er in einer schöneren Welt anlangte. Der Tod ist ungalant; er nimmt auf gar keine Vorzüge Rücksicht. Gesellschaftliche Niederungen und Höhen gelten ihm gleich viel; das erfuhr auch er, dem wir diese Geschichte widmeten.

Wie war's auf einem Bahnhof neulich still.

Arbeiter warteten auf den Zug, der sie nach Hause brächte. Die Sonne schien mir die Gleichgültigkeit selbst. Mir war, als ginge etwas um, mitten durch die Wartenden und klöpfele jedem mit einem Fingerchen auf die Schulter. Ein Invalide drehte die Orgel. Einer ging zu ihm hin und gab ihm etwas. Wie ich das nun so mit meinem Knaben verknüpfe. Wenn ihr das nicht geistreich findet, enttäuscht ihr mich. Als ich vor einigen Wochen auf einen Kirchhof kam, scharrte ein Mann, der mir ein sehr freundlicher Mensch zu sein schien, mit einem Rechen Knochen zusammen. «Ist dies menschliches Gebein?» fragte ich ihn. – «Ja», sprach er. Am Abend desselben Tages hörte ich in der Tonhalle einen renommierten Virtuosen. Seine Bravour entzückte mich. Dichter dürfen, nebenbei gesagt, lange nicht so viel Geräusch hervorrufen wie Pianisten. Das rührt daher, weil das Publikum die Sprache der Töne glücklicherweise nicht versteht. Unter der Erde liegen die Knochen unserer Vorfahren. Alles Erdreich ist ein Friedhof, und dennoch steckst du dir, vom Schönen im Gedankenlosen ergriffen, deine Blume ins Knopfloch, schwebst über diesem tragischen Boden hin, darfst du das? Aber wer könnte mir's verbieten? Am Gang, den die Dinge nehmen, ändern Sorgen nichts. Neulich trat ich da unversehens vor das Grab Michael Bakunins und nahm vor dem Denkstein Achtungstellung an. Es gibt Haltungen, die etwas Unwillkürliches sind. Kaum wußte ich, warum ich da gleichsam salutierte, aber nur schon so ein Name. Der Name macht's, im Namen liegt es. Wenn wir an Paris denken, zwitschert's vor uns. Da haben wir auch den Namen. Im Wort Pompeji ist für jeden eine bestimmte Vorstellung enthalten. Bedeutende Namen, gleichviel, in welchem Sinn sie uns entgegenklingen, sind an sich ein Geschenk für uns. Was habe ich von Bakunin gelesen? Zufällig einige Zeilen. Aber lange, bevor ich etwas von ihm las, hörte ich schon seinen Namen, und so wie es mir mit diesem ging, ging und geht es andern mit anderen. Nun fand ich plötzlich sein Grab. Das Überraschende war's, was mir diesen Grad von Achtung abnötigte. Etwas Überraschendes ist schon an und für sich schön; für diese Schönheit dankt man. Gräber reden ja überhaupt eine so lebhafte, ich möchte glauben, erzählerische Sprache. Jeder Grabstein erzählt mir den Lebenslauf des einst Lebendigen. Man meint, alle diese Gestorbenen leben zu sehen, man sieht sie Einkäufe machen, kochen, waschen, schreiben, zur Bank gehen, in die Eisenbahn steigen, man sieht sie essen, ins Bett gehen, hört, was sie zur Frau sagen.

«Und mir sagst du nichts mehr?» sprach eine junge Frau zum Toten, auf dessen frisches Grab sie Blumen setzte. Ich ging rasch vorbei, glaubte, sie schon gesehen zu haben. Mir war, als hätte ich zarte Ursachen, mich vor ihr zu verstecken. Hiezu eignete sich eine Laube, in die ich trat, die ein Baum mit seinem Gezweige bildete. Wäre der Baum ein Mitbürger gewesen, so würde es mir haben einfallen können, gönnerhaft zu ihm zu sagen: «Sieh zu, daß du mich an dich erinnerst. Ich bin gewillt, etwas für dich zu tun.»

Indem ich so saß, fiel mir wieder so eine Geschichte ein, und wenn ich sie erzählen darf, lautet sie so:

Scheinbar gab es einmal eine wunderschöne, mit allem Raffinement der Mode umhüllte, junge und sicher auch vornehme Frau. Darf ich bitten, nicht außer acht zu lassen, daß sie jung und schön war, ja? Eine Tournüre hatte sie! Eigentlich sollte man es deutsch sagen können, aber in Dingen der Eleganz drückt man sich gern französisch aus. Das liegt ja so nahe. Unter anderm besaß sie das niedlichste Gesichtchen. Ihr Herr Gemahl mußte sie notgedrungenermaßen für unheimlich herzig halten, und das geschah denn auch, d.h. er tat es, und wir zollen ihm unsern Beifall. Diese hochmoderne, geschmackvolle Wohnung, über die sie gebot, aber über die junge, hübsche Frau gebot ihre Zofe, welch bizarrer Umstand! Der Herr besaß ein überaus imponierendes Äußeres; er sah wie ein wahrhaft großer Kaufmann aus. Unwillkürlich dachte man bei seinem Anblick an ozeandurchfurchende Salondampfer, wissen Sie, so weltmännisch, weitgereist, na, fahren wir weiter. In Asien wird er sich vielleicht schon dann und wann haben von so einem Kuli in einem Wägelchen herumfahren lassen. Und nun schaute ich da so zu, wie seine Frau ihrer Kammerzofe zu Füßen fiel. Ich schloß ein wenig die Augen, als mich der Zufall zum Zeugen dieses Auftrittes machte. Die Kammerzofe war natürlich schon ein bißchen verblüht, wie es sich für sie ja auch schickte. «Wie interessant du bist», sprach die Gebieterin lächelnd. «Es schickt sich nicht für Sie, gnädige Frau, so glücklich zu mir emporzuschauen», glaubte die im Dienst bereits etwas Verblühte sprechen zu sollen. Als ich sie diese Worte sprechen hörte, wollte ich beinah vor Lachen platzen, wiewohl das vielleicht etwas rücksichtslos gesprochen ist. «Ich habe dich um Verzeihung zu bitten», lispelte Klara, so hieß nämlich diese junge, schöne, gerechtigkeitsliebende Frau. Die Zofe fragte: «Welche Ursache haben Sie, mir abzubitten?» Die Schöne sagte: «Weil du mir dienst.» Hierauf lachte die Zofe laut auf; die Gnädige senkte ihre Augen. Nun ging, als wenn das so hätte sein sollen, die Türe auf, und in der Einrahmung stand der Herr Gemahl. «Was geht hier vor?» fragte er im gelindesten Ton. «Sollte es dich irgend etwas angehen?» Wer fragte das? Die Frau? Jawohl. Alle Achtung vor einem so mutigen Frauchen. Die Zofe schaute bald auf den Herrn, bald auf ihre Herrin herab. «Dies schöne Gemüt», sagte sie dann, wir können nicht genau sagen, nach einem wie langen Schweigen, während welchem der Gatte das höflichste, aber auch ernsthafteste Gesicht der Welt zu machen für unerläßlich erachtete. «Du hast dich vergessen», redete er dann seine Frau an. «Du wirst mir doch den Luxus nicht verbieten.» Der Ausdruck Luxus machte Eindruck auf ihn. «Zu was uns nicht die Bildung verpflichtet», sprach er für sich. «Ich ziehe mich zurück», äußerte er sich, und er führte auch aus, wovon er Meldung abstattete. Ich weiß nun nicht, was noch geschah, doch die junge Frau war glücklich und wurde von Minute zu Minute hübscher. Sie fühlte das. Von der Zofe nehmen wir an, sie habe den besten Charakter besessen. Dieser sehr nette Charakter erlaubte ihr nicht, ihrer Frau das geringste Vergnügen zu mißgönnen. «Sie haben eine Emotion haben wollen», sprach sie lieb und groß. «Ich mute dir jede Art Takt zu», sagte ihrerseits die hübsche, junge Frau, die so hübsch wurde, daß man's schon nicht mehr bloß hübsch nennen konnte. Sie wuchs zu einem wahren Juwel. Der Gatte wird Mühe gehabt haben, seine Nachdenklichkeit zu besiegen. Wie sie sie verständnisvoll anschaute. Was blieb ihr der Guten gegenüber anderes übrig? Sie hielt sie für vernünftig, das war sehr intelligent von ihr.

Aber nun lassen Sie mich Ihnen erzählen, wie es kam, daß ich acht Jahre lang verdrießlich dreinschaute. Ich zehrte nämlich an Erinnerungen. Will man fröhlich sein, so darf man keine Erinnerungen haben, und wenn sie noch so angenehm wären. Mein Gemach war übrigens für meine doch nicht belanglose Person zu klein, zu eng. Weil mein Zimmer bloß so ein Zimmerchen war, bohrte ich ein Loch durch die Wand, damit gewissermaßen etwas wie eine Erweiterung des Horizontes zustande käme. Im Nebengemach wohnten nämlich Mädchen, und ich gestehe damit etwas für mein Ansehen Unvorteilhaftes, aber mein Ruf ist so gut, daß ihm ein kleiner Schaden nicht viel schadet. Ich nehme es wenigstens an. Da klebte ich also immer so an Vergangenheiten. Nach Verlauf von vier Jahren wurde der Raum, der mich beherrschte, restauriert. Ich fand das ganz überflüssig. Auch die Zimmerverschönerung weckte Verdrießlichkeit in mir. Ein See schmückte die Umgebung. Acht Jahre lang fand ich diesen See täglich schön. Ich hoffe, man wird mir das als moralische Leistung ankreiden. Täglich ging ich ein und denselben, gewiß ganz netten, lieben, guten, braven Berg hinauf. Die Gleichförmigkeit dieser Übung prägte sich auf recht merkliche Art meinen Gesichtszügen auf. Das ist's ja: ich lebte viel zu eintönig. Eintönigkeit macht mürrisch. Wie entschlossen, wie zäh ich blieb. Zarten Naturen wurde es in meinem Beisein einfach übel. Es war eine Art Hotel, worin ich logierte. Stubenmädchen mußten mich beeinflussen; ich sehe das heute ein. Mindestens ein halbes Dutzend von ihnen verliebte sich in mich, aber ich hielt mich für zu intelligent, als daß ich mir hätte erlauben dürfen, mich mit ihnen abzugeben. Ich hielt es für unter meiner Würde, dann und wann ein wenig lustig zu sein, und doch setzten sich alle in den Kopf, mich zum lustigsten aller Menschen zu machen, Aufgabe, die total mißlang. Acht Jahre setzte ich mich täglich an denselben Platz und weigerte mich ebenso lang, ein angenehmer Mitbürger zu sein. Weigerungen sind ja etwas denkbar Einfaches. Etwas zuzugeben ist viel komplizierter, schwieriger. «Ich bin ein tadelloser Typ», redete ich mir in einem fort ein. Diese Sprache genügte mir zu meiner Beruhigung. «Ach, mach' mich doch unglücklich, du siehst so sehr danach aus, als wenn du das verstündest», lispelte oder flötete mir ein Mädchen auf dem Instrument ihrer Seele vor. Ich hielt es für klug, unerbittlich zu sein. Sie kniete vor mir; ich aber hob sie auf, indem ich sie drauf aufmerksam machte, ich hätte noch zu schreiben. Ich schrieb nämlich acht Jahre lang ununterbrochen für allerhand Sprachrohre oder führende Blätter, genannt Zeitungen. Langte das Honorar an, so ließ ich mich zu einem Schmunzeln herab. Noch eine Eigentümlichkeit muß ich berichten: Privat-, z.B. Liebesbriefe pflegte ich sogleich zu vernichten. Ich bewahrte nur Briefe auf, die die Aufgabe hatten, mich stumm an etwas zu mahnen, was zu den Unerläßlichkeiten gehörte. Eines sei hervorgehoben: ich bekundete täglich den besten Appetit. Meistens aß ich auf, was mir vorgesetzt wurde. Daß das nicht ganz schicklich, d.h. allfällig ein bißchen unfein sei, fiel mir wohl manchmal ein, aber ich legte solcher Äußerlichkeit kein allzu starkes Gewicht bei. Einmal wurde mir eine Armbanduhr, ich will nicht sagen entwendet, wohl aber in der Absicht weggenommen, mich aufzuwecken, denn der ruhige, idyllische Lauf, den die Tage nahmen, mochte mich vielleicht eingeschläfert haben. Ich schlief jede Nacht wundervoll, indem ich mitten im Schlaf Jauchzer ausstieß, als übernachte ich in einer Sennhütte. Die Hotelgouvernante verehrte mich, selbstverständlich ohne jede Hoffnung. Sie besaß ein blasses Marmorantlitz, worin sich ein gewisser Hochmut abspiegelte, wie wenn das Gesicht ein See gewesen sei und der Hochmut ein alter Turm mit eleganten Zacken. Ihre Augen glichen Adlernestern. Die Blicke waren die Adler. Sie war zu schön, um von den Händen eines Arbeiters angerührt zu werden, denn als solchen hielt ich mich. Nie schien es mir, daß ich mich aufopfere, aber andern kam das so vor. Alle schauten mich sentimental an oder taten so, weil sie glaubten, daß sich das schicke. Wir sind aber mit unserem Schicklichkeitsempfinden vielfach Narren. Welt und Schicksale rollen und tönen, das Ewige dreht sich, die große Gleichgültigkeit ist beständig um uns; wir sehen an schönen Abenden das, was wir Firmament nennen, sich nicht um uns kümmern, warum erleichtern wir uns nicht das Leben, derart, daß wir mehr Lässigkeit an den Tag legen? Wir sind noch sehr, sehr klein. Ausgedehnte, zahlreiche Ausflüge vermittelten mir die wünschenswerte leibliche Ermüdung. Wenn wir frisch bleiben wollen, müssen wir uns «hernehmen». Sehr ungeziemend war's vielleicht von mir, mir die Kleider selber zu flicken, wenn sie's nötig hatten. Eine liebe Lehrerin besorgte das Ausbessern der Strümpfe. Möglich, daß auch das nicht ganz am Platz war. Eine Zeitlang war ein Zeitungsredakteur mein Tischnachbar. Als ich ihm einmal erzählte, ich hätte von meinem siebzehnten Lebensjahr ab nichts Unterstützendes mehr von den Eltern zu erwarten gehabt, füllten sich seine Augen mit Tränen, weswegen ich ihn auslachte. Während dieser acht Jahre war ich kein einziges Mal im Wartezimmer eines Arztes und kein einziges Mal auf den Stufen einer Kirchentreppe. Gern bekenne ich, daß es gut ist und gleichsam Ansehen verschafft, wenn einem von Zeit zu Zeit etwas fehlt, derart, daß man Rat einholen muß. Bedürfnisse machen einen menschlichen Eindruck, und ein rechtschaffener Bürger vergißt nicht, ab und zu mal eine Predigt anzuhören, nicht weil er sie nötig hätte, wohl aber, um sich im Rahmen einer Vereinigung blicken zu lassen, die von allergrößter historischer Bedeutung ist. Wofür litten die ersten Christen, auf deren Erlebnissen sich die Idee gründete, herrliche Gebäude aufzurichten und darin zum Lobe des Herrn zu singen, der über uns und mitten in unsern Alltäglichkeiten ist? Ich halte es für einen Verstoß, daß ich mich nicht um Gemeindeangelegenheiten kümmerte. Immer war ich so eine Art Ästhet, der sich wegen Satzwendungen schier Locken ausriß, und der ganz unglücklich wurde, wenn seine Zeilen nicht fließend genug hinflossen. Inzwischen hatte es so und so oft zum Nachtessen Rösti gegeben. Einmal hielt sich in eines Pensionärs Rösti ein stattlicher Käfer wohnlich auf. Er trat mit der Platte ans Büffet, um vom Vorkommnis Meldung abzustatten. Die allzeit mutige Gouvernante jedoch antwortete auf die Reklamation: «Bei Ihnen zu Hause wird sich wohl auch schon einmal ein Käfer in eine Rösti verirrt haben.»

Mitten in meine Komposition fällt mir die Aufkündigung meines Ateliers, aber man kann überall arbeitsam, d.h. munter sein.

Hier flechte ich wieder wie ein Korbflechter eine Novelle ein:

Ich machte die Bekanntschaft eines Beamten, dem ich im Lauf des Gespräches sagte, wer ich sei. «So, so», machte er, «und ich hielt Sie für einen Verwaltungsmann. Hoffentlich kränkt Sie das nicht.» – «Weshalb es das sollte?» fragte ich. Er sprach hierauf von seiner

Frau, indem er vorbrachte: «Wenn ich sie frage, ob's ihr angenehm sei, verstehen Sie mich, so ist's ihr unangenehm.» Ich ließ verlauten: «Ich würde sie dies nie fragen, sondern es jeweilen lieber in aller Unverfrorenheit drauf ankommen lassen. In der Frage liegt ja etwas durchaus Unzartes. Eine Aktion will nicht angekündigt sein. Was unternommen werden muß, unternimmt man. Vorherige Mitteilung wirkt widerstandweckend. Daß hie und da Neigungen Abneigungen antreffen, muß man riskieren. Zarte Anfragen sind eine Behelligung, und wer behelligt wird, kommt sich wichtig vor, und wer sich wichtig vorkommt, benimmt sich danach. Ich würde Ihre werte Frau immer eher zu belustigen als zu erweichen suchen. Man darf nie Erbarmen voraussetzen, immer aber Sehnsucht nach Unterhaltung. Wenn Sie Ihre Gattin amüsieren, umarmt sie Sie, denn dann ist sie eine Beglückte, und die Glücklichen sind liebevoll, mithin nachgiebig. Man darf eben nirgends Nötlichkeit offenbaren, auch in der Ehe nicht. Das beste ist, wenn sich solches von selber macht. Wer nicht sucht, der findet. Demnach darf man nie wie ein Suchender aussehen, eher wie einer, der von einem Seitensprung herkommt. Die Frauen freuen sich, wenn man ihnen Grund zu Empfindlichkeiten gibt, daß sie gezwungen sind, in unsern Augen nach der Treue zu forschen, die wir ihnen schulden. Aber ein Gatte schuldet seiner Frau hauptsächlich Anregung. – Wenn Ihnen ein hübscher Einfall aus dem Mund sprudelt, alle Einfälle haben etwas Strahlendes, so gewinnen Sie sie ohne weiteres, denn Sie sind dann anziehend. Anziehend zu sein, ist die oberste Ihrer Pflichten, was natürlich auch für die Frauen gilt, wobei man aber zu bedenken hat, daß Anforderungen unritterlich sind. Das fällt in die Waagschale.» Solchermaßen erwärmte ich mich für einen Zufälligen. Da werfe man mir noch Egoismus vor.

Frisieren kann ich jede Frau, aber ich kann nicht jede Frau lieben. Aber es genügt doch, wenn ich gegenüber fast allen artig und unartig bin. Ich bin am liebsten erst dann artig, wenn ich eine Zeitlang anders gewesen bin. Unsoziales Verhalten ist etwas Ursprüngliches, d.h. ein persönliches Vergnügen.

«Ihr heuet», sprach ein Pfarrer zu Leuten, die er mit Heuen beschäftigt sah. «Ihr steht da vor eurem Haus», redete er bald danach eine Bäuerin an, die vor ihrem Hause stand. Er hatte die Gewohnheit, seinen Mitmenschen jedesmal zu sagen, was grade mit ihnen der Fall war. Saß einer, so sprach er aufs menschenfreundlichste: «Sieh an, wie Ihr da so herrlich sitzet. Ei, wie prächtig.» Dieser Herr Pfarrer war halt ein wahres Herz, und die Leute durften sich schon herausnehmen, ihn ein wenig zu belächeln. Er nahm ihnen das nicht übel, besaß er doch die geschickteste Köchin. Ihm war das ganze Jahr spielerisch und zugleich heilig zu Mut. War seine Frau nicht die Demut selbst? Zeichnete sich nicht auf dem Bild seiner Tochter alle Land- und zugleich Religionslust ab? Durchs Dörfchen zogen blökend Ziegen und Schafe, die Kühe machten Augen wie zu Vater Abrahams Zeiten, der seinen Sohn opfern zu müssen meinte, woran er aber im letzten Moment verhindert wurde, wonach er ja denn auch erleichtert aufatmete. Wie schade, daß er eines Tages dachte, es müsse absolut sein, daß er seine Frau in unwirtliche Gegenden hinausstoße. Und nun berichte ich von einer Havelfahrt, zu der mich im Vorkriegszeitalter eine Künstlersfrau einlud.

Der Ausflug war von einem Offizier arrangiert worden. Wie liebenswürdig sich dieser Herr Offizier benahm. Auch das Havelwasser benahm sich sehr artig. Im Motorboot wurde von Farben usw. gesprochen. Während der Fahrt gelangen mir zwei Witze. Ich vergaß das bis heute noch nicht. Wahrscheinlich werde ich mein ganzes Leben lang an den Erfolg denken, womit ich mich an diesem schönen Nachmittag bedeckte. Wir stiegen in Potsdam ein. Wie das Land zarte, weite Horizonte hatte. Es sah so nach Radierungen von Rembrandt aus. Ich erinnere mich einer Sorte von Grün, über das ich hinschaute. Schade, daß ich die Besonderheit dieses Grüns nicht genau angeben kann. Es war etwas Süßes, Gezogenes, Gestrichenes, Gemaltes, Gelächeltes, Geigengebögeltes, Geküßtes von einem Grün. Und daß das Wasser nichts als blau war, empfand ich als eigensinnig, aber ich ließ mir die Eigentümlichkeit gefallen, da ich nicht umhin konnte, sie für hübsch zu halten. Wir wollten uns Märchen erzählen, aber es zeigte sich, daß uns gerade keine einfielen. Aus meinem Munde regnete es von Komplimenten auf die anwesenden Damen, die ganz in Sonne getaucht dasaßen, d.h. nein, sie saßen unter einem Baldachin aus Zelttuch, also im Schatten, aber dieser Schatten war hell und lieb und freisinnig wie das Licht selber. Unsere Fahrt glich einer Kleopatrafahrt, die Havel dem Nil, und die Mark Brandenburg dem Land Ägypten. Rittergüter und Schlösser zierten das Ufer, das wie die Geduld aussah. Die Erde hat ja so viel Geduld. Wie geistreich weiß sie zu allem zu schweigen. Ich trug einen hohen Hut, als käm' ich direkt aus Kalabrien. Dorfjungens gefiel er so gut, daß sie sich bemüßigt sahen, darüber zu spötteln. «Macht Ihnen das nichts?» fragte mich die Gastgeberin.

«Ganz und gar nichts. Warum sollten sie nicht an diesem schönen Tag auch ihren Spaß haben?» gab ich zur Antwort. Sie schien mich um meiner Weltliebe willen zu bewundern, und ich gönnte ihr natürlich diesen Genuß. Abends gab es in Berlin ein Souper, eine Art Achtuhrabendessen, das fröhlich und glänzend verlief. Der Offiziersbursche tat aus Takt ein bißchen linkisch. Solche Burschen sind zu Drolligkeiten verpflichtet. Ein wenig Schwerfälligkeit steht einem Diener wohl an. Flinkheit kann enervieren. Auf die Bitte der Dame des Hauses zeichnete ich meinen Namen in ein Album. Ein solches ist in allen guten Häusern gleichsam Sitte, und das Einzeichnen des Namenszuges bedeutet eine Höflichkeit. Anwesend waren Gelehrte, Künstler. Ich schlug meinen Arm um die Taille einer Freundin der Hausfrau. Das Mädchen tat, als sei sie betreten und hatte ja auch einige Ursache dazu. Ich hielt mich für sehr klug, darum, daß mir das auffiel. «Ihre Handschrift gibt den exaktesten Aufschluß über Ihre Art und Weise», rief sie aus, die die Güte gehabt hatte, mich zu dieser Veranstaltung einzuladen. Spät ging man nach Hause. Unter anderm war von Holland die Rede gewesen. Bin ich nun aber immer noch in meinem Friedhof?

Vielleicht schreib' ich nächstens einen Aufsatz über Hofdamen.

Es gibt Leute, die man nachts antrifft, die einen fragen, was man sei, und die einem, wenn man ihnen sagt, man sei Journalist, erwidern: «So siehst du aus.»

Als ich so die Platanenallee, die sich durch den Friedhof zog, durchwandelte, kam mir eine singende Frau entgegen. Sie sang ein Schweizerlied. Abgesehen davon, daß sie es kunstvoll sang, begeisterte mich das Einfache im und am Gesang, der alle unsere so liebenswerte Landschaft enthielt, die Anfänge und Fortsetzungen unserer Geschichte, weiterhin Italiens Bauten, östlich Österreich, westlich das große Frankreich und im Norden die grünen Berge, die aus heißem Eismeer steigen. Wenn ein Schweizer ein Schweizerlied singen hört, weitet sich ihm das Herz, und dieses Herz möchte im Land sein und zugleich auch auswandern, denn ein lebendiges Herz ist immer auf irgendeine Art unbefriedigt und genügsam, begehrlich und bescheiden zugleich. Neben der Sängerin, die nun stehen blieb und so fortsang, saß auf einer Bank eine andere, ich möchte sagen, eine häusliche, wirtliche, und wie diese mich so den Freiheitstönen lauschen sah, traten gleichsam Schatten des Verzagens, auch des Unmutes, des Uneinverstandenseins über ihr Gesicht, das nicht erbleichte und doch farblos zu werden schien. Sie schien der Sängerin zu zürnen, und mir auch, darum, daß ich acht auf sie gab. An der Künstlerin war etwas Gefälliges, Gebendes, an der Häuslichen etwas Gebietendes, Behaltendes. Die eine gab mir, indes mich die andere nahm, und wenn sie mich behalten konnte, schien ich nichts für sie zu sein. Ich schaute auf beide, und alles war eigentümlich lebendig und still. Ein leises Windchen trieb Schmetterlinge von Blume zu Blume und umkoste die Äste der Tannen. Die Stimmung war jedenfalls ganz einfach großartig. In der Nähe wußte ich eine die einstige Größe des Katholizismus kennzeichnende Ruine, worin auf weißem Gips die schönsten Ornamente prangten. Dort trug ein Dichter einem Kreis sich für ihn interessierender Frauen seine neuesten Gedichte vor. Er tat das wahrscheinlich sehr anmutig. Diese Gesten, diese genierte Ungeniertheit! Die Ruine stammte aus dem siebzehnten Jahrhundert. Was das für eine stilvolle Epoche war! Diese Großzügigkeiten. Wie ich noch so mit den beiden Frauen pendelte, tändelte, ich durfte das, da sie's ja mit mir auch taten, flog auf eilenden Schritten ein Mädchen herbei. Immerhin schallte der Gesang ruhig weiter. Ich muß beifügen, daß mir die Mundöffnung der Sängerin besonders gut gefiel. In solcher Hinsicht bin ich ein Kenner und wüßte nicht, weshalb ich's nicht sein sollte. Ich bin blind und sehe alles, bin stumm und rede, horche auf nichts und bin der begabteste Horcher. «Was hast du mir versprochen und nicht gehalten?» kam es aus des Mädchens Lippen. Ich sagte: «Deine Augen strahlen entzückend blau.» Ich sprach das fassungslos. Ich liebe die Fassungslosigkeit vor Mädchen. Ich komme dann jeweilen ins richtige Gleichgewicht. Natürlich verbeugte ich mich vor der Ankommenden. Ihr Vorwurf war so schön. Wenn eine schon bloß etwas will, mich an etwas mahnt, flamme ich von Bewunderung, denn es ist ja so einzigschön, wenn Zarte stark auftreten. Schön ist auch, wenn Starke zärtlich werden. «Weißt du, daß ein prachtvolles, halbverfallenes Bauwerk in der Nähe barock in die Luft emporlodert, daß jeder Gebildete ob dem Anblick beglückt sein muß?» fragte ich sie. Wundervoll jagten halbe Farben schmachtend und zugleich befehlend über ihre Wangen. Die Farben glichen Kosaken und die Wangen den Steppen, und sie sagte: «Du sagtest das nur, um dich herauszuwinden», und ich dachte: «Unsere Heimat ist uns eine unbekannte Bekanntheit, ein bewußtes Unbewußtes», und weil ich das dachte, mußte ich lächeln, und sie bezog dieses Lächeln auf sich und wurde ganz furchtsam, und ich sagte: «Sei unbesorgt», und was ich sprach, schien ihr lieb zu sein.

«Wenn du sanft bist, glaube ich dir», entrang es sich ihrem empfindlichen Busen. Beide andern schauten auf uns. Ich verbarg etwas Nehmendes, Egoistisches vor ihrem Blick, nämlich die Hände. Sie nahm mit sichtlichem Einverständnis von meiner Bewegung Notiz. Ihr Kinn, möchte ich sagen, drückte etwas wie ganz, ganz schwache, vorbehaltvolle Zufriedenheit aus. An der Hand seiner Mutter ging ein Knabe vorbei.

NACHTGEDANKEN

Ich schreibe einen Traum auf, lege da von einer Nacht Bericht ab.

Gestern, gestern war's. Heute ist der Morgen so hell, so friedlich.

Warum mein Haar immer noch nicht weiß ist? Es muß eine große Seelenkraft in mir sein. Nun etwas von Städtegründern: Dieselben hatten nicht Zeit, moralisch miteinander zu zanken, wer der Bessere, welcher der Schlechtere sei; sie richteten Wohnungen auf, hatten zu tun. Sie waren schöpferisch tätig. Beschäftigung ist eine Retterin, die uns aus Ungenügsamkeiten zieht. Wie soll im großen Frieden entstehen, wenn im kleinen nichts als genörgelt, gestichelt wird.

Ich dachte über den Ernst des Lebens nach und sagte mir, daß nur er wirkliche Lebenslust ermögliche. Nichts sollte schon gleich von Anfang an eine Freude sein. Ich finde, man sollte nicht so lebenshungrig tun. In einer Kaffeehalle sagte einst eine einfache Frau zu ihrem Hund: «Wie du hungrig tust!» Der Hund schien die Bemerkung verstanden zu haben.

Gestern nun glich die Nacht einem prächtig geschmückten Tier, einem Pferd vielleicht, auf dem eine Frau sitze, dachte ich.

Die Lichter am nahegelegenen Berg sahen wie ein Zeltlager aus, worin ein König kampiere. Die Sterne schienen aufs Dach tröpfelnd herunterzufallen.

Warum trat ich nun ans Fenster? Ich will es euch sagen.

Ich träumte, ich sei in Teheran als Gast des Schahs von Persien, der sich persönlich in außerordentlichem Maße für mich interessierte. Ich war unter Menschen, die sich alle scheinbar sehr zart aufführten. Ein Hofzeremoniell von feinster Art umgab mich. «Du bist da also nun in Teheran», sagte ich mir. Vielleicht sprach ich das sogar mehrmals zu mir. Alles war sozusagen in einen Rembrandt-Ton getaucht. Nun kam ich in ein Zimmer, wo mich ein Würdenträger sehr freundlich einlud, ihn zu besuchen. Freilich besaß er eine etwas zu starke Nase. Die Nase war an sich etwas absolut Seltsames, aber ich war ja in Teheran und nahm diese Wundernase als etwas ganz Gewöhnliches. Selbstverständlich nahm ich die Unterstaatssekretärseinladung höflich an. «Wie ich hier in Teheran höflich bin», kam mir der Gedanke. «Du schläfst dann bei mir, denn ich bin eine Frau», sprach mit der zartesten Einfachheit der Gewichtige. Über dieser Eröffnung erwachte ich.

Ich stand dann auf und trat ans Fenster, was ich bereits erwähnt habe. Als ich mich wieder ins Bett legte, fing es ums Haus und um die Stube herum gespenstisch an zu klopfen; es handelte sich um eine gewisse Anzahl wohlabgemessener, trockener, präziser Schläge. Schon allein dieser Umstand versetzte mich in Verwunderung. Wenn nun diese Schläge tönten, um bloß von mir gehört zu werden? Dieser Gedanke stellte sich sogleich beim Vernehmen des Geräusches ein, und darin bestand ja das Geisterhafte. Ich glaube natürlich im allgemeinen nicht an Spuk usw., aber dieses auf ungewöhnlicher Regelmäßigkeit beruhende Geklöpfel hatte für mich etwas Unbegreifliches. Es war, als wolle mich irgendwer an etwas mahnen. Die Schläge wanderten übrigens; mir kam das wenigstens so vor. Ich wohne ja nun im modernsten Stadtviertel. Gespenster halten sich erfahrungsgemäß eher in der winkeligen Altstadt auf. Dennoch war's mir, als begehre mich jemand «unverzüglich» zu sprechen, wie wenn mir da ein Mensch etwas zu sagen gehabt hätte.

Ich lag lange wach.

Gewiß waren das alles bloß so Youngsche Nachtgedanken, aber in schlaflosen Nächten gleichen wir hilflosen Kindern.

Recht lang ließ ich das Licht angesteckt. Meine Logisfrau wird es ja nicht wissen – nimmt sie's wahr, so würde es halt was kosten. Ich kann versichern, daß das Licht schläfrig macht, das starke, hohe, große Schwarz weckt auf. Licht glitzert so. Undurchdringliches Dunkel wünscht man zu durchdringen. Schläfern uns die Zivilisation, die Bequemlichkeit, der Luxus ein? Ist das Naturhafte das Aufrüttelnde?

ABHANDLUNG

Ich habe gestern nacht über das Leben und den Tod nachgedacht. Vielleicht darf ich sagen, eigentümliche Gedanken hätten mich da frappiert. Vorläufig gebe ich aber jedem Schriftsteller den Rat, sich einen ihm die Schreibutensilien vorantragenden Pagen anzuschaffen, damit sich die Leute sogleich von seinem Stande überzeugen können. Neulich fragte mich nämlich jemand, was ich sei, worauf ich antwortete: «Schriftsteller.» – «Ist das wahr?» wurde mit einer Ungläubigkeit ausgerufen, die mich fast selber an meiner Schriftstellerhaftigkeit zweifeln ließ. Ich hatte die größte Mühe, mich in diesem Moment nicht für einen Schuhputzer zu halten. Der Einfluß, den Mitwelt und Zeitalter auf uns ausüben, kann ins Beklemmende gehen. In einem gewissen Grad neigen wir, zu sein, wofür man uns ansieht, und erst ich mit meinen Dutzenden von Feinfühligkeiten! Aber ich kämpfe wacker, ich bin an Mit-mir-selber-Kämpfen einfach ein Held, nichts Geringeres, ich versichere Sie dessen. O, es ist so süß, so schön, es geht so ins Hohe, bös sowohl auf sich selber wie auch ein bißchen auf andere zu sein. Ich finde Anwandlungen des Mit-sich-unzufrieden-Seins herrlich, und häufig halte ich im Walde Reden, worüber ich dann nachträglich wieder lache. Lachen ist ja ein so glückliches Ausgleichsmittel.

Die Locarnoer Reden sind beendigt, und wir dürfen wohl alle über das, was im Kanton Tessin vereinbart worden ist, erfreut sein. Von nun an scheint es in Europa wieder friedlich nebeneinander arbeitende Staaten zu geben. Fängt man an, sich wieder zu kennen? Seltsames Kleistwort, das im letzten Akt der «Familie Schroffenstein» steht: «Sie strichen sich die Gesichter mit Kohle an und kannten einander nicht mehr», wie oft dachte ich dran. Sollte es seine unangenehme Bedeutung langsam nun verlieren?

Was meine Nachtgedanken betrifft, so bezogen sie

sich auf die Liebe, die eine Art Sterben ist. Ich will die Liebe nicht so gerade nur für Leben halten, ich empfinde sie doppelt: als belebend sowie tötend, finde aber, daß gerade darin Großes liegt. Wenn schon gestorben sein soll, sterbe ich doch lieber gern als ungern, und ich stelle mir die Liebe wie eine Brücke zwischen Leben und Tod vor, und sie sei mühsam, unbequem, nicht damit wir sie satt bekämen, aber damit uns der Abschied von ihr nicht gar so schwer falle. Die Gesundheit ist uns nicht um ihrer selbst willen gegeben. Wohl leuchtet das Leben, und die Blumen sind hold; du mußt aber auch mit der Schlange darunter Bekanntschaft machen. Die Schlange ist unter uns, damit wir uns selber erkennen. Die Schlange ist das Schöne und das Böse, und darum das Tragische, denn was kann sie für ihr Lauern auf die Ahnungslosen? Die Welt will es so. Und wir sollen vor diesem Frieden, der uns nun garantiert ist, Achtung haben, inwiefern es von ringelnden Greueln darunter wimmeln könnte, und die Guten müssen lernen, bis zum Tod zur Güte entschlossen zu sein. Übrigens möchte ich diese Zeilen nicht allzu ernsthaft schließen und rede noch von etwas Kleinlichem, Persönlichem, nämlich von den Buchdeckeln zu meinen Romanen, die ich einst in Berlin schrieb.

Der Deckel zu «Geschwister Tanner» soll diesem Buch geschadet haben. Christian Morgenstern war's, der dies vermutete, und das war ja ein sehr kluger Mensch. Dieser «Geschwister Tanner»-Buchdeckel hatte mit seinem harmlos über die Fläche gehenden Streifen Grün etwas Pariser-Roman-Ankündendes. Oft entscheiden ja bei Unternehmungen Äußerlichkeiten, Etiquettenfragen. Und dann der Deckel zum «Gehülfen»: diese Gartenmauer aus lustig-ironischen Backsteinen, die Mauer, an der ich persönlich noch glaubte, mitzeichnen zu sollen, besaß etwas Lächelndes-Allzulächelndes. Die Gehilfenfigur mit dem über Kopf und Hut aufgespannten Regenschirm sah ja beinahe possierlich aus. Vielleicht hätte ich besser nie Hand an diese so säuberlichen Backsteine gelegt. Zur Strafe hatte vielleicht das sicher sonst ganz nette, gute Buch keinen Erfolg, und mein lieber Verleger, wenn ich an ihn denke, wie er stiller, stiller mir und sich selbst gegenüber wurde, dauert mich in der Erinnerung geradezu. Mir persönlich gefielen diese beiden Buchdeckel vielleicht nur allzusehr. Bücher sind verpflichtet, auch andern, nicht nur dem Verfasser zu imponieren und zu gefallen. Aber wie gering ist der mir dadurch eventuell entstandene Schaden im Vergleich zum seitherigen, menschlich-allgemeinen! Wie viele liebenswürdige Menschen mußten leiden. Wieder hat aber Sorglosigkeit, Unbedachtsamkeit etwas Schönes. Alles Vergnügliche hat in meinen Augen einen geringen und gleichzeitig hohen Wert. Nicht jedes ernstliche Streben ist wertvoll.

Freude ist nie zu oft da. Vielleicht werden viele Mühe haben, die Racheschwerter aus den Händen und den Gedanken zu legen und kleiner zu sein, als sie sich's dachten.

Wir waren lange genug in ungroßem Sinne groß.

TAGEBUCHBLATT (III)

Mit kühler Empörtheit, die mich durchtanzt, durchlacht, die mir übrigens ganz und gar paßt, weil sie eine sittliche Höhe darstellt, sage ich, daß in einem kleinen europäischen Land jährlich achtzig Millionen für Militärzwecke verausgabt werden. Schade um so viel Geld! Muß nicht jeder Menschenfreund eine solche Erscheinung einfach beklagen? Anderseits scheint der Verbrauch einer so großen Summe eine Notwendigkeit zu sein, aber es geschieht vielleicht da und dort, daß man sich Notwendigkeiten nur einbildet, daß man sich davon düpieren läßt. Ich für mich finde, daß Staaten anfangen sollten, mehr Vertrauen zu bekunden. Ein Staat ist wie eine Persönlichkeit, und es läßt sich sagen, daß sich Menschen, Personen durch fortgesetztes Mißtrauen erniedrigen. Genau dasselbe läßt sich von Gemeinden, Verbänden, Gesellschaften sagen. Heute sind alle Länder Europas vor einander erniedrigt. Mich dünkt, daß man das in der Öffentlichkeit betonen muß. Nun zu etwas anderem: mir kam da der Gedanke, daß sich in den Künsten zu viel Gebildetheit geltend mache, aber viel zu wenig Gebildetheit im Leben. Hieraus entsteht ein Mißverhältnis. Das Leben ist zu roh geblieben; dagegen ist die Kunst verhältnismäßig zu ästlich, zweiglich, zu zart und zu fein geworden. Nach mir ginge es uns allen besser, wenn sich die Kunst kräftig gäbe, dafür aber das Leben lieb und fein. Ich las, daß in einer großen Stadt acht große Bühnenhäuser geschlossen wurden. Daselbst gehen viele Schauspieler brotlos, unterstützungsbedürftig herum. Man liest heute in den Zeitungen allerlei Klägliches. Gestern konnte ich diese achtzig Millionen gar nicht aus dem Kopf bekommen, hoffe mich aber befähigt, die Vorstellung davon zu verwinden.

In Chicago halten Neger Versammlungen ab, die den Zweck haben, das Niveau aller Schwarzen auf der ganzen Erde zu heben. Auch das ist eine Zeitungsnachricht. Zum Frühstück lasse ich mir gern irgendein Blatt schmecken, wie z.B. das «Journal de Genève», und hier baue ich ja selber so eine Art Journal auf. Das hat für mich etwas Aufrichtendes. Nebenbei muß ich gestehen, daß ich mich gestern in einem hiesigen bürgerlichen Lokal an böhmischem Bier gütlich tat. Das Glas bezahlt sich mit fünfundvierzig Centimes. Ich enthülle da Geisteskleinlichkeit, aber sie amüsiert mich. Wie von selbst geht es zu, daß ich mir vorrechne, was ich an Barschaft jeweilen ausgab. Sitzt oder steckt etwa ein Oekonom in mir? Jemand verspottete mich, und ich verspottete den Betreffenden wieder, und zwar auf so derbe Art, daß er mir gestand, ich hätte ihm wehgetan. Warum muß das immer so weitergehen? Könnten wir einander nicht das leichte Maß von Achtung entgegenbringen, dessen wir bedürfen? Und dann saß ich wie «eine goldstrotzende Kosakin» da. Was ich da sage, läuft mir so aus dem Mund. Lustige Leute umtanzten mich, und ich klatschte ihnen Beifall und lachte noch auf der Straße und zu Hause über die Tänzer, die mit ihren Bewegungen der Musik, deren Takte sie rhythmisch begleiteten, ihre Hochachtung und Ergebenheit erzeigten. Was das für Drolligkeiten waren. Einer legte sich an den Boden und erstand wieder langsam. Das war furchtbar komisch, und mir war, als ich das alles so sah, als tanze ganz Europa, als tanze die ganze, glänzende, arme Menschheit, Hoch und Niedrig, Klug und Unintelligent, Wissendes und Ahnungsloses bunt durcheinander, von der Macht der Kunst brüderlich und schwesterlich verbunden. Ich bildete mir ein, etwas entfernt scharre und stampfe mein Pferdchen mit den braunen Beinen. Wie mir diese Illusion Spaß machte!

Plötzlich durchblitzten mich wieder diese achtzig Millionen zu Verteidigungszwecken. Wie wir uns voreinander fürchten! Haben wir wirklich so gewichtigen

Grund dazu? Es scheint so. Aber da sieht man, was uns unsere Habsucht, unsere Eigenliebe, unsere Unduldsamkeiten für ein Heidengeld kosten. Und überall ist das so, und wie soll es sich ändern können, wenn sich dieses Leben, die Seelen, die Nerven, die Menschen nicht ändern wollen oder nicht können? Ich bin überzeugt, daß die Kriege aus dem Schoß der Gesellschaft selbst emporkeimen mit bleichem, großem, verständnislosem, aufgedunsenem Gesicht. Der Krieg ist eine Mißgeburt, halb Mädchen, halb Mann, halb Störender und halb Gestörter, und er läuft erschrocken unter uns herum, über sich selber entsetzt wie ein hunderttausend Jahre altes Schmerzenskind. Ich glaube meinerseits nicht an die Grenzlichkeits- und Nationalkriege; vielmehr glaube ich, daß sich die Kriege stets die Grenzlichkeiten und Zugehörigkeiten zu den Nationen so zum Vorwand genommen haben, daß sie aber weiter nichts als Geschöpfe unserer Unvorsichtigkeiten sind, Unzufriedenheitentstiegene, denn auch in Friedenszeiten «bekämpfen» wir uns ja immer: Junge wollen von Alten nichts wissen, Gesunde von Kränklichen nichts, Mutige von Zaghaften nichts, und eins fürchtet und verachtet und bewundert und mißversteht das andere, und wie wird überall die Bildung vernachlässigt, die, wenn es richtig zuginge, maßgebend zu sein hätte. Wir geben nicht acht auf uns, und weil wir dazu nicht in die Lage kommen zu können scheinen, geben wir jährlich für die Abwehr eines eventuellen Feindes achtzig Millionen aus.

Ich erscheine mir da etwas nachdenklich, aber ich habe mich gewöhnen lernen, zu glauben, daß an der Nachdenklichkeit etwas Schönes ist, daß ich sie brauche, daß sie mir nützt, daß sie mich festigt.

STUDIE (I)

Vielleicht spreche ich in dieser Studie über drei Dichter, die ihrem Lande zum Ruhme gereichen, nicht sonderlich salbungsvoll, von denen der erste Baudelaire hieß, und von dem ich mich glauben machen möchte, er habe wie ein Pfarrherr ausgesehen und sei schrecklich klug und zugleich doch wieder sehr gutmütig gewesen.

Auf ihn folgte Verlaine, der den Vornamen Paul trug. Einer meiner Schulkameraden, der auch Paul hieß, besaß ein Glasauge, indem ihm das ihm von der Natur anvertraute beim Werfen mit Steinen an der Dufourstraße unglücklicherweise herausgeworfen wurde. Mein ehemaliger Schulkamerad besaß den hübschesten, intelligenzverkündenden Kopf, der mit weichem Haar umrahmt war, indes Verlaine scheinbar schon beizeiten kahl einherging und -lief.

Wenn Baudelaire bei aller zur Schau getragenen Würde sündigte, so sah hingegen Verlaine wie die liebe, um Vergebung bittende Verkommenheit selbst aus. Letzterer war so ehrlich und gewissenhaft, daß er nicht nur seine eigenen Mängel eingestand, sondern auch für Baudelaires Fehler freimütig und, man kann sagen, demutsvoll aufzukommen sich abmühte. Welch ein guter, zarter Charakter.

Baudelaire scheint mir eminent gebildet gewesen zu sein; womöglich war er in der Kunst der Verstellung

Meister. Übertrug man ihm eine diplomatische Sendung? Nein? Jedenfalls stelle ich ihn mir als einen Salonmenschen von erster Qualität vor.

Von Verlaine jedoch weiß man, daß er sich mit einem recht unkomfortablen Logis begnügte, und daß er häufig, d.h. mehr als einmal vor sich hinstammelte: «O, mein Gott», wobei niemand zweifelt, daß es ihm ernst war, und nun tritt der Dritte in diesem Bunde hervor, Arthur Rimbaud.

Wenn Baudelaire Frankreichs Überkultur vertreten hat, und wenn gegen diese gleichsam glitzernde Verfeinerung das Deutschland der Siebzigerjahre vorigen Jahrhunderts seine Kanonen richtete, so übernahm Verlaine die denkbar liebenswürdige Aufgabe, tüchtig zu weinen, eine Obliegenheit, deren er sich auf die talentvollste und daher verdankenswerteste Art entledigte. Er kann einem Pilger verglichen werden, der eine Wallfahrt ins Land der Buße und Sühne absolvierte. Er bat nicht so sehr bloß für sich selbst um Verzeihung als vielmehr für seine gesamte damalige Landsmannschaft, weshalb man ihn einen großen Franzosen nennen kann.

Der Jüngling Rimbaud bewunderte Verlaine, und weil er sich das nicht gern eingestand, so verlachte er ihn und ging sogar so weit, daß er ihn, kurz ausgedrückt, verprügelte. Auf seinen Reisen gelangte er in die Wüste Sahara, wobei seine Gesichtszüge etwas Erzenes angenommen zu haben scheinen. Wenn wir Rimbauds Erscheinung betrachten, so gestehen wir gern, daß wir ihn für sehr bedeutend halten. In diesem Unartigen, aber äußerst Energischen sehen wir Frankreichs Aufstieg personifiziert.

Rimbaud konnte nicht beten, weil dies von Verlaine

zur Genüge besorgt worden war. Weil Verlaine schon so artig und liebreich Buße getan hatte, überhaupt ein so herzlich guter, fürsorglicher Mann gewesen war, stieg in Rimbaud die Afrika-Idee auf.

Gesündigt hatte, wie wir vorgetragen haben, schon Baudelaire gehörig. Auf diesem Gebiet konnten kaum noch Auszeichnungen blühen. Bekenntnisgedichte konnten keine mehr verfaßt werden. Diese Arbeit war von Verlaine getan worden.

Rimbaud war kühn und weitblickend, er nahm sich vor, ein Beispiel zu geben, und er bewies, daß man der Literatur damit dienen kann, daß man ihr Zeit und Raum läßt, und der Gesellschaft damit, daß man sich so aufführt, daß sie sich etwas zu erzählen hat. Er machte sich legendär, wuchs für sein Volk zum großen Eindruck, zum Bilde des Mutes.

ETWAS ÜBER GOETHE

Vieles blieb unausgeglichen in ihm. Arbeiten waren unbeendet, eine liebe Frau hatte ihn ungern Abschied nehmen sehen. Ihm schien es, er sei ihr manches schuldig; sie mochte beinah das Recht haben, ihm zu zürnen; aber er zürnte sich auch, war sich allerlei schuldig; das wußte niemand, das begriff vielleicht nur er. So Wichtiges er zurückließ, so Bedeutendes zog ihn in die Ferne. Am Ende war es eine Empfindung des Lebensreichtums, daß er Dinge, die ihn nah angingen, für eine Weile zu verlassen wagen durfte. Er wagte es, weil er wußte, daß er's einmal mußte!

Schon die ersten Reisetage machten ihn vielfältiger; er spürte sich innerlich erstarken, seine Denkfähigkeit leichter, reicher werden, sich rascher um alle Erscheinungen spannen. Freundlich begleitete ihn ein blauer Himmel; flinke Wolken, von artigem Wind getrieben, schwebten dem Eilenden voraus, flogen und jagten ihm nach, und er war ja auch in Eile, obschon er sich im Erfahrungsdrang würdig benahm.

Möglich war, daß er durch Abwesenheit wertvolle Gunst wenn nicht verlor, so doch abschwächte; durfte er aber deswegen zaghaft sein, Handlungen unterlassen, die ihn menschlich höher trugen, in einen Anschauungskreis sich schwingen ließen, von wo aus er Dringliches wie Beliebiges besser durchschaute und überblickte? Nein, nicht länger durfte er zaudern. Wies ihm nicht die Schicksalsgöttin selber den Weg, zeigte ihm die lichtvolle Gelegenheit? Er sah ja, wie's ihn angoldete und -schimmerte; er sah es ja mit innerem Blick, mit Hilfe der Seele. Kehrte er zurück, so würde er alles inzwischen Versäumte glücklich nachholen. Grundlage jedes Könnens war ja das unbedingte Vertrauen.

Einstweilen ließ er sich nun gehörig gehen, wenn's auch beinah wie Charakterschwäche aussah. Festigkeit des Wollens und Ausharrens dürfte nicht in Härte ausarten. Zeitweise schlendern, hieße nachher um so eifriger dem Tun obliegen. Ihn entzückte es, daß er die Heiterkeit herbeiführende Kraft gefunden hatte, den Ehrgeiz überwunden, mindestens zur Seite gedrängt zu haben, ihn, der die Freuden vermindert, das Bewußtsein des Menschseins verängstigt. Mochten auch andere Ehre und Ansehen genießen.

Vom Gefühl gehoben, daß ein bescheidener Platz zur Not vollkommen genüge, es durchaus nicht nötig sei, der Erste zu sein, schenkte er seine Aufmerksamkeit jedem atmenden, lebendigen Wesen und unterhielt und entwickelte sich so aufs beste. Schon gewann er Einblicke in ein kommendes, fröhliches Schaffen, in ein Fortsetzen des Begonnenen und Anfangen von etwas Neuem.

Reisenden gegenüber war er mitteilsam, die Zuversicht verließ ihn kaum einen Moment. Sind wir unserer unsicher, so pflegen wir zu schweigen. Die Worte, die wir unsern Mitmenschen gönnen, sind ein untrügliches Zeichen von gutem Mut, einem gesunden Zustand des Herzens. Hatte ihn sein Genius zu Erfolgen kommen lassen, so war er jetzt froh, mehr und mehr Anerkennung entbehren, sich als Unbekannter unter Unbekannten bewegen zu dürfen. Daß er etwas wie ein Großer geworden war, hatte ihn, der auf jeden Umstand, Eindruck, Einfluß acht gab, jede Spur von Eigenliebe entdeckte, fast wie zu lähmen begonnen, als sei er seines Glückes, seiner Tatlust überdrüssig.

Mutig, menschenliebend genug, sich etwa auch Vorwürfe machen zu lassen, stellte er die reizende Majestät des Lebens, das Ewige der Natur über alles Kleine und Eitle. Keiner lebte, der sich der Gleichheit entzog; sie war ein hartes, aber auch versöhnendes, erhebendes, beglückendes Gesetz; mit ihm ausgerüstet, ließ sich's doppelt so gelassen durch die Widersprüche schreiten. Er sah den Landmann sein Land bebauen, den Handwerker sein Handwerk verrichten. Mannigfaltige Meinungen durchkreuzten ihn wohltuend. Die verschiedensten Begegnungen gaben dem Leben etwas Panoramahaftes. Er sah von neuem und lebhafter wie je ein, wie Gutes und Schlechtes gleich triebkräftig seien, eins aus dem andern wuchs, sich wechselseitig bedingte.

Was er lange hatte missen, hintanstellen müssen,

Zwanglosigkeit, Ruhe der Seele, die Sorglosigkeit, dies Geschenk des Himmels, jenes Sichfreiwissen, das der Jäger, der Hirt empfindet, das Olympische, aus dem Leben lediglich etwas Liebenswürdiges Machende, das besaß, genoß er nun. Eines Tages erreichte er Zürich und war über den Anblick der anmutigen Stadt entzückt. Mit Freuden ließ er sich auf den See hinausrudern, fand in einem flüchtig hinskizzierten Liebesliedchen Ausdrücke des Glücks, die dem Schaukeln auf zarten, blauen Wellen glichen. Er wunderte sich über sich selbst, gefiel sich aber so und meinte, vieles, vieles, viel Gutes, Längstersehntes sei unmerklich, wie ein Traum, in Erfüllung gegangen. Er hätte ein Kätzchen oder Hündchen bei sich haben mögen, um es zu streicheln, oder lieber gleich ein Mädchen.

Glocken tönten aus der Stadt, es wurde Abend; er ließ sich ans Ufer fahren, ging den Abhang hinauf zu Bodmer, den er vom Hörensagen schon kannte. Da gab's eine herzliche Begrüßung, er sah sich willkommen. In dem schönen Hause voll heimeliger Eckchen wurde ihm ein Zimmer hergerichtet, jede erwünschte Annehmlichkeit bereitet.

Nachts trat Goethe, da alles schon schlief, noch vors Haus in den mondbeschienenen Garten, wo die Falter ums Gebüsch flogen. Hier träumte er wie ein Jüngling, schaute zum Firmament, zum göttlichen Bezirk, zu den glitzernden Sternbildern, freundlichen Planeten empor, sann in seiner Freude, seiner Selbstvergessenheit an einem Gedicht und dachte an gute, in diesem Augenblick vielleicht auch an ihn denkende, ferne Menschen.

Nach acht Tagen fuhr er mit einem Transitschiff den See hinauf und reiste über den St. Gotthard nach Italien.

JEAN PAUL

Etwas in manchmal zimperlichem Sinn Konservatives, sagte ich mir, sei der deutsche Begriff über die Bildung geworden. Herrschaft, welche Frechheit! Entzückend-entrüstete Gesichterchen schauen mich tragisch an. «So ein Flegel!» wird vornehm betont hörbar. Eine Flöte und ein Flegel! Wo gibt's das? Bei Jean Paul, über den ich hier rede. Welch einzig schöne Sätze er schrieb. Es scheint, ich wisse, er habe seine Mutter sehr geliebt. Ich las das einmal in einem Gartenlaubeband. Immer wollte ich mich schon über diesen großen Dichter, der sich so unpathetisch gebärdet hat, in einem Konversationslexikon orientieren, damit sich mir sein Lebensbild öffne. Und dann habe ich ja vieles von ihm überhaupt noch gar nicht gelesen, immerhin aber doch schon bis zu zwanzigmal das «Schulmeisterlein Wuz», das vielleicht der schönste kleine Roman ist, der aus dem Schoß des erzählenden Deutschlands hervorging. «Lehne dich ruhig an mich an, du störst mich gar nicht», meint der Autor treuherzig zu so einer Art von Christian, der ihm beim Schreiben Gesellschaft geleistet zu haben scheint. Vielleicht war dieser Christian Jean Pauls Hausknecht, dem die Aufgabe oblag, des Dichters Pult aufzuräumen.

Zeitweise lebte er in Hof, und so viel mir bewußt ist, auch in Koburg, und er muß ein unglaublich guter Charakter gewesen sein, ich glaube das steif und fest. «Und wenn die gelehrte Welt» – das ist wieder eine Wendung, die mir im Gedächtnis haften blieb, und die natürlich ziemlich ironisch gemeint ist. Im Jahre 1804 durften sich deutsche Schriftsteller den Luxus des Spottens nach Herzenslust gönnen «O, unvergeßlicher erster

Junius, schrieb er –» heißt es anderwärts, und dann spricht er von schönen, rotgemalten Ländern. Dem Schulmeisterlein und seiner Justine kommen die Abendhimmelschönheiten so vor, «worauf sie ihm mit dem ersten errötenden Kuß um den Hals fiel». Bei Jean Paul haben wir Natursprache, mütterlich-grünendes Deutsch. Jedes Buch dieses genialen Bayern ist jedesmal ein elegantländliches Gärtchen; seine Sprachblumen sind von beinahe betäubender Färbigkeit. Es gibt im «Schulmeisterlein Wuz» Sätze, die halbe bis ganze Druckseiten einnehmen. Jünglinge gleiten in Kähnen um ruhige Buchten. Landschaftliches und Menschliches, das lebt beides gleich saftig, ist von einer Geistigkeit und zugleich Ursprünglichkeit, wie sie nicht nochmals in deutscher Literatur vorkommt.

Der Berner Dichter Jeremias Gotthelf, möchte man sagen, komme stilistisch von Jean Paul her. Ein aufmerksamer Leser von Gotthelfschriften hört und sieht deutlich, wie da Klanglichkeiten, Ausdrücke Jean Paulschen Ton haben, womit selbstverständlich kein Vorwurf ausgesprochen sein soll, da wir ja alle geistig von irgendwoher kommen. Beeinflussungen sind begreiflich und daher erlaubt. Und nun, meine Herrschaften, kommen wir auf die Flöte zu sprechen. Gab es nicht für deutsche Gebildete eine Zeit, in der diese Jean Paulsche Flöte und das Spiel auf ihr sozusagen verpönt waren? Es gab recht viele Leute, denen das Flötenspiel unseres Dichters unausstehlich sentimental vorkam. Diese Zeit ist zum Glück dahin. Es war um die Zeit, wo ein Jakobowsky dichtete, wo ein recht klangloser Naturalismus im Schwang war. Denn es hat ja noch nie ein deutscher Dichter in Prosazeilen so schön gesungen, so drauflosmusiziert wie Jean Paul. So

z. B. dichtete er da von einer «Vaterhand»; man kann dabei ohne leiseste Mühe an Michelangelos sixtinische Figuren, an deren Großheit und zugleich Zartheit denken. Und nun käme also Vult hervor, um mit verbundenen Augen, blindheitvortäuschend, vor der hochverehrten Einwohnerschaft des Städtchens Haslau zu konzertieren, und Sie werden ja nun wohl wissen, daß ich jetzt bei den «Flegeljahren» bin, die ich für so ziemlich das schönste deutsche Belletristikbuch halte, wenn man etwa von Goethe rasch absieht.

Hier haben wir's nun mit zwei Brüdern zu tun, mit dem Naivling Walt, der zu allem, was ihm begegnet, ja sagt, der ein wundervolles, blondes Jünglingelchen ist, sehr gescheit, vielleicht sogar ein jugendlicher Klugheitsgott, und doch wieder zum Glück erzdumm, wie sich das ja auch für einen angehenden Romantiker nichts als schickt. Er soll Notar werden und reist aus dem Heimatdorf, das Elterlein heißt, ins palästegezierte Haslau voll Dixhuitièmelichkeiten, die sich ins Empirehafte verzogen haben. Die Haslauerallüren beglücken ihn. Die Straßen wimmeln von Damen, Lakaien und Karossen; zu allem dem kommt er noch in ein himmliches Mansärdchen hinaufzuwohnen, wo er zusammen mit Vult dichtet, indem beide Brüder die längsten, geistvollsten Gespräche führen, wobei kostbare Zeit verloren geht. Vult ist Weltmann; sein schönes, stolzes, glühend-kaltes Herz ist ein wahres orangenhainumgoldetes Marmarameer, und da leben sie nun gemeinsam und reden von Zeit zu Zeit wie Narren, sie haben beständig liebend zu zanken, und nun macht sich allgemach bemerkbar die schönste Generalstochter, die man sich denken kann; sie heißt Wina, und das ist ja ein ganz gottvoller Name, der all ihre junge Weiblichkeit illustriert.

Herrenhutische Friedhöfe kamen schon vorher zur Verwendung. Dort im Friedhof haben sie sich nach langer Zeit des Auseinandergewesenseins wiedergefunden, und die Erkennungsszene kommt mit ihren Innerlichkeiten herrlich zum Ausdruck. Herzenstöne findet ja Jean Paul wie kein Zweiter. Man kann irgendeines seiner Bücher, vor allem die «Flegeljahre», im Tiergarten zu Berlin lesen, man kann dieses reiche Buch nach Japan mitnehmen oder auf eine Schweizerreise. Das Buch liest sich auf der Petersinsel im Bielersee so angenehm wie auf der Estrade eines Omnibusses in London, denn es ist ein Buch voll Welt, voll Leben. Dieses Buch ist die schönste, heiterste Mischung von Weltmännischkeit und dörflichem Idyll, es kleinstädtelt und großstädtelt darin lustig durcheinander. Welchen von beiden wird nun Wina lieben? Beide zusammen und zugleich wieder keinen? Fast scheint es uns so. Darf solch ein Empirefräulein ungrundsätzlich sein, ihre Hand, ihren Wert, die Menge selten feiner Empfindlichkeiten einem Flötenisten oder einem vulminanten Phantasten, wie Walt einer ist, verschenken? Walt kommt ihr vielleicht dann und wann ein wenig schoßhündchenhaft vor. Sie streichelt ihn ja denn auch oft mit guten, lieben Worten, und dennoch steckt in diesem Schoßhündchen viel Bedeutendes. Walt verkörpert ja mit seiner Gestalt das Wesen des Deutschen überhaupt, dieses Stürmischgute, all dieses schöne Seelenunbesonnene, aber Vult ist auch deutsch, freilich ist er auf Reisen, die ihn an alle europäischen Höfe führten, gleichsam entdeutscht worden, er zürnt sich ja auch dann und wann deshalb. Walt ist ein Schaf, verglichen mit Vult; er ist unverschämt-glücklich, immer schwärmerisch, immer liebt er irgend etwas. Vult ersucht ihn hundertmal umsonst um Vorsicht; Walt ist von seinem beständigen Lieben nicht abzubringen. Dann wandert er, und wie tut er's herbstlichfröhlich, er sitzt bei Kindern in Gasthäusern, Vult wandert ihm maskiert-diskret nach, vielleicht in der Absicht, ihn vor Verliebtheiten zu beschützen, aber Walt hat den Vult auf gewisse Art gar nicht nötig, denn er besitzt Reserven, das merkt manchmal sein Bruder und wird fuchsteufelswild über Walt so gut wie über sich selbst. Um sich zu beruhigen, greift er zur Flöte und entlockt ihr vermöge seiner Aufgewühltheiten, seines Unzufriedenseins Töne der schönsten, höchsten Ausgeglichenheit, da ihm ja die Kunst heilender Arzt ist. Vult ist auf seiner Flöte ein Zauberer in kaltleuchtenden-glühenden Neujahrsnächten unter Winas mit Himmelbett versehenem Wohnzimmer.

Walt betet jedes Dienstmädchen beinah im Vorbeigehen göttlich-leicht an, «denn das sind ja alles so liebe Geschöpfe», meint er und begibt sich zu einem Grafen hinein und hat universelle Unterhaltungen mit diesem denkbar vornehmsten Menschen. Vult donnert erfolglos gegen alle Grafen der Welt. Walt liebt alles Menschliche, besonders alles Gräfliche. Schauspieler mit seltsamen Haarschöpfen auf den Köpfen treten auf und ab, und dann hätte ich ja beinahe eine Stadt zu erwähnen vergessen, die mit lauter Rosen bekränzt ist und wo Walt Bonmots mit Winas Vater wechselt, der die Geistesflämmchen gnädig akzeptiert. Im Anfang des Buches wird Walt zum Universalerben eines Vermögens eingesetzt. Eine Reihe von Klauseln halsen ihm jedoch eine Reihe von Pflichten auf, die er eine nach der andern verletzt, indem er nicht genügend aufpaßt, beziehungsweise acht gibt. Kirchenräte, Buchhändler usw. sind ihm vom Testament zu Aufpassern anbeordert worden, und es laufen zwei Hauptfäden durchs Buch, der eine heißt Geld, der andere Liebe, und wie ja jeder weiß, ziehen sich beide Mächtigkeiten durch jedes Leben.

Am Schluß des Buches wandert der Künstler fort, indes das Kind, wie man Walt nennen kann, noch im Bette schläft. Walt hört im Schlaf und im langen, großen Traum, der an Ausgedehntheit einem Wald ähnlich ist, die abziehende, langsam verhallende Flöte des Bruders, den er liebt, dem aber, weil Wina ihn nicht liebt, die Liebe Walts nicht genügt. Es hat einen Larvenball gegeben, auf dem Vult im Fuhrmannshemd erschienen ist, und da hatte er mit schwarzer Verhängung der Hälfte seines Gesichtes Wina gefragt. Sie antwortete zablockisch, generalstöchterlich, mit Güte und Interesse, im übrigen aber ausweichend. Er hatte das ja erwartet, hatte es aber deutlich hören wollen, und der Bescheid jagte ihn nun in die Welt hinaus. Ich meine, es ist so: Allesfürgutfindende, wie Walt, beanspruchen keinen Kuß, sie sinken schon fast vor Glück über einen freundlichen Blick hin. Aber Vult wollte mehr, er wollte alles, er wollte die Welt, er wollte Wina, die ihm zur Welt geworden war. Die gab sich ihm aber nicht, obschon sie von Vults Wert, seines Wesens Strahl überzeugt war, und es ist ja so eminent deutsch, daß sie um jeden Preis das Zablockitöchterchen, das Noblessepflänzchen blieb, und vielleicht darf ich jetzt diesen Essay für beendet und den Auftrag, ihn zu schreiben, für erfüllt halten.

BRENTANO (III)

Brentano schrieb: Ich und einige andere meines Schlages sind der Zeit, worin wir uns umhertreiben, wie Vögel im Käfig, die Flügel nervös an die Stäbe schlagend, vorausgeeilt. Meine schwarzen Locken lachen mich aus. Manchmal scheinen sie mich schwer wie Bleiplatten zu belasten. Gepanzerte Schiffe durchfurchen still und groß das Meer meiner vorausfliegenden Einbildungen, und jede Idee enthält Wahrheit, und jedes Gefühl verzehrt sich, und die Stube hier ist dunkel wie ein armes, kleines, schüchternes Herz, und meine Hände sind fröhliche, verzweifelte, in ihre Behendigkeit eingekerkerte Tänzerinnen, und hochstielige Blumen schauen wie mit großen Augen in diese Umnommenheit hinein, die ich mich angewöhnt habe, Zimmer zu nennen. Der Vorhang bewegt sich ein wenig, als bitte, als litte er, und Gebete stürzen über die Berge, die verzaubert zu sein scheinen, und hier liegt ein Brief auf dem Tisch, von einem Mädchen, die es liebt, im Herrenanzug einherzugehen, und die mir mitteilt, daß ihr Vater ihr ein Schloß gekauft habe, das mitten in einem Eichenwald liegt, und sie sagt, daß sie auf mich wartet, damit sie eine Begleitung habe, wenn sie durch das Grün mit den tausend zitternden, bebenden, funkelnden Unterbrechungen Lust hätte zu wandeln. Sie sei hinreißend schlank, meint sie, und sie drückt die Hoffnung aus, daß mir eine Reihe Spiele, Scherze im Sinne läge, die wie halbverwilderte, reizvolle, federgeschmückte Gegenstände in einer Schachtel eingeschlossen seien, daß man bloß eins ums andere herauszuziehen brauche. Ihr Schloß habe die wundersamste, versteckereichste Einrichtung, sei halb Tempel, halb Palast, und dazwischen hafte ihm auch noch etwas Jägerhaushaftes an; schon sei es übrigens ein bißchen verwittert, wie eine auf irgendwelche Weise zierliche, schöne, fromme Heruntergekommene, die aber noch überaus deutliche und jeder Seele wohltuende, edle Abstammung zeige.

Aber indem ich dieses Schreiben überlese, das eine Dame schrieb, die mich nicht liebt, sondern mich nur als unterhaltenden Menschen empfindet, mit dem sie sich die Zeit zu vertreiben ins Köpfchen setzte, taucht schwarz und golden der trauerumrandete Gedanke an die purpurne, brennendgelbe Sonnenblume krank vor mir herauf, wie ich eine bürgerliche Frau nenne, die ich in den Himmel tragen zu können glaubte, als ich nachts zu ihr in die Stube stieg, sie aus dem Bett hob und auf braunem Arm wegtrug; und die nun, nüchtern gesagt, in Verlegenheit ist, und ich wegen ihr nicht minder. Für stark hielt sie mich, für die wärmste, ergebenste Zuverlässigkeit selber, während mich hie und da Anwandlungen umschleichen, als sollte ich wieder täglich frühmorgens zur Schule gehen, indem mich ein zu schnellblühendes in die Zeit und ins Leben Hineineilen in den Wunsch zurückwarf, mit dem Dasein seltsam und zugleich auf einfachste Art wieder zu beginnen. – Ich kann von Zeit zu Zeit das Leben deshalb unmöglich ernst nehmen, weil sich mir der heitere Glaube tief eindrängt, daß es bloß ein Kind sei, das in entzückender, mutteraugenbewachter Unbehilflichkeit im spielenden, grünenden, schmeichelnden Grase liege. Weiche Flammen wollen aus mir herauszüngeln, Herrschaft über mich ausüben, und mir ist, als sei ich mit dem Schwälbchen oder mit dem Schneeflöckchen verwandt, dann steht wieder die ganze, hochentwickelte Verantwortung vor mir.

Bettina gleicht mir, aber sie besitzt den Vorzug, Mädchen zu sein und sich an gerechte und intelligente Männer anranken zu dürfen, wo sich der Mann in mir gegen meine Wesentlichkeiten erhebt, auf die er begreiflicherweise nicht gut zu sprechen ist. Sanftes und zorniges Instrument, das ich bin, und ich rede, und in allem Reden breitet sich eine Steppe der Stummheit aus, und ich kann schweigen, und es ruft in einem fort laut daraus auf. Ich liebe die Welt nicht und liebe sie dennoch. Wenn es nach mir ginge, wären alle Landstraßen mit Teppichen belegt, und jede Äußerung aus jedem Munde wäre eine Liebkosung. Meine in der Tat sehr schönen, feinen Hände lieben mich wie Schwärmerinnen, die vom Gegenstande ihres Verehrungseifers eine zu holde Auffassung haben. Ich verwende sie zum Gedichteschreiben, zum Anfassen von Türklinken, zum Ziehen an Glockensträngen, zum Waschen und Kämmen, und um jemand die Hand zu drücken, weil's die Sitte so will. Wandere ich nachts durch die Gegend, so kommt mein Gesicht mit wirrherabhängendem Gezweig in Berührung. Leichtsinnige halten mich für leichtsinnig, Ernsthafte für ernst, aber überall geschieht nichts anderes, als daß ich Tiefsinnige erleichtere, dagegen Lustige zum Kopfhängenlassen veranlasse. Leidende geraten in Fröhlichkeit in meiner Gegenwart, Schuldige werden durch mich unschuldig, und um Unschuldige gleiten Schuldbewußtseinsschlangen; ich töte etwas in denen, die lebendig sind, und kräftige mit dem Musizieren und dem Labsal meines sich über sie ergießenden Interesses die Schwachen, und die Kränklichen werden schon beim Denken an meine Existenz tapfer, und die Gesunden mache ich mit meiner fraglichen Miene nachdenklich, die Wege, die durch die Schönheiten und Schändlichkeiten und Helligkeiten und Dunkelheiten und Freiheiten und Gefangenheiten des Daseins ziehen, erbleichen, wenn sie mich sehen, um gleich darauf vor Vergnügtheit zu glühen, und die Häuser stehen da, und in den Städten kommt es zum Ausdruck, wie sich die Menschen nach Liebe sehnen und wie schwierig dies gestern gewesen ist, wie auch noch heute. Verunmöglichungen weichen nie, haben eine Ausdauer, eine Gelenkigkeit. Den Möglichkeiten hängen Fetzen an wie Bettlern. Und dennoch sieht man sie gern.

Mir scheint, daß ich mich zu schnell bildete, und daß ich mich nicht häufig genug vor Anlässe stellte, Gebrauch vom Erworbenen zu machen. Was Bildung betrifft, muß ich gestehen, daß ich glaube, sie gewinne durch Benutzung. Die Uhr tickt. Das Gärtchen ist wie ein Mensch, an den man denkt. Stimmen lassen sich vernehmen. Ob's kalt oder warm ist, ob Tag oder Nacht, die Menschen regen sich immer, außer im Schlaf, aber da atmen sie doch. Morgen abend soll ich in einer Gesellschaft Verse vortragen; ich werde eine Unruhe zu bemeistern und eine Gewöhntheit zu beleben haben, und man wird zu sehr Ergreifendem lächeln und zu Übermütigkeiten die Miene ein bißchen zu verziehen für passend halten.

ÜBER EINE ART VON DUELL

Vielleicht fange ich dieses «Duell» sehr sonderbar an; mit wieder so einer Erinnerung aus dem Vaterhaus, wo meine Schwester und ihre Freundinnen eine Art Lesezirkel bildeten, bei dem ein Lehrer den geistigen Führer spielte. Da wurde z. B. Adolf Wilbrandt gelesen. Heinrich von Kleist war ums Jahr 1890 eine respektierte Unbekanntheit.

Doch nun vorsichtig zum «Duell».

Dieses Duell kommt ja nun zum Glück bloß in einem Buch vor, das freilich eines der bedeutendsten Bücher ist. Ich las es ehemals in Biel, einer Stadt, die an einem sehr hübschen See liegt, der sich vorzüglich zu Ferienzwecken eignet. Ferner las ich das Buch auch schon in Solothurn, wo vor nicht langer Zeit Thomas Mann einen Vortrag abhielt, und ich las es auch in Zürich, einer Gemeinde, über die ein preußischer Vorkriegsoberst gesagt haben könnte: «Ach ja, in diesem Zürich blüht ein ganz harmloser Liberalismus. Dort kommen die Europäer zur Welt.» Und ich las das Buch auch schon in Berlin, wo ich sechs Romane schrieb, von denen ich für nötig hielt, drei zu zerreißen, wo mich Straßen wie die Leipziger bezauberten mit dem Gebäude des Warenhauses Wertheim, und wo mir eines Tages meine Aufwartefrau, die meine Manuskripte durchstöberte, gestand, ich schriebe sehr fein. Das Buch heißt «Le Rouge et le Noir» von Stendhal, der in seiner Jugend napoleonischer Offizier war und dem es später dadurch, daß es ihm ein wenig schlecht ging, verhältnismäßig gut ging.

Und nun sage ich da vielleicht etwas Unerwartetes, nämlich, daß mir Toledo als der Geburtsort des europäischen Romanes vorkommt, indem daselbst Miguel Cervantes zeitweilig wohnte, der den Don Quichotte schrieb, der noch immer der beste Roman Europas blieb. Königinnen, Pagen, große Herren, Soldaten lasen das Buch. Goethe und Schiller und alle Romantiker studierten es mit Andacht, und dieser Julien Sorel in «Rouge et

Noir» hat natürlich etwas vom Don Quichotte an sich, wie auch Walt in den «Flegeljahren» von Jean Paul und ebenso der «Idiot» Dostojewskis.

Unternimmt man eine Reise von Toledo nach Pontarlier, wandert man von da nach Bayreuth, und beendet man die literarische Wanderschaft in Petrograd, so ist man zweifellos den Spuren der großen Romane und Romandichter nachgegangen. Man wird sich erinnern, wie Fürst Myschkin im Salon der Generalin Epantschin infolge einer ungeschickten Bewegung eine japanische Vase umwirft. Eine ganz ähnliche Vasenumwerferei findet auch in «Rouge et Noir» statt, nur statt in Petersburg zu Paris im Hotel de la Mole, und statt des «Idioten» ist hier Julien Sorel der Sünder, womit ich doch wohl einwandfrei feststelle, daß Dostojewski den Stendhalschen Roman gekannt hat, daß sich da der Russe sozusagen an den Franzosen «anlas», was ich ihm natürlich keineswegs etwa zum Vorwurf mache. Und was ist denn der «Idiot» anderes als ein Bruder zum Don Quichotte? Auch der Idiot begeht ja in einem fort ideale Dummheiten, auch ihn schmücken Fehler schöner Art, und was die Fallsucht oder Epilepsie betrifft, woran der Idiot leidet, so kniet dafür Don Quichotte mit Vorliebe vor Bauernmägden nieder, die er für Herrinnen hält, was man ja auch als Fallsucht anschauen kann.

Und nun zu unserem Duell, ich meine, zu dem interessanten Kampf zwischen dem Sekretär des Hauses de la Mole und der Tochter desselben, Mathilde. Mit diesem Kampf hat übrigens, wie ich hervorheben möchte, das Renkontre des Dieners Jean mit der Komtesse Julie in Strindbergs «Fräulein Julie» eine nicht zu übersehende Ähnlichkeit. Auch Strindberg muß dem Stendhalroman «begegnet sein». Es war ja da die Zeit um Nietzsche, der sich in den Geist Stendhals förmlich verliebte, was er ungezwungen zugibt. Auch Dostojewski las ja sehr viel, u. a. Shakespeare. Man vergleiche doch die Gestalt Walt mit der Gestalt Fürst Myschkin, diesem «Kind», und es scheint sich zu erweisen, daß die «Flegeljahre» dem Verfasser des «Idioten» bekannt waren.

Wie war ich ganz Anteilnahme, als ich in «Rouge et Noir» zu diesem «Duell» kam. Julien war in der Provinz Erzieher zweier bis dreier vornehmer Kinder gewesen und hatte es verstanden, der Mutter dieser Kinder, einer Madame de Rênal, eine Art, man kann sagen, hohe Liebe einzuflößen. Eines Nachts erklärte er ihr, er reise nach Paris, zunächst kam er aber nur ins Seminar von Besançon, wo er sich derart auszeichnete, daß ihn sein Lehrer nach Frankreichs Hauptstadt sandte, wo ihm in der Tochter des Marquis das stolzeste Mädchen entgegentrat. Da Julien von Natur ebenfalls an Stolz «litt», so fehlte es nicht, daß sie sich gegenseitig Eindruck machten.

Seine Rivalen bestehen in einer Gruppe eleganter junger Herren. «*Ces jeunes gens à moustaches*» werden sie von Stendhal spöttisch betitelt, gewiß, wie mir scheint, etwas jäh, womöglich sogar ein wenig gehässig, jedenfalls zu empfindsam.

Also weil sich Julien im Hause ihres Vaters stolz benahm, achtete ihn Mathilde. Sie achtete ihn auch schon nur darum, weil ihn ihre Mutter geringschätzte. Sie fing ihn an zu lieben aus Trotz gegenüber den Gepflogenheiten ihrer Umgebung, und nun lud sie ihn brieflich zu einem Besuch in ihrem Schlafgemach ein. Es kam zu Vertraulichkeiten, doch tags darauf war sie für ihn unnahbar. Sie fand, sie habe dem Angestellten ihres Herrn

Papas zu viel Freiheit erlaubt, daher zeigte sie ihm alle Verachtung, deren sie fähig war, und sie war hierin Virtuosin.

Julien war jetzt in vollem Umfang des Wortes ein unglücklich Liebender. Er reiste als solcher nach Straßburg, wo er die Bekanntschaft eines Dandys machte, der ihm auseinandersetzte, wie er sich Mathilden gegenüber zu benehmen habe, damit er sie wieder gewinne. Die Ratschläge erwiesen sich als ausgezeichnet; sie bestanden darin, daß sich Julien ergebungsvoll, salbungsvoll zu geben habe. Das tat er. Er führte sich vor Mathildes Augen wie einer auf, der auf sich verzichtet und hübsch fromm auf alle Erfordernisse, die der Tag an ihn stellte, einging. Mathilde schaute ihn, man kann sagen, mit offenem Mund an. Sie erkannte ihn nicht wieder. Er war ein ganz, ganz anderer. An diesem Julien war gar nichts mehr auszusetzen. Madame de la Mole rühmte ihn laut. Das war zu viel für die aristokratische Rebellin, als welche sie sich vorkam. Sie bereitete ihm in der väterlichen Bibliothek eine Szene, indem sie ihn einfach «anschrie». Nachdem sie ihm gesagt hatte, er solle sich schämen, «so zu lügen», sank sie gleichsam entmathildet in einen Sessel, der so weich war, daß sie sich nicht weh tat, aber die Seele tat ihr um so mehr weh. Sie war erschüttert.

«Liebst du mich denn wirklich nicht, und bist du kein stolzer und großer Charakter mehr?» Solches und anderes floß ihr über die bebende Lippe. Diesem Mädchen tat unsäglich weh, daß sich Julien in einen Weltmann verwandelt hatte. Seine Untadelhaftigkeit durchschnitt ihr das Herz. Zum Umhalsen schön sah sie in ihrem Schmerz aus. Im Geist kniete Julien vor ihr nieder, aber in Wirklichkeit unterließ er das, indem er an die Ratschläge seines

Freundes dachte, die ihn ermahnten, ungerührt zu bleiben. Sein ganzes Wesen zitterte vor dieser vornehmen, lieben Zitternden. Seine Zähne klapperten. Nie gab es einen entschlosseneren jungen Mann. Wie sie forschend zu ihm aufschaute, und wie er sie jetzt kalt, geschäftsmäßig fragte, ob sie ihm Garantien geben könne, daß sie nicht mehr in die Geringschätzung zurückfalle! Sie erfaßte seine Sekretärshand und bat ihn um Verzeihung. Vielleicht ist diese Liebesszene die bedeutendste, die ich je las. Hier erhebt sich Stendhal zu unheimlicher Intelligenz. Daß er aber seinen Freund Rousseau herabsetzt, finde ich mindestens unhöflich. Warum gerade bedeutende, aufgeweckte Leute oft so uneinig untereinander sind? Sie ergab sich ihm dann. Sie heirateten. Der Marquis ließ ihn zum Offizier befördern. Julien schwelgte. In seiner Emporgekommenheit vergaß er sich. Er befand sich in befriedigten Ehrgeizes Umnebelung und beging nun eine Dummheit, und die letzten fünfzig Seiten des Buches muten unangenehm an. Jene Liebesratschläge und ihre Folgen sind gleichsam im Gebirgszug dieses Buches der höchste Punkt. Schade, daß es dann bergab geht, aber es liegt etwas Wellenhaftes hierin, also wieder etwas Schönes, aber warum geht denn die Welle nicht wieder in die Höhe? Aber ein Romanheld muß danach tun, daß es in des Katastrophen erwartenden Lesers Brust zum bedauernden Ach! kommt. Im Leben liegen mehr Möglichkeiten als im Roman. Ein Roman sucht seinen Abschluß, wo des Lebens Nimmermüdigkeit sich weitertummelt.

Die Romane, die wir erleben, werden zu Abschnitten, aber wie schön ist's für einen Menschen, der einen Roman erlebt hat, dann einen zu lesen.

Dieser Dichter beklagte sich in Gedichten und gewichtigen Theaterstücken, daß man ihn nicht ernst nehme. Zweifellos war er aber selbst schuld an diesem Unglück. Für seine Zuhörer war sein Dichterunglück ein Glück. Weinte er über diesen Umstand, dann lachten sie. Aber aus welchem besonderen Grund lachten sie ihn hauptsächlich aus? Ob wir das ernsthaft untersuchen wollen? Ja, das wollen wir, und so sagen wir aus unserem Erkenntnisreichtum heraus folgendes: als er lustig war, nahm ihn seine Gemeinde ernst; als er jedoch unter Ernsthaftigkeitsanfällen zu leiden begann, fanden sie ihn lustig, darüber wurde er furchtbar böse, und als man das wahrnahm, mußte man furchtbar über die Wahrnehmung und deren Gegenstand, seine Erbostheit, lachen. Über diese Tatsache schrieb er eine Tragödie. Als dieselbe aber aufgeführt wurde, konnte der Beifall deshalb kein anderer als nur ein mittelmäßiger sein, weil der beleidigte Autor die Bedenkenerregigkeit beging, die Hauptrolle zu spielen, was gezwungen ausfiel. Er war dadurch verwöhnt worden, daß eine Arbeit von ihm blühenden Erfolg in der Welt fand, von der er das nie vorausgesetzt hatte.

Die Größe dieses Erfolges machte ihn krank und der unverhoffte Ruhm schien ihn gewissermaßen zu beleidigen. Von nun an verlegte er sich auf die Empfindlichkeit. Es zeigte sich, daß er seelisch etwas wie ein zartes, junges, schönes, böses, liebes, süßes und saures Mädchen geworden war. Sein Mund war stets aufs sorgfältigste zugekniffen. Ich erinnere mich, daß ich eines Abends in seiner Gegenwart die Unschicklichkeit beging, witzig zu werden. Er hielt sich für einen Alleinherrscher im Reich der munteren Laune, und er haßte mich von da an. Man muß aber meiner Meinung nach darauf gefaßt sein, daß auch andere hie und da einen guten Einfall haben. Seine Frau behandelte ihn sehr zuvorkommend, sie bewunderte ihn. Aus Entsetzen darüber starb er. Er starb doppelt, einmal deshalb, weil er so gut begriffen, und das andere Mal deswegen, weil er so glänzend mißverstanden wurde. Als er schon tot war, gab ich ihm den Rat, der darin gipfelte, daß man vorwiegend darum im Leben sei, sich weder aus der Achtung noch aus der Nichtachtung viel zu machen. Zum Glück hörte er mich nicht mehr; er hätte sich sonst ungeheuer geärgert. Er ärgerte sich über nichts so sehr wie über seine Berühmtheit.

Das Komische an diesem Komiker war, daß er sich selbst nicht komisch zu nehmen vermochte. Dieses Komische war also eine Tragik. Er bot mir einst eine französische Zigarette an, weil ich einen Clownanzug zu tragen die Courage hatte. Meine Naivität imponierte ihm. Sein ganzes Leben lang sehnte er sich nämlich nach dem Stückchen Beschränktheit, das ihm nicht abhanden gekommen war, weil er's nie besaß. Er scheint, er war für den Schriftstellerstand etwas zu wenig gescheit und zugleich viel zu klug. Er war nicht gescheit genug, um zu merken, daß seine Gescheitheiten seine Feinde waren. Seine Intelligenz hinderte ihn vielfach daran, intelligent zu sein. Oft sind es unsere Unintelligentheiten, die uns das Richtige anfassen lassen.

EINIGES ÜBER MAURUS JOKAI

Wenn ich sage: «Die Sonne ist groß», ist das sicher nicht viel wert. Bemerkungen sind wertlos. Sind die Häuser, die da so still, so stimmungshaft in der Sonne stehen, etwas wert? Inwiefern ich diese Häuser in meine Augen faßte, können sie unmöglich viel wert sein, denn ich entwerte, was ich begaffe. Und was sind das für üppiggrüne, aber wertarme Bäume unter dem Himmel, der ein verfözzeltes blaues Hemd ist? Hemden sind sonst weiß. Daß ich nun von Ungarns gelesenstem Schriftsteller rede, vom großen Maurus Jokai, wird wohl auch in lauter Wertlosigkeit zerfallen. Welch wertvolle Wertlosigkeit oder wertlose Wertgeschätztheit ich jetzt wieder darstelle! Heute hatte ein Schulmädchen die entzückendsten, weißen Strümpfe an, und als ich diese wundervollen Strümpfe sattsam angeliebelt hatte, waren sie natürlich wieder einmal zur Abwechslung ihres Wertes beraubt. Ich raube, wenn ich schaue. Je sanfter ich blicke, ein desto unverschämterer Räuber bin ich. Blicke ich bös, so stehle ich nichts. Meine schlechte Laune nimmt euch also nichts. Liebe ich euch aber und schaue euch dementsprechend an, dann, ihr wertlosen, lieben Mitbürger, geht's euch schlecht. Meine Liebe zu euch bereichert mich; ich beziehe den Reichtum von euch, was ihr natürlich nicht glauben wollt. Letzteres kann mir aber egal sein.

Nun zu ihm, den ich beraubte! Sein Buch lag in der Unbeachtetheit, aber ich beachtete es. Was ich beachte, das genieße ich, als wenn's Wurst oder Käse wäre. Ich schlürfte Maurus Jokai wie einen Teller Suppe. Er besitzt auch ein Pathos! Übrigens zeigte ich eben einer Amerikanerin den Weg in unser bestes Restaurant. Reizend, wie sie mir dafür ihr Händchen reichte. Ich küßte die Hand, daß es nur so schallte. Ein Kuß muß einen Ton erzeugen. Diesem Grundsatz getreu führte ich mich denn auch auf, und sie lächelte über meine gelungene Huldigung. Ich glaubte es meinem Vaterland schuldig zu sein, zur Hebung des Fremdenverkehrs etwas Weniges beizutragen. Man möchte sagen, Jokai sei emphatisch. Man kann ihn einen interessanten Trivialisten nennen: Ein Mädchen darf um des Vaterlandes willen, dessen Regent sie ist, nicht Mädchen sein. Unnachsichtig zwingt sie sich zu männlichem Betragen. Wie die uns leid tut! Mühselig verbirgt sie hinter Starkheitsgebärdung milde Wallungen. Welche Großartigkeit und wieder welche Schwächelei! Sie liebt einen Gesandten, den wir der Kürze wegen Schmachtlappen heißen. Er liebt sie auch mit all seiner Abwaschlappenhaftigkeit. Sahen Sie je einen lappigen Diplomaten? Wenn nicht, hier steht er vor Ihnen. Die Fabrik heißt Jokai. Der Betrieb floriert flott. Dienstmädchen usw. werden mir zürnen, mich derart mit ihrem Lieblingsautor umspringen zu sehen. Auch ich erbleiche, daß ich ihn so hernehme. Elemér heißt sie, unsere gesandtische Verliebtheit. Der Mädchenfürst nennt sich Dalma, und nun muß dieses hüpfige, züpfige, politisch schwer in die Waagschale fallende Schwertgriffumklammerchen ohne Liebe durchs Leben wallen. Sie wird beobachtet. Der Besen ersticht sich, will sagen unser so sympathischer Lappen. Kublai heißt der Spitzbube, dem obliegt, das vaterlandrepräsentierende Mädchen zu entlarven. Ihm spaltet Dalma das Haupt und legt damit einen vollgültigen Heldenhaftigkeitsbeweis ab. Es kommt zu gewaltigem Ringen. Dalma wird in eine Portion Geschnetzeltes verwandelt, das heißt zerhackt. Doch ihr

Volk siegt. Einer Tochter, die sie hatte heiraten sollen, hatte sie gesagt: «Weil du mich nicht liebst, liebe ich dich.» Sie konnte sie wegen dem Waschlappen nicht lieben; als die Tochter ihr dies aber gestand, schrie sie. Beide liebten diesen Elemér. Ungefähr so geht es bei Ungarns bedeutendstem Romanschriftsteller zu.

Ich will nun einige Gläser Bier trinken gehen. Diese arme Dalma, die es nicht so weit gebracht hatte, einem Mädchen Liebe einzuflößen, was doch eine so einfache Aufgabe ist!

Warum könnte übrigens nicht auch ein Mädchen den Führer spielen? Von einem Mädchen befehligt zu werden, ist ja so hübsch. Hiebei kann für ein Volk doch auch was rauskommen.

Ich werde eine Meerfahrt unternehmen. Die nötigen Abmachungen sind im Gang. Ich wünsche benieden zu werden.

FRIEDRICH GERSTÄCKER

Sie sollten ihn unbedingt lesen!

Er besitzt Schliff.

Ich erinnere mich, daß mich seine Trappereleganz sehr erquickte.

Wie so viele seiner Landsleute, die das Lorgnontragen der Baroninnen der fünfziger Jahre des vorigen Jahrhunderts nicht mehr aushielten, wanderte er nach Amerika.

Die Not unter der damaligen arbeitenden Klasse war groß, und in diese Not warfen stolze Rittergutsbesitzerinnen die übermütigsten Blicke.

Als einmal ein hungriger Knabe seine Herrin um ein Stück Brot anbettelte, reichte sie ihm einen Kieselstein zum Genusse dar.

Müssen das spöttische Damen gewesen sein!

Solches und mehr mit seinen blauen Augen anzuschauen wurde unserem Gerstäcker zur blanken Unmöglichkeit.

Er besaß Mut und insofern Genie.

Die Fahrt übers Meer scheint ihn immerhin angegriffen zu haben.

Als er die Gestade Nordamerikas betrat, wo's in den Wäldern von Rothäuten und auf den Prärien von Ungebildetheiten, die unter dem Titel «Büffel» bekannt sind, wimmelte, machte er zunächst ein bedenkliches Gesicht.

Indem er Erlebnisse zu haben anfing, kam er auf den Gedanken, sie zu verewigen. Infolgedessen griff er jeweilen abends im Blockhaus zur Feder, wobei er entdeckte, er habe Talent.

Mit seiner Büchse am Rücken, die er meisterhaft handhabte, durchquerte die stämmige Erscheinung, die er war, die Mississippigegenden.

Auch in Arkansas tauchte er von Zeit zu Zeit zu seinem eigenen wie zum Vorteil anderer auf. Indianerlist hat er sich zu Nutzen zu machen verstanden.

Man denke an die Whiskyflasche und an Marterpfähle, und man wird sich von jenen Zuständen ein Bild machen können.

Und dann gab es damals ja noch Sklaven. Gerstäcker beschreibt uns in einem seiner Bücher aufs anschaulichste, wie die kindlichkeitumfangenen Neger ahnungslos hinvegetierten.

Sie erhielten ab und zu von einem Mulatten, der die

Aufseherstellung versah, ein paar gutgemeinte Hiebe über die schwarze Haut, die man nur anzuschauen brauchte, um sie sogleich gering zu schätzen.

Gerstäcker scheint diesbezüglich, wo sich ihm Gelegenheit darbot, helfend, ausgleichend eingegriffen zu haben. So rettete er einst ein schokoladenbraunes Kinderfräulein aus ihrer unerbittlichen Gebieterin Händen.

Welche preiswürdige Tat! Ich schätze diesen gleichsam aufrechten deutschen Schriftsteller sehr. Er gewährt uns Einblicke in Flußfahrten usw.

Schon nur diese Vegetation, die er sah. Diese von Spanierinnen besetzten Balkone. Dieses Leben in den Plantagen!

Einst sah er in New Orleans eine Kiste, die vielleicht Zucker enthielt, von zwei herkulisch gebauten Negern forttransportieren. Sie tanzten, indem sie die Last wälzten, und indem sie den Zuschauern ihre prächtigen Zähne vorwiesen, schnitten sie die glücklichsten Gesichter.

Solches und ähnliches erfährt der, der Gerstäcker liest.

VON DER SPRACHGEWANDTHEIT UND DEM MANGEL DERSELBEN

Um mich über die Feinheit des Ausdruckes, die Eleganz und Vorsichtigkeit des Sprachgebrauches bei literarischen Angelegenheiten zu äußern, um was mich übrigens niemand bat, indem ich es aus durchaus freier Veranlassung heraus tue, mir in dieser Hinsicht den Auftrag selber erteilend, sage ich, daß es Autoren gibt, die eine sehr gepflegte, gleichsam schmeichelnde Ausdrucksweise besitzen. Ich rede von Schriftstellern, die mir bekannt sind, deren geistiges Auftreten ich zu meinem Vergnügen genossen habe, aber ich möchte gewissermaßen aus Feinheit und Vorsicht keine Namen nennen, vielleicht auch aus Egoismus, was ich sehr gut von mir begreife, darf ich gestehen, ich hätte Gelegenheit gehabt, in einen Brief hineinzublicken, worin ein junger Schriftsteller dem Mädchen, das ihm nahesteht, zur Kenntnis bringt, er und einer seiner Freunde hätten sich bezüglich des Stiles in den Büchern eines gewissen dritten Dichters gezankt. Auf einen der Leute habe der Stil, von dem die Rede ist, den Eindruck der Zufälligkeit, Zerstreutheit gemacht, während ihn der andere als gepflegt, also als mit jedem erdenklichen Bewußtsein ausstaffiert empfand. Ich mache diese Meinungsverschiedenheiten hier in der angenehmen Überzeugung bekannt, daß man sich dafür interessiere. Ist es nicht interessant, wie immer wieder über ein und dieselbe literarische oder andere, beliebige, weltliche und menschliche Erscheinung die Beurteilungen sich kreuzen, sich aneinander anschmiegen oder aber sich total widersprechen und weit auseinandergehen? Jedes von uns hat eben in Geschmacks- und Bildungssachen stets so sein eigenes Gutfinden. Dem ist nicht auszuweichen. Ich finde, daß sprachliche, schreibliche Ausgeglichenheiten etwas sehr Schönes und Anziehendes sind. Nichtsdestoweniger kann ich nicht umhin, zu sagen, daß es Autoren gibt, die geschriftstellert haben wie die reinen Struwwelpeter, d.h. sie sind schriftstellerisch in einer Ungewaschenheit vor die Leserwelt getreten, die mitunter fast erschreckend anmutet, aber trotz ihrer nachlässigen und oft rücksichtslosen Art, in der sie sich gaben, sind sie in die schöngeistigen Salons hineingedrungen, ähnlich Eroberern, die über alle Bedenklichkeiten gesiegt haben, die ihnen entgegengesetzt worden sein mochten. Es gibt berühmte Schriftsteller, die sich mit der Feder man möchte sagen saugrob benommen haben, wobei ich aus Feinheit und allerzartester Rücksicht, und damit ich mich nicht etwa irgendwie bloßstelle, wiederum Namen zu erwähnen aufs simpelste und bequemste vermeide. Anderseits kenne ich Autoren, deren wohlabgewogene Sprechweise einem beim Lesen wie Honig über die Zunge rinnt und fließt, so sehr kommen sie dem Vortragenden entgegen. Um so schnell wie möglich herauszubekommen, ob sich ein Schriftsteller holprig oder geschliffen ausdrückt, brauche ich ihn bloß laut vorzulesen. Soll man nun die gleichsam ungekämmten Schriftsteller zugunsten der sozusagen frisierten kurzerhand abtun, d.h. die ausdrucksgewandten annehmen, aber die stilistisch ungeschickten fortweisen? In diesem Falle würde sich die Gesellschaft um sehr viel geistigen Reichtum, um eine Fülle von Anregungen ärmer machen, denn es ist ja eine von niemand bestrittene Bekanntheit, daß es bei den Schriftstellern große Herzen und herrliche Geister gibt und gab, die in ihren Ergüssen den guten Ton verletzt, teilweise schwer verletzt haben und auch heute noch fortfahren zu beunruhigen. Wir müssen eben in solcher Hinsicht möglichst freisinnig werden. Mit dieser vielleicht etwas kecken Aufforderung, mit der ich es aber seelengut meine, verneige ich mich gehorsam und empfehle mich zu anderweitigen Untersuchungen.

EINIGE WORTE ÜBER DAS ROMANSCHREIBEN

Hinsichtlich der wahren Größe des Romanes, der eine Abspiegelung des Zeitalters ist, kann die Quantität der Worte, Sätze usw. unmöglich maßgeblich sein, was in der Tat auch nicht zutrifft, obwohl mitunter dem Schein nach. Nach dem Inhalt gemessen, habe ich soeben folgendes gedacht: Jeder Romanschreiber oder -dichter, oder wie er sich sonst betitelt wissen will, ist seiner Natur oder seinem Beruf nach ein Weltmann. Bei dem einen ist diese Eigenschaft ausgebildeter als beim andern. Es kann aber vorkommen und kommt nur zu häufig vor, daß ein weniger weltmännisch begabter Romancier sich eher in weltmännische Verhältnisse wagt als einer, der die Kenntnis der Welt wirklich besitzt. Das kommt daher, weil der wahre Weltmann es nicht liebt, nicht für fein und geziemend hält, mit seinen Eigenschaften, seinen Kenntnissen oder seinem Blick stark hervorzutreten, denn zum weltmännischen Charakter gehört ja die Zurückhaltung, eine Verpflichtung vornehmer Art, von der der Nicht- oder der Halbweltmann nichts oder nur wenig weiß. Es gibt also Romanautoren, die, mit kleinem Geist ausgestattet, gern in die Großartigkeiten laufen, was man natürlich beim Lesen der betreffenden Bücher sogleich bemerkt und als ärmlich empfindet. Dagegen benimmt sich der mit großem Geiste ausgestattete Romanschriftsteller so: er spaziert gern mit seinem hellen, umsichtigen und großen Geiste im kleinen und bescheidenen Milieu herum, fühlend oder wissend, daß es sich gut ausnimmt und eine Wirkung des Schönen, ja sogar des Erhabenen hat, wenn sein Leser zu der sehr angenehmen Empfindung kommen kann, der Autor tummele sich gutmütiger- oder humorvollerweise in Gebieten, über die er fröhlich hinauszuschauen vermöge; er besitze gewissermaßen ein Vermögen, das er nicht anzutasten nötig habe, er sei etwas wie ein in Wahrheit reicher Herr. Jedes wahrhaft gute, sanfte Friedens- und Bildungsbuch, ich meine, jeder wirklich gute Roman, hinterläßt solchen Eindruck der Nichtüberspannung und Nichtüberanstrengung der Kunst- und Geisteskraft. Gewissermaßen sind es in einem Buche die Ungesagtheiten, die wie eine blühende Sprache anmuten, es ist ein Duft, eine Wohlhabenheit, die uns gefällt. Ich möchte demnach im Interesse eines wirklich bleibenden Wertes ihrer Bücher den Romanschriftstellern raten, lieber Geringfügiges groß als Großzügiges unbedeutend zu behandeln.

WALSER ÜBER WALSER

Hier können Sie den Schriftsteller Walser sprechen hören.

An Herrn Walser, den Schriftsteller!

So lauten Adressen von an mich gerichteten Briefen, als wollten mich gewisse, um mich besorgte Leute an mein Schriftstellertum mahnen.

Schläft sie etwa in mir, die Schriftstellerei?

Wollen mich Wohlwollende etwa wecken?

Als ich zum Beispiel einst den «Gehülfen» erlebte, schlief der Schriftsteller Walser zunächst auch. Sonst wäre ich ja ein unnatürlicher Gehilfe gewesen.

Um «Geschwister Tanner» zu schreiben, bedurfte es langen Gewartethabens, was natürlich unbewußt stattfand. Ich würde einen Schriftsteller eher an den Menschen als an den Schriftsteller erinnern. Die Schriftstellerei stammt ja aus dem Menschlichen.

Mir sind Menschen bekannt, die der Meinung sind, es werde zu viel geschriftstellert. Wie zum Beispiel auch zu viel gemalt.

Ich bin auch dieser Meinung, und daher beunruhigt mich der scheinbar zurzeit schlafende Schriftsteller Walser keineswegs. Mich freut vielmehr sein Verhalten.

Als ich in Wirklichkeit «Gehülfe» war, hatte ich da eine Ahnung, daß aus diesem Stück Erleben ein «Wirklichkeitsroman», also aus dem wirklichen Wirken ein schriftstellerisches entstehen würde? Nein, keine Spur!

Walser lebte damals auch schon, schlief auch schon, schrieb auch schon denkbar wenig. Aber weil er sich dem Erleben uninteressiert hingab, d.h. unbekümmert um Schriftstellerei, will also sagen, noch nichts schrieb, so schrieb er seinen «Gehülfen» Jahre später, d.h. nachher. Er kam deshalb nicht vor unbefriedigter Buchherausgabelust um.

Alles was Schriftsteller Walser «später» schrieb, mußte von demselben «vorher» endlich erlebt werden.

Kann ein Mensch, der nicht schriftstellert, morgens überhaupt seinen Kaffee trinken?

Ein solcher wagt kaum zu atmen!

Und dabei spaziert Walser täglich jeweilen noch ein Stündchen, statt sich sattzuschreiben. In seiner Natürlichkeit findet er Vorwände, Serviertöchtern beim Tischdecken behilflich zu sein. Warum erlebte Walser einst allerlei?

Weil der Schriftsteller fröhlich in ihm schlief, ihn also am Erleben nicht hinderte. Er meint daher, man täte gut, ihn in einer breitangelegten Ahnungslosigkeit zu lassen, und er bittet Besorgte um etwa zehn Jahre Geduld, indem er seinen Kollegen allen erdenklichen Erfolg wünscht. Warum läßt Walsers Ruhm jeden andern weniger kühl als ihn selbst?

Als ich zum Beispiel «Die Geschwister» schrieb, wie unberührt von Berühmtheit war ich da! Wäre ich schon berühmt gewesen, so wäre das Buch nicht zur Welt gekommen.

Ich wünsche also unbeachtet zu sein. Sollte man mich trotzdem beachten wollen, so werde ich meinerseits die Achthabenden nicht beachten. Die Niederschrift meiner bisherigen Bücher war keine erzwungene. Ich meine, daß Vielschreiben noch nicht ein reiches Schrifttum ausmacht. Möge man mir nicht mit den «früheren Büchern» kommen! Man überschätze sie nicht, und den lebenden Walser wolle man versuchen, zu nehmen, wie er sich gibt.

VIER KLEINE GESCHICHTLICHE BILDER NEBST EINEM NACHDENKSAMEN ANHANG

Ich habe zu diesen vier Bildern nur wenig Zeit. Ich sah Wandgemälde an einer Wand. Übrigens sprach ich letzthin mit einem Dekorationsmaler. Wie bin ich pressiert! Eine Krankheit kränkt mich. Ich werde von einer Art Leid höchlich beleidigt. In einer Stunde muß ich zum Arzt. Wie mich außerdem alles Erdenkliche beansprucht, will ich nicht schildern. Wie mich alle diese Angelegenheiten umdrängen. Sollte mich der Umstand plagen, daß ich nicht noch viel, viel mehr geplagt bin? Ich bin unglaublich stark. Hievon hat kein Mensch eine blasse Ahnung.

ERSTES BILD

Der Feind zog siegreich in die Stadt hinein. Nein, vorher kommt noch was anderes. In einer Ratstube wird Versammlung abgehalten. Die Regierungsmitglieder zaudern. Der Feind drang ins Land. Einer der Ratsherren, eine hohe Gestalt, spricht laut aus: «Mit einem Gegner wie diesem unterhandle ich nicht.» Mit diesen Worten begibt er sich zur Stube hinaus und eilt mit Schritten, denen der Patriotismus Flügel zu verleihen scheint, in die Gefilde, das heißt Wälder, wo nunmehr vermutlich gekämpft wird; die Geschichte meldet denn auch seinen Heldentod.

ZWEITES BILD

Feinde werden im Erfolg übermütig. Sie nehmen vom Besten Besitz, wie zum Beispiel von den appetitlichsten Mädchen und den wohlschmeckendsten Weinen. Nichts ist Leuten heilig, die mit Gewalt in ein Heiligtum eindringen. Sie hausen in einem solchen, daß man die Hände über den Kopf emporwerfen muß. Wer besiegt ist, dem liegt ob, die Augen zum Himmel zu senden, das heißt nicht die Augen selber, aber die heiß um Rettung bittenden Blicke.

DRITTES BILD

Wie Sie sehen, wickelt sich Bild um Bild glatt ab. Meine Existenz scheint Gott sei Dank noch intakt. In straffanliegenden Hosen und Kitteln zieht der Feind mit Gepäck, das heißt mit der Beute, die er mit sich führt, unter wachsamer Bedeckung langsam ab. Die Langsamkeit, womit er fortzuwandern geruht, gleicht einem Hohn. Wer sich mächtig weiß, braucht sich nicht zu beeilen. Landleute schauen den Eroberern düster nach. Gold und Silber, der Staatsschatz, die Ersparnisse von Jahrhunderten, sind auf Wagen geladen worden. Es ist ein Jammer. Mich inzwischen freut meine Emsigkeit.

VIERTES BILD

Die Patrioten glauben, man habe sie verraten. Sie suchen einen Unglücksraben, Prügelknaben und finden ihn in der Gestalt ihres Generals. «Wie?» rief er aus, «ich will nicht glauben, daß ihr Hand an einen wegen seiner Verluste Schmerzbewegten legen könntet. Muß ich euch an die Ehrfurcht mahnen, die sich gegenüber dem Führer ziemt, dessen Bemühungen nicht zu den gewünschten Resultaten kamen?» Aber umsonst verhallten im Frühlingswind, denn es ist, glaube ich, April, edelgemeinte Worte. Sie umringen ihn, sie sehen ihn zugleich gelassen und ihrer Übermacht preisgegeben und nehmen Rache. Er scheint ihnen hiefür die geeignete Person. Nach den Zöpfen, die ihnen den Rücken herunterhängen, muß es die Zopfzeit sein, aus der ich nun hervortrete, um mich im Glauben, ich hätte Beifall verdient, leicht vor euch zu verneigen.

ANHANG

Siebzig Jahre später schickt derselbe Feind in dieselbe Stadt eine verfrorene, ärmliche Armee, damit sie gepflegt werde. Die Soldaten gleichen kleinen Kindern. Wie sie bettelig wackeln, wackelig schön tun! Milddenkende kommen ihnen entgegen, nehmen sie in die Häuser, geben ihnen zunächst eine warme Tasse Kaffee zu trinken. Sie sind darüber sehr froh. Es ändern sich beständig die Zeiten.

HODLERS BUCHENWALD

Ich frühstückte herrlich und in Freuden, aber man sollte so etwas nicht so laut sagen in einer Zeit, wo zartere Naturen die unzarteste Menge von Sorgen auf ihren Schultern tragen. Dann lenkte ich meine Schritte, die eines Menschen Schritte sind, der auf der Höhe seiner Epoche zu stehen scheint, zum Denkmal Oskar Biders hin, ging rund um dasselbe herum und bekam den Eindruck von etwas Schönem. Meine bescheidene Meinung ist, man tut gut, vor einem Kunstwerk, das von der Gemeinde oder vom Staat von einem Künstler bestellt worden ist, und das auf dem und dem Platz aufgerichtet wurde, zunächst Respekt zu haben. Die meisten unserer Mitbürger glauben da immer gleich ihren Senf, will sagen, ihr Dafürhalten zum Besten geben zu können, als wenn jedes Werk gleich von ihnen begriffen sein müßte, und, wenn das nicht der Fall ist, sie zu abfälligen Bemerkungen berechtigt seien.

Ich kam dann zur Reproduktion eines Gemäldes, die im Schaufenster einer Buchhandlung ausgestellt war. Hier blieb ich vergnügt, verjüngt stehen. Ich lachte noch still in mich hinein der Kritik wegen, die vor dem Bider-Denkmal abgeladen worden war. Es waren da ungemein komische Ausdrücke gefallen. Jetzt dachte ich daran, wie ich das Original dieses Bildes einst im Hause seiner Besitzerin gesehen hatte. Es hing gleichsam so in einer Domestikenstube. Nun, irgendwo müssen Bilder eben plaziert werden. Das Haus war ja ganz voll von Erlesenheiten der Malerei, und die Frau, die all das ihr eigen nannte, stellte sich als ein Figürchen dar, und ich trank in dieses Figürchens Gesellschaft den Tee, und meine tadellose Aufführung war eine Sehenswürdigkeit. Es wurden auch belegte Brötchen herumgereicht, und indem ich sie mir schmecken ließ, brachte ich das Gespräch auf Spitteler, und mein Freund glaubte mir, als wir die Villa verlassen hatten, gestehen zu müssen, er hätte nie gedacht, daß gerade ich mich so korrekt benehmen könne, und nun schaute ich also die Reproduktion an, und es rief in mir: «Wundervolle Studie!»

Man konnte da in einen winterlich-kahlen Buchenwald hineinschauen, der mit der besten Charakteristik wiedergegeben ist. Das Bild ist von Hodler, aber abgesehen davon, wenn es nun von einem andern, Unbekannteren wäre, so würden Wert und Freude nicht geringer. Die Stämme sind schlank, hell und dünn, und hie und da hängen einige klappernde Blätter dran. Man hört förmlich, wie sie in ihrem Winterzustand raspeln, den man als fröhlich empfindet. Vielleicht repräsentiert das Bild nicht sehr. Man kann mit dem Buchenwäldchen nicht Staat machen, und aus diesem Grunde kam es vielleicht ins Mansärdchen hinauf, von wo aus man übrigens die entzückendste Aussicht genießt. Unten lag ein See wie Seide ausgespannt, wie ein Damengewand von anstandsvollster Durchschimmerigkeit, und hier vor der Kunsthandlung fand ich nun das Bild wieder, worin ein kalter Winterwind auf dem Wald liegt, nicht ein sehr starker. Aber was großartig ist: sehen Sie nicht, wie Kälte und kalter Wind ins Bild hineingemalt sind, und das

Zappelnde dieser paar Blätter ist ebenfalls gemalt, und der Wald steht in einem kaltblauen, vor Winterbläue ins Grüne hinübergehenden Himmel, und das ist von solcher Abgelauschtheit, Erlebtheit, wie es wenige so überzeugende Beispiele gibt.

Vielleicht würde ich dieses Bild, falls ich's besäße, auch in eine Mansarde hinauftun, denn es ist kein Salonbild. Man steckt unwillkürlich die Hände in die Tasche, wenn man es anschaut, das eine so wundervolle Winterwiedergabe ist. Im Wald hantiert ein Mann, und man sieht, fühlt: der Waldboden ist gefroren und man sieht weit, weit über den Wald hinaus, es geht vom Wald aus ins weiteste Weite, und nun habe ich vielleicht noch nicht alles gesagt, was von dem Bild gesagt werden könnte, aber Sie fühlen sicher aus dem Gesagten heraus, wie ich es bewundere.

AQUARELLE

Mach' etwas, sprich über etwas.

Brutus, du schläfst! Erwach', erwach'!

Was sah ich heute? Einige Aquarelle!

Darf ich über diese Aquarelle reden?

Gewiß! Tu das nur! Warum nicht?

Der Aquarellist ist vielleicht auf dem Gebiet der Malerei ein Feuilletonist.

Gefielen dir diese Aquarelle, Lieber?

Ja, sie gefielen mir. In gewisser Hinsicht sogar sehr.

In was für einer Hinsicht?

Hinsichtlich ihrer Appetitlichkeit, Gegenständlichkeit.

Der Aquarellist aquarelliert drauflos, indem er an den

gesunden Menschenverstand appelliert. Er malt gleichsam keck und dokumentiert dabei eine gesunde Vernunft, einen Sinn für das, was ist.

Er spricht sozusagen zum Beschauer: «Ich aquarelliere, weil ich dich lieben lehren möchte, was um uns ist.»

Da gibt er Gebirgsdörfer mit Kirche in enger Straße, mit ganz nah emporragenden Bergwänden, über denen sich Wolken lagern.

Seine Bilderchen sprechen; die Farben aber sagen bei allem Sprechenden nicht mehr, als was sie ausdrücken sollen, das Dienliche.

Da zeigt er mir z.B. eine Landstraße, an deren Landsträßlichkeit ich augenblicklich glaube.

Wenn mir ein Maler den Glauben an sein Gemaltes beibringt, malt er gut. Seine Blumensträuße besitzen das Blumensträußliche, seine Häuser das Häusliche, die Dächer, die Balkone, die Stangen usw. sind, wie sie sein sollen, sie führen ihre eigene Existenz, man glaubt ihnen.

Die Berge haben die gehörige Größe. Auch an die aquarellierten Berge glaubt man sogleich.

Ich könnte einen meilenweiten Bericht darüber ablegen, aber ich denke, ich fasse mich kurz.

Da ist z. B. ein Weg mit einer Hecke, mit etwas Gras, etwas Himmel.

In Berlin ließ ich mich von einem Friseur rasieren, zu dessen Gewohnheit es gehörte, zu sagen: «Im Himmel gibt's keinen Kümmel.» Er pflegte das jedesmal nur so hinzuwerfen, wie man etwas Asche fortwirft.

Etwas Leichthingeworfenes haben auch meine Aquarelle.

Ich sage da: meine! Aber sie gehören nicht mir. Sie gehören dem Maler so lange, bis sie ihm jemand abkauft.

Ihnen, Gnädigste,

liegt die schöne Pflicht ob, sie ihm abzukaufen, d. h. verpflichtet sind Sie dazu nicht. Ich sage das ja bloß so.

Ich sage also, daß ich einige nette, gescheite Aquarelle sah, die eine Beredsamkeit an sich haben, womit ich wieder nichts anderes sagen möchte, als daß ich an des Malers Bildfähigkeit glaube.

Indem ich ihm wünsche, er finde Käufer.

Er malt auch Schmetterlinge.

Ihn beglückt jedenfalls die Natur; er spielt geistvoll, d. h. er malt, er spielt nicht, aber ist nicht der Maler auch ein Spieler, wie es auch der Dichter ist?

Aquarelle sind etwas wie kleine Stücke fürs Klavier, z. B. Sonette.

Bereits höre ich im Geist eins.

Ich bin so musikalisch, wie ich aufs Hören von Musik total verzichten kann.

Es tönt in mir in einem fort, glauben Sie's mir.

Und kaufen Sie doch mir zulieb dem Maler ein Bildchen ab.

Ich bitte Sie schön darum.

Der Künstlertraum ist so schwer und reich. Die Zivilisationen singen, die Menschheit, die kindliche, springt hochaufatmend.

DAS ALPHABET

A. reitet als Amazone durch eine Allee. Was für ein nobler, prächtiger Anblick. Ich könnte mich in die schöne Gestalt beinah' verlieben. B. ist ein Berg. Du bist ja auch ein Freund vom Bergsteigen. C. bleibt unbestimmt, aber in D. seh' ich eine Droschke, die ins Land hinausfährt. Gern möcht' ich auch mit drinsitzen.

E. kommt mir wie ein feiner Eßtisch vor. Wie lieb' ich Leckerbissen. Es tut mir leid, so etwas gestehen zu müssen. F. blitzt als Fingerring. Ich hab' ihn probiert, er paßte mir tadellos. G. ist ein Garten voll hübscher Blumen, worin es mir ausnehmend behagte. Freilich verlor ich Zeit dabei, doch die ist ja dazu da.

H. sieht wie ein Hochzeitspaar aus. Beide Vermählte stehen auf einem Hügel. I. überspringe ich, denn das bin ich selbst. In K. erkenn' ich eine Kellnerin, sie serviert Kaffee. L. duftet als Linde. Ist solch ein Baum nicht köstlich?

M. gleicht dem Meer. Ich und du und noch jemand Drittes ergingen uns am kühlen, blumigen Ufer. Du denkst doch noch bisweilen daran! N. stellt sich als mondhelle Nacht dar. Ich stehe und schaue wie ein echter Poet mit Lockenhaar zu den Sternen hinauf. Locken hab' ich zwar leider keine.

O. ist ein momentan unnötiges Möbel, nämlich ein

Ofen. An P. sitze und schreibe ich wie an einem Pult. Q. umgeh' ich. R. ist ein Räuber mit romantischem Mantel, der sich aber offenbar bloß zum Schauspieler ausbildet. Er übt sich als Karl Moor.

S. breitet sich wie ein See aus, T. leuchtet als goldiger Tag. U. wird wohl der Ulmerdom sein. Bei V. hör' ich Vöglein singen, bei W. weht ein Wind, der den Wald rauschen macht. X. hat nix. Über Y. weg komm' ich zu Z., einem Zeitungsbureau und gebe mein Alphabet ab.

DAS KÄTZCHEN (II)

Was gab es für einen schönen Regenbogen, die Welt so zart, alles so glänzend, aber ich will von was anderem reden. Ich dachte heute an nichts als an ein Kätzchen. Ist das nicht total belanglos? Ich gebe es zu, aber Nebensächlichkeiten sind oft wie Sonnenschein. Ich sah das Kätzchen schon gestern, jetzt zeichne ich es. Von Farbe ist es gestreift wie ein Tigerchen. Gähnen kann es prächtig, ganz wie jemand, der sich langweilt. Wie sprang es herum, bald war's in der Küche, bald im Eßzimmer, bald im Salon. Klubsessel und Plüschsofa gefallen ihm sehr. Alle schenkten ihm eine Aufmerksamkeit, die der Sorgfalt ähnelte. Eines fragte, ob es wohl sein früheres Heim schon vergessen habe oder noch vermisse. Welche Anteilnahme! Unter anderem hing es sich an einen Zottel, ließ sich hin- und herschwenken wie ein Akrobat, der für Geld turnt. Äugelchen hat es große, schwarze; Tatzen harmlose. Kratzen kann es noch nicht recht, wird es aber mit der Zeit schon lernen. Im Bratloch sollte es übernachten, zog hierfür jedoch einen Stuhl vor. Jede Kiste, jede Schachtel untersucht es, machte zahlreiche Entdeckungen. Im Herunterreißen von Tüchern und Umwerfen von Vasen erwies es sich, so jung und unerfahren es ist, als Meister. Es hat dies Talent wohl mit zur Welt gebracht. Bereits leckt es Milch auf; ferner versteht es sich zusammenzukugeln und wie ein Kreisel sich herumzudrehen. Ein Kater wurde ihm vorgestellt. Die Zumutung war etwas stark. Es hob sich empor, sträubte die Haare, machte einen Buckel und blieb minutenlang noch ganz nachdenklich und zaghaft. Jemand spielte Klavier. Husch, verschwand es unter die Kommode, kam erst wieder zum Vorschein, als das Konzert verklungen war. Anscheinend macht es sich aus Musik nicht viel. Es spielt lieber selber, zwar nicht nach Noten, eher mit einem Rölleli oder Hobelspan. Das Närrchen zu machen, geht ihm über alles, ist ihm das Höchste. Ein Mädchen wollte den Pfarrer spielen und es taufen, selbstverständlich nur im Spaß. Wer spräche so etwas im Ernste? Diese Skizze ist ein wenig schnurrig, gleichwohl hoff' ich sie als Beitrag brauchbar.

WIE GEHT'S DIR?

Ist es nicht ziemlich gleichgültig, wie solche Frage beantwortet wird? Jeder hört sie täglich; mancher stellt sie lieber, als daß er sie hört.

Die Frage «Wie geht's dir?» ist eine Gewohnheitsfrage, dumm, wem sie unangenehm ist. Mit täglichen Gepflogenheiten tut man am besten, ein bißchen zu spaßen.

Mit einer Unglücksmiene zu behaupten, es geh' einem

glänzend, wirkt lächerlich; Behaglichkeit vorzutäuschen, gelingt nur Schauspielern. Beteure lieber lachenden Gesichtes: «Mir geht's schlecht.»

Mit einem Witz im Munde einzugestehen, man sei auf dem Hunde, schadet nichts. Der Zug des Unmutes aber überzeugt von nichts als vom Unwohlsein, mögen die Lippen reden, was sie wollen.

«Nicht wahr, du hast Pech», sprach mich einer an; ich ließ ihn sanft in diesem Glauben. Hätt' ich mich angestrengt, ihm eine andere Meinung beizubringen, so würd' er sich gesagt haben, seine Annahme sei richtig.

Warum sollten die Leute durchaus denken, es geh' mir gut? Den find ich komisch, der fürchtet, es könnte scheinen, er sei nicht glücklich. Seine Ängstlichkeit besorgt's erst recht.

Dein Auftreten erzählt jedesmal mit wünschenswerter Deutlichkeit, wie's mit dir steht; mach dir deswegen keine Gedanken.

Indem geht es bald gut, bald schlecht; wechselt das nicht allerliebst ab? Braucht sich in dieser Hinsicht jemand über Eintönigkeit zu beklagen?

Alle sind Spieler. Nicht so sehr darauf kommt es an, daß es uns immer gut geht; wichtig ist, daß wir stets gut spielen, d. h. guten Willen haben.

FÜNFUHRTEE

Fünfuhrtee macht wirklich Spaß. Man hört Musik, trinkt Kaffee und sucht sich angenehm zu benehmen. Der Saal ist modern, das Publikum vorwiegend weiblich.

Daß das Rauchen nicht gestattet ist, findet vielleicht

gerade ein Raucher reizvoll: er kann Anpassungsfähigkeit zeigen.

Statt auf Landstraßen zu laufen, sitz' ich hier an einem Tischchen und übe mich im Vergnügtsein, das darin besteht, daß man weiter gar nicht amüsiert sein will.

Eine junge Amazone tritt herein; sie darf sich füglich für hübsch halten. Frauliche Umgebung wirkt zweifellos bildend. Wenn irgendwo, so besinn' ich mich hier auf mein besseres Selbst.

Uninteressant sind Gespräche von Mädchen nie. Zu sehen, wie sie Glace essen, ist wohl der Beobachtung wert.

Von Hüten fallen Bänder auf Schultern. So ein Hut bedeckt oft ein Gesicht recht vorteilhaft. Was sich dem Blick entzieht, scheint meist sehr anziehend.

Blätterst du in einer Zeitschrift, so begegnet dir womöglich eine Zeichnung von Guys, die dich in den Bois de Boulogne versetzt und ins Zeitalter der Krinoline.

Ich konstatiere mit Behagen, wie sich im blanken Servierbrett Teller und Tassen abspiegeln. Da die Teestunde nun vorbei ist, erheb' ich mich und begebe mich weg.

MÄNTEL

Wichtig sind gegenwärtig Mäntel. Plakate machen darauf aufmerksam.

Ich trage noch keinen, weil ich mich nicht verwöhnen will.

Imposant sind Damenmäntel. Frauen beim Anziehen oder Ablegen von solchen behilflich zu sein, find ich entzückend, obwohl mir ratsam scheint, sich im Diensteifer Grenzen aufzuerlegen.

Über zu viel Höflichkeit lächelt man mitunter, doch ist dieselbe im allgemeinen schön.

Pelzmäntel wirken achtunggebietend.

Neulich tat ich mich nach Konzertschluß durch Mänteldarreichen hervor. Ein Zuvorkommenheitsbedürfnis beherrschte mich.

Prosaisten lieben Poesie.

Bemäntelt besuchen Mädchen Mozarts «Zauberflöte». Spricht nicht Goethe von Zaubermänteln?

Ich hoffe, mein Aufsatz spreche an und gebe warm.

Zu Zeiten ging ich in eines Kunsthändlers- und bei anderer Gelegenheit in einem Grafenmantel. Beide Sorten gereichten mir zum Schmuck.

Aneignung, die nicht widerlegt wird, bedeutet von Freigebigkeit Gebrauch gemacht zu haben. Sich etwas schenken lassen, erfordert Verständnis.

«Kleider machen Leute», lautet eine Kellersche Novelle. Ein Mantel trägt zum Selbstbewußtsein bei.

Ist auch ein Mantel manchmal alt, so kann gleichwohl das Herz darunter jugendlich blühen und schlagen, wofür sich Entschuldigungen finden.

Eine Hausfrau sprach zu ihrem Dienstmädchen: «Wie kommst du mir vor?» Es brüstete sich in ihrer Herrin Mantille.

Einst trug ich einem Freund eine hellblaue Überzieheridee vor. Auffallen ermüde, meinte er. Ich gab ihm recht und ließ die Eingebung fallen.

Mein Mäntelartikel strengt mich an: wie oft haben uns Aufgaben, die wir für leicht hielten, Schwierigkeiten bereitet!

DAMENSCHUHE

Bei Damenschuhen unterscheidet man Halbschuhe sowohl als hohe. Von Farbe sind sie entweder braun oder schwarz. Casanova erzählt in seinen Memoiren von den unglaublich hohen Absätzen, womit die Schuhe der Hofdamen am Hofe Ludwigs XV. versehen waren.

Ladentöchter, Dienstmädchen sehen ja meist allerliebst in Halbschuhen aus. Hohe Damenschuhe haben etwas Herrisches, aber es ist nicht gesagt, jede sei eine Herrin, die solches Schuhwerk trägt.

Ein Schuhmacher sprach zu einer Frau, während er ihr das Maß nahm: «Sie haben einen Männerfuß», worauf sie erwiderte: «In diesem Fall wend' ich mich lieber an einen andern.»

Schuhe von geringer Größe tragen nicht wenig zum Reize weiblicher Erscheinung bei, das weiß diejenige am besten, die diesen Vorzug entbehrt. Der Besitzer einer guten Eigenschaft achtet dieselbe nicht so hoch wie der, dem sie mangelt und der sie anderwärts wahrnimmt.

Als Simon auf Schloß Rosenhof Diener war, fegte er auf Wunsch der Köchin jeweilen den Küchenboden und bekam dafür von ihr die Erlaubnis zu noch mehr Dienstfertigkeit, nämlich, ihr sonntags zum Kirchgang die Schuhe zu putzen.

Damenschuhleder ist zart und biegsam. Mit Füßen können Frauen etwas ebenso Wichtiges üben wie mit Händen oder Augen: die Kunst des Kokettierens, die zum Glück nicht jede versteht.

Mir fällt noch ein, daß «Frauenschühli» ein Blumenname ist. Darf ich mit dieser Bemerkung meinen Aufsatz schließen?

KLOPFEN

Ich bin ganz zerklopft, der Kopf tut mir weh.

Gestern, vorgestern, vorvorgestern klopfte meine Logisfrau.

«Darf ich wissen, weshalb Sie klopfen?» fragte ich sie.

Die zaghafte Anfrage wurde mit der Erwiderung abgewiesen:

«Sie sind anmaßend.»

Feinsinnige Fragen werden als Unverschämtheit empfunden.

Man sollte stets laut auftreten.

Klopfen ist ein wahres Vergnügen, weniger das Anhören. Klopfer hören ihr Klopfen nicht, d. h. sie hören es, aber es stört sie nicht. Jedes Getöse hat für den Verursacher etwas Angenehmes. Ich weiß das aus eigener Erfahrung. Man kommt sich mutig vor, wenn man lärmiert.

Da klopft's schon wieder.

Anscheinend ist's ein Teppich, der bearbeitet wird. Ich beneide alle die, die sich im Prügeln harmlos üben.

Ein Lehrer nahm einst einige Schüler übers Knie und klopfte sie durch, um ihnen einzuprägen, daß Wirtshäuser nur für Erwachsene existieren. Auch ich war unter der züchtigungeinheimsenden Rotte.

Wer ein Bild an die Wand hängen will, muß zuvor einen Nagel einschlagen. Zu diesem Zweck wird geklopft.

«Ihr Klopfen stört mich.»

«Das geht mich nichts an.»

«Gut, so soll gehorsam für Abnahme der Empfindlichkeit gesorgt werden.»

«Schaden wird Ihnen das nicht.»

Ein artiges Gespräch, nicht wahr?

Klopfen, klopfen! Ich möchte mir die Ohren verstopfen.

Auch ich klopfte einst als Diener gräfliche Perser. Es hallte nur so in die prächtige Landschaft hinaus.

Geklopft werden Kleider, Matratzen usw.

So eine moderne Stadt ist voll Geklopf. Wer sich über etwas Unumgängliches ärgert, scheint ein Tropf.

«Klopfen Sie ungeniert drauflos.»

«Meinen Sie das ironisch?»

«Ja, ein wenig.»

ENERGISCH

Was nützt die Energie, wenn kein Genie da ist? Ich stand übrigens heute energisch, d. h. recht früh auf und darf daher den Vorwurf der Ziellosigkeit ablehnen.

Zielen ist schön, nur muß man auch treffen. Nutzlos verschossenes Pulver nimmt sich komisch aus.

«Energie, Energie!», rief ich einem ältern Mann unmutig zu, der mit sichtlicher Umständlichkeit wie mit einem Werkzeug umging.

«Leute, wie seid ihr heute träge. Nehmt euch an meiner Munterkeit ein Beispiel.» Ich lief in der Tat flott einher.

Einer hatte seinen Regenschirm in die Achselhöhle eingeklemmt: Bequemlichkeit gefällt mir stets nur halb. Allgemeiner Energiemangel, ich kann dich nicht ansehen!

Energisch wurde mir manches Manuskript zurückgeschickt.

«Nimm's nur gemütlich», sagte ich zu einem Straßenfeger. Natürlich meinte ich's etwas höhnisch.

Angreifer sind meist energisch; daß aber der Angriff glückt, ist nicht gesagt. Energie macht an sich glücklich, deshalb hasten viele nur so dahin.

Zurückhaltung verlangt auch Energie. Man kann mit Energie sowohl etwas ausführen wie etwas unterlassen. Beides kann so nützlich wie schädlich sein.

Energisch sein nimmt Kraft in Anspruch, weshalb man's nicht jederzeit sein darf.

Ich war als Jüngling unerhört energisch und bewies Energie, wo ich es selbst nicht für möglich hielt.

Ziellosigkeit führt zum Ziel, während feste Absicht den Zweck oft verfehlt. Wenn wir uns zu eifrig mühen, kann's vorkommen, daß uns die Mühe schadet. Ich würde zu rascher Langsamkeit oder langsamer Schnelligkeit raten. Ratschläge können immerhin auch nicht mehr sein als Ratschläge.

Jeder habe mit sich und andern nur immer hübsch Geduld. Treiben trägt nicht viel ab. So viel ist sicher, daß wer nicht auszieht, nicht heimzureisen braucht.

Man besinne sich, eh' man energisch wird.

DIE MÄDCHEN

EINE ART VORTRAG

Sie flanieren oft zu viel.

Flirt kann recht ergebnislos sein. Aber das Promenieren ist an sich zweifellos etwas sehr Nettes.

Die nettesten, hübschesten, niedlichsten, bezauberndsten Mädchen sind dem «Sitzenbleiben» ausgesetzt. Ich rede da grausam, doch das macht mir Spaß. Eine Eigenschaft kann einer Schönen mehr nützen als das schöne Äußere. Oft begegnet mir eine ausnehmend Hübsche; jedesmal schenkt sie mir viel: ihren Anblick!

Im Vorübergehen gefällt man stark, aber doch immer nur flüchtig. Auf der Straße werden verschwindend wenig Bekanntschaften gemacht.

Die Mädchen glauben nicht den Verehrern, sondern den Tapfern; nicht den Genießenden, sondern den Entsagenden; nicht den Augen, sondern dem Betragen. Das beste Betragen den Guten gegenüber ist immer, sie nicht für gar so gut zu halten.

Vertrauensseligkeit stößt nicht auf Vertrauen. Sie wollen durchschaut und dadurch respektiert sein.

Ich ignorierte monatelang eine Tänzerin. Diese Geringschätzung flößte ihr Vertrauen zu mir ein.

Jedes Mädchen strebt gleichzeitig nach Liebe wie Liebeeinflößen. Sie beklagen sich gern; man tut ihnen beinah einen Gefallen, sie zu enttäuschen. Weh ist ihnen eine Wonne. Wer lieblos zu ihnen ist, gewinnt Aussicht bei ihnen. Sie wollen unterhalten sein, um sich in einen Langweiligen, und gelangweilt sein, um sich in einen Unterhaltenden verlieben zu können.

Leichtigkeit gefällt, Charakterfestigkeit imponiert ihnen. Nichts finden sie so schön an einem Mann wie Selbstbeherrschung; sie sind auf diese unsichtbare Rivalin eifersüchtig, und mit Recht, denn sie ist eine schöne Erscheinung.

Ich machte einem Mädchen ein Geschenk. Daraufhin verlor sie mir gegenüber die Freundlichkeit, weil sie mich für leichtsinnig hielt, während sie mich vorher sparsam glaubte.

Man kann sie mit Liebenswürdigkeiten verstimmen, durch Gleichgültigkeit gläubig machen. Sie gefallen uns ihrerseits auch besser, wenn sie nicht auf uns blicken, nicht mit uns artig tun.

Sie wünschen Vorlaute und Sichere unsicher, Schüchterne gesellig und lachen dich aus, wenn du ihnen nicht Gelegenheit gibst, dir zu unterliegen, grüßen dich nicht, weil sie's sehr gern täten, können trauern, wenn du ihnen Achtung abnötigst, und können einen Haltlosen verabscheuen und bewundern.

«Wie kommt es, daß Sie mich so gut verstehen?» fragte mich vor Jahren ein Mädchen, das sich über die Redeweise des Unerfahrenen wunderte.

Feinde verstehen uns oft besser als Freunde. Denkende sind nicht immer freundlich, meist aber verständig. Aber das Mißverstehen ist soviel wert wie das Verstehen. Wenn ich sie recht verstehe, streben sie nach Tätigkeit, sie möchten gerührt sein, möchten etwas geben.

Lieb sein ist ihr Traum.

WIE SICH ETWA EIN GAST BENÄHME

Ein Gast hat Verpflichtungen: er muß glücklich sein. Ich war schon in verschiedenen Gärten ein Gast, der sich in den grünen Rahmen scheinbar vorzüglich einfügte. Letzthin war ich Autogast; ich benahm mich als solcher, so leid es mir tut, mich zu loben, untadelhaft. Auf Fragen erteilte ich im Flug jeweilen ziemlich gute Antworten. Allzu sehr glänze ein Gast nicht. Könnte das nicht als

Unhöflichkeit empfunden werden? Gäste sind ein Unterhaltungsmittel, das muß man wissen. Ich lobe die Weine, die ich in Herrschaftshäusern trinke, nie, und an der Tafel verhalte ich mich ruhig, spiele mit großer Lust den Nichtstarkinfragekommenden. Mit mittelmäßigem Betragen lassen sich Erfolge erzielen. Reizend trinkt es sich ja sodann als Gast Kaffee nach aufgehobener Mahlzeit. Ringsum stehen die Berge wie Grenadiere. Es brauchen nicht ehemalige friderizianische zu sein. Ich finde die Berge schön, wenn ich so an sie denke, wie mir meine Geliebte auf diese Art schön vorkommt. Du mußt so Gast sein, daß niemand daran denkt, dich spezieller Aufmerksamkeit zu würdigen. Du sollst mit so wenig Würde auszukommen suchen wie möglich. Die, die dich zu Besuch baten, dürfen sich durch deine Gegenwart auf keine Weise in ihren Gewohnheiten beeinträchtigt fühlen. Ich war schon ein paarmal als Gast einfach ideal. Es war als wär' ich gar nicht da, so sehr ließ ich es mir wohl sein. Das Wasser des Sees selbst zollte mir mit seinen kleinen Wellen, die mit dem Ufer tändelten, seinen überaus feinen Beifall. Gewöhnlich bewohnt so ein Gast eine Mansarde, die ihm Dienstmädchenbekanntschaften zu machen gestattet. Ist's ein Dichter, so wird ihm einfallen, morgens um vier Uhr aufzustehen, sich geräuschlos anzukleiden, ans Fenster zu treten, die Frühmorgenlandschaftskeuschheit zu betrachten, bis er Worte gefunden hat, um dieselbe zu besingen. Das Gedicht braucht er nicht sogleich der Hausfrau vorzutragen, von der er wagen darf, zu ahnen, er sei ihr bereits nicht mehr gleichgültig. Seine Ungezwungenheiten hätten Eindruck auf ihre Seele gemacht, wird er nicht mit Unrecht in die Lage geraten, zu meinen, diese Meinung vermehrt seine

Behaglichkeit. Schön ist für einen Gast das Spazieren über gewölbte Matten. Er findet anstandshalber alles hübsch und liebt ohne Vorbehalt die ganze Gegend samt ihrer Einwohnerschaft. Bänke laden ihn zum Lesen ein und Kähne zum Rudern, wobei ihn das umliegende Gebirge aus Wasserstiefe, abgespiegelt, anschaut. Mit Kindern zu befreunden, findet sich von selbst. Wundervoll sind spät nachts die Lichter in hochgelegenen Häusern, und dem Spiel auf einer Gitarre, zu welchem sich ein junger Bauer bekennt, der gerade nichts Einträglicheres zu tun weiß, fehlt es nicht an Zartheit, die mit dem stillen Herabhängen der Blätter verwandt zu sein scheint, die in den Nächten leben, als wären sie Wisser unserer Träume, schweigsame Freunde, schelmisch und treu zugleich. Schlafen wird ein Gast stets nur gut, denn die Kostenlosigkeit des Aufenthaltes macht ihn im Herzen lachen, und dieses Lachen gleicht einem Kind, das ihm einen Kuß gibt. Unvermittelt nimmt er die Wirtin, um wie viel Uhr, weiß ich nicht, bei der Hand. Er hat das goldene Recht, mit seinen Gedanken anderswo zu sein. Seine vornehmste Aufgabe ist, für Sorglosigkeit zu sorgen, und da diese darin besteht, daß er an nichts denkt, so kommt's zu einem Verwundern über ihn, aber zugleich zu stiller Billigung. Man nimmt an, er sei sich ungefähr bewußt, wann für ihn der Augenblick käme, sich für die genossene Güte zu bedanken. Er tut's dann leise, als versteh' sich's von selbst und sei etwas, das man vergessen dürfe. Er empfiehlt sich linkisch, damit sie ihm lächelnd nachschauten, er's im Rücken spüre; sie dächten dann, sie sprächen lieber nicht über ihn und lebten ihr Leben und er seines.

ES MACHT NICHTS, FRÄULEIN

Dieses Wort äußerte ein Herr, neben dem ich saß, und der sich für höflich hielt. In einem Speiselokal war's; dem Herrn fehlte bezüglich Gutangezogenheit nichts. Es war ein sehr netter, intelligenter Herr. Obiges Wort, das er an eine junge Dame richtete, der ein kleines Mißgeschick passierte, enthielt eine Art Höflichkeit und enthielt zugleich wieder eine Art Unartigkeit. Die junge Dame hatte nämlich beim Verlassen ihres Platzes einen Hut- und Mantelständer umgestoßen. Der Herr, der ihr gewissermaßen beim Essen Gesellschaft geleistet hatte, bemühte sich, sie zu beruhigen, zu trösten, geistig und seelisch aufzurichten. Das war so weit nett von ihm. Sie genierte sich natürlich ein wenig. Jemand anders hätte das in einem solchen Fall gewiß auch getan. Ihr erschrokkenes Gesicht war ganz rot. Es war von dem Herrn also sehr nett, daß er ihr mit dem Wort, das den Titel dieser Skizze bildet, zu Hilfe sprang. Er hätte ihr aber behilflicher sein können als bloß so mit einem gütig und gönnerhaft hingeworfenen Beruhigungswort; er hätte vom Platz aufstehen und ihr beim Mäntel- und Hütezusammenlesen werktätig helfen können. Eine wirkliche Behilflichkeit würde ihr mehr gefallen haben als nur eine sprachliche. In seiner Höflichkeit lag also recht viel Bequemlichkeit. Bequemlichkeit aber gegenüber junger Damenhilfsbedürftigkeit ist unhöflich. Mindestens einen bis zwei Hüte würde er ruhig haben aufheben dürfen. Das hätte ihm nichts geschadet, und ihr auch nichts, vielmehr hätte es ihr genützt, denn es hätte sie gefreut. Mit Hervorrufen auch des kleinsten bißchens Freude erweisen wir unsern Mitmenschen eine Art Wohltat. Vielleicht war's klug von ihm, daß er sich nicht freudig für die Verlegene einsetzte. Er gehorchte den Forderungen einer sehr feinen Reserviertheit.

Ich kenne einen, der wie ein Blitz hinzugeeilt wäre, um seine Dienstfertigkeit zu zeigen. Das bißchen Bücken wäre dem eine Freude gewesen.

Man kann also höflich und unhöflich zugleich sein.

DAS BÄUMCHEN

Ich sehe es, auch wenn ich unachtsam an ihm vorübergehe. Es flieht nicht, steht ganz still, kann nicht denken, nicht irgend etwas wollen, nein, nur wachsen, im Raum sein und Blätter haben, die niemand anrührt, die man nur anschaut. Am Schatten, den sie geben, eilen die Beschäftigten vorbei.

Gab ich dir noch nie etwas? Aber es braucht kein Glück. Vielleicht freut es sich, wenn man es schön findet. Glaubt ihr das? Was für heilige Unschuldigkeiten aus ihm sprechen. Von nichts weiß es, ist ganz nur mir zur Lust da.

Warum kann es keinen Sinn für mein Lieben haben, daß man etwas zum Guten sagt, aber ihm ist kein Vernehmen gegeben. Nie sieht's mich ob seinem Gruße lächeln, den es nicht kennt. Zu seines Wesens Füßen wie jener von Courbet gemalte für immer Scheidende sterben!

Doch ich werde weiterleben, aber was wird denn aus dir?

DER SCHURKE ROBERT

Robert, eine fingerdünne, spinnwebartige Bescheidenheitspflanze, wuchs zu seinem tiefinnerlichen Entsetzen in einem Palais Royal oder Aristokratengarten auf, in welchem ihm von seiner Frau Mama behutsamster Musikunterricht erteilt wurde. Er trug spitzenbesetzte Sammethöschen, einen dito Kittel, besaß einen hübschen Kopf und spielte bald seinen Bach auf dem altertümlichen, gelbbraun lackierten Spinett auswendig. Die Gartenmauer sah sich von einem Schönen schimmernd bespült, von einem Fluß, der fast ebenso kunstvoll Klavier spielte, wie der zarte Knabe Robert, von welchem wir uns zu unserm Leidwesen genötigt sehen, Unzartes zu berichten, indem wir mitteilen, daß er eines Nachmittags in einem mit Kastanienbäumen geschmückten Park saß und eine Dame auf so mangelhafte Art ignorierte, daß sie glaubte, sie fühlte sich geniert. «Sind Sie Tuchhändlerin?» meinte er in unvermittelter Art fragen zu dürfen. Sie schwieg, und ihr Schweigen sagte ihm: «Wie kann man so dumm sein.» Es war in der Tat niemand anders als Frau Osborn. Robert warf ihr eine Rose in den Schoß, den ein Schneiderkostüm aufs Anständigste deckte, und ging seines Weges, der ihn in die Konditorei führte, die ihm Kaffee zu trinken und Backwerk zu schlecken gab. Er legte im Einpacken Talent an den Tag, und nun geschah das Furchtbare, er stieg in die Düsternis des Kornhauskellers hinab und verschlang dort eine Bratwurst, zu der er nicht ein Glas Bier zu genießen verschmähte. Heiterkeit umheiterte ihn, die Sonne schien, und dabei regnete es in Strömen. Über die Stadt schlang sich ein Liebesgedicht ungeheuren Formates. Wohl wissend, daß uns da etwas Banales aus dem Mund schlüpfte, begleiten wir den Helden unseres Romanes auf seiner Lebensbahn weiter und nehmen zu unserm Bedauern wahr, daß er zu Klara geht, die ihn mit ihren Meerwunderaugen wässerig, klug, aufmerksam und vorwurfsvoll und gütig und im allgemeinen ganz richtig einschätzend anschaut, beaugapfelt und betrachtet. Er trank in ihrer Gegenwart einen Liter Weißen, überfiel hierauf ein Auto und sauste ins Endlose, welches ihm die Zähne zeigte und ihn verlachte. Eine Türe bewillkommte ihn, aber einer trat ihm entgegen, dem Robert aus nichts als Italianismus einen Hieb gab, daß ihm die Seele entfloh und er sich ins Nichts rettete. Von nun an schritt unsere Blüte über nichts als lauter beachtenswerte, respektable Leichen, die sich noch im Tod bewogen fühlten, ihm Beifall zu zollen. Ich finde meine Schauerballade sehr gut mit der Berlinerin im Mittelpunkt. Er hatte so liebe gute Augen, einen so von Treue beweisablegenden Mund und eine Hand, ich sage euch, sie fiel ihm ab, als er sie außer acht ließ, so unanhänglich war sie. In einer Rumpelkammer hackte er für eine abgesetzte Landgräfin Holz. Er hat eine starke Anzahl Kinder, die er aufs Vorteilhafteste vernachlässigt, indem ihm der angeborene Takt und die reizende gebietende Individualität verbieten, das Väterchen zu spielen. Witwen umweinen ihn. Alles an ihm schillert von ganzwertiger Falschheit, aber auch von vollwertiger Frohgemutheit. Noch niemand hat ihn erkannt. Er sieht gräßlich aus, über und über von nicht endenwollender Verlogenheit bedeckt. Es gibt Frauen, die hinsinken, wenn sie ihn sehen. Jetzt gedenkt er den Posten eines Ausläufers zu erklimmen. Er liest den Lokalanzeiger, wobei er wie die Unschuld selbst aussieht. Uns scheint, er komme als strammer Würdiger seiner selber in fortwährende Frage. Wollen wir ihn nicht einfachheitshalber einen Schurken nennen?

FIDELIO

Ich weiß nicht, sprach Fidelio, ob ich meinen Namen mit Recht trage, gewiß war ich treu, besann mich aber jedesmal eines Besseren, sobald ich glaubte, es sei Zeit dazu. Treue ist übrigens reizend; schade, daß man's nicht immer sein darf. Jeder hat die Pflicht, an sich selbst zu denken, gleichsam zum Ausgleich. Du glaubst nicht, wie gerne ich mich für die und die Dame aufgeopfert hätte, aber ich war zu klug dazu. Leider war ich schon früh ein flotter Rechner. Berechnungen entstehen mir von selbst; ich meine, mir sei Menschenkenntnis beinah angeboren. Ohne denken zu wollen, bin ich ein Denker, und ohne Achtsamkeit beachte ich alles.

Wie seltsam ich veranlagt bin. Morgens früh hab' ich stets eine Menge neuer Gedanken und vielfach eine völlig neue Lebensauffassung. Was kann ich dafür, daß ich so bin? Gewisse Leute halten mich für einfältig; diesem Umstand verdanke ich, daß man sich meiner wie eines Kindes annimmt, das der Fürsorge bedarf. Schon meinen Vater erfreute ich durch meine Lebhaftigkeit; sein Lob und das Vergnügen, das ihm zum Gesicht herausleuchtete, wenn ich vor ihm turnte, waren mir ein Genuß. Aber weshalb drohte mir einmal unsere Magd mit dem Wort: «Denk' du heilig d'ran!»? Ich verstehe nicht, was sie damit meinte, da ich mich nie anders als musterhaft verhielt, was freilich schnell gesagt ist. Möglich ist, daß ich mich in dieser Annahme irre, aber ich nehme an, daß das auch bei andern vorkommt.

Unter anderm sagte mir eines Tages ein Lehrer vor der ganzen Klasse: «Das wäscht der Rhein nicht weg!», was wohl bloß eine Redensart war. Wenn wir pathetisch werden, neigen wir zur Übertreibung, d. h. wir vergessen uns. War denn nicht ein anderer Lehrer, weil ich ihm eine Frage derart beantwortete, wie er's für unmöglich hielt, von mir entzückt? Man sieht, wie ich die Mitmenschen zu ganz verschiedenen Urteilen über meine werte Person kommen ließ. Dies Widerspruchsvolle begleitete mich von jeher. Ich liebe übrigens feuchtglänzendes Großstadtgeflimmer sehr und war zeitweise ein Pferd. Wo war das? In einem Schulhof, wo wir Jugendlichen wahre Schlachten aufführten. Mit wie viel Lust ich meinen Reiter trug, läßt sich schwer sagen; es war dies ein Knabe, den ich um seiner zarten Bildung willen absichtslos liebte.

Beim Tode eines meiner Geschwister brachte ich keine einzige Träne zustande, was mir aufrichtig leid tat, denn ich hätte gern nasse Augen haben mögen und beneide meine Schwester, die so fließend weinte, damals hielt ich mich unstatthafterweise für einen Bösewicht. Wer war sanfter, schüchterner als ich? Bloß aus Vergeßlichkeit und Naivität benahm ich mich mitunter etwas unartig. Ich darf behaupten, ich sei eine gute Seele, sonst würd' ich nicht vor einiger Zeit ein Heilsarmeemädchen mit einer Portion Apfelküchli beschert haben, einzig, weil sie so innig an ihren hohen Freund Jesus glaubte, und weil's Weihnachtszeit ist und ich mich durch die Gabe nur wieder selbst beschenkte. Verzeih' mir, wenn ich dich zu rühren, oder dir den Glauben beizubringen suche, es lasse sich mit mir leben. Dieser Überzeugung war ich immer; andere redeten sich leider mitunter etwas anderes ein.

Mit neunzehn Jahren fuhr ich auf Anraten eines Photographen nach Berlin und erfuhr daselbst, was Heimweh ist. Wie lieb sind mir die dort verbrachten Stunden süßer Trauer! Ein kleines Berlinermädchen legte dem Weinenden ihre Hand auf die Schulter und munterte ihn auf. Dies ist längst dahin, auch die Zeit, die es mir beliebte dadurch zu verlieren, daß ich Gedichte verfaßt haben zu müssen glaubte. Heute bin ich egoistisch, doch nein, zu arg will ich mich nicht verleugnen. Ich nehme das Wort zurück, indem ich es als unzulässig bezeichne. Ich fand für Hingabe nur noch immer keinen passenden Anlaß. Ob ich interessant sei, frag' ich mich nicht, ebensowenig, ob ich im Leben den rechten Weg eingeschlagen habe. Derlei Fragen sind schädlich. Daß ich nie niedergeschlagen bin, kommt daher, weil ich mich nie weigerte, den kürzeren zu ziehen, worin meiner Ansicht nach die Ursache meines Lebensglückes liegt. Nach wie vor darf ich mich blicken lassen, und wenn einige es anders meinen, so bedaur' ich das nicht, da ich nie habe finden können, daß mich Meinungen an irgend etwas wesentlich gehindert hätten.

Gestern bestrebte sich jemand umsonst, mir meine üble Lage vor Augen zu halten, denn für mich gibt es gar keine sogenannte üble Situation, jede beliebige erscheint mir günstig, selbst die ungünstigste, die mich nötigt, mich zu bewegen, was für mich ein Glück ist. Religiös war ich insofern stets, als ich noch keinen einzigen Tag lang ohne Glauben an mich geblieben bin. Man kann Gott nicht mit Kopfhängen gefällig sein. Noch nie entmutigte mich die Armut. Täglich komme ich zur Einsicht, Unerwünschtes sei für mich nützlich, Aufmunterndes aber stets mit Vorsicht zu genießen. War ich nicht dann immer am kräftigsten und fröhlichsten, wenn ich nicht wußte, wohin? Alsdann wußt' ich's am genauesten.

Neulich stand ich vor einer Winterlandschaft, hernach beobachtend in einer Bahnhofhalle, später vor dem Schaufenster einer Kunsthandlung, wo ich ein Bild von Fragonard betrachtete, darstellend, wie eine Frau, die bezaubernd ist, ihrem Pagen heimlich ihre Wange hinhält, damit er sie ihr mit seinem jungen Munde küsse. Was sieht, was entdeckt man nicht täglich für holde Dinge. Da mich das Leben liebt, will auch ich es lieb behalten, ihm treu bleiben.

SCHATTEN

So sehr ich nachlasse, enttäusche, Erwartungen nicht erfülle, Ansprüchen nicht genüge, kann ich doch immer noch mit meinem Schatten aufwarten, der durchaus Gutes von mir aussagt. Er ist hübsch und schlank; betrachte ich ihn, so steigt Lebenslust in mir auf, er läßt mich unzweideutig fühlen, ich sei daseinsberechtigt. Seinen Schatten hat zwar jeder; daß dem so ist, verringert ein bißchen seine Bedeutung, aber ist nicht gerade das erfreulich? Daß ich nachweise, was alle übrigen auf Verlangen vorlegen können, beruhigt mich enorm, zeigt an, daß ich normal bin. Durchschnittlich zu sein, muß jeden Vernunftbegabten beglücken. Wo Schatten existieren, strahlt auch Licht; wer einen Schatten hat, besitzt auch einen Körper. Ganz Geist begehr' ich nicht zu werden. Wer anders als er erzählt mir, ich sei treuherzig, heiteren Charakters und besäße eine Dosis Witz? Jeder meiner Bewegungen paßt er sich dienstfertig an und sagt mir Schmeicheleien. Wie alle, bin ich für letztere nämlich empfänglich. Niemand ruft mir nach: «Er hat keinen Schatten», wie es mit dem armen Peter Schlemihl der Fall war, der sein Köstlichstes weggab; Fragen wie «Bendel, was fang ich nun an?» kommen nie aus meinem Munde. Jener floh die Sonne, mich entzückt sie. Besser als im Leben siegen und ein Genie sein ist ein ehrlicher Schatten.

JEAN

Jean wäre kein übler Diener gewesen, wenn er mehr Ausdauer besessen hätte. Seine Obliegenheiten nahm er gleichsam spielend, faßte aber im allgemeinen seinen Beruf richtig auf. Der Grund, warum er Diener wurde war der: es lebte etwas in ihm, das sich lieber mit anderer Leute Dingen befaßte als mit eigenen. Er gehorchte gern, weil's ihm bequem war. So war Jean. Eine seiner Aufgaben bestand im Teppichbürsten, hiezu stieg er jeweilen auf die Terrasse und erquickte sich dort zunächst an der schönen Aussicht. Da er flink war, durfte er sich Pausen gestatten, ohne daß es seiner Herrin auffiel. Diese zeigte ihm absichtlich ein ungnädiges Gesicht, um ihn einzuschüchtern, denn sie hatte das Gefühl, er sei ein wenig frech.

Im stillen war sie sehr mit ihm zufrieden, dies merkte seinerseits Jean, wodurch er immerhin Intelligenz bewies! O, er war nicht dumm und war nicht gewöhnt, sich lange zu besinnen. Von den Dienstmädchen war die eine schlank und brünett, die andere klein und blond. Jean gefiel es in Gesellschaft dieser Töchter Evas sehr und hatte sich in kurzer Zeit bei ihnen eingeschmeichelt. Gehörte das etwa auch zu seinen Standespflichten? Ihm beliebte das so aufzufassen. «Sei doch ein wenig zudringlicher», ermahnten sie ihn: er ließ es sich um so weniger zweimal sagen, als ihm solcher Einfall schon selbst gekommen war.

Treppenstufen behandelte er mit einem Anflug von Achtung, d. h. er fegte frühmorgens leicht darüber hinweg; ihm kam's mehr auf hübsche Gesten als Genauigkeit an. Ordentlich war er wohl, neigte jedoch in diesem Punkte nicht zur Übertreibung. Mit seinem Herrn war er zeitweise unzufrieden. Um ihn umzustimmen, schenkte ihm derselbe eines Tages Zigarren. «Nett von Ihnen», machte Jean. Man stand auf der Straße. Der Diener steckte sich gleich eine von den Zigarren an. Was blieb dem andern angesichts der Sicherheit, womit jener handelte, anderes übrig, als gute Miene dazu zu machen? Jean war, wie alle Gutmütigen, äußerst bedenkenlos. Diese Tugend wird hoffentlich bei seiner Herrschaft Anklang gefunden haben. Beim Servieren verbrannte er sich einmal gehörig den Finger und war auf die Wunde berechtigterweise stolz. Zu guter Stunde überraschte ihn diejenige, die ihn anderweitig glaubte, wie er auf dem Diwan lag und in einem Klassiker las. «Wie kommst du zu solchem eigentümlichen Benehmen?» fragte sie sozusagen sprachlos, worauf er erwiderte: «Aus angeborenem Sinn für das, was sich schickt. Indem Sie mich hier in eines Ihrer Bücher vertieft sehen, überzeugen Sie sich, daß Ihr Diener von guter Herkunft ist, was Ihnen unmöglich mißfallen kann.» Da lachte die Frau, und da sie's schon seit langem nicht mehr getan hatte, war sie bei sehr guter Laune und mit Jean zufriedener als je. Viel Talent bewies er dadurch, daß er in seinem Empfinden für das, was ihr angenehm sei, nur solche Besucher oder Besucherinnen bei ihr einließ, von denen ihm sein Instinkt sagte, sie seien ihr willkommen, doch wir wollen ihn nicht allzu schön schildern. Er aß übrigens gern Honig und spazierte gern. Letztere Neigung veranlaßte ihn, den Dienst zu quittieren. «Du hättest es bei mir nett gehabt», wurde ihm gesagt. «Ich gehorche höhern Eingebungen», gab er zur Antwort, sprach sehr verbindlich adieu und ging.

KASIMIRS LEBENSLAUF

Kasimir war redlicher, ärmlicher, arbeitsamer Leute Sohn. So weit wären wir schon.

Wie er aufwuchs, was für Noten er ins Schulzeugnis bekam, liegt mir total fern zu wissen. Ich vermag bloß so viel zu sagen: er wurde Lakai. Köchinnen usw. prägten sich ihm in diesem Zustand ein, aus dem ihn der wie aus dem blauen Himmel auf seine Achseln niederfliegende Auftrag riß, mit tunlichster Geschwindigkeit einen Roman zu schreiben.

Er scheint sich von da an teils Händlern, andernteils Literaturtreibenden angeschlossen zu haben. Darf ich glauben, diese Erzählung werde interessant, weil sie sich ganz und gar nicht bemüht, es zu sein? Wie imponierte einmal in einem Kabarett eine Zaghafte einem Impertinenten!

Kasimir huldigte der Meinung, Frauen müßten dezidiert sein. Er erinnerte sich, eines Tages für nichts als eine Artigkeit, die nicht in einem glücklichen Moment ankam, «eine» runtergehauen bekommen zu haben.

Ohne daß es einer Seele gelang, Kenntnis hievon zu nehmen, war Kasimir ein Mädel. Nichtsdestoweniger besaß er einen ziemlich harten Schädel. Und doch, wie zart war er dabei. Härte und Zärte bildeten scheinbar in ihm eine Vereinigung, die niemand auseinanderzunehmen vermochte.

Dürfen wir uns nun zu Boot begeben? Was meinen Sie? Ich meine, zu was würden Sie uns raten? Im Tiergarten besann sich Kasimir sogenanntermaßen auf Taten. Unter anderm tat er sich als Begleiter lebenslustiger Frauen hervor, die Zutrauen zu ihm hatten, weil er etwas Uneigennützigkeitsausstrahlendes an sich hatte, die Ratte. Mit Vorliebe verstopfte er sich die Ohren mit Watte, gleichsam so der Allgemeinheit gegenüber, die stets eine Fülle von Ansprüchen macht, wozu man naturgemäß mitunter lacht.

Mächtig sein, d.h. sich wohl befinden, innerlich schön sein usw. beruht darauf, daß es nichts Beunruhigendes für uns hat, die eigenen sowie die Kräfte der andern zu kennen.

Zeitweise leistete Kasimir Herrschaftskutscherdienste und scheint in die Knabenlektürelage gekommen zu sein, seiner Brotgeberin durch rechtzeitiges Herrwerden über bodenmitihrenhufenliebkosende Rosse das Leben zu retten.

Kasimir wurde älter, doch nicht klüger. Das geht andern oft auch so. Um Schwung in meine Geschichte zu bringen, schmücke ich sie mit der Anmerkung, daß der Verfasser leider immer noch von Zeit zu Zeit das tut, was man bummeln nennt. Ich bilde mir ein, sie werde gleichsam dadurch vielseitig, mit andern Worten mühsam oder bergig.

O, wie flog Kasimir im Sattel dahin, nämlich als Bursche einer hervorragenden Persönlichkeit, wehmutvoll von der Frau betrachtet, die dann leisen Schrittes still nach Hause ging, sich ans Klavier setzte, zu spielen begann und mit Zuhilfenahme einer Sonate von dem und dem Komponisten, dem Schaffenstüchtigkeit nachgerühmt werden durfte, vom Entschwundenen phantasierte.

Wie sie hieß, bleibe der Schweigsamkeit überantwortet. Möglich ist immerhin, daß sie eine «trotz allem dem» noch lockige Witwe war, die den schönen Irrtum beging, sie könne mit Glauben, Lieben, Sehnen und Hoffen den Gang ändern, den die Sättel- und Mützenlüftungsdinge genommen hatten und wohl auch fernerhin innehalten werden müssen.

Ob sich Kasimir mit diesem sich in so zarten Umrissen bewegenden Abbild begnügen wird, das durch Veröffentlichung sicher an Feinheit nichts verliert?

ADONIS

Vor zwei Damen, die ihn umständlich musterten, stand ein schöngestalteter, junger Mann. «Verstehen Sie dies und das?» fragte ihn die Mutter, die eine Kommerzienrätin war und kommerzienrätinnenhaft auf dem Sofa lag. Er gab etwas schüchtern zur Antwort:

«Ich glaube ziemlich an mich, und wenn mir Zeit gelassen wird, mich zu entwickeln, würd' ich so dreist sein und allerlei handhaben zu können meinen.»

«Nimm ihn schon um seines netten Betragens willen», warf die Tochter ein. Sie sagte das vom gardinenumhängten Fenster aus.

«Er wird anfänglich etwas dumm tun. Nun, dann kann man ihn schicken, und das würde Vergnügen machen. Ist es nicht entsetzlich, wie er wie die Ehrlichkeit selber aussieht? Ein bißchen liebe ich ihn. Weshalb soll ich das nicht vor ihm sagen? Siehst du ihm nicht am Gesicht an, wie gern er diskret ist? Es wird ihm an Respekt vor uns nie fehlen, auch wenn er sich über uns amüsiert. Sieh, wie seine Miene zu der Masse von Arbeit, die wir ihm aufzubürden denken, ja sagt. Er wird wenig sagen und um so eifriger dienen, hie und da unbehilflich sein, damit wir ihm überlegen sind. Schicklichkeitsgefühl vibriert um ihn herum. Seine sehr angenehm von Unwissenheit umschattete Stirn gefällt mir. Er ist von jenen Menschen, die wissen, daß es gegenüber gebildeten Leuten schön ist, ungebildet zu sein. Um dieser Weisheit willen ist er mir sympathisch. Ginge es nach mir, ich würde ihn schon hundertmal zu ärgern und unausstehlich zu finden versucht haben. Er eignet sich zum in seiner Gegenwart ungezwungen über ihn reden vortrefflich, denn er hat Ohren und doch wieder keine. Ich könnte ihn z. B. jetzt abküssen, und doch wäre es kein Kuß, obschon er mir vielleicht recht gut mundete. Er ist in bezug auf Langmut und Gelassenheit sehr unverschämt. Seine Geduld ist eine Beleidigung. Auf die Lobrede, die ich ihm da halte, ist er stolz wie Holz. Kommt er dir etwa nicht so vor? Ich meine, ein wenig unempfindlich? Wie ist's möglich, mit so einnehmender Gestalt so viel Mitgefühlsmangel zu verbinden? Liegt nicht in seinen Augen ein gewisses Quantum Klugheit und verdient er dafür nicht einen Blick über die Schulter? Wenn ich dran denke, wie oft mich seine sehr wahrscheinlich mit Verliebtheit vermischte Plumpheit veranlassen wird, mit dem Fuß zu stampfen, muß ich seufzen. Er ist in meinem Geist bereits unzähligemal angeherrscht worden. Seine Obliegenheiten werden ihn glücklich machen. Wir werden uns mit ihm blamieren. Er wird kaum imstande sein, uns auch nur fingerdünn zu vertreten. Jetzt verbeißt er ein vertrauliches Lachen, der Taktlose, dem man nicht böse sein kann. Ich gebe zu, daß er mir gefällt.»

Die Mutter sagte ihm: «Und ich seh' mich meinerseits genötigt, Ihnen zu eröffnen, daß wir nicht in der Lage sind, Gebrauch von Ihnen zu machen», wonach er sich verabschiedete.

Er ging in den Wald.

Dort warteten eigenartige Erscheinungen auf ihn. Wir verhehlen nicht, daß er Adonis hieß, und daß er nicht wußte, was mit sich beginnen, daß er aber darüber nicht in Verlegenheit geriet.

Wie er in üppig-wachsenden Pflanzen dahinging, ritt vor ihm die Phantasie auf schlankem Pferd. Sie war mit nicht viel anderem angetan oder umkleidet als mit nichts, was ihr zu hohem Vorteil gereichte, denn sie war eine Schönheit. Ihren Kopf schmückten lange, teils weiße, teils grüne Federn. Ihr Haar bat, man möchte glauben, es sei blond. Ihr Antlitz ersuchte um so wenig wie möglich Anteilnahme. So ritt sie langsam. Herrlich, wie ihr Leib im grünen Wald schimmerte, und wie sie sich auf sich selbst gerichtet zu haben schien.

Adonis sah einen alten Mann ein längliches Loch in die Erde graben, und auf seine Frage, was das bedeute, wurde ihm etwas sehr Nüchternes gesagt. Der Alte brauchte sein letztes bißchen Gelenkigkeit zur Erstellung seines Grabes. Adonis gönnte ihm den Rest Betätigung. O, wie sind schöne Menschen gemütlos!

Er ging weiter und kam an einen Platz, der einem grüntapezierten Zimmer glich; da stand ein Bett aus kostbaren Stoffen, darin sich ein Jüngling von ausnehmender Zartheit mit Stilliegen vergnügte.

«Wer bist du?»

Der Jüngling antwortete: «Ich bin ein Anhänger ungestörten Denkens. Eigentlich dichte ich schon, nur daß ich mir gar nichts daraus mache. Bei mir gibt es kein Aufnotieren von Einfällen. Zu essen brauche ich nicht; mich ernährt mein Atem. Sie erblicken in mir einen Menschen, der von Liebe lebt, wobei ich freilich an leiblichem Umfange abnehme. Ich gebe mich aber nur leichterer Beschäftigung hin, wie Sie sehen, einem Liegen. Ich bin in bester Gesellschaft, in der der Pflanzen, die zu vornehm erzogen sind, als daß sie eine Bewegung machen möchten. Vor lauter Ausgezeichnetheit reden sie nicht. Das berührt mich angenehm.»

Adonis lachte laut auf, daß es durch den Wald schallte. Nach wenigen Schritten, o weh, traf er eine Fremde an, die vergeblich Einlaß ins grüne Zimmer erflehte, den hartherzigen, witzigen Jüngling zu liebkosen, zu dem es sie hinzog. Adonis photographierte sie, indem er sie lieber nicht tröstete. Solches tut jedes am besten selber. Sie war von der Helligkeit ihres Schmerzes umflammt.

Adonis, ein wahres Wunder an Bosheit, ein so feiner, abgeklärter wie, man möchte sagen, abgefeimter Geschmacksmensch, spöttelte über Empfindungen; er badete seinen leuchtenden Körper in einem kleinen See, ganz im Dunkel, und von Zeit zu Zeit tönte es wie der Ruf einer Rose. Später, in der Stadt, gab er sich mit Hofieren ab. Seine Seele glich einem schwarzen, von Rätsellichtern funkelnden Diamanten. Seine Besorgnisse schienen ihm grenzenlos, weshalb er sich auch wohl in ihnen fühlte.

Er schwärmte für ein Bild, darin ein Knabe unverwandt die Augen auf seine Geliebte richtet. Oft dachte er an den Jüngling im prächtigen Bett. Er hatte mit Nichtsausrichten viel zu schaffen. Täglich freute er sich auf's Frühstück, wie einer, der eigentlich nicht das Recht dazu hätte. Seine Beziehungen zu den Gebildeten vernachlässigte er aus einem Bedürfnis nach Romantik.

Mich hat er nicht gern.

Wäre mir's drum zu tun, so nähm' ich ihn arg her. Ich überlasse ihn seinem Schicksal.

STILVOLLE NOVELLE

Ich schreibe diese diabolischen Zeilen mit einer Wonne, die von mir wie Likör geschlürft wird. Man ahnt hoffentlich schon allerhand. Ich ging, nicht ohne vorher Nietzsche gelesen zu haben, in eines von unseren Restaurants. Man scheint mich dort nun schon zu kennen. Herrlich, dieses Standhaftbisindentodhafte, mit dem ich eintrat. Meine Schritte schienen zu dröhnen. Ich langte ja auch in der holden Absicht an, eine Eroberung zu machen. «Eine Novelle muß erlebt sein», sprach ich mit einer an Felsenfestigkeit streifenden Vorsätzlichkeit zu mir. Von eisernen Entschlüssen erfüllt und von Opernmelodien durchfeuerteufelt, setzte sich die starke Persönlichkeit, die ich bin, sozusagen auf einen Stuhl der mir die Bereitwilligkeit selbst zu sein schien, mich zu ertragen. Kalt glitten meine Napoleonblicke durch die im Lokal versammelte, gar nicht unbemerkenswerte Eleganz. Aus meinen Augen klang ein Glanz hervor, der mitteilen zu wollen schien, ich hätte soeben Sätze zu verarbeiten versucht, wie zum Beispiel den: «Wenn du zum Weibe gehst, so nimm die Peitsche mit.» Ich darf wohl sagen, ich war mit intellektuellen Waffen aufs beste ausgerüstet. Da erblickte ich ein junges, nettes Mädchen, und sofort hatte ich Mitleid mit ihr, denn ich hielt sie für verloren, und in der Tat, es sollte sich zeigen, daß dem so war. Meine Blicke und die Blicke des Mädchens, das übrigens in Herrengesellschaft saß, fingen an, sich zu kreuzen. Wie sie mich düster anschaute, als sie die ungeheure Gutaufgelegtheit wahrnahm, die ich von mir ausstrahlen ließ. Meine sieghafte Frechheit machte mich lachen. Über mein Gesicht schlich sich eine Belustigtheit, und je vergnügter ich dreinschaute, in eine um so tiefere Zaghaftigkeit versank dagegen sie, die unter meinen Italianismen sichtlich zuckte. Meine Miene, ein Spiegel der Gefühllosigkeit, durchstach ihr das Herz. Mit lauter Stimme rief ich zu ihr hinüber: «Du ergibst dich.» Ihre Herren wurden unruhig. Köpfe bogen sich nach meiner unalltäglichen Erscheinung um. Sie raffte sich zur Entgegnung auf: «Niemals», aber indem sie das sprach, feuchteten sich ihre Augen, und ihre schönen Hände, mit denen sie eine Bewegung ausführte, als wenn sie sich schützen wolle, flehten wie um Hilfe. «Ha», tönte es in mir, «die Novelle schwillt an.» Die Gesellschaftsfrauen standen wie versteinert da, indes sie unfähig schienen, ihre Aufmerksamkeit nicht einem Schauspiel zu widmen, das sich vor ihren mehr als verblüfften Augen abspielte. Der Gastwirt war zufällig abwesend, sonst würde es zu seinen Obliegenheiten gehört haben, so unauffällig wie möglich einzuschreiten, das heißt, gegen eine Romantik Vorkehrungen zu treffen, die sogar mir überspannt erschien. In hervorragender Ungekämmtheit bäumte sich mein Haar hoch auf dem Kopf auf. Die dem Mädchen Gesellschaft leistenden Herren schwiegen: das weltberühmte Schweigen des Betretenseins, und in einem fort schossen Wogen des Lachens in gemessenen Abständen und mit wohlgezielter Wucht gegen dieses von Zartheiten überhauchte Engelsantlitz. Mir schien, daß ihr war, als sähe sie einen Riesen vor sich, während es doch nur ein sich auf der Suche nach Stoff befindlicher Schriftsteller war. Wundervoll glitzerten für den Helden die Leuchter. Man wird einsehen, daß ich damit niemand als einzig mich selber meine, und nun schritt ich in der Schrittart eines Salonmenschen aus der Zeit, in der die Salons und die Wälder usw. noch nicht allzu säuberlich voneinander getrennt waren, auf meine Auserwählte zu und sagte ihr, indem ich mich über alle ihre Umgestürztheiten neigte: «Du bist schuld, du!» Sie bestand in der Tat ganz nur aus einem gänzlich frisch aus den Himmeln der Überraschtheit gefallenen Erschrokkenheitsschnee und vermochte nichts zu erwidern.

«Komm!» befahl ich ihr.

Ihr dann nachher zu versprechen, ich bliebe ihr verpflichtet! Daß man in der Gutmütigkeit meist zu weit geht!

Ich teilte einem Zeitschriftenherausgeber meine Meinung mit, die an Offenheit nichts zu wünschen übrig ließ. Offenherzigkeit kann sehr rücksichtslos sein. Meine Ungeschminktheit tat mir sehr leid, sie schien mir aber dringend nötig. Ich wollte auch einmal mit der Wahrheit protzen. Ich tat das sehr ungern und zugleich gern.

Es war im Dezember, und ich wohnte in einem Musikpavillon. Mit dezemberlicher Dezentheit schimmerten aus ihrer Höhe und Ferne die Sterne in mein Gemach hinab, das ganz aus Glas erbaut war. Möbliert war das Zimmer denkbar einfach, worin ich mir erlaubte, in wundervoller Unbenommenheit an meine Geliebte zu denken. Die, die man liebt, und an die man denkt, sind schön. Der Boden draußen war mit Schnee bedeckt. Bevor ich mich schlafen legte, pflegte ich mitunter munter ein Viertelstündchen auf dem weißen Teppich zu tanzen, was weiter absolut nicht auffiel. Allabendlich ging ich zu zwei Mädchen, die mich interessierten. Sie lebten in einer Schenke, worunter ich höflich ersuche, sich nichts Unrechtschaffenes vorstellen zu wollen. Dort ging es den ganzen Tag ein und aus bis spät nachts. Eines der Mädchen nannte sich Mandolina. Ihre Augen glichen Mandeln. Ich gewöhnte mich daran, mit diesen Augen eine diskrete Unterhaltung zu führen.

«Höre, Mandolina», sprach ich eines Abends in vorsichtigem Ton zu ihr, zu dem sie Vertrauen fassen mußte, «deine Pflicht erscheint dir ein wenig sauer; sie ist es ja auch in gewisser Hinsicht. Du scheinst mir täglich in übler Laune. Etwas wie eine Störung, Trübung fährt schattig über dein Gesicht. Deine Haltung verrät Ermüdetheit. Da ich für dich fürchte, will ich dir einen Rat geben. Wenn du diesem Rat folgst, sollst du das schönste Mädchen der Stadt werden. Um dich zu beleben, denn alle Schönheit beruht ja auf den Aufgewecktheiten, mußt du in ein Liebesverhältnis zu Armida treten. Du mußt sie zu lieben anfangen und sie eine Zeitlang stärker und immer stärker lieben, bis du in eine gewisse Pracht von Liebe, in einen gewissen Liebesreichtum gekommen sein wirst; auf dieser Höhe mußt du dann zu beharren versuchen. Du wirst dann gleichsam elektrisiert sein. Fortwährend wird es in dir fröhlich musizieren. Statt bloß zu gehen, wirst du schweben. Dein ganzes Wesen wird singen. Du wirst auf jedermann den Eindruck einer Harfe in Mädchenform machen. Das was man so mit Herren Karessieren nennt, genügt nicht, um dich in den Stand zu setzen, die goldene Apollo-Mitte deines Ichs zu finden, diese Nilbarke, diesen Schlüssel in den Bräutlichkeitszustand.» «Auf was für eine Art und Weise soll ich sie lieben? Blind und ohne Fassung?» fragte sie mich.

Ich antwortete: «Bald voll Gefaßtheit und bald fassungslos, wie's dir eben gelingt, wie du's verstehst, und du wirst es schon verstehen lernen. Du mußt vor ihr in die Demut sinken, vor ihr tanzen. Du wirst dich in einen Traum hinaufheben. Den ganzen Tag wirst du an dir zu arbeiten haben. Die mannigfaltigsten Gedanken werden dich durchzucken. Die Flügelchen deines so hübschen, meinetwegen bildhübschen Näschens werden in einem fort beben. Du wirst zu einem Mädchen mit Goldaugen avancieren. Weißt du, von wem die Geschichte dieses Mädchens ist?»

Auf ihre Bemerkung, nein, sie wisse es nicht, machte

ich sie mit dem großen Namen Balzac bekannt.

Armida hatte uns inzwischen aufmerksam beobachtet. Nachdem ich von Mandolina das Versprechen erhalten hatte, sie wolle sich mit allem Eifer an die Aufgabe machen, ging ich zu Armida und teilte ihr mit, wozu ich ihre Kameradin encouragiert hätte. Sogleich warf Armida auf Mandolina einen zündenden Blick voll Aufforderung, sich sogleich vor ihr zu demütigen, d. h. sich ihr zu unterwerfen, und von dieser Minute an begann ein Spiel der Heraufzauberung eines stillen, bedeutenden Verhältnisses.

Nach acht Tagen war Mandolina die schönste weibliche Erscheinung, die es weit und breit gab. Wenn sie so einherging, glich sie einem sonnenbeschienenen Fluß. Sie strahlte; jede ihrer Bewegungen war von der besten Art von Anmut. Von da an war sie nicht anders mehr als fröhlich, und ein Benehmen, eine Bildung kamen über sie; ich tat während dieses ganzen Winters nichts, als beiden Mädchen den zartesten Anteil schenken. Sie unterhielten sich, sooft sie Gelegenheit dazu bekamen, aufs schicklichste. Niemand, nicht einmal eine Maus, merkte etwas vom geheimen Gleichnis ihrer Beziehung, die für sie eine Wirkung hatte, wie wenn sie täglich an Champagnergläsern würden haben nippen dürfen. Habe ich mich da nicht einfach für eine Art soziales Werk selbstlos eingesetzt?

Mandolina wuchs von innen heraus.

Sie bekam die süßeste Schlankheit, etwas von der Reinlichkeit und Feinheit einer Birke, was vielleicht ein bei weitem ungenügender Vergleich ist.

Ich unterließ nicht, mir zu sagen, daß beide Mädchen meines Beiseins bedurften, um miteinander zu spielen.

Mädchen wünschen dirigiert zu sein, und wer könnte sie besser leiten als der, der sie auf ihre Fähigkeiten aufmerksam macht, und den es freut, wenn sie blühen?

Ich blieb eine Zeitlang, von Anfordernissen abgehalten, von der Schenke fern. Als ich wieder einmal hinging, fand ich Mandolina gelangweilt. Sie schaute mich mit einem Blick an, worin ein Vorwurf lag, der mir zu sagen schien: «Du hast uns vernachlässigt.» Leider hatte ich es von nun an immer furchtbar eilig. Meine Beschäftigtheiten stritten mit aller Entschiedenheit gegen die sublime Bemühung, Goldaugenmädchen hervorzubringen.

Lachend trank ich mein Glas Bier aus und ging.

BRIEF DON JUANS

Ich war gewöhnt, Herzen zu betören. Seelen lieferten sich mir aus. Ging ich durch die Straße, so kam's mir vor, ich sei bekleidet mit der Seide und dem Samt sehnsüchtig mich anschmachtender Augen. Das war gewiß ein Vergnügen, ich marschierte, stolzierte wie beflügelt. An die Folgen meiner Aufführung dacht' ich nie, das schien mir nebensächlich. Ich hätte gelacht, wollte mich jemand darauf aufmerksam machen. Nicht daß ich heute etwa «fromm» geworden wäre. Frömmigkeit? Ich will daran vorbeigleiten. Don Juan, wo ist deine bisherige Haltung, der Glanz, der Schimmer des Benehmens, womit du hinrissest? Setzt' ich den Champagnerkelch an die Lippen, denen Witz, spöttische Bemerkungen entglitten, so war ich hinreißend. Was fiel mir nicht alles ein, und nun fällt mir ein, Dich zu lieben. Für mich ist das ganz neu. Kannst Du Dir vorstellen, ich glaube an Dich, wie an einen Engel? Ich will nicht «rettender Engel» sagen, weil was Pietistisches dabei mitklingt. Ob ich wirklich nötig habe, gerettet zu werden? Immerhin fänd' ich's scharmant, mich von Dir «bekehren», eines besseren belehren zu lassen. Übrigens geschieht das schon durch Dein bloßes Erscheinen: ich war bekehrt, da ich Dich sah. Soll ich von Reue reden? Erlaß mir das. Es genüge Dir, zu hören, daß ich Dich erstens verehre, zweitens beinah anbete, drittens innerlich zum Leitfaden gemacht habe, viertens entschlossen bin, mich Dir an die Hand zu geben, wenn Du nicht dächtest, Dich damit zu beschädigen. Ich bin weniger schlimm, als ich selbst nachgerade dachte, und zugleich allerdings wieder schlimmer als mir möglich gewesen ist wahrzunehmen. Sich selbst sieht man entweder schlechter oder besser, als man ist. Wirkliches zu durchdringen, ist darum schwer, weil jeder von uns eine Art verdeckender, verheimlichender Poet ist. Poesie ist uns allen sowohl Freundin wie Feindin. Ich will Dich heiraten, wenn Du willst; wenn Du mich aber lieber ungeheiratet läßt, soll's mir auch lieb sein, denn ich liebe Dich und stehe zu Deinen Diensten. Wenn ein Don Juan das sagt, will's etwas heißen, er muß tiefer von der Dringlichkeit redlichen Wollens gegenüber denen überzeugt sein, die er flüchtig genommen hat, als die, die ihnen Achtung schenkten und sie ernst nahmen. Mir beliebte geringzuschätzen und zu genießen, nunmehr beliebt mir zu respektieren und zu entsagen, was ich natürlich nicht ohne Lachen tue, das ich in mein Don Juanisches Selbstbewußtsein gewissermaßen hinabfallen lasse, wo es mir vortrefflich aufgehoben scheint. Vielleicht gefällt Dir dieser Brief, der eine Beichte enthält, ohne allzu demütig zu sein. Wer Elvire küßte und sie auch noch sitzen ließ und so manches Vergnügliche trieb, kann nicht zur Unterschätzung seiner selbst gelangen, womit ich andeute, daß Dich kein durchaus Geringer in den Himmel hebt und Dich so mit Zärtlichkeiten umschmeichelt, daß Du zu bedauern wärest, wenn genannte nicht aufrichtig wäre. Du schautest mich mit mißtrauischen Augen an, das bewies mir, daß Du für mich etwas empfindest. Du kennst mich und kennst mich noch nicht Ein wenig mißachtest Du mich. Das wäre mir erstens quasi spaßig, zweitens bin ich in dieser Hinsicht mit Dir einverstanden, da auch ich mich, neben der Hochachtung, die ich vor mir habe, ein wenig verachte. Ich möchte Gutes tun und wünschte, daß Du's empfingest, falls Du Dich zur Entgegennahme herabließest, was nirgends geschrieben steht. Obwohl ich immer an mich glaubte, war ich nie hochfahrend, indem ich gemeint hätte, ich sei für jede schmackhaft. Bin ich es für Dich, so nimm mich, wenn nicht, so gib mir das Recht, anderswo anzuklopfen, aber zu Dir Einlaß zu finden – vergib mir, wenn ich gegen meine Gewohnheit warm werde und eine Freude äußere, die eines Unerfahrenen würdig ist. Auf echter Liebe Gebiet bin ich ja in der Tat ein totaler Neuling, also gewissermaßen jung, wenn man so will. Mir ist, ich hätte überhaupt noch nie geküßt. Du versuchtest neulich, mich ungeduldig zu machen. Wie reizend Du die Nachlässige spieltest! Das Geduldigsein beglückt mich. Ist's möglich? Bin ich nun ein anderer? Bin ich noch Don Juan? Nein, ich weiß von dem nichts mehr. Die Rolle ist ausgespielt. Etwas ist zu Ende, und etwas anderes nimmt seinen Anfang.

BRIEF EINES EUROPÄERS

Ich bin gegenwärtig von solch einer Geläutertheit und Ruhe. Seelisch scheine ich mir nun schon fast zu ausgeglichen. Es befremdet mich beinahe. Ich lese Zeitungen, weil es viele zudringliche Bücher gibt, die zu viel sagen, was man schon weiß. Die Zeitungen muten mich poetisch an, weil sie mich von Wirklichkeiten unterrichten. Es ist etwas in mir, das mir verbietet, zu phantasieren, oder mir wenigstens warm empfiehlt, es zu unterlassen. Ich phantasiere auch nicht von Dir, da ich das für eine Sünde halte, und hier schreibe ich Dir nun, indem ich Dir so aufs geratewohl bekenne, daß ich Beziehungen mit einer Frau habe, die die beste Meinung von mir hat und die über eine Schar von Damen befiehlt, die ihr dienen, und die deshalb kaum Damen genannt werden können, sondern eher den bescheidenen Titel Arbeiterinnen zu verdienen scheinen. Diese Frau hängt sehr an mir, und Du wirst mir das doch wohl kaum zu verübeln wagen, das heißt wagen dürftest Du es schon, aber was nützte es Dir, und was würde Dir schaden, was mir angenehm ist und Dich nicht behelligt? Ich bitte Dich, mir die Offenheit, die in diesen Worten liegt, zu verzeihen. Nicht wahr, Du sehnst Dich nicht nach mir, aber wovon ich sprechen wollte: ich neige jetzt sehr zur Europäerei.

Du darfst mich in Zukunft als einen echten, das heißt unzweifelhaften Europäer betrachten, und wenn es zu einer Aussprache zwischen uns kommt, wirst Du die Ehre haben, Dich mit einem Menschen zu unterhalten, der zum Beispiel schon Anatole France las, von dem Du vielleicht nicht weißt, daß ihn alle Gebildeten hochschätzen, weil er ein ausgesprochener Menschheitsfreund war. Ich wohne zurzeit ebenso europäisch wie komfortabel, das heißt in einem Zimmer, das die Bezeichnung Saal verlangen würde, wenn es mit Sprachbefähigung ausgestattet wäre. Das Gemach verhält sich aber sehr schweigsam, den ganzen Tag sind die Fenster offen, ich höre das Geklapper von Hufen, die mit Eisen beschlagen sind, das ist so heimelig, und dann wollte ich Dir ja mitteilen, daß Du mir nach wie vor lieb bist, obschon es sich eigentlich für einen Beherrscher aller seiner Wesensteile nicht schickt, zarte Geständnisse abzulegen. Auf meinem Tisch liegen Schriften bedeutender Autoren. Meine Schränke sind hoch, nicht ohne daß es ihnen an der entsprechenden Tiefe fehlt; ich kann da alles säuberlich aufbewahren, was meiner Feder entströmt, bis ich es einem Abnehmer verkaufe, der jeweilen glücklich ist, wenn ich ihm Geschriebenes zu vernünftigem Preis übergebe. Schon wurde viel über Dich gedichtet, denn Du bist ja von allen Personen, an die ich denke, die Hauptperson und spielst als solche in Editionen eine hervorragende Rolle. Ob Dich das freut, kann ich unmöglich wissen, weil wir uns noch nie Gelegenheit gaben, zusammen zu sprechen. Im allgemeinen dürfte Dir aber kaum mißfallen, was ich von Dir habe drucken lassen, obschon Dich vielleicht bei einigen Beschreibungen eine Art Mißvergnügtheit berührte, wie ich mir mit einem Vergnügen vorstelle, das zunächst nur ich verstehe. Die geliebten Personen vermögen mitunter nicht in das Freudenreich derer einzudringen, die ihnen liebend ergeben sind, und die Liebenden sind ja die viel, viel Glücklicheren als die Geliebten, das wird Dir einleuchten, und zwar, wie ich denke, ohne weiteres.

Ich bin, wie gesagt, viel ruhiger geworden. Einst beunruhigte ich Dich mit meiner Unruhe. Du blicktest mich an, als sähest Du in einen Dir mit seinem Dickicht Beklemmung einflößenden Wald, aber ich möchte glauben, der Wald sei gelichtet worden, womit ich von meinem Gemüt rede, das heute einer hübsch tapezierten Stube gleicht, während es zur Zeit, da wir uns gegenübertraten, mit einer mondlichterfüllten Mansarde eine vielleicht unwünschenswerte Ähnlichkeit besaß. Damals hatte ich mich eben noch nicht in die Halle des Europäertums hinaufgeschwungen. Ich benahm mich ja denn auch häufig Dir gegenüber ziemlich unzivilisiert, mit welchem Hinweis ich vor Dir dastehe wie einer, der sich gleichsam entschuldigt, ohne die Geschmacklosigkeit zu begehen, viele Worte zu verlieren. Aber wie schön ist's, daß ich all' diese Zeit über etwas wie Dein dienender Ritter habe sein dürfen, ohne Dich in dieser Angelegenheit erst noch lang um Erlaubnis haben fragen zu müssen, d.h. ich habe ein Büchelchen geschrieben und in die Öffentlichkeit breiten lassen, worin Du gewissermaßen auf einer Bank unter Blättern sitzest, die Dich umlispeln, die Dir jedenfalls, eines wie das andere, freundlich gesinnt sind, die Dir so viel Glück wünschen wie ihr begeisterter Verfasser. Du vermagst Dir den Umfang und die Wahrhaftigkeit der Begeisterung, die Du in mir hervorriefest, gar nicht auszudenken; ich mute Dir auch niemals zu, daß Du Dich darum abmühtest, das wäre eine zu beschwerliche Aufgabe. Die Ritterlichkeit untersagt mir, zu wünschen, Du müßtest fassen lernen, wie ich Dich umwarb, in welchem hohen Grad ich Dich, man kann sagen, anbetete, obschon dies Wort zwar ein bißchen trivial klingt.

Ich begehrte damals aufs innigste, Dich zu küssen; weil sich mir nun dieser Wunsch nicht erfüllte, zog ich mich in die «Zurückgezogenheit zurück», ließ alle Zärtlichkeit, von der ich die Idee nährte, sie sei ein Kind, dem Du nicht hold seiest, in alle jene Zeilen fließen, die ich schrieb, damit mich etwas beschäftige, und diese Zeilen fanden dann den Weg zu den Gebildeten, von denen sie gelesen wurden. Selbstverständlich weiß niemand, wer Du bist, denn Du wirst Dir ja denken können, mit welcher großen Sorgfalt ich jede Art Diskretion bei dem Geschäft wahrte, mit welchem ich mich befaßte, und ob ich diesen Brief hier der Post übergebe, ist mir im Moment noch nicht bewußt, denn es ist bei aller Freundschaft zu Dir eine Stimme in mir, die nicht unterläßt, mich vor Dir zu warnen, nämlich insofern, als sie mir sagt, Du seiest, ich will nicht glauben gehört zu haben, rachsüchtig, aber mir gegenüber völlig lieblos, habest es auf Entwürdigung abgesehen, seiest nicht genügend disponiert, nicht mit der Voraussetzung ausgestattet, mich zu achten, vielmehr komme es Dir lediglich darauf an, mich in irgendwelcher Art und Weise zu beirren. Wie gerne möchte ich Dir hiermit Unrecht angetan haben, wie gerne möchte ich vor den Instanzen der Bildung berechtigt sein, kindlich an Dich zu glauben, und ich tu's ja auch, aber es gibt Leute, die in solchen Dingen bestimmte Auffassungen haben, diese Leute sind angesehen, dieser angesehenen Leute Meinungen gilt es zu berücksichtigen, und hier bin ich beim Europäertum angelangt, zu dessen Mitgliedern ich mich vielleicht unbefugterweise zähle, aber es ist nun einmal so, auch wenn man's kaum für möglich zu halten imstande sein wird, und so einem Europäer, wie ich heute einer bin, ist manches nicht erlaubt, was sich ein unverantwortlicher Harmloser herausnehmen darf. Ich bin also jetzt nicht mehr ganz so harmlos wie einst, ich fühle mich nach der und der Seite hin gebunden, meine Augen dürfen nur unter der Bedingung zu Dir hinaufleuchten, daß Dir bewußt sei, wer ich bin, daß Du wissest, daß ich einen Wert darstelle. Ich will, mit einem Wort, geehrt sein. Auch die Liebenden haben heutzutage so ihre Würde, und ich rede hier ganz einfach die Sprache der Zeit, in der ich lebe, und ich werde nie eine andere küssen, ehe ich Dich noch nicht küßte, und doch küsse ich Dich nie, bevor nicht auch Du Dich als Europäerin entpupptest.

Wenn Du dies in die Wege leiten willst, so sei so gut und sage es dem, der Dich nicht anders küssen kann als gut europäisch, was so viel heißen will, als ehrbar, denn die Stunde ist gekommen, wo es keinem Treuen und Hingebenden mehr freisteht, geringschätzige Behandlung entgegenzunehmen, er fühlt sich vor dem Forum der Verbundenheit mit allen, d.h. vor der Gesellschaft zu jeder etwaigen Erklärungsablegung verpflichtet, indem er jederzeit zu enthüllen entschlossen ist, was in ihm vorgeht. Dies Schreiben tut mir ja sehr, sehr leid; auch ich bedaure ja, daß niemand mehr ausschließlich sich selbst gehört. Wir müssen uns alle auf lange Zeit hinaus gleichsam bewachen. Daß es so kam, mag ja schade sein. Wessen unterfinge sich heute noch ein fröhliches Herz? Ich will mich bei allerlei klugen Leuten zuerst erkundigen, wie weit ein Herz in seiner Herzlichkeit gehen darf. Du wirst so lieb sein, Dich bis dahin zu gedulden, denn daß Du lieb bist, daran zweifle ich nicht, aber ich zweifle ebensowenig daran, daß auch ich lieb bin, Du siehst das vielleicht noch nicht ein. Man darf heute keine so offene Freude mehr zeigen. Denke doch dran, wie viele Leute krank sind, wenn ich befugt bin, Dich an etwas zu erinnern. Wie konnte diese Kluft zwischen uns entstehen, und wo liegen die Möglichkeiten, daß sie sich zuschließt? Ich säh' Dich gern einmal etwas Gutes tun. Wer ist noch gut? Wer hat noch den Mut zur Güte? Um eines bitte ich Dich, verschwende keine Mühe, mir zu imponieren, denn dann müßte auch ich scheinen, was ich nicht bin, und solche Fälle gab es für mich schon viele. Alles das ist so wenig. Wer wird denn das küssende Lieben in heutigen Tagen anders als nebensächlich nehmen, als etwas, das uns nur geschenkt ist, und wer wird nicht die großen Mahnungen, die kein Vergnügen sind, am höchsten lieben?

DER ABENTEURER SCHREIBT

Ach, wie Du's gar nicht weißt, wie der Abenteurer, dieser Gefühllose, Leichtsinnige, Dein Diener und Freund und Dein Kind ist, und Du fällst ab, Liebe! Trauerst Du, und um was tust Du das? Dieser kleine, freche und vielleicht ein wenig verlogene Brief küßt Dir die Händchen, und die Wölklein, die jetzt am Himmel stehen, sehen aus, als seien sie mit meinen Worten so sehr einverstanden, wie es ja auch bloß zufällige Wörtchen sind, Momentgeborene, aber die Momente unseres Lebens sind überaus kostbar; sie sind viel kostbarer und auch weit ernster, als alle ernsthaften Betrachtungen dies in aller Geschwindigkeit einzusehen vermöchten. Die Betrachtungen marschieren müde, gequält und infolgedessen langsam, während die Einfälle, die aus dem Moment steigen, beflügelte, selige Engelchen sind, weshalb man sie ja auch goldene Eingebungen nennt, und man muß wünschen, daß diese Geschöpfe zu großer Macht gelangen würden, und nun magerst Du mir etwas zu sehr; etwas mehr Körperfülle schadete Dir nicht, und etwas mehr Fülle, Rundung des Denkens in die Gewöhnlichkeiten des Tages hinab, hinein und hinauf, denn der Alltag hat seine Tiefe und seine Höhe, sein Gemeines, sein Hohes, sein Unschönes und sein Schönes, sein Hartes und Weiches und seine Aussichtslosigkeiten und seine reichen und lachenden Aussichten, und die unbedeutendsten Gespräche können von der größten Bedeutung sein. Ich weiß, daß Du stets vor Deinem Gesichte etwas siehst, zu dem Du Dir angewöhnt hast, zu hauchen oder zu sagen: «Liebster», aber dieser Liebste zerschneidet Dich, während Du nur den Mut und das bißchen Laune zu haben brauchst, zu ihm zu sagen: «Ich möchte ganz sein.» So, wie Du bist, bestehst Du aus Auseinandergetriebenheiten. Setze Dich mit Hilfe dieser Botschaft, die ich Dir meinetwegen kniend überreiche, indem ich Dir sage, daß Du schön bist, wieder zusammen, lüge Dich an, wenn's Dir nicht gelingt, zu blühen, indem Du Dir die Wahrheit sagst. Niemand kümmert sich um das, was Lüge ist, und um das, was eventuell Wahrheit sein könnte, denn jeder kümmert sich um schöne, geschliffene Erscheinungen, die den Stolz unseres Straßenlebens bilden, und mit denen man ein Theater, einen Konzertsaal oder sonst welchen Gesellschaftsraum zu betreten wünscht. Gewinne die verlorene Selbstbewußtseinsfarbe wieder.

Wie? Wenn Dir eines Tages die Trauer, die nachgerade von zu langer Dauer sein dürfte, nichts mehr sagte? Aber nun fällt mir plötzlich nichts mehr ein. Mein Name ist übrigens ein sehr altertümlicher, ich heiße Ignaz, und ich bin Generalbevollmächtigter der Vereinigten Staaten von Bishernochnichtrechtklar, was ein sehr schönes, sehr eigentümliches Land zwischen den Ländern ist, ein Gebilde voll Stimmung. Du siehst momentan sehr stimmungslos, reizlos aus, wie eine Gedemütigte, die nicht gern ist, was sie ist, und die nur dann sein wird, was sie sein könnte, sobald sie sich so betragen lernt, daß ihr Ich einverstanden sein wird mit ihr, mit welchem gewagten Satze ich die vorliegende Adresse mit einem Hin- und Herrutschen auf dem Stuhl beschließe, der Empfängerin so wenig Glück wie möglich wünschend, damit sie das Glück schätze, denn wenn's uns nicht gut geht, fängt es leise an, uns in Wirklichkeit ausgezeichnet zu gehen. Wenn wir unglücklich sind, können wir plötzlich unsäglich glücklich sein. Du scheinbar nicht Glückliche scheinst überhaupt noch nicht zu ahnen, was Mißgeschick ist. Wenn Du diese Epistel in Dich aufgenommen hast, so hebe Dein Röckchen und senke dieses Geschriebene in den reizendsten Abgrund, den es gibt, in Deinen Strumpf, und zwar möglichst so, daß Dir jemand dabei zuschaut, man muß Effekt zu machen suchen. Mich aber kenne nicht! Ich würde verdorren, mich verlieren, wenn mich alle diejenigen achteten, die Ursache dazu haben. Bereits erwies ich einer andern eine aus der hohen Schule der Courtoisie abgesandte Artigkeit, und ich habe doch auch geweint, und wenn ich daran denke, so bin ich belustigt, und heute ist mein Auftreten klarer, freundlicher, unvoreingenommener als je. Es gibt so viele Gottheiten für uns, als es Augenblicke in und um uns gibt. Die Schar der Möglichkeiten, beeinflußt zu werden, ist unabsehbar. Sorge dafür, daß Du schön wirst. Wenn Du schön bist, gefällst Du; wenn Du gefällst, bist Du lieb; wenn Du lieb bist, hast Du Freude an Dir und bist mit andern und Dir zufrieden. Es hätte dies übrigens ein sehr langer Brief werden können. Ich verschwieg Geistesreichtümer, deren Ausbreitung Dich vielleicht entzückt hätte, aber die Feinheit des Mitteilens fordert von uns den Geschmack an der Freiheit, dieses auszusprechen und jenes die Kraft zu haben, für uns zu behalten, einiges gedacht zu haben, um anderes in die Vergessenheit zu schicken, die sich öffnet und schließt, und worin viel mehr Licht ist, als in allen unseren Ausführungen, die von höchster Schwungkraft schimmert.

Deute das, wie Du willst und kannst, und wenn ich Dich grüße, so kehre mir den Rücken, Du tatest es schon einmal so, und es sah gut aus. Verliere nie die Lust, auszuprobieren, auf welche Art es Dir gelänge, vollendet zu scheinen.

DIE BÜFFETDAME UND IHR PAGE

Ungefähr ums Jahr Elfhundert, also so recht hübsch mitten drin im Frühmittelalter, begab ich mich, falls du das zu glauben vermagst, mein sehr lieber und hochgeachteter Freund, in meiner Pageneigenschaft zu meiner Herrin, die hie und da telephonische Anfragen entgegennahm, indem sie den Hörer ans zarte und feinstausgebildete Ohr legte. Sie war Büffetdame, und wenn sie nicht Bühnenkünstlerin geworden ist, so ist offenbar das neidische Schicksal schuld daran. Schade war das ja auf alle Fälle, denn sie besaß in jeder Hinsicht das Zeug, will sagen, die Begabtheit zur Tragödin. Nicht unhäufig umstanden Nationalräte und sonstige Leute von Wichtigkeit den Platz, auf dem sie thronte, um Artigkeiten an diese Gestalt zu richten und dieses Gesicht, das einem Gedicht glich, gleichsam vorübergehend, auf ihre Art und Weise anzudichten. Fast jeder noch so realistische, praktische Mensch fängt ja an für Poesie empfänglich zu werden, wenn er solch einem Gemisch von Melancholie und Lust, von Anständigkeit und Reiz und ich weiß nicht, was sonst noch, gegenübersteht. Reisende warfen ihr frische, prickelnde Witze aufs Pult, an welchem sie schrieb und sich selbstverständlich dann und wann langweilte. Meine schöne, und man wird sagen dürfen, hohe und schwierige Pflicht bestand darin, daß ich so vor ihr stand und mit den Augen die Anfrage an sie adressierte, ob sie irgend etwas von mir wünsche, ob sie mir etwas zu befehlen, d.h. vielleicht einen Auftrag zu erteilen habe, aber jedesmal lehnte sie das dankbar, unter einer gewinnenden Geste, beinahe der Wehmut, ab, und nie schien sie von meinen unzähligen Dienstfertigkeiten Gebrauch machen zu wollen, versichernd, daß ich der artigste Page der Welt sei, die ja im zwölften Jahrhundert noch nicht so umfangreich war wie die heutige, amerikalängstentdeckthabende.

Wie ernst sie mich anschaute. Sie spielte mir gegenüber gern die Verlassene. Aber ich durfte ihr nie zu verstehen geben, ich verstände sie. Ein solches Eingehen, Eindringen meines Verständnisses in ihre Rätselhaftigkeiten würden sie beleidigt haben. Immer, wenn ich sie sah, lachte ich, zwar natürlich nicht laut, nur so in mich hinein und still aus mir heraus. Mein Lachen glich an Unhörbarkeit einem überaus leisen, feinen, schmeichelnden Glöckchen. Herrinnen dürfen niemals lachen, wenn Pagen das tun. Diese von Zeit zu Zeit suppenschöpfende, bratwurstkontrollierende Herrin hier aber vermochte kein einziges Mal meinen Lustigkeiten total zu widerstehen. So ungern sie es tat, mußte sie allemal einem schwachen Lächeln die Erlaubnis geben, ihre Lippen zu umspielen. Es war ihr unmöglich, ihre Würde gänzlich zu wahren. Ich durfte also das Vergnügen haben, sie wegen mir ihrer Rolle untreu werden zu sehen, und kein Direktor einer Versicherungsgesellschaft ist imstande, zu sagen, ich hätte nicht triumphiert, wo ich vielleicht ranglich wenig dazu berechtigt gewesen sein mochte.

Seit neunhundert Jahren sitzt sie nun schon an ihrem Äbtissinnenplatz.

Inzwischen war ich dichterisch recht fleißig.

Mein kleiner Finger redet mir in einem fort vor: «Sie denkt an dich.»

WENN SCHWACHE SICH FÜR STARK HALTEN

Selten ließ sie mich zu einem Wort kommen; wenn ich eines aussprach, achtete sie gar nicht darauf. Vielleicht hat sie mich von jeher absichtlich vernachlässigt, weil sie mich glücklich sah. Meine Augen mußten mich ihr verraten. Schon zu Anfang meiner Beziehungen zu ihr, die seltsam sind, schenkte ich ihr Veilchen. Sie ließ sie zu Boden fallen, ich flink wie ein Wiesel auf das Fallengelassene zu, sie hielt die Hand, die schöne, still dar, damit ihr das Bouquet zum zweitenmal überreicht werde, und küßte, küßte? Nein, berührte bloß, berührte? wiederum nein, atmete bloß heiß und dumm, man ist immer dumm, wenn man heiß ist, ihre Finger an. Oh, ich war selig: die Finger, in die ich hineindrückte, was da duftete und mich einige Rappen gekostet hatte, die blöden

Blümchen, denen ich an Blödigkeit und treulicher Liebhaberei glich. Ich duftete wohl selber auch vom Duft und von Wünschen, ewig dem Mädchen lustig, knabenhaft zu dienen und für die Dienste halbe oder ganze Schalksmienen zum Dank einzustecken. Es war etwas Liebes, wunderbar Liebes, und dabei etwas sichtlich nichtswürdig Spitzbübisches an ihr, und ich liebte beide Teile; beides Wesentliche floß für mich in eines und blieb fortan in meiner armen Teufelsseele bildlich-unzertrennlich, daß man mich hätte zerschneiden müssen, um den eingesogenen, eingefangenen Schatz hervorzugraben. Gerne, ach, zu gerne würde ich dieses mein Leben hingegeben haben, nur hielt ich es zum Aufopfern für zu schlecht. Wie gesagt, sie überließ mich im Salönchen meistens mir selbst. Einmal ließ sie ein Büchelchen Papier, Nötchen usw., fallen, ich raffte sie mit dem Mund, dem höchsteigenen, auf; sie lachte über meine Fertigkeit und über die Fröhlichkeit, die aus derselben zu ihr hinaufstrahlte, zu der Hohen, die sie mir war. Ich sollte doch nicht so dumm tun, sondern bedenken, daß mich Leute sähen, setzte sie mich zurecht. Sie schien mich gerne zu korrigieren; ich wieder war mit unvergleichlicher Lust der Korrigierte und Zur-Redegestellte. Da brachte ich geringer Mensch in abscheulich-altem Mantel ihr unversehens Juwelen. Das war ein Abenteuer! Ediths Augen glänzten im Entzücken und Entsetzen, voll Hochachtung vor mir und wieder mit unnennbarer Geringschätzung. Das Näschen rümpfend und mich mit herausfordernder Fraglichkeit betrachtend, nahm sie den Schmuck ohne jedes Lächeln und ersuchte mich, ihr die Rechnung vorzulegen, damit sie sähe, daß die Kostbarkeit bezahlt sei. Ich tat, was sie verlangte und da war sie zufrieden, aber mehr mit sich als mit mir. Sie behandelte mich von da an liebloser, noch bedeutend schlechter als vorher. «Ob ich Ihnen wohl die Hand jetzt küssen darf», wagte ich sie zu fragen. «Was bildet sich der Herr da ein», war alles, was ich von ihr zu kosten bekam. Vor ihrem Blick schlug ich den meinigen nieder. Ich muß beifügen, daß ich die Demut zum Teil zu meinem Vergnügen nur spielte. Es war so süß für mich, sie so recht mutig, hochmütig zu machen. Man gönnt den Zarten gern das Glück, sich allerlei einzureden, an eine Stärke zu glauben, die sie nicht haben, die sie bloß vom Gutmütigen geborgt bekommen. Schwache sehen so hübsch in der Einbildung aus, sie seien die Starken. Edith «interessierte» mich einfach kolossal.

Liebe ist ein zu schönes Wort, als daß ich's leichtsinnig in den Mund nähme; ich möchte, was es bedeutet, lieber nur empfinden…

EDITH UND DER KNABE

In meiner Bude, hol's der Teufel, ist's ja ganz schön, aber manchmal dünkt mich, ich…

Sie ist schrecklich still. Sie soll aber auch kein Wort von mir erfahren. Ich will ihr trotzen, ihr nachahmen. Unglückliche, die wir beide sind. Ist sie etwa glücklich? Das wäre ein unangenehmer Gedanke. Wahrscheinlich ist sie's. Nun, dann muß ich's auch sein. Und wenn ich's noch nicht bin, muß ich mich beeilen, daß ich es werde. Neulich sah ich sie mit einem Herrn, der sie offenbar besitzt, beherrscht? Man weiß es nicht. Es ist so spannend, ein Mädchen zu lieben, das in der eleganten Welt lebt, umringt von Leuten, die sich aus den Artigkeiten eine Zerstreuung machen. Aber der Glaube versetzt mich immer in die höchste Ruhe. Vielleicht werde ich sie nicht mehr sehen. Ich halte sie für sehr schlecht und wieder für sehr fein und edel. Es kommt darauf an, wie man zu ihr steht. Ich beging ihr gegenüber einst einen starken Fehler, und da achtete sie mich. Ich ließ mich von Übellaunigkeit hinreißen. Man muß Mädchen gegenüber äußerlich höflich, aber innerlich hart sein. Sie lassen sich nur von Heuchlern überzeugen. Das finde ich furchtbar lustig.

O, wie ich dies Frühjahr sehnend herumging, sie suchte und mich über die Vergeblichkeit des Suchens freute! Ich armer Knabe halte mich zuweilen für geistvoll, zuweilen aber auch für recht blöde. Auf Regen folgt schönes Wetter, auf letzteres wiederum Regen. Eine Kirche ragt vor meinem Fenster in die Luft. Ich lasse mich aber dadurch eher in muntere als mißliche Stimmung versetzen. Ich trotze der Religion und ihren Lehren. Trotz macht fröhlich, und wenn's möglich ist, daß Edith fröhlich sein kann, mag ich nicht hinter ihr zurückbleiben.

Sie ist ein herrliches Geschöpf, das mir noch nicht einmal erlaubt hat, ein Wort an sie zu richten. Ich bin der richtige, aufrichtige Anbeter. Sie weiß es; meine Augen sprachen zu überzeugend. Das Dumme ist, daß ich sie nicht – begehre, sondern sie bloß entsetzlich liebe. Ich hoffe, diese Liebe sei die wahre. Wenn sie mir nicht vor dem Geist erscheint, bin ich trostlos. Sehe ich sie, so werde ich augenblicklich zum gediegenen Menschen. Oder meine ich das nur?

Aber ich gönne dem Mädchen diese Macht. Wäre ich Edith, so würde ich mich aufsuchen, aber sie denkt gar nicht dran. Ich würde nie gewagt haben, sie darum zu bitten. Die Bitte wäre ja auch abgelehnt worden. Ich finde sie entzückend, weil sie mich nicht mag.

Eine Frau, die ich zur Vermittelnden brauchte, hat mir zwar hinterbracht, Edith hätte gesagt, sie schätze mich. Doch kann die Hinterbringerin aus Geschäftsabsichten Falsches gesprochen haben; nur um mir etwas Lockendes ins Ohr zu sagen und mich damit gebefreudig zu machen.

Niemand weiß etwas außer dieser Frau von mir und ihr. O, wie ist sie bös, daß sie so lieb ist.

Am peinlichsten werden die Reizendsten. Wie hat sie mich schon unschuldigerweise gequält, aber wie mich das Quälen belebt hat...

Eben sah ich sie über die Straße gehen. Ich bin noch ganz paff, d. h. vom Eindruck verwirrt Das Abenddunkel verhinderte mich, sie genau zu erkennen; doch möchte ich annehmen, sie sei's gewesen. Sie schien mir diesmal gar nicht vornehm, beinah etwas ärmlich, vielleicht weil sie allein ging. Einzelne kommen uns einsam, arm vor. Aber ich werde Edith nie bemitleiden. Damit wäre ich anmaßend, würde sie schmähen.

Ich habe sie erhöht, nun soll sie auch oben bleiben; ich will sie unbedingt als über mir stehend ansehen, will vor ihr zittern, ich will, ich will das! Ob's ihr nun paßt oder nicht. Die Emporgehobene muß sich dem Untergebenen fügen.

Einige meinen vielleicht, so hätte ich nichts von ihr; ich aber weiß, daß ich nur so etwas von ihr habe. Es ist wichtig, daß jeder sich kennt. Ich lasse sie nicht wissen, wie ich ihr treu bin. Ihr einen Brief zu schreiben, habe ich längst beabsichtigt; öfter schon nahm ich Papier zur Hand, um mich ihr zu offenbaren, aber es ist mir lieb, daß ich's noch nicht tat. Man tut nicht gut, sich bloßzustellen, und dann bin ich auch stolz.

Der Stolz, der Hochmut in mir müssen ihre Nahrung haben. Diesen Stolz darf allein Edith anfechten; mir selbst aber erlaube ich's nicht. Wie leicht, wie angenehm wäre es, ihr alles mir in bezug auf sie Bewußte schlicht mitzuteilen. Das wäre wohl schon beinahe zu einfach. Ein zivilisierter Mensch darf nicht so gerade, so ehrlich, lautstimmig sein, sich vor keiner Enttäuschung, keinem Widerspiel, vor keinem üblen Zufall fürchten. Man soll jede Möglichkeit erwägen, schon im Interesse des Gegenstandes der Ehrfurcht.

Kann ich denn wissen, ob sie mich ihr überhaupt ergeben wünscht? Ob sie etwas von mir begehrt? Kennt sie mich überhaupt? Interessiert sie's, ob einer wie ich an sie glaubt, das Schönste von ihr hält, das Leben beinah für sie ließe, wenn sie's aufgeopfert haben wollte? Nichts widert mich mehr an als Voreiligkeit. Alles eher als das! So dumm hinspringen mit einem Sack voll Wärme, ihn über sie ausschütten, die vielleicht Kälte vorzieht, an sich warm genug hat, indem sie ziemlich sicher jemand liebt. Vermutlich tut sie das: muß ich da nicht besonders vorsichtig sein?

Mich liebt sie nicht. Sie hält mich für verdorben, unschmackhaft, untauglich, nimmt mich bürgerlich gar nicht ernst, verachtet mich, und sie darf das ruhig tun, wobei ich ja immer hoffe, sie irre sich. An einem Mädchen finde ich ja gerade rührend, daß sie sich leicht unrichtigen Anschauungen hingibt. Aber was heißt unrichtig anschauen? Sie beurteilt mich vielleicht ganz richtig. Ich wünsche sogar, sie hätte mit ihrer ungünstigen Einschätzung recht; ich wäre dann ganz, ganz tief unter ihr, mich dürstet ja nach Kleinheit, Niedrigkeit vor ihr, damit sie immer die Hohe bleibe, ich mein «Ideal» behalte, ohne welches ich freilich auch existierte.

Leben läßt es sich in jeder Lage. Ich kann sie entbehren, fürchte mich vor ihrem Verlust absolut nicht. Ich verlange, erwarte ja im Grund vom Leben nichts. Edith, die ich noch nicht mit dem kleinen Finger anzurühren wagte, bedeutet für mich ein Geschenk. Als sie mir eines Tages mit dem Kopf zunickte, schenkte sie sich mir, ohne mir irgend etwas zu geben. Sie ließ mich sie lieben, verbot mir nicht, sie anzuschauen, und je mehr ich das tat...

Sie behandelte mich gleich von Anfang an von oben herab und war zugleich sehr höflich. Wollte sie mich etwa unterrichten? Möglich wäre das schon. Ich wollte ihr etwas sagen, wie lieb sie mir sei, doch...

EDITH'S ANBETER

Rigolaio begehrte die unnahbare Edith hauptsächlich deshalb, weil sie in einem prunkvollen Hause wohnte und weil er Grund hatte, zu glauben, sie werde aufs sorgfältigste beschützt. Des Hauses vornehme Fassade irritierte ihn manchmal. Wir können ihn zum Glück als einen Knaben bezeichnen, den Schaufenster interessierten, in denen Korsetts usw. ausgestellt waren, und der einmal aus Perversität, d. h. mehr nur aus jugendlich-dummer Langeweile, einer Frau einen Kuß gab, die einen auffallend großen Kropf trug. Edith war edel, über diesen Umstand ärgerte sich der Flegel ebenfalls. «Er ist und bleibt ein Grobian», äußerte sich eine sehr achtbare Dame gelegentlich über ihn, und nun schritt er stolz-trotzig und zugleich leicht-gleichgültig vor dem Schloß auf und ab, dessen Türen er einst geöffnet hatte, um ins Innere zu treten und sich dort womöglich fein, d. h. wirkungsvoll aufzuführen. «Sie kamen gewiß nur irrtümlicherweise zu uns», war ihm gesagt worden. Da zog der Knabe in Gedanken seinen Revolver und schoß den Ungezogenen theoretisch zu Boden. In Wirklichkeit wurde er rot wie ein Schulbub, ließ den Kopf hängen, begriff die Lage sehr wohl, d. h. er sah ein, daß man seine Gegenwart nicht wünsche, und zog daher vor, sich zu entfernen, wobei er sich über seine Folgsamkeit amüsierte, die er verspottete. Er machte nämlich einen sehr unausgewachsenen, kindhaften, unfertigen, gleichsam um Schonung bittenden, nicht gerade schlechten, aber doch auch nicht guten Eindruck. Etwas Unsicheres haftete ihm stark an, und nun ging ihm dazu noch immer das Bewußtsein nach, daß er für Damenhandschuhe schwärme, was halt nur einem dummen Jungen passierte. Einem an seinen Fingern und Armen lange Lederbezüge mittragenden Mädchen drang er immer ziemlich mutig und doch gesetzt, unverschämt und zugleich doch wieder schüchtern nach, in der Hoffnung, daß ihn das Begleiten in gewissem Sinn bereichere. Hinterher ärgerte ihn dann alles das, d. h. wir wollen nicht gerade von Ärger reden, aber von Verwundern. Ja, es ist wahr, er staunte sich mitunter an, als bestände er aus Zweien, aus einem hochnäsigen Beurteiler und wieder einem von Blicken fixierten armen Schlucker, der den Verwunderten, Mißbilligenden schier vor Haß hätte erwürgen wollen. Leider war er immer sein Verfolger und Verdächtiger selber. Er verachtete sich um seiner Liebe willen. Liebe war entschieden etwas Blödes. Leiden, das ja mit Lieben immer ein bißchen verbunden ist, erschien ihm ganz einfach ekelhaft und saudumm und dann doch beinah wieder gottvoll. Doch wie stellen wir es an, ihm eine zu putzen, daß er laut aufschreit? Sein Zittern, Zagen macht uns nämlich Spaß! An nichts haben wir solche Freude, als an der Irreführung eines sich nicht auf ganzer Linie Beherrschenden. Wir wissen und können dreist sagen, er lecke Löffelchen ab, die vorher von Witwen zum Kaffeetrinken benützt wurden. Ein solches Mondkalb kam uns bisher noch nicht vor, wobei wir ihm einen kargbemesssenen Intelligenzgrad nicht absprechen. Man kann eine Damenmündchen bezaubernd findende Intelligenz besitzen, hieran zweifeln wir keineswegs. Edith wußte hievon nichts, doch sie wird's wissen, denn wir werden ihr diese ihren Rigolaio wahrheitstreu abhandelnden Zeilen bestimmt zu lesen geben und uns an ihrer Qual, daß ihr Liebhaber eine Art Küchenbursche ist, nicht satt genug weiden. Sie soll sich alsdann kein Gewissen mehr machen, ihn zu verlachen, aber sie wird das nicht tun. Diejenigen, die man verlästert, haben meistenteils gewonnen, wo man geglaubt hat, ihnen den Gnadenstoß zu versetzen. Lästerer und Übelmitspieler können auch Unliebsames erleben. Aber wie reden wir, das ist ja Unsinn, weiter, weiter! Daß wir doch dem Burschen, anstatt ihm nachzuhumpeln und mitanzusehen, was er Plumpes anstellt, zu saufen gäben! Edith war unbeachtet gewesen, d. h. sie wurde nicht über Gebühr geschätzt, d. h. man maß ihr nicht übertrieben viel Bedeutung bei. Ohne Rigolaios Aufmerksamkeiten wären andere nicht auf sie aufmerksam geworden. Sein Auszeichnen fiel auf. Er trat da nämlich ziemlich gönnerhaft auf, kurz und gut, eines Tages verschwand sie aus bisheriger Bildfläche, und als er sie nach mühsamem Suchen wiederfand, war sie Fürstin geworden, die ihm ein Lächeln schenkte, an dessen reizender, vornehmer Heiterkeit ihm ihre Stellung klar zum Bewußtsein kam. Er hatte also für Aufschwung gesorgt, hatte sich weiß Gott wieviel Mühe gegeben, den Gegenstand seiner Liebe in die Unnahbarkeit hinaufzuheben, wovon wir schon sprachen, und einen solchen Esel sollte man nicht verhöhnen? Ihr hatte er geholfen und wußte sich nun selbst nicht zu helfen. O, wie er kläglich, jämmerlich um einen freundlichen, gnädigen Blick bettelte, nicht mit Worten, nein, das wäre unstatthaft gewesen, bloß mit den Augen; sie aber strafte ihn mit ruhiger Verachtung, indem sie für richtig hielt, ihm den Kopf zurechtzusetzen. Sie tat das wundervoll, und jetzt, jetzt, jetzt erst begann er zu fühlen, was Anbetung ist, er lag innerlich vor ihr auf Knien, der laut gelacht, ja gejauchzt hätte, wenn es auch zu einem äußeren, realen Kniefall gekommen wäre. Man wird doch hoffentlich einen Liebenden einigermaßen verstehen, oder nicht? Sollten unsere Leser zu nüchtern sein, um dies Rigolaio-Abenteuer in seinem Maß und Umfang, seiner geschmiedetglühenden Ausrundung zu würdigen und vor der Person des Abenteurers den Hut vor Hochachtung abzuziehen?

Vor Rigolaio den Hut abziehen? Er lüfte ihn lieber vor uns. Ihm steht Höflichkeit an, uns die Pflicht, uns darüber zu vergnügen. Ihm sei erlaubt, zu hoffen, man finde ihn nach und nach erträglich.

EDITHS FREUNDIN

Wie süß diese Gisela war. Sie gefiel sich in ihrer Eingeschüchtertheit. Wie «war denn das alles», hab' ich's vergessen?

Wahrscheinlich um sich Mut in's verzagte Herz zu flößen, ging sie in Herrenhosen. Sie benahm sich herb, herrisch, was sie nichts kostete, trug in der zarten Hand eine Peitsche, klopfte damit und freute sich am Schall wie ein kleines Kind, erschien sich wie eine Heldin, hatte nichts als Sonnen im Kopf, den wir, je nachdem, zum Köpfchen entwürdigen oder erhöhen.

Mit ihr war gar nicht viel los, sie litt an Überbildung und besaß dabei nicht Intelligenz genug, um feststellen zu können, ob sie sich langweile oder nicht, wiegte sich in den Hüften, tanzte, turnte, trug Stulpenstiefel, was in unserer Zeit schon an und für sich lächerlich ist. Ihr Haar flog im Wind; die Äugelchen waren manchmal ganz groß, glänzten gläubig, freudig, dumm, mutig, und alles das hatte absolut keinen Zweck.

Sie machte Herren und Frauen in sich verliebt, schüttelte sich vor lachendem Vergnügen, wenn sie sah, wie ihr jemand in unverhohlener Zärtlichkeit nachblickte, dem davonlaufenden, unbegreiflichen Teufelchen. Sie liebte einen allseitig Anerkannten, um sich über ihn lustig zu machen. Ihre Freundin war Edith.

DIE EINZIGE

Ich kenne eine bedeutende Angedichtete, die nicht dichtet, aber ein Gedicht ist, was für einen Dichter viel bedeutet. Ist man frech zu ihr, so hat sie bloß ein herrliches Verwundern. Ich habe sie schon ein paar Mal besungen, doch einstweilen ungenügend. Sie jagte mich weg; ich habe darüber fröhlich gelacht, als wenn sie mir eine Nacht bewilligt hätte, die den Dichter kalt läßt, da ihm seine Phantasie ihre Glieder längst zu sehen erlaubte. Nie werd' ich nachher wieder lieben. Sie machte mich zum Kind, das die Erde anstaunt, in die schönste Unterweisung geht und Gott verehrt. Ihre Schuhe sind nicht besonders wundervoll. Ich liebe aber schon die Serviette, womit sie tändelt. Ich darf sie nicht wiedersehen und bin dennoch glücklich, dürfte es eigentlich nicht sein. Ich wurde unverschämt bei ihr weil ich in ihrer Gegenwart zitterte und weil ich Überlegenheit vortäuschen wollte und dieses Zittern, diese Liebe blöde fand und beinah haßte. Aber fern von ihr, kose, spiele ich mit ihr, hüpfe wie ein Verrückter, wie ein dummer Bub. Ich könnte sie zirka vier Jahre lang vergessen; dann würde alles neu über mich kommen. Entzückend, dies zu wissen! Was ein Mädchen für eine Macht hat, hätte ich nie vorher gedacht. Alle Treue und was sonst Gutes in mir ist, sinkt am Kleide der einzigen nieder. Ich bin munter, wie sonst nur frühmorgens: doch ist's Mitternacht; ich schreibe dies auf, als gäbe ich's niemand zu lesen.

DIE MÄRCHENHAFTE STADT

Ich bin in dieser Schoßhündchenstadt zum wedelnden Hundeli geworden. Dichter werden hier von feinen Leuten zum Nachtessen eingeladen. Hausfrauen schenken ihnen Rosen, und die Gatten haben nichts dagegen einzuwenden. Abends schimmert noch bis in die späte Nacht Licht in den eleganten Konditoreien. Kühlende Bäume erheben ihre graziösen Wipfel; und aus den blätterumlispelten Gärten säuselt Musik. Die Stadt ist wie eine oft und heiß umworbene Schöne, die zum Glück nicht nachgibt, damit sie immer begehrt, geliebt und umworben werde. Viele Gymnasiasten flanieren in den Arkaden; die Mädchen sind mit Federn und lustigen Einfällen geschmückt. Sie tanzen eher, als daß sie bloß gehen. Herrlich treibt es mich frühmorgens herum, treppauf und -ab. Neulich trank ich in einem Hotel von allen Sorten Likör, was mich Geld kostete, aber ich finde, daß etwas Gutes gar nicht billig sein sollte. Kein Wunder, daß ich in solcher Umgebung jung werde. Im Bett mache ich eine Weile den Dummkopf, eh' ich aufstehe. Gesichterchen gibt es hier, daß man stirbt und augenblicklich aus entzückungsvollem Tod aufwacht. Die funkelnden Gläser, die beängstigend hübschen Bouquets, die glitzernden Ringe und die Unmasse unerfüllter Aufgaben: Bedauern, beneiden Sie mich, mein Herr. Ich lernte hier spielend Flöte blasen. Ein Berg erhebt sich gutmütig in der Nähe, abends steigt man auf zartgewundenen Wegen hinauf und schaut auf die Heiterkeit und Pracht hinab, winkt mit der Hand, streckt grüßend den Arm aus. Diese Stadt meiner Liebe, meines vielen, vielen Bittens, diese Schoßhündeli- und Bändelistadt ist mein Eigentum. Noch nie im Leben fühlte ich mich so sicher. Oft schüttelt mich ein Lachen und perlt und rieselt mir durch die Glieder. Wunderbar schmöllelen und zürnelen hier die Frauen. Die wollen behöfelt und bemokiert sein, aber das klingt unartig. Ich habe hier mein Herz entdeckt, und geh ich von hier fort, was ich mir nicht auszudenken vermag, so wird es bluten, denn ich werde mich gewaltsam losreißen müssen; aber ich weiß es noch nicht, ich mag's nicht wissen. Ich langweilte mich hier noch keine Stunde, komme nicht zum Dichten, ach was, dichten! Wer verlangt von einem Schoßhündchen, daß es dichtet? Was würde aus mir? Ich bin glücklich, und ist denn das ein Unglück? Wie die Stadt sich nennt, sag ich nicht, das ist ja auch nicht nötig, wenn sie nur schön ist, man sie gern hat.

RODJA

Unruhig erhob sich Rodja. Der Hals schmerzte ihn, als müsse er Lasten abschütteln, meinte er und bog den Kopf, bückte sich, ächzte, wusch sich den Kopf, ging aus, aß zu morgen und sprach hierauf zu einem Frauenbild im Schaufenster: «Wie träge, unbeholfen du vor dich herschaust. Finde ich dich darum vornehm? Du bist wie die Gleichgültigkeit selbst. Deine großen Augen, sanft bis zur Schläfrigkeit, man glaubt hinzusinken und bedürfe eines Bettes, wenn man dich anschaut. Wie dir das blaue und weiße Häubchen zum braunen Haar gut ansteht. Diese grausame Freundlichkeit, der demütige Mund, der einladet und nachher sagt: ‹Nicht, daß ich jemand aufgemuntert zu haben wüßte.› Die holde Unwissenheit! Nicht wahr, es ist bequem, wenig zu wissen. Und jedesmal beim Vorbeigehen steh' ich vor dir still. Hätte ich Geld, ich kaufte dich.»

Im Weitergehen sprach er zu sich: «Warum mußte ich ‹sie› wiedersehen?» Wen er wohl damit meinte? Die, mit der er abgerechnet hatte? Aber man rechnet oft nicht richtig. Wieder schüttelte er den Nacken. Er knirschte sogar ein wenig mit den Zähnen. Es war gut, daß es niemand sah. Er kam zu drei Mädchen, die sich unabsichtlich, wie aus ihrer angestammten Beschaffenheit heraus, aneinander angeschmiegt hatten, und ohne daß sie wollten, nach derselben Richtung hinschauten. Rodja schaute sie der Reihe nach ruhig an und dachte, ob wohl eine wüßte, was er leide, und ob sie ihn wohl verstände, wenn er ihr erzählte, und ob er, wenn er das getan hätte, noch litte? Mit einer Erzählung schwindet auch ihr Inhalt. «Wenn ich dann glücklich, heiter, gut aufgeräumt wäre, der Duldende sich überlegen gäbe. Die würde sich wundern.»

Von einer Anhöhe aus schaute er auf die Stadt mit den braunen Dächern. Wolkiger, bläulicher Himmel darüber. Alles so fein, so brav, reizend, mit etwas Grün.

Er sah ein Vögelchen zu sich herbeihüpfen, ein ganz kleines, und fing es mit der Hand, er wollte es näher beschauen. Als er's wieder hinlegte, streckte es seine Flügelchen aus, öffnete sein Schnäbelchen, zappelte und verendete.

Der Mörder stand verlegen da, ging lächelnd weiter wie ein ungeschickter Knabe, dem es nicht gelang, das Zarte zart anzufassen.

Die Ruchlosigkeit tötet schon mit ihrem Interesse. Sie will liebkosen und vernichtet, was sie hat beachten wollen.

Rodja war nicht schlecht, nicht herzlos. Er war ungeschickt und kräftig. Das Köpfchen, die Beinchen, und aus dem glühenden, zum Singen bestimmten Schnäbelchen dies kleinliche Todesgeschrei, dies erschreckend-lächerliche Piepsen, das Gewinsel, das zierliche Ringen nach Atem, die Niedlichkeit, die Grazie im Verzweiflungskampf, und alles nur wegen etwas zu harten Anfassens.

Mit einem Finger das warme Brüstchen eingedrückt, das Gedicht erwürgt. Entsetzt über die Folgen seiner Teilnahme, entsetzt über sich und entsetzt über die Schwäche, über alles Zarte, Verletzliche entsetzt, setzte er seinen Weg fort, verfolgt von Ersticktheiten, flügelhaft umschauert von den Zuckungen seines Daseins, als hätte er in dem zarten Tierchen seine Seele ermordet, dieses geringe Große in allem Geringen und Frohe im Gedemütigten und Blühende im Zerschmetterten und Schöne im Tod, und ging an sein Pult und schrieb es auf.

DER BLINDE

Ich stellte mich blind, tastete nach den Orangenschalen, ging um Stühle herum, warf die Schalen in den Papierkorb, zog mit geschlossenen Augen die Pantoffeln an, ging auf den Balkon, alles wurde rot um die Augen, als blickte ich in eine freudereiche Hochzeit. Wind flog mir um Stirn und Haar. Ich empfand die Gegenwart Gottes. «Helene», stammelte ich und kam mir gleichzeitig wie der von den Töchtern aus dem Schauplatz seines Unheils in die grünende Zurückgezogenheit geführte Ödipus vor, noch umzuckt von den Blitzen des Schreckens, und doch auch schon die Wiedergeburt ahnend. Die Freiheit widerschimmert rot, weil sie grün ist. Ins Zimmer zurücktaumelnd, schwamm es mir vor dem geschlossenen Geist dunkelblau, ob ich auch nicht weiß, wie ich dazu komme, die Augen mit dem Geist zu vergleichen. Item, ich schreibe es hin. Höheres als wir sind, spielt mit uns. Ich darf mich den Launen der Götter und Göttinnen nicht entziehen. Ich bin mir übrigens eines Altwerdens bewußt. Die, die heranwachsen, werden mich noch gebückt, gekrümmt herumtappen sehen. Ich nahm mir vor, mich an den Schreibtisch zu setzen. Als ich aber die Augen öffnete, stand ich vor dem Kleiderschrank. Ich rief aus: «Jokaste!» Auch noch ein anderer Name fiel mir ein. Ich glaube nicht, daß ich in der Blindheit unglücklich wäre, aber ich will hierüber lieber nichts sagen. Ich sähe zum Beispiel meine Freundin nie mehr. Würde mir das viel schaden? Könnte mich das kränken? Absolut nicht. Die Gedanken erlauben mir jeden Moment, ihre schöne Hand zu erfassen, und wenn ich zu meinem Ohr sage: «Trage mir ihre Stimme zu», so höre ich ihr Lispeln, und bin ich ohne Augenlicht, so neigt sich ihr Mund auf meine Lippe, und ich liege, wenn ich auch nicht zu ihr hingehen kann, in ihren Armen.

ZIGARETTE

Was das mir für eine sonderbare Skizze gibt. Ich werde sie bleibend einschließen, und wenn sie auch dabei vermoderte. Heute ließ jemand eine Zigarette zur Erde fallen. Ich sah sie. Nicht, daß sie mir Mitleid einflößte. «Sie-kann-retten», machte mich die Si-cha-rette denken. «Was das wohl für eine wäre?» dachte ich weiter. «Sie retten gehen», durchfuhr es mich mit einmal. Also ein anderer Fall. Es existiert irgendwo eine Bedrängte, und die Zigarette, die jemand vor mir fallen ließ, hat mich an sie erinnert. Zigaretten sind uns allen oder wenigstens den meisten beständige Lebensbegleiter. Sie werden hauptsächlich in der Türkei fabriziert. Entweder bin ich also ein Bedrängter, Eingeklemmter, oder es existiert irgendwo eine geschuhriegelte Schöne, der gegenüber ich den ritterlich angehauchten, entschlossenen Retterling und Erlösling zu spielen haben würde. Ob ich wohl der geeignete Mensch hiezu wäre? Ein solches Amt wäre natürlich sehr ehrenvoll. Ich komme mir in der Tat manchmal etwas bedrängt, in die Enge getrieben vor, nehme das aber nicht tragisch. Man soll sich hüten, sich zu ernst zu nehmen. Das Verlegensein macht mir ja außerdem gewissermaßen Spaß, und wenn irgendwo eine Gemaßregelte existiert, werde ich ihr raten, diesen Zustand als möglichst hübsch zu empfinden, damit niemand sich vorzuschreiben brauche, sie daraus ritterlich zu retten. Durch ein bißchen Leiden werden Schöne erst recht schön. Für mich ist diese Erkenntnis unumstößlich, und ich trete jeden Moment mutig mit ihr vor die anscheinend Rettungsbedürftige hin, von der ich glaube, daß sie unglücklich würde, wenn sie sich erlösen ließe. Falls ich der in der Klemme Befindliche bin, so schätze ich gewissermaßen Abgründigkeiten und unwiederbringliches Verlorenes, denn für mich liegt in aller Tragik etwas Fröhliches, das heißt Schönes, etwas Versöhnendes. Eingeklemmt, zerschmettert sein usw. ist gewiß tragisch, das gebe ich zu, aber ich habe mir die recht seltsame Einsicht angeeignet, daß Gutes ungut, Freies unfrei, Liebliches tadelnswert, Gerechtes ungerecht, Lustiges melancholisch wird. In jeder Art Zwang liegt etwas viel Erlösenderes als in jeder Art Erlöserei, und ich möchte daher auf letztere verzichten. Gewiß ist es herrlich, einer Schönen edel beizustehen. Wenn ich hieran zweifelte, wäre ich ein Lump, der alle seine verfügbare Zeit mit Stumpenrauchen etzetera zubrächte. Aber wie oft verwandelten sich schon Wohltaten in Missetaten. Ich glaube sowohl an meine eigene vermeintliche Bedrängtheit wie an die ihrige, möchte aber uns beide höflich ersucht haben, sich artig im Meer der Angefochtenheit zu gedulden. Befreiungen scheinen mir unduldsamer Natur zu sein, ich möchte daher gelinde mit Erlaubnis davon absehen, und ich bitte ergebenst, nur fürder lieber keine Zigaretten mehr vor mir fallen zu lassen. Ich bin ihr letzthin begegnet, die von mir in die Höhe gehoben sein will oder meinetwegen auch in die Tiefe hinabgezogen. Ich vermag nämlich sowohl das eine wie das andere. Ich gebe das zu. Sie sah schön aus, wie noch nie. Ihre Bedrängtheit kleidete sie vorzüglich. Das bißchen Leid stand ihr bildhübsch zu Gesicht, und da sollte ich ihr nun sogenannte fröhliche Stunden bereiten? Das tu ich nimmermehr. Ich fühle mich sowohl für sie wie für mich verantwortlich und lasse es einstweilen dabei bewenden. Ich schrieb schon vor vielen Jahren, das Leben sei lang, wenn man vertraue, und stehe noch heute zum ehemals Gesagten. Sowohl die Bestürzte wie der Beklommene sollen an Möglichkeiten und Wandlungen glauben. Ich sah eines Nachts einen Herrn mit erschreckend-schöner Nachlässigkeit seine halb fertiggerauchte Zigarette wegwerfen. Es ist mir dies in bleibender Erinnerung geblieben. Er stand von einer Laterne beleuchtet so da, schaute ins Nachtleben hinaus, warf die Zigarette weg, als wäre sie eine unfruchtbare Glaubensform, als habe ihn deren Entfernung erleichtert. Wir können reisen und doch dieselben bleiben, und wir können an ein und derselben Stätte weilen, jahrelang dasselbe Antlitz betrachten und bei äußerster Gleichartigkeit eine Fülle von Erfahrungen durchmachen. Wie er sie wegwarf, als er glaubte, sie schmecke ihm nicht mehr. Die Geste der Verachtung erquickte ihn. Aus Verachtung sprießen ja neue Achtungen. Wie mich jener ins Nachtleben gleichgültig Schauende interessierte! Die Zigarette von heute mahnte mich an die frühere. Vergangenes und Zukünftiges umkreisen uns, und die Zeichen machen das Dasein schön. Bald wissen wir mehr, bald weniger. Irgendeins denkt immer an mich. Ich lasse mich nie retten und rette nie.

EINE GESCHICHTE

Ein Mädchen und ein junger Mann waren sehr unglücklich. Er sollte sie entführen, war aber dazu nicht recht entschlossen. Sie wollte entführt sein, ahnte aber, daß das ziemlich schwierig wäre. Ich weiß nicht, in welchem Zeitalter dies passierte, item, es kam zur Entscheidung, die Stunde schlug, natürlich war's Nacht, der Wind wehte, der nahe Wald war ganz schwarz. Eigentlich hätte Mondlicht leuchten sollen, leider war's nicht der Fall. Was taten unsere Liebenden? Sie schauten einander lange an, mit Zweifel und Bangen in den Augen. Schließlich flohen sie, aber es war, als flöhen sie vor ihrem Nichtwissen, wohin nun? Sie kamen aufs Feld, das Gras duftete, es war zur Zeit der Heuernte. Schon fingen sie an müde zu werden und sich ein wenig zu langweilen. Entführungen waren sonst immer aufrüttelnd, die Herzen klopften, die Erwartung stieg aufs höchste. Hier war's anders. Als sie in einem Wald anlangten und sich zu Boden setzten, hörten sie von da und dorther ein Geräusch, als käme jemand, aber es kam niemand. Nichts begegnete ihnen, nur die Tannen wankten, die Blätter flüsterten, das Laub rauschte, die Äste knaxten, ein Käuzchen schrie leise und über den Bäumen blinzelten die Sterne. Da kam eine Stimmung des Einsehens in beide, sie sagten sich, es wäre besser, wenn sie umkehrten. Alles bliebe beim alten, und das wäre ja eigentlich das Schönste. Sie hielten es für vernünftig, heimzuziehen, und auf dem Heimweg lächelten sie. Ein Hund bellte, sonst war alles still, und jetzt trat der Mond hervor, als käme er, um ihnen beizupflichten. Es war, als freue er sich über ihre Entsagung. Sie wollten auf alles verzichten, zukünftig nichts wie folgsam und brav, nicht mehr abenteuerlustig, sondern rechtschaffen, nicht mehr dumm, sondern klug, nicht mehr widerspenstig, sondern artig, nicht mehr übermütig, dafür aber auch nicht mehr unschlüssig sein. «Morgen früh spiel' ich zu meiner Erbauung ein Stück auf dem Piano», sagte sie, und er sagte auch etwas. Sie liebten sich wegen der mißlungenen Entführung nicht weniger, nein, die wahre Liebe fing nun erst an. Jetzt erst wurden sie warm. Jetzt, wo sie nicht mehr an Äußerlichkeit dachten, begann das Innerliche. Nun lachten sie, umarmten sich, küßten sich, waren sich kolossal gut, nahmen das als selbstverständlich. Vorher hatte eins dem andern die Pflicht aufgebürdet, furchtbar mutig zu sein, die Ruhe des alltäglichen Lebens geringzuschätzen. Nun sie ruhig geworden waren, nichts Extravagantes mehr vollbringen wollten, gingen ihnen die Sinne wie Sommersprossen auf, sie waren befriedigt, führten einander heim, fanden es schön, bis zur Verlobung noch ein wenig Geduld zu haben. Als sie zu Hause ankamen, stand jemand da, der sie fragte: «Seid ihr nun einig?» Sie antworteten: «Ja, wir sind's.» Und so hätte unsere Geschichte einen glücklichen Abschluß gefunden: das ist die Hauptsache, da gibt's morgen schönes Wetter.

DER RÄUBER

Eine hübsche Frau liebte einen Räuber. Sie war reich, gab Gesellschaften. Von ihm ist anzunehmen, er habe in einer Hütte gelebt.

Sie trug halb- so gut wie hohe Schuhe und schätzte ihn, weil er tapfer war, es mit Hunderten aufnahm. Welch interessantes Verhältnis.

Sie hatte einen Käfig voll Löwen und Fässer voll Schlangen. Was hatte er? Unzählige Sünden auf seinem Gewissen. Aber er war wenigstens nicht fad, das gab den Ausschlag.

Sein Mantel war zwar fadenscheinig genug, sie dagegen ging unglaublich nobel.

Teils trafen sie sich im Gebirge, teils am Bahnhof. Was er erbeutete, sandte er ihr per Tratte.

Mitunter besuchte er sie und trug bei solchen Anlässen einen tadellosen Anzug. Stets benahm er sich sehr artig.

Er las Stendhal, sie Nietzsche. Erklärungen hierüber geben wir nicht, wenn man uns auch ein ganzes Jahr lang darum ersuchte.

Annäherungen erlaubte sie ihm nie. Ihre Beziehungen blieben platonisch, und mit Recht, sonst wär's mit seiner Tatkraft bald vorbei gewesen.

Er war eine Napoleonnatur! Und sie? Etwa eine Katharinanatur? Keine Spur!

Eine Spezereihändlerin war sie, die drei Kinder hatte, und unser Räuber war ein braver, verständiger junger Mensch, der in das Fraueli verliebt war, hie und da in ihr Lädeli kam und mit ihr plauderte.

Die Tiger und Löwen, die feingewichsten Stiefelchen, blendenden Gesellschaften, die tadellosen Anzüge, die

Hunderte, mit denen er's aufnahm, die Beziehungen voll Aufopferungen, die Pfiffe, Signale und struppigen Haare sind Phantasiegebilde.

Der sie ausheckte, blickt jetzt aufs Zifferblatt und meint, es sei Zeit, vom Schreibtisch aufzustehn und ein Spaziergängchen zu machen.

LIEBESPAARE

Helene spazierte mit Hugo. Sie liebt einen anderen, aber Hugo gefällt ihr. Sie setzen sich unter dem Grün auf eine Bank; unfern plaudert ein Bächlein. Er wird zärtlich, sie sieht es mit Entzücken und Schrecken. Er umarmt und küßt sie. Schade um die Mühe. Sie gesteht ihm, sie sei verlobt. Er freut sich schier über die Mitteilung, denn er hat es gar nicht sehr ernst gemeint. Fröhlich begleitet er sie bis vor ihr Haus und nimmt artig Abschied. Sie lächelt, denn sie fühlt sich geschmeichelt.

Ottilie pflegt ihren Edgar rührend, springt für ihn von morgens bis abends, kennt keine Müdigkeit, dient ihm unabläßig. Sie hat Mitleid mit ihm. Er ist krank, weiß sich nicht zu helfen. Er leidet, und sie findet es herrlich, ihm Zeit und Kraft und die Mittel zu widmen, über die sie verfügt. Sich gibt sie damit eine Tätigkeit, ihm einen Trost. Ihre Wohltaten sind für sie so wohltuend wie für ihn. Er erholt sich, hat sie nun nicht mehr nötig, langweilt sich bei ihr und gibt ihr das mehr oder weniger deutlich zu verstehen. Sie begreift ihn, hat ihn überhaupt immer gut begriffen, und wahrscheinlich ist es das, was er uninteressant findet. Sie wünscht ihn krank und muß sich natürlich zugleich freuen, daß er gesund ist, tut's auch und verzichtet auf ihn.

Vormittagssonne scheint in ein Zimmer, draußen spielt die Stadtmusik, in der blauen Luft fliegen Schwalben, auf der Straße promenieren Menschen. Arthur hat Besuch. Er ist Künstler. Wer verkürzt ihm die Zeit? Lina! Diese ist hübsch und geistreich. Sie besitzt, gleichsam für alle Fälle, bescheiden im Hintergrund, einen ehrlichen Anhänger. Heute nützt sie die Situation, scherzt mit Arthur, genießt den Augenblick und nennt das bei sich eine «Episode». Er hat Witz, Phantasie, plaudert ausgezeichnet. Sie unterhält sich vorzüglich. Am Schluß sagt sie ihm: «Du bist langweilig», weiß wohl, daß sie die Unwahrheit spricht, sagt's bloß, um den Mut zu bekommen, sich von ihm zu trennen, und denkt später ihr Leben lang an die entzückende Stunde.

Anna wohnt in einem ungemein heimeligen Stübchen. Zwei Fenster bieten die schönste Aussicht. Allerliebste Möbel zieren den Raum. An den Wänden hängen geschmackvolle Bilder. Eine Etagere ist voll Bücher. Man kann sich nichts Wohnlicheres vorstellen. In hellen Nächten wirft der Mond sein liebes Licht ins Zimmer. Anna sagt zu sich: «In solchem Milieu ist es mir unmöglich, ohne Liebe zu leben; ich bin es dieser Behausung schuldig, mir einen Freund anzuschaffen, dem ich sagen kann, wie reizend sie mir vorkommt, und der mir zugibt, daß ich recht habe.» Sie sucht und hat keine Ruhe, als bis ihr

Wunsch sich erfüllt. Demnach ist's gleichsam ihr Kunst- und Naturverständnis, wodurch sie glücklich wird.

Erich ist schön und infolgedessen verwöhnt. Kätchen liebt ihn rasend. Sie ist leider etwas leidenschaftlich, er leider etwas kühl. Was können sie dafür? Es ist ihre Art. Gegen Veranlagungen wehren sich Menschen meist vergeblich. Er ist Zeichner, und sie zeichnet sich dadurch aus, daß sie ihn abzeichnet. Sie schreibt einen schwärmerischen Aufsatz über ihn. Er liest das Produkt, wirft's ihr vor die Füße, will mit einmal nichts mehr von ihr wissen. Arme Verehrerin!

Theodor denkt an nichts als an Lotte. Sie hat schöne Hände und ein niedliches Näschen. Ihr Mund hat Ähnlichkeit mit einer Blüte, aber das Kostbarste ist, was sie damit spricht: «Ich will nur mit wahrer Liebe geliebt sein». Seltsam, was einem Köpfchen einfällt. Theodor scheint für sie wie gemacht, er liebt sie innig. Sie sehen sich nie, stehen sich darum auch nicht im Wege. Sein Lieben ist selig, er ist glücklich und sie den ganzen Tag fröhlich. Sie scheint zart und er ebenfalls. Wäre er's nicht, wie würd' er sich mit bloßer Herzensnahrung begnügen? Sie leben wie Blumen; eine wächst hier, die andre dort, haben einander im Geist lieb, aber dafür lange, sind allen übrigen Menschen herzlich gut, sind zärtlich, und jedes überläßt das andere ruhig seinem Geschick.

DIE EULE

Im verfallenen Gemäuer sprach eine Eule zu sich: «O schauervolles Dasein. Irgendwer würde sich entsetzen, ich aber bin geduldig, senke die Augen, kauere so. Alles in und an mir hängt in grauen Schleiern herab, aber auch über mir funkeln die Sterne, dies Wissen stärkt mich. Buschiges Gefieder bedeckt mich; am Tag schlafe ich, des Nachts bin ich wach. Ich brauche keinen Spiegel, um zu erfahren, wie ich aussehe, das Gefühl sagt es mir. Ich kann mir mein sonderbares Gesicht leicht denken.

Sie nennen mich häßlich. Wüßten sie, wie's in meiner Seele von lächelnden Empfindungen strahlt, sie würden nicht vor mir zurückschrecken. Aber sie sehen nicht ins Innere, bleiben am Leib, am Kleide haften. Einst war ich jung und hübsch, könnt' ich sagen, aber das hört sich an, als sehnte ich mich nach etwas zurück, das tue ich nicht. Die, die groß zu sein sich übte, erträgt den Lauf und den Wandel der Zeit mit Ruhe, findet sich in jede Gegenwart.

Sie sagen zu mir: «Philosophie». Aber der vorzeitige Tod hebt den spätern auf. Der Tod ist für die Eule nichts Neues, sie kennt ihn schon. Es scheint, ich bin eine Gelehrtin, trage eine Brille, und jemand interessiert sich so sehr für mich, daß er mich ab und zu besucht. Er findet mich harmonisch. Er sagt mir, ich sei eine, die ihn nicht enttäusche. Freilich hab ich ihn auch nie bezaubert. Er studiert mich tief, streichelt mir die Flügel, bringt mir gelegentlich etwas aus der Konfiserie, womit er auch der ernsthaftesten Frau eine Freude zu bereiten glaubt, und er hat recht. Ich lese einen Dichter, der sich um seiner Zartheit willen eignet, von Eulen verdaut zu werden.

Etwas Süßes ist in seiner Art, etwas Verschleiertes, Undefinierbares, item, er paßt mir. Einst war ich zierlich, lachte und witzelte in den blauen Tag hinein, machte manchem jungen Herrn den Kopf wirr. Nun sieht's anders aus, ich trage durchlöcherte Schuhe, bin alt, sitze stumm.

DER SPIEGEL

Ein Mädchen beschaute sich in einem Spiegel, dieser sprach: «Ich bin ehrlich, ich sage dir haargenau, wie du aussiehst. In mir erkennst du dich. Du bist sehr lieblich, schau dich aber lieber nicht zu oft an. Wirst du böse sein, wenn ich dir sage, warum? Meide mich, wenn du hübsch bleiben willst. Du liebst die eigene Lieblichkeit, du fürchtest, es könnte sie ein Stäubchen trüben. Denke nicht so sehr an deine Schönheit, sonst entfliegt sie dir. Wer sich prüft, entdeckt Fehler an sich. Ich bin erfunden, um bedenklich zu stimmen. Ich selbst habe kein eigenes Wesen; meine Eigenschaft ist, daß ich das Wesen derer widerstrahle, die mich der Beachtung würdig finden. Ich bin gefährlich, das sag ich dir offen. Nicht etwa, daß du mich rührst. Dem Spiegel geht nichts nahe. Ich bin allen gegenüber gleich. Wer in mich blickt, muß auf Wahrheit gefaßt sein. Viele sind schon vor mir zurückgefahren und haben gewünscht, sie hätten es unterlassen, mir Notiz zu schenken. Stumm, wie ich bin, red' ich vielleicht um so deutlicher. Dreh mir den Rücken. Die die Kraft hat, meinen und ihren eigenen Anblick zu verschmähen, geht bei Tag fröhlich herum und schlummert nachts ruhig. Aber ich bin unwiderstehlich; welche Schöne überzeugte sich nicht gerne, wie sie blühe? Ihr Lieben, bleibt nicht vor mir stehen, lebet ohne mich. Glaubt an euch selbst. Laßt euch nicht von mir Versicherungen geben, die von des Zweifels Kälte begleitet sind. Frage lieber dein Herz, wie du aussiehst. Der Spiegel schmeichelt und macht ängstlich. Unbekümmertheit besitzt die schönsten Augen, den hellsten Gesichtsausdruck. Manche meinen, sie könnten ohne mich nicht leben. Je flüchtiger du mit mir verkehrst, um so sicherer bist du vor Veroberflächlichung. Weißt du, daß alle Körperschönheit ihre Nahrung aus dem blühenden Gemüt bezieht? Verlockend bin ich, das weiß ich; nehme mich überall gut aus, weshalb ich an Orten prange, wo es fein hergeht. Behandle mich verächtlich», so spricht der Spiegel. Das Mädchen ward mit einmal blaß, verlor die Lust an der Spiegelung. Sie dachte an jene Frau, die vor dem Spiegel sitzt und wissen will, wer die Schönste im Lande ist und nicht ruhen kann.

DER LÖWE UND DIE CHRISTIN

Ein Löwe lag auf kristallglattem Boden. Diener hatten ihn zuvor poliert; er war so reinlich, daß sich das Ungetüm drin abspiegelte. Ein Mädchen saß auf des Löwen Rücken. Er muckste nicht, schien schläfrig. Den starken Körper durchfederte ein Beben. Vom Marmorgeländer herab schaute der fette Nero. Er hatte dem Löwen die sanfte Seele zum Verspeisen vorsetzen lassen. Nun war er mißgestimmt. Der Kaiser war enttäuscht. Der Löwe gehorchte ihm nicht, sondern seinem Opfer. «Du Elender, dich derart fangen zu lassen», murmelte er vor sich hin. Der Löwe war nämlich, ohne zu wissen, wie ihm das geschah, überwältigt worden. Der Kaiser hätte den machtvollen Schwächling totpeitschen lassen mögen. Erbarmen zu haben, welche Alltäglichkeit! Der Löwe war ganz schlapp. Die Sanfte hatte eine entsetzliche Angst, im Löwen könnte das Tier wieder erwachen. Der Löwe bebte unter höheren Einflüssen. Das Mädchen fürchtete, ihre Macht möchte zu zart sein. Aber die Zartheit übte die stärkste Macht aus. Die Löwenseele war gebändigt. Nero sah es mit heimlichem Entsetzen. Umsonst verspottete er den Stolzen, der sich in der Schönheit des Unterliegens gefiel. Von seiner Kraft nicht Gebrauch zu machen, kam ihm neu vor; die von der Angst zu erlösen, die ihm ausgeliefert worden war, das schien ihm begehrenswerter als sie selbst. Sie war sein. Er hätte sie jeden Augenblick abschütteln und als Beute betrachten können; aber sie schonen, dünkte ihn ergötzlich. Er lag ganz still; sie liebkoste ihn. Es hatte etwas gebraucht, bis sie das wagte. Der Löwe hatte darauf gewartet, die weggeworfene Kreatur entzückte ihn; Nero trat mißvergnügt ab. Die Christin entfloh, und der Löwe vermißte sie im besten Sinne. Er liegt seither unbeweglich, denkt an den Druck.

DIE ZWEI SCHRIFTSTELLER

Von zwei Schriftstellern schrieb der eine ungemein fleißig, aber es fehlte ihm an Kenntnissen. Hätte er diese besessen, so wäre er der größte aller lebenden Autoren geworden. Wer könnte daran zweifeln? Der zweite erlebte viel, aber schrieb wenig, das heißt er war träge. Stendhal war zwar der Meinung, daß dies nur gesund sei, nämlich das Wenigschreiben. Während der Emsige um Erlebnishaftes in nicht geringer Verlegenheit war, indem ihm dies die Verleger zu bedenken gaben, war der andere den ganzen Tag in Gesellschaft munterer Menschen mit Plaudern tätig, wußte also von schriftstellerischen Kämpfen, um nicht zu sagen, Krämpfen, wenig. Sein Erlebtes aufzuschreiben, fiel ihm kaum ein. Wie die Schicksale launisch sind! Dem einen schenken sie ein unbezähmbares Mitteilungsbedürfnis, ohne dafür zu sorgen, daß er Stoff genug habe. Den andern statten sie mit Gestaltlichkeit aus, indem sie ihm zugleich die Schaffenslust vorenthalten.

Die Geschichte ist nun die: Der Erlebnisarme, aber Schreibfreudige wandte sich mit dem höflichen Gesuch an sein Gegenstück, er möchte sich zur Gründung einer Genossenschaft bereit finden, die den Zweck hätte, daß beide Schriftsteller hübsch zusammen arbeiteten. Sie einigten sich und dichteten mit Erfolg. Die AG. prosperierte prächtig. Fleiß war jetzt mit Lebenserfahrung und die Fähigkeit des Ausdrucks mit Weltgewandtheit verbunden. So entstanden Novellen, Romane und Dramen, die zu den besten gehörten, was die Zeit hervorbrachte, und sie brachte viel hervor, und darunter Gutes. Wenn die zwei Schriftsteller nicht inzwischen etwa starben, so leben sie noch heute, sind produktiv und lächeln mit den Ohrläppchen. Ja, ja, Einigkeit macht stark.

Sie wohnte elegant und hob immer hervor, sie und ihr Mann seien zweierlei Erscheinungen. Die ihre war hoch; wie die seine sein mochte, war nebensächlich. Ursprünglich hieß er Decker, ließ sich aber Felsen nennen, somit deckte er sich mit ihr.

Die Felsen war Heddagablerspielerin und gleichzeitig Hausfrau; sie brillierte in beider Art Rollen. Mitunter sah sie etwas mitgenommen aus, ließ sich übrigens ans Telefon rufen.

«Bitte, gnä' Frau!» – «Wer ruft mich wieder? Hab' ich wirklich vor Verehrern keine Ruhe? Ah, bloß du bist's, bester Decker, den sie Felsen nennen, was er hinnimmt, obschon er's lieber von sich wiese. Was willst du? Weißt du, wer mit dir spricht!»

Derart sprach sie mit dem, der sich mit ihr deckte, indem er sich willig oder unwillig Felsen nennen ließ, was ihm nicht so sehr paßte, wie ihr, die stattlich war und im Hedda-Gabler-Spiel einzig.

«Du bist zu bedauern», sprach sie zu ihm, und er sah's ein. «Die Felsen bin ich», entfuhr es öfter ihren Lippen. Wenn sie sich thusneldamäßig aufrichtete und ihn mit ihren Hausfrauenaugen anblickte, versank er vor ihr. Wer? Der Wecker? Ja, der Decker, der die Eigenschaft besaß, sie zuzudecken, wenn sie ungezwungene gnä' Frau wie Hedda Gabler spielte.

Einst kam einer zu ihr, der ihr sagte: «Schönste aller Romanfiguren mit Fortsetzungen ...». Sie schnitt ihm das Wort ab, und er ging aus der eleganten Wohnung fort, wo sie einerseits die Küche überwachte und sich anderseits vergnüglich an ihren Decker anlehnte, der sich's gefallen ließ, indem er von Zeit zu Zeit seufzte, was sie ihm gewährte.

So verflossen die Wochen, mithin auch die Monate. Die Felsen wurde immer mehr zur Felsen, während der, der sich Felsen nennen ließ, ständig abnahm, weil er nie genug deckte. Weshalb gab ihn das Schicksal einer Felsen zur Bedeckung mit auf den Lebensweg?

So viel ist sicher, er hörte sie riesig gern sagen: «Riskier' keine Ohrfeige». Derartige Anrede entzückte ihn. In diesem Stil könnte fortgefahren werden; doch folgen ja zweifellos bald Fortsetzungen. Wird irgendeiner mit einer Felsen rasch fertig?

«Wie nennen sie dich?» fragte sie ihren Mantel oder Mann, denn Mäntel decken ja. Er antwortete: «Felsen». Und nun möge der Vorhang über dies Prosastück herabfallen, um ein anderes Mal aufgezogen zu werden.

GRETCHEN

Ein kapriziöses Mädchen war Gretchen. Sie wußte nicht, was sie wollte. Sie bekam einen Liebhaber. Schlimm, wenn ein Gretchen einen Verehrer bekommt. Er huldigte ihr; sie ließ ihn fallen, daß er acht Tage im Bett liegen blieb. Er merkte sich's; leider aber vergaß er's wieder total. Da er nicht mehr zu ihr kam, bekam sie Sehnsucht nach ihm, man nennt's auch Langeweile. «Sei doch so gut und komm», schrieb sie ihm. Das klang artig und fromm, er ging aber nicht hin, weil er sozusagen ihre Nichtanwesenheit vorzog. Sie war so zart, wie man's gar nicht schildern kann. Ein zartes, zartes Pflänzchen! Er kam ihr wie ein Grobian vor; im Grunde war er keiner, sondern ein Zartian, Empfindian. Sie bildete sich eben ein, was nicht war. Armes Gretchen! Einmal weinte sie: über was, wußte sie nicht, schob es aber auf seine Rechnung, belastete ihn dafür, was der Gipfel der Bequemlichkeit genannt werden durfte und mußte. So könnte jede kommen, nicht wahr? Sie hieß ihn unbarmherzig, er sie seinerseits unmöglich, worüber sie zornig wurde. Überflüssige Anstrengung! Gretchen trieb Luxus; sie war reicher Leute Kind; namenlos fein erzogen. Bald lachte, bald schimpfte sie über den, von dem sie nicht wußte, ob sie ihn liebe. Zeitweise haßte sie ihn und haßte dann auch sich, was uns beweist, daß sie ihn eigentlich liebte. Sie wünschte ihn herbei und zugleich tausend Kilometer weit fort. Gehörte sie in ärztliche Behandlung? In der Tat starb sie; da lachte er. Wie sie das hörte, stand sie vom Tode auf, einzig, um ihm zu sagen, wie schlecht sie das von einem treuergebenen Liebhaber finde. Sie scheint also doch nicht so recht gestorben gewesen zu sein. Bald fand sie ihn scharmant, bald blöd, fiel ihm aus lauter Abneigung an die Brust, bei welcher Gelegenheit er ihres Busens Pochen verspürte, eine Musik, die ihn bewog, ihr zu sagen: «Ich liebe Dich.» Sie rief: «Unanständiger!», und floh. Was tat er? Sprang er ihr nach? Nein, er ließ sie laufen. Das nahm sie ihm sehr übel. Wir müssen die Erzählung von Gretchen und ihrem Anbeter unterbrechen, weil wir launisch zu werden fürchten wie erstere und lächerlich wie letzterer, windspielhaft wie beide und den Kopf in abgründischer Verlegenheit brächen, was uns leid täte, weshalb wir sagen: adieu, Gretchen!

DER EINGESCHÜCHTERTE

Da war so eine Kaffeestube, das heißt ein Salon, in den die feine Welt zu kommen pflegte, um sich zu unterhalten. Wie da die Spiegel glänzten, die Gardinen schneeweiß herabhingen. Ich erzähle euch da eine Art Märchen, ganz sachte, übrigens ein ganz unbedeutendes. Ein Eingeschüchterter trat herein, unglaublich gut erzogen. Er lächelte über sein gutes Aussehen. An seinen Fingern schimmerten Ringe von großem Wert. Seine Frisur war ein Kunstwerk. Dabei benahm er sich jedoch gar nicht blasiert. Man glaubte, sein schlichtes Auftreten sei nur ein gespieltes. Aber dem war nicht so, er war verschüchtert. Das aufwartende Mädchen ließ aus Unachtsamkeit das Kaffeegeschirr über sein kostbares Haupt fallen. «Entzückender Vorfall», sprach er leise und küßte dem Mädchen die Hand, damit sie sähe, daß er nichts an ihr aussetze. Er war vor Schüchternheit fast etwas krank und fand in diesem Zustand etwas unsagbar Schönes. Die Damen lächelten ihn huldvoll an, er aber mied ihre Blicke. Er würde es für taktlos gehalten haben, sie anzuschauen. Seine Augen glichen an Umherflattern furchtsamen Vögelchen, denen es unmöglich ist, lange an Ort und Stelle zu bleiben, sondern sich am Fliegen ergötzen.

«Wie glücklich bin ich, daß man mich einschüchterte», flüsterte er.

Im Saal ging es sehr dezent zu. Die Möbel standen hochachtungsvoll wie devote Galante, und der Saal strahlte aus lauter Respekt. Welch zartsinniges Gebäude! Unser Eingeschüchterter schüchterte mit seiner Eingeschüchtertheit Uneingeschüchterte ein. Beklemmte beklemmen uns eben. Das liegt durchaus in der Natur.

Wie sieht ein Zaghafter aus? Zaghaftigkeit ringsum verbreitend! Ich meine, daß wir uns ja alle unwillkürlich nachahmen. Dem Schüchternen wollte jetzt ein Gedanke in den Kopf kommen, er wehrte ihn jedoch ab, indem er sich sagte, daß es sich für ihn nicht schicke, daß er wie ein Mensch von Bedeutung um sich blicke. Denken ist so unzart, und Unzartes will vermieden sein. Wenn ich etwas denke, schau ich aus, als sei ich ungezogen. Der Eingeschüchterte wußte das, und wir, die wir dies schreiben, freuen uns über seine so umfangreiche Einsicht und dürfen daher mit Schreiben fortfahren.

Ein Mädchen mußte laut lachen, als es den Schüchterling so anschaute, der am Gebäude seiner Schüchternheit fleißig weiterbaute. Er fand das silberne Gelächterchen einfach göttlich und – hätte beinahe mitgelacht, was er sich aber verbot, da er sonst nicht mehr schüchtern ausgeschaut und dreingeblickt haben würde. Alle schauten achtungsvoll auf den Hochachtungserfüllten, er magnetisierte, bannte, bezauberte sie. Sie vergingen vor Schüchternheit angesichts seines schüchternen Gesichtes. Seine Furchtsamkeit machte sie alle ebenso furchtsam.

Seltsame Gesichte, nicht wahr?

Sie waren gekommen, um sich über den Schüchternen lustig zu machen. Nun konnten sie nicht; er steckte sie mit seiner Kränklichkeit an. Und so saßen sie da, zart, und staunten, schauten nicht nach rechts, nicht nach links. Der Schüchterne tat das auch nicht. Alle schauten eingeschüchtert vor sich hin. Niemand sprach ein Wort. Aber sie waren alle sehr glücklich. Das verdankten sie ihm, den sie eingeschüchtert hatten, weil sie ihn frech geglaubt hatten.

«Ach, käme er uns doch wieder frech», dachten sie.

In all der Stille.

DARF MAN SEIN VERSPRECHEN BRECHEN?

TRAGÖDIE IN WENIGEN ZEILEN VON EINEM NEULING, D. H. VON MIR

Es ist da einmal so ein Mädelchen gewesen. Wo hab' ich denn jetzt meine Gedanken?

Groß ist zur Zeit die Not der Gedanklichen. Ich reibe mir die Stirn und sinne nach.

Sie besaß etwas, das sie niemand anvertrauen durfte, so eine Art Makel, wiewohl ich nicht gerade sagen will Schandfleck.

Es hat sich einmal ein hochbegabter junger Mann wegen was Belastendem erschossen.

Ich halte mir gegenwärtig eine Masseuse.

Von dem Fräuleinchen wäre zu sagen, daß sie einen Herrn liebt, von dem sie wiedergeliebt wurde.

Weil sie nun vor der Welt, d. h. vor der Gesellschaft, die die Welt bedeutet, etwas sehr Fragwürdiges zu verbergen hatte, wodurch sie ihm wahrscheinlich Unglück, bescheidener gesprochen, Verdruß gebracht und geschenkt hätte, so tat sie was?

Sie sprach zu ihm: «Du kannst mich unmöglich heiraten.» «Gut», gab er zur Antwort, «so heirate ich dich also nicht, du Überallesgeliebte. Da ich dich aber nicht heiraten darf, so bleibe ich ledig.»

Er küßte sie daraufhin stürmisch; will sagen ungestüm, mit einer eigentlichen Unerlaubtheit, die sie ihm verzieh, indem sie ihrerseits vorbrachte:

«Ich liebe dich auf ewig, d. h. Liebster, so lange ich bei Atem bleibe, d. h. bis mich der liebe Gott zu sich ruft in seine denkbar sinnreich ausgeschmückte, tadellos möblierte Wohnung.»

Auch sie küßte ihn ihrerseits, wobei sich ihre Nase auf seinem geliebten Gesicht ein bißchen umbog.

Sie verabschiedeten sich aufs innigste und gingen ihrer Wege, stets ihres Versprechens tapfer eingedenk, daß sie sich nur lieben, aber nie ehelichen wollten.

Durften sie sich ein solches keckes Versprechen aber auch geben? Durften sie ein so hochgeartetes Problem, eine so schwierige, aufopferungsvolle Aufgabe auf sich nehmen?

Was sagt hierzu die gute Natur?

Die Allmutter?

Jahre flogen dahin, d.h. die Zeit ging vorwärts, Schritt um Schritt, marternd langsam.

Wohl hielt das Fräulein ihr Wort, nicht aber ihr Begehrter, den sie nicht nehmen durfte, weil eine dunkle Macht, so eine Vergangenheitslast, auf ihrem schneeweißen Halse lastete.

Fast muß ich hier ein wenig lachen, aber ich halte mir das Nastuch vor den Mund mit den schwellenden Lippen, mittels derer ich eben eine Banane aß.

Tugendumflügeltes Fräulein, ich lobpreise dich, und zum Wortbrecher sage ich einfach nichts als dies eine: «Schändlicher Schuft!»

Es verhielt sich mit ihm so: seines Versprechens müde, bewarb er sich um die Gunst einer Vonirgendwohergelaufenen.

Sie erwies sich als wunderhübsch.

Und er schloß mit ihr einen Bund auf Lebenszeit, eine Art Schutz- und Trutzbündnis, der Uneingedenkliche, und mit strahlendem Freudengesicht trat er mit ihr zum

Altar, indes kleine Kinder ihm und ihr Kränze, die die Lebenslust geflochten zu haben schien, zu Füßen warfen, und indes in ihrem Kämmerchen die Treugebliebene, vom Geschehnis in Kenntnis gesetzt, und von der Orgel umbraust, die den beiden ins zukünftige Glück das Geleit gab, vor Wehmut verging, womit ausgesprochen ist, daß sie etwas sehr Gescheites vollbrachte, nämlich vom enttäuschungsreichen Leben abtrat, indem sie sich aus ihrer Zärtlichkeit einen Strang zurechtband, oder indem sie am gegebenen Wort erstickte.

Man trug die Standhafte und Ehrenfeste in einem Sarg zum Haus hinaus.

OPHELIA

EINE NOVELLE

Dame und Knabe hatten in dem Städtchen am See, das nie ein großer Handelsplatz gewesen ist, Aufenthalt genommen, was ich dir hiermit zu meiner Freude still und stimmungsvoll berichte. Ich will so viel Stimmung wie möglich in diese Landstadtnachricht legen, über die ich Wölkchen hinfliegen lasse.

In die Hauptgasse stelle ich Jungens, von denen einer seine Armbrust spannt. Georg nenne ich meinen Knaben, die Dame Ophelia, und ich verleihe der Meinung Ausdruck, daß es heutzutage wie immer viele selbständige Leute gibt und gab, die sich schon für unabhängig halten, weil sie ohne Hilfe in die Eisenbahn zu steigen oder nach eigenem Gutdünken mit einem Sparbüchlein oder Scheck auf die Bank zu gehen vermögen. Gar so unerhört selbständig, d. h. lediglich auf sich angewiesen ist auch der Selbständigste noch nicht. Kommen wir, ohne daß wir Gegenseitigkeit beobachten, Rücksicht üben, einen Tag lang mit uns aus?

Der Knabe schien von der Dame abhängig, aber ich merkte seinem Auftreten, seinem Antlitz eine gewisse Bestimmtheit an, indes ich an der Selbständigauftretenden eine gewisse Unsicherheit wahrnahm. Diener tragen oft mehr Verantwortung und sind zielbewußter als Herren, oder glaubst du, das sei noch nie vorgekommen?

Ophelia bewohnte eine allerliebste, zweifenstrige, blauangestrichene Stube, die vormittags voll Sonne war. Das Blau des Anstriches gab sich zart wie Herbsthimmel. etwas Weißes lag darin. Die Möbel zeigten ein heiteres Braun; an den Vorhängen gab es nichts auszusetzen, sie schienen selber mit sich einverstanden.

Was die Wohnung des Knaben betrifft, so logierte er nicht im Gasthaus; ihn beherbergte ein Zimmer in einem Privathause an genannter Hauptgasse, ein Raum, den vor ihm ein englischer Oberst okkupierte. Das Zimmer war sehr groß, der reine Saal.

Eine der Pflichten Georgs bestand im Servieren bei Tisch, indem er seiner Dame die Schüsseln darzuhalten hatte, wobei er nie recht wußte, ob er auf die Schüssel und die Speise, die darauf lag, herabschauen sollte, oder ins Gesicht der Gebieterin. Er tat meistens beides und befand sich dabei wohl.

In was für eine «Hofmann-Geschichte» gerate ich da? Im Gebäude der «Eglise libre» befand sich zu meiner Jugendzeit eine Bibliothek, die ich, wie ich mich erinnere, lebhaft benutzte, und die unter andern eine Art ältliche Bände enthielt, die ein gewisser Hofmann verfaßt hatte. Ich halte es für meine Pflicht, des Elternhauses wie der darin empfangenen Vergnügen, so oft ich nur kann, zu gedenken.

Um Ophelia wob etwas?

Selbstverständlich eine leise, stille Traurigkeit, aus der das bißchen Fröhlichkeit jeweilen wie Sonnenschein aus einem Gewölk hervorzubrechen pflegte, gewiß eine durch und durch geschichtenhafte Anmerkung, über die ich froh bin. Auch du wirst dich an ihr freuen, darf ich wohl glauben.

In des Städtchens Gasse befand sich außer einem Schuhladen eine würstevorweisende Metzgerei, ein Friseurgeschäft, auch eine Papeterie verbunden mit Spielwarenhandlung, in deren Schaufenster sich Bücher blikken ließen, die betitelt waren wie «Armes Herz» oder «Der Liebe Jubellaut» oder «Ja, es gibt ein Glück», wovon ich dir nur zitternd Meldung abstatte, denn das Glück macht uns vor der Idee zurückbeben, es könne uns entschwinden.

Georg Schudel las die Titel dieser Bücher aufmerksam und langsam; er war im Laufen und Lachen flinker und geschickter als im Lesen. Er war jedesmal über ein Lächeln, das seiner Ophelia etwa übers Gesicht huschte, sehr glücklich. Da wird er sie wohl sehr lieb gehabt haben. Aber der Dame wollte, indes sie so im Städtchen am See weilte, kaum je ein Jubellaut entschlüpfen.

Sie dachte nämlich in einem fort an den abwesenden Helden, den sie als einen Abenteurer ersten Ranges nur zu gut kannte und womöglich nur zu hoch einschätzte. Was wir kennen, verursacht uns oft Schmerzen, und was wir achten, läßt uns in den tiefsten Schächten unseres Bewußtseins gern schmachten. Wäre Ophelias Held zugegen gewesen, so würde sie die Lust angewandelt haben, ihn mit Verächtlichkeit auszuzeichnen, um ihm ihre Empfindungen zu verhüllen. Wahrscheinlich hätte sie ihn sogar laut ausgelacht. Ihn in der Ferne wissend, gab sie sich die Erlaubnis, ihn zu verehren, durfte sie sich unverhohlen nach ihm sehnen.

Wußte der Knabe um ihr Geheimnis?

Ich kann dir das nicht genau sagen; ich vermute aber, daß er's ahnte, denn im allgemeinen geben unsere Manieren preis, was wir noch so sorgsam zu verbergen bemüht sind. Kann man nicht auch zu Ophelia «Armes Herz» sagen, und sie dann schön finden, indem man sie beklagt und zugleich bewundert?

Manche Einwohner des Städtchens taten das; sie war ja eine so vornehme Erscheinung. Wie Sanftheit und Güte schritt sie zögernd einher. Nach dem Essen schrieb sie jeweilen an einem Brief weiter, der nicht endete, wobei der Pudel unbeweglich auf einem Schemel saß und ihr zuschaute. Ich meine mit dem Pudel unsern Schudel, den du vielleicht gegen solche Benennung gebührend in Schutz nimmst, was ich ihm gönne, weil auch ich es nicht ganz korrekt finde; aber gehört es nicht zum Hübschesten im Leben, sich dann und wann so aufzuführen, wie es nicht am Platz ist. Würden sich alle mit Würde benehmen, was entstünde daraus für eine ungeheure Bürde. Nein, so weit kommt es mit uns nie, nie!

Mit langsamer Schnelligkeit und rascher Langsamkeit, also gleichsam teils wehmütig, teils munter und unachtsam verflossen die Tage, die schon herbstlich zu werden begonnen hatten. Auf einem Waldspaziergang sprach der Knabe, der offenbar dichterische Begabung besaß, der Dame, die diese Himmelsgabe zu schätzen schien, folgende Elegie vor, die ihm eben von der Frau Eingebung geschenkt, d. h. in den Mund gelegt wurde:

Wenn ich, indem ich meine Schritte lenke,
so an die Tapferen denke,
die in ungewünschtem Streit starben,
vergleiche ich sie mit den Farben
des Herbstes. Sieh, wie das Blatt,
das dort fällt, noch Zeit hat,
zu tändeln!

Auch Georg und Ophelia vertändelten die Zeit, wie auch ich sie wieder mit ihnen vergeude und verbrauche, aber das tut mir nicht leid, sie sind ja so gewogene Personen, die Geld in der Ortschaft liegen lassen, weshalb sie auch gern gesehen waren.

Ob sie nun eines Tages auch vereint auf einem abgehauenen Baumstamm am Waldrand in ausgedehnte Gedankenparkanlagen verloren saßen, wenn hier nach einem Zeitraum des Vorsichhinschauens die Dame auf das süßeste und wieder bitterste anfing zu weinen, und dieses Weinen sich in eine Unaufhörlichkeit zu ergießen schien, kein Laut dabei über ihre Lippen kam, als sei dabei jedes Wort überflüssig, und wenn ich dir dies schildernd selbst beinah mich von einer unschicklichen Weichheit nicht loszureißen vermag, die größte Mühe habe, geistig in der nötigen Überlegenheit zu bleiben, den Kopf beim Schreiben hochzutragen, und wenn der Knabe beim Mangel an Selbstbeherrschung, den ihm seine diesmal doch wohl arme Dame darbot, seine eigene in die Brüche gehen sehen mußte, nämlich die Empfindungsüberwindung ganz zur Mitleidsüberschwemmung anwuchs, so füg' ich dennoch diesem Melodrama bei, in der Nähe habe sich eine Anstalt für Epileptische befunden, die auch heute noch daselbst aufrecht steht zum Besten einschlägiger Behafteter.

Georg nahm Ophelias Hand mit einer Leisheit und dennoch Selbstverständlichkeit in die seinige, wie sie ihm der Moment eingab. Ich würde ihn hier gerne etwas sagen lassen, aber die Wahrheit ist, daß er für angezeigt fand, zu schweigen. Sein Schweigen redete einen ganzen Band, dessen Inhalt sie verstand.

Mit dem Schmerz, den sie nach und nach überwand, ging sie mit dem Buben, der wohl keinen Einwand gegen diese Einkleidung machen wird, indem er sich sie gefallen läßt, durch das abendliche Land, das wie eine Seele vom scheidenden Tag träumte, mit dessen Wert es sich umschmückt hat.

Das sind mir goldstrotzende Redensarten, das! Aber ich versprach dir, poetisch zu kommen, und halte mein Wort.

Ich verliebte mich übrigens einmal in ein lediglich im Schaufenster liegendes zierliches Strumpfband, indem mich eine innere Stimme mahnte, eine Frau denke an mich. Sollte ich dir durch dieses Geständnis beweisen, ich sei leichtfertig?

Wenn Leute Georg grüßten, sprach er sinnig: «Euer Gruß gehört ihr, ich bin ihr Bedienter und falle für Achtungsbeweise nicht in Betracht. Ich bin nur für sie vorhanden. Eure Höflichkeit mir gegenüber ist eine Unhöflichkeit ihr gegenüber. Ihr tätet gut, wenn ihr das einsähet. Wenn ihr mich gar nicht wahrnehmt, schmeichelt ihr mir. Habt doch ein Einsehen in meine Pagenseele. Wißt ihr, was ein Page ist? Ein Page ist nichts als das Paket im Täschchen seiner Herrin. Ihr wollt doch nicht einer Bescheinigung guten Tag sagen. Was sie sagt, sage ich auch, d.h. ich sage zu allem, was sie sagt, ja und amen. Bin mit allen ihren Eigenheiten vorbehaltlos einverstanden. Ich empfehle euch, mich für ihren Schuhbändel zu halten. Sie atmet mich ein und aus; ich stelle also bloß Hauch von ihr dar.»

Die Leute lächelten ihn an und meinten, er mache Witze. Das Wirtshaus, worin Ophelia sich niederzulassen entschlossen hatte, hieß «Frohsinn». In der Tat, den gebackenen Fischen merkte man keine Schwermut an, und der Wein duftete im Glase auch nicht nach einstigen besseren Tagen, verbunden mit diesbezüglichen Klagen. Trauben wurden ihr aufgetragen als Mittel zu Verhinderung etwaigen Aufkommens von bangen Fragen.

Was auch unser Herz peinigen mag, Schlag auf Schlag, obschon eigentlich besser Biß auf Biß, man muß nur gegen das Zagen anzukämpfen wagen. Herrje, ich gerate ins Reimen. Ich rede in Versen und schreibe doch nichts als gediegene, wohldurchdachte Prosa. Welches Wunder!

Am Gestade plauderte einsilbig der wundrige Wellenplunder, in den die beiden häufig, weil sie Zeit dazu hatten, mit gespanntem Interesse hinabschauten.

In der Gasse lagen indessen da und dort gedankenlos oder bedürfnishaft fallengelassene patschige Kuhblätter, die immerhin Zeugnis von Viehzucht und Ackerbau ablegten.

Es war schönstes Wetter, und deshalb schon darf ich der Ansicht sein und sie dir zur Kenntnis bringen, daß Moral oder Unmoral in der Welt nicht so entscheidend sind und auch nicht so viel Nutzen stiften wie Lebhaftigkeit und Heiterkeit, die als die dienstfertigsten Wesensteile des Menschen gelten. Bin ich voll Lust, so bin ich am brauchbarsten. Macht mich Unmoral fröhlicher, stärker als Moral, so wär' ich ein Narr, keinen günstigen Begriff von ihr zu haben, sie zu fliehen. Wer vermag übrigens mit Gewißheit zu sagen, was gut, was böse, was Wahrheit, was Lüge, was Haß, was Liebe ist? Ich grüble darüber lieber nicht lang. Sehe jeder zu, daß er sich auf irgendwelche Manier an Leib und Seele gesund erhält, und so sehe ich unsere gar nicht Großartigen, sondern sich im Seestädtchen bescheiden Umschauenden in einen Laden hineinblicken, den ein Ehepaar bewohnt, so altertümlich-einfach, als lebten sie zur Zeit Luthers in Wittenberg. Der Mann liest seiner Frau, die im Bett liegt, aus der Zeitung vor.

Jawohl, meine Herrschaften, sie liegt vor aller Mitbewohner Augen still und fromm im Bett.

Vielleicht nähme man gerade in stets so großzügig scheinenden Großstädten Anstoß an solcher Behaglichkeit, hier denkt niemand dabei an etwas Anstößiges. Im Zimmer brennt die Lampe. Der alte Gatte trägt einen ihn überaus kleidenden Patriarchenbart. Ihm dient eben der Laden oder das Handwerksgewölbe auch als Wohn- und Eßstube, und Ophelia und Georg freuen sich am Anblick der Ehrbarkeit, die aus der Armut strahlt.

Wie oft gebärden sich Große kleinlich; hier sahen sie eine Art schöner Gebärde bei Kleinen. Den Pudel belustigte es, wie in der Gasse, die der Abend in seine warmen Arme genommen hatte, Rudel oder Gruppen von Männern herumstanden und sich auf Ruhe nicht störende Art unterhielten.

Von verschlafenen Kleinstädtern usw. merkten sie nichts. Deutschland, wann änderst du deine Ansichten hinsichtlich sogenannter Hausbackenheit? Wann hört dein Glaube auf, ein Genie bedürfe nicht auch der Kleidung, des aufrichtenden Essens, des nötigen Maßes an Häuslichkeit und Ordentlichkeit? Wann wirst du Attaken und anderseits ein Nachgeben aus Vernünftigkeit einigermaßen richtig einzuschätzen gelernt haben? Verzeih, Genialisches, daß wir Mittelmäßigkeitsfragen an dich zu richten wagen. Ich hoffe aber groß und fest und dir in Treue, du werdest ruhig.

Als wenn es der Tüchtigkeit etwas schadete, nicht jede Minute einen glänzenden Effekt machen zu dürfen.

Nun fuhren sie in einem Kahn auf dem See und glitten in der Gottesluft und auf der Wasseroberfläche nach einer Insel, die sie nach einiger Zeit erreichten, nachdem sie abwechselnd und häufig zur umliegenden Natur gesagt hatten: «Wie bist du schön!»

Georg zog das Ruderboot mit Kraft ans Ufer, worauf sie einen Weg antraten, der sie zu einem Mißvergnügten führte, der sich mit seinen Leistungen bei der ganzen gebildeten Welt beliebt gemacht hatte.

Dieser sagte unaufgefordert:

«Ich stelle mich euch hiermit als den allgemein Anerkannten vor, dem nur eines nicht vergönnt ist, daß er sich selbst anerkennen kann, denn das bring' ich nicht fertig. Ich bin so unzufrieden mit mir, wie ich viele meiner Mitmenschen befriedigt habe. Nicht wahr, ein tragikomisches Geschick! Ich leide, weil ich nie litt; bin in einem fort mürrisch, weil ich nie murrte, sondern zu allem ein liebes Gesicht geschnitten habe. Samt und sonders halten sie mich für einen lieben Mann, und darüber muß ich mich nun in einem fort ärgern. Ich wünschte, es sagte mir jemand alle Schande. Sehen Sie, so steht es mit mir. Ich gelte überall als eine wahre Seele und bin gar keine. Daß ich so viel Glück hatte, hat sich für mich zu einem

Unglück ausgewachsen. Die Leute haben keine Ahnung, wie sie mich, indem sie mich zum Liebling erkoren haben, zum Unbeliebten vor mir selbst machten. Ich finde es schauderhaft, nicht einen einzigen Widersacher während meines Lebenswandels angetroffen zu haben. Ich komme mir ordentlich deswegen äußerst verdächtig vor; eine Stimme raunt mir ins Ohr: Dir fehlt's an Charakter! Über die Stimme und das, was sie zu sagen wagt, ärgere ich mich natürlich. Alles, was ich den Leuten gesagt habe, hat bei ihnen immer nichts als Anklang und Beifall gefunden: entsetzlich. Ich bin zum Ergebnis gekommen, daß mich der Haufen von Liebe, den man mir von allen Seiten entgegentrug, geradezu gehässig machte. Ich bin wütend auf die, die mich hochschätzen, und möchte mich schlagen, daß sie mir nie Grund zum ein bißchen Verzagen gegeben haben. Keine Spur von Tränen, von reinigendem Sehnen durchwässerte, durchbrach, durchfeuerte mich je. Ich bin mir, indes ich vielen oder allen andern liebenswürdig geworden bin, einfach scheußlich und liege hier auf einer Insel, die ich Sie höflich ersuche, die Insel des Beliebten zu nennen, der all die Beliebtheit zum Teufel wünscht, damit er Hoffnung hat, sich wieder zu finden und ein natürliches Verhältnis zur Mitwelt anzubinden. Trauern Sie um mich. Ich verdiene in dem Maße Mitleid, wie ich umworben und benieden wurde. Aus mir wurde ein Ungläubiger, weil sie alle auf mich schauten, an mich glaubten.»

Mit solchen und ähnlichen Worten begab sich der mit sich so Uneinige in sein Häuschen, das er sich am Ufer aus eigenen Anspornungen erbaut hatte. Georg sang, indem er an das in der Papeterie ausgestellte Büchlein dachte: «Ja, es gibt ein Glück».

Sie traten in den von mächtigen alten Eichen besetzten Inselwald. Hier begegnete ihnen etwas Merkwürdiges. Bevor ich dir das mitteile, will ich dir nur auch gleich nebenbei gestehen, daß eine etwas fleischliche, sonst aber sehr liebe Pfarrerstochter in landhäuslicher Abgelegenheit um mich weint. Sie tut das, weil ich ihr zu lieb noch immer nicht den Zerbrochenen, Geknickten, Verspäteten und Verfrühten spiele. Sie bildete sich nämlich im Pfarrerstöchterchenköpfchen allerlei ein, u. a. ich wäre etwas wie ein verzweifelter Spieler, und hat sich ausgemalt, wie nett es für sie wäre, mich händeringend ihr zu Füßen fallen zu sehen. Sie wartete bis dahin vergeblich auf einen Fußfall, ich hoffe, sie bleibe dabei vergnügt. Kann ich denn einem Mädchen zulieb künstlich straucheln, mich stellen, als wär' ich ein Verlorener? Mein klarer Verstand und meine gesunde Existenz sind ihr gegenüber eine Sünde, das seh' ich ein. Aber da ich mich kräftig fühle, kann ich mich nicht wie ein Schmachtlappen aufführen.

Nun wieder zu meinen Walddurchstreifern, denen ein junges, schönes Mädchen in hellschimmerndem, aufgelöstem Haar im grünen Dickicht begegnete, das vor sich her deklamierte, als sei sie auf einer Bühne:

«Unglückliche, die ich bin, wo eile ich hin? Wie durchbreche ich meine Qualen! Ich bin eine Bedeutende, die als nebensächlich verschrien ist, und die längst den Tod gefunden hätte ohne solche schützende Verleumdung. Werd' ich mich selbst richten müssen? Ich heiße Natalia. Ihr Bäume, die ihr zum Teil, wie aus eurer Höhe und Dicke zu urteilen ist, aus dem galanten achtzehnten Jahrhundert zu stammen scheint, hört wie gelassene Zuschauer den Bericht meiner Taten an. Meine Bahn ist übrigens ganz kurz: Dies Röckchen, das mir um die

Beine flattert, und was ich tat, stehen in einem förmlich aufkreischenden Gegensatz zueinander. Ich beherrsche in ungewöhnlichem Maß meine Muttersprache, bin aber von einer Unwissenheit, die mich betäubt und die auch andere betäubte. Dummheit ist etwas so Aristokratisches. Aus Größenwahn lief ich aus der Schule. Auf dem Weg in die Schrankenlosigkeit traten mir eherne Gesetzlichkeiten entgegen. Ich machte die Erfahrung, daß mir alles, was die Menschen Liebe nennen, widerlich vorkam. Das Vaterland war in Gefahr. Heere durchzogen es von allen Seiten. Die Gemäßigten wurden von den Gewissenlosen in die Enge getrieben. Die Gewissenlosen halten die Gewissenhaftigkeit für etwas Schlechtes. Ich wurde von Gewalthabern, die sich vor ihrer eigenen Umgebung fürchteten, zur Vollstreckerin von Hinrichtungen ernannt, teils weil ihnen mein Figürchen angenehm auffiel, anderteils um des Hasses willen, den sie an mir entdeckten. Ich habe in Verlauf meiner Beamtung auf über hundert anerkannte Größen geschossen, von denen mindestens sechzig ums Leben kamen. Wundervolle Frauen lagen mir, mich um Erbarmen flehend, zu Füßen. Da sie mir aber den Eindruck machten, als hielten sie sich für intelligent, zeigte ich ihnen den Rücken. Ihr feines und leidendes Aussehen und ihre gewählten Reden beleidigten mich. Rümpfte ich mein Näschen, so war das ein Beweis meines Ausharrens bei einmal eingegangenen inneren Verpflichtungen. Die, die mir anhingen, sagten mir, ich hätte in solchen Momenten entzückend ausgesehen. Ich verzieh den Intellektuellen vor allen Dingen nicht, wie sie sich ob mir entsetzten. Daß ich sie im Grunde schätzte, erfüllte mich gegenüber mir mit Verachtung. Ich habe sie bedrängen helfen, weil sie sich untereinander selbst bedrängten. Mir kam vor, als sei ihnen allen eine tiefinnewohnende Unernsthaftigkeit eigen, die etwas Tiefreizloses an sich hätte. Unmittelbar vor ihrer Verabschiedung vom Leben zankten sie sich in gesuchter Form und schrieben rasch noch ins Notizbuch einen Essay, in der Hoffnung, daß er publiziert würde. Ich war vom Glauben nicht abzubringen, sie hielten sich alle zusammen im Kern für faul. Sie urteilten abfälliger über sich als über ihre Verurteiler. Ihre dünnen Finger redeten von Müdigkeit, aber auch von Unersättlichkeit. Die Müdigkeiten schienen ihnen als Grundlage zur Lebenslust zu dienen. Wie frech sie in ihrer Schüchternheit aussahen, wie häßlich in ihrer Schönheit und wie ungezogen in all ihrer Erzogenheit, wie lumpig und zugleich wie verehrenswürdig in ihrem sie strahlenartig umleuchtenden Wissen. Ich nannte sie zischend ‹ Bande ›, und als sie über das Wort lächelten, wurde ich ohnmächtig. Auch sie waren es. Ich mußte dann eines Tages den Schauplatz verlassen. Überall wußte man um das, was ich getan hatte, und doch drängte sich allen der Glaube sogleich auf, ich sei unmündig. Die Überzeugungen, daß ich schlecht sei, zerfielen wie Festungen, die vom Geschütz des Eindrucks, der Gutes über mich sagte, in Ruinen verwandelt wurden. Man brachte mir Äpfel, Birnen und Trauben. Von Zeit zu Zeit erhalte ich eine Anweisung, damit der Engel, wie sie mich nennen, behaglich auskomme. Ich glaube hie und da felsenfest an meine Belanglosigkeit, wie jetzt, wo mich die Blätter dieses Haines mich auf den Boden ausstrecken sehen, ganz Ergebenheit.»

«Du bist selig und trostlos?» fragte der Knabe das seltsame Mädchen, das zur Frage nickte.

Ophelia, die sich in die Nebensächliche, man möchte fast sagen, verliebt hatte, neigte sich über sie und sprach, indem sie sie streichelte: «Du verdientest, daß man dich wichtig nähme und dir weh täte. Es ist unverantwortlich, dich in Schlaf zu lullen, der dich deiner Bestimmung entzieht.»

Lange schauten sich beide in die Augen.

Es vergingen ob diesem Einanderunglücklichfinden zehn Minuten, die Georg benützte, einen Rundgang um die Szene zu machen, die er weder unterbrechen noch vervollständigen wollte.

Eine in jeder Hinsicht prinzliche Erscheinung faszinierte ihn, es war Azuro, der hier scheinbar jagte.

Natalia bat Ophelia, von jedem Bemühen, sie ihrer Umnachtung zu entziehen, abzustehen, wonach Dame und Knabe wieder in ihr Boot stiegen, um die Rückreise an ihren Wirkungsort anzutreten, wo sie freilich nicht allzuviel bewirkten; sie hatten sich ja das aber auch nicht vorgenommen.

An dem Sonntag, der nun heranrückte, besuchten sie die Kirche. Ophelia trat wie eine Fürstin auf; sie kam schneeweiß, der Knabe blau. Eine Estrade war von Zöglingen besetzt, denen ein junger ernster Lehrer Winke erteilte. Sämtliche Zöglinge schauten auf einen in Marmorhärte und Bescheidenheitsgroßartigkeit neben ihnen sitzenden Menschen wie auf einen Freund höherer Art, einen aus dem Himmel gestiegenen, kriegerischen Friedensboten. Es war Azuro, Ophelias Geliebter. Sie hatte keine Ahnung, daß er auch mit hier sei. Die Entrüstung und die Freude, hätte sie's gewußt, würden sie getötet haben. Der Prediger lud die Versammelten zum Gebet ein, das er ihnen vorsprach. Hernach erfolgte die geistliche Auseinandersetzung über das Bedenkenswerte an der Schwäche. Azuro und der Kanzelredner wechselten eindringliche Blicke. An der Kirchenwand standen zwei Sprüche aus der heiligen Schrift schwarz angemalt. Natalia war kurz vor dem Pfarrer, in letzter Minute, zur Andacht herbeizuspringen gekommen. Sie hatte sich ins Gestühl gesetzt, ohne, wie üblich, zuvor in der Stille zu beten. Azuro beachtete die Kleine, die eine so bewegte Vergangenheit hinter sich hatte, teilnehmend. Er lachte sogar in der Abenteurerbrust über sie. Die Sonntagssonne sang durch die schmalen, hohen Fenster herein. Die Orgel wurde von einer alten Frau gehandhabt. Die Haltung Azuros, die er den predigtlichen Ermahnungen gegenüber einnahm, enthielt etwas Bellinisches. Die Unterwürfigkeit des zuhörerlichen Unterordnens hatte für ihn etwas Erhebendes. Er fand sich prachtvoll. Ihm schien, ihm hinge ein Mantel über der Schulter. Ich will diesen Mantel den Gediegenheitsmantel nennen. Von Azuro wissen wir nur so viel, daß er seine Dame verraten hatte. Er glaubte sich aber in seiner Unentschuldbarkeit schön und irrte sich darin nicht. Wenn wir uns eines Vergehens schuldig machen, so empfiehlt uns nicht dessen Geringfügigkeit, sondern dessen Erheblichkeit. Wofür es keine Verzeihung gibt, dafür gibt es um so mehr Bewertung. Ophelia ging ein leiser Fieberschauder über Haar und Rücken hinauf und hinab. Kränklichkeit und Schwäche, von denen der Pfarrer mit Achtung und Sorgfalt sprach, verwandelten sich in Lilien. Azuro saß unbeweglich, und wenn er aufstand, stand er wie ein Standbild da, das etwas schwankte, aber das Schwanken war beabsichtigt. Als der Gottesdienst beendet war, fand zwischen Azuro und Ophelia im Friedhof eine Begegnung statt, die korrekt verlief. Wenn er vor den Pfarrerworten sich wie ein Mann ohne Tadel benommen hatte, fröhlich und frei, so ließ er sich vom Fräulein wie ein Bestrafter anschauen. Aber auch sie atmete vor seinem Gesichte schwer. Beim Gedanken, der ihr sagte, daß er sich nur groß vorkomme und vom Glück umfächelt sehe, sobald man ihn wie einen Überführten behandle und ihn als einen Unschätzenswerten ansehe, zuckte in ihrer Miene der Zorn auf. Als richtiger Page seiner Herrin warf Georg dem «Liebling der Damenwelt» einen flüchtigen Blick voll Herausforderung zu. Azuro sagte während des ganzen Tages zu sich: «Sie hätte etwas sagen können», gleichsam froh, ihr einen Vorwurf machen zu können. Er verlor sich dann östlich. Ophelia schaute auf ihre Schuhe.

Die sich so wichtig nahmen
in ihrem Rahmen,
über träumerisches Betrachten
sich lustig machten,
den Verstand, den Riesen,
in einem fort priesen,
fielen alle um,
blieben stumm,
vom Verstand umgebracht,
den sie sich viel zu vernünftig gedacht;
sie waren von jeher zünftig
und unvernünftig.

Ein Heuchler
und Meuchler,
listig wacher
Verlacher

der eignen Wichtigkeit.
O, wie's nun weit und breit
unterm hellen Tag
leblos lag,
Überreste
einstiger Feste
nahrungssuchend sich am Boden hinschlichen,
Schmerzenskindern glichen.
Azuro
kroch umher und sah's so;
zu erquicken den Mund,
biß er sich den Arm wund;
doch auch nicht im bleichen
Bereiche der Leichen
vermochte der Glaube von ihm zu weichen,
daß seines Wesens Rebe
Säfte gebe;
Opheliens Liebe
ihm bliebe.

DIE SCHÖNE RITTERGUTSBESITZERSTOCHTER

Herr von Wehrburg und Herr von Wunderburg liebten und umrahmten mit dem Goldrahmen ihrer Wertschätzung ein tadelloses Mädchenbild.

Herr von Wehrburg war ein prima Fachmann in der Landwirtschaft. Er hob, kann man sagen, ein Landgut mit einer an Federleichtigkeit grenzenden Schnelligkeit in die Höhe.

Da ritt er denn so durch den Wald, nachdem er seiner

Frau Mama mit einer hart an das grenzenden Artigkeit die Hand geküßt hatte, was man Manierenbesitzen nennt.

Die Mutterhand war über den Sohneskuß glücklich. Man sah ihr das an. Die Hand lächelte nämlich ein schimmernd-weißes Damenhändelächeln. Die Lippen des Herrn Wehrburg lächelten wieder ihrerseits ein Landwirtschaftsbetriebslächeln.

Nicht wahr, es ist recht erheblich und sehr der Erwähnung wert, in der Wehrburg- und Wunderburggeschichte wegen zarter Art von Lächeln lächerliche Wichtigkeitsgeschichten zu machen. Eine Erzählung tut aber gut, wenn sie sich wichtig nimmt.

Das sollte ich doch auch schon aus eigener Erfahrung wissen!

Wera hieß der Gegenstand der Wehrburgelei und Wunderburgelei. Wehrburg wurde auf Wunderburg wunderbar eifersüchtig. Durch den Wald ritt nämlich auch Wera.

Sie ritt ein sehr feuriges Pferd, das mit ihr, ohne eine diesbezügliche, höfliche, vorherige Anfrage an sie zu richten, durchging.

Wera, das tadellose Bild, das sich von Wehrburg sowohl wie Wunderburg umrahmt sah, schwebte in Lebensgefahr.

Es ritt jedoch auch der gute, wunderliche Wunderburg zufällig durch den Wald. Er sah, wie sie einer Gefahr entgegenritt. Er sah, wie ihre zarten Kräfte sie zu verlassen drohten.

Ein Ruck, und das Pferd stand still, und Wera, dieses Rittergutsbesitzerstochterjuwel, lag in den Armen ihres Retters, und jetzt kam der wehrhafte Wehrburg herangeritten, mußte beide so erblicken und wurde daher von unerhörter Eifersucht heimgesucht.

Jetzt dachte Wehrburg nicht mehr daran, seiner Frau Mama Hand an die Lippen zu führen; er nannte vielmehr prompt Herrn von Wunderburg einen Schurken, der seinerseits in vornehmer Tonart, jedoch mit der nötigen Bestimmtheit, eine Benennungsweise ablehnte, die er unmöglich annehmen könne.

Herr von Wehrburg adressierte an Herrn von Wunderburg die im übrigen schlichte Frage, um wieviel Uhr das Renkontre etwa stattfinden könnte. Genannter blieb die Antwort nicht schuldig, und so zielten sie denn gelegentlich aufeinander wie auf Zielscheiben und trafen sich gegenseitig aufs freundschaftlichste und rücksichtsvollste bloß in je einen harmlosen Oberarm.

Beide hatten absichtlich human gezielt.

Beide besaßen offenbar ein hohes Maß von europäischer Bildung.

Beiden war es einfach um Absolvierung einer Pflicht zu tun.

Diese Pflicht war nun erfüllt, aber, o Wera, dein Herr von Wehrburg kann sich vom Eindruck nicht loslösen, daß du mit Herrn von Wunderburg geschätzelt hast.

Er litt Qualen, und sie auch, nämlich Herzensqualen, bis sie sich dann legten, nämlich die Qualen, und bis sie sich vertrauensvoll in die jedesmaligen zwei Augen blickten, nämlich die sich wie neugeboren fühlende Wera und der sich wiedergetauft wähnende, erheblich eifersüchtig gewesene, nunmehr aber nicht mehr eifersüchtige, in Landwirtschaftsangelegenheiten ausnehmend tüchtige, mutterhandandielippenzuführenpflegende Herr von Wehrburg, der sich jetzt mit ihr vermählte, nämlich mit seiner Wera, wozu ihnen von jemand gratuliert wurde, nämlich von dem immer noch Wunderburg heißenden

Wunderling, der so lange so heißen wird, als er sich zu erhalten weiß.

Wir wünschen ihm und uns ein langes, arbeitüberladenes Leben, das heißt nur ihm, uns nicht; wir gehören nicht zu denen, die sich gern überanstrengen.

Und hiemit erlaube ich mir, diese Geschichte für fertig zu erklären.

DIE MAGD (II)

Eine Magd, die Marie hieß, sah sich mit einem unwiderleglichen Anflug von Schnurrbart geschmückt oder bewachsen, wovon sie schwermütig wurde, und weswegen sie tausendmal ins warme oder kalte Wasser springen wollte.

Wenn wir sagen, sie sei ein Mannweib gewesen, so tragen wir zur Klärung der Sachlage gewiß nicht wenig bei, die übrigens in ein undurchdringliches Dunkel gehüllt zu bleiben wünscht, das Gott sei Dank von Mondschein erhellt wird.

Dürfen wir nunmehr zum frohen Glauben neigen, Marie habe einen Burschen namens Werner geliebt, der ihr im Lauf der Zeit ein Kind schenkte, das von durchaus eheloser Art war, wie eine Kirsche blühte und mit allem aufs verantwortungsloseste spielte, was es in die Hand bekam.

Häufig genug scheint sich Marie mittels einer Schere das Schmuckstück von Schnurrbart sorgsam abgeschnitten zu haben, aber immer wieder trat er in die Erscheinung. Vergeblich rang sie ob des nicht von ihr weichen Wollenden in der größten Verlegenheit die Hände.

Ihre Herrschaft bestand aus Mann und Frau und Zubehör. Eines Abends erzählte Marie ihrer Herrin mit einem seltsam leuchtenden Blick, der sich für eine Tragödin geeignet haben würde, sie sei zeitweise bereits im Zuchthaus gewesen, eine Eröffnung, die Staunen hervorrief.

Madame war ganz außer Fassung und sprach nichts als: «Du?», worauf sie in den Salon trat und sich darüber, daß sie ein Mädchen im Hause habe, die mit Schnurrbärten kämpfe und ihr mit illegitimem Nachwuchs nebst Strafanstalten aufwarte, beklagte.

Der Herr des Hauses liebte aber die Unselige sehr, die im Leben scheinbar schon durch dick und dünn gegangen war, und die in ihrer Mußezeit im Dachkämmerchen dichtete.

Eines Nachts, während sich die Gnädige, um ihren Schriftstellerinnenruhm besorgt, wieder einmal, wie es ihre Gewohnheit war, mit Weiterleiten ihres Erlebnisromanes abgab, packte die Magd ihre Habseligkeiten ein und spazierte fort.

Zitternd vor Verlangen, ihre Wangen an ihren treulosen Werner anzulehnen, den sie eigentlich immer noch liebte, fragte sie sich: «Wo hält er sich auf?»

Sie wußte es und wußte es wieder nicht. Sie lief, lief, man lief ihr nach, holte sie ein und führte sie wieder ihrem Wirkungskreis zu. Sie stand am Fenster und sprach folgende Worte:

Im Flusse spiegelt sich die Kirche wider,
einsame Fenster stehen offen,
von unserem Hoffen
sind wir bloß trügerisch betroffen.
O, holdes, großes Niemehretwaswollen,

dir will ich allen meinen Glauben zollen.
Vor meinen Eingebildetheiten rollen
mit dem phantastischen Gefieder
des Duldens und verachtungsvollen
Liebens die Lieder mir zu Füßen nieder.
Still, der Herr!

FLAMMENZEICHEN

EINE FAMILIENGESCHICHTE

Rodominsky klingt als Name für einen Generalssohn gut, der keinen Sinn für Tugend, wie z. B. Vaterlandsdienst, aufweist. Sein Rock hing ihm leichtsinnig von der Schulter. Dabei liebte er eine junge Dame, eine von den denkbar gottvollsten und schönsten, die mit einem blauen Flammenzeichen begabt war. Vornehmstes Blut rollte in ihren Adern. Unter der Wucht seiner Küsse schien er sie ersticken zu wollen. Sie pflegten sich gegenseitig langanhaltend und sündhaft-sorgfältig zu bezüngeln.

Eine Zeitlang ertrug sie das, wonach sie ihn mit einem Verächtlichkeitsausruf von sich stieß. Sie hieß Blonda. Ein seltener Mädchenname, und ihre Mutter trug noch den Stempel einstiger Schönheit. Der Vater, oder der Alte, nein, wartet, ich muß noch vorher den Sohn exemplarisieren, will sagen darstellen und vornehmen.

Er trug auf dem edelgeformten Kopf schwarzes Haar. Seine Mutter mag eine Kroatin gewesen sein. Ich erlaube ihr das. Nachdem er mit seinem Mund zahlreiche kosige, rosige Spaziergänge rund um Blondas Mund durchgeführt hatte, schien er sich leise auf die Notwendigkeit besinnen zu wollen, langsam und behutsam weise zu werden.

Er ließ ja denn auch in seinen Zärtlichkeiten eine Pause eintreten, aber was half sie ihm? Er unterlag dem Bann; er kam nicht mehr los von ihm. Von wem? Vom Bann ihrer schlankgewachsenen, tannenhaft aufgerichteten Persönlichkeit, die die erlesenste Garderobe zierte. Ihr Hut war zwei mal so hoch und groß wie das Zartheitswunder von blassem Köpfchen. Von ihrem Näschen, das sich kaum merkbar vom Antlitz abhob, bis herab zu den Spitzen ihrer Füße zu reisen, würde eine starke Wanderschaft abgegeben haben.

Ich schreite über diese Trivialität, die ja vielleicht eines gewissen Reizes nicht entbehrt, hinweg und gelange zu einem Auftritt zwischen Blonda und ihrem dunkelbewimperten Geliebten, wobei sie ihm sagte: «Mich zu besitzen, kann doch unmöglich dein einziges Sehnen sein. Du mußt doch auch daneben etwas werden. Deinen Eltern ziehen sich deinetwegen Furchen über die gutherzigen, besorgten Stirnen, hinter denen die lauterste Verantwortung schimmert und schlummert. Wenn du nichts außer mir erstrebst, erringst du mich nie. Wer nur Süßes kosten will, für den verwandelt es sich in Bitteres. So bin ich dir heute bitter gesinnt und will so bleiben, bis du irgend etwas Hervorragendes geleistet hast.»

Bei diesen Worten leuchtete das Flammenzeichen wieder einmal so recht deutlich, und ihn vom Kopf bis zu den Füßen messend, woran er ungeputzte Schuhe trug, kein Flammen- aber ein Nachlässigkeitszeichen, drehte sie ihm den schönsten feingeschnittenen Rücken, den je die Erde sah. Elegant schritt sie von dannen. Der Held setzte sich auf eine zufällig in der Nähe befindliche

Parkbank, stützte den Kopf in die Hand und würde ein Gedicht voll Wehmut geschrieben haben, hätte er Bleistift und ein Blatt Papier bei sich gehabt.

Aber er war einer, der nie Sorge für Nächstliegendes trug, und so sehen wir denn jetzt den Deutsch-Französischen Krieg ausbrechen, der den General an der Spitze der Seinigen in die Pflichterfüllung rief, die an die Moral usw. die höchsten Anforderungen stellte. Zu seinem Sohn sprach er von oben herab und kalt: «Bleibe du inzwischen daheim bei deiner Blonda.» Mit solchen Worten, o, mein Gott, überließ er seinen verzärtelten Sprößling ausgedehnten, irrgartenhaftverzweigten Beklemmungen, indem er mit einer Geste, die nichts und wieder alles darlegte, sein Streitroß bestieg, um dem Feind entgegenzureiten.

Überall, wohin er schaute, erblickte der von Ungewißheit umgarnte Zurückgebliebene das pflichtheischende Flammenzeichen. Er aß nichts mehr, zerfiel sichtlich, bis er sich eines Tages entschloß, als gewöhnlicher Soldat, man denke, ein Generalssohn, Dienst anzunehmen, dabei denkend, daß er sich mit ihm schon etwa befreunden werde. In finsteren Nächten stand er unbeweglich wie eine Säule Wacht, wobei ihm vielfach vor Müdigkeit die Augen zufielen, um sie wieder zu öffnen und ins Dunkel hinauszurichten.

Da! O, wie wird mir, überbrachte er bei Gelegenheit seinem gestrengen Herrn Papa, der sehr erstaunt war, seinen Sohn in hohem Grad tätig und tüchtig zu sehen, eine immens wichtige Nachricht, die, man kann sagen, einem Armeekorps das Leben rettete. «Ich hatte bisher eine ebenso geringe Meinung von dir, wie deine heutige Erscheinung mich nötigt, in ungewöhnlichem Maß an dich zu glauben. Du bist ja einfach vor mir und der übrigen Mitwelt ein Held. Ich gratuliere mir zu dir und dir zu mir, denn nun bin ich ein Vater, der seinen Sohn achtet.» Diese Sprache war laut gesprochen worden. Nur Generale reden so metallhart und hell. O, Blonda, mache dich auf die Heimkehr eines durch die Bank Gebesserten gefaßt. Mit Wunden bedeckt, eilte er in ihre ausgebreiteten Arme, d.h. sie standen einander zunächst bloß stillbewegt gegenüber. Wieder wurde ihm das Vergnügen zuteil, das Flammenzeichen wahrzunehmen, diesmal aber schien es ihm nicht mehr ein Vorwurf zu sein, sondern eine Anerkennung.

Es kam zu keinem leidenschaftlichen Geküsse, eher nur zu einem langen Zubodenblicken und schüchternen Wange an Wange legen. Die spärliche Liebkosung ist die schönere, die heißere, sie sagt mehr.

DIE DAME MIT DEM BRIEF

Ich hörte über zwei Freunde erzählen, daß sie gewissermaßen im Lande Romantik gelebt hätten, gegenseitig vielleicht zu schön, zu kostbar von sich dachten, wo sie gut getan haben würden, sich etwas leichter zu nehmen.

Der erste dieser beiden sittlich hochstehenden Herren verliebte sich, wie ich vernommen habe, anläßlich eines Ballfestes in eine Bürgerstochter derart, daß er sie um ihre Hand bat und sich auch in der Tat mit ihr vermählte.

Wie betrug sich diesem an sich heitern und liebenswerten Ereignis gegenüber der andere? Ihn schmerzte seines Freundes Verehlichung so sehr, daß er sich gleichsam in eine Nachdenklichkeit, in die Stille sozusagen seiner Seele zurückzog, d.h. vor der Gesellschaft floh, die ihm vielleicht gerade jetzt am nützlichsten gewesen wäre, indem sie ihn auf die Vielfältigkeit und muntere Reihenfolge menschlicher Möglichkeiten hingewiesen haben würde.

Nein, da verschloß er sich in das von Umdüsterungen wie von einem ausgedehnten, aber unlustigen Park umschlossene Schloß der Schwermut und beklagte einen Verlust, den er sich mindestens zur Hälfte bloß einredete.

Sonderbar, daß ihn um seiner Vereinsamung willen manche Frauen anziehend fanden, er aber nicht anders konnte, als am tatsächlichen oder vermeintlichen Verlorenen zu hängen. Gewissen Naturen scheint eine verhängnisvolle Anhänglichkeit eigen zu sein.

Nun hatte die Gemahlin seines Freundes eine auf ihre Art ebenfalls schöne, also erwerbenswerte Schwester, die sich, wie ich reden gehört habe, von dem Freudlosen gerne hätte gewinnen lassen mögen. Dieser aber verschmähte jede diesbezügliche fröhliche Bemühung, wie ihm überhaupt jede Fröhlichkeit nach und nach sozusagen auf die Nerven fiel, indem er sich dem weiten Meer vornehmer Abneigung überlassen hatte.

Mit Unduldsamkeiten ist aber nicht zu spaßen. Indem er sein Unrecht einsah, gefiel es ihm inmitten desselben. «Soll ich mich um die Schwester deiner Frau bewerben, was meinst du?» fragte er eines Tages, eine Zigarre mit ihm rauchend, seinen ihm so guten Bekannten.

Dieser riet ihm erstens, eine so rein persönliche Frage lieber selber zu beantworten, und zweitens, wenn möglich, unbenommen in das Treiben und in die Verführungen, aber auch Anforderungen des Lebens zu blicken, wonach nun der seinem Freund Ergebene dem Mädchen einen Brief schrieb, der wohl zu kühl gelautet haben mag, da er zu keiner ergebniszeitigenden Erwiderung führte.

«Er stottert mir da eine Liebe vor, von der er nichts weiß. Ich werde mich rächen», rief in der Heimlichkeit ihres Boudoirs, von Haß gegen sich selbst und gegen den Erklärungsabgeber erfüllt, die Beleidigte aus.

«Es ist ihm bloß am Freund gelegen», flüsterte sie und schaute sich im Spiegel und erschrak über ihr Aussehen.

Mit Geld, das sie sich zu verschaffen wußte, kaufte sie sich einen bis zwei tapfere Vertraute, denen sie den Auftrag gab, denjenigen zu vernichten, den sie in der Tat liebte, und von dem sie sich auf recht feine und zugleich unfeine Art betrogen sah.

Die Beauftragten, von denen zu sagen ist, daß es sich in ihnen um Elemente handelte, die zu allem entschlossen schienen, denen eine verwegene Tat bloß eine Abwechslung, gleichsam eine Befreiung aus des Alltags trägem Einerlei, bedeutete, drangen bestens bewaffnet, also zur Genüge mit Respekt einflößender Rüstung ausgestattet, ins abgelegene Gemach, das ein Philosoph bewohnte, der nicht einseitig, d.h. nicht resolut genug zu philosophieren vermochte, der an den Schönheiten so stark hing wie an den Klugheiten, und dem die Abwägungen die Bewegungen ersetzten, und fanden ihn bei zartgedämpftem Lampenlicht in einem Buche lesend.

Es war ein Ritterroman.

«Du mußt sterben!» riefen sie ihm zu.

«Weshalb das?» fragte er.

«Du mißfällst jemandem», wurde ihm geantwortet. «Aber wir kamen nicht zu dir, um uns mit dir in Disputationen einzulassen», und griffen ihn, ohne daß sie sich nur zwei Minuten lang besonnen hätten, an und töteten ihn.

Als die Behörde von der Angelegenheit vernahm, leitete sie eine Untersuchung ein, die jedoch resultatlos blieb. Die Täter wußten sich geschickt zu flüchten. Die Urheberin aber nahm Gas, nachdem sie die Worte ausgesprochen haben soll: «Schade um mich schönes Mädchen.»

Der lebende Freund hielt dem gestorbenen eine, wie man mir versichert hat, prunkreiche Grabrede, worin er die Eigenschaften des seines Ermessens nach zu früh seinem Wirkungskreis Entrissenen im hellsten Rednerlicht leuchten ließ.

Seine Gattin jedoch, die die Ehe nicht befriedigte, wuchs zu einer Heiligen. Sie ließ sich eine Villa am Meer fürstlich einrichten, während ihr Nächststehender zahlreiche geistreiche Aufsätze schrieb, die gebührend beachtet wurden.

Die Dame, die sich verraten geglaubt hatte, geht noch heute, in weiße Gewänder gehüllt, mit einem Brief in der Hand, auf den sie entsetzte Blicke zu werfen scheint, nachts durch winklige Gassen. Die, die ihr begegnen, weichen ihr achtungsvoll aus.

Du gefällst uns lieblos besser als mit gekünstelter Liebe.

WIR VERLIEREN UNS NICHT SO SCHNELL

Nachdem er teils vor einem Ofen gekniet oder in einem Vergnügungslokal Scherben von umgestürzten Gläsern zusammengelesen hatte und ähnliches mehr über sich nahm, wozu man ihm gründlich gratulierte, denn der Mensch ist nie netter und hübscher als in der Demütigung, kam er in ein so neues Milieu, daß ihn ein großes Staunen ankam. Viertelstundenlanges Nachdenken über allerlei überwältigte ihn. Er war angesichts alter Kleiderschränke ganz perplex und gegenüber hohen, altertümlichen Türen geistig, wie es den Anschein haben mochte, völlig hilflos. Mit einmal schrieb er aber:

Agathe, ein Warenhausmädchen, fand ihresgleichen nicht. Sie soll von einem General hergerührt sein. Hierüber lautet indessen nichts Bestimmtes. Ein zarter Stolz kleidete sie so gut, daß man ihr die überragende Aufgabe anvertraute, gleichsam Trägerin der Mode zu sein. Man hieß sie in einem Nebenzimmerchen, dessen Wände schmeichelnd mit Samt überzogen waren, das Neuste anziehen. Wenn sie dann angezogen war, trat sie ins große, offizielle Gemach, wo die Damenwelt stand, d. h. vielmehr auf von geschweiften Beinchen getragenen Sesselchen saß, denn wer würde gewagt haben, die tonangebenden Frauen stehend harren und warten zu lassen? Hier mußte sie so lange stillstehen, bis sie genugsam betrachtet oder studiert worden war; das dauerte manchmal eine ganze Stunde.

Agathe erhielt begreiflicherweise ein schönes Honorar, das ihr gestattete, beständig aufs sorgsamste frisiert zu sein. Trotz ihrer Ausgezeichnetheit verband sie sich mit einem der bescheidensten Herren, nämlich bloß so mit einer Art von Commis, wissen Sie. In diesem Commis saß jedoch eine Art Herrschernatur, falls Sie das zu fassen vermögen, und als er sie einmal mit einem andern Herrn Artigkeiten tauschen sah, zog er seinen Browning aus der Tasche und entledigte sich ihrer aufs denkbar einfachste, indem er sie niederschoß.

Da lag sie nun in ihrer Warenhausmädchenblüte anscheinend total leblos, aber der Zufall wollte, daß sie bloß, man kann sagen, eine mittelmäßige Verwundung davontrug. Sie sah blendend-schön aus, ganz verzaubert von sterbenden und hierauf wieder in die Höhe flatternden Lieblichkeiten. Man trug sie ins Spital, und in allen Salons wurde der Vorfall nach Gebühr, und wie es die Wichtigkeit verlangte, ausgeschachtelt.

Nachdem Agathe auf ihre so schlanken, reizendgeäderten Beine gestellt worden war, wozu es nur der Kunst derjenigen bedurfte, die berufen sind, unsere Hinfälligkeiten usw. auszugleichen, sah sie sich zunächst ohne jeden geziemenden Posten, mitten auf dem Trottoir. Da kam eine eigentlich schon mehr als stattlich gewachsene Frau auf sie zu und munterte sie auf, mit ihr zu gehen, sie habe ein Logis und wisse eine passende und fröhlichkeitweckende Beschäftigung für sie. Agathe schenkte ihr das holdeste Vertrauen, und so spazierten sie denn in die Schütte hinab, die ein poesieumwobenes Quartier ist. Hier machte ihr die Patronin begreiflich, daß sie auf alle Ansprüche an Eleganz zu verzichten und im allgemeinen zu gewärtigen habe, täglich tüchtig betten zu müssen. Unter betten versteht man das Instandstellen der Schlafstätten.

Das schöne Mädchen wußte sich ihrer neuen Pflicht mit einer geradezu rührungauslösenden Behendigkeit zu unterziehen. Sie erhielt hie und da von Frau Haldimann, so hieß ihre Gebieterin, einen Klapf, daß es in die Umgebung hinaushallte, Frau Haldimann gehörte eben noch sozusagen einer früheren Epoche an. In ihrem Mansärdchen griff Agathe zur Feder und schrieb ihrem Geliebten: «Ich dachte viel an Dich und keinen Moment zürnend», aber kaum hatte sie diese liebenswürdigen Worte zu

Papier gebracht, so zuckte sie zusammen, denn ein Kuß flammte, brannte und sengte ihr auf dem Schwanennacken, und eine eigentlich schon etwas mehr als höfliche Stimme zärtelte ihr in das rötlichangehauchte Ohr hinein: «Was wollte ich sagen?»

Muß das ein Vergeßlicher gewesen sein.

Aber er war ein Glücklicher.

«Aber ich gehöre ja dem, der mir wehtat», wehrte sie eine Reihe wunderhübscher Zusicherungen glatt ab.

Nichtsdestoweniger nahm er sie bei den Händen und führte sie ganz sachte aus der Schütte hinaus, die ja auch ohne Agathe bleiben durfte, wessen sie sich allfällig rühmen mochte: das poesieumwobenste Quartier. Agathe, die sich auf ihren Führer stützte, sang:

Ach, wie sind die Lüfte
voller linder Düfte.

Die Sehnsucht nach ihrem Bengel von Ladenschwengel, die in ihrem Herzenssaal als Kronleuchter von der Diele ihrer guten Meinung herniederstrahlte, befahl ihr aufzuhören zu singen. Sie trug bloß ein in aller Eile übergeworfenes, leises, leichtes Kleid, daß die Engelsformen darunter hervorblitzten und -lächelten. Sie sah in ihrem Negligé unerhört anständig aus, d. h. vor lauter Durchsichtigkeit, die sie an sich hatte, wagte gar niemand sie anzublicken, und so gingen sie denn weiter. Der Tag glich einem fröhlichen Gruß, den man gar nicht erwartet hätte.

«Wo willst Du denn jetzt hin?» fragte er sie, aber die Schütteentstiegene gab ihm keine genaue Auskunft. Vorläufig blieb sie ihrem Retter selbstverständlich dankbar, ob sie aber ihrer Sehnsucht Gehör schenken sollte, darüber war sie in einer völlig klaren Unklarheit. Man kann Leute, denen man vergeben hat, sehr gut vermissen. Täusche man sich darüber nicht.

Es sind unsere Vergeltungsgelüste, die uns voneinander oft nicht loskommen lassen.

Agathe hatte keine Wünsche mehr. Ich bitte Sie, sie nicht zu bedauern, deswegen, daß sie nicht wußte, was sie wollte. Sie sah sich um, ohne zu erschrecken, und die Leute duldeten sie.

«Sie kommt direkt aus der Schütte», wurde nicht geflüstert, sondern nur gedacht oder das nicht einmal.

Warum beschäftigen Sie sich überhaupt mit ihr? Lassen Sie sie gehen. Sie ist so artig. Was braucht man sich um Innerlichgefaßte zu kümmern? Der Sanften wird aufleuchten, wohin sie gehört. Bereits ist ihr ihr Begleiter entschwunden, aber sich entwindet sie sich nicht. Sie wird nie ihrem Gefühl verloren gehen.

Sie verzieh ihm, und man sprach zur Guillotine:
«Mach doch keine solche richterliche Miene.»
Weil nicht zürnte uns're reizende Zäzilie,
wuchs an Stelle der Vergeltung eine Lilie.

DAS ERLEBNIS GEORGS DES ERNSTEN

Wie Georg nur so still sein konnte.

So hieß nämlich ein junger Kaufmann, dem der Vater früh starb und den ein Fabrikherr zum Universalerben einsetzte.

Was sich hier zuträgt, spielt im Land der Treuherzigkeit und der blauen Augen, womit wir Deutschland meinen.

Georg ging samt all seiner Schweigsamkeit und Ernsthaftigkeit auf Reisen. Unter anderem gelangte er nach Mexiko. Von zu Hause hatte er sich gewaltsam losreißen müssen, weil er Klarissa liebte, die in seinen Augen das begehrenswerteste Wesen der Welt war, die nun aber ihrerseits einen Herrn von Trauring liebte. Dieser Herr von Traumenau besaß sämtliche Eigenschaften, um einem den gebildeten Kreisen angehörenden Mädchen als Traum zu dienen. Klarissa und die Traumhaftigkeit verlobten sich ja denn auch, wonach die Hochzeit folgte, und Georg blieb in Klarissa, vulgär gesprochen, verschossen und stand infolgedessen als verschlossene Natur da, als welche er sich im Interesse des Fabrikationsgeschäftes nützlich machte, bis ihn ein Telegramm des Herrn Springer, des Buchhalters des Fabrikunternehmens, nach Hause rief. Georg gehorchte der Zurückberufung augenblicklich. Das Telegramm enthielt die Nachricht, der Fabrikherr sei zur Ewigkeit hinübergegangen. Georg kam etwas spät an.

Zu Herrn von Traumreich vorgelassen, begehrte er dummerweise ein wenig auf, wie es leider gerade ehrliche Elemente öfters nicht unterlassen zu können pflegen.

«Darf ich mir andere Töne ausbitten», sagte der Glückliche, worauf dem Unglücklichen nichts anderes übrig blieb, als einstweilen abzutreten.

Zum Buchhalter, der sein Freund war, sprach der Pechvogel: «Ich habe Pech.» Der Andere versetzte: «Man sieht Ihnen das an. Aber noch ist Polen nicht verloren. Gehen Sie zu Herrn von Traumichnicht, rate ich Ihnen an, und bitten Sie ihn um Nachsicht.»

Der ehrliche Georg wollte ob einem solchen Ansinnen fast aus seiner ihm auf den Lebenspfad mitgegebenen Haut fahren. Leider sind ehrliche Menschen meistens stolz. Zum Bekanntenkreis Trautenaus zählte eine Frau von Bergheim, die mit Georg Erbarmen hatte, ihn wahrscheinlich eben wegen des Erbarmens interessant fand, denn des größten Teiles der Menschen kann man sich nicht erbarmen, weil sie so viel Lebensgeschicklichkeit an den Tag legen. Georg und Frau von Bergheim hatten eine Unterredung, im Verlauf welcher diese Schätzenswerte ihrem Partner beinah das Wort Schafskopf an den Kopf warf. Wie würde ihn das beleidigt haben. Leider sind redliche Leute immer gleich beleidigt, was ihnen selbstredend zum Schaden gereicht.

Da zupfte eine Zofe unsern Herrn Intelligentikus oder unsern Georg, falls ihm das lieber ist, am Ärmel und übermittelte ihm die Mitteilung, man erwarte ihn nachts in einem Séparée. In Georg spannten sich alle Nerven. Er stellte sich im Gemach ein, und wer lag hier auf einem Sofa: Klarissa, für die er einen Schwarm besaß und die ihm das von jeher an den Augen ablas.

Frau von Taugdochendlich sagte zu Georg: «Daß Sie stets so ernsthaft aussahen. Auch jetzt ist dies der Fall. Bessern Sie sich doch in dieser Hinsicht, wenn's in Ihrer Macht liegt. Sie können ganz gut, wenn Sie wollen; Sie haben all die Zeit über einfach nur nicht Lust dazu gehabt. Sie müssen aber doch zur Überzeugung gelangen, daß es sich für Sie so wenig wie für andere schickt, immer nur den Schicklichen zu spielen, und daß es beinah an Unmenschlichkeit grenzt, so ehrlich zu scheinen, wie Sie's tun.»

«Scheinen?» wollte Georg aufprotzen, aber Klarissa ließ ihr Strumpfband zu Boden fallen, wonach sich Georg sagte, sie verdiene jede Artigkeit, deren er fähig sei. Sie und ihr Mann lebten nämlich etwas verschwenderisch, und mit der Hinterlassenschaft des Fabrikherrn sah es bös aus. «Ich wüßte Dir eine, die Dich liebt», warf Klarissa wie gedankenabwesend hin. Wenn wir gedankenlos werden, machen wir immer sehr tiefen Eindruck. So war's auch hier. Georg wollte wieder ernsthafter denn je werden, aber in diesem Augenblick trat Frau Bergheim auf und ernannte die Ernsthaftigkeit zu ihrem Ritter auf Lebenszeit, was sie sich infolge einer Nachgiebigkeit auf dem Gebiet der Ehrenhaftigkeit gefallen ließ. Die Bergheim legte das Testament des Fabrikherrn auf den Tisch, das einige Zeit in der Abhandengekommenheit gelebt hatte, und nun feierten Georg und Frau Bergheim Hochzeit, wozu ihnen vor allen Dingen dieser Gehilfe Springer gratulierte, der dreißig Jahre treulich mit Soll und Haben umgegangen war und jetzt gern einen Schluck vom Bessern in sich aufnahm, woran ihn weder Klarissa noch dieser Herr Träumesüß, ihr Gemahl, im Sinne hatten zu hindern, da sie mit dem allzeit Ehrlichen und Ernsthaften auf guten Fuß zu stehen kamen, als sie ihn von der unvorteilhaften Hälfte seiner Eigenschaften Abschied nehmen gesehen hatten, über welchen Entschluß sie sich freuten.

ALFREDS ERKLÄRUNG

«Ich glaube, du ärgerst dich über mich», sprach Alfred zu seinem Freund. Sie waren übrigens kaum das, was man unter Befreundung versteht; sie saßen nur zufällig einmal im Kaffeehaus zusammen.

«Was hast du davon», fuhr der fort, der obiges Wort gesagt hatte, «wenn du eine schlechte Meinung von mir nährst? Gering von seinen Nebenmenschen denken ist sehr leicht. Das vermag jeder. In einer Sekunde ist's getan. Ich kann dich, wenn ich will, mit so viel Recht verachten wie du mich, nicht wahr? Ich bin aber bestrebt, das zu vermeiden. Du hast nicht erreicht, was du erreichen wolltest, und läßt deine Unstimmigkeit an mir aus. Ist es etwa nicht ungefähr so? Wir sind uns an Intelligenz ebenbürtig, darin liegt kein Grund, uns zu bekämpfen. Letztes Jahr, erlaube, daß ich dir etwas erzähle, hatte ich über ein schönes, liebes Mädchen insofern einen Vorteil, als ich sie beleidigte; ich prägte ihr Eindruck ein. Wenn wir artig sind, hinterlassen wir weniger Macht auf Seelen. Sie zwang sich, gelassen zu bleiben, aber ich sah ihr die Erregtheit an. Sie hatte überaus ungeschickt mit mir gesprochen, ich stand auf und verließ sie, zu der ich eine Minute vorher sozusagen noch emporblickte. Mit verächtlichen Schimpfworten entfernte ich mich aus dem Kreis, und seither liebe ich sie, denn ihr Bild drang mir tief ins Herz, in einem fort sah ich ihr Gesicht vor mir, in den Augen Haß und Schrecken, es saß Haß auch über sich selbst darin, aber wie kann man eine Unbedachtsamkeit so übel nehmen? Damals war sie die Arme, die Zurechtgewiesene, die Zarte, die von mir grob behandelt wurde. Einige Zeit nachher besuchte ich sie in ihrem zierlichen Salönchen, gleichsam so aus Herablassung, und sie schien in der Tat durch mein munteres Auftreten erfreut, sie grüßte mich achtungsvoll und fein, mit einer, wie soll ich sagen, aus der Dankbarkeit hervorglühenden Grazie. Den Erfolg wußte ich absolut nicht auszunützen. Ich kann es unter Umständen sehr gut zu einem Erfolg bringen, aber mir fehlt der Antrieb, die günstige Situation zu kosten. Ich lächelte, war in ihrer Gegenwart glücklich, und zwar bereits zu glücklich, ließ es mir wohl sein und dachte nicht daran, mich ein bißchen anzustrengen, damit sie Unterhaltung habe, liebte sie, ohne mich näher zu kümmern, nach ihren Wünschen zu fragen, und Geschäfte riefen mich ab, ich blieb einige Monate fern von ihr. Als ich wiederkam, immer nichts als sie im Vordergrund des Denkens, alle übrigen Angelegenheiten nebensächlich, was an sich ja unwichtig ist, und vor das Haus trat, in welchem ich sie so oft sah, wo sie mir so vertraut geworden war, übernahm mich die Ahnung, sie sei nicht mehr da, ich ging nicht einmal hinein, um nachzusehen, ob ich recht mutmaßte, ich traute meinem Gefühl, ich wußte, sie war verschwunden, und entschloß mich, sie so ruhig wie möglich zu suchen, jedes Aufsehen sorgfältig vermeidend. Es war Frühling, und du kannst mir glauben, daß er für mich eine Bezauberungszeit wurde, die Blümchen im Gras und die blumenhafte Liebe in meiner Seele Erdreich, das klingt, als wolle ich's gleich in Versen vortragen, aber ich habe nichts diesbezügliches im Sinn. Wie du mich nun unfreundlich anblickst, bist du eifersüchtig, weil ich dir da mein Heiligtum auspacke? Du bist furchtbar gescheit und siehst mich im Erzählen glücklich, und deine Gescheitheit ist darob ganz empört, denn du redest dir ein, ich besäße gar nichts mehr, sei nur noch ein Bettler. Du hältst mich, nebenbei gesagt, für einen Wüstling und irrst dich, und ich quäle dich jetzt, indem ich dir meine schönere Seite zu spüren gebe. Ich erfuhr, wo sie sich aufhalte, bat einen Musikanten, mitzukommen, einen arbeitslosen Menschen, und so traten wir denn in einer Nacht, die für eine Serenade geeignet schien wie keine vor ihr, vor ein sehr schönes, hohes Haus, worin sie sich nun aufhielt, er spielte sehr hübsch. Die Türe ging auf, und wer trat hinaus zu mir? ‹Du reichst jetzt nicht mehr an mich heran, ich stehe zu hoch über dir und dem, was du Schönes für mich empfindest. Freilich mag dir unlieb klingen, was ich dir eröffne, ich muß es dir aber sagen, damit du mich vergessen lernst. Als du mich einst kränktest, hatte ich Mitleid mit mir und hielt dich für etwas Bedeutendes, wie ich dich aber nachher mir treu ergeben sah, verwandelte sich der Begriff von dir, und ich wußte, daß ich mir wen anderes suchen müsse. Mit Zärtlichkeit ist einer Frau nicht geholfen, denn es ist nötig, daß uns irgendwer beschützt, der eine feste Hand und Brust besitzt. Ich fühle mich hier in Sicherheit, freue mich der veränderten Lage und bitte dich nicht um Aufmerksamkeiten, vielmehr darum, sie einzustellen.› Ich weiß nicht, was in mir vorging, aber es überkam mich bei ihren Worten ein Lachen, womit ich sie zum zweiten Mal kränkte, sie hatte mich entmutigt anzutreffen gedacht und sah mich nun auf einmal wieder heiter, voll Verwirrtheit kehrte sie in die Umfriedung zurück. Ich begleitete meinen Begleiter in ein Restaurant, um mich später von ihm zu verabschieden.»

DIE ERZÄHLUNG VON DEN VIER GLÜCKLICHEN KNABEN

Einmal gab es vier überaus glückliche Knaben. Einer davon hieß Ludwig. Er wurde an einem Seil heruntergelassen. Das Seil riß auf der Reise entzwei, und Ludwig blieb liegen. Er schrieb über seine Liegengebliebenheit ein gehaltvolles Tagebuch, ganz in der Finsternis, und als die drei andern ihn wieder heraufgezogen hatten, wies er ihnen das inzwischen Geleistete vor. Sie staunten über sein Talent wie über seinen Fleiß, und zum Zeichen ihrer Anerkennung umarmten sie ihn. Was hatte Ludwig in der Verschollenheit nicht alles erlebt, und nun wurden alle diese in der stillsten Stille und dunkelsten Dunkelheit geschriebenen Zeilen gelesen. Die vier Knaben waren, wie gesagt, die glücklichsten Jungens, und das deshalb, weil sie bei ihren Eltern ein Paradies bewohnten, welches Strenge hieß.

Sie mußten alle Augenblicke ihre Rücken oder ihre Köpfe zur Inempfangnahme von wohlgezielten Schlägen herhalten und taten es mit einem Vergnügen, das als unbeschreiblich bezeichnet werden kann. So wuchsen sie denn unter Zuckungen und Bangen heran, und sie hatten sich so ans Zittern gewöhnt, daß sie's als einen Verlust empfanden, als sie ins Leben hinauskamen und die süße Ängstlichkeit verlernten. Sie vermögen sich's gar nicht vorzustellen, wie diese vier Knaben tüchtig wurden. Sie wurden einer wie der andere Generäle und wehrten sich wie Löwen. Sie trugen großartiges Haar, und mit ihren Feinden gingen sie so um, daß diese Grund hatten, sich äußerst zu freuen, sie verziehen ihnen nämlich. Konnte man solche Handlungsweise von Knaben erwarten, die in der Verprügeltheit aufwuchsen? An den schon erwähnten Namen Ludwig reihen sich Bezeichnungen wie Hugo, Julius und Moritz. Vor ihrer Tüchtigkeit wurde ihnen ganz angst und bang.

Vielleicht ist das zu geistreich gesprochen. Wahrheit ist, daß sie ihrem jeweiligen Aufenthaltsort alle Ehre machten. Zu Hause hatten sie für erhaltene Hiebe artig Dank sagen müssen. Die Eltern hielten für angezeigt, das von den Schlingeln zu verlangen – aber dürfen wir von

Schlingeln reden, da doch Generäle aus allen vieren wurden, die sich wie Löwen schlugen? Damit der Vater nicht verlottere, der ihnen eine so gediegene Erziehung hatte angedeihen lassen, sandten sie ihm Geld, und damit sich die Frau Mama, von der die Söhne Züchtigungen ernteten, nicht vernachläßigt vorkomme, trugen sie sie, wo sich ihnen Gelegenheit dazu anbot, auf Händen. Nicht wahr, das waren Muster, das! Die Ohren waren vom einstigen Gezogenwordensein in die Länge gegangen, doch was könnte den Flegeln das geschadet haben, aber wie können wir Generäle so nennen? Welch ein Verstoß, ei, ei!

Wie fürchteten sich die vier Knaben vor den Prügeln, und wie gereichte ihnen diese Furcht zum Nutzen. Wo früher die Furcht saß, saßen jetzt Epauletten. Die, die sich einst unterzogen hatten, schreckten vor keiner Macht mehr zurück. Nicht wahr, das ist ein Erfolg? Sie hatten allemal, wenn sie vom Herrn Vater durchgebläut wurden, der Mutter die Hand zum Zeichen ihrer Zufriedenheit zu küssen gehabt. Nun lenkten sie Schlachten. Hunderttausend Befehle, die sie erteilten, wurden mit Feuereifer befolgt. Das ist doch glänzend! Ich bin glücklich, von diesen vier glücklichen Knaben Nachricht gegeben zu haben und schließe sicher den gescheitesten Aufsatz, obwohl das vielleicht nicht Ihre Ansicht ist. Ich bitte Sie, an diese vier Knaben aufrichtig zu glauben.

Wie ging dieser Repräsentant in den Vorstädten der Metropole seinen grünumwobenen Unverantwortlichkeiten nach, um nachher hochbesorgte Blicke zur Zimmerdecke emporzuschlagen, was eine Bequemlichkeit war.

Gewiß wird er ja ein ganz prachtvoller Vater gewesen sein. Wir sind die letzten, die an der Fülle seiner etwas birnenmäßig-weichen, edlen Absichten zweifeln.

In seinen Jugendtagen nickte er Dichtern nachlässiggeduldig zu, wenn man sie ihm so in der Loge vorstellte.

Was seine Frau betrifft, so beging sie erstens den Fehler, daß sie ihm auf den Pfaden seiner Versündigungen eifrig nachschlich, womit sie ihn bloß indirekt einlud, sich für von ihr sehr geliebt zu halten.

Zweitens hielt sie's zu sehr mit ihrem Bruder, der sich in einsamen, morgenluftumlispelten Erklimmungen von mäßig hohen Anhöhen nicht zu sättigen vermochte.

Sie war also fast mehr Schwester als Gattin und fast eher Egoistin als Ausüberin ihrer doch so schönen Pflichten. Vor allem war sie eine Schönheit und kam ihr Leben lang von der Vorstellung davon nicht los.

Nun zu den Söhnen, die Schmuckkästchen durch Wäldernächte trugen, als wenn das für sie und ihre Mitwelt wesentlich gewesen wäre.

Der eine träumte von nichts, als total aus dem Gesichtsfeld zu verschwinden. Er wird häufig spannende Geschichten gelesen haben. Von Figur war er zudem recht nichtssagend. Damit entlassen wir ihn.

Der zweite siedelte sich als Einsiedler in einer Villa an, die man vor Efeubehangenheit überhaupt schon beinahe nicht mehr erblickte.

Der Bart dieses Bewohners dieses Landhauses wurde von Stunde zu Stunde länger, bis er zum Fenster hinauswuchs, worin er seine Lebensaufgabe als erreicht ansah, Glaube, den wir ihm herzlich gern gönnen.

Der dritte fand für richtig, um einer Sängerin willen denkbar unvorsichtig zu werden, alles natürlich hinter dem wundervoll geformten Rücken seiner Frau Mutter, die eine Art hatte, zu sagen:

«Meine Söhne gefallen mir nicht.»

Sie litt an ihnen, und sie wieder litten an ihr, und der Patriarch litt an der Gemahlin, und die Produkte litten an den Produzenten.

Diese Familie, zu welcher viele Familien gern emporgeblickt hätten, stellte eine pompöse Unzulänglichkeit zur Schau.

Was da zusammengeseufzt wurde, vermag keine Feder zu schildern.

Dummheiten über Dummheiten wurden gemacht.

Was nützen blendendste Kulissen?

Der Vater hatte keine Ruhe, bis er sagen konnte: «Auch das noch!»

Sämtliche Glieder sehnten sich nach unaufhörlichem Beweintwerden, die Töchter fanden ihre Sprachlehrer bezaubernd.

Inzwischen brachte es ein Buch zu viel zu vielen Auflagen, das den Vorzug aufwies, sehr nett geschrieben worden zu sein. Das Buch besaß Melodie.

Die Familie, von der wir reden, besaß das auch.

Es gab da eine Mittelmeerinsel, dort verträumte man die besten Gelegenheiten, Wirklichkeiten wahrzunehmen.

Noch heute liegt sie als Zeuge der Unlust, sich geistig gehörig zu waschen, da.

Sie trugen aber alle sehr kleidsame Kleider und waren im Unbefriedigtsein virtuos veranlagt.

Und dann könnte die Verantwortungtragende hervortreten und zum Sohne sagen: «Ich gebiete dir, daß du leidest!»

Er lachte sie aus.

Sie spricht: «Geh mir aus den Augen!», wünscht aber innerlich, er gehorche diesem Befehl nicht, mühsam ringt sie mit ihrer Fassung.

Sie fühlt sich unschuldig und schuldig.

Sie klagt das Zeitalter an.

«Sprich dich aus! Rechtfertige dich!»

Er erwidert ruhig: «All dies Verlangen nach Fesselabwerfung, nach Verschmähung dessen, was der Umgebung imponiert, impftest nicht du es mir ein? Was du mir verbietest, müßtest du dir selbst verweigern», und leise setzt er hinzu: «Ungezügelte!»

Hierauf hat sie eine Szene mit ihrem Mann.

Wäre ich gesprächig aufgelegt, so würde ich wiederholen, was sie ihm vorwarf.

Ihre Äußerungen ohrfeigten ihn.

Er hielt es für sehr imposant, ihr sehr achtungsvoll zuzuhören.

Seine Gnädigkeit war aber für sie marternd.

Vielleicht darf man von einer aus Geschmacksgründen wachsenden Ohnmacht der Männerwelt sprechen.

Verteidigung bis zum Äußersten scheint eine Unklugheit zu sein. Bei diesem Klugsein, diesem einlenkenden, ausgleichenden Hinnehmen reißen die Bänder freilich nicht, hängen aber immer mehr nur noch als Fäden, ich meine das, was die Ordnung ausmacht, und die Frauen haben nichts gewonnen, wenn man sie gewinnen läßt, obwohl sie es sich einreden.

Er wich ihr also immer sehr artig aus.

Die rücksichtslose Entgegnung würde ihr wehgetan haben.

Sie schufen zusammen durch ihr Voreinanderfliehen eine vergiftete Luft.

An was für Leute ich hierbei denke?

An mich, an euch, an alle unsere geschauspielerten Überlegenheiteleien, an die Freiheiten, die keine sind, an die Unfreiheiten, die nicht ernst genommen werden, an diese Zersetzenden, die sich keinen Spaß entgehen lassen wollen, ans verlassene Volk?

Nun könnte ich eine neue Runde von Person zu Person tun, jede irgend etwas Neues sagen lassen, das doch alt ist.

Sie wiederholten sich nämlich in einem fort. Jedes hatte so seine fixe Idee.

Und im Theater wurde gespielt, was die Zuschauer seelisch müde machte, rebellisch und pervers, kriecherisch und kriegslustig.

Soll man reden oder schweigen?

VERLORENER UND WIEDERGEFUNDENER GLAUBE

Was da manchmal Tanten für eine Macht haben! Drolliges übt größeren Einfluß aus, als viele denken. Wie viele von uns denken denn überhaupt viel? Sicher nicht sehr viele. Ah, und so eine besorgte Mutter spielte da ja auch eine Rolle oder meinetwegen nur ein Hintergrundsröllchen, womit sie vollkommen zufrieden schien. In der

Gesellschaftsstruktur liegt es, daß Mütter sich beizeiten an Bescheidenheit gewöhnen. Emporwachsende gebärden sich gegenüber ihren Gebärerinnen leicht unwirsch. Starken ist nicht angenehm, hilfsbedürfsmäßig behandelt zu werden. Aber da will wieder lieber eine Geschichte in Betracht gezogen werden. Gut, soll getan werden.

Wir befinden uns auf Capri. O, nicht wahr, dort ist es schön? Irre ich mich nicht, so gibt es daselbst eine Reihe seltsamer tropfsteinglitzernder Grotten. Man fährt in Kähnchen und gewöhnlich nachts im Fackelschein ins Gestein hinein, d. h. ins höhlenhafte, palastähnliche Gebäude. Eine Familie lebte seit einigen Tagen hier, und ein Herr Mertens schloß sich ihr an. Dieser Herr Mertens hatte eine sogenannte romantische, poesieüberzogene Unruheexistenz geführt, und hier auf Capri dachte er Lia zu kapern, d. h. an sich zu ziehen, mit andern Worten, für sich einzunehmen, oder nochmals anders ausgedrückt, windelweich zu stimmen, und in der Tat, es gelang ihm.

Darüber war ein gewisser Kandidat empört, nämlich der Heiratskandidat numero zwei, ein Herr Tadelloserlebenswandelführer, mit andern und wohl auch geziemenden Worten ein Sprachbewältiger, oder aber was soll denn das eigentlich heißen? Wie ist mir zu Mute, wenn ich mich so zerstreut sehe? Was fehlt mir? Aber was sollte mir, bei genauem Licht betrachtet, fehlen? Lia heftete auf Mertens vielsagende Blicke, nicht ohne auch den Makellosen mit einer hieunddasigen Auszeichnung zu beehren. So ein Mädchen bringt das ja im Handumdrehen fertig. Sie konnte ja dabei glauben, sie träume.

Lia war ein scharmantes, richtiggehendes Bürgerstöchterchen mit ihren verschämt zu Boden fallenden, süßen, schönen, engelgleichen Augen. Vatichen war

Industrieller. Muttchen mutete nebensächlich an. So saß man denn auf Capri. Dieses Stückchen Land erwies sich hierzu als genügend umfangreich. Dann reiste man ab an den Rhein, wo man wieder im eigenen Heim aufging. Mertens trat vor den Herkömmlichen, wir meinen, vor den Industriepapa, hin und bat ihn um die schimmernde, mit Seife gewaschene Hand seiner Tochter. Was uns doch hier wieder Töchter zu schaffen geben? Doch will ich ja über diese Tatsache froh sein.

«Wer sind Sie, daß Sie wagen?...»

«Schon gut», schnitt der Weitumhergeschleudertgewordene dem Aufseinengrundsätzenthronenden das Wort ab.

Ein Heiratsversuch war damit vorläufig mißlungen. Mertens Mutti sagte zu ihrem Sohn: «Verlier die Geduld nicht. Ich glaube ja an dich.» Der Patentierte – was soll nun aber eigentlich das schon wieder bedeuten? Wir meinen, der Tugendüberhäufte meinte nun über Mertens gesiegt zu haben. Da klopfte es eines Tages beim anscheinend in jeder Hinsicht Bestandenen an. Es war wieder dieser abgesägte Mertens, der eintrat und seinen Rivalen alsogleich ersuchte, von der geplanten Bewerbung bezüglich der schönen Lisa abzusehen.

«Ist Ihnen der Name Erna Grüring bekannt?» fragte er. In einem sehr höflichen Ton fragte er das, wenn auch allerdings vielleicht etwas eisig. – Er hätte es vielleicht besser weniger eisig gefragt, aber es war schon zum Mund heraus und konnte nicht mehr wieder in denselben hineinspringen. Der Angefragte erbebte, er wußte, daß er diese Erna Grüring unglücklich gemacht hatte, und das zwar trotz seiner geachteten Stellung oder vielleicht gerade darum, denn wegen seiner allgemeinen Geachtetheit gab er Erna Grüring vor, sie nicht bis zu sich hinaufziehen zu können. Mertens war gegangen, seine Sendung schien ihm erfüllt zu sein.

Kein sehr nachahmenswertes Tagewerk übrigens, das! Es sollte sich niemand allzustarker Rücksichtslosigkeiten bedienen, seine Ziele, Absichten, Zwecke zu erreichen. Jetzt war also der Tadellose mit einem Makel und der Makelarme mit einem geradezu märchenhaften Tadelsreichtum ausgestattet, und Lia nahm nun Mertens. Ein unauffälliges, zierliches, vornehmes Hochzeitchen wurde im Industriellenhause gefeiert, und mit der Zeit bekamen Lia und ihr Mann ein Kind, aber Mertens benahm sich im weiteren Verlauf nicht so, wie es der Industrielle wünschte. Er verlangte nämlich häufiger, als innerhalb der Üblichkeit lag, Urlaub. Zahlreiche Reisen machten ihn verdächtig. Und nun sickerte durch, er sei ein Spieler, und nun lebte da also im engen Familienkreis ein unordentlicher Mensch, und nun wußte man gar nicht, wie man ihm begreiflich mache, wie sehr man an ihm zweifle.

Zunächst überschüttete man ihn mit Angstblicken. Lia schrie zart auf, als sie ihn wiedersah. Sie sagte ihm mit halberloschener Stimme: «Wir müssen uns trennen.» Und so trennte sie sich denn, und das ergab ein Seelen-Verzagen. Sie lebten und lebten doch nicht mehr, sie sahen einander, ohne sich zu erblicken. Sie liebten einander ohne Liebe, denn lebendige Liebe kann nur auf der gegenseitigen guten Meinung blühen. Der Industrielle nannte sich Klemens, aber was trug ihm das jetzt viel ab? Zur Klärung dieser Lage trug dieser Umstand keinen Span bei. Und so kann die Klemenserei, falls sie will, nur wieder abtreten, und sie tut es, indem sie bedauert, daß Mertens ihr Schwiegersohn geworden ist.

Dieser lief einher wie das Resultat einer schlechten Information. Warum mußte es Institute geben, die uns über jeden Beliebigen die gewünschten Erkundigungen verschaffen? Doch vielleicht ist es gut so. Mertens versuchte sich zu fassen, aber indem er sich dieser Mühe unterzog, mußte er sich hassen. Lias einst so hochemporgebauter Glaube glich einem holdselig gewesenen, jetzt zusammengestürzten Wohnhaus. Manche Enttäuschung ist eine kleine Grubenkatastrophe. Sie waren sich immer noch alles, und zugleich waren sie sich nichts mehr. Aber es kam wieder anders. Weil es nicht anders als anders kommen konnte, kam es anders. Verdiene ich für diesen schwierig zu erfassenden Satz eine Rüge?

Wir übergehen manches und geben an, daß Klemens, der Indusrielle, dahin gelangte, Mertens die Hand zu reichen, der aus einem Absühnenden wiedergekommen war, indem er sich als ein Bewährter präsentierte. Seltsame neue Verhältnisse wiesen auf eine neue Art des Einanderverstehens. Manches bisher Geltende galt nichts mehr. Viele Einflüsse hatten ihre Wirkung verloren.

«Wieder an dich glauben dürfen», jubelte es aus dem Mund, aber auch aus etwas noch viel Tieferem bei Lia heraus. Sie sagte... Aber konnte sie denn sprechen? War sie nicht vielmehr ganz kleinlaut und glücklich? Glückliche sind erschüttert? Warum fragen wir das noch? Der Glanz ihrer Augen sagte ihm: «Ich freue mich mehr an dir als je zuvor.» Verstand er ihre wunderbarlautestumme Rede? Aber wer wäre bei solchem Anlaß eines Mißverstehens fähig? Ihr Wiedersehen nach der Trennung war ein Wiederfinden nach einem Sichverlorenhaben und war göttlich.

Mertens ahnte, wie nah die Urwelt der Zivilisation sei.

Diese Empfindung stimmte ihn gut und groß. «Ich bin gestorben gewesen über diese Zeit», sagte sie ihm, «aber ich habe auch im Tode nicht an dich zu glauben aufgehört. Nun liege ich an deinem Herzen.»

DER MANN AUS DEM JURA

Wieder hätte ich hier eine jener Geschichten, die in Buchform vierzig Seiten stark sind, die man in Kiosken kaufen kann und von denen es amüsant ist, gleichsam einen Auszug zu machen, ihren Inhalt kondensiert wiederzugeben.

Irma hieß die hübscheste Frau in Erlangen. Dies der Name eines bildschönen Städtchens. Depeschen wurden abgegeben, die die langsame Ankunft des Ehemännchens ankündigten. Er kam zu Fuß aus dem Jura. Welche weite, weite Strecke! Georg kam in einem bedenklichen Zustand an. Da er reinigungsbedürftig aussah, legte man ihn in ein lauwarmes Bad. Erst jetzt ließ seine Gattin zu, daß er sich ihr nähere. Herrlich war's, wie sie einander nun vor Liebe beinahe aßen. Dann saßen sie am Tisch; das Mädchen erschien mit dem Fisch, den er mit dem Messer zum Munde führte. Sie sank deswegen beinahe in Ohnmacht. Also so stand es mit ihm! Der Gedanke, er könnte sein bißchen Bildung auf der Wanderung verloren haben, hatte etwas für ihre schöne Seele beinahe Vernichtendes.

«Lieber, guter Mann, einem Juramann kann man sicher nicht einen Maßstab anlegen, wie man ihn einem Vollgültigen anmißt.»

Er nahm keine Notiz von dem, was sie vorbrachte.

Das war das Furchtbare! Mild schaute sie ihn an. Jetzt trat ein Anzug auf, d.h. ein Mensch, der einen Anzug trug, der diesen Menschen zudeckte. Dieser wohlgeborgene Mensch hieß Seebutz, und er war Fabrikbesitzer, und alle seine vielen emsig werkenden Arbeiter kamen für den Verfasser des Büchleins ganz und gar nicht in Frage. Tag für Tag pendelten und torkelten sie in Herrn Seebutzes Herstellungsgeschäft hinein, dessen Kraftwagen zu rasen pflegte, und jetzt sprachen Herr Seebutz und Irma zum aus dem Jura Heimgekehrten: «Dürfen wir dich eine halbe Stunde lang dir selbst überlassen? Hoffentlich traust du uns!» woraufhin der Löl sagte: «Weshalb nicht?»

Gab es je einen solchen dummen Cheib? Aber ihr wißt wohl nicht, was ein dummer Cheib ist. Ein dummer Cheib ist ein Löl, und ein Löl ist ein einfältiger Tropf. Und so sprach denn der einfältigste der Tröpfe: «Geht nur miteinander.»

Sie gingen. Es blieb ihnen ja auch nichts anderes übrig, als von des dummen Cheibes Einwilligung Gebrauch zu machen. Als sie sich jedoch wieder blicken ließen, sahen sie ganz anders aus als vorher. Dieser Umstand wurde für den Löl zum Erlebnis. Über Seebutzes und Irmas Gesichter glitt ein schimmerndes Lächeln. Er sähe nun schon ganz zivilisiert aus, sagten sie, indes sich auf des Ausflüglers Kopf eine imaginäre Verzierung bemerkbar machte, die dekorativ wirkte. In dummen Cheiben gedeiht Lebensbejahung immer überaus üppig. Ein Löl ist keiner langanhaltenden Entmutigtheit fähig. Seebutzes und Irmas vereinigte Lächelei bildete sich mehr und mehr zu einem Institut ersten Ranges aus. Mit dem Wachsen des Schmuckes einerseits wuchs das Lächelgeschäft auf der andern Seite, und die Arbeiter gingen in geordneten

Scharen in des Lächlers industriellem Unternehmen. Er lächelte so emsig wie sie arbeiteten. Sie sahen ernsthaft aus, er aber heiter. Sich um die Familien all dieser Arbeiter in keiner Weise kümmern, vielmehr lediglich um Herrn Seebutzes und Irmas Lächel-AG besorgt zu sein, ist das schön von einem Buchmacher oder Humanisten?

Also in Erlangen trug sich dieses Belustigende zu, und bin wirklich auch ich so irma- und seebutzemäßig mit mir zufrieden, strotze auch ich von solch entsetzlicher Selbstgenügelei? Ich kann's nicht für möglich halten; das wäre ja tragisch.

Sich nie satt haben. Beständig vertrauensvoll zu sich selbst emporblicken.

MUTTERSEELENALLEIN

Amigo, ein Leser, kam von Alice nicht los, die eigentlich Helene hieß, sich aber mit dem Namen Alice zufrieden gibt. Besten Dank, und nun weiter: Wer ist Alice. Eine mutterseelenallein lebende, lateinisch sprechende Heldin, der ihr Vater eine ausgezeichnete Erziehung zuteil werden ließ, bevor er starb. Vorläufig wohnte sie in einem Hotel, und die Wirtin sprach zu ihr: «Liebes Kind, mit Ihrer Bildung fällt es Ihnen nicht schwer, baldiges Engagement zu finden.» Indem Amigo weiter las, kam er zur Stelle, wo Helene, die mit dem Namen Alice einverstanden ist, geziemende Stellung fand. Auf der Suche nach Lebensunterhalt vergoß sie Perlen, d. h. Tränen; darüber weinte Amigo, dieser Ausbund eines mitleidigen Lesers. Alice, die sich in einem Warenhaus untergebracht sah, besaß die Schönheit und das Benehmen eines Engels und duldete wie ein solcher allerlei Härten. So etwas kommt vor, nicht wahr, und nun bei aller Dankbarkeit für bisher Gelesenes und Genossenes weiter! Amigo liebte die, von der er las; er wünschte sie leibhaftig, aber ihre bloße Beschreibung machte ihn schon glücklich. Es trat nun eine Tyrannin auf, die Anlaß zu spannenden Szenen gab. Ohne sie würde der Chef des Hauses nie dazu gekommen sein, Helene, genannt Alice, um ihrer Haltung willen zu bewundern und ihr sowohl seine Anerkennung nicht zu versagen, wie vielmehr dazu noch seine Ergebenheit anzutragen, indem er sie zu heiraten wünschte, was sie lieblich verwirrt ablehnte, da ihr der holde Glaube innewohnte, sie bekäme doch noch einen andern, worin sie sich nicht irrte. Süße Alice, treuherziger Amigo. Er verschlang die Zeilen, die von ihr handelten, und wünschte das Buch endlos; doch wie kam er überhaupt zu keiner andern als derartiger Lektüre?

Ihr Bild verfolgte ihn fortwährend, vergeblich suchte er den Eindruck zu vergessen. Seiner ersten Liebe erlag er völlig. Wir rufen aus: schad' um ihn; wünschen ihm immerhin alles Gute. Menschen gibt's, die ihre eigenen Wege gehen, und wer weiß, vielleicht geht er aus dieser Geschichte als Glücklicher hervor, über die man uns gnädig gestatte zu lächeln, schon des Titels wegen.

IM HAUSE DES KOMMERZIENRATES

Einmal lebte und wirkte, nicht in Wirklichkeit, sondern nur im Roman der Marlitt, den der Zufall mich lesen ließ, ein Arzt namens Bruck, der unter dem Druck einer gewissen Flora Mangold litt, die den ganzen Tag am

Schreibtisch saß, nur hie und da zu den übrigen in den Salon rauschte, stolz, effektvoll, voll Verachtung für einen Mißverstandenen, denn das war er, obschon er sich alle Mühe gab, anerkannt zu werden. Flora, die vorgab, ihn zu lieben, log sich wie ihn an, es regte sich in ihr kein Fünkchen Mitleid, nicht ein Fädelchen eines Glaubens, indem sie lediglich glaubte, er sei ein Trottel und ihn als Bettler betrachtete. Daß du eine so unbarmherzige Braut hattest, armer Bruck! Sich hielt sie für eine Schriftstellerin von Rang, und doch flogen ihr die schönsten Manuskripte ans zuckende Näschen zurück. Obschon sie bezaubernd schön war, wollte der Verleger dennoch jeweilen von der Sache nichts wissen. Henriette, um auf einen bessern Gegenstand überzusiedeln, lag krank im Lehnstuhl und liebte Bruck auch, glaubte aber an ihn, war Floras Schwester, hätte sie am liebsten um ihres lieblosen Wesens willen schelten mögen, doch behielt sie alle Qual, die sie um ihn litt, für sich. Auch die dritte und jüngste der drei Mangoldinnen war Verehrerin des uns bekannten gelehrten Menschen, dem vom Schicksal beschieden war, unintelligent zu scheinen, bis mit einmal die Sonne über ihm lächelte und der Himmel des Erfolges blau leuchtete, wo es vor kurzem aussah, wie wir's nicht wiederholen mögen. Jetzt, jetzt wollte ihm die charakterlose Flora an den Hals fliegen, sie schämte sich der Bequemlichkeit ihres Herzens kein bißchen. Jetzt, wo andere an ihren Bruck glaubten, war's von ihr keine Kunst mehr. Sie gehörte zu den Naturen, die sich Selbständigkeit, eigenes Denken zumuten, in Wahrheit aber Nachahmerinnen sind. Du tust uns leid, Flora! Henriette hielt sich, da sie Bruck glücklich sah, still und schien selig; sie hatte ihn immer für was Rechtes angeschaut. Käthe, die dritte, wurde die seine, unnötig zu sagen, wie das zuging. Sie war ein herrliches Mädel mit gesunden Armen, nicht weniger graziös als gut und nicht weniger hübsch als mit einem Reichtum von Empfindungen ausgestattet. Um Brucks Mund zuckte auch im Glück noch ein aus früheren Zeiten herübergewitternder Schmerz. Flora reiste, da sie sich abgesägt sah, schleunig in eine Stadt, wohin diejenigen wandern, die zu stark an sich und zu schwach an andere glauben, und etablierte sich als einsame Größe. Henriette nahm der Tod zu sich. Ein Pulverturm flog rasch in die Luft, eh' die Geschichte am Ende anlangte, worin die Landschaft, wenn auch geschickt, so doch etwas hart behandelt wird. Neuere Malerei schien der Verfasserin noch unbekannt, sonst würde sie daraus haben lernen können. Noch wäre von einer Mühle, von Tauben, Himbeersträuchern, Fabrikarbeitern, einem Großkaufmann und einer Präsidentin zu reden. Das Wesentliche wurde jedoch gesagt. Ich wollte von der Marlitt bisher nie was wissen. Bereu' ich nun, sie kennen gelernt zu haben? Keineswegs! Es war mir eine liebe Bekanntschaft.

VINETA

Vor Jahren lebte eine Schriftstellerin, Elisabeth Bürstenbinder, die sich Werner nannte, unverheiratet blieb, in einem fort schrieb, ihrer Phantasie lebte, die sehr stark war, aus der ihr ein Roman entsproß, den ich in der Knabenzeit schon las: Vineta! Die Hauptfigur darin ist eine Fürstin Baratowska, die zwei Söhne hatte, Leo und Waldemar, ersterer hübsch, zart, galant, letzterer grobknochig usw. Liebling war Leo, der andere ihr quasi nur im Wege, doch zeigte sich, daß der Unliebige, wenn auch erst nach Überwindung mehrerer Schwierigkeiten, siegte, indem er die bezaubernde Nichte Wanda gewann. Infolge Überstürzung kam Leo um. Worin gab Wandas Vater allmählich nach? Im Übergeben seiner Tochter an den unerbittlich Liebenden, der zuvor Taten vollführte, die ihn den Kopf hochwerfen ließen. Er besaß eine mächtige Stirn. Die Fürstin, vor der die Bedienten einen heiligen Respekt hatten und die in einer Fensternische vergeblich Pläne schmiedete, wodurch sie sich eine Erkältung zuzog, sprach zum Unbeliebten: «Nimm sie, nur benimm dich von nun an etwas netter.» Wanda lächelte Worte zum bebenden Mund heraus, wie etwa: «Meinetwegen darf er mein sein. Das Ungestüm werd ich ihm vertreiben. Schmieg ich mich an ihn, so wird er gehorsam.» Waldemar hatte einen Hauslehrer mit Namen Fabian. Einst in Stuttgart, wo ich mich als junger Mensch aufhielt, kauft ich mir einen Hut bei gleichnamiger Firma. Mit Fabian verband sich Gretchen Frank, ein Pächterstöchterchen, und beide wurden glücklich. Wär nur Leo nicht eifersüchtig gewesen! Eifersucht ist ein vorzügliches Mittel zur Unterbindung jedes Erfolges. Man wünscht der gelben Blume weitgehendes Wachstum, damit Liebe nicht allzu ungezwungen blühe. Die Fürstin war mit einem scharmanten Doppelkinn ausgestattet, wodurch ihres Wesens Hoheit noch höher gehoben wurde. Wanda und Waldemar stehen bei Sonnenuntergang am Meeresstrand, fühlen sich übrigens nicht so froh, wie sie könnten: das Romantische ist zwischen ihnen, das sie noch wegzubekommen haben. Sie sollten bescheidener, will sagen, auf eine Art bedeutender werden. Noch leiden sie unter dem Erlebten, immerhin küssen sie sich, schon eine Art Friedlichkeit. Tönt nicht von fern das Geläut aus der Stadt Vineta?

DIE KEUSCHE NACHT

Schon um der eigenartigen Überschrift willen zog mich diese mit allem gegliedertsten Detail gedichtete Geschichte an, die ich mit vehementer Begierde las, was vielleicht besser unterblieben wäre, aber ich ließ mich hinziehen und kam auf manchem zarten Umweg, und nachdem ich alle Umständlichkeit vollnaturalistischer Umschreibung durchgekostet hatte, zum Moment, wo sich endlich der junge Mann entschloß, sich zu entkleiden.

Ich freute mich über seinen mit Schweißtropfen sauer verdienten Erfolg redlich, er zitterte, und wer ebenfalls? Sie, die die Partnerin spielte und ihm flehentlich zurief: «Tu doch so etwas nicht. Ach, wie ich mich vor dem Naturalismus fürchte. Bitte, bitte!» Derartige Sprache führte die Dumme! Die Dumme? Durchaus nicht! Sie war gebildet, leider vielleicht zu sehr, wiewohl es unrichtig scheint, so etwas zum Mund herausquellen und fallen zu lassen. Alle, alle Dichter hatte sie bis zur totalen Genüge willfährig in sich aufgenommen und die Malerei in ihrer gesamten Ausdehnung auf ihr Eigenleben unbekümmert wirken lassen, und jetzt stand sie nur noch so zur Hälfte mit verhüllenden Gewändern bedeckt da, rang vor Ängstlichkeit die Hände und sagte teils zu sich, teils aber ebensogut zu ihm: «Ich verstehe nicht.» Eben dies unglückliche Nichtverstehen möchte er ihr nehmen, sie vom Zwang, den Kulturdinge auf sie ausübten, energisch und leise befreien, gab er so wohlwollend und gutmeinend zur Antwort, daß sie Anlaß fand, zu hoffen, sie dringe zum Verständnis der ihr unzart und deshalb hart scheinenden Situation langsam durch. Gerade das viele Wissen ums Leben hatte sie diesem selben Leben gegenüber scheu gemacht. Wenn von ihm zu wünschen war, er begreife sie, so war von ihr zu glauben, sie entledige sich mit der nötigen Schlichtheit, d. h. nichts anderem als Gemächlichkeit, ihrer Strümpfe, welches bisweilen etwas hoch hinaufreichende Wort man wohl wird aussprechen dürfen, da es sich in eine keusche Nacht bestens einfügt. Ob noch die Lampe brannte oder nicht, kommt uns eher nebensächlich als maßgebend vor, und ob er sich den Schnurrbart drehte, eh' er sprach: «Ich will den Regeln nicht mehr zurückzuhaltenden Wirklichkeitssinns nun einmal zum Sieg verhelfen», kann kaum eine Frage von Bedeutung sein. Wie ich wissen zu können meine, tröstete er sie mit Anmerkungen, die ihm aus irgendeiner zeitgenössischen Zeitschrift zuflossen, wie z. B.... aber ich kann ihm das nicht nachsagen, mein schlichter Verstand scheint mir zu eng dazu.

Im Buche machten diesbezügliche Erwähnungen zwei Seiten aus, wir überschlagen sie; wir sind von der Keuschheit dieser Nacht nach wie vor überzeugt; beide Teilnehmer am nächtlichen Vergnügen sehen ganz danach aus. Ihm kam ein Gedanke, er sagte: «Weißt Du was, wir legen uns ins Bett, und dort laß uns so unschuldig wie möglich tun...» Sie schrie: «O schweig! Aber ich will tun, was Du sagst; Du scheinst mir jetzt, nachdem so viel Schwieriges hinter mir liegt, der Vertrauenswerteste, der mir je hätte unter die Augen treten können.» Das Interessante an den zwei Leuten war, daß sie durchaus keusch sein wollten, doch jedes diplomatisch dachte, es komme wahrscheinlich anders, aber macht das etwas? Ich meine, sie hatten sich eben bis dahin noch nicht genügend Hemmungslosigkeit angeeignet, was ihnen aber nahelag, nachzuholen. Nun lagen sie annähernd glücklich beieinander, manchmal berührte eins das andere unabsichtlich, bei der leisesten Berührung nahmen sie wahr, was nicht ausgesprochen zu werden braucht, weil es der Leser ahnt und man ihm dies Wissen herzlich gerne gönnt.

Ringsumher blieb alles still. Den Grad der Stille, das Ausmaß der Lieblichkeit anzugeben, die Stimmung anzudeuten, das entzückende Gemisch von Heiligem und Trautem, Schönem und Tiefem, worüber der, der's erlebt hat, weder gern ganz schweigt noch völlig unbefangen redet, das Selige zu sagen, erlasse man uns. Sie haben es jedenfalls gefunden, und niemand freut sich mehr als der, den noch selten eine Erzählung inniger interessierte als diese.

DER GOLDFABRIKANT UND SEIN GEHILFE

Ortografikus, so wird er mir gestatten ihn zu nennen, besaß in Angelus, der nichts dagegen haben kann, daß man ihn so benamset, einen so flinken zuverlässigen Angestellten, wie er sich nie zu träumen gewagt hätte, je einen aufzufinden. Ortolontis, d. h. unser Ortografikus, nannte auch noch eine bildschöne Blondine sein eigen, es war dies seine geborene, rechtmäßig erzogene Tochter, die er zwar energisch von sich abschüttelte, wie man etwa Flaum oder sonst etwas Leichtes, Zartes und Wertloses vom Rock abwischt, woran es sich unbefugt festhält. So, als hätte er sie von sich abgebürstet, steckte er sie in eine der vielen Pensionen oder Logierhäuser und übte mit Hilfe seines Gehilfen den Goldherstellerberuf aus, der ihn in die angenehme Lage versetzte, täglich zwei Tonnen Gold an die Reichsbank abzuliefern. Die Sache ging so vor sich: der Goldhersteller sandte das kostbare Material, in Kisten verpackt, dem überaus geschickten, willfährigen Kommis zu, der das Zeug auspackte, es in einem hiefür tauglichen Ofen umschmolz, und die Ware dann banklich verwertete. Ortografikus lebte also in unsäglichstem Überfluß, glaubt ihr aber, er habe seinem holden Sprößling Hulda, die uns das Umhängen dieses Namens um die zarte Schulter, gleich einem Mäntelchen, erlauben wird, monatlich mehr als tausend Mark verabfolgen lassen? Geläufikus oder Behendikus, sein Gehilfe, der ein wahrer Engel an Behilflichkeit zu sein schien, besorgte diese Sorglichkeit.

«Gnädiges Fräulein», redete er sie an, «hier bringe ich Ihnen die väterliche Unterstützung.»

«Nehmen Sie sie nur wieder, tragen Sie sie zu ihm hin, der sich meinen Vater nennt, es aber nicht ist, da er mich beim Schreiben seiner Prosastücke total vergißt, und sagen Sie ihm, es sei mir um sein Antlitz, um seine Person, nicht um sein Geld zu tun.»

Gehilfikus ließ angesichts einer solchen Redeweise seinen Kopf hängen und ging.

Am folgenden Tag fertigte er wieder, wie nun schon so oft, zwei Tonnen an die Bank ab.

Nach und nach ging ein Zittern durch die Volkswirtschaft. Es gab Massenansammlungen verbunden mit Straßenansprachen. Der Chef scheffelte fort und fort aus dem Nichts Gold heraus, das Verfahren muß ganz zauberhaft gewesen sein, der Gehilfe half nach wie vor fleißig, und Hulda hatte sich inzwischen selbständig gemacht, indem sie eine Schreibmaschinerie eröffnete, die scheinbar ganz vorzüglich gedieh. Das erfuhr Angelus und da ging er nun zu Fräulein Hulda hin.

Mit Abschriften!

Ob sie sie ihm abmaschineln wolle, fragte er, und sie entgegnete: «Warum nicht?»

Dann legte sie ihm ihrerseits die Frage vor: «Was sind es für Schriften?»

Er erwiderte: «Es ist ein Roman, der sehr modern ist, und worin doch auch wieder nichts Neues erzählt wird. Nur die Art und Weise des Erzählens ist neu, und doch haftet auch diesem etwas Hergebrachtes an. Sie werden die Blätter sehr wahrscheinlich bedeutend finden. Auf mich machten sie nämlich einen sehr guten Eindruck. Einer richtete da etwas recht sehr Dummes an. Nun ist er vor Gericht und verteidigt sich. Aus der Verteidigungsrede besteht die Erzählung, die davon handelt, wie er ein Mädchen kennen lernt und aus ganzem Herzen liebt. Er erhebt sie, ob das von ihm unvorsichtig ist oder nicht, zur Göttin, sie läßt es geschehen, da sie's nicht verhindern kann. Womöglich sähe sie ihn lieber ein bißchen gesetzt. Die meisten Mädchen denken ja gleichsam volkswirtschaftlich, will sagen, praktisch. Er betet sie an, und wenn sie ihm ihren Mund zum Kuß darbietet, so bedeutet das für sie nicht viel, für ihn aber namenlos Schönes. Im Küssen dürstet er nach Küssen, so leidet er. Sie merkt gar nicht, wie seine Seele gleichsam ein Knopfloch von ihr geworden ist. Er mutet rührend an und ist dabei ungeheuer intelligent. Er verbindet jugendlichste Liebesglut mit einer Villa, d. h. mit einem Kopf voller Kenntnisse.

Und da ist er nun nicht mehr viel anderes als ein Schmachtlöckchen neben ihrem Ohrläppchen. Nicht wahr, Fräulein, das ist ein Zustand, das! Und jetzt begeht sie eine ganz entsetzliche Harmlosigkeit, sie knüpft, bändelt, ohrringelt mit einem Mechanikus an, der ein Kind ist und einen helltönend-hochgebirghaften Naturburschenrespekt vor ihr hat. Dann tötet er diesen ihren neuen Bekannten.»

«Ist die Geschichte von Ihnen selber gedichtet?» fragte Hulda.

«O, nein», gab der Gehilfe zur Antwort, «es sind Abschriften, die ich nun aber unter meiner Angeluslichkeit in allerlei Zeitungen lancieren will.»

«Wie können Sie sich so etwas unterfangen?»

«Ich habe bloß hören wollen, was Sie dazu sagen. Mädchen sind so hübsch, wenn sie von der Flamme der Ordnungsliebe beglänzt sind. Auch Sie, mein Fräulein, kleidet das bißchen erzürnte Sittsamkeit ausgezeichnet.»

«So? Und wer schrieb denn den Roman?»

«Ein gewisser Herr, und ich muß Ihnen bei dieser Gelegenheit gestehen, daß ich Sie liebe. Wie zittere ich vor Ihnen. Wie süß ist ein solch frohes, frühlingliches Geständnis.»

«Glauben Sie, daß es für mich ein angenehmes Geständnis sei?»

«Ja, ich glaube es.»

«Ich wollte Sie soeben zur Tür hinausjagen.»

«Ich würde wiedergekommen sein.»

DREI GESCHICHTEN

nach Buchdeckeln erzählt, die im Schaufenster einer Vorstadt-Buchhandlung zu sehen waren

UNTER DER PEITSCHE DER POLIN

Einst gab es in einer Stadt, wo die Landbevölkerung, wie man mir versicherte, in Scharen auf den Kirchentreppenstufen in die Knie fiele, eine anscheinend weiter gar nicht auffallend schöne Frau, die aber die Eigenschaft besaß, daß sie gut mit einer Peitsche umzugehen wußte. Man darf sagen, sie habe einen vortrefflichen Gebrauch von einem Instrument gemacht, das besonders auf Feinnervige einwirkt, für die eine Peitsche in der Hand einer Dame etwas Romantisches ist. Man weiß, was das Kolportagehafte für einen Reiz auf Menschen ausübt, die den Inhalt von guten Schriften, sogenannter vorzüglicher Literatur, zu sich zu nehmen pflegen, woran sie sich gleichsam ein bißchen sattgelesen oder -gegessen haben. Genannte Frau war eine Polin, und wenn ich mich nicht irre, saß sie, indem sie manche Zigarette zum Zeitvertreib rauchte, in einem mit entzückenden Draperien geschmückten Lokal, worin sie die Gäste erwartete. Mithin befinden wir uns etwa in Krakau. Einmal sollte ich im Auftrag eines Gönners eine Reise nach jenen Gegenden unternehmen, wo Wirtinnen existieren, die unerhört gut angezogen sind, sah mich jedoch von Verhältnissen umklammert, die mir rieten, die Einladung abzulehnen. Unter der Peitsche der Frau, von der wir reden, zitterten und schmachteten nicht ohne eine Beigabe von Freude, und nicht ohne jeweilen zu lächeln, wenn sie bei ihrer

Herrin vorsprachen, die stattlichsten Angehörigen der Herrenwelt. Langten sie bei der Polin an, so wurden sie auf der Stelle von derselben so vernichtend angeschaut, daß sie vor Respekt schier umfielen, und für alles Respektbeherbergen und -ertragen, für das dumm-demütige Dastehen und die Verachtung, die sie einzuheimsen nicht umhin konnten, mußten sie auch noch bezahlen. Zustände, wo nehme ich den Mut her, euch hier wie einen Perserteppich von Qualität auszubreiten? Wie die Gasse oder das Gäßchen hieß, wo solches vor sich ging, vermag ich nicht anzudeuten, geschweige zu sagen. Eine wie ein Chinesenauge funkelnde Laterne durchstach etwaigen Nebel und lockte mit ihrem fahlen Strahl geistig Hochstehende an. Man nennt sie Kulturträger. Mit nichts als einem Röschen im lachenden und impertinenten Mund schüchterte sie sie ein, aber eines Tages las ich im Morgenblatt, daß gegen die Beeinflussungen dieser gewiß nicht alltäglichen Frau Schritte zu tun für zweckmäßig erachtet wurde. Ich saß gerade bei etwas Reizvollem, beim Frühstück, und zollte der Nachricht meinen Beifall.

AMERIKANISCHES UNTERRICHTSSYSTEM

Wie dieser Schuljunge glücklich war. Vielleicht legte er sich keine genaue Rechenschaft darüber ab. Ob er schon genügend Überblick über sich selber besaß? Glauben Sie, daß er sich vor der Lehrerin fürchtete? Diese saß in gebieterischer Haltung am Pult. Sie war eine entzückende Drechslerarbeit, dünn wie eine Nadel. Das ist aber eine Übertreibung, die vor uns errötet, weil sie sich unbeliebt sieht. Was das Fürchten des Knaben betrifft, so war's ja seine Pflicht, furchtsam auszusehen, aber innerlich lachte er. Der Lehrerin Augen waren so wunderbar scharf, hart auf ihn gerichtet, aber er wußte, daß es ihr die Pflicht vorschrieb, so auf ihn zu schauen. Das Lustigste, Lachhafteste, Schönste war das Stöckchen, das sie drohend in der zarten Hand hielt. Das Stöckchen machte sich von sich aus über diese sammetweiche, bleiche, weiße, liebe und nachgiebige Hand lustig, und der amerikanische Knabe sah das. Bald schaute er zur Erde, d. h. zum Schulstubenboden herab, bald wieder in dieses lieblose und doch wieder so gütige Gesicht der Instruktorin. Was dachte das Pult? Nichts? Und der Knabe? Er war ganz Empfindung. Er sollte etwas aufsagen, konnte es wahrscheinlich sehr gut, doch er tat instinktiv, als sei er stockdumm, störrisch. Recht nett angezogen war er. Dieser Junge nahm den Eindruck mit ins Leben, daß es vorteilhaft sein kann, sich vor irgend etwas zu fürchten.

DIE PRINZESSIN UND DER STALLKNECHT

In einem Walde, der unabsehbar schien, der sich über mannigfaltige Hügel erstreckte, ritt zu ihrem Vergnügen, von einem Reitknecht begleitet, die holdeste Prinzessin, die je von einem Schriftsteller fabriziert wurde. Sie trug, einer etwas wunderlichen Sitte gehorchend, auf dem blondesten Haar den schwärzesten, sündhaftesten Zylinder, von dem ein hochvornehmes Band auf den Rücken ihres Pferdes herunterflatterte, das stilvoll auf dem weichen Boden tänzelte. Pferde fühlen, wen sie tragen, und auch das unsrige wird seine Last bis in die feinsten Einzelheiten empfunden haben. Inzwischen dürfen wir vielleicht verraten, wenn es auch unpassend ist, so etwas auszuplaudern, daß der Reitknecht seit einiger Zeit seine schöne Herrin mit wahrscheinlich wesentlich zu glücklichem Gesichtsausdruck anschaute. Übrigens schien er das selber zu wissen, aber kommt es nicht vor, daß die Wissenschaft dem Fühlen und dem Phantasieren unterliegt, weil ihre Gegenwart lästig wird und darum beinahe lächerlich wirkt? Was man nicht tun soll, tut man das nicht manchmal am liebsten? Da langten sie an einer Stelle im weiten durchsichtig-undurchsichtigen, schweren, leichten, umflorten, hellen Wald an, die sie einlud anzuhalten, was sie taten.

«Wie wär's, wenn wir hier auf diesem so schmucken Platz abstiegen und uns im Gras ausruhten?» sprach die Prinzessin in der ungezwungensten und doch wieder gewähltesten Tonart. Dem Reitknecht blieb nichts übrig, als ihrem Wunsch beizustimmen; das gebot ihm schon der Rang derer, die die Äußerung getan hatte, und so setzten sie sich an den Boden.

«Wie er lächelt», sprach die Frau.

Der Stallknecht wußte nicht, von wem sie da spreche, und weil er im Unwissenden blieb, suchte er wenigstens klug auszusehen. Die Prinzessin hatte den Boden damit gemeint, der glücklich schien, einen so durchgeistigten Körper zu tragen. «Wohl weiß ich, daß du mich liebst», nahm jetzt die Ruhende zur Überraschung des Hörers das Wort, «aber ich hoffe, daß mich deine Bezaubertheit nie mit einem Hauch stört.»

Des Reitknechts Augen starrten ganz glasig drein.

«Der Respekt ist dir angeboren, und je heißer du mich liebst, um so mehr vergrößert er sich, und daher traue ich dir. Kein Gestammel, wenn ich bitten darf.»

Sie gab ihm, indem sie träumerisch vor sich hin in die Bäume blickte und dazu kurz und etwas schrill auflachte, die unausgesprochene Erlaubnis, sie zu küssen. Er hörte, was sie dachte, was ihn selbstverständlich quälte. Aber es dachten noch andere an sie, denn überall, wohin sie gegangen sein mochte, hatte sie Wünsche aufkeimen lassen. «Ich werde nie nötig haben, dir zu befehlen, dich zu besinnen», sprach sie und stand auf und ließ sich von ihm aufs Pferd helfen. Ihn machte seine Gefaßtheit hübsch, und sie war schön wie noch nie.

THEODOR

Die Zigaretten stammen von Reinhold, diesem genialen Geschäftsmann. Er wies mit einem Seitenblick auf die Schachtel. Statt bloß eine zu nehmen, nahm ich gleich zwei Hände voll, das imponierte ihm, obschon er vielleicht gelegentlich über mich schimpfen wird. Laß ihn das nur tun, die Hauptsache ist, daß er mich brauchen zu können glaubt.

Werd' ich ihn enttäuschen? Nun, das kommt darauf an. Fordert er, was ich nicht einlösen kann, so sind wir beide schuldig und unschuldig. Ein Herr muß auf seine Art klug sein, wie der Diener auf die seinige.

Als ich in den Salon trat, wo die kostspieligen Gemälde hängen, die alle entweder sein Besitztum oder sein ihm zeitweilig anvertrautes Handelsobjekt sind, und ich ihn von weitem aus einer Gruppe ihn Umstehender herausragen sah (er ist kleiner als die andern und überragt sie dennoch), so ging ich in seine Nähe, damit er mich sähe, was eine Weile leider nicht der Fall sein wollte.

Bemerkt hatte er mich längst, sah sich aber erstens in Unterhandlungen vertieft und wollte mich zweitens selbstverständlich ein bißchen warten lassen, was ich sehr wohl begriff und für durchaus statthaft hielt.

Ich steckte meinerseits beide Hände in die Hosentaschen, um anzudeuten, daß ich mir aus dem Warten und Stehen eine Art Vergnügen mache. Im stillen übte ich mich im Sichtbarwerdenlassen eines artigen und ganz seelenruhigen Lächelns.

Stellensuchende, sagte ich mir, müssen vollkommen gelassen sein, sonst kriegt leicht ein anderer den guten Posten.

Gut, ich steh' so, spiele den Amüsierten, betrachte scheinbar die Bilder, habe aber nichts im Kopf als den Posten, der mit Salär verknüpft ist. Letzteres hab' ich dringend nötig, und ich bin einer, der den Blick mit Vorliebe auf Nächstliegendes wirft.

«Sie sind's, guten Morgen», sagt er plötzlich. Daraufhin verbeug' ich mich leicht, nehme sozusagen erst jetzt Notiz von ihm. Mit der Verbeugung sage ich, daß ich mich für angestellt halte, und muß über mein «sicheres Auftreten» innerlich lachen, und durch dies innerliche Lachen mach' ich dies sichere Auftreten noch um etwas Weniges sicherer.

«Kommen Sie», bittet er, und wir verfügen uns in sein Zimmer, und hier fragt er mich: «Sagen Sie mal, was wissen Sie?» Worauf ich erwiderte: «Ich halte mich nicht für ganz und gar unwissend.»

«Ich tu' gern etwas für Sie. Wie mir scheint, sind Sie nicht ungelenkig. Wollen Sie mir dienstbar sein und unter meinen Augen etwas lernen?»

«Mit Freuden!»

«Zu überanstrengen brauchen Sie sich nicht, bloß Intelligenz zu zeigen, nicht zu gutmütig, aber auch nicht zu unliebenswürdig sein. Rechnen können Sie mir überlassen. Ihre Aufgabe besteht in einem Reden mit verschiedenen Gästen. Verstehen Sie, Damen den Hof zu machen? Sie brauchen nicht zu antworten, Sie werden es zeigen. Von heute ab betrachte ich Sie als in einem Verhältnis zu mir stehend. Es zeigen sich bei uns häufig Leute, die wie Vagabunden aussehen; das sind diejenigen, die Sie mit der sorgfältigsten Achtung zu behandeln haben. Diese Leute verstehen von Kunst vielleicht durchaus nicht immer mehr als andere, aber sie bilden es sich ein und formen mit mehr oder weniger Schnelligkeit das Urteil der Welt. Von ein paar talentvollen, spirituellen, passionierten armen Teufeln hängen Wertschätzungen, Gehirns- und Geschmacksrichtungen ab. Merken Sie sich das. Rauchen Sie?»

Hier bin ich wieder bei den Zigaretten angelangt. Ich wurde hierauf einigen Damen und Herren vorgestellt und hoffe mich dabei nicht ungeschickt benommen zu haben.

Ich gab mich ganz natürlich, möglichst unschön, derb; denn wie leicht belächelt man diejenigen, die aussehen, als hätten sie sich bereits da und dort im Versdichten versucht und seien vor zarten Gefühlen schier umgekommen.

Einem sagte ich: «Ich komme vom Land», dem zweiten: «Aus Paris». Wer in Gesellschaft nur Wahrheiten sagen will, wird wenig vorbringen, und wenig bedeutet – zu wenig!

Hier spielte ich den Einfältigen, dort den Erfahrenen, jeder gewann ein anderes Bild von mir. Übrigens benahmen sich alle dem neuen Günstling gegenüber riesig nett.

Was will das werden? Werd' ich standhalten? Werd' ich die Prüfung überstehen? Reinhold scheint einsichtsvoll, verständig, er liebt Natur und Kunst, hat starke Achtung vor der Bildung.

Die Sonne lächelte, und ein kleines bißchen Wind säuselte, die Fähnchen flatterten, die Täubchen girrten und trippelten und pickten Körnchen vom Boden auf, und die Spatzen piepsten, Kinderchen spielten im Gras, und Blättchen hingen wedelnd von den Bäumen, und Rumoriges rumorte herum, als ich zu Frau Steiner ging.

Wie freu' ich mich, daß ich dort war. Was für eine scharmante Frau! Bildhübsch, nein, eigentlich nicht gerade das; ich will mich nicht beschwindeln, will mir keine Extra-Illusionen machen, hab' das ja auch gar nicht nötig. Weshalb mir die Frau hübscher ausdenken, als sie ist? Wozu dick auftragen? Nein, leise, feinsinnig soll gezeichnet sein und auch empfunden und gesprochen und gedacht und hier im Almanach wiedergegeben.

Ich bin heute glücklich und werde es wohl eine Zeitlang bleiben. Ihr Mann war zugegen, kam jedoch gar nicht in Frage; ich sah gar nicht, daß er mit dabei gewesen wäre, und doch stand er da, sogar sehr nachdenklich, aber eben darum verschwand er, d. h. er ging nicht etwa verloren, ging nicht fort, nein, stand felsenfest und senkrecht da, aber eben darum, wegen der Senkrechtigkeit und Felsenfestigkeit entfiel er mir und war wie fortgelaufen, obschon ihm dies nicht von ferne einfiel.

Er musterte mich, denn er schien etwas zu ahnen. Ich selbst habe ja auch bisweilen schon etwas geahnt, das kann vorkommen. Er redete was, nun, das ist mir auch im Leben schon passiert. Intelligente Leute haben eben ein Merkvermögen, sogar Hunde und Katzen sowie die übrigen werten Mitglieder des ästimablen Tierreichs; wir Menschen gehören ja aus gewissen Gesichtspunkten, als etwa vom Standpunkt der berühmten Abstammungstheorie, auch immer noch ein bißchen dazu; Adam und Eva, das Paradies, die Arche Noah sind ja bekanntlich oder vermutlich Märchen, als solche sehr niedlich, sogar lehrreich, doch dabei bleibt es eben, und es schüttelt jeder von uns lächelnd den Kopf oder zuckt mit der Achsel, wenn er davon hört, und fühlt sich sehr, sehr, sehr über die liebenswürdigen, doch auch wieder etwas einfältigen Geschichten erhaben, was ganz richtig ist, denn wo kämen wir hin, wenn wir solche Dinge glaubten? Das reimt sich doch mit den Fortschritten der Technik gewiß nicht, und mit unserm ganzen übrigen Lebenshaushalt ebenfalls nicht.

Steiner lächelte, nein, er versuchte es bloß, es gelang ihm nur halb, er wäre froh gewesen, wenn's ihm total gelungen wäre. Mein Lächeln besiegte das seinige schneidig, d. h. total. Er ging, die Hände hinter dem Rücken gekreuzt, lebhaft in der Stube hin und her, indes ich Anläufe machte, geistreich zu sein, was mir auch nur halb gelang, wie dem Herrn Steiner sein wertes, hochgeschätztes, leider nicht fertiggebrachtes Lächeln. Dasselbe blieb nämlich auf der Hälfte des Weges stecken, wie wenn einer auf der Landstraße wandert und vor Abgeschlagenheit, Hungrigkeit und Müdigkeit nicht mehr recht vorwärts kommt. Ich nehme die Vergleiche wohl etwas weit her, immerhin, Steiners Lächeln war gut gemeint, das meinige übrigens ja auch.

«Wie schön ist's, daß Sie kommen», meinte die artigste, luftigste Frau der Welt.

Ich war verliebt in sie, da ich sie bloß sah; brauchte da keine besonderen Entschlüsse zu fassen. Ihr Gesicht will ich unbeschrieben lassen. Man macht's ja manchmal in der Malerei auch so, man läßt weg und schildert dadurch im Grund nur um so lebhafter. Eingehende Erörterungen, Ausführungen bis ins letzte einzelne sind ermüdend für den Schreiber sowohl, der sich nicht gern über Gebühr anstrengt, wie für den Leser, der noch weniger gern arbeitet, weil er schließlich zahlt, wo der Autor einsackt und einheimst, wenn auch wahrscheinlich nur wenig.

Steiners wohnen im schönsten Stadtviertel in einer sehr eleganten Wohnung. Er scheint mir originell, dutzendmenschenmäßig sieht er nicht aus, das soll ein Lob sein und ist auch eines. Ich glaube, daß ich ihn respektieren kann. Vielleicht gewinn' ich sogar mit der Zeit eine Vorliebe für ihn.

Ist er ein Gelehrter? Ja, so macht's den Eindruck. Wie kam er zu seiner Frau? Hierum hab' ich mich nicht zu kümmern. Er wird ihr mit der Fülle seiner wissenschaftlichen Bildung imponiert haben. Übrigens besitzt er offenbar Vermögen.

Brille trägt er wohl, doch ist's keine unangenehme, auffallende Brille. Sie kleidet ihn, er sieht darin nicht nur nach Rechtschaffenheit, sondern auch nach Lebensweisheit aus. Ich find' ihn vorderhand nur ein bißchen lustig, lache ihn aber innerlich keineswegs aus. Möglich ist, daß er das meint und mir dementsprechend gegenübertreten wird. Einstweilen bleibt er ruhig.

Wie sprach ich zu seiner Frau?

«Verehrteste», sagte ich, «ich bin einer, der aufs Pflaster dieser Stadt flog, nicht um stillzusitzen und allerlei Betrachtungen über den Weltwandel anzustellen, was entweder längst hinter oder noch vor mir liegt, sondern um mich zu bewegen und etwas zu erleben. Letzteres scheint mir dringliche Wichtigkeit, denn ich soll einen Roman im Büro eines Verlegers abliefern, aber wie kann ich das, wenn ich mich vom Leben fernhalte, keinen Menschen kennen lerne, namentlich Frauen, die für einen Dichter von eminenter Bedeutung sind. Ich bin von Haus aus ein Kind, glauben Sie mir's, und vielleicht bin ich auch heute noch ein solches; ich möchte das Urteil in dieser Frage Ihnen überlassen, Ihnen, die Sie so sehr nach Güte, Freundlichkeit und Klugheit duften. Nicht wahr, ich darf Sie für klug und zugleich für sehr, sehr lieb halten, denn so sehen Sie aus. Ihr Mund, Ihre Augen sind so, daß ich verrückt zu werden fürchte. Sollte das eintreten, so würd' ich Sie bitten, mich in Ihre Obhut zu nehmen, Sie könnten dann meine Heilanstalt sein, dann würd' ich mich in meiner Krankheit glücklich preisen und diejenige segnen, die schuld daran ist und mich nun pflegt, als wär' sie mein Arzt. Das sind immerhin bloß Redensarten, aber ich kam zu Ihnen, nicht um den Mund zuzuschließen, sondern ihn zu öffnen, das begreifen Sie recht wohl. Sonst wär's besser gewesen, zu Hause sitzen zu bleiben und mit der Wand ein stummes Zwiegespräch abzuhalten. Hier sitz' ich nun der Niedlichen gegenüber. Was sagt aber Ihr Mann dazu? Wundern Sie sich nicht über meine Sprechweise, ich glaube, daß ich Ihnen damit willkommener bin, als wenn ich gezwungen dasäße und nichts riskierte. Ich nahm mir draußen auf der Straße unter dem golden-blauen Himmel und dem Gezwitscher der Vöglein vor, Sie zu lieben, denn es ist höchste Zeit, daß dies geschieht, damit etwas Abwechselndes, Belebendes in mein sonst ganz trockenes Tagebuch hineinkommt. Der Verleger wird ungeduldig, ich ebenfalls, und darum erlauben Sie, daß ich öfters bei Ihnen vorspreche, damit sich zwischen uns ein Verhältnis bildet; ich brauche nämlich ein solches, Sie vielleicht nicht minder. Sie lächeln über meine Worte; doch ist's mir nicht nur lustig zu Mut, auch ernst, beides zusammen; aus Lustigkeit und Ernst setzt sich ja das Gemüt zusammen, das wir verpflichtet zu sein scheinen, durch das Leben zu schleppen. Ich wünsche das meinige so leicht wie Schwanenflaum, Sie das Ihrige gewiss auch, niemand wünscht sich ein schweres. Alle möchten gern ein bißchen glücklich sein. Fast red' ich wie ein Sozialist, gehöre aber darum noch nicht zur Partei, wie ich lieber für immer unparteiisch bliebe, damit ich nach allen Seiten freie Hand und freien Geist behalte. Bitte, gewähren Sie mir, daß ich Ihre Fingerspitzen berühre, die so hübsch sind, damit geben Sie nicht viel und doch wieder nicht wenig; immerhin wär's ein Anfang. Ich trug aus meiner Kindheit allerlei ernste Eindrücke ins Leben, das so schön sein, das man so lieb haben kann. Nicht wahr, Sie fangen an, mich für wenigstens ein wenig erträglich zu halten; Sie könnten Ihrem Dienstmädchen klingeln und Tee auftragen lassen, es mag jetzt vier Uhr sein, und mich wundert's, wie ich's über's Herz bringe, noch nicht vor Ihnen hinzuknien, denn das wäre, wie ich's empfinde, die einzig richtige Haltung dem so schönen Menschenbild gegenüber. Vielleicht halten Sie mich für einen Betrüger. Tun Sie's nicht allzu schnell; Sie würden es vielleicht bedauern, denn ich kann amüsant sein, wenn ich will, und jetzt bin ich im Zug. Ich habe den guten Willen, Ihnen etwas zu sein; vor einigen Tagen hatt' ich diesen guten Willen noch nicht. Es hat mich eine gebeten, sie durch's Leben zu führen, aber ich blieb kalt, weil sie etwas unzart aussieht, wo Sie dagegen mit der Zartheit überschüttet scheinen, umhaucht scheinen, die uns in einen Himmel zieht, als führen wir in beflügelten Wagen durch selige Lüfte, sähen gleich dem Morgen- und Abendrot mit ruhigen Gedanken und glücklichem Herzen aufs kleine Erdengärtchen herab. Hier halt' ich inne, da ich sonst noch überspannter sprechen könnte und nun gerne hören möchte, was Sie sagen.»

War das etwa keine passende Anrede? Herr Steiner, dessen Gegenwart ich, wie schon gesagt, völlig vergessen hatte, schaute mit großen Augen auf mich, auch auf sie, die mir freundlich entgegnete:

«Sie haben das gut gemacht. Zunächst bin ich mit Ihnen zufrieden.»

Die mit meiner Ansprache so zufrieden gewesene Frau Steiner reichte mir die Hand und sagte: «Küß dich satt daran.»

Ich wollte eben von der Erlaubnis Gebrauch machen, als sich denn doch endlich der Gelehrte veranlaßt sah, sich in die Sache einzumischen; dazu war's nachgerade Zeit.

Er erhob die Stimme, wie's in altväterischen Büchern geschrieben steht, und sprach:

«Länger zaudern darf ich nicht, mit meiner Autorität aufzutreten. Was geschieht hier? Ich fasse mich vor Verwunderung über eines unverschämten Eindringlings Frechheit kaum. Bin ich blind, oder war ich's bisher? War ich gebannt, und bin ich jetzt vom Bann erlöst? Reden Sie lieber vorläufig nicht; ich muß erst sehen, ob ich für Ihr Betragen eine geeignete Bezeichnung auffinde, Sie Unbeschreiblicher! Am besten wär's, Sie zur Tür hinauszujagen. Warum tat ich das nicht schon längst? Hab' ich nötig, mich von einem Nichtsüberlegenden inkommodieren zu lassen? Ihre tägliche Arbeit besteht wohl darin, Beunruhigung hervorzurufen, wo Ruhe und Eintracht regierten? Und du, liebste Frau, auf was für unsagbaren Bahnen wandelst du? Nimmst du etwa diesen Taugenichts noch gar vor mir in Schutz? Ich wag' es zu bezweifeln, denn sonst wüßt' ich zunächst keinen Rat, wüßte nicht, ob ich noch hier zu Hause sei oder mich um eine Wohnung zu bemühen hätte, die aussähe, als wär' sie meine eigene und nicht ein Sprechzimmer, ein Leselokal, eine Gaststube, ein Badezimmer oder ein Vergnügungsetablissement für jedermann. Nächstens werden ihrer wahrscheinlich noch mehr anlangen.»

«Reg' dich nicht auf, lieber Mann», sprach sie und lachte ein prickelndes Lachen, das mit Silberkügelchen gefüllt schien, die nun durcheinander geworfen würden. Ich habe nie so reinlich, so appetitlich, so musikalisch lachen hören.

«Theodor war auf einem Abweg, er hatte fast alle gute Laune verloren. Er suchte eine passende Gestalt für sein neuestes Romanwerk und glaubt sie hier entdeckt zu haben. Beeinflussen ließ er sich von Stimmungen, die ihm nun gottlob fern liegen. Er kam zu mir, um sich zu erholen. Die Menschlichkeit allein mußte mich zur Nachsicht verpflichten. Da er mir überdies gefällt, er mir eine Art Freundschaft einflößt, so empfang' ich ihn um so lieber, und es wäre unverantwortlich von dir, mir das zu verbieten. Bedenke, daß er zu den besten Leuten in Beziehung steht. Sei mir gegenüber, bitte, etwas galant, und ihm und dir selbst gegenüber nicht so grundsätzlich.»

Ach, das war überraschend, unglaublich graziös gesprochen. Er konnte nichts tun, mußte ihr nachgeben. Alle seine so ernsten, mit so viel Würde vorgetragenen

Worte hatten gar keine Wirkung. Vielleicht wird er sich später Geltung verschaffen. Einstweilen bin ich bei Frau Steiner, so oft ich will. Die Tatsache ist unleugbar. Er tut mir ein bißchen leid, aber ich kann doch nicht aufs Vergnügen verzichten.

Herr Steiner hat mich in meiner Wohnung besucht, ganz unvermittelt. Er war übrigens sehr höflich, entschuldigte sich, falls er mich etwa störe, setzte sich und äußerte, er wünsche mich näher kennen zu lernen, weil ich nun doch einmal sein Hausfreund sei.

«Also hier wohnen Sie? Sie stehen übrigens im Adreßbuch, was Sie vielleicht noch gar nicht wissen. Meine Frau bittet Sie für morgen abend zu Tisch. Sie werden doch wohl kommen, nehm' ich an. Ihr erster Schritt führte Sie zu Amanda, der Restaurationskellnerin, oder nicht?»

Ich rief: «Wie ist's möglich, daß Sie das wissen? Ja, so ist's, aber, bitte, sagen Sie, können Sie zaubern? Sind Sie in der Alchemie, in der Schwarzwissenschaft bewandert?»

Er lächelte, und diesmal war sein Lächeln ein offenes, gutmütiges, ja sogar überlegenes. Offenbar hatten ihn meine Neugierde, mein Erstaunen über sein Hellsehen, sein fabelhaftes Wissen erheitert.

Voll Freundlichkeit fuhr er fort: «Demnach würden wir uns ja bald wiedersehen. Ich wollte die Zwischenzeit benützen, mit Ihnen einiges, was nicht unwichtig für uns beide ist, zu besprechen. Darf ich Ihr Gehör beanspruchen? Ich kam da ohne jede Umstände, ganz zwanglosunangemeldet zu Ihnen herein; mein Besuch hat Sie erstaunt, das find' ich begreiflich; ich würde an Ihrer Stelle auch nicht unüberrascht gewesen sein. Was ich Sie fragen wollte: welchen Eindruck mach' ich Ihnen denn eigentlich? Haben Sie irgend eine Spur Achtung vor mir? Ich möchte das gerne wissen, bin begierig, Ihre diesbezügliche Entgegnung zu vernehmen.»

Nun war's an mir, in Verlegenheit zu sein. Ich wußte tatsächlich nicht, was ich ihm sagen sollte. Wie kann man aber auch so etwas zu wissen wünschen? Hat je ein Mensch mit derartigen Fragen seinen Nebenmenschen beunruhigt? Grad' als wollt' er mich examinieren! War ich denn etwa sein Schüler? Sein Zögling? Er mein Inspizient? Ich suchte mich bestmöglich zu fassen, lachte ihn an und erwiderte:

«Selbstverständlich acht' ich Sie. Wie können Sie daran zweifeln? Entschuldigen Sie, wenn ich das beinah etwas sonderbar fände.»

«Das wäre gar nicht sehr sonderbar. Ich bin eine Art Original, manchmal grübl' ich ganze Wochen lang, das hat meine Frau natürlich nicht gern, was auch der Grund ist, warum sie sich über Sie so sehr freut. Sie machten sie lachen, das hat sie gern und ist ihr auch nicht zu verargen. Wie Sie sahen, ist sie hübsch; zum Hübschsein gehört Munterkeit. Ich müßte nicht Weltkenner sein, wenn ich das nicht einsähe.»

«Sind Sie wirklich Weltkenner?» rief ich etwas naiv.

Er lachte und freute sich über meine Frage wie ein Kind. Mir gefiel er jetzt schon viel, viel besser. Überhaupt fing er an, mir zu imponieren, was ich ihm natürlich nimmermehr gestand. So etwas denkt, empfindet man bloß, behält sich Änderungen im Urteil stets vor. Das tut jeder, der nicht will, daß er allzu harmlos scheint. Schlechte Meinungen darf man unverhohlen äußern, gute nie oder nur in seltenen Fällen.

Ich sprach: «Neulich wollt' ich vor Ihrer so netten Frau niederknien. Ich vergaß ganz Ihre ungemein löbliche Gegenwart. Das Spiel wurde Ihnen zu bunt. Sie nahmen sehr starke Ausdrücke gegen mich in den ungemein geschätzten Mund und machten fast Miene, mich zum Haus hinauszuwerfen. Ihre Frau ersuchte Sie, duldsam zu sein. Sie versuchten, sich zu fassen. Ich entfernte mich, und auf dem Nachhausewege machte ich mir, wie ich ganz gern gestehe, allerlei Gedanken. Das lag sehr nah, das hätte jeder getan. Ich habe mir für alle Fälle eine Pistole gekauft, hier zeig' ich sie Ihnen, damit Sie sehen, daß ich mit jeder Eventualität rechne und zu jeder Genugtuung bereit bin.»

Er schwieg eine Zeitlang, sagte dann fast etwas sarkastisch:

«Ich ging soeben an einer Waffenhandlung vorbei, und da ich auch mit jeder Zufälligkeit rechne, ähnlich wie Sie, so kam ich auch in die Lage, eine Pistole zu kaufen. Hier ist sie.»

Wir legten jeder seine Waffe vor uns auf den Tisch. Der Moment schien ernst und war's vielleicht auch, oder dann würde das wahrhaft Ernste erst nachher noch kommen, item, wir schienen einstweilen im besten Einvernehmen, schüttelten uns die Hand.

Mit den etwas rätselhaften Worten: «Es ist nötig, daß wir uns noch besser verstehen lernen», nahm er Abschied und ging mit fast jugendlicher Elastizität zur Tür hinaus.

Alles das war ein wenig seltsam. Noch bin ich über ihn zu keinem festen Bild gekommen, kann mir noch nicht recht vorstellen, mit wem ich es im Grunde in ihm zu tun habe, doch hoff' ich zur Klarheit zu gelangen. Er wird mir die hiefür nötigen Aufschlüsse schon geben. Etwas

Starkes ist an diesem Mann, das seh' ich ein, und das freut mich. Was tu' ich jetzt? Wohin geh' ich? Ich weiß momentan gar keinen Zeitvertreib.

Frau Steiner fuhr in offenem Wagen, ganz unter Blumen, die entzückend im hellen Licht strahlten. Sie ließ anhalten und bat mich, zu ihr einzusteigen, und dann saßen wir in ihrem Wohnzimmer.

Sie ist ganz Lebenslust, hat eine Menge kurioser, graziöser Dinge im Köpfchen, das in ihrem Haar eingebettet liegt wie ein Kind im Bettchen.

Wie naiv-unverfroren, harmlos-keck sie ist. Wir verstehen uns prächtig, es scheint, daß wir zueinander passen, wie, ich weiß nicht, was. Sie hat ihren Mund immer so hübsch offen; aber ich will mich nicht in Beschreibungen verlieren, das würde mich ermüden, und das laß' ich nicht gern zu. Wenn ich's ja nur weiß, wie sie ist, das genügt doch. Der Leser würde sonst bloß eifersüchtig und tadelte mich, weil ich so glücklich mit ihr war.

Ja, das ist wahr, sie springt in ihrer Wohnung herum, kauert an den Boden wie eine Insulanerin, denn an eine solche mahnt sie. Sie müßte auf einer Meerinsel leben unter phantastisch blühender, duftender Vegetation.

Wir aßen dann mit ihrem Mann zusammen Abendbrot, der nicht bei sehr guter Laune schien. Es macht ihn natürlich verdrießlich, uns zu sehen, wie wir uns so gut vertragen, so eines Sinnes sind, obschon ich nicht wüßte, worin wir könnten gesündigt haben, denn berührt hab' ich sie noch nie, d.h. ich will's ehrlicher sagen: mitunter sind wir uns allerdings mit unsern beiden Köpfchen bedenklich nah, das macht sich, ohne daß eins von uns etwas dabei denkt, in eigentlich etwas zu starker Ungeniertheit.

Uns ist, als kennten wir uns schon lang, wären zusammen aufgewachsen. Vertraulichkeit kommt uns selbstverständlich vor. Einmal hab' ich sie auch schon auf meinem Schoß gehabt. Was ist Schlimmes dabei? Übrigens sah' er's und tat, als säh' er darin etwas, was sich schickt. Vielleicht behält er alles Mögliche für sich, was kann ich wissen?

Er ging unter einem Vorwand weg, ließ uns allein, das war uns nichts wie lieb. Wir benützten das Alleinsein zwar gar nicht etwa in üblem Sinn. Uns ist's ganz egal, ob er da ist oder nicht, er ist der Bedeutende, der uns herzlich wenig bedeutet, der Große, der uns nun einmal ganz und gar nicht groß vorkommt.

Hat sie ihn am Gängelband? Schwingt sie über seinem so gescheiten Kopf ein mit Bänderchen geschmücktes Peitschchen? Gehorcht er ihr? Hat er sie so sehr lieb? Das ist wohl möglich. Wir beide reden in seiner Abwesenheit nie über ihn. Der Gegenstand wäre uns zu unamüsant, zu plump, zu ernsthaft.

Wir scherzen bloß. Ich bin in ihrer Gesellschaft ein ähnliches Wesen wie sie, denke an nichts. Wenn sie mit mir mit Puppen zu spielen wünschte, so täte ich's. Wir werfen uns Bälleli, Rölleli ins Gesicht, und ein Kätzchen hilft uns bei unserer Lustigkeit.

Sie sagte: «Duzen wir uns doch. Bist du einverstanden? Aber vor meinem Mann nimm dich in acht, der ist fürchterlich stark, du siehst ihm ja an, was für Kraft er hat; der würde dich mit der bloßen Hand erdrücken. Sei artig zu ihm, das rat' ich dir an. Er ist sehr auf Ehre erpicht. Mich liebt er trotz meines Nichtswissens unglaublich. Von mir läßt er sich alles gefallen. Du aber hast Grund, auf ihn aufzupassen, dich hübsch vor ihm zu fürchten. Wenn er in Zorn käme, fräß' er dich mit Haut und Haar auf.»

«Wie du lügen kannst», warf ich ein, «dein Mann, den du mir mit so schrecklichen Farben malst, ist der beste Mensch, viel besser und vielleicht sogar auch viel feiner als wir zwei zusammen. Ich halt' ihn für zart, ich meine, innerlich. Von außen gesehen ist's ja wesentlich anders, aber er wird nie Gebrauch von seiner Körperkraft machen. Ich glaube, er schätzt mich, wird mich jedenfalls machen lassen. Und ich achte ihn, daß du es weißt.»

Sie hatte darüber so große Freude, daß sie mir um den Hals fiel und mich küßte, und da küßte ich sie halt auch, was kann man dafür, wenn man einander liebt. O, sie liebt ihren Mann, aber auch mich, vielleicht auf andere Art.

«Ich möchte dich beständig um mich haben, meinetwegen als Hauslehrer, als Friseur, als Kellner, d.h. Bedienter, oder als Vorleser von netten, feinen, pikanten Geschichten. Verstehst du welche zu erzählen?»

«Ich will mich darin üben, vielleicht bring' ich's mit der Zeit fertig. Was tät' ich nicht dir zu liebe?»

Manchmal hört sie auf mit Sprechen, bleibt zehn Minuten oder länger still, dann gefällt sie mir beinah' noch besser. Sie ist dann noch mehr sie selbst.

Ich glaube, sie kann nie unglücklich sein, dessen scheint sie unfähig. Wäre sie arm, so ginge sie mit ebensoviel Anmut, mit ebensoviel Zufriedenheit, mit ebensolchen scharmanten Manieren irgendwo arbeiten; freilich würde ihre Schönheit unter dem Druck des Lohnabverdienens abnehmen, aber weniger fröhlich wäre sie gewiß nicht.

Sie hat ein himmlisch leichtes Gemüt, doch wenn es sein müßte, könnte sie sich mit Leichtigkeit für irgend etwas aufopfern, aber besser ist, wenn sie's nicht tut. Ich meine nur, sie könnte einer ernsthaften Handlung gar wohl fähig sein. Sie fühlt nicht tief, solang sie's nicht braucht, für mich ist sie aber absolut kein Püppchen. Vielleicht ist's keine, die man obenhin dafür ansieht.

Man tu' doch solchen lieben Seelen ja nicht unrecht, denn im Lieblichen liegt ja auch Kraft, oder nicht? Ich wenigstens glaube es. Wie ist Glaube ans Leben süß! Kann's einen schöneren Glauben geben?

Im Gedächtnis hab' ich etwas von «Hol' dich der Teufel» und davon, daß mich etliche Leute mit Weinflaschen und Zigarren, die sie mir bereitwillig in die Hand und unter den Arm drückten oder in den Wagen hinaufhoben, zum Bahnhof begleiteten. Demnach wär' ich also vom Schauplatz vorliegender Erzählung, oder wie man's nennen will, abgereist, hätte eine Eisenbahnfahrt hinter mir?

Das kann sein und ist sogar wahrscheinlich; behaupten will ich aber nichts, will mich überhaupt in nichts übereilen. Nichts ist unter Umständen übler als Schnellfertigkeit, man kommt sich nachher jedesmal merkwürdig vor, darum will ich's zu vermeiden suchen.

Was ist geschehn? Wo bin ich jetzt? Ich will alle derartigen Fragen vorläufig unbeantwortet lassen. Nichtbeantwortung ist ja oft die beste Antwort, die es gibt; das wird jeder schon erlebt haben.

Nur dies eine weiß ich mit Bestimmtheit: es hat sich vieles geändert; ich bin nicht mehr ganz derselbe, der ich vor noch nicht langer Zeit war. Ist denn aber «seither» viel Zeit vergangen? Hier bin ich wieder im Unsichern.

Zeit kann ja sehr schnell vergehen, so daß wir uns im Raum und Maß irren können, besonders wenn wir «Orgien» feierten, die einen vielleicht etwas wirren Kopf zur Folge zu haben pflegen.

Wie viele Teller, Tassen, Flaschen, Kristallgläser usw. ich im Rausch zerschlagen, mutwillig zertrümmert haben könnte, bleibe unausgerechnet. Der Wirt kann sich von Herrn Reinhold, der, so viel ich mich erinnere, auch mit dabei gewesen ist, für den erlittenen Schaden bezahlt machen. Dies wird er schon ohne meine Mitbemühung tun.

Ich habe noch Gestalten wie einen degentragenden Venezianer, einen schnadahüpfenden Tiroler, einen mittelalterlichen, rüstungsbedeckten Ritter vor den Augen. Rotes Haar, glänzend dunkle Augen! Ich selbst erschien als Räuberhauptmann in romantischem Mantel. Die Wände waren von entzückenden Malereien bedeckt, die vornehmsten Leute benahmen sich sehr ausgelassen. Nun, die müssen sich auch einmal vom Zwang erholen, den sie sich jahraus, jahrein gesundheitswidrig antun. Das verstehen ich und andere prächtig.

Reinhold kam als begütigender Engel, er lachte sich über seine Rolle halb tot, spielte sie so komisch wie möglich. Auch ein Jean Paulscher Fuhrmann war da und ein Indianer, und dann gab es in Schmetterlinge verkleidete Frauen und in Bären- und Löwenfelle gehüllte Herren.

Steiner gefiel sich in der Maske eines armen Teufels in zerlumptem Kleid und zerrissener Seele. Ob letztere wirklich in so großer Unordnung gewesen sein mochte, will ich nicht für erwiesen halten; ich komme ja hierauf übrigens noch zu sprechen.

Er amüsierte sich nicht, blieb nüchtern wie ein Spazierstock. Juwelen blitzten an den Hälsen; aus Maskenlöchern schimmerten Augen. Mit dem Gläseraneinanderstoßen vermischte sich das Gelächter, das von da- und dorther klang, letzteres schien ein Gläsergeklirr, ersteres ein Lachen.

Es ging, mit einem Worte, toll her, wie sich's ja auch schickte. Ehrwürdig darf's bei einer Olympiade gewiß nicht zugehen, das wäre eine durch nichts gerechtfertigte Versündigung. «Hol' dich der Teufel!» Wer sagte das? Etwa Steiner? Wie? Ist's möglich? Hätt' er mich so grob angefahren? Er, ein Mann von so hoher Bildung? Mich, einen Mann von solcher Auszeichnung? Einen Geschäftsträger, geheimen Sekretär, Reisebegleiter, einstmals ausersehen zum Kassier eines Tanzinstitutes, attachiert an Damen, kollegialisiert mit den bedeutendsten Zeitgegenossen?

Ich will nicht hoffen, daß er dies unhöfliche Wort aussprach. Und doch muß er's gesagt haben, denn wie kläng' es mir sonst nach? Derartiges erfindet man nicht, greift es nicht aus der Luft, nein, es ist Realität. Ich will's untersuchen und womöglich näher motivieren und beleuchten. Am Ende wird mir alles noch ganz klar.

Auch eine Droschkenfahrt, wo's über Stock und Stein, durch Wald und Busch, an Seen, Bergen, blauen Flüssen, an Dörfern, Städten, Gruppen von plaudernden Menschen vorbeiging, ist mir in Erinnerung geblieben. War etwa dieser mich so viel beschäftigende Herr Steiner der Droschkenführer? Ich traue ihm das zu.

«Hol' dich der Teufel!» Wie das immer wiederkehrt! Ich kann's nicht loskriegen. Warte, das büßest du mir! Hab' ich nicht einen Revolver, bin ich nicht bis an die

Zähne gewaffnet? Soll ich mir so was sagen lassen? Dabei acht' ich ihn ja, wie ich seiner Frau gottlob mehrmals vorredete. Hol' der Teufel alle diese Phantasien. Bin ich in den Bremer Ratskeller hinabgestiegen, steck' ich in der Haut E. T. A. Hoffmanns? Ich möchte gern wissen, woran ich eigentlich bin. Wer kann's mir sagen? Ich muß wohl Geduld haben, bis ich selber imstande dazu bin.

Und eine Reihe von Zylindern bring' ich auch nicht los. Man hätte drauf Break fahren können, so dicht standen sie aneinander, nämlich die Festbesucher, die sie trugen. Das war ein Gedränge! Im Tempel zu Jerusalem kann kein größeres gewesen sein. Im alten Rom gab's vielleicht noch größere Menschenansammlungen, etwa auf dem Kapitol, zur Zeit der Wahlen, aber damals trug niemand schwarzglänzende Röhren auf dem Kopf und schwarzglänzende Lackstiefel und Frack und Smoking. Bin ich solch ein unverbesserlicher Großstädter, daß ich alles dies immer noch nicht vergessen kann, wie z. B. auch das nicht, daß aus der Menge von Menschen Steiner plötzlich auf mich zutrat, mich sanft oder unsanft am Arm anfaßte und aus dem Feenpalast zog?

«Sie werden mir, bitte, sagen, was Sie von mir wollen», sprach ich zu ihm, und er gab zurück: «Ja, ja, ich werd' es tun, und zwar sogleich. Machen Sie sich auf eine Strafpredigt gefaßt.»

«Ist's nur das?» dachte ich. «Du armer Teufel! deswegen brauchtest du mich nicht aus dem Rausch des Vergnügens zu ziehen.» Immerhin folgte ich ihm; wir gingen durch eine lange, monotone, stille Straße, und hier sollte sich unsere Angelegenheit entscheiden.

«Ihnen leuchtet wohl ein, daß ich mit Ihnen ein Hühnchen zu rupfen habe», war sein erstes Wort. Ich suchte ihn vom Gegenstand dessen, was er vorhaben mochte, abzulenken, indem ich vorbrachte: «Edgar Allan Poe lesen Sie gewiß auch gern, dies Gemisch von Witz und Würde?»

«Laß das jetzt», unterbrach er mich. Er hatte die Unverfrorenheit, mich jüngeren einfach zu duzen, als säß' ich noch auf der Schulbank, rezitierte Gedichte, während ich doch mitten im Leben steckte und die ganze «Geschichte» praktisch miterfuhr.

«Laß jetzt deine Unterbrechungen», fuhr er fort. «Ich will dir gegenüber nicht den Lehrer spielen. Tu, was dir richtig vorkommen mag. Du scheinst festliche Anlässe zu lieben; na, ich ja vielleicht auch. Unser Zusammentreffen hier im Gewoge hatte etwas Drolliges, das findest du wohl auch. Ich rede jetzt mit dir; nachher magst auch du reden. Wir haben noch genügend Zeit. Indes wir uns verständigen, begleit' ich dich auf den Hauptbahnhof. Hinter uns hör' ich Freunde und Freundinnen kommen, die dir nochmals die Hände schütteln wollen, eh' du, wenn auch vielleicht nicht für immer, so doch auf etliche Zeit hinaus uns entschwindest. Du reisest in einer Stunde ab. Dein Zug fährt fünf Uhr fünfzig. Ich weiß, daß du mich verstehst; das ist gut, da brauchen nicht überflüssige Worte verschwendet zu werden. Mit dir ist's Zeit, in etwas andere Verhältnisse zu kommen, du würdest hier auf die Länge nicht gut geraten. Sieh' ein, wie ich um dich besorgt bin, das tu' ich deshalb, weil ich denke, daß es schad' um dich wäre, wenn du aus dem Geleise kämest, worin einer bleiben muß, der es zu etwas zu bringen wünscht, und das wünschest du wohl hoffentlich. Meinst du, mit Spielen, Scherzen sei's getan, und das Leben säh' in derlei Übungen seinen Gipfel? Lerne klimmen, Theodor, und weißt du, was das heißt? Das heißt eine Zeitlang sich gedulden und womöglich dabei auch etwas dulden. Nicht durch Lustbarkeit wird der Mensch weise, und ich sorge nun dafür, daß du die Bahn einschlägst, auf der man reifen kann. Zum Glück weiß ich, daß du das alles ausgezeichnet verstehst. Ich dachte dich noch vor einer Stunde mit auf Reisen zu nehmen, die ich vielleicht unternehme, bin aber von dieser Idee abgekommen, denn du wirst besser tun, eigene Wege einzuschlagen. Meine Frau, die du so schnell zur Freundin zu machen verstanden hast, läßt dich grüßen. Ich habe ihr meinen Willen kundgetan, und nun begreifst du, daß ich Herr in meinem Hause bin. So schnell schlagen die Glocken nicht zwölf, wie du dir's einbildest. Du sagtest ihr, daß du mich achtest, das war vernünftig von dir gesprochen. Duellieren werden wir uns nicht; weder du noch ich haben Lust, Narrheiten zu begehen; wir wissen, daß wir unsern Mut, unsere Geistesgegenwart, unsere Kraft besser, nützlicher werden anwenden können als dadurch, daß wir uns ‹schlügen›, was wenig Sinn hätte. Übrigens hast du nichts getan, was meiner Meinung nach ‹Konsequenzen› haben müßte. Mir tut's leid, daß sich nun alles so verändert; du verlierst deinen Sekretärsgehalt, wirst aber fürs Künftige schon zu sorgen wissen; du hattest hier Gelegenheit, etwas zu lernen. Edgar Allan Poe ist ein auch von mir geschätzter, gerngelesener Autor.»

«Auch mir tut dies alles recht sehr leid», rief ich aus, als er mit seiner Rede geendet zu haben schien, «und ich weiß zunächst gar nicht, was ich auf Ihre Eröffnungen sagen soll. Zuerst muß ich Ihnen wohl danken, daß ich noch heil, noch nicht zwischen Ihren werten Fingern erdrückt bin. Sie spielen den Riesen, sind ja wohl auch einer, Ihre Frau warnte mich vor Ihnen, ich hielt Sie aber stets für sehr gutmütig, und heute seh' ich deutlich, wie wenig ich mich irrte, wie wenig mich meine Beobachtungsgabe täuschte. Ich hielt Sie von Anfang an für einen prächtigen Pantoffelhelden.»

«Hol' dich der Teufel», rief er aus.

Da merk' ich nun, bei welchem Anlaß dies geradezu klassische Wort fiel. Jetzt hab' ich's und brauche mir nicht mehr das Gehirn zu zermartern; werd' es hoffentlich endlich los geworden sein.

Wie ich übrigens unvorsichtig mit einem Manne sprach, vor welchem ich gewarnt wurde. Ist's möglich, daß man sich so vergißt? Wir zwei gingen ganz allein. Hinter uns kamen freilich Freunde uns nach, die aber noch weit genug von uns entfernt waren, daß er mir mit größter Ruhe den Garaus hätte machen können: dieser Riese, über den sein Frauchen ihr seidenbandgeschmücktes Regiment führte. Aber er ließ mich weiterreden, tat mir nichts, vermutlich, weil er mich schätzte, was er schon seiner Frau zu lieb tun mußte, und so fuhr ich fort und sprach: «Denken Sie nicht auch an das Betrübnis und an das Glück aller?» Er schaute mich erstaunt an. Dies Wort kam ihm offenbar aus meinem Munde unerwartet.

Alles kam anders. Die hinter uns Herschreitenden waren inzwischen näher gekommen. Steiner und ich blieben stehen, um sie zu erwarten. Wir waren am Portal des Bahnhofs angekommen, ich fühlte, daß für mich der Augenblick entscheidend sei. Hier hatte ich zu zeigen, ob ich mich wie einen Schulknaben abführen lassen oder ob ich selber die nötige Anstalt treffen und über mich selbst nach Gutdünken verfügen wolle. «Fünf Uhr fünfzig ist zu früh; Eisenbahnfahren paßt mir momentan nicht», warf ich hin, als sagt' ich's bloß zum Spaß. «Was fang' ich mit Weinflaschen und Zigarren an? Äpfel, Orangen und Biskuits sind nichts durchaus Dringliches. Licht und Luft und freies Handeln lieb' ich höher. Ich geh' mit Goethe und Schiller. Auf Wiedersehn.»

Und damit ging ich extra langsam und gelassen von ihm weg, immer etwas weiter, und mich ruhig dann und wann nach ihnen umschauend, sie im Glauben lassend, daß das alles nur Scherz sei, bis ich in einem zufällig vorfahrenden Auto saß und ihren Augen eine Minute später entglitten war. «Hol' dich der Teufel!» hört' ich jemand mir nachrufen; das war unverkennbar Steiners Stimme, den ich freilich hochehrte, mich doch aber von ihm nicht befünfuhren und befünfzigen lassen mochte. Der Gruß seiner Frau war mir ja zwar sehr lieb, doch jetzt handelte sich's um etwas anderes, etwas Neues, und das ging niemand etwas an als mich, und jetzt war wie von selbst und in kurzer Zeit Wahrheit geworden, was er mir anempfahl, nämlich reifer war ich jetzt geworden, und das geschah in dem Augenblick, da ich mich der Vormundschaft entzog. Was hatte der mich zu korrigieren! Ich besorgte nun die Korrektur selbst.

Unter denen, die hinter uns zweien nachkamen, waren Herr und Frau Doktor Manz und mein Prinzipal Reinhold. Ach, das war eine lustige Nacht, eine herrliche Nacht, eine liebevolle, wundervolle Nacht, die ich in meinem Leben nicht vergesse; ich fuhr zu meinem eingangs dieser Blätter erwähnten Kameraden, erzählte ihm vom Sekretariatsposten, von Reinhold und Frau Bähni, von Hilde, die glücklich verlobt war, von der Kellnerin und nachherigen Dame Amanda, von Herrn und Frau Steiner, dem Ehepaar Manz, dem dort stattgefundenen Gesellschaftsabend, von dem Glück, das mich die süße, kleine Frau empfinden ließ, und davon, wie sie mich zum Friseur oder Erzieher ihrer Kinder machen wollte, vom Feenpalast, den Geschenken, die mir die Abfahrt erleichtern helfen sollten, und davon, daß die Glocke zwölf und dann doch wieder noch lange nicht zwölf geschlagen hatte, weder für Steiner noch für mich, und daß ich mich nicht befünfuhrfünfzigen und beeisenbahnfahren lassen wollte, obschon's ja vielleicht auch ganz nett für mich geworden wäre.

«Bin ich nicht der Regisseur meiner selbst?» fragt' ich ihn. «Du hast recht getan. Ein Mann hält sein Geschick, solang er kann, in eigenen Händen», gab er beistimmend zur Antwort. Wir verbrachten den Rest der Nacht plaudernd und uns gegenseitig ermutigend in seinem Zimmer, und darum eigentlich sagt' ich, daß es eine schöne Nacht war, ich sie Zeit meines Lebens nicht vergesse, denn es war kein anderer als mein auch draußen mitten im Leben stehender lieber, guter Bruder.

KLEINES THEATER DES LEBENS

Eine Bühne

Die Üppige: Ich halte mich für die Schönste im Land. Wer mich nicht liebt, tut mir leid. Ich liebe mich selbst und blühe darum. Mein Gesicht ist eine morgenrotübergossene Kirschblütenlandschaft. Meine Wangen sind Äpfel, die der vornehmsten Fruchtschale zur Zierde gereichen würden. Schade, daß ich von Figur nicht größer bin, aber meine Unauffälligkeit gefällt mir, und es freut mich, daß ich ein gewisses Hindernis bilde, nach Gebühr gewürdigt zu werden.
Der Zuschauer: Du scheinst mit dir einig, das hat etwas Heimeliges. Wenn ich nicht neben meiner Frau säße, würde ich dich fragen, ob es dir paßte, mich unter Berücksichtigung gewisser Bedenklichkeiten zu beherrschen.
Die Üppige: Ich würde dir antworten, ich käme mir zu wertvoll vor, schmackhaft für dich zu sein.
Der Zuschauer: Potztausend, du bist offen! Das Vergnügen, das du an dir hast, vergnügt mich.
Die Naive: Ich lache alleweil gern.
Der Zuschauer: Lachlust hat etwas zu Unkünstlerisches. Ich kam im Sinne vertiefterer Ansprüche hierher.
Die Meisterin in ihrem Fach: Du bist noch neu.
Die Frau des Zuschauers: Die sagt es dir, gelt?

Der Zuschauer: Schon nur ihre Gestalt überzeugt mich, daß ich günstig orientiert bin, wenn ich mich vor der Weltgewandten klein fühle.
Die Frau des Zuschauers: Warum redest du hier klüger, als meistens zu Hause?
Der Zuschauer: Weil das Haus enger ist, als diese Umgebung hier. Erweiterte Wohnungen öffnen Herz und Geist.
Die Frau des Zuschauers: Ich sollte dir für dieses Wort ein Gesicht ziehen.
Der Zuschauer: Unterlaß das um deiner selber willen.
Die Zarte: Ich bin immer ein wenig betrübt. Meine Verschüchtertheit kleidet mich jedoch vorzüglich. Jedes Mädchen hüllt sich in seine Eigenheit. Die meinige besteht darin, daß ich in einem Traurigkeitsanflug, über den ich nicht Auskunft zu geben vermöchte, und der ja auch nicht berechtigt sein muß, wie in einem Himmelbett liege, von den Stunden umschmeichelt, die sich zigeunerinnenhaft um meine leichten Müdigkeiten ziehen.
Der Zuschauer: Nein, nein – – –
Die Frau des Zuschauers: Laß sie doch! Was genierst du sie mit der Belanglosigkeit deiner auf leichtsinniger Stimmung beruhenden Einwendung!
Der Zuschauer: Was nun kommt, ist sicher etwas für mich.
Die Ländliche: Meine Taille ist vom Korsett eingeschlossen wie ein fruchtbares Gebiet von seiner gemütlich-überlieferten Grenze.
Der Zuschauer: Wenn das nicht wunderhübsch gesagt ist, und wenn mir die, die es gesagt hat, nicht gefällt, zürne ich mir.

Die Frau des Zuschauers: Sie lachen dich ja aus, wenn du so vertraulich tust. Sei doch enthaltsamer.
Der Zuschauer: Da irrst du dich! Die, die auf der Bühne des Lebens stehen, sehen sich gerne wirken; ihnen ist eine muntere Äußerung lieber als eine Haltung, die nichts sagt.
Die Romantische: Ich war einst ungekämmter und unmittelbarer. Ich büßte zugunsten einer Ordnung einen Klang ein. Eine Größe, eine Freiheit, eine Ungezwungenheit, die sich doch auch von sich aus genügend bezwang, wichen von mir. Indem ich mich polierte, verdrängte ich eine Wesenheit aus mir, aber mit dem Rest meines Ichs fange ich immer noch allerlei an.
Der Zuschauer: Das geht mir zu hoch. So etwas verstehe ich nicht.
Die Frau des Zuschauers: Komm doch jetzt. Wir sollten längst gegangen sein.
Der Zuschauer: Hören wir schnell noch diese. Sie scheint auf den Lippen zu haben, was uns zu Herzen gehen soll.
Die Frau des Zuschauers: Hiezu glaubst du dich wieder einmal besonders geeignet.
Der Zuschauer: Meine Aufnahmefähigkeit ist ein Instrument, auf das ich mich verlassen kann.
Die Frau des Zuschauers: (lacht.)
Die Liebe: Ach, daß ich mich innerlich für zu schön hielt, um mit einem Starken lediglich zu spielen, den die Liebe, die ich ihm schenkte, nicht zum Michlieben kommen ließ, den ich durch mein unbegrenztes Vertrauen um die Möglichkeit brachte, mich interessant zu finden, und des Vergnügens beraubte, zu lernen, mir treu zu sein.
Der Zuschauer: So siehst du aus.
Die Frau des Zuschauers: Man muß zugeben, daß sie eine Wahrheit sagte.

Der Zuschauer: Mit dir ist's immer dasselbe. Du kommst nie aus einer Lebens- und Kulturstätte weg. Mach doch endlich!

Die Frau des Zuschauers: Wie du mir das haargenau nachsagst!

Der Zuschauer: Gerade das ist ja das Komische. Am Komischen ist etwas Lustiges, am Lustigen etwas Gesundes. Die Gesundheit hat wieder an sich etwas Komisches, das Komische wieder an sich etwas, wie mir scheint, durchaus Statthaftes.

Die Frau des Zuschauers: Aber, aber!

Beide drängen einander leise, mit ungeduldiger Geduld, auf den Weg nach Hause.

UNTERHALTUNG ZWISCHEN DEM DÄMONISCHEN UND DEM GUTMÜTIGEN

In einem feinausgestatteten Gemach sitzen sich gegenüber der Dämonische und der Scheinbarleichtbeeinflußbare

Dienstmann: Abends, ja, da kann es sich geben, daß ich innerlich ermüde. Dann rede ich allzu stürmisch und herzlich mit den Lüften, klage mich und die Menschen der Unvernunft an, bin empört und empöre mich über meine Empörtheit. Jeder Vorübergehende beschämt mich, denn die Beunruhigten sind gegenüber den Ruhigen in einem Unrecht, und die Schweifenden erwehren sich angesichts der Beständigen vergeblich eines Gefühles von Schuld, aber am Morgen, wenn ich so des Schlafes dunkles Haus verlasse, aus dem Bett steige, bin ich fröhlich und gut und habe den Mut, mich anzulachen.

Dämonischer: Was Sie da nicht sagen! Wissen Sie, was Sie

taten? Wissen Sie von Ihren Dienstfertigkeiten? Nein, Sie sind ein armer Ahnungsloser, aber ich will Sie aus Ihrer Zuversichtlichkeit herausreißen. Wenn ich will, kann ich Sie tödlich erschrecken.

Dienstfertiger: Tun Sie's nur.

Dämonischer: Sie haben auf meinen Befehl gemordet.

Dienstfertiger (bleibt im Besitze seiner Fassung).

Dämonischer (macht ein extradämonisches Gesicht): Nicht wahr, meine Fratze mahnt Sie an die Hölle?

Dienstfertiger: Ich zolle Ihrer Höllenhundhaftigkeit meinen aufrichtigen Beifall. Ich gebe zu, daß ich für Sie fürchte.

Dämonischer: Spaßen Sie nicht. Kannten Sie nicht einen gewissen Bedachtsamen, den gewisse Leute den Schüchternen nannten?

Ahnungsloser: Ja, den kannte ich.

Dämonischer: Er war meinen Bestrebungen im Weg, und da ich wie kein zweiter zaubern kann, ernannte ich Sie in Gedanken zu seinem Henker. Komme ich Ihnen auch jetzt noch nicht dämonisch vor?

Gutmütiger: Ein ganz klein bißchen. Ihre Bemühungen, mir vor mir selbst Schrecken einzuflößen, erregen in mir ein gewisses Mitleid mit Ihnen.

Dämonischer: Ich fahre kalt fort, Sie zu zerschmettern, und wenn ich geendet haben werde, wird Ihre Moral vollständig zermalmt sein. Die Macht, die ich über Sie habe, hat Sie veranlaßt, einen Menschen umzubringen, den Sie liebten.

Bescheidener: Ich glaube, daß Sie ein Geck sind.

Höllenhund (zittert vor Zorn, daß seiner Herrscherlippen Worte nicht den vermeintlichen Eindruck auf den Leichtbeeindruckbaren machen): Wenn Sie jetzt nicht sofort felsenfest an meine Übermenschlichkeit glauben...

Bescheidener: So glaube ich wenigstens an die Liebenswürdigkeit der Macht meiner mir allezeit Lebensbegleiterin gebliebenen Bescheidenheit. An die Teufel glauben die – Teufel! *(Er lächelt so ungezwungen, daß der Höllenhund sichtlich magert, indem er einschrumpft.)*

Dämonischer (verlegt sich in seiner Verlegenheit aufs Knirschen).

Gutmütiger: Sie appellieren, sehr geehrter Herr Dämon, an meine Leichtbeeinflußbarkeit. Die Gutmütigen sind aber nicht so leicht in Zerstreutheiten einzuwiegen. Der Bedächtige hatte Unglück; er rottete sich selbst aus, weil er immer nichts anders konnte als überaus hoch von sich zu denken, was von ihm ein Wagnis war, und weil Augenblicke an ihn herantraten, wo es ihn unsäglich schwer ankam, diese hohe Meinung von sich aufrechtzuerhalten. Weil ich dem Bedächtigen und Hochgesinnten gutsinnig gewesen bin, Sie das gewußt haben, und weil Sie diesen Wertvollen innerlich stets gefürchtet haben, Höllenhund, armseliger, der Sie sind, und Sie um sein Ableben ein schlechtes Gewissen bekommen haben, so stieg in Ihnen die Idee auf, mich zu Ihrem Werkzeug zu stempeln, sich dagegen zu einem Dämon zu erhöhen, der Sie gar nicht sind. Ihr Bemühen, mir Furcht einzujagen, ermutigt mich, Ihnen zu sagen, daß Sie ein neiderfüllter, eifersüchtiger, kleinlicher, gern großwärender, bedauernswerter Mensch sind, den ich in seines Wesens Grenzen zurückzutreten bitte.

Dämonischer (wird krank).

Das vermeintliche Werkzeug zu dämonischen Zwecken hat sich erhoben und geht aus dem feinausgestatteten Gemach hinaus und macht seinen üblichen Spaziergang.

Stachelschwein: Bin ich nicht ergreifend, sag mal?
Storch: Ich liebe dich seit langem.
Stachelschwein: Ich sage nichts dazu. Ich rede nicht mit denen, die mich lieben. Liebe ist etwas so Rücksichtsloses, Freches! Ich mag mit Unvorsichtigen nichts zu tun haben. Merk dir das. Du bist in meine Stacheln verliebt, nicht wahr?
Storch: Der Mantel aus Stacheln steht dir reizend. Du siehst allerliebst darin aus. Schade, daß du so prüde bist. Ein Stachelschwein sollte vom Anstand nicht so engzugeknöpfte Begriffe haben.
Stachelschwein: Du irrst dich, und ich will dich eines Besseren belehren. Ein Storch darf sich allerlei herausnehmen, nicht aber ein Schwein. Dir wird flattiert, du bist ein Erziehungs-, ein Familienideal. Gemeinden blikken in aufrichtiger Achtung zu dir auf. Nichts als gute Meinungen sind deine Begleiter. Bei mir ist's anders. Was nützt mir deine Zärtlichkeit? Hast du dich in meine Furchtsamkeit vergafft?
Storch: Ja, ich glaube es.
Stachelschwein: Nicht wahr, sie kleidet mich vorzüglich? Ich bin so rundlich, appetitlich darin. Weil ich mich fürchte, habe ich Stacheln. Ich besteh' ganz nur aus Flucht und Furcht. Schau dir mein Köpfchen an, die Äugelchen, das Näschen. Ich fliege nicht majestätisch wie du. Von Emporheben ist an mir keine Spur. Die Füße sind die Unbegreiflichkeit selbst, aber dafür bin ich niedlich, sehe so nach etwas Dummem, Armem aus. Spreize mich nicht mit Flügeln, nein! Ich baue mir nicht auf Kirchtürmen behagliche, von heller Luft umsäuselte Nester. In

Wäldern hause ich, wage mich nur im Dunkel leise hervor.

Storch: Liebes Schüchternes!

Stachelschwein: Du hast Mitleid mit mir. Ich aber kenne kein Mitleid. Mitleid ist etwas Großzügiges. Mir steht es nicht an, denn ich bin kleinlich. Meine Stacheln sind übrigens der reine Hohn; sie verspotten mich.

Storch: So verspottet dich, was berufen zu sein scheint, dir Schutz zu gewähren. Ich liebe dich um solcher Verlassenheit noch mehr.

Stachelschwein: Ich bin aber ungeheuer gut aufgelegt. Du ahnst nicht, wie herrlich es sich in lächerlicher Umhüllung lebt. Mein Wohlbefinden ist unsäglich originell. Mich durchströmt förmlich die Gewißheit meines hübschen Aussehens. Auch du bist übrigens etwas komisch.

Storch: Du meinst meine Würde. Aber ich kann nichts dafür. Ich trete etwas steif, gemessen auf, aber ich gehe eben in diesem Gravitätischen auf, verstehst du?

Stachelschwein: Ich verbiete mir, irgend etwas zu verstehen. Verständnis würde mich ärgerlich machen. Glaubst du, ich gäbe mir Mühe, über dich Beobachtungen anzustellen? Ich überlasse das Tiefsinnigwerden dir und deinesgleichen. Du dauerst mich, daß du nicht von mir loskommst, finde es aber lustig, daß du mich dauerst. Also dauerst du mich wieder nicht. Ich besitze Hügelform, siehst du, und mache den Eindruck, als sei ich leblos.

Storch: Das ist ein sehr großer Vorteil. Ich bewundere dich, du kicherst?

Stachelschwein: Oh, über die Besorgnisse eines so Geistreichen. Kultiviert zu sein und einem Stachelschwein ein Lächeln zu entlocken wünschen. Mich überkommt nur innere Lustigkeit. Äußerlich würde ich nie lachen. Ich

halte zu viel auf den guten Ton. Auch rede ich hier schon zu lang mit dir. Ich bin dir lieb. Du aber, Befiederter, flößest mir Grauen ein. Ich schrecke aber nur vor dir zurück, weil mir das so paßt. Das Zurückschrecken vergnügt mich.
Storch: Verachtest du mich?
Stachelschwein: Meine Stacheln empfehlen mir das. Sonst würdest du mir imponieren. Du bist ja aber auch viel zu langbeinig, großschnäbelig, zu stolz, zu schön für mich.
Storch: Daß ich an dir Unscheinbarkeit sterbe.
Stachelschwein: Hüllt sich ganz in den Mantel, äugelt nur noch so ein bißchen daraus hervor. Sieht den Guten vor seiner Neigung beben, von seinen Schlankheiten umzogen. Sagt aber nichts mehr. Findet Sprache von nun an zwecklos, kauert nur noch so da in unsagbarer Eigenart und Unfaßlichkeit. Der Storch steht gebannt. Stachelschweinliche Unbehilflichkeit kommt über ihn. Im Grund ist das Stachelschwein ein komplettes Kind, und das Einsame liebend, ist nun der Gütige selber seltsam und einsam. Er glaubt auch mit Stacheln geziert zu sein. Im Wald wird es Nacht; der bezauberte Storch steht auf einem Bein, in hohes Liebesleid versunken.
Das Stachelschwein ignoriert ihn.
Anscheinend schläft es.
Aber das trifft nicht zu. Es wartet, ob der Storch schluchzen werde. Ihm scheint das Mühe zu machen, aber es ist Aussicht, daß er's fertigbringt.
Welch eine nächtliche Komödie.
Ich könnte noch vieles über das Verhältnis des Storches zum Stachelschwein vorbringen, will aber Maß halten. Des Storches Situation gegenüber dem Stück Kläglichkeit scheint kläglich. Weshalb sich aber auch so töricht

rühren lassen? Nun fließen ihm Tränen über den sonst so gescheiten Schnabel herab. Hab' ich es ihm nicht gesagt, es müsse so kommen?
Ob sich wohl das Stachelschwein darob freut?
Das bleibt Geheimnis. Geheimnisse sind ihrer Natur nach unerklärlich. Das Unerklärliche ist interessant. Interessantes gefällt.
Storch, o wie tief fielest du!
Doch anderseits wieder für das liebe und an sich nicht unbedeutende Stachelschwein: welche Ehre!
Haben Sie schon einen Storch weinen gesehen? Nicht? Dann um so eigentümlicher.
Er weint in stiller Nacht nicht bloß Bäche, sondern Niagarafälle. Die Trauer um sein angebetetes Stachelschwein wird ihm zum langanhaltenden Bedürfnis.
Es liegt übrigens Heroismus in seiner Hingegebenheit. So ein Storch mopst sich bisweilen. Dann geht er hin und macht sich zum Helden.
Als der Morgen naht, steht er noch immer in seinem nie genug gelobten Schmerz da. Ist der geduldig!
Zu denken, daß er währenddessen versäumt hat, Kinder zu bringen. Herrschaft, dieser Verlust!
Wie gerne würde der Storch mit seinem Schnabel die Stacheln des Stachelschweines geküßt haben. Was das für ein Küssen gegeben hätte! Wir erschauern angesichts solcher Vorstellung.

KATZE UND MAUS

Katze zu ihrer Nachbarin: Du sagst, ich verstehe meine Maus nicht. Was mich das Großes kümmert: verstehen! Was es an so einer Maus zu verstehen gibt. Habe die

Ehre! Nein, da biete ich ihr mehr. Ich biete ihr viel, weil ich ihr nichts biete. Die Maus muß mich fürchten: heißt das: nichts bieten? Wenn ich ihr Besorgnisse einflöße, biete ich ihr immer noch nichts? So eine Maus denkt den ganzen Tag an mich. Was brauch' ich ihr Verständnis zu schenken, wenn ich sie veranlasse, sich mit mir zu beschäftigen? Das tu ich in hohem Grad. Mehr braucht sie nicht. Sie ist glücklich, wenn ich sie laufen lasse und glücklich, wenn ich sie fresse; unglücklich, wenn ich mich mit ihr nicht abgebe und unglücklich, wenn ich sie mir schmecken lasse. Ich bin ihr das unzweifelhafteste Ideal. Nachbarin, Sie verstehen nicht viel von der Art, wie man mit Mäusen umzugehen hat. Mäuse sind da, damit sie von tüchtigen Katzen tüchtig und brav geplagt, verfolgt werden. Ich liebe meine Maus sehr, spiele mit ihr, halte sie unter der Macht meiner Augen, quäle sie mit Angst und Zweifeln, gebe ihr aber dafür wieder höchste Freuden. Sehen Sie, da haben Sie Ihr «Verständnis». Die Maus hat Angst vor mir, aber in ihrer Angst zittern Liebeslüste. Sieh sie dir doch genauer an: sieht sie nicht wie das personifizierte Katzeneigentum aus? Instinktiv hasse ich sie, ihr Instinkt wieder läßt sie dies wissen. Katzen- und Mäuseinstinkte sind nun eben einmal füreinander geschaffen. Ihre Eigenart brauche ich nicht zu pflegen, die pflegt sie selbst. Sie räuspert sich jeden Tag prompt. Was mir gehört, brauche ich mich nicht zu bemühen zu ergründen. Die Maus ist für mich ein jedesmaliger Fund. Ich rege sie aufs lebhafteste an. Wäre ich nicht vorhanden, so käme sie in Eintönigkeiten um. Die arme kleine Graue vermißt mich immer, trotzdem ich gefährlich für sie bin. So für jemand eine Gefahr zu sein, ist großartig. Oder nicht? Üb ich etwa nicht

Einfluß auf die Maus aus? Wer ist ihr bedeutender als ich? Geh' mir mit Sentimentalitäten. Rührend, wie sie mir in einem fort entspringen zu müssen meint, Pflichten, Aufgaben vorschützend, und meinem Bann doch nicht entrückt. Zu meiner Verfügung zu stehen ist ihr Schicksal. Vor lauter Angehörigkeit braucht sie mich nicht mal zu lieben. Ihr ganzes Sein verehrt mich, ohne daß sie's nur glaubt, so unweigerlich sind meine Besitzrechte. In der Tiefe ihrer Seele gibt mir die Maus durchaus recht, wenn ich sie verzehre. So weit sie auch läuft, beständig bleibt sie in unsichtbarer Schlinge. Ich bedaure sie nicht, mache einfach Gebrauch von ihr, muß eher meine angeborene Katzlichkeit bewehklagen, deren Los es nun einmal ist, sich im Mäusevertilgen auszuzeichnen.
Die Nachbarin sagt: Wie können Sie nur so garstig reden?
Die Katze erwidert: Sind wir denn nicht unter uns?
Die Maus denkt im Verborgenen: Ob sie in der Nähe ist? Ob ich mich hervorwage? Ich bin erpicht, sie zu erblikken. In welchem Maß, kann ich gar nicht sagen. Sie gefällt mir so ungemein, trägt einen Pelz von so bestechenden Farben, ist so wohlig, mollig, drollig in ihrem weichen Kleid. Ihr Mund ist schrecklich-schön. Ich genieße mich förmlich, spüre Daseinslust in den dummen, nichtswürdigen Gliedern, wenn ich mir sie vergegenwärtige. Die bedeutungsvolle Gestalt! So schlank! Ich sage es frank, nichts ragt über sie. Ich will ein wenig piepsen, sie hört's dann und wird grimmig. Oh, wie sie in ihrem Aufmichergrimmtsein schön ist. Ihr Appetit macht mich zur Maus. Sie besteht ganz nur aus Überzeugtheit, ich müsse bestraft sein. Kann ihre Schonungslosigkeit mich freuen? Jedenfalls finde ich sie natürlich. Ich möchte mich versteckt halten, aber die Neugierde, wie sie sich verhalten

wird, läßt mir keine Ruhe. Ich höre sie reden, sie hat Gesellschaft. Ich will ihr unter die Augen treten, unter deren Leuchten ich wimmere. Ihre Zähne fressen mich schon mit ihrem hübschen Anblick. Sehne ich mich nach ihren Krallen? Vielleicht findet sie, ich sei heut' langweilig, beachtet mich nicht. Was für ein Schmerz mir durch die Brust ginge, wenn's so wäre. Ich ziehe den Untergang dem Nichtbeachtetwerden vor.

Der Leser bleibe über den Ausgang im Ungewissen.

PORZELLAN

Der Schauplatz ist ein Galanteriewarenschaufenster, und die Personen dieses Stückes sind Porzellanfiguren.

Der Herr: Mitunter sagen sie mir, ich sei ein Schurke. Diese sehr liebenswürdige Benennungsweise überzeugt mich von meiner Unschuld. Ich tat unsäglich viel Gutes. Aus Geschmacksgründen vergaß ich, was ich Segensreiches bewirkte. Ich besitze ein Redetalent und sitze hier in der Haltung eines vollendeten Edelmannes. Wer mich aufmerksam anschaut, kann sich einen Begriff von der Zahllosigkeit meiner vorzüglichen Eigenschaften machen. Ich besitze da und da selbstverständlich ein verschuldetes Landgut. Meine Vorfahren zeigten sich in diesen und jenen Scharmützeln als recht wackere Leute. Der Gründer meines Geschlechts betrieb ein Gewürzgeschäft, das seine Düfte bis in die entferntesten Gegenden sandte. Mein Körper streitet mit meiner Seele, was von beidem das Feinere, Gebändigtere sei. Möglich ist, daß mich mein Anzug fast nur zu vorteilhaft kleidet.
Die Dame: Ich neige mein Köpfchen, das von unerhörter

Anmut ist, unglaublich vornehm und unsagbar bescheiden auf ein Buch herab, worin ich zu lesen vorgebe. Das Buch ist glücklich, daß es mir auf dem Schoß liegen darf. Sentimentalitäten umhauchen mich mit dem Atem von Flieder und wie mit einem Aroma von Weihnachtskerzen. Venedig sank beinahe hin, als es mich sah. Meine Füßchen sind Schwalben. Wer sie zu häufig und mit zu viel Wohlwollen betrachtet, erkrankt an der Sehnsucht, zu bewerkstelligen, was man zu Füßen fallen nennen darf. Die Empfindungsärmsten verwandeln sich bei meinem Anblick in die Gefühlvollsten. Mein Haar ist ein Tempel, der aus Unanrührbarkeiten aufgebaut ist, die beim leisesten Luftzug himmlisch lächeln.

Der Herr: Ich rede nicht und rede dennoch.

Die Dame: Ich erwarte wen und erwarte niemanden.

Der Herr: Ich bin stumm und unterhaltend.

Die Dame: Mein Busen ist kalt und warm.

Beide: Ein origineller Mensch hat die Güte, sich mit uns zu beschäftigen.

Der Interessent: Ich brauche nicht zu befürchten, daß ihr euch entfernt. Ich muß noch rasch da- und dorthin.

Beide: Gefallen wir dir?

Der Betrachter: Ich sage weder ja noch nein. Ihr könnt es erraten.

Beide: Glaubst du, wir hätten Zeit dazu? Uns steht's nicht an, uns um etwas zu kümmern. Wir sind Kunstobjekte, die für die nicht existieren, die kein Verständnis für uns aufbringen. Du verstehst uns.

Der Porzellanfigurenenthusiast: Also seid ihr für mich lebendig.

KABARETTBILD

Der Impresario: Sie ruinieren sich Ihre Karriere.

Der Backfisch: Sie müssen vor allen Dingen wissen, daß ich mich Backfisch nenne. Was Sie jetzt für ein Alltagsgesicht machen. Ich bin eine Art Genußnatur. Ich liebe die Fröhlichkeit und gehe deshalb mit Äußerungen sparsam um. Jede lustige Äußerung bedeutet einen Lustigkeitsverlust. Neulich würdigte mich eine Aristokratin ihrer Aufmerksamkeit.

Der Impresario: Sogleich wird Andalusia auftreten.

Der Backfisch: Wenn man in Betracht zieht, daß sie Zahnweh hat, tanzt sie sehr nett.

Eine Bureaulistin: Ich nahm mir vor, aus dem Backfisch, der unstreitig begabt ist, einen vernünftigen, bodenständigen Menschen zu machen, aber meine guten Absichten prallen an seiner Überzeugtheit ab, gut situiert zu sein.

Der Impresario: Ich titulierte ihn eine Zeitlang Doktor. Ich hielt ihn für einen anständigen Menschen, nämlich für einen Verschwender.

Der Backfisch: Seit Sie zu ahnen anfingen, daß ich eines Innenlebens fähig sei, affektierten Sie mir gegenüber eine grandiose Geringschätzung.

Die Bureaulistin: Er hat keine Phantasie. Besäße er welche, so würde es ihm eine Kleinigkeit sein, mich für eine Gräfin zu halten.

Eine Frau aus der großen Welt: Mich duzt er. Er tut's mit unsagbarer Selbstverständlichkeit.

Der Impresario: Ich mache Sie ergebenst darauf aufmerksam, mein Herr, daß Andalusia an gewissen Einbildungen zu leiden scheint. Sie erzählte mir, sie sei Ihre Tochter.

Ein Gymnasiast: Sie spinnt.

Der Impresario: Schweigen Sie! Die Angelegenheit ist ernsthaft. *(Zum Backfisch.)* Bestellen Sie sofort für Andalusia eine Flasche Champagner, das wird sie besänftigen. Sie rast!
Der Backfisch: Da kommt sie. Sie personifiziert mit ihrem Kostüm ein Schneegestöber. Man sieht ihr das Industriequartier auf keine Weise an. Der Anblick einer Tänzerin stimmt mich jedesmal baronhaft. Offenbar ist mir das angeboren. Mein Vater hielt sich ein Jahrzehnt lang im Paris des zweiten Kaiserreiches auf. Er sah Erscheinungen, die Guys mit seinem genialen Stift aufs Papier bannte.
Eine Lehrerin: Der Backfisch hat keine Weltauffassung. Indem ich ihm solche einflößen wollte, wünschte ich, er fände mich reizvoll.
Die Frau von Welt: Er würde sich sehr gut dazu eignen, mir auf einem Präsentierteller einen Brief angenehmen Inhaltes zu überbringen. Wenn man ihn anschaut, stellt man sich das Leben rosig vor. Sein Gesicht, seine Manieren sind Musik.
Der Backfisch: Als ich im Spital lag, vergnügte ich mich damit, der Krankenschwester, sobald sie mir ihren Rükken zukehrte, die lange Nase zu machen. Sie trug weiße Strümpfe.
Der Impresario: Wenn Sie Andalusia nicht überzeugen, daß Sie für sie schwärmen, sind Sie ein Barbar.
Der Backfisch: Ich finde Frauen schön, die mit Beleidigtheit kämpfen. Der Glanz ihrer Augen ist hinreißend. Ihr Teint ist jetzt von alabasterner Blässe. Sie flößt mir Mut ein. Was kann ich dafür, daß mich ihr Auftreten mit einem immensen Glauben an mich beschenkt? Darin besteht ja die Schönheit der Artistinnen, daß sie uns see-

lisch festigen, bereichern.

Der Gymnasiast: Sie hat einen Revolver in der Hand.

Der Impresario: Jetzt zielt sie.

Die Frau von Welt: Auf wen? Ah, interessant!

Andalusia (feuert auf den Backfisch).

Der Backfisch (mit einer leichten Verletzung): Merci beaucoup!

Die Lehrerin: Schade um ihn. *(Der Backfisch wird verbunden und sieht sehr vorteilhaft aus.)*

Der Backfisch: Du bist nervös, Andalusia. *(In einer Pose schäferhafter Träumerei.)* Oh, die Göttinnen mit den Federn im Haar, mit der Absolutheit des Kleidungsmangels bekleidet, die man Nacktheit nennen kann, und die einem begegnen, wenn man im einsamgrünen Blättermeer des Waldes in der Gedankengefangenschaft stillsteht. Herr Impresario, lassen Sie nun die Flasche bringen, von der Sie vorhin redeten.

Der Impresario: Sie scheinen Wirklichkeitswege betreten zu wollen.

Der Backfisch: Und Gläser für sämtliche hier um mich Sitzende.

Die Frau von Welt: Nüchterne Leser werden vielleicht dieser Skizze den Beifall versagen, den sie trotz ihrer Unglaublichkeit zu verdienen scheint.

Der Backfisch: Was sich Flaubert für eine rührende Mühe beim Niederschreiben seiner Romane gab! Sein Eifer, seine Strenge mit sich selbst haben etwas Märchenhaftes. Man tut gut, wenn man in mir eine Art Literat erblickt. Wirklichkeit kann in sogenannten Wirklichkeitsbüchern unwirklich wirken. Im Leben ist etwas, das sich unserem Lebenstrieb widersetzt. Leben, Wirklichkeit sind raffiniert. Wir können ja übrigens Wirklichkeiten schaffen!

Das, was man Wirklichkeit nennt, besteht ja aus uns, und insofern wir bildungsfähig sind, ist es die sogenannte Wirklichkeit auch. Ob Wirklichkeiten reicher oder ärmer seien, kommt auf uns an. Man hat doch unter Wirklichkeiten nicht nur das zu verstehen, was sich der Dutzendverstand darunter vorstellt. In den Kreis des Wirklichen ziehe ich das Unwirkliche als bedeutungsvollen, in gewisser Hinsicht sogar ausschlaggebenden Faktor mit ein; denn das Unwirkliche bildet doch beim Wirklichen das Ergänzende. Man braucht z.B. beim Sonnenschein auch nicht den Schatten zu bemerken. Wenn ich nun Wirklichkeit verloren hätte und sie mir, weil ich sie suche, desto lebendiger wäre? Ist Suchen nicht ebenso wirklich als das bißchen Wirklichkeit im Haben, im Sein?
Der Impresario: Prosit, Herr Professor!

SCHILLERFIGUREN

Großstädtisches Kaffeehaus

Lady Milford: Sie sind jener aus dem väterlichen Schloß verstoßene und um einiger Unvorsichtigkeiten willen ins Räuberhandwerk gejagt und getrieben wordene Karl Moor? Ihr Aussehen scheint durchaus Ihrem Schicksal zu entsprechen. Was wurde aus Ihrer Amalia?
Karl Moor: Ich beging den Fehler, zu leichtgläubig zu sein. Mein Bruder Franz kannte diese meine Schwäche genau. Auf einen ironischen Brief hin, den er mir vielleicht nur versuchsweise schrieb, rannte ich spornstreichs in die Wälder, wo mich mein Ehrgeiz zur Gründung einer Gaunerbande anstachelte. Indes sich Amalia, die nie aufhörte, mich für den besten und liebenswürdigsten

Menschen der Welt zu halten, um mich abhärmte, indem sie in schwarzem Samtrock am Fenster ihres Gemaches saß und unablässig an mich dachte, nahm ich einen jungen, bildschönen Polen namens Kosinsky in die Reihen meiner Spießgesellen auf. Er verstand wunderschön zu singen; in seinem Auftreten, seinem Benehmen, seinen Äußerungen mahnte er an ein Mädchen. In der Tat war er ein solches, obschon er das natürlich nie eingestand.
Lady Milford: Ihr Herr Vater wurde von Ihrem Herrn Bruder in einen Hungerturm geworfen. War denn Franz wirklich solch ein Schurke?
Karl Moor: Da er von lauter Einfältigkeiten umgeben war, wie sein Vater eine war und wie anderseits ich eine zu sein scheine, so kann es möglich sein, daß er schurkisch wurde. Unsere Naivitäten langweilten ihn.
Lady Milford: Er wäre also halb zu entschuldigen. Aber wer stürzt denn da hinein?
Amalia (in aufgelöstem Haar): Mein nie zu Verwindender!
Karl Moor: Solltest du dir nicht solche exaltierten Manieren eigentlich längst abgewöhnt haben? Benimm dich bitte ein wenig zeitgemäß.
Lady Milford (zu Amalia): Ihr sehr interessanter Geliebter befindet sich auf dem Weg, ein scharmanter, brauchbarer, gescheiter, anstelliger und geschmeidiger Mensch zu werden. Unterbrechen Sie seinen Bildungsgang nicht. Er stellt eine Entwicklungsphase dar. Er sieht manches ein. Eine willigere Natur gab es nie.
Amalia: So bin ich betrogen? *(Zur Kellnerin:)* Bitte, bringen Sie mir Schlagsahne.
Ferdinand (zu Karl Moor): Wir beide scheinen mit ähnlicher Jugendungestümlichkeit ausgestattet worden zu sein. Hinsichtlich idealischen Eifers gleichen wir einander

wie ein Ei dem andern. Unsere Hauptaufgabe scheint darin zu bestehen, uns Geduld einzuprägen, die Wichtigkeit dieser Eigenschaft will von uns erfaßt sein.

Luise (zu Amalia): Ich übte so wenig Einfluß auf meinen hochgeschätzten Liebhaber aus wie Sie auf den Ihrigen. So geht's, wenn man bloß liebt.

Maria Stuart: Wie geht's denn dir, Mädchen vom Land mit der fabelhaften Karriere?

Die Jungfrau von Orléans: Ich habe doch jedenfalls gelebt. Du zwar auch, aber auf eine andere Art. Du wurdest zum Opfer deiner Schönheit, ich zum Opfer meiner patriotischen Entflammtheit. Ich war Seele, du warest Leib, falls ich mich etwas primitiv ausdrücken darf, was in einer Glosse erlaubt sein dürfte.

Wallenstein: Ich bin vielleicht Schillers bedeutendste Figur so im Kreise meiner Anhänger und Verräter und mit dem berühmten Vorhaben, dem ich eines Abends Ausdruck verlieh, in einen möglichst langen, ergiebigen Schlaf hineinzusinken.

Don Carlos: Mysteriöse Erscheinung, die ich bin! Ich vermochte die Hofluft nicht zu ertragen, der Hof ertrug wieder mich nicht. Marquis Posa hätte vielleicht nie mein Freund sein sollen. Diese Freundschaft war aber Tatsache. Mich überkam ein Bedürfnis, aus einer Umarmung in die nächstliegende andere zu stürzen. Ich flog, taumelte von Betäubung zu Betäubung und kann auch jetzt noch nicht umhin, mir unerklärlich zu sein. Ich hielt und halte es innerhalb meiner selber kaum aus. Ich bin mir etwas durchaus Unerträgliches. Wer sich unausstehlich ist, nicht mit sich übereinstimmt, sich nicht versteht, den verstehen auch andere nicht. Ich bin die hochaufgeschossene Mißverstandenheit. Mein Talent, mich zu cha-

rakterisieren, setzt mich übrigens in Verwunderung.
Lady Milford: Ferdinand hat mich ein ganz, ganz klein wenig geliebt, aber er glaubte sich diese Empfindung verbieten zu müssen. Sein sittlicher Impuls kleidete ihn vorzüglich.
Luise: Ich zeigte Ihnen gegenüber weit mehr Temperament als gegenüber demjenigen, dem es nicht geschadet hätte, wenn ich mir von ihm nicht alles hätte wollen gefallen lassen. Liebe ist alles andere eher als eine Erzieherin. Weil ich außer ihm nichts liebte, wurde er bekanntlich sehr dreist.
Amalia: Ich sah entzückend aus, als ich im Park den Degen zückte.
Sekretär Wurm: Ich bedaure die Mimiker, die sich auf mich abzustimmen, sich in mich hineinzuleben haben.
Lady Milford: Ich wurde zeitweise von einer Schauspielerin dargestellt, die eines Tages bei Tisch einen Dichter fragte, ob er sie nicht zu sehen begehre, wie sie in der Abschiedsszene die Hände ausbreite, zu den Dienern und Dienerinnen sprechend: «Ihr liebt mich, ihr Guten!», wie da gleichsam ihre Hände von den Tränen der Rührung gewaschen werden. Der Dichter erwiderte, es sei ihm natürlich eine Freude, gelegentlich Zuschauer des Auftrittes zu sein, der noch heute keineswegs seine Wirkung verfehle. Er dankte meiner Interpretin sehr höflich und dachte an eine Vorstadttänzerin, und die erfolgreiche Schauspielerin durchschaute ihn, der für die Kleine, die Ungenannte in Künstlerkreisen nachmals Stimmung machte.

SZENE AUS DEM LEBEN DES MALERS KARL STAUFFER-BERN

Stauffer: Mein Bruder ist fröhlicher als ich. Wenn ich ihn mir so in seiner Amtlichkeit, in seiner idyllischen Advokatentätigkeit vorstelle, möchte ich ihn beneiden. Er lebt täglich in netter Gesellschaft. Sein Bureau ist luftig, hell, sauber. Sorgen braucht er sich nicht große zu machen. Er genießt seine bescheidenen Einkünfte. Die Stadt, worin er wohnt, hat eine ebenso lebhafte und intelligente Bevölkerung, wie sie von einer reizenden, zu Spaziergängen aller Art einladenden Gegend umgeben ist. Sonntags steigt er auf den Berg, der sich dicht über seinem Wirkungskreis erhebt, steht in weiß der Kuckuck was für himmlisch gesunder Luft und genießt die erhebendste, angenehmste Aussicht.

Lidia: Indes Sie unter der Pflicht seufzen, eine Frau unterhalten zu sollen, die einige Ansprüche an die Begabung desjenigen stellt, der unwillig zu sein scheint, daß man wünscht, er leiste gerne Gesellschaft, der nicht verbergen kann, daß er begonnen hat, sich zu langweilen.

Stauffer: Mich kränkt's, empört's, daß ich von Ihnen materiell abhängig bin.

Lidia: Stauffer!

Stauffer: Wenn beispielsweise mein Bruder den Einfall hat, zu glauben, es könnte sein, daß er womöglich gern ein Buch lese, so hindert ihn nichts, sich zu dieser viel Annehmlichkeit in sich schließenden Zerstreuung die nötige Zeit zu nehmen.

Lidia: Während es Ihnen ansteht, zuerst Ihre Gebieterin um Einwilligung zu ersuchen, ehe Sie sich ähnliches leisten dürften? Nicht wahr, das wollten Sie sagen?

Stauffer: Ich wollte das – für mich behalten, es essen wie einen Leckerbissen.
Lidia: Eine andere würde Ihnen jetzt den Rücken drehen, damit Sie sich über Ihre Ungezogenheit klar wären. Sie können mich doch jeden Augenblick verlassen, hingehen, wohin Sie wollen, wenn es Ihnen bei mir nicht mehr gefällt.
Stauffer: Vielleicht hätte ich Sie nie kennenlernen sollen.
Lidia: Sie reden wie ein unartiger Knabe. Es fesselt Sie nichts. *(Legt ihren Arm um seinen Hals, grad als sei der feine Arm ein Joch und die Sprecherin wolle ihren eigenen Worten widersprechen, sie widerrufen, sie auslachen.)* Seien Sie doch ein bißchen guter Laune.
Stauffer: Meine Kunst gibt mir viel zu denken; Sie glauben gar nicht, wie ich mich zu jeder kleinen Fröhlichkeit geradezu aufraffen muß. Vergeßlichkeit kommt mir sträflich vor. Ich eignete mir dadurch, daß ich manchen Porträtauftrag auszuführen bekam, Technik an. Gewisse Leute nannten mich, wie mir meine Klugheit zu glauben empfahl, bequemlicherweise einen Meister. Solch ein Wörtchen springt ja so rasch über redegewandte Lippen. Nun mache ich absolut keine Fortschritte.
Lidia: Armer, verzeih mir, daß ich dir soeben zürnte.
Stauffer: Ihr Mitleid beleidigt mich.
Lidia: Sieh, so vergällst du dir und mir jede unschuldige, fühlende Minute. Wenn ich dich einen Armen nenne, liebkose ich dich ja bloß. Wie du jetzt die Miene verziehst, die Stirne runzelst, als wenn dich weiß Gott was peinigte. Ich hielt dich, ehe ich dich noch überhaupt gesehen hatte, für den heitersten und unbefangensten Menschen. Allgemein hieß es von dir, du sprudeltest von Lebenskraft und -lust. Wie ich allem diesem hübschen

Gerücht lauschte, das mir so Liebenswürdiges herbeitrug! Wie bist du ein ganz anderer. Manchmal halte ich dich für bösartig.

Stauffer: Wieder mit dem Landschaftlichen anfangen –

Lidia: Was sagst du?

Stauffer: Ich sprach mit mir selbst.

Lidia: Selbstgespräche führst du in meinem Beisein? So unwichtig bin ich dir? Bin ich dir etwa schon seit einiger Zeit lästig? Sprich!

Stauffer: Ich gebe mir seit manchem Tag Mühe, dich zu quälen, dich abzuschütteln, aber es gelingt mir nicht. Ich kämpfe mit der Kunst und kämpfe auch noch mit dir, mit – Ihnen, denn ich sehe soeben ein, daß ich auf den Wegen, die Ihnen gehören, mir einen Höflichkeitsfehler zuschulden kommen ließ.

Lidia: Ich besitze dich, du darfst mich duzen. Ich erlaube es dir. Oh, wie leicht du es zustande brächtest, mich zu beherrschen. Aber deine Kunst hat dich geknechtet. Wenn du nicht so besorgt um dich wärst, nicht beständig auf eine quasi unwürdige Art an dich dächtest, an deinem Fortkommen herumstudiertest, nicht in einem fort wie auf einer Schulbank säßest, würdest du im Handumdrehen einige sehr einfache Kniffe anwenden, mich zu unterwerfen.

Stauffer: Ist das dein Wunsch?

Lidia: Ich antworte nichts hierauf. Kannst du nicht über irgendeine Kleinigkeit recht laut, recht herzlich lachen? Ich sehne mich nach nichts so sehr, als daß du dich freutest.

Stauffer: Ich will heute durchaus noch an deinem Porträt malen.

Lidia: Gibt es keine Möglichkeit, die dir mehr Leichtigkeit, Freiheit, Schönheit, Großheit, Unbekümmertheit, Imagination in deinem Beruf bewilligte? Es käme vielleicht nur auf dich an. Ich will dich nicht nüchtern nennen, obwohl ich's jetzt gesagt habe, ich es nicht gern glaube, nicht gern zugebe, es kaum für wahr halte. *(Für sich.)* Er ist krank, und ich bin es auch. Beflügeltheiten fehlen uns beiden. Ich hielt ihn für einen begeisterungstrunkenen Sieger, für einen spielend Überwindenden und muß nun erfahren, daß er mühsam an sich arbeitet. Welche Enttäuschung! *(Sie fühlt das so tief, daß sie ohnmächtig wird.)*

Stauffer (hält sie): Wie schwer wird das Leben, wenn wir's nicht leicht nehmen können. Warum kann man das nicht, wo einem doch die Vernunft sagt, daß man's sollte? Was man soll, kann man auch. Aber etwas in mir will es nicht. Risse mich ein Gott aus meinen Willensunlustigkeiten heraus! Warum ist sie so gütig? Warum jagt sie mich nicht verächtlich fort? Aber sie kann es nicht. Wir zaudern miteinander, sind zusammen ungewiß. *(Lidia kommt zu sich.)*

Lidia (lispelnd): Ich danke dir.

Stauffer (leise, zitternd): Hasse mich doch und ziehe die Konsequenz daraus. Mir ist, als sei das der Weg, auf dem ich erlöst werden könnte.

Lidia: Freundschaft, wie schmerzvoll bist du!

Stauffer: Bin ich bloß bei dir, um zu erwarten, was aus mir wird?

Lidia: Wenn ich ein Mädel aus dem Volk wäre, hätte ich dir nicht so lange Bedenkzeit gewährt, dich zu fragen, ob's dir beliebe oder nicht, dich zu ereifern, mich glücklich zu machen. Feine Frauen haben vielzuviel Nachsicht. Mädchen von guter Abkunft werden in dieser Hinsicht mangelhaft erzogen. Ich klage mich an, ich sei zu gewissenhaft. Es wird jetzt aber Zeit sein, den Tee zu nehmen. *(Stauffer folgt ihr wortlos, gewohnheitsmäßig. Er ist der Verwöhnte, den das Verwöhntwerden verstimmt. Vielleicht liebt er nichts, achtet nichts. Im Grund ahnt er überhaupt wahrscheinlich nicht, was Achtung vor einer Frau ist. Daran ist vielleicht sie selbst zum Teil schuld. Jetzt sinnt sie etwas.)*

EINE ERZÄHLUNG VON VOLTAIRE

Zimmer des Verfassers

Der Chef eines Verlagshauses: Erlauben Sie mir, Sie an etwas zu mahnen.
Der Autor: Darf ich bitten?
Der Abgesandte aus Intelligenzkreisen: Erstens fällt mir auf, daß Sie sich da gleichsam in einer Zigarrenkiste eingenistet haben. Einen solchen Charakter hat nämlich für mich Ihre geschätzte Schaffenswerkstatt. An was arbeiten Sie momentan, falls man so neugierig sein darf, das zu fragen? An einem Roman? Oder an einigen Novellen? Sicher aber sollten Sie fleißiger, zielbewußter sein. Ihre Begabung liegt ja einfach brach. Verzeihen Sie mir diese Offenheit.
Das liebe Ich: Hat nichts zu sagen.
Der Verlagsvertreter: Fühlen Sie denn nicht, wie sehr Sie im Aufstieg begriffen sind?
Der Zigarrenkistenbewohner: Wie soll ich das auffassen? Ich habe mich gestern sterblich in eine überaus hübsche Tochter aus ausgezeichnetem Hause verliebt. Was sagen Sie dazu?

Der Literaturinteressent: Liebesempfindung, und das nennt sich Schriftsteller? So fielen Sie also in einen Abgrund? Klettern Sie schleunigst wieder daraus hervor. Man fragt sich allgemein, was Sie treiben.
Der Träumer: Daß ich diesbezüglich so gewissenlos sein muß!
Der Autorenbändiger: Schreiben Sie Essays, das liegt Ihnen.
Der bequemste Dichter, den es je gab: Ich lehne mich gegenwärtig an französische Literatur an.
(Er setzt sich an den Empireschreibtisch, zieht aus einer der zahlreichen Schubladen ein Stück Papier hervor, spitzt den Bleistift, zupft sich, wie um sich aufzumuntern, am Ohr und schreibt, indes ihm der Besucher verwundert zuschaut.)

«In der Umgebung
von Paris zur Zeit der großen
Philosophen, der Schönheitspflästerchen und der
Karossen.»

Der Provinzler von Anno dazumal: Wie glücklich ich bin, wie jung, wie dumm sie mich macht. Verzeihung, beste Eigenheit, daß ich nicht höflicher mit dir rede. Aus den Wäldern klettern, wie auf sammetblauen Leitern, Inhalte des Daseins. Mein Vater händigte mir mein Erbteil aus, das nun in vollkommenem Verschwinden begriffen ist. Dafür bewohnt Amanda, deren Name mich schon an sich küßt, die kokketteste Wohnung im elegantesten Viertel und besitzt Kleider, die das Entzücken derer bilden, denen gegönnt ist, die Geschmückte zu sehen. Aber sie ist von so goldenem Charakter, wie sie graziös und lebhaft ist. Die gelben Ährenfelder scheinen zu singen. Dort schimmert in feiner Entfernung die Stadt. Anbetung, was machst du aus mir anderes als einen wahrhaft schönen, großdenkenden, vertrauensvollen Menschen? In der

Frage liegt die Überzeugung, daß es so ist. Leider liegt nun aber in meinem ehedem vollgespickten Portemonnaie entweder kein oder nur noch herzlich wenig Geld mehr. Doch dafür wird Amanda aufkommen. Könnte sie mich diesbezüglich im Stich lassen? Ich muß mit ihr reden; ich tu es gern, denn ich weiß, daß sie mir gern aus meiner Verlegenheit heraushilft, die mit zu den Seligkeiten gehört, die mich umfließen, umschüttern. Dennoch ist mir ein bißchen bang; aber Beklemmungen ihretwegen sind süß. Der Fluß schimmert, Bauernhäuser liegen zerstreut. Sie, der ich alles gab, wird mir aus dem Ausgehändigten einen Prozentsatz mit Vergnügen erstatten.

Salon Amandas.
Sie selbst. Es klopft.

Amanda: Herein!

Dienstmädchen zum Verfasser: Was fällt Ihnen ein? Wissen Sie nicht, daß eine Dame dies speziell dadurch ist, daß sie Leute, die sich zu ihr begeben wollen, nicht persönlich zum Eintreten ersucht? Ankömmlinge vorzulassen oder abzuweisen, dazu ist die Mamsell da. Wohin flogen Ihre Kenntnisse von den Sitten und Bräuchen der großen Welt? *(Öffnet dem Provinzler, der sich aus Liebe ruiniert hat, und der trotzdem das unbegreifliche Toupet besitzt, immer noch zu strahlen. Dienstmädchen und Autor ziehen sich zurück.)*

Amanda: Du wünschest, mein Lieber?

Der Provinzler: Ich habe kein Geld mehr. *(Will sie umarmen.)*

Amanda: (klingelt, wonach das Mädchen auftritt.) Dieser Herr wurde hereingelassen, im Glauben, daß er derjenige sei, als welchen wir bis dahin gewöhnt gewesen sind, ihn anzuschauen. Er genoß die Lust, mich ausstaffieren zu dürfen. Soeben legte er aber das unangebrachteste, unzarteste, ungalanteste, unangenehmste, unvorsichtigste, reizloseste Geständnis ab. Er ist infolgedessen vor mir kein Herr mehr, zeige ihm, wo der Zimmermann die Türe gemacht hat.

Der Provinzler: Kann ich dir nichts, gar nichts mehr sein?

Amanda: (für sich) Ich werde für Ersatz zu sorgen wissen. *(Zum Provinzler)* Allenfalls könntest du dich zu meinem Lakaien eignen.

Der Provinzler: Gerechter Himmel. Oh, meine liebe Amanda, gib mir Bedenkzeit. Das kommt so überraschend.

Amanda: Bedanke dich bei dem, der die Geschichte zu seinem Spaß und zur Unterweisung der Öffentlichkeit erfand.

Der Provinzler: So soll also diejenige meine Gebieterin werden, die bisher meine mich freundlich anlächelnde Geliebte gewesen ist? Sollen an meinem Kopf Kopfnüsse widerhallen, die von einem Händchen ausgeteilt werden könnten, das mir so und so oft an die Lippen zu führen gestattet war? In welchem Erdteil bin ich? Wie komm' ich mir vor?

Das Dienstmädchen: Du bist verwandelt worden, komm, komm. Meiner Herrin ist's ernst, und du mußt einstweilen abtreten, um nur insofern wieder auftreten zu dürfen, als du dich den Umständen unterziehst.

Amanda: Voltaire ist ein Meister in der kurzen Erzählung.

EINE AUFZEICHNUNG VON STENDHAL

Elegantes, gotisches Eßzimmer. Die Aussicht aus dem Fenster sei nicht maßgeblich. Es dürfte sieben Uhr Abend sein. Hin und wieder kost ein leiser Wind mit der Gardine.

Gräfin: Warum bedient uns das Mädchen und nicht der Knabe? Wolltest du mir wohl auf diese mich in eine undefinierbare Bangigkeit werfende Frage gütigst Auskunft geben? Unwillkürlich drängt sie sich mir über die, wie mich dünkt, bebenden Lippen.

Graf: Dein Gesicht, liebe Gemahlin, sieht sehr schmal aus; es ist von einer Modernheit, dieses dein mir so wohlbekanntes Antlitz! Die Augen sind rund wie Kugeln oder wie Zielscheiben. Es ist mir, als ahntest du etwas, aber ich bitte dich gehorsamst, dir doch ja keine Sorgen zu machen.

Gräfin: Soll dies die Antwort auf meine soeben vorsichtig an deine Bereitwilligkeit adressierte Frage sein? Willst du mich heute abend quälen?

Graf: Ich bin sehr gut aufgelegt.

Gräfin: (legt die Hand an die Brust und spricht, indem sie nichts sagt, alles, alles aus. Es scheint, sie wisse jetzt bereits alles. Jedoch wagt sie natürlich nicht, an ihr Wissen zu glauben. Dieses Wissen ist mehr ein Gefühl als eine Bewußtheit. Sie möchte vom Stuhl, auf welchem sie sitzt, aufstehen, aber die Förmlichkeit, die ihr zur Natur geworden ist, verbietet es ihr. Oh, wie manches würde sie jetzt an die Feuilletonredaktion einer ihr befreundeten Hauptstadtzeitung zu berichten haben. Sie hat den Knaben, nach dessen Ausbleiben sie ihren Herrn Gemahl gefragt hat, wohl hundertmal geküßt. Durfte sie das? Die Landschaft war ihr in des Pagen Gesellschaft eine Schwester gewesen. Genannter besaß die Gabe, zu singen, und nicht bloß das, nein, auch die viel höhere Fähigkeit des Erfindens. Er war voll Geist, und er benutzte ihn, Lieder zu ihrer Erhöhung und Ehrung zu ersinnen, indem ihm zu diesem Behuf die artigsten und inhaltreichsten Worte einfielen, die er mit der Gitarre begleitete, auf der er etwas wie ein überaus harmloser, zwangloser, aber gleichzeitig geschmackvoller Künstler war. Und alles das war nun vorbei. Aber warum sollte es vorbei sein? Wußte sie denn jetzt überhaupt etwas?)

Graf: Du strahlst seltsame innere Lichter aus, liebe Gattin. Mir ist, ich müsse sehen und hören, was in deiner Seele vorgeht.

Gräfin: Oh, es ist nichts, nichts. Was ist dir?

Graf: Ich sollte diese Frage an dich richten, darf ich dir von dieser Pastete reichen? Gewiß wird sie dir munden.

Gräfin: (sieht den Geist des Knaben und stößt einen Schrei aus).

Graf: (legt ihr das Fleischfüllsel auf den Teller mit solcher Sorgfalt, wie sie sich für einen gebildeten Menschen, der vielleicht Klubmitglied ist, schickt. Der Graf ist ein passionierter Jäger und verhältnismäßig tüchtiger Landwirt. Seine Ländereien machen ihn zum reichen Herrn. Nun ist es im Gemach eigentümlich still. Man stelle sich die Situation vor: diese zwei Menschen, die so einsam, vereinzelt im großen Raum dasitzen, der mit seinen Dimensionen ruhig, grandios auf sie hinschaut. Die distanzierten Wände schauen einander an wie verfeindete Freunde, befreundete Feinde.)

Gräfin: Die Pastete erquickt mich. *(Sie ißt.)*

Graf: (lächelt satanisch) Der Knabe, um dich genauer zu informieren, begleitete mich auf meinen Befehl in den Wald. Mitten im undurchdringlichen Dickicht stellte ich ihn zur Rede, weil er sich schon zu wiederholten Malen unehrerbietig über deine mir heilige Person geäußert hatte.

Gräfin: Das tat er sicher nur im Scherz. Er kann es unmöglich ernst damit gemeint haben. Mir gefiel er stets sehr. In seinen hübschen Augen lag immer so viel fröhliche Ehrfurcht. Wenn er mich zu Gesicht bekam, lächelte er auf die feinste und zugleich lustigste Art. Meine Erscheinung war ihm jedesmal eine Freude, das sah ich ihm an.

Graf: Er wies mir einmal einen Brief vor, den er über dich an jemand Drittes richtete.

Gräfin: Im Wald machtest du ihm Vorwürfe? *(in ausbrechendem Schmerz)* Oh, oh, er wird nie wieder mit seinem angenehmen Aussehen vor mir stehen. Sein Äußeres glich irgendwie einem Glöckchen. Sein Schritt, seine Sprache waren ein Geläute.

Graf: Verzagt sage ich dir, du liebtest ihn, dachtest an ihn Tag und Nacht, entehrtest mich, um ihn hoch zu ehren, verspottetest mich, um ihn zu verherrlichen.

Gräfin: Das ist nicht richtig gesprochen. Ich entehrte dich nie. Wenn ich es dennoch tat, geschah es in einer Vergessenheit.

Graf: Was du da aßest, war des Knaben Herz, das ich ihm, nachdem ich ihn tötete, weil er von dir geliebt wurde, ausreißen ließ, damit man es zerhacke.

Gräfin: (springt ans Fenster) Er verdiente, geliebt zu werden. Die Guten im Lande werden den Schritt, zu dem es mich jetzt hinreißt, verstehen. *(Wirft sich hinab)*

Graf: Ich erbärmlich Gerächter!

Er taumelt in seine
Kleinheit, in seinen Haß, der nun
nicht mehr lodern kann. Seine Untertanen werden
scheu auf ihn schauen. Man wird sich flüsternd
vor ihm verstecken. Vier
Bewaffnete werden seinen Schlaf bewachen. Wenn
er geht, wird es etwas Riesiges sein
und zugleich ein schwaches Pünktchen.
Der Knabe
und die Gräfin halten sich im Jenseits umarmt,
so ist die Meinung derer, die mit den beiden
sympathisieren.

EINE NOVELLE VON GUY DE MAUPASSANT

Landsitz. Der Protz verstört herumblickend.

Der Protz: Hier ist's nicht. Doch wo denn? Bemühe ich mich umsonst, es zu entdecken, dies Unpassende, Ungehörige? Etwas geht in und mit meiner hochgeehrten Frau Gemahlin vor. Sie ist beglückt. Soll ich hinzufügen müssen: leider? Es martert mich, daß ich die Ursache ihres Zufriedenseins nicht ausfindig zu machen vermag. Ich gelte doch überall als ungewöhnlich hell. Schnell, schnell! Wo ist der Schurke? Nirgends? Alsdann würde er bloß in meiner Phantasie hausen? Häßlich ist Eifersucht, häßlich! Dabei kann ich nicht außer acht lassen, daß die Eifersucht etwas sehr Anständiges ist. Gewissermaßen bildet sie eine Zierde, denn sie legt den Beweis eines Feingefühles ab. Freilich darf ich nicht vergessen, daß ich als Protz die Neigung habe, unduldsam hinsichtlich Besitztümer zu sein. Meine werte Gattin ist mein Besitztum. Ihr Lächeln, ihr Körper, ihr Bewußtsein gehören niemandem als mir, das ist klar. Seit einiger Zeit bemerke ich ein leises, aber deutliches Schwellen, Wogen, Auf- und Abneigen ihres gewiß schätzenswerten Busens. Zum Glück oder auch unglücklicherweise ist sie sehr schön, über die ich hier diesen gleichsam helldunklen Monolog halte, den die Vöglein von den Zweigen herunter munter bepfeifen. Mich dünkt, in ihrem Gezwitscher sei etwas Ironisches. Nah und fern fällt mir nichts auf. Hier steht bloß dieser vierbeinige Lümmel, über dessen Harmlosigkeit ich empört bin. Ich suche einen Schuldigen und finde ihn nicht. Etwas in meinem sehr aufgewühlten Innern sagt mir, daß sie sich jetzt drinnen die Handschuhe anzieht und in kürzester Frist hier auftreten wird, und sie wird mich nicht anlachen, damit ich sie nicht als gut aufgelegt empfinde. Ein richtiger Protz sollte über allem Fühlen, Erwägen, Bedenken turmhoch erhaben sein. Die Leute täuschen sich aber über unsereins; sie halten uns Protzen einfach für Klötze, während wir eine Begabung in aller Art Seelenbeunruhigtheit an den Tag legen, wozu wir besser täten, uns nicht veranlaßt zu finden. Sie liebt etwas, das mir bis heute zu meinem größten Bedauern noch nicht sichtbar wurde. Wie hübsch übrigens dieser Schlingel in seiner Geputztheit aussieht. *(Das Pferd wiehert.)* Ich könnte ihn für sein kraftvolles Aussehen und dafür, daß ihm einige Eleganz anhaftet, peitschen. Was, was fang' ich an zu ahnen? Dieser an sich wundervolle, duldsamkeitverkündende Gesichtsausdruck bei so viel Ungebändigtheitsadern! Halunke! Und wenn ich ihm dies sage, verändert sich seine Farbe keineswegs. Wie der sich gleich bleibt. Ob ich ihn hochachten oder verabscheuen, streicheln oder schlagen soll? Er ihr Liebling, ihr Erheiterer, und ich bin abgesetzt?

Die Frau des Protzen: Vor Jahren verehrte mich ein jugendlicher Handelsbeflissener. Lieber Freund, wie du abgespannt aussiehst!

Der Protz: Abzusetzen wagst du mich?

Die Frau: Du solltest galanter sein und mir längst das Taschentuch aufgehoben haben, das ich fallen ließ, um dir Gelegenheit zu geben, in freudige Stimmung zu kommen. *(Gibt dem Reitknecht ein Zeichen. Dieser hilft ihr, Arabia zu besteigen.)*

Der Protz: Du beachtest absolut nicht, daß ich außer mir bin. Ich fand soeben heraus, daß es dir beliebt, heimliche Beziehungen zu haben.

Die Frau: Du triebst einst Handel mit Abgelegtheiten.

Der Protz: Diese sehr lieblose Bemerkung macht dich natürlich wieder einmal, zum so und so vielten Mal, liebenswürdig.

Die Frau: Ich weiß, was du entdeckt hast. Was bleibt dir aber anders übrig, als deine Schmähung zu beklagen und dich jetzt vor mir formell zu verneigen?

Der Protz: (tut es)

Die Frau: Denn du findest mich ja bewundernswerter als je. Deine ganze Erscheinung ist ein Gestotter.

Der Protz: Ich bin jetzt in einem Grad stolz auf dich, den du dir kaum vorstellst.

Die Frau: Du kannst doch nur froh sein, wenn es ein Wesen gibt, das die Fähigkeit hat, mich in gute Laune zu setzen, die dich nah angeht.

Der Protz: Du strahlst.

Die Frau: Weil ich Sinn, Herz und Vernunft habe, und weil ich nie dazu kam, mir gleichgültig zu werden. Im übrigen mache Maupassant für das, was geschehen ist, verantwortlich. Er ist ja einer der besten Dichter Frankreichs. Du schenktest mir seine sämtlichen Werke, die ich sehr aufmerksam las. Geh und schlage in den Bänden nach, bis du eine Novelle antriffst, die betitelt ist «Das Pferd».

Der Protz: Ich werde mich revanchieren.

Die Frau: Das sagen diejenigen nicht, die es beabsichtigen.

Der Protz: Ich liebe dich.

Die Frau: Hierauf lege ich nicht viel Wert. *(Sie reitet.)*

Der Protz: O, Maupassant, hätte ich dir nie Eingang in mein Heim verschafft. Ich wollte, daß nie eine gute Novelle geschrieben worden wäre. All dies Zeug lautet im großen und ganzen stets zu der Gattinnen und nie zu der Herren und Gebieter Gunsten.

Ein junger Dichter: Mein Herr, ich bin voll Eingebungen, aber ich habe nicht das nötige Kleingeld, um Tinte zu kaufen. Darf ich einen Menschen um Unterstützung anflehen, der mir überaus gutmütig auszusehen scheint?

Der Protz ist paff vor
Überraschung. Übrigens tut uns die
Benennung Protz leid. Mir fiel gerade keine feinere
Bezeichnung ein. Ein anderes Mal wollen wir
artiger sein. Aber im allgemeinen
nützt man die Zeit aus.
Viel hängt von
Einfällen ab. Jetzt muß ich
einen Brief lesen, den
mir soeben
die Post gebracht hat.

GLOSSE AUF EINE TRAGÖDIE AUS DER STURM- UND DRANGZEIT

Rittersaal,
der von ächtester Mittelalterlichkeit ist,
und der gleichzeitig aussieht, als enthalte er allen
erdenklichen Gegenwartskomfort, wie
Telephon, Zentralheizung
usw.

Der alte Ritter: Mir scheint, man glaube nicht an meine Verwittertheit. Ist mein Haar nicht von charaktervollstem, ehrfurchteinflößendstem Grau? Schon allein meine Nase, die vom Gebirge meiner Stirne senkrecht auf meinen Schnurrbart niederstürzt, der einem heimeligen Garten ähnlich zu sein scheint, worin die seltensten Gewächse die Absicht bekunden, emporzukeimen, sollte den allerdürftigsten Achtungsgrad einhauchen. Meine Glieder beben vor Empörung über ihre leider bereits seit einiger Zeit eingetretene Älte, die aus Kälte besteht, die sich in meinem Gesamtorganismus geltend macht. O, meine Kamina, sage mir, ähnelst du nicht in gewisser Hinsicht dem schimmernden Tropfen, der mir in kristallener Schöne in dieser Minute die Adlerhaftigkeit verziert, die der soeben erwähnten Nase anhaftet?
Der Vasall: Ich scheine ein Dienstmannsgesicht aufzuweisen.
Kamina: Deine Vergleichung, lieber Vater, der du in der Tat sehr alt zu sein scheinst, dürfte zwar einen Geschmacksmangel beweisen, womit sich einverstanden zu erklären ein seltsames Etwas in mir sich sträubt, aber die Ehrbarkeit, die ich bin, ehrt dich, und die Liebenswürdigkeit, die man aus mir zusammenaddieren kann, fühlt

kindliche Liebe zu dir in einem Ausmaß, das an Maßlosigkeit grenzt.

Der alte Ritter: Du sprichst überaus stilvoll, holde Kamina.

Kamina: Ich spüre etwas Schauerromanhaftes sich im Saal umherbewegen. Mir kommt plötzlich vor, o, mein lieber, mehr als alter Vater, als wimmle es hier von unsichtbaren abgeschnittenen Köpfen, was ja so zur Burgromantik gehört.

Der alte Ritter: Zu meinem Bedauern muß ich dir sagen, d.h. ich kann mich nicht enthalten, dir zu gestehen, daß mir deine letzteren Worte Ähnlichkeit mit der Sprech- und Denkweise von Köchinnen zu enthalten scheinen.

Kamina: Deine vielleicht allzu ritterliche Auffassungsweise möge mir mein Ausschweifen in die Gefilde der Phantastik verzeihen. Mir ist, als stecke ein Schwert im Busen der ganzen Menschheit.

Der alte Ritter: Vermutlich fieberst du.

Kamina: (laut aufschreiend) Zu Hilfe! Zu spät! Da liegen sie schon wie Bilder zweier unwiderleglicher Umgebrachtheiten.

Der Vasall: Wer so?

Kamina: Meine Brüder, die sich unsäglich liebten, die sich aber der Sitte gemäß, die in Ritterburgen üblich ist, zugleich aufreiben zu sollen glaubten.

Der alte Ritter: Mein Bart fühlt alle diese so nutzlose und lächerliche Tragik in ihrer unausdenklichsten Ausdehnung. *(Er stirbt.)*

Der Vasall: Ich halte einen Entseelten, innerlich Zerbrochenen in meinen zitternden Untertanenarmen und löse mich in Bedientenleid auf.

Kamina: Bin ich das einzige lebendige Wesen in diesen Gestorbenheitsmeilenweitigkeiten? Alle Schlösser stöhnen und scheinen am Gestöhne zu zerbröckeln. Der Abend schaut mich grün an. Nun langen ellenlange Schlangen an von allen kalten tötenden Farben. Ihr Züngeln ergäbe die genialste Musik, falls es mir um Kunstbetrachtungen zu tun sein könnte. Die Schlangen machen mich zum geistreichsten Ritterfräulein, das je in den Sattel stieg, den ein Schimmel trug. Ich höre ein Auto kommen. Wer mag es sein?

Der Dichter Robert tritt auf: Was sehe, was empfinde ich?

Der Vorhang, der schleunigst fällt, verhindert ihn, mehr zu reden.

EINE GOTTFRIED-KELLER-GESTALT

Eine stille Stube zu Seldwyl
Pankrazius, der Schmoller:

Liebe Mutter und liebe Schwester, nicht jeder wird mit der Zeit Oberst in fremden Diensten, der sich in seiner Jugendzeit darauf beschränkte, mit gebührender Aufmerksamkeit zuzuschauen, wie andere sich abrackerten. Er merkte sich die Handgriffe der Fleißigen. Eines Tages ärgerte ich mich über euch und infolgedessen über mich selbst, und der Groll bemächtigte sich meiner in solch hohem Grad, daß ich fortlaufen mußte. Schlank und weltgewandt, im Besitz einer Höflichkeit, die ich mir im Laufe meiner Lehr- und Wanderjahre aneignete, stehe oder sitze ich vielmehr vor euch da, daß ihr gar nicht aus einem für mich rührenden Erstaunen hinauszuklettern vermögt, falls dies Staunen mit einer Schlucht verglichen werden könnte. Durch ganz Deutschland lief ich bis ans mütterliche, zuverlässige Meer. Das Land sah grün, das

Wasser blau aus, wobei ich womöglich poetischer rede, als sich für einen Weltmann schickt, als der ich sage, daß ich bis nach Indien kam, wo sich mir die Eigenartigkeiten des Soldatendienstes zu erkennen gaben. Bald war ich mit sämtlichen Obliegenheiten derart vertraut, daß ich sie durchaus mechanisch ausübte. Meine Tüchtigkeit erlaubte mir, spazieren zu gehen, nämlich im Garten meines Vorgesetzten, dessen Tochter mir als das schönste Mädchen erschien. Keine Erscheinung würde es ausgehalten haben, in eine Vergleichung mit Lydia gezogen zu werden, so hieß sie, die ich von Tag zu Tag wegen ihrer Gestalt heißer, d. h. ehrlicher und aufrichtiger liebte, die aber weiter von mir nichts wünschte, als meine glühende Bewunderung in Empfang zu nehmen, an deren schöner Farbe sie sich in aller hochherrschaftlichen Vergnügtheit erlabte. Offenbar kam sie sich als die Krone ihres gewiß in jeder Hinsicht holden Geschlechtes vor. Ich hielt sie auf jeden Fall für einen Engel. Eines Tages erklärte ich mich ihr unter Ausströmenlassen einer mindestens halbstündigen Rede, worin sich wie in einem See, der still und glatt ist, die Sehnsüchtigkeit und auch die Seligkeit meines Leidens und meines Liebens mit einer Bildhaftigkeit und einer Deutlichkeit abspiegelten, über die sie lächelte. Nachdem sie das getan hatte und über die Erledigung von etwas so Angenehmem froh war, sagte sie mir das Schnödeste, was je den Lippen einer Tochter aus feinem Haus entfloh, so lange es eine Menschheit gibt, wonach ich für gegeben erachtete, den mir bisher so wertvollen Dienst zu quittieren. Nachherige Tage sahen mich in Paris, wo ich vergeblich meine Lydialiebe zu überbrücken, d.h. zu vergessen suchte, indem ich ausgedehnteste Kokottenbekanntschaften zu machen unternahm. Hierauf sah mich der Wüstensand Afrikas. Immer noch begleitete mich die Schwäche des Schmollens. Ich hatte bei euch daheim geschmollt, hierauf in Indien; jetzt bekam ich Gelegenheit, mit einem Prachtsexemplar von Löwen zu zürnen, der mich mit seiner urplötzlich auftauchenden Gegenwart beehrte. Vierzehn Stunden lang fixierten wir uns gegenseitig aufs intensivste, und wenn nicht Soldaten herbeigekommen wären, die die Sorge um ihren Führer auf die Suche nach mir getrieben hatte, wäre ich hingesunken, und ihr könntet mich nimmermehr hier vor euch als einen von seiner Schmollerei Gebesserten erblicken, was aber nun zum Glück der Fall ist. Ihr mögt es mir glauben oder nicht: ich kann nicht mehr böse sein, was ja vielleicht sehr schade ist. Mit diesem Schmollgeist, der von mir floh, ist ein Stück Angeborenheit total von mir gewichen.

DOSTOJEWSKI-GLOSSEN

In einem Großstadthof.
Der arme, kleine Junge:

Mein Dichter hat mich betteln geschickt, aber er sorgte nicht dafür, daß ich auch nur das geringste Geschenk bekam. Um seine Lesergemeinde, den Kreis seiner Anhänger zu rühren, zum Mitleid hinzureißen, ließ er es mir so schlecht wie möglich gehen. Ihm fiel ein, zu ersinnen, eine große Gestalt flöße mir Schrecken ein. Dafür erlaubte er mir, die weihnachtliche Schaufensterpracht zu bestaunen. Natürlich ist das Wetter eiskalt, wie das in Petersburg der Fall zu sein pflegt. Er empfahl mir auch, ermüdet, ermattet in dieses Häuserviereck zu schleichen, wo mir nichts übrig zu bleiben scheint, als zu erfrieren. Um mich mit einer Art letztem Entzücken, Erdenglück bekannt zu machen, begnadet er mich mit einem Fieberzustand, der mich einen Engel erblicken läßt. Der Engel drückt mich mit Dostojewskis Einwilligung an sich. Die Engelsgestalt ist von durchaus besonderer Bedeutung; sie zermalmt, indem sie überaus lieb ist. Ich werde glauben müssen, ich hätte das Zeitliche überwunden. Im Erstarren umleuchtet's mich, wie wenn mich farbige Scheiben einhüllten. Gewiß legt der Dichter in diesem Augenblick die Feder aus zitternder Hand, mit der er nichts Besseres, Wohlwollenderes auszuführen verstanden hat, als mir Kleinen den Tod zu diktieren. Das nennen sie Novellenschmieden, und sich nennen sie Autoren, und nun adieu, liebes, zartes, wohlausgeglichenes Leben. Eigentlich sollte ich längst den Mund halten, da sich diese Sonderbarkeit, dieser Übergang aus dem Diesseits ins Jenseits, vom Empfinden ins Für-immer-Ausempfundenhaben ja bereits geltend macht. Die Pflicht, die mir das nötige Maß von Takt vorschreibt, gebietet mir Stille. Irgend jemand wird mich hier finden, wenn's tagt, denn jetzt ist es Nacht.

Vor einer Kirche.

Das schöne, junge Mädchen:

Solch eine bange, kurzgefaßte, gleichsam bleiche, mit Bläulichkeit lächelnd eingefaßte Geschichte, wie die ist, die ich erleben muß, schreibt sicher nicht bald wieder einer. Mein Vater ernannte eine für mein Innenleben in jeder Hinsicht abstoßende Figur zu meinem Herrn Gemahl, indem er mir erklärte, daß das nun einmal so sein müsse. Nun kommen sie. Hilfe! Ich ersticke! Das Herz will mir zum Leib und zum Hochzeitskleid herausspringgen, herausflattern, als sei's ein geängstigtes Vögelchen. Ich bin ganz rot vor Schmerz und ganz schwarz vor blühendem, zündendem und zusammensinkendem Entsetzen, und meine Worte sind ein Lusthaus von Hilflosigkeiten, und ich sehe niemanden, den ich anflehen kann, mich aus der beengendsten Lage zu befreien, worin sich ein Töchterchen aus gutem und reichem Haus jemals händchenringend befand. Er hat Hände wie ein Ungetüm, und es nützt nichts, daß er sie in die elegantesten Handschuhe gesteckt hat. Und ich darf meinem Vater nicht fluchen; das verbietet die heilige Schrift, die mir einen Gehorsam auferlegt, an welchem ich mit einer Folgerichtigkeit hinwelken werde, die der Leser ahnt, wenn er mit seinem Geist nicht anderswohin schweift, während er sich mit Entziffern des Buches beschäftigt, dessen liebliche, ohnmachtsumhauchte Heldin ich bin. Schon manchen jungen Menschen nahm das Bändchen, aus dessen Druckseiten meine Erscheinung hervorblickt, lebhaft in Anspruch. Jetzt soll ich mit jemand, den ich unmöglich lieben kann und ungeliebt zu lassen aufs festeste entschlossen bin, das Jawort wechseln. Verantwortlicher Verfasser, was begannst du, damit es sich schwermütig-balladenhaft, stimmungsvoll-ungewiß, undeutlich löse?

TABLE D'HOTE

Eine Frau: Etwas in mir lächelt und spendet mir Beifall. Ich prozessiere seit zehn Jahren gegen eine Moral- und Geldmacht. Sehen Sie, wie zierlich ich esse? Es muß ein Vergnügen sein, mir dabei zuzuschauen. Meine zwei Töchter sind melancholisch, indes ich strahle. Wie kommt das? Dieses Unbegreifliche spricht zu sehr zu meinem Vorteil, als daß ich ihm gram sein könnte. Mein Glauben an mich, ans Leben ist mir eine Unverständlichkeit, mit der ich einig gehe. Mich freut's, daß ich kaum zu fassen vermag, warum ich so gut aussehe. Ich schlafe nachts wie ein Engel und rede tagsüber wie ein Advokat. Mein Sohn ist die Tüchtigkeit selbst. Meine drei Kinder sind in einem Grade brav, daß ich laut darüber lachen würde, wenn mir dies die Erfordernisse der Bildung gestatteten, denen ich gehorche. Mein Visavis ist wegen mir hin; ich seh's ihm an.

Der rätselhafte Gast: Ihre mit so großem Selbstvertrauen verbundene Einfachheit wirkt wie eine Naturerscheinung auf mich, die mich auf die angenehmste Art ans Vorhandensein einiger Eigenschaften erinnert, die mir an mir lieb sind. Warum sollte ich da nicht vor Ihnen leuchten?

Der stramme Herr: Mich könnte es beinahe knicken, daß ich denken muß, wie meine Strammheit auf den rätselhaften Gast nicht niederschmetternd wirkt. Eigentlich bin ich sehr rechthaberisch. Hie und da fällt mir das auf. Besser wäre aber, ich ignorierte mich in dieser Hinsicht.

Ein Chinese: Ich besuchte das Technikum in Mitweida. Sollte damit die Tatsache zusammenhängen, daß mir meine Frau nicht treu ist? Immerhin ist das ja ganz interessant. Sie leidet an Frömmigkeit, die an Gattinnen schon an sich ehewidrig ist.

Ein Knabe: Ich bin der hübscheste Knabe weit und breit. Ich benehme mich wie ein Großer. Locken umrahmen mein schönes Gesicht. Ich werde viel Anhänglichkeit ernten, ohne daß es mich die geringste Mühe kosten wird.

Der rätselhafte Gast: Ich sitze da, als wäre ich nicht vor-

handen. Vielleicht besteht meine Rätselhaftigkeit darin, daß ich anspruchslos bin.
Ein Witwer: Ich bin ein Monstrum, und ich will sagen, weshalb. Zwanzig Jahre lang lebte ich an der Seite einer Frau, die mich haßte, die sich vom ersten Tag an von mir zu trennen wünschte. Heute kam nun der Tag, wo sie sich befreit sieht. Ich stellte die Hälfte eines spannenden und monotonen Romans dar. Diejenige, die die andere Hälfte ausmachte, hat sich und mir die Ehe zur Hölle gemacht. Ich möchte niemand anraten, so viel Geduld zu offenbaren, wie ich zu zeigen wußte. Das Höchstmaß der Tugend ist keine Tugend mehr, sondern nur eine Gewohnheit. Soeben knüpfte ich übrigens eine Beziehung an, die mir vielversprechend zu sein scheint.
Der rätselhafte Gast: Hier sitzen wir paar Personen am Tisch und sind zugleich mit dem gegenwartüberfliegenden Denken anderswo. Erst, wenn wir sehr viel feiner geworden sind, wird's Gegenwärtiges für uns geben. Noch seh' ich es nur hie und da.

ZWEI MÄNNER REDEN

Nächtliche Großstadtstraße

Almador: Zu ihren Fenstern emporblickend, mich in ihre Stuben versetzend, in ihren Zustand hineinlebend, frage ich mich, ob sie unglücklich ist, und meine Eitelkeiten, für die ich Verständnis besitze, empfehlen mir, meine Frage mit einem kräftigen und doch wieder lieber nur stillen Ja zu beantworten. Die Locken, die meinen Kopf schmücken, der ein Künstlerkopf ist und vermutlich bleiben wird, freuen sich über die Vermutung, die mir zuwispert und lispelt, sie habe Aufmunterung nötig, in deren Einsamkeitsgesellschaft wir beide soeben saßen. Wir wollen mit vereinigter Überzeugtheit annehmen, daß sie von ihrem Gatten in wahrstem Begriff vernachlässigt wird. Weißt du, ob ich sie liebe? Gib mir, bitte, hierüber gefälligst Auskunft. Meine Innerlichkeiten, die Bequemlichkeiten oder lebhafteste Inanspruchgenommenheiten sind, verschmähen es, über meine Gefühlswelt im klaren zu sein.

Ruledo: Erstens heiße ich ja da außerordentlich merkwürdig, und zweitens bringe ich für das, was du mir soeben sagtest, üppigstes Interesse auf, aus dessen Dickicht heraus ich mir erlaube, zu betonen, daß ich des Glaubens bin, du säßest oder stündest in einer Welt großer Sorgen. Du blickst als der kultivierte Mensch, der du bist, mit einer gewissen Beklemmung in die Zukunft, und weil du dies tust, möchtest du jetzt gern heiraten, sozusagen versorgt sein. Gleichzeitig aber sollte die Heirat möglichst romantisch angehaucht sein, damit es nicht aussähe, daß du etwas wie ein Philister seist.

Almador: Ich werde, wenn es sein muß, den Mut zur Bürgerlichkeit haben. Vor vielen Jahren weinte eine Frau um mich.

Ruledo: Eine verheiratete?

Almador: Wie kann man so naiv sein und so etwas überhaupt noch fragen? Ihr Mann weinte wegen ihr, und sie tat's ins Blaue hinaus, d.h., nein, sie weinte aus lauter Liebe zu mir. Ich vermag dieses Abenteuer nicht zu vergessen.

Ruledo: Aber ein Mädchen glaubt doch an dich.

Almador: Wohl weiß ich's, aber wie wäre es denkbar, einer so alltäglichen Erscheinung, die im Dachkämmerchen sitzt und vielleicht ein Hemd flickt oder näht und die Unbesonnenheit begeht, an mich zu glauben, irgendeinen Einfluß beizumessen? Hier in dieser hochvornehmen Straße, die der Stolz des Viertels ist, durch dessen Gebogenheiten oder Gradheiten sie sich hinzieht, haben wir doch Balkone, hohe Bäume, die mit ihrem Blätterwerk das Geländer dieser Balkone streifen. Unerhört ist hier ja allein schon die Stimmung. Du begreifst das. Ob sie mich liebt, die im Ruf steht, sie sei ein Rätsel, von der zu sagen ist, daß sie Minister dadurch glücklich macht, daß sie ihnen gestattet, sich nach ihrem Befinden zu erkundigen?

Ruledo: Sei gescheit.

Almador: Wie kannst du einer solchen Banalität das Heraustreten aus den Toren deines Mundes nicht untersagen?

Ruledo: Du achtest die gering, die von dir denkt, du seist ein lieber und guter Mensch, und du wünschest diejenige zu heiraten, die gegenüber ihren Pflichten die Achtsamkeit selber ist. Du möchtest um einer Romantik willen eine feine Frau für unfein halten, und um deiner Künstlerlocken willen ein Mädchen, das dich liebt, in die Lage versetzen, ihr Leben lang hoffnungslos an dich zu denken.

Almador: Eine Schauspielerin schwärmt für mich.

Ruledo: Du hast nicht nötig, umschwärmt zu werden; du hast weit eher nötig, beherrscht zu werden, und ich bin überzeugt, daß diejenige, die von dir glaubt, du seiest brav, dir am meisten zu tun geben und dich am besten beherrschen wird.

Almador: Vielleicht liebt sie dich mehr als mich.

Ruledo: Sei deshalb nicht empfindlich. Wir können zu Bösewichtern werden, wenn wir empfindlich sind. Ich gebe zu, daß sie mich liebt; aber an mich glaubt sie nicht, die feine Frau hier oben wird notwendigerweise hierzubleiben haben, und du wirst von derjenigen, die an dich glaubt, nicht loskommen.

Almador: Sie hält mich für schlecht.

Ruledo: Deshalb wirst du dich von der Bemühung, ihr eine schönere Meinung von dir beizubringen, nie zu befreien vermögen.

Almador: Sollte das möglich sein?

Ruledo: Eigentlich heiße ich anders und du auch, du willst sie jetzt im Stich lassen; sie kennt dich in dieser Hinsicht genau; aber es geht im Leben insofern eigentümlich zu, als dasjenige, was wir geringschätzen, mit dem wir lediglich spielen zu können meinen, uns fester hält, intensiver anzieht, als das, was wir hochachten oder bewundern. Die Hilflosen stehen unter göttlicher Protektion; sie besitzen eine für unser Begriffsvermögen unfaßliche Anziehungskraft.

Almador: Du hältst eine Preisgegebene für die Erwerbenswerteste?

Ruledo: Es ist dies nicht sogenanntermaßen meine Ansicht. Man kann so etwas nicht beweisen. Sie lächelt inmitten ihres totalen Mangels an Berechtigtheit über dich. Du weißt, daß sie dich frei gibt.

Almador: Willst du mich rühren?

Ruledo: Ihr Verhalten ist groß. Sie gewärtigt von dir nichts, was einer edlen Tat gliche. Wenn du sie heiratest, wird sie dich vielleicht sogar eine Zeitlang verachten.

Almador: Sie findet es schön, sich sagen zu können, daß ich egoistisch bin.

Ruledo: Dir stehen Schwierigkeiten bevor.

Almador: Du kannst recht haben.

Ruledo: Sie will dich keineswegs besitzen. Sie ist tiefbürgerlich veranlagt, weigert sich aber keinen Augenblick, ganz anders betrachtet zu werden.

Almador: Wahrheit zum mindesten ist, daß mich ihre Existenz plagt. Sie wartet übrigens gar nicht auf mich. Das foltert mich, offen gestanden, ein wenig. Wie unfrei die Freiheit macht. Und sie lächelt über mich, sagtest du? Und sie liebt mich, weil ich sie in die höchste Verlegenheit gestürzt habe?

Ruledo: Gestürzt? Das ist klassisch gesprochen! Du könntest im Besitz solcher Ausdrücke Romanschriftsteller werden.

Almador: Wenn ich nur schon über diese so schwarze, schöne Nachtstraße hinaus wäre, über die sich ein bestirnter Mantel breitet. Ich stellte mir vor, hier müßte ich unbedingt etwas erleben.

Ruledo: Die, die sich dir vorbehaltlos gab, und an die du dich deswegen in keiner Hinsicht gebunden wähnst, hat beispielsweise nicht die geringste Ahnung, wer Watteau ist. Sie weiß von Wedekind so gut wie nichts. Sie ignoriert den Begriff Gotik vollkommen. Nie schaute sie sich eine kostbare Antiquität an. Um den Biedermeierstil kümmert sie sich nicht. Sie hält ihr Wissen für überaus bescheiden. Mozart? Sie schätzt ihn nicht, weil sie noch nie über seinen hohen Wert aufgeklärt worden ist. Aber in ihrem Wesen klingt's, ohne daß sie sich dessen bewußt ist, mozartisch. Sie weiß die Vortrefflichkeit, die Finesse eines echten Möbels vom Unartistischen eines unechten nicht zu unterscheiden.

Almador: Du willst damit hervorheben, daß sie ungefähr ist, was man ungebildet nennt?

Ruledo: Sie empfindet das Gebildetsein als lästig.

Almador: Ob sie eine Gebildete werden könnte?

Ruledo: Sie ist von Natur außerordentlich fein. Sie sah in ihrer Kindheit große, ruhig hinfließende Ströme, Schlösser und Kirchen am Ufer, und sie wurde einmal in einem Eichenwald von einem Grafen angesprochen. Einmal blickte sie volkstümlich ins Schlafzimmer eines Schlosses. Sie liest zunächst Hintertreppenliteratur und hält sich aus diesem besonderen Grund für deiner unwürdig.
Almador: Ich gebe zu, daß du sie sehr klug schilderst. Du kennst sie gleichsam ausgezeichnet.
Ruledo: Sie ist ein Engel.
Almador: Vielleicht hätte dieses Gespräch nie stattfinden sollen. So soll ich sie also für tüchtig halten?
Ruledo: In jedem Sinn. Sie ist das Mädchen aus dem Märchenbuch, das freundlich, mutig, klug und glücklich wird, alle guten Eigenschaften aus sich herausspringen macht, sobald ihr das alles nur nie zugemutet wird. Du wirst sie schelten, und sie wird über dich lachen. Du wirst sie in dein Wissen, deine Bildung, deinen Geschmack einweihen. Zögernd wird sie sich so aufführen, wie du's wünschen wirst. Es wird zu hunderterlei «Szenen» zwischen dir und ihr kommen. Ihr werdet euch zanken, kränken. Indem sie dir gehorchen wird, wird sie dich –
Almador: Erziehen?
Ruledo: Die Schauspielerin ist für dich zu gutherzig.
Almador: Du meinst, ich hätte die Aufgabe, zu belehren, zu bessern, um selber dadurch wieder Belehrung, Besserung zu empfangen?
Ruledo: Sie hat an jedem Finger mindestens zehn Verehrer.
Almador: Dann wird's also bloß eine ganz stille Hochzeit sein.

ERZIEHUNG DES APACHEN

Ein mit vielen Nippsachen verziertes Zimmer.

Das Fräulein: Ich könnte zur Biedermeierzeit gelebt haben, so sensibel bin ich. Ich bestehe aus einer Menge von gleichsam an Üppigkeit streifenden Sittsamkeiten. Ich gleite gern mit der Hand über Seidenbänder, womit ich mich abends zu meinem stillen Vergnügen schmücke, mir einredend, ich sei eine poetische Figur, beispielsweise eine Nymphe. Der in seinem Käfig gegen seine Beunruhigtheiten ankämpfende Kanarienvogel sagt mir, er sei eine verkleinerte Photographie von mir. Ich bin Unterrichterin von Kindern, die im zartesten Alter sind, und ich scheine vorzüglich zu den menschlichen Morgendämmerungen zu passen, die, aus Elternhäusern hervorgehend, sich täglich um mich versammeln. Mitunter besucht mich ein Apache, der mir mit dem Instinkt der Güte, wenngleich auch zu seiner eigenen Belebung, Dinge vorträgt, die mich zum Lachen veranlassen. Der nebenbei durchaus gebildete Apache liebt meine Lustigkeit, als wenn sie Schlagsahne wäre, deren Schmackhaftigkeit er schätzt. So unansehnlich ich aussehe, bin ich dennoch sozusagen Hausbesitzerin. Jetzt steht er hinter mir, den ich soeben erwähnte, und ich weiß vielleicht besser als er selber, was er im Sinn hat. Seine gesunde Gesichtsfarbe bedeutet für allerlei Leute beinahe eine Herausforderung. Seine Trägheit ist eine Untugend, die berechtigt scheint, wie es anderseits für die Tugenden unerforschte Tadelungen gibt. Es gibt in uns unzählige zarte Skandale; darum verzeihe ich ihm, wenn ich ihm anziehend vorkomme. Nüsse sind seine Lieblingsspeise.

Der Apache: Nein, Küsse! (*Er küßt sie.*)

Das Fräulein: Wie die Gardinen anheimelnd wirken. Sie flattieren, möblieren. Wie hell das Grün der Bäume singt, die da unten eine Allee bilden. Er besitzt insofern Anstand, als er mir jedesmal nach eingenommenem Mahl das Geschirr in die Küche tragen hilft. Beim Abwaschen macht er sich durch flinke Abtrocknerei nützlich.
Der Apache: Benahm ich mich etwa unschicklich?
Das Fräulein: Ich trage sehr kleine Schuhe. Das ist natürlich ein großer Vorzug, für den er Verständnis hat. – Immer liegen Bücher auf meinem Tisch. Meinen Visiten paßt er sich an. Moralisiere ich, so begütigt er mich. Er ist gewandt genug, meine Ereiferungen mit den seinigen zu begleiten und kühl zu werden, sobald ich es bin. Sein Apachentum ist nur eine Idee von mir, die er mir gönnt, was scharmant von ihm ist.
Der Apache: Auf Wiedersehen, Fräulein! (*geht ab.*)
Das Fräulein: Ich will ihn ein paar Mal vergeblich an der Türe harren lassen. Wer sich nicht bisweilen kostbar macht, arbeitet an der Selbstentwertung. Wertschätzung kann künstlich herbeigeführt werden. Er lerne, sich nach meinem Anblick sehnen. Man darf nicht unterlassen, denen, die uns lieben, Respekt einzupflanzen, sonst beginnen sie in uns lediglich ein Mittel der Zerstreuung zu erblicken. Er wird ernst sein, wenn er mich wiedersieht, und es wird hübsch für mich sein, zu sehen, wie sich ihm vielleicht die Bestimmtheit in einen Quell frischer Zwanglosigkeit verwandelt. – Indem ich ihm Gelegenheit gebe, über mich und sich zu stutzen, erziehe ich ihn nur. Dadurch, daß ich ihn verhindere, sich über mich lustig zu machen, bin ich bemüht, daß er artig bleibt. Aus Bequemlichkeiten keimt Unglück. Ich traue ihm zu, er besitze genügend Geist, um einzusehen, daß die Achtung,

die Dankbarkeit gegenüber der Weiblichkeit für ihn wichtig sind. (Er wird nicht nochmals wagen, Jean Paul zu preisen.)

DER WANDERER

Vor dem Tuchgeschäft einer kleinen Stadt

Der Tuchhändler: Warum kamst du nicht zu mir zum Mittagessen?

Der Wanderer: Ich hatte den Einfall nicht, und wenn ich ihn auch gehabt hätte, so würde ich dich trotzdem nicht besucht haben, wenigstens nicht um die Mittagessenszeit. Ich bin ein gebildeter Mensch.

Der Tuchhändler: Das ist ja ganz einerlei, ob du gebildet bist oder nicht, du hättest zu mir zum Mittagessen kommen sollen, und daß du nicht gekommen bist, war ein Fehler von dir, an den ich noch lange denken werde. Ich hätte dich, bei Gott, herrlich bewirtet.

Der Wanderer: Ich lief durch ein sehr schönes, heiteres Waldtal.

Der Tuchhändler: Du kannst durch so viele schöne Täler gegangen sein wie du willst, so war es doch ungemein ungeschickt von dir, mit deinem Appetit andere Leute zu beehren, statt dich an mich zu wenden, da wir uns doch verwandt sind. Ich bin noch immer ganz stutzig über uns beide. Und nun willst du weiterwandern?

Der Wanderer: Ich beabsichtige es.

Der Tuchhändler: Daß ich dich nicht bei mir habe speisen sehen können, wird mir nicht so rasch aus dem Kopf kommen.

Der Wanderer: Dann denkst du doch ein bißchen an mich.

Der Tuchhändler: Schade, daß du ein so zarter, vorsichtiger, manierlicher, feiner, zaghafter, waldtälerdurchwandernder Wanderer bist. Ich lasse dich gehen. Zu fragen, wohin du gehst, geht wohl nicht an. Hast du dir ein Ziel vorgenommen?
Der Wanderer: Die Ziele wandern auch.
Der Tuchhändler: Potztausend, du kommst mir da scheinbar geistreich.
Der Wanderer: Es ist eine Lust –
Der Tuchhändler: Was wolltest du sagen? Sprich's aus.
(Der Wanderer ist aber schon fort.)

Auf der dunkelnden Landstraße

Wanderer (phantasierend): Wir fingen nun ein Geschäft an. Was für eins? Eins, das Umsicht, Klugheit fordert. Da war sie in einem fort ängstlich, daß ich mich blamieren könnte, aber es kam anders. Ich erwies mich als recht tüchtig, sozusagen als ein ganz schlichter Mensch. Immer zitterte sie aber eben wegen dieser Einfachheit. Jeder würde mich übers Ohr hauen, dachte sie. Sie hatte sich förmlich in dieses Fürchten verliebt. Sie fand sich schön in ihren Bänglichkeiten. Jetzt erlitt sie eine Enttäuschung um die andere. Sie wurde wunderbar-schön, aber dabei wurde sie krank. Sie verlor alle stolze, braune Farbe. Ich hatte mir angewöhnt, mit einer Miene, einer Geste an ihr vorüberzugehen, als sagte ich ihr flüchtig: «Du verstehst das nicht.» Das nagte an ihr; sie selbst war's, die sich quälte. Alle ihre Meinungen über mich bedurften einer Änderung. Für ihren Stolz war das hart. Sie sagte aber kein Wort. Im Grund hätte sie sich ja über mich freuen müssen, aber sie war nicht biegsam genug. Richtete ich kein Wort an sie? Nein, kein einziges. Nicht einmal ein halbes. Ich vermochte mich von dem Bild, das sie mir darbot, nicht loszureißen. Ihr Bild war mir so süß.

Nacht

Wanderer: Bin ich hier auf dem rechten Weg?
Passant: Das müssen Sie selbst wissen.
Wanderer: Ich danke Ihnen für die Art, wie Sie mich auf mich selbst aufmerksam machen.
Passant: Es freut mich, daß Sie an sich glauben.
Wanderer: Sind Sie Erzieher?

Vor einem Schloß. Es ist Tag. Mehrere Besucher.

Einer derselben: An dieser weihevollen Stätte hätte man Lust, die Stimme schallen zu lassen, daß der von historischen Ermahnungen bebende Boden sich empören müßte und das Gebäude wie eine Kulisse umfiele. Hier sollte nur leise und hochachtungsvoll gesprochen werden. Das Wasser dieses Burggrabens ist ein viel zu vornehmes Wasser.
Der Wanderer: Seien Sie doch still. Nehmen Sie Rücksicht auf mich.
Der Schloßbesichtiger: Inwiefern?
Der Wanderer: Weil ich bewegt bin. Ich staune, und Sie und die übrigen hätten allen Grund, sich ein wenig Zwang aufzulegen.

Jetzt wandert der Wanderer durch ein großes Dorf.

LOHENGRIN

(Ein großes Dorf. Ein Wanderer, der sich aus Laune Lohengrin nennt.)

Komisch ist es, wenn zwei oder drei im Wald stehen und einmütig liedeln, und es berührt eigentümlich, in einer Landschaft plötzlich eine Kathedrale anzutreffen, deren Türme einen steinern anschauen. Eine Frau fragte mich, ob ich auf Arbeit aus sei. «Das gerade nicht», gab ich zur Antwort. Sie schien über meine Vergnüglichkeit, die ihr zwecklos vorkommen mochte, erstaunt, enttäuscht. Ich ließ sie hinter mir, indem ich davonging. In einer Ortschaft fiel mir ein öffentliches Gebäude auf. Auch einen historischen Schloßpark fand ich für passend, zu visitieren, worin ich das Grabmal eines vornehmen Ehepaares vorfand. Im Burggrabenwasser zitterte, blinkte Wintersonnenschein. Der Winter glich einem kühlen Frühling, das Schloß war restauriert, in den Dorfgassen gaben Knaben Kreiseln Geißelhiebe, schön war's auch in den entblätterten Wäldern. Ich ging Tag und Nacht, fragte mich oft, ob mir das Bleiben oder das Wandern besser behage, aber ich liebte aus dem einen heraus stets das andere. Bei einer Gelegenheit fiel mir eine Firmatafel auf, ich überschritt Eisenbahnschienen, die sich über die Straße zogen. Geschäftsreisende trugen Mappen. In einem Kleinstädtchen hörte ich von einer Hauptstadt reden. Neben einem bedeutend scheinenden Herrn saß im Gasthaus eine bescheiden scheinende Dame, die sich gegen ein negatives Etwas in ihr still-erfolglos aufzulehnen schien. Der Bedeutende schaute in einem fort auf mein achtungsvolles sittliches Neutralsein. Ich trank mein Schöppchen Wein und saß so gewissermaßen in der

Sonne aufrichtigster Übereingestimmtheit mit mir selbst. Gleichsam nachlässig bat der Herr die Frau: «Zerschneide doch die Torte.» Wiesen schienen sich um die Weingläser zu ziehen und zu biegen, und das Abendrot gab der Tochter des Hauses, einer stattlichen Erscheinung, einen Kuß, und alle, die in der Stube saßen, ergingen sich in Abendstimmungserzählungen. Mädchen kicherten in der Nebenstube, indessen sich eine Respektabilität zu mir setzte. Ein Junggeselle erwähnte die ganze Welt, dadurch, daß er sie glühend rühmte. Sensibilität, was bist du für eine weite Gegend! Ich fand dann, durch das Städtchen schweifend, eine marmorne Erinnerungsinschrift, zu der ich emporschaute, sowie einen Dichter, den sein Ruhm seelisch zu drücken schien, ebenso ein Mädchen, das zu denen gehörte, die nie geheiratet zu werden wünschen, und die daher viele heiraten wollen. Im Rathaus fand gerade, wie mich eine Affiche überzeugte, ein Pressefest statt, und im Kasino las an diesem Abend Paul Valéry aus seinem Lebenswerke vor. Eine Kurtisane stöckelte wie eine Nippsache auf zierlichhohen Schuhabsätzen zeitweise vor mir her. Zuletzt lag ich in einem seidenweichen Bett. Ich kam mir wandernd als aus ausgezeichnetem Haus abstammend, also als sehr fein, zahlreiche Freunde und Freundinnen besitzend vor. Ich nannte mich deshalb Lohengrin, weil ich auf der Wanderung Schwäne sah, und wenn ich hie und da dichtete, nahm ich mir das sehr übel, weil's mich als etwas Schwächliches berührte. Ich kam nur schwer, nur selten zu einer Fröhlichkeit, aber wenn sich mir dieses Glück öffnete, ich mich munter sehen durfte, o, wie sich dann die Köstlichkeit eines Lächelns aus mir Bahn brach. Flüsse, Täler, Berge...

DER JÜNGLING IN DEN ALPEN

Szenerie im Gebirge

Der jugendliche Bergsteiger: Wie man sich hier oben in der gottvollen Luft stark, mutig, gesund vorkommt. Welches sichere Schreiten an Abgrunds Rand. Ringsumher stehen Gipfel zackig empor. *(Er gibt infolge seiner Begeisterung nicht acht und fällt herunter.)*

Die Szene verwandelt sich in eine enge Schlucht

Der gestürzte Tourist (aus einer Ohnmacht erwachend): Ich bin noch am Leben. Scheinbar bin ich sehr tief hinabgestürzt. Welche eindringlichmahnende Sprache die Felswände führen. Sie schauen mich wie mit vorwurfsvollem Gesicht an. Ich atme; das Bein schmerzt, aber die Arme kann ich bewegen. Ich habe die leise, schmeichelnde Gewißheit, daß ich mir nur unbedeutende Beschädigungen zuzog. Aber nun muß ich vielleicht hier unten verhungern, denn wer käme auf die Idee, ich könnte mich gerade hier und sonst nirgends anderswo aufhalten? Am Kopf bin ich nicht verwundet, was mich vorläufig freut. Ich fiel wie auf ein Ruhebett hinab, und zwar wahrscheinlich deshalb, weil ich im allgemeinen ein sehr netter, strebsamer Mensch bin. So anstellig und findig ich auch war, entwendete ich nie etwas, eignete mir also nie fremdes Eigentum an. Die Frauen wurden von mir in einem fort verehrt. Ich habe viel Zeit mit Schwärmereien verschwendet, was ich jedoch unmöglich bedauern kann. Wie ich annehme, wird man mich im Dorf vermissen, und was kann sich rascher aufdrängen, als daß man Rettungskolonnen organisieren wird, die die Aufgabe haben, mich an Seilen aus der seltsamsten aller Versunkenheiten zu ziehen. Die Schlucht hat übrigens etwas Tiefschönes. Welche Ruhe, welcher Frieden herrschen hier. Blicke über mein Leben sendend, sehe ich mich unter den gemütlichen Zweigen eines Apfelbäumchens im Vorfrühlingszustand liegen. Es ist halb zwei Uhr. Schlag zwei soll ich unten in der Stadt im Kontor sein, das Bäumchen hat etwas Lächelndes, und die Gedanken an meine monotonen Büropflichten scheinen mich anzugähnen. Ich war also damals etwas wie Commis. Heute bin ich ein Verunglückter, der unerhörtes Glück hat. Meine Gattin würde sich ängstigen, zu Tod erschrocken sein, wenn es wahr wäre, daß ich verheiratet sei, aber die Wahrheit ist: ich bin noch ledig. Dafür habe ich eine Mutter, die in dieser Stunde die Beute einer unbesieglichen Unruhe ist. Wie wird sie um meinetwillen die Hände ringen. Welche musikalische Müdigkeit nun über mich kommt. *(Er schläft sanft ein, bis ihn Stimmen wecken, die von Menschen herrühren, die gekommen sind, ihn zu suchen. Er gibt schwach aber vernehmbar Antwort. Zunächst wird er mit Lebensmitteln versorgt. Jedenfalls ist er gerettet.)*

Szenenwechsel, Dorfstraße

Der Jüngling wird auf einer Tragbahre getragen

Die Mutter: Bringen sie dich mir so? Böser, mir so viel Kummer zu machen!

Der Jüngling: Du blickst strafend.

Die Mutter: Die strafende Miene ist für einen Anlaß wie den vorliegenden die einzig passende.

Ein Mädchen: Wie blaß er ist! Ich sah ihn noch nie so hübsch.

Der Jüngling (zur Mutter): Habe ich jetzt nicht etwas Alexander Moissihaftes an mir? Ich sah ihn einmal als Oswald in Ibsens «Gespenster».

Die Mutter: Daß du mir nie wieder eine Gebirgstour machst.

Der Jüngling: Es existiert ein Roman von Gontscharow, betitelt «Der Absturz».

Die Mutter: Deine kontinuierlichen literarischen Notizen, dies eigensinnige Verweilen bei Bildungsangelegenheiten ist ein Beweis, daß du nicht so zärtlich zu mir bist, wie du solltest. Lies doch nicht so viel!

Der Jüngling: Einmal las ich einen Gebirgsroman von Dickens, der mir überaus flott geschrieben zu sein schien.

Die Mutter: Hier sind wir zu Hause.

Der Jüngling: Die schöne Gefaßtheit, die Schicksalsbejahung, die ich dort in der Alleingelassenheit empfand! Beinahe sehne ich mich nach diesem kranken, seelengroßen Zustand.

Die Mutter: Zum Glück wurdest du gefunden.

Der Jüngling: Etwas in mir klagt um das Niewiedergefundenwerdenkönnen.

Die Mutter heftet besorgte, spähende, liebevolle, neidische Blicke auf ihn.

FERIENREISE

Der mit sich Ringende:

Ich erinnere mich, einst einen leichten, kurzen, dunkelblauen Mantel getragen und einem eleganten, dünnen Spazierstock gestattet zu haben, daß er mir angehöre und mich begleite, von welcher Erlaubnis er den zierlichsten Gebrauch machte. Wie hier die Gräser wogen, duften! Keine begeisterten Ausrufungen! Ich gelangte zu diesem von der Natur mit Reizen begnadeten, prachtvoll gelegenen Platz wie gesteinigt, indem ich nämlich auf dem Wege, der mich hierherführte, mit gewaltiger innerer Stimmbefähigung räsonierte. Donnernd bespöttelte ich mich und andere. Meine Persönlichkeit riß aus wie ein im Zustand der Adergeschwelltheit befindliches Roß. Die Aufgehäuftheit oder Angesammeltheit meines Ichs glich einem Vesuv oder einem babylonischen Turm; ich vermag nicht zu sagen, welcher von beiden der Unmittelbarkeit entnommenen Vergleichen der schicklichere, treffendere sein mag. Hier bändige ich mich nun. Ihr Winde, die ihr unsichtbar, aber nicht unfühlbar vom hoch über meinem lebhaft denkenden Kopf aufgetürmten Himmel auf das Stück Inanspruchgenommenheit herabspringt, das ich vergegenwärtige, seid mir gegrüßt, denn ihr küßt mich und die geistige Hitze, die mich bedrängt, aufs willkommenste, will sagen, kühlste. Herrlich, d.h. jedenfalls für mich in jeder Beziehung hübsch und schön genug, scheint mich der Ausblick, den ich von hier aus genieße, anzumuten. Die Seele kommt zu Wort, von der ich mir einbilde, sie besäße Rednereigenschaften, und so spreche ich denn laut aus: armes Mädchen, arme schöne Natur! Weshalb ich das nun so sage? Der Strom da unten nimmt von der Liebe, die ich für ihn übrig habe, die ich ihm in einer Gebundenheit zuwerfe, als wenn die Bewunderung, die ihm zufliegt, ein Blumensträußchen sei, ganz und gar keine Notiz. Scheinbar fehlen ihm Augen. Wie unentwickelt seine Ausdrucksweise ist, die in einem welligen Geplauder besteht, das zugleich geräuschvoll und stumm ist, das bloß schimmert und doch auch wieder redet, und die Berge in der Ferne, und die einfach denkenden, lispelnden

Bäume! Warum denke ich von den Bäumen so hoch, daß ich sie zu denkenden Gebilden umgestalte, und warum bin ich froh, daß ich das Recht habe, die Beweisführung für eine solche Argumentierung schuldig zu bleiben? Indem ich mir auf das strengste untersagt habe, mich je wieder auf einem Spaziergang ins Gras hinzulegen, unterziehe ich mich den Grundsätzlichkeiten eines, wie ich glaube, ausgedehnten Erziehungsnetzes und darf mich einen Kämpfer nennen, der es hauptsächlich auf sich selber absah, die Schönheit der ringsumliegenden, unbewußten, aus jahrtausendalten Veredlungsbestrebungen bestehenden Landschaft besitzt diejenige Qualität, die zur Beglückung, die stattzufinden hat, nötig ist. Man werfe mir nicht vor, ich spräche geschraubt, d.h. man darf das schon; mir aber steht es frei, mich so barock zu benehmen, wie ich Lust habe, und einen Stil zu brauchen, der mir paßt und konveniert. Wer hier steht und spricht, dürfte als eine individuelle Individualitätslosigkeit betrachtet werden. Ich meine, ich hätte heute in einem hervorragenden Blatt einen mich deshalb interessierenden Artikel gelesen, weil er sich über das Wesen der Gemeinschaftlichkeit verbreitet hat, die mir als etwas denkbar Zweckhaftes und daher Fesselndes vorkommt. Ich drang in die artiklichen Äußerungen, gleich einem Jagdbeflissenen, wie in ein bisher noch unbekanntes Gebiet oder Revier hinein. Zuerst wehrte sich meine Unbestreitbarkeit, sich die Mühe aufzuladen, den Auseinandersetzungen, die sich vor mir ausdehnten, verständnisvoll zu folgen, aber nach und nach – – *(er schlendert weiter).*

Der um seine Entwicklung Besorgte dichtet nun ein Bauernhaus wie folgt an:

Reizende Ruhe! Und wie das Gründliche des Lebens, das Vernünftige, Sittliche, Ökonomische so ohne Vorbehalt, so treuherzig zum Ausdruck kommt. Für die Institution, die sich meinem Auge hier darbietet, ist vielleicht, ja, sehr wahrscheinlich das Wörtchen «schlicht» am Platz. Am Waschseil flattert Wäsche über dem heimeligen, wieseligen Grün, das einen Mund hat, womit es ländlich lächelt. Ist so ein Betrieb nicht wie ein Gedicht? Ob's mir behagen würde, hier zu wohnen? Hierüber gibt es nach meinem Begriffsvermögen keinen Zweifel. Die Holzscheite sind mit einer Sorgfalt übereinandergeschichtet, die über großen Vorrat an Zeit Aufschluß gibt. Zeit scheint hier nicht Geld zu sein, und der Hastigkeit scheint noch nicht erlaubt worden zu sein, ihren Einzug in diese Häuslichkeit abzuhalten. Bäume berühren mit ihrer Blätterfülle das Mauerwerk. Diese Sauberkeit, die sich nicht ganz bis an den Rand der Vollendetheit erstreckt, und die darum nichts Gezwungenes, Übertriebenes aufweist! Ich will weitergehen, um den Gegenstand, der mir gefällt, nicht länger loben zu müssen. So ein Lob hat etwas Erdrückendes, und ich möchte dieses Idyll unangefochten lassen. Anerkennung schädigt mitunter. Ich rede mir also anstandshalber ein, ich hätte über dies Bild, das mich entzückt, nur einige flüchtige Blicke geworfen, wovon ich befriedigt gewesen sei. Mich freut, wenn ich mich beherrsche *(er setzt seine Reise fort).*

Der Autor erlaubt sich die Bemerkung:

Die Menschheitsgeschichte läßt nicht zwei total ähnliche Menschenexemplare zu. Daher sind solche, die das Bedürfnis oder die Gewohnheit haben, Vergleichungen zu ziehen, beispielsweise sich an berühmte Muster anzuklammern, immer etwas wie Düpierte. Kein Mensch ist ganz wie ein anderer. In dieser Hinsicht gibt es eine Feinheit des Naturspiels und eine Freiheit des Immerwiederaufkommens von neuartigen Erscheinungen, über die man sich allgemein freuen würde, wenn man allerseits nicht gebildet scheinen, sondern sein wollte. Gebildete sind schon froh, wenn etwas getan wird, und wenn, was geschieht, nicht übel ist. Sensationsbegierde ist ein Zug von Durchschnittlichkeit. Der Durchschnitt verlangt in einem fort Außerordentliches. Um scheinbar Uninteressantes interessant zu finden, bedarf es eines Quantums Begabung. Eine große Begebenheit rüttelt auch einen Trottel auf; die kleine, die bescheidene entgeht seinem Mangel an Geübtheit im Schauen. Anständigkeit, Bravheit kommen keinem anderen so klein, so unbedeutend vor wie den Kleinlichen, Unbedeutenden, denen nur Gaunereien usw. bedeutend zu sein scheinen. Es gibt Leute, die ihre minderwertige Sorte von Vertrauen nur Mitbürgern schenken, die doch mindestens schon Juwelen zu stehlen auf den hohen Einfall kamen. Ich lasse nun wieder meiner Figur das Wort.

Der Figurant ziert mit
seiner Gegenwart jetzt ein Wirtshaus.
Er hat folgenden Gedanken:

Selten oder nie beträgt sich ein Ehemann gegenüber seiner Frau sichtlich ritterlich. Gewisse Zartheiten, Vorsichtigkeiten im Benehmen können ohne weiteres auf ein vor- oder außereheliches Verhältnis schließen lassen. Bei Eheleuten tritt eine Selbstverständlichkeit zu Tage, sie sind aneinander gewöhnt, kennen einander, aber vielleicht ist es ein Fehler von so und so viel Verheirateten, auf die Beibehaltung dessen zu verzichten, was man guten Ton nennt. Kleine Ursachen haben auch in dieser Hinsicht manchmal große Wirkungen, Vernachlässigungen in den Äußerlichkeiten können ins Wesen übergreifen.

Eine Familie:

Wir sehen Ihnen an, daß Sie sich verlassen fühlen und Anschluß an uns suchen.

Der Aufgemunterte:

Meine Position bewegt mich zum Einverstandensein mit mir. Durchaus anschlußbedürftig bin ich nicht, obschon mich selbstverständlich Ihre Teilnahme freut, die sich immerhin auf eine Unkundigkeit stützt. Sie mißverstehen vielleicht sich sowohl wie mich. Ich stehe auf gutem Fuß...

Die Familie:

Mit uns? Sie lieben ja jedenfalls das Familienleben.

Der Außenseiter:

Anschlußlos zu leben hat manchen Vorteil. Ich bitte das zu beachten. An sich schätze ich das Familienleben hoch, freilich nicht ohne überzeugt zu sein, daß es vielfach der Reform bedarf.

Die Familie:

(gibt zu verstehen, daß sie ihre barmherzigen Absichten aufgibt).

Der Anschlußbedürftige:
(gibt gegenüber sich seine Anschlußbedürftigkeit zu; er sagt sich aber, daß er Gelegenheit, sich zu binden, in Menge habe. Die Anschlußsuchenden seien gesucht, glaubt er. Die Gewährenden sind auf der Suche nach Bittenden.)

Der Verfasser hält hiermit die Anschlußfrage
zunächst für erledigt, die seiner Ansicht nach schon
fast zu viel Feinsinn erfordert.
Gottlob steht sein Modell nunmehr
vor einem
Park.

Derjenige, der von einer Anschlußmöglichkeit
nicht schleunigst Gebrauch machte:
Rokokoromantik, o, wie befreist du mich von diesen Bürgerlichkeiten, die sich meiner bemächtigen wollten, die mich zaghaft stimmten, die mich mit ihren Verlokkungen anlockten und verstimmten. In diesem Schlosse hielt sich einst der Altmeister und Vorfahr Goethe in der Gewandung gesündester Jugendlichkeiten auf. Im Hauptgemach dieser gewiß sehr geschmackvoll errichteten Gebäulichkeit trug er vielleicht mit gewinnender Geste Gedichte vor. Dieser Große machte sich zu gewissen Zeiten und infolge vielleicht einer seelischen Not einer Flucht schuldig, die etwas Kleines ist. Vor wem, o Gott, floh er? Die Welt weiß es: vor Frau von Stein. Umständlich genug wird er deswegen mit sich gekämpft haben. Hart wird es ihn angekommen sein, einer schönen Seele Unfrohmütigkeiten zu bereiten. Doch er mußte, mußte es tun. Durch dieses Gartentor, das wie die Imposantheit selbst aussieht, schritt er, seine Lebensbahn nicht verken-

nend, vielmehr mit Blicken der richtigen Anschauungsweise messend, mit Schritten, die eine ihm angeborene, innewohnende Beflügeltheit verrieten, in die Allee, wie sie Häuser solchen Charakters und Schlages häufig aufweisen. Abend mag es gewesen sein, und der Kies auf dem Parkweg mag sich beglückt gefühlt haben, die Sohlen des Dichterfürsten zu verspüren. Ist Deutschland Weimar, Weimar auch schon zugleich Deutschland? Frage von nicht zu überblickender Bedeutungsausdehnung, laß mich frei, wenn ich dich bitten darf, denn ich werde noch einem Kinde, das im Kinderwagen liegt, eine voraussichtlich freilich nur kurze Visite abzustatten haben.

Derselbe, von dem bisher die
Rede war:

Zuerst ging es durch einen steilaufsteigenden Wald. Wie prächtig sind Waldschluchten, in deren Tiefe und durch deren Enge sich ein Bergbach Bahn bricht. Ich richtete mir mein Bergsteigen so ein, daß es mir zu einer Art Ausruhen wurde. Kleine Anhöhen sind unter Umständen mühsamer zu besteigen als größere, weil das Herz angesichts eines schwierigeren Zieles in eine Liebe hineingerät, mittels derer die Kräfte wachsen. Von Stufe zu Stufe wurde die Aussicht reicher, das Gemüt heiterer, die Luft reiner. Ich atmete mit der Brust gleichsam Güte ein. Das Vertrauen in die Möglichkeit der Bewältigung wurde etwas Selbstverständliches. Ich würde mir die Sennhütten nicht so freundlich, wohnlich vorgestellt haben, wie ich sie, höher und höher steigend, antraf. Hier nun erblicke ich auf dem luftigen Gipfel etwas, das mir den Eindruck des Mutterseelenalleinseins macht. Der Anblick dieses sich selbst überlassenen Kinderwägelchens rührt mich. Ich trete herzu, um zu prüfen, ob er enthält, was man gewöhnlich in ihn hineingebettet vermutet; schlage das Vorhängelchen zurück und mache in der Tat mit einem jungen Lebewesen Bekanntschaft. Das Kind, denn ein solches und nichts anderes ist es, schaut mich mit der anscheinend immensesten Verwundertheit an, mit der Kindern eigenen, überaus seltsam anmutenden Unschuld, die gewissermaßen etwas Keckes an sich hat. Es gibt nichts, was so freundlich und zugleich so ruhig, rund und fest ist wie der Blick eines Kindes. Ich erfasse seine Hand, aber indem ich das so sage, stimmt etwas nicht, denn die besagte Hand ist erst ein Händchen, unsäglich klein, fein. «Bekümmert sich niemand hier drum?» rufe ich aus. Wo sind sie, denen die Sorge, die Wartung usw. anvertraut worden sind? Wurden sie etwa ihres Amtes, ihrer Berufung müde? Das große Gesicht der großen Bergwelt kontrastiert merkwürdig mit dem zarten Gesicht der noch unerwachsenen menschlichen Besonderheit. Jetzt steigt eine Wolke empor, fliegt vorüber. Ich atme mit Wonne, vergesse viel, denke viel und weiß nicht, was ich zu diesem Kinde hier sagen soll. Es spricht noch nicht. Wo sind die, die es hierher brachten, und hat es etwas zu bedeuten, daß ich es hier finde? Schulde ich ihm irgend etwas? Was schulde ich mir wieder selbst? So sehen Sie mich also auf der Höhe eines Schweizerberges über diesen Kinderwagen gebeugt. Die Haltung, die ich einnehme, umfängt mich zauberhaft.

Eine Touristin
mit Photographierapparat
photographiert
ihn.

DER HERBST

Der anscheinend Erholungsbedürftige auf dem Lande

Ich legte im Besitz wünschenswertester Elastizität mit gleichsam spielender Leichtigkeit vierzig Kilometer zu Fuß zurück und langte hier an. Auf dem Wege fand ich Anlaß, eine Gartenwirtschaft zu betreten, wo mich ein jugendlicher, anscheinend perfektionierter Klavierspieler anmutig genug an das Vorhandensein der holden Göttin Kunst mahnte, die mich aus seinem lockeren sowohl wie vorsichtigen Spiel heraus umhalsen zu wollen schien. Was könnte ich dagegen einzuwenden gehabt haben? Wie dünkte mich die durchaus nur eingebildete Umarmung angenehm! Das überstandene Wandern hatte mich fähig gemacht, die leisesten Reizungen und die gelindeste Art von Anregung zu empfinden. Wie elegant er die Locken schüttelte, und wie artig, beinahe hoheitsvoll er die musikhervorbringende Hand hochhob und auf die Tasten niederfallen ließ, harmlos und bewußt, wie von Zerstreutheit umfangen und doch wieder erfolgs- und siegesbewußt. Anwesende Frauen verhielten sich während der lieblich-romantischen Sprache, die er führte, mäuschenstill, und auch mich ließ die Freude, die mir seine Emsigkeit bereitete, und wofür er später bloß zwanzig Centimes erhielt, die ich ihm auf ein höflich dargehaltenes Tellerchen legte, in die Schaukel oder in die Hängematte innigsten Vergnügens zurücksinken. Ich fühlte mich stark und zugleich weich, sah mich in einen Behaglichkeitssee verwandelt. Die Blätter der Restaurationsbäume schienen wie ich glücklich zu sein, was ich ihnen selbstverständlich gönnte; sie zitterten, von einem leisen Wind in eine kaum wahrnehmbare Bewegung gesetzt, und glichen den zartesten Wallungen, die die Menschen ihr ganzes Leben lang suchen, dessen Sinn ja darin besteht, daß seine Kinder in ihm Genugtuungen finden. Ich werde dieses zufällig angetroffene Freiluftkonzert, worin sowohl die Geige wie der liedersingende Mund zur Geltung kamen, sicher nicht schnell vergessen. Jetzt wohne ich hier in einem Einfamilienhaus und höre das Zeichen, das mich läutend daran erinnert, daß es Zeit ist zum Mittagessen zu gehen, worüber ich mich unwillkürlich freue.

Der Städter mustert eine ländliche Bibliothek

Wie fein diese Bücherei ist, die, von so geringem Umfang sie auch sein mag, doch schon eine überaus schön gedruckte Gesamtausgabe von Molières Werken enthält. Irre ich mich nicht, so ist hier Voltaire in einem Kleid vertreten, das des starken Verfassers würdig ist. Hier bekomme ich zierliche Lyrikbändchen, die aus der Mitte des vergangenen Jahrhunderts herzustammen scheinen, zu Gesicht. Wie zart, gefühlvoll sie sich schon, was ihr Äußeres betrifft, geben. Wie manches bürgerliche Mädchen nicht schon in einem von diesen Büchelchen geblättert, gelesen haben mag. Was für ein Gedicht schlag' ich hier auf: «Die Göttin im Putzzimmer» von keinem Geringeren als Rückert. Was mich hier achtzehnjahrhundertlich anlächelt, sind die Gedichte von Salis, dem ein Herbstlied entsprang, für dessen Kennzeichnung mir erlaubt sein wird, das Wörtchen «wundervoll» anzuwenden. Auf tiefernstem, schwarzem Einband glänzt goldig der irgendwie mit Zigeunertum verbundene holde Name Lenau, der für sein Zeitalter charakteristisch wurde. Wie ich sehe, dichtete er zum Teil ebenso kunstreich wie aufrichtig. Mit welcher Geschicklichkeit er Seelenzustände mit sanften, zierlichen Worten beschrieb. (Er entnimmt einer Schublade einen Roman) Entdeckung, wie willkommen bist du einem einstweilen vollständig auf Zeitvertreib angewiesenen Menschen. Ich nehme mir aufs festeste vor, diesem Buch alle Aufmerksamkeit zu widmen, die im Reservoir meiner Eigenheiten schlummert, und über die ich, indem ich sie aufwecke, verfüge. Diese ländliche Wohnung enthält ja, wie ich zu meinem Erstaunen sehe und merke, wahre literarische Schätze. Wie ist Lesen immer wieder eine höchst bequeme, hochgradige Belebung. Dadurch, daß man sich bloß stillhält, lernt man Menschen, Gegenden kennen, blickt in die fremdesten Gesichter, darf über die seltsamsten Vorkommnisse und Gespräche staunen, nimmt Anteil an Erlebnissen, die sich irgendwo und -wann zutrugen, ohne daß man einen Schritt zu tun oder mit einem Muskel zu zucken braucht. Kann man dankbar genug sein dafür, daß uns aufgeweckte Mitbürger gutmütig erzählen, was sie im Lauf ihrer Existenz gedacht haben und was ihnen in einem interessanten, ereignisreichen Leben begegnet ist? Ich spiele hier jedenfalls mit der denkbar größten Lust eine Zeitlang den hinlänglich in Anspruch genommenen Leser.

Immer noch derjenige, der vielleicht noch einigemal auftreten wird

Mir kommt als ziemlich wahrscheinlich vor, daß man seine Heimat lieben kann etwa wie ein Gatte seine Ehehälfte, mit der er von Zeit zu Zeit Anlaß zu haben glaubt, zu zanken. Man findet rührend, was man bemängelt. Was man hingegen auf allzu billige, mühelose Art anerkennt, bewundert oder vollkommen findet, verliert seine Wirkung. Unten im großen Gemache dieses Häuschens, worin ich vorübergehenderweise ganz allein hause und meisteriere, was für mich etwas Nettes, gänzlich Neues ist, weiß ich einen Globus aufgestellt, den man bloß herumzudrehen braucht, um sich in die Lage zu versetzen, einen Gedankenspaziergang rund um die Erde zu machen. Welch eine rasche, einfache Art, sattsam vergnügt, befriedigt zu sein. Das große Erdgeschoßzimmer stellte einstmals, als noch keine Eisenbahnen durch die Gegenden liefen, eine Schmiedewerkstätte dar. Manches treuherzig seine Pflicht ausübende Pferd mag hier mit frischer Behufung versehen worden sein, wo nun auf hiefür hergerichteten Bänken Kinder sitzen, die von der Frau des Hauses, die gegenwärtig verreist ist, in unterhaltender Art Belehrung entgegennehmen. Derart wechseln Häuser mit der Zeit ihren Charakter. Ich bekam ein Tagebuch von Lafcadio Hearn in die Hand, dessen Inhalt mich glauben ließ, daß er einer der bedeutendsten europäischen Schriftsteller der letzten Jahre sei, mit solcher Intensität, solch schöner, heiterer Überzeugtheit, solchem feinen Gleichmut berichtet er über seine Erfahrungen im fernen, anziehenden Land, dessen Sitten und Bewohner uns märchenhaft anmuten. – In dem Buche des, wie mir scheint, klugen und freundlichen Engländers, der in Tapom etwas wie ein Lehrer gewesen sein mag, werden die fröhlichsten und schmerzlichsten Geschichten erzählt, Liebes- und Räubergeschichten, die man mit größter Spannung, lebhaftestem Interesse liest. Doch was öffne ich hier? Sieh da, ein Plan von Paris, ein sogenannter Führer. Merkwürdig, wie mich diese Publikation sogleich anheimelt, als blickte ich in die Skizzierung einer mir altbekannten Welt und Stadt. Nicht umsonst hielt sich mein Vater, als er jung war, etliche Jahre, indem er sich fördernde Ausbildung aneignete, in Paris auf. Wie sich die Seine ruhig durch die hochbedeutsame Ansammlung von Gebäulichkeiten und menschlichen Existenzen schlängelt. Wie müßte es köstlich sein, auf den Quais, die den berühmten Fluß einrahmen, ein flatterndes Zeitungsblatt lesend umherzugehen. Im Zentrum des gewaltigen Gemeinwesens erhebt sich die Kathedrale, die unter dem Namen Notre Dame weithin bekannt ist. Ich bemühe mich, die Vorstadt Saint Germain ausfindig zu machen, die in manchem Roman vorkam, den ich mir zu Gemüt geführt habe. Doch da fällt mir ein: sollte sich nicht bis zu einer gewissen Grenze rechtfertigen lassen, wenn man Masetto in Mozarts Oper Don Juan, ich meine jenen auf so komplette Weise durchgebläuten Harmlosen, Friedliebenden, Empfindsamen mit der Person des Komponisten zu identifizieren versuchen würde, der gewiß in der großen Welt, mit der er es zu tun hatte, hie und da sogenannte Hiebe einheimste, und Zerline, die Liebe, Zutrauliche, Versöhnende, wäre etwas wie die harmoniewiederherstellende Künstlergattin? Komisch, was einem so in den Sinn kommt. Was Nahrung betrifft, so bin ich der sicher nicht unglücklichen Meinung, daß man nicht spärlich, bedächtig und täglich ähnlich genug essen kann. Bezüglich der Zuträglichkeit, Bekömmlichkeit des Essens scheint mir eine bescheidene Einförmigkeit, ein artiges Sichanschmiegen und Gewöhnen ans Gleiche offen gestanden das beste. Der Magen vertrage, möchte man sagen, nicht zu viele «Freundschaften», obschon es ihn nach Abwechslung gelüstet. Was etwaige Bilder an den Wänden anbelangt, so fällt mir ein Defreggerscher Bauernjunge nicht unangenehm auf, daneben laden einige landschaftdarstellende Aquarelle zu kurzer Besichtigung ein. Eine auf der Kommode stehende Photographie zeigt mir eine ernst-, beinahe madonnenhaft dreinschauende Mutter, ihren Sohn im Arm haltend, den sie vielleicht zu sehr liebt? Ist Lieben nicht stets ein wenig riskiert; nehmen sich diejenigen, die lieben, nicht stets beinahe «etwas heraus»? Wie verklärt sie aussieht! Warum muß ich sie unwillkürlich anlächeln?

Derselbe in einer neuen Situation, nämlich auf einer Weide

Ich habe Brombeeren gepflückt, die der Herbst spendet. Wie es nun schon beizeiten Abend zu werden anfängt. Ist die bewaldete Natur nicht wie eine von der Abendgoldigkeit, als wenn sie begnadigt worden wäre, rührend verzierte Sünderin? Sehen die Tannen nicht wie hunderte, sich zuspitzende Kirchtürme aus? Erinnern sie einen in ihrer Formierung nicht an romanische Bauweise? Alle Kunstschöpfungen kommen ja von Naturgebilden her. Wie beglückend es für mich ist, das zu denken. Morgen werde ich wieder irgendwo draußen sein, werde ähnlich sein wie heute. Wie wirken Turnübungen stärkend! Mir gehe es sehr gut, sie sehe es, sagte mir schon ein paarmal diejenige beinahe vorwurfsvoll ins Antlitz hinein, der ich die Einladung aufs Land verdanke. Sie ist die Urheberin einer Erquicktheit, die sie mir zugleich zu gönnen und zu mißgönnen scheint. Ich wachse gleichsam in der Landschaft, so in der Nähe der Berge, die groß sind, und die allemal, wenn man sie anschaut, zu wachsen scheinen, als dehnten sie sich aus. Entzückende, gesundheitsgewährleistende Täuschung!

Die Frauen wollen einen glücklich sehen, solange sie einen unglücklich wähnen, und wenn ich dann glücklich bin, bin ich es ihnen dann schon wieder zu sehr? Sehe ich dann aus, als kränkte ich sie? Ähnlich ist's mit dem Reden. Die Schweigsamen sollten gesprächig sein, und die Redenden wünscht man stets etwas einsilbiger, und ist eine Seele ruhig, so bekommt sie ein Bedürfnis nach Unruhe; der Beunruhigten schwebt dann wieder nichts so Schönes vor als ausgeglichen zu sein. So wandert's in uns, verwandelt es sich beständig.

Der, dem das Landleben schmeckt, sitzt oder steht vor dem Häuschen, an das er sich gewöhnt hat, als wär's das seinige

Wenn der Herbst nicht braune, gelbe Blätter als Dekoration auf sorgfältig über Tische gebreitete Tücher wirft oder legt oder schüttet, will ich noch an keiner herrschaftlichen Tafel etwa als Gast gesessen sein. Zwei Jäger begegneten mir heute auf einem Waldweg. Felsen haben weißlich geblitzt, geschimmert, rote Scheunendächer sich schön vom Blau des Äthers abgehoben. Gewisse Bergpartien besaßen etwas Sierra Morena- oder Don Quijotemäßiges. Daß mich immer irgend etwas, das mir vor die Augen kommt, an Literaturabschnitte erinnert! Gelesenes und das, was man erlebt, hängen aufs eigentümlichste zusammen. Die Bildung läßt sich vom Leben nicht trennen, worin man doch immer wieder als ein Eigener lebt und steht. Um was wir uns bemüht haben, das zieht mit uns, wird zu einem Stück von uns, es läßt sich gewiß abschütteln, aber immer wieder ist es da, will in Betracht gezogen sein, fällt in die Waagschale. Jetzt ist es, wie ich deutlich empfinde und sehe, Nacht, und zwar die mildeste, schönste, von der es eine ausgemachte

Tatsache ist, sie mache sich zwischen acht und zehn Uhr nachmittags geltend und wolle aufs sorgfältigste genossen sein. Herrlich, wie sie einem frommen, lieben, schlafenden Mädchen gleicht, deren Haare mitzuschlummern und -träumen scheinen. Man kann in den Träumen die willkommensten Erlebnisse haben, so viel steht für mich fest. Ferner steht fest für mich, daß das niedliche Hundshäuschen dort unter dem Pflaumenbäumchen wie eine häusliche Ansiedelung aus der Zeit der Städtegründungen aussieht. Es erinnert einen so an gewisse Abbildungen, die in Büchern der Frühgotik zu finden sind. Die Ovalöffnung füllt ein Hündchenkopf wirkungsvoll und helleuchtend aus. Die Hunde werden gegen eine solche Erwähnung kaum irgend etwas einzuwenden haben. Das Bäumchen selbst verliert sich beinahe in der dunkelschimmernden Duftigkeit, als wolle es sich im Nachtlicht, im Mondlicht wohlig auflösen. Dort drüben erhebt sich ein mächtiger Block, ein altes, gravitätisch dastehendes Wirtshaus. Heute am Tag winkten mir die reizendsten Horizonte, Fernblicke von unsäglicher Feinheit. Eine sehr hübsche Pächterin trat gerade aus einem Heimwesen heraus, als ich mich daran vorüberbewegte. Wie zog sich ein Hochtal, wiegenähnlich gewellt, geformt, behaglich und kindheitserinnerungenerweckend, hin. Man hat Mühe, sich exakte Vorstellungen über sämtliches Schöne zu machen und sich Rechenschaft über alles, was einem angenehm gewesen ist, abzulegen. Eine Herbstnacht ist um so schöner, je milder sie sich gibt, je weniger sie mit Rauhheiten den Blumen schadet, die gerne lange hinleben, was einem das Taktgefühl anzunehmen empfiehlt. Ich finde es hübsch, den Blumen zuzumuten, daß sie das Dasein ebenso sehr lieben wie die

Menschen, die sich ja mit ihrer Phantasie ausmalen dürfen, wie es jeder lebenden Erscheinung zumute ist, die gern glücklich ist. Dort im Unsichtbaren schwanken an schlanken Stengeln pflanzliche Gebilde, die Sternform haben, und aus der hohen Nacht herab tropfen die Planeten, stillen Zeichen der Bewegtheit, der Ergriffenheit des Weltherzens ähnlich, und fallen doch nicht aus der göttlichen Gegebenheit, aus dem wundervollen Schweben herunter und sind weit größer, als wie sie aussehen, aber ist es denn nicht ein Glück, bedeutet es nicht eine Freude, eine Schönheit für uns, daß sie uns klein wie Geschmeide vorkommen dürfen, denen wir uns niemals nähern? Will ich sagen, daß ich berauscht bin? Nein! Aber ich will andeuten, daß ich Seliges sehe, indem ich selbst gewiß nicht beseligt bin; doch macht es mich beinahe selig, Seliges vor mir zu haben, wie die Rose dort, die ich nicht sehe, sondern von der ich bloß ihren zarten Standort kenne, den Sitz, den sie einnimmt, und um die mir zu tun ist, sie glücklich zu wissen. Hat nicht etwa Rubens ziemlich sicher seine rosig- und goldigleuchtenden Reflexe, die schmelzenden Lichter, die seine Gemälde aufweisen, vom liebenden Anblicken der Blume herbezogen, über die ich diesen nachtumzitterten Monolog spreche? Wie schön ist's, zu denken, daß sie ihr vollaufgeblühtes, ausdrucksvolles Gesicht, dieses Wunder von reizend verteilter Schönheit, der sanften Nacht hinhält, damit sie es liebkose, küsse! Eine Geschichte, woran ich heute den ganzen Tag mit gehörigem Eifer weiterlas, stellte mir einen außerordentlich gebildeten Menschen vor, der über die Erziehung seiner Nichte wachte, bis er sie in die Hauptstadt und unter die Menschen führen zu dürfen glaubte, was er auch ausführte. Die Geschichte wollte mir anfänglich beinahe ein wenig kitschig vorkommen, aber je mehr ich drin las, je angenehmer berührte mich die Konventionalität, worin es dem Erzähler gefiel, sich zu bewegen. Der Onkel starb dann eines Tages an nichts Unalltäglicherem als an einer Erkältung. Ich fand, daß die schlichte Motivierung seines Ablebens durchaus am Platze sei, und erfuhr nun, wie sich die Rose, wenn man nur erlaubt, daß ich eine Nichte mit einer Rose vergleiche, im Glauben, daß der Vergleich keineswegs an Berechtigtheitsmangel leide, mit einem erfolgreichen Theaterdichter vermählte. In der Folge erwies sich jedoch dieser Dramatiker als eine doch schon etwas zu äußerliche Natur. Beispielsweise ärgerte er sich aufs lebhafteste über eine Freundschaftsbeziehung der Nichte, die er sich zur Lebens- und Schaffensbegleiterin erwählt hatte, zu einem an sich sicher nicht völlig unbedeutenden Erfolglosen. Wie schön es von dieser jungen Frau war, daß sie sich tapfer zu ihren Ansichten sowohl wie Neigungen bekannte, und wie es mich rührte, daß sie in den Salons, in denen es vielleicht auch herbstblättergeschmückte Tische gab, Veranlassung darbot, daß man ob ihr staunte. Ein Politiker vermochte sich ihr Betragen nur unter Überwältigung großer innerer Schwierigkeiten,, will sagen, Bedenklichkeiten zu erklären. Man verstand die junge Frau allseitig sehr gut, aber daß man sie so leicht begriff, weil sie so offenherzig war, das war ja das peinlich Berührende. Wirklich kam es denn auch zu einer Trennung vom Schauspielhausbeherrscher und zu einer anscheinend überaus mutigen Vereinigung mit dem Stück Kämpfertum, als das ich ihn ansehe, der eigene Wege zu gehen entschlossen zu sein schien. Doch jetzt, liebe Herbstnacht, siehst du mich ins Haus hineintreten.

Leichten Herzens, da ich dich ungestört weiß, bis es Morgen sein wird, trenne ich mich von dir Schönen.

GESPRÄCH IN EINEM LANDHAUS

Ein Korridor in einem einsamen Rittergut

Der Inspektor: Es geht hier durchaus etwas Unalltägliches vor.

Der Förster: Sie steht in dieser Sekunde hinter dem Bild.

Der Inspektor: Sie sprechen eigentümlich.

Der Förster: Ich weiß, daß jetzt jemand genau über unser Hierstehen und Miteinandersprechen informiert ist.

Der Inspektor: Ich rieche Geruch von Bratkartoffeln.

Der Förster: Wenn ich so denke, daß wir uns nun so prüfend in unsere Gesichter hineinschauen, als wenn wir uns irgend etwas fragen wollten.

Der Inspektor: Die Art, wie ich meine täglichen Obliegenheiten wegen dieses Kriminalromans vernachlässige, der uns seit Wochen in Spannung hält, und der, wenn er aufnotiert würde, sich zweifellos aufs prächtigste für das Feuilleton einer vielgelesenen Zeitung eignete.

Der Förster: Jemand steht neben uns: Ich sehe ihn nicht, aber der Unverschämte atmet mich an und verrät so seine mir keineswegs erwünschte Gegenwart.

Der Inspektor: Es kann die weißverschleierte Frau sein.

Der Förster: Hören Sie nicht jemand lachen?

Der Inspektor: Nicht die Spur! Ihre Sehnsucht, nach langer Zeit wieder einmal lachen zu können, gaukelt Ihrem Gehör diese Illusion vor.

Der Förster: Was ich Ihnen jetzt sagen will, klingt vielleicht sowohl für Sie wie für mich eigentümlich. Ich las nämlich, obwohl mich das Schicksal bloß zum Förster gemacht hat und mich mithin zu einem Menschenbild stempelte, dem womöglich irgend etwas, wie soll ich sagen, Kitschiges anhaftet, einstmals Maeterlinck, der den «Eindringling» schrieb, und jetzt bringe ich das seltsame Gefühl nicht von der Seele, obwohl ich vielleicht manchem oder sogar den meisten seelenlos erscheine, daß sich mitten unter uns, d.h. in diesem Haus, jemand aufhält, dem es sehr unlieb wäre, wenn er uns zu sehen bekäme.

Der Inspektor: Ich hätte Ihnen, offen gesagt, nie zugetraut, Sie könnten je moderne Dichter genau kennengelernt haben.

Der Förster: Lasen Sie auch schon einmal von schwarzen Händen, von denen es plötzlich in Schlafzimmern, auf der Bettdecke und an Möbeln und Wänden ganz einfach nur so gewimmelt hat?

Der Inspektor: Lassen wir diese nach Bildungsmangel schmeckende Frage unerwidert. Es soll in Marmonien von solchen Händen stark die Rede gewesen sein. Vernehmen Sie aber aus meinem Munde folgendes: Einmal gab es eine wunderschöne, von den tiefsten Gedanken wie von Tauben umflügelte, umrauschte und umflatterte Frau, die saß am Fenster eines Mietshauses zu Außersihl. Zu ihren Füßen kauerte ein junger Dichter, der sowohl anfängerische wie sehr zart empfundene Verse über diejenige niederschrieb, bei der er saß und die zum Fenster hinausschaute und von einem General wahrgenommen wurde, der sie kaum angeschaut hatte, als er sie bereits liebte. Bald hernach war sie seine Frau. Bis dahin war sie Bürolistin gewesen. Jetzt war sie mit einmal Armeekorpskommandantin.

Der Förster: Sie scheinen mir zu träumen. Wie still es hier im hohen, langen, weiten Korridor ist.

Der Inspektor: Sollten wir uns über irgend etwas von Belang täuschen?

Der Förster: Weit draußen im Feld steht einer klein wie eine Stecknadel und beobachtet uns von seinem Standpünktchen aus.

Der Inspektor: Gönnen wir ihm das Vergnügen.

Der Förster: Die Gattin eines Hauptmanns pflegte mit Vorliebe den Burschen ihres Herrn Gemahls zu ohrfeigen.

Der Inspektor: Wer erzählte Ihnen das?

Der Förster: Eine Frau, die sich hie und da tüchtig langweilte. Sie erzählte mir's im Ton sentimentaler Anklage, als wenn sie für sehr schlimm gehalten hätte, daß die Wange des Burschen mit der Hand seiner Herrin Bekanntschaft zu machen beehrt wurde.

Der Inspektor: Trug es sich vor dem Krieg zu?

Der Förster: Ja, und nicht wahr, seither hat mancher brave Bursche Unwillkommneres mitgemacht. Wenn wir keine großen Vorwürfe zu erheben haben, bewegen wir uns innerhalb von oft recht kleinen. Von der Frau, die mir diese Burschenangelegenheit auseinanderbreitete, möchte ich noch hervorheben, sie sei so eine Art Prinzessin gewesen. Ein Herr aus meinem Bekanntenkreise nannte sie eines Nachts spät so, als wir, zusammen von einem Diner kommend, plaudernd nach Hause gingen. Dieser Herr war ein Essayist.

Der Inspektor: In der Tat?

Der Förster: Ja, und es verhielt sich mit dieser Frau so: sie kränkelte, und als Kränkelnde verwöhnte sie sich, was meinem Bekannten auffiel. Daher nannte er sie Prinzessin. Sie lag halbe Tage lang prinzessinnenhaft auf dem Sofa. Es handelte sich also in ihr um eine Sofaprinzessin. In Wirklichkeit war sie Schriftstellerin, die sich besonders durch Übersetzungen aus dem Russischen ins Deutsche auszeichnete. Ihr Mann war am Theater engagiert. Beide waren übrigens sehr nette Menschen.

Der Inspektor: Zu dieser Zeit liegt vielleicht im Spital ein von den Pfeilen der Liebe durchbohrter Dichter, der selig ist, leise sein Herz mit Freudentränen zu begießen.

Der Förster: Sie sprechen das sehr schön, sehr artig, sehr ironisch, sehr ernst, dennoch sehr freundlich und human aus. Kannten Sie diesen Mann von Empfindung, diesen Garten voll Bildungsbestrebungen?

Der Inspektor: Ich grüßte ihn einmal aus Irrtum tief, indem ich ihn für einen Prinzen hielt.

Der Förster: Ähnlich wie die Frau, von der ich redete, eine Sofaprinzessin gewesen ist, war er wohl so eine Art von Literaturprinz.

Der Inspektor: Wir sind jetzt beide blaß vor geistiger Inanspruchgenommenheit.

Der Förster: Ich gehe schlafen. Gute Nacht.

DER KINDERFREUND

Ein Garten

Der Kinderfreund: Komm einmal her!

Das Kind: Hier bin ich. Was willst du mir sagen?

Der Kinderfreund: Es gab einst eine Zeit, wo Kinder für fromme Ziele begeistert wurden.

Das Kind: Gewiß bedeutete das für die Kinder einen Erfolg.

Der Kinderfreund: Keineswegs! Sie kamen alle im Unternehmen um, und die Persönlichkeit, die zu dem Streben

Anlaß gegeben hatte, rang die Hände, als sie das Unangenehme vernahm.

Das Kind: Ist es das, was du mir zur Kenntnis bringen wolltest?

Der Kinderfreund: Man fängt eine Rede gern mit einer Geschichte an, gleichsam zur Einleitung. Ich will dir jetzt etwas sehr Ernsthaftes sagen. Vielleicht ist das schade. Ich ließ bis heute so mit mir spielen. Du sahest bisher in mir eine Art Spielgegenstand.

Das Kind: Du kamst mir wie eine schöne, liebe, große Puppe vor.

Der Kinderfreund: Siehst du, wie du das hübsch eingestehst. Das ist prächtig. Ich könnte über das, was du da vorbrachtest, beinahe lachen.

Das Kind: Du lachst mich jetzt innerlich aus. Ist das schön von dir?

Der Kinderfreund: Und du verlierst alle Zuversichtsfarben, indem du dich im Garten dieser Vermutung ergehst. Du flogest mit erstaunlicher Unbekümmertheit an mich heran, sobald du mich zu Gesicht bekamst. Zum Gesichtchen, sollte ich sagen. Dein Gesicht bedarf ja noch des Wachstums. Deine Seele auch. Verstehst du das?

Das Kind: Ja!

Der Kinderfreund: Dieses einfache Ja befriedigt mich, und nun vernimm folgendes: wenn du mich von nun an erblickst, mußt du mich lediglich grüßen. Dieses Grüßen wird darin bestehen, daß es dir nicht von fern mehr einfallen wird, mir mit Zutraulichkeiten daherzukommen, wie z.B. daß du mir da von Seppi erzählst, der voll Eigenart sei usw. Ich muß solche Zwanglosigkeiten vom heutigen Tag an ablehnen.

Das Kind: Du versuchst mich zu erniedrigen.

Der Kinderfreund: Gewissermaßen ist das ganz richtig gesagt. Du sprangest über deine Grenzen, über die Kindlichkeit hinaus; d.h., nein, du bliebest wohl bei «allem dem» ein Kind, aber du dachtest nicht daran, daß es ein Erziehungsprinzip gibt, das für dich in einem Respektzollen gipfelt.

Das Kind: Du wünschest also, daß ich dich in Zukunft bloß noch respektiere.

Der Kinderfreund: Ja, ich wünsche das, da mich als den Kinderfreund, der ich bin, etwas Bedeutendes umkleidet, und es scheint mir unbedingt nötig, daß du dieses Exzellente, das ich dir gegenüber vergegenwärtige, respektierst. Ich befasse mich mit tiefen Dingen.

Das Kind: Ich seh's dir an.

Der Kinderfreund: Vielleicht gelang es dir bis dahin noch nicht, in mir einen Kulturträger zu sehen, aber der Aufstieg in diese Auffassung wird dir glücken.

Das Kind: Das wird kein Glück für mich sein. Du warst für mich ja so amüsant.

Der Kinderfreund: Man darf nicht nur amüsieren.

Das Kind: Ich merke nun, daß du dich bemüht haben willst, möglichst viel vorzustellen.

Der Kinderfreund: Indem ich dir erlaube, mit mir zu spielen, könnte ich von nüchtern Denkenden mißverstanden werden.

Das Kind: Du zwingst dich zu etwas.

Der Kinderfreund: Eine sehr feine, kluge Bemerkung. Wie du jetzt forschend aussiehst! Wir wollen uns jetzt einstweilen trennen. Geh' du dorthin; ich verfolge meine Richtung. Ich habe dich jetzt – vergeistigt. Hoffentlich bist du nicht imstande, das zu fassen. Du hast nun Ehrfurcht vor mir.

Das Kind: Du lächelst ja, indem du diese Worte aussprichst.
Der Kinderfreund: Das Lächeln bedeutet einen Beifall, den ich mir innerlich spende.
Das Kind: Es freut dich, daß mir ein Freund genommen ist, daß du dieser Freund bist, den du mir entziehst.
Der Kinderfreund: Man nennt das Sich-Distanzieren.
Das Kind: Ich hielt dich für eine seltene Ausnahme, und nun willst du dich zum großen Haufen rechnen, dich benehmen wie alle übrigen, die achtlos an mir vorbeilaufen?
Der Kinderfreund: Es muß um der Distinktion willen so sein. Wenn ich freundschaftlich mit einer Geringfügigkeit, wie du eine bist, umginge, würden mich die Mitmenschen als etwas dir Ähnliches ansehen und mich dementsprechend einschätzen.
Das Kind: Oh, wie tut mir das weh! *(entfernt sich)*
Der Kinderfreund: Keine Kunst, ein Zartfühlendes zu kränken, in einen Frühling störend hineinzufahren, Harmlosigkeit zu knicken, der Unschuld zu verstehen zu geben, wie wenig wert sie sei, einem Kind hochtrabend zu begegnen, sich anzugewöhnen, sein Zutrauen keines Blicks zu würdigen, sich stärker zu dünken, als was nicht in der Lage ist, sich zu wehren, sich klüger vorzukommen, als was sich noch nicht Klugheit angeeignet hat, die Spiele zu verschmähen, die man nicht mitspielt, weil man sich anderswie beschäftigt sieht, sich auf eine Beschaffenheit etwas einzubilden, die ein Ergebnis von so und so viel Zeit ist, mit sich selbst zu liebäugeln. Aber ich habe kaum noch nötig, viel zu bedenken, da es mir gelang, dies Kind einzuschüchtern, das sich dadurch eine Bequemlichkeit zu schulden kommen ließ, daß es dachte, ich wäre sein Freund.

MUTTER UND ERZIEHER

Sehr geehrter Herr!

Sie sind mir einer, Sie! Weshalb kränkten Sie mein Kind? Mein Kind ist eine Kostbarkeit. Wie kommen Sie dazu, sich herauszunehmen, dieser Köstlichkeit nachzurufen, sie sei ungezogen? Indem Sie mein Kind beleidigt haben, beleidigten Sie seine Mutter, die Ihnen hier schreibt, Sie ersuchend, sich zu entschuldigen. Gemäß Ihrer Auffassung vernachlässige ich mein Kind? Welch ein intelligenter Vorwurf! Ich danke Ihnen für diese mutige Unhöflichkeit sehr. Mein Kind, dieses Juwel, langte mit der rührendsten Klage bei mir an. Sie ließen sich mit meinem Kind und den übrigen Kindern scheinbar einzig darum ein, damit Sie Gelegenheit fänden, die Unschuldigkeiten von sich zu stoßen. Sie finden dies wahrscheinlich in Ihrer vielleicht begründeten Eitelkeit schön. Sie haben die Kinder verwöhnt, geherzt, gehätschelt. Sie spielten mit ihnen, wie wenn Sie selbst auch noch ein Kind wären. Plötzlich beliebte es Ihnen, eine Gebietermiene anzunehmen und Erzieher- und Ermahnertöne anzuschlagen. Ich nehme das aber von Ihnen unter keinen Umständen an. Schämen Sie sich, daß ich unzufrieden mit Ihnen sein muß. Als wenn's für Sie nicht ein Glück, also ein Vergnügen rarer Art gewesen wäre, sich mit meinem Kind und den übrigen Kindern im weiten, großen, sonnigen Garten herumtummeln zu können. Gestehen Sie das doch ein! Ist es etwa nett von Ihnen, zuerst den Kinderbewunderer zu spielen, um nachher mit dem Benehmen eines Kindergeringschätzers zu protzen? Mein Kind hat mir gestanden, daß Sie es öfters zu Ihrer Brust hinaufgehoben hätten. Sie erblickten also etwas wie einen Schatz, etwas denkbar Wertvolles in ihm. Und nun schnauzen Sie es an. Erklären Sie sich.

Die erstaunte Mutter.

Sehr verehrte Frau!

Ihr Brief veranlaßt mich zu folgender Äußerung: Ich will kurz sein. Erstens besitzen Sie sehr niedliche Füße. Ich schätze diesen angenehmen Umstand. Zweitens amüsiert es mich, daß Sie empört sind. Daß Sie Ihr Kind hochschätzen, begreife ich. Ich gehe durchaus in dem Punkt mit Ihnen einig, der sich auf meine Kinderfreundlichkeit bezieht, worin ich voraussetzungslos zu sein pflege. Es kommt tatsächlich vor, daß ich in Gesellschaft von Kindern vergesse, was ich mir selbst schuldig bin. Erwachsen zu sein und mich danach zu gebärden, mutet mich mitunter kolossal monoton an. Darf ich Sie bitten, mir das zu glauben? Als ich Ihrem hochgeehrten Kind und den übrigen Kindern zurief, sie seien die ungezogensten Geschöpfe, die vorhanden seien, befand ich mich in übler Laune. Verzeihen Sie sie mir. Können Sie das? Es würde mich freuen, wenn das so wäre. Verzeihenkönnen scheint mir eine hervorragend schöne Begabtheit zu sein. Ich bin der Meinung, daß es sich um ein Talent handelt, ob man mit Kindern richtig umzugehen wisse oder nicht. Übrigens bin ich überzeugt, daß sich ein gutes Verhältnis stets in ein weniger gutes verwandeln muß. Weil ich Ihr Kind, das gewiß ein Kleinod ist, so lieb gewann, mußte es mir eines Tages, ich möchte sagen, notwendigermaßen beinahe ein wenig lästig fallen. Was ich Ihnen hier auseinandersetze, ist nicht schön, ich weiß es, aber es ist die Wahrheit. Ich bitte Sie hauptsächlich um Entschuldigung, weil ich Ihr Kind nicht von

Anfang an veranlaßt habe, mich zu respektieren. Ihr Kind und die übrigen Kinder wurden durch mich gewissermaßen zur Unachtsamkeit verführt. Für mich war es, wie Sie richtig betonen, ein Vergnügen, mit den Kindern zusammen zu sein. Wenn sich dieses Vergnügen auf einen Fehler auf baute, so bedaure ich einerseits mein unrichtiges Verhalten und freue mich anderseits über die Freude, die ich austeilte und fand. Ihre Zurechtweisung stimmt mit dem überein, was ich bezüglich Ihres Kindes und der übrigen Kinder erlebt habe. Indem ich fortfahren werde, Kindern meine Aufmerksamkeit zu schenken, und indem ich Ihnen danke, daß Sie für gut fanden, sich in der Kinderangelegenheit mit mir zu unterhalten, die sicher keine gänzlich unbedeutende ist, empfehle ich mich Ihnen als

Erzieher.

DER SCHWARZE PETER

Der Vater (zu seiner jüngeren Tochter): Zeige doch dem schwarzen Peter dein Schreibheft, das ihn interessieren dürfte.

Der schwarze Peter: Das Neue Testament ist, mit dem alten verglichen, das einem Manne gleicht, ein Knabe. Die Zumutungen, die es bezüglich naiver Glaubensfröhlichkeit stellt, sind von schier unbegreiflicher, übrigens ja von allersanftester, liebenswürdigster Art. Dieses Neuen Testamentes Inhalt ist, könnte man meinen, einem überzarten Mädchen vergleichbar, das bewunderungswürdig ist, weil es um seines zarten Aussehens willen das Mitleid herausfordert: Ich bemitleidete Jesus unsäglich, als ich die Überlieferungen las, die sich auf seinen Lebenswandel und auf seine Aussprüche gründen. Seine Tätigkeit, die doch schon lang vorüberging, ist in der Tat heute noch wunderbar lebendig und besitzt, wenn man so sagen darf, den Duft einer Blume. Oberflächlich angeschaut scheint der Sohn Gottes zu viel verlangt zu haben, aber gerade auf der Unmöglichkeit, auszuführen, was er verwirklicht zu sehen wünschte, ruht ja die Kirche, die ein Ausdruck des Sehnens in uns ist, brav zu werden. Religionsfeinheit besteht in Wünschen, Bestrebungen, in einem uns lebenslänglich begleitenden Sehnen.

Die jüngere Tochter: Herr schwarzer Peter, hier sehen Sie eine Probe meiner durchaus noch schülerinnenhaften Handschrift.

Der schwarze Peter (die Schrift betrachtend): Wie lieb ist dieses Noch-nicht-Können, dieses Noch-nicht-genügend-schmiegsam-Gewordene.

Der Vater: Das Alte Testament ist etwas Großartiges. Vielleicht sollte es wieder mehr beherzigt werden. Es liegt Strafendes darin.

Der schwarze Peter: Als Jesus strafend redete, litt er, wie man sich's nicht vorzustellen vermag. Ich bin überzeugt, daß er nie dachte, daß er's täte. Es nützte nichts. Er wurde sehr unglücklich.

Der Vater (er ist Pfarrer): Setzen Sie sich zu Tisch, geehrter, mir, ich weiß nicht von wem, warmempfohlener Herr.

Der schwarze Peter: Das bißchen Reputation rührt von mir selber her.

Der Vater: Ich weiß, ich weiß schon. Sie werden jetzt so gütig sein und Appetit bekunden. Sie scheinen mir insofern eine nicht uninteressante Erscheinung, als Sie sich modern und zugleich herkömmlich geben. Ihre religiösen Äußerungen lasse ich übrigens selbstverständlich unbesprochen. Meine liebe Gattin schaut in einem fort auf Ihren Teller, den sie unaufhörlich füllen möchte. Dies bloß nebenbei. Wie gefällt Ihnen unser Garten? Auch der See ist schön, nicht wahr? *(Alle essen pfarrhaushaft wacker.)*

Der schwarze Peter: Vor allem gestatten Sie mir, Herr Pfarrer und Vater von guterzogenen Kindern, ein Wort über die Vortrefflichkeit des Essens vorzubringen, die von mir absolut anerkannt wird. Das Frikassee scheint mir einfach wundervoll. *(Die Mädchen lächeln.)* Der See ist in seiner Art einzig. Der Wald grüßt mich von dort drüben, wie wenn ich ihm bekannt wäre. Jeder Wald hat für mich den Charakter eines alten Bekannten. Was Ihre überaus werte Familie betrifft, so wird es kaum taktlos sein, wenn ich gestehe, daß ich mich in ihr wohlfühle. Ihrem Garten zolle ich meinen Beifall. Man geht nicht fehl, wenn man glaubt, man dürfe ihn hübsch finden. Indem ich rede, bemühe ich mich, weiterzufahren, das Essen nicht gering zu schätzen, vielmehr ihm möglichst reichliche Aufmerksamkeit zu widmen.

Einige Zeit später. Die ältere Tochter und der schwarze Peter schauen ein Photographiealbum an.

Die ältere Tochter: So sah mein Großvater aus, als er jung war.

Der schwarze Peter (faßt sie bei ihrer Hand): Sie haben mit einemmal so viel Seele in Ihren Augen. Es rührt mich etwas am gnädigen Fräulein.

Die ältere Tochter: Sie sind sehr artig. Ich muß Sie aber bitten, es nicht so plötzlich zu sehr zu sein. Sie würden mich sonst denken machen, daß in Ihrer Artigkeit Unachtsames enthalten sei. Wenn die Gemütlichkeit überhand nimmt, kann's leicht ungemütlich werden. Sie sollen mich nicht für so sanft halten, als wäre ich willenlos. Verzeihen Sie mir diese gewiß nur geringe Zurechtweisung. Es liegt nichts Böses darin. Sie sind unser Gast.

Der schwarze Peter: In welchem Jahr brach die französische Revolution aus? Ob Sie das wohl zufällig wissen? Aber nein, wie brauchten Sie solche Kenntnis? Sie strahlen von liebem Unwillen, und Sie schämen sich, daß Sie so feinfühlend sind, und Sie haben noch nie geliebt?

Die ältere Tochter: Auf diese Frage hin muß ich wohl aufstehen. Was hier ist, bedeutet ein Heim. Fühlen Sie's nicht? Wie sind Sie bei aller Bescheidenheit herrisch, launenhaft!

Sie tut beinahe, was man Hinausstürzen nennt.

Der schwarze Peter: Wie die an mich denken wird, wenn ich mich lange nicht wieder blicken lassen werde.

Die Hausfrau (setzt sich auf die Ofenbank): Sie wissen nicht viel vom Leben.

Der schwarze Peter: Sie seufzen, indem Sie mir das sagen?

Der Pfarrer: Wer taucht hier auf?

Der großstädtische Literat reinster Kultur.

Der Literat zum schwarzen Peter: Wollten Sie jetzt nicht etwas sagen?

Der schwarze Peter: Eine runde Kirchenscheibe sah wie die morgendlich aufgehende Sonne aus. Nur wenig Leute befanden sich im Raum, der zur Ehrung unseres Gottes dient. Einen Augenblick lang dachte ich während der Predigt an das Grün der Landschaft.

Der Literat: Sie sprechen da zu meiner unaussprechlichen

Freude literarisch. Übrigens sind Sie einer, der gut tut, wenn er sich nicht anstrengt, sich gut bürgerlich aufzuführen. Sie sehen sowieso sehr honett aus. Ein Mensch wie Sie, mit solch artigem Antlitz, solch gefälligem Benehmen muß sorgen, daß er sich zu Anstandsüberwindungen aufrafft. Sie schauen mich an, als hätten Sie mich nicht verstanden.

Der schwarze Peter: Wo kommen Sie her, falls man das fragen darf?

Der Literat: Von Gesprächen mit sublimen Leuten. Ich bin Lektor in einem Verlagshaus. Sie machen sich kaum eine Vorstellung von der Menge von Manuskripten, die ich bisher prüfen mußte.

Der schwarze Peter: Ich las einmal einen Artikel aus Ihrer geschätzten Feder, der mich zum Gefangenen Ihres Geistes gemacht hätte, wenn ich einen unselbständigeren Geist besäße, als wie's der Fall zu sein scheint.

Der Literat: Lassen Sie sich für diese Äußerung umarmen. Oh, ich komme mir oft so konstruiert vor.

Der schwarze Peter: Blicken Sie hierüber hinweg. Seien Sie in der Selbstkritik maßvoll.

Die jüngere Tochter tritt verkleidet herein. Alle schauen sie an und sind still. Beide Töchter setzen sich hierauf ans Klavier und spielen Schubert, der die Gabe besaß, die Menschen zufrieden zu machen, und noch heute das gleiche herbeiführt.

DER REICHE JÜNGLING

Vor der imposanten Pforte eines Besitztums

Der reiche Jüngling: Ärmliche Mädchen geben ihr Letztes her, um ihn mit der Köstlichkeit von Salben begießen zu können. Landauf, landab wird von diesem sicher sehr originellen Menschen gesprochen, dessen Eigenart meilenweit hin zu duften scheint. Der Ruf seiner Seltsamkeit bestrickt mich. Schon das bloße Vernehmen der Erzählungen, die über ihn im Umlauf sind, könnte einen beinahe betäuben. Wie er aussehen mag? Doch es scheint, da kommt er.

Jesus und seine Jünger treten auf.

Der reiche Jüngling: Sei von einem deiner Bewunderer gegrüßt.

Jesus: Rede, bitte, etwas einfacher. Was wünschest du?

Der reiche Jüngling: Ich bin reich. Dieses Tor hier verschließt ein schier unermeßliches Eigentum. Hunderte von fleißigen Dienern gehorchen mir, und wenn sie mir nicht so eifrig dienen, wie ich es gerne sehe, weil es mein Vorteil so will, entlasse ich sie und lade andere ein, in den Kreis meiner Interessen zu treten. Sieh, wie mein Palast dort schimmert, der Zimmer enthält, die Juwelenkästchen gleichen, von so entzückender Möbliertheit sind sie. In meinen Gärten zu lustwandeln würde für jeden eine große Freude sein. Auf den Gewässern, die uns mit weit entfernten Ländern verbinden, fahren meine segelbespannten, ruderbevölkerten Schiffe, die mit Gütern beladen sind, über die ich gebiete, deren Preis ich bestimme, aber ich möchte Schöneres, meine Reichtümer beglücken mich nur halb.

Jesus: Du bist schön. Aber du trägst in deinem feingeschnittenen Gesicht einen Zug von Verstimmtheit.

Der reiche Jüngling: Ich bin sehr gebildet. *(Er lächelt)*

Jesus: Du hast viel gelesen und kennst die Welt, und wenn du dich für gebildet ausgibst, redest du gewiß die Wahrheit. Du wurdest sehr gut erzogen.

Der reiche Jüngling: Wie ich gehört habe, verachtest du Bildung, Wissen, guten Ton und die Annehmlichkeit des Besitzes. Du segnest die Kinder, die du deiner Aufmerksamkeit würdigst. Schöne Frauen schaust du fremd an. Die Unwissenden sind in deinen Augen schöner, reicher und klüger als die Schönen, Klugen und Reichen. Du hältst es mit den Armen, und du bemühst dich, die Großen herabzusetzen, die Geringen zu erhöhen.
Jesus: Ich bemühe mich um nichts. Ich bin, und ich sehe und höre und gehe umher und fühle mich eins mit Gott.
Der reiche Jüngling: Was soll ich tun, um zu Gott zu kommen?
Jesus: Schenke alles, was du dein nennst, den Armen.
Der reiche Jüngling: Warst du einst auch reich, wie ich es bin, und hast du deinen Reichtum weggegeben?
Jesus: Nein, ich wurde arm geboren. – Im Alter von zwölf Jahren hielt ich vor einer Anzahl von Vertretern der Wissenschaft eine Rede, über die sie staunten. Die Stille des Dorfes, das mich aufwachsen sah, und die beginnende Menschenliebe erteilten mir Unterricht. Die Jahreszeiten wurden mir zum Bilderbuch. Die Ehrfurcht vor meinen Eltern verhinderte mich, unaufmerksam zu werden. Ich trieb mein Handwerk, um nebenher zu predigen. *(Er will gehen)*
Der reiche Jüngling: Rede doch noch weiter.
Jesus: Es gibt sonst noch welche, die meine Stimme gerne vernehmen.
Der reiche Jüngling: Da du nicht selbst reich warst und von mir forderst, ich soll mich meines Ansehens unter meinen Mitbürgern und meines Wohlstandes, der mir diesen Respekt verbürgt, entäußern, so setzest du voraus, ich wäre nicht imstande, Gerechtigkeit von Ungerech-

tigkeit zu unterscheiden. Wie kann der liebste Mensch Unmenschliches verlangen? Wie wäre es mir möglich, das Leben zu ertragen, ohne mich geachtet zu sehen? Wie vermöchte ich die Tage, die Abende herannahen zu sehen, ohne daß mich der Gedanke umgäbe, in ein wohlausgestattetes Haus treten zu dürfen, wenn ich's wünsche? Du würdest nie fordern, was du von mir forderst, hättest du je gespürt, erlebt, was Behaglichkeit ist.

Jesus: Es gibt ein höheres Behagen als materielles.

Der reiche Jüngling: Kann ich nicht auch Gott gefallen, wie ich bin?

Jesus: Ich wußte, daß du den Mut nicht habest.

Der reiche Jüngling: Welche Art von Mut?

Jesus: Den Mut zur Liebe, die ohne Bedenken alles opfert. Du bist zu diesem Opfer zu feinsinnig, hast zu wenig Eigensinn –

Der reiche Jüngling: Ich verstehe dich nicht.

Jesus: Du willst leben, ich aber will sterben, und du wirst sterben, ich aber werde am Leben sein.

Der reiche Jüngling: Du scheinst mir völlig unmöglich. Das ist schade, denn ich halte dich für groß und gut. Vielleicht weißt du selbst nicht, was du willst.

Jesus: Ich soll und will nicht wissen, was ich will. Gott will mit mir etwas. Er befiehlt mir; ich gehöre ihm. Er sendet mich und ich gehe die Wege, die er mir vorzeichnet, und alle Wege sind die seinigen. Von dir war's liebenswürdig, daß du mich um Rat fragtest.

Er entfernt sich mit der Schar der Jünger.

Der reiche Jüngling: Wie er ziellos dahingeht! Als säh' er einen Gott überall und könne nicht in die Irre gehen. Wie er sanft sprach. Wenn ihm sein Gott solches Vertrauen einflößt, so muß das ja ein Wesen sein, das überall ist, das alles erblickt, das allen gnädig ist, das nichts preisgibt, das also auch mich nicht preisgeben kann. Ich bin sehr gefaßt, aber wie schön würde ich's finden, wenn ich unruhiger wäre. Bin ich der geschliffene Diamant? Bin ich ein prächtiges Gefäß? Er gehorcht seiner Sendung, ich bin eine stille Bildung. Ich bin statuenhaft, er wandert, fließt. Ich gehöre mir, er gehört den Menschen. Bin ich ein Repräsentant, ist er ein Geist?

STUDIE (II)

Die Mutter:

Wenn du so mit dir beschäftigt bist, so um dich schaust, als schautest du auf etwas, das dich anblickt, ist mir, als halte ich einen fremden, knabenhaften Gegenstand, irgend jemandes andern Angehörigen an der Hand, die mich fast schmerzt, darum, daß deine Hand kalt scheint. Du bist nicht so kindlich, wie ich dich gern sähe. Immer kommen Gedanken, die ich nicht kenne, zu dir. Der Vater hobelt, zimmert; dem tut es nicht weh wie mir. Wessen Eigentum bist du? Fängst du schon so früh an, dein eigenes Eigentum zu sein? Treibt es dich wirklich nicht, mir in jeder beliebigen Minute herzlich, fragend, sinnend anzugehören? Bist du ein Mißratener; aber sündige ich nicht, dieses denkend; aber muß es mich in deiner Gesellschaft nicht von selber fragen, was du seiest, da du, wie ich viel zu tief fühle, mit der Loslösung von mir begonnen hast? Wie kam das über dich und über mich? Aber ich rede mit ihm, und er ist ja noch viel zu klein, meine Worte zu verstehen, und doch kommt er mir schon so verhängnisvoll groß vor, groß wie die Welt, unantastbar wie das Tageslicht, und ich mache ihm Vorwürfe wie einem längst mit der Sprache und ihrer Bedeutung Vertrauten, wie einem längst den Kinderschuhen Entwachsenen. Wenn ich sehe, wie er bereits fast sittsambewußt neben mir einhergeht, der erst lallen kann, der mir schon über jede Kindesunbehilflichkeit erhaben vorkommt, nie klagt, nicht weint, nicht bitten zu können scheint, das in gewissem, geheimem Sinn nicht nötig hat, was ich Mühe habe zu fassen, der sich schon angewöhnt hat, freundlich-wehmütig über die Erde hinzublicken, umnehmen mich Schauer des Seltsamen, und mir ist, er habe noch eine andere, mächtigere Mutter als mich.

Die elterliche Stube

Der junge Jesus: Kann ich dir dienen?

Die Mutter: Ich sähe dich gern munter; fast wünschte ich, du wärest übermütig, unartig, undankbar. Du behandelst mich, als wäre ich eine Fürstin. Es wird mir unheimlich.

Jesus: Wie klein, wie furchtsam du denkst.

Die Mutter: Fürchtest du nichts für mich, für dich?

Jesus: Fürchtest du dich vor mir?

Die Mutter: Ja, beinahe.

Jesus: Weil ich dir nicht Gelegenheit gebe, mich zu tadeln, schelten?

Die Mutter: Du bist viel zu klug.

Jesus: Meine Frage traf also den Mittelpunkt deiner Unzufriedenheit.

Die Mutter: Ich habe keine Freude an dir.

Jesus: Dir ist aufgetragen, andern die Freude zu gönnen, das wird dir schwer.

Die Mutter: Du verstehst mich doch wenigstens. Ich hielt dich dessen für unfähig.
Jesus: Du hieltest mich dennoch nie für lieblos. Du wußtest, wie es mich zu allen Menschen hindrängt, zu sehen, was an ihnen ist, wessen sie bedürfen; denn du hast mich geboren, damit viele andere an mir zu ihrer Geburt gelangen. Vielleicht willst du nicht wissen, was ich damit gesagt haben will. Aber du tust mir keineswegs leid. Du bist glücklich. Ich bereite dir viele Sorgen, aber ich mache dich trotzdem glücklich. Du weinst jetzt; ich aber bin ganz aus Tränen zusammengebaut. Wenn ich ausgehe, lächeln mich Männer und Frauen an, und die Kinder stürzen zu mir her, reichen mir die Händchen. Sicher hast du Freude an mir. Weil ich aber auch andern Freude biete, bemühst du dich, dich glauben zu machen, ich sei dir eine Bekümmertheit, aber die Mühe, die du dir gibst, Schmerz wegen mir zu empfinden, gestaltet sich dir ja doch nur wieder zu einer Freude. Gestern sprach ich vor Mitbürgern, die sich um mich versammelt hatten.
Die Mutter: Wovon sprachst du?
Jesus: Vom Himmelreich – –
Die Mutter: Gefiel ihnen, wovon du redetest?
Jesus: Sie hörten vielleicht mehr auf meine Stimme als auf den Inhalt meiner Darlegung. Als ich sprach, war mir, meine Rede würde zur körperlichen Form, woran sie sich mit ihren Augen weideten. Sie schauten mit glänzend-schönen-ehrlichen Augen auf mich. Weißt du, es war so, als würde jedes Wort, das mir zum Mund heraustrat, zu einer Frucht, die ich ihnen gleichsam zum Essen darböte. Einer wie der andere glich der bildlichen Aufmerksamkeit. Was ich vortrug, war sehr einfach. Ich

stellte ihnen vor, wie es in des Gottes Schoß ein viel schöneres Leben gäbe, als günstigsten Falles unser hier auf der Erde sich abspielendes sein könne. Du begreifst leicht, wie sie mir alle lauschten. Für mich gab es nicht den geringsten Zweifel, daß ihr Zuhören sie aufleben ließ. Was ich sagte, belebte aber auch mich. Meine Meinungen, denen ich Sprache verlieh, machten vor allem mich selbst glücklich, und das Glück, das ich mir verschaffte, übertrug sich auf die, die ich ansprach. Gewissermaßen belehrte ich sie. Ich durfte das ja auch, da ich sie zuerst fragte, ob sie mich anzuhören wünschten, und sie diese Frage bejahten, indem sie teils riefen: «Ja, ja!», teils bloß mit den Köpfen nickten. Ich habe ihnen hauptsächlich den Gott, als dessen Sohn ich mich ihnen erklärte, vorzustellen, lebendig zu machen versucht. Ich sagte ihnen auf die leichtfaßlichste Art, daß jeder ihn zu seinem Vater haben könne, an den sie sich in ihren Seelen wenden dürften, sobald sie Kummer, Sorgen spürten. Alles in allem gab ich ihnen mit meiner Darstellung nicht viel, sondern wenig. Über manchen Ausspruch dachte ich übrigens kaum weiter nach. Ein Wort ums andere flog aus mir heraus wie Wanderer aus einer Herberge ins Freie, wenn es tagt. Es war etwas Helles, Aufgestandenes, Gewecktes und darum Weckendes an mir, während ich redete. Die Hörer bewegten die Lippen, als sprächen sie mir alles nach, und ich brauchte mich mit Schallenlassen meiner Stimme nicht anzustrengen, da es im Raum, der uns einfaßte, still blieb. Weil ich nicht viel zu bedenken, geistig zu tragen, zu verarbeiten gegeben habe, wurden sie fröhlich, und in ihrer Ermuntertheit dankten sie mir. Ich werde fortfahren, mich hie und da mit ihnen zu unterhalten. Eine Ansprache muß immer eine Erleichterung sein. Sie fühlten und sahen mich während des Redens über das lächeln, was ich erzählte. Das war's vielleicht, was sie so froh stimmte. Mir zuhörend, hörten sie auf, sich zu bemitleiden, was natürlich für sie eine Befreiung aus einer Belastetheit bedeutete. Sie sind jetzt begierig, zu erfahren, was ich weiter äußern würde und sagen inzwischen andern, was sie bereits von mir vernahmen.

Die Mutter: Weißt du denn, was du sprechen wirst?

Jesus: Ein Gedanke und eine Besorgtheit leiten mit der Natürlichkeit des Wachsens von Gewächsen in die nächste Besorgung.

Die Mutter: Mein lieber Sohn, was unternimmst du?

Jesus: Ich kenne dabei keine Sorgen, darf keine kennen. Die, die mich aufsuchen, sollen ja durch mich ihrer Sorgen enthoben werden. Es ist so schön, Menschen zu rühren. Schon mein Anblick rührt sie, und dadurch ist ja das meiste schon getan.

Die Mutter: Darum, daß du mir nicht Kind bist, bist du's ihnen.

Jesus: Sage das doch nicht so.

Vor dem Tempel

Schriftgelehrter: Du bist der Verbreiter einer recht eigenartigen Lehre, scheint mir.

Jesus: Du blickst mich mit verborgenem Haß an.

Schriftgelehrter: Du weckst in mir Besorgnisse um dich.

Jesus: Du bist weder um dich noch um mich besorgt. Du mißgönnst mir bloß meine Beliebtheit bei den Schwachen.

Schriftgelehrter: Ja, ich hasse dich, und ich hasse mich selbst, darum, daß ich dich hassen muß. Ich hasse die

Milde, die Milchigkeit deines Auftretens, du bist stolzer als Stolze, siegesbewußter als Siegreiche. Deine Demut ist der Ausdruck deines Sieges; deine Trauer der Mantel, den du über deine Fröhlichkeit geworfen hast. Ich hasse dich, weil du geistvoll bist. Mit Hilfe deines Geistes erträgst du die Last deines Stolzes mit spielender Leichtigkeit. Deine Bescheidenheit ist ein Raffinement; sie bedeckt dich ganz einfach wie ein kostbares Gewand. Wohin führst du das Volk? Du machst dir hierüber vielleicht nicht die leiseste ernsthafte Sorge. Ich halte dich für leichtsinnig, ähnlich, wie sich Blumen auf dem Leichtsinn aufbauen. Du wachsest, gedeihst so in den Tag hinein, aber es könnte Elemente geben, die damit nicht einverstanden sind. Du vertrittst absolut nichts. Wir aber sind Vertreter geheiligter Institutionen. Dir ist nichts Erdliches, Staatliches heilig. Die Heimatlichkeit, die Zugehörigkeit zu Interessengemeinsamkeiten verleugnest du. Dich selbst verleugnest du auch noch, da dich das Selbstbewußtsein an den Schönheiten der Gebärdung verhindert. Du sprichst zu den Verworfenen allzu aufmunternde Worte. Selig, sagst du, sind die geistig- und leiblich-Armen, und du nimmst die Frauen, die Kranken, die Greise, die Kinder in Schutz. Gegen wen?
Jesus: Ich verteidige sie nicht; ich finde sie schön. Weil ich sie liebe, meinst du, ich beschützte sie. Ich mache sie bloß auf die in ihnen liegenden Schätze aufmerksam. Ich waffne sie, damit sie sich bekämpfen lernen. Weil ich ihnen die Gabe zu verleihen suche, mit sich einig zu sein, glaubst du, ich wolle sie aufwiegeln, aber du glaubst das in Wirklichkeit nicht, du tust nur, als glaubtest du's.
Ein Mädchen: Ich hörte, du könntest Kranke heilen. Ich bin sehr leidend.

Jesus (zum Schriftgelehrten): Nun gebe ich dir neuen Anlaß zu großen Besorgnissen. *(zum Mädchen, voll Güte)* Du bist gesund.
Das Mädchen: Wie du das so sagst! Ei, das will ich sehen. Kaum vermochte ich mich hierher zu dir zu schleppen. Meine Gliedmaßen schienen mich erdrücken, begraben, ersticken zu wollen. Irgendein Außermirliegendes machte mit mir, was es wollte, warf mich auf diese und jene Seite. Nun ist's mir mit einmal, wie wenn mein Leib wieder meine Freude geworden sei. Er fletschte Zähne gegen mich. Jetzt kost er mit mir. Seltsam huldigen mir die wiederbelebten Kräfte; in mir ist eine Lust, umherzuspringen. Mir scheint jetzt, ich könne tanzen, und ich kann plötzlich wieder lächeln. Das können Kranke entweder gar nicht oder nur mühsam. Ich bewege mich wieder nach Belieben. *(Sie bietet ein Bild blühender Gesundheit dar.)*
Schriftgelehrter: Was ich hier mitansehe, entsetzt mich. Ich will gehen und dieses eben Erlebte in eine Denkschrift fassen.
Jesus: Ihr nehmt nur eure Machtstellung ernst. Daß das frivol ist, vergeßt ihr.

Hochzeitstafel in einem vornehmen Haus

Der Vater: Daß Ihr Euch zu einem Fest einfindet, das sich auf die Anerkennung des Lebens gründet, und daß ihr eine Einladung angenommen habt, die keinen hochernsten Charakter aufweist, wobei es sich um fröhliche Einwilligung in eine Daseinsbejahung handelt, gereicht allen hier Versammelten zum Vergnügen.
Jesus: Ich bin ein Freund der Freude.
Die Hausfrau: Wie feierlich und zugleich wie unüberlegt

Ihr das sagt, und wir hörten doch von Euch schon so viel Hohes, bei dessen Erzählung es uns anmutete, als wären wir Euch Rechenschaft schuldig.

Jesus: Ich habe gewiß nie geglaubt, ich sei besser als ihr.

Der Bräutigam: Wie gelangtest du denn auf solche Wege?

Jesus: Der Wein ist köstlich.

Die Braut: Ich halte es für bedeutungsvoll, für außerordentlich sinnreich, daß er gerade Euch mundet.

Der Vater (zu den Dienern): Schenkt ein, schenkt ein! Ihr müßt immer von einem zum andern hintreten und nach seinem Begehren fragen.

Jesus: Ich könnte in eurer Gesellschaft beinahe vergessen, wer ich bin und was ich für Aufgaben zu erfüllen habe.

Die Hausfrau: Ihr redet schmeichelhaft. Wie artig Ihr überhaupt seid. Ich hätte das nicht für möglich gehalten. Da sieht man, wie man sich irren kann.

Der Bräutigam: Wenn ich Euch bitten darf, so küßt diejenige, die heute meine Frau geworden ist, auf die Stirne.

Jesus: Wenn's Euch angenehm ist – –

Die Braut: Und mir's lieb – *(sie bietet ihm ihre Stirne dar).*

Jesus: So tu ich's gern *(er küßt sie).*

Die Braut: Ihr küßtet mich wie der Lehrer seine Schülerin, wie der Bruder seine Schwester, jedenfalls mit einer Manier der Selbstverständlichkeit, die allen, die es sahen, gefallen haben wird.

Jesus: Fast fürchte ich, daß mich so viel Beifall eitel macht.

Der Vater: Weshalb dürfte es das nicht? Ihr habt etwas durchaus Weltmännisches, und ich möchte fast ausrufen, es sei schade um Euch.

Jesus: Warum solltet Ihr nicht vielleicht recht haben?

Die Hausfrau: Du verwirrst ihn.

Jesus: Ein wenig Bedrängtheit kann einen Lebenden nie kränken.

Der Bräutigam: Des Lebens Bequemlichkeiten behagen Euch.

Jesus (am Glase nippend): Ihr seht mich Eure Bemerkung bestätigen.

Die Braut: Sollte es für einen so liebevollen, klugen, gewandten Mann, wie Ihr seid, mit Schwierigkeiten verknüpft sein, eine junge, heitere Frau an sich zu ziehen?

Jesus: Der Augenblick hier scheint mir zu schön, um etwas zu wünschen, und dann kennt ihr mich ja noch nicht, und ich kam nicht zu euch, um mich euch zu erkennen zu geben, sondern um euch Grund zu geben, mich zu dulden.

Der Bräutigam: Es ist eine Schönheit, aber gewiß auch eine Krankheit an Euch, daß Ihr Euch klein macht. Und wenn Ihr nun groß zu werden auserwählt wäret, was dann?

Die Hausfrau: Lassen wir uns lieber jetzt etwas vorsingen. Der Fremdling vernimmt sicher auch gern, was für Lieder bei uns heimisch sind. Man verstimmt sich gegenseitig so leicht.

Ein Hof

Ein totes Mädchen auf einer Bahre

Jesus: Ich bin vielleicht heute, gesalbt, von Ruhm und Bewunderung getränkt, wie ich worden bin, gehemmter, bestürzter, niedergeschlagener und lebloser als diese bleiche Leblose hier, zu der ich reden soll. *(Alle umstehen schweigend, wartend dieses Auferweckungsschauspiel.)* Finde ich die frohen, belebenden Worte? Gestern schien es mir, als lägen sie mir zuvorderst auf der Lippe. Wie mich meine Jünger je länger, desto zaghafter, je liebender, desto glaubenszerbrochener betrachten! Aber es mußte zum Zusammensturz ihrer Überzeugung kommen. Ich kann heute nicht und sollte können; möchte nicht müssen und muß, und ich will sie lebend sehen und finde sie gestorben schön. Kaum halte ich mich selber aufrecht und beneide den holden Leichnam. Dennoch soll es sein. Ach, wie ruft, wie schreit es in mir um Hilfe in dieser Stunde. Sie sagt mir, die hier liegt – Was sagt sie mir? Wo sind meine menschenaufrichtenden Gedanken? Sollten mich der Glanz meines Aussehens, der purpurne Name, den ich mir erwarb, so sehr zerstreuen? Mir scheint, sie mag nicht mehr leben. Fast dünkt's mich grausam, sie zu wecken, und lüge ich mich denn jetzt nicht an, ist es nicht gleichgültig, ob sie sich jetzt aufrichtet, oder ob das erst später mit ihr geschehen wird?

Eine Kurtisane mit einer Schar von Höflingen

Die Kurtisane: Es ist nicht gleichgültig. Wecke dich, Mensch, und wecke dann sie.

Jesus: Ich weiß seit langem, daß mir viele helfen wollen, Erretter, Beglücker zu sein.

Die Kurtisane: Wohin kamst du mir dir?

Ein Höfling: Er kam um seine Kraft, sich für andere einzusetzen.

Jesus: Ich weiß, wo es fehlt, dann weiß ich's plötzlich wieder nicht mehr.

Die Kurtisane: (blickt ihn strafend an)

Jesus (zur Kurtisane): Wie bist du schön!

Ein anderer Höfling: Als wenn sie auf das Kompliment gewartet hätte.

Die Kurtisane: Seine so unmittelbar ausstrahlende Huldigung wirft alle eure Umwerbungen in eine Bedeutungslosigkeit, die euch beunruhigte, wenn ihr ihn zu fassen vermöchtet, und wenn ihr auch nur eine Minute empfunden hättet, was an und in mir ist. Wenn ich ihn jetzt geweckt hätte, wie würde mich das für's ganze Leben freuen.

Jesus: Nicht einer gewesenen Kraft bedarf es, nein, einer ganz, ganz neuen.

Die Kurtisane: Schau auf mich und zittere!

Jesus: Deine Gegenwart beglückt mich.

Die Kurtisane: Du bist ein Sünder!

Jesus: (lacht)

Die Kurtisane (für sich): Er findet's.

Jesus: Niemand versteht diese Situation, auch ich nicht, aber ich lebe jetzt. Man begreift sich und die Welt nicht, wenn man lebt, und hat's auch nicht nötig, aber mit dem Erglühen und dem gänzlichen Kühldabeisein wage ich zu können, was mir unmöglich schien und schaue dich *(zur Toten)* bloß lange an, nehme deine Hand in die meinige, gebe dir das Leben, da der Wunsch in mir lebt, daß du wieder hier seiest. Schon schlägst du die Augen auf, du richtest dich auf. Seht, sie lebt! Sie war tot, weil ich es war. Eins muß unter dem Fehler des andern hinsinken. Wir sind alle tot und lebendig.

Das erwachte Mädchen: Was tu ich, als ihn nicht kennen, dir aber danken! *(Sie umarmt die Kurtisane.)* Und weiß ich, was ich tue?

Ein Höfling (nicht ohne Spott): Wenn Unwissenheit Leben bedeutet, können wir ja alle rückwärtsrutschen.

Die Kurtisane: Keinem von euch ist möglich, was ihm möglich geworden ist. Er sehnte sich in ungeheurer Verlassenheit nach Schutz, in namenloser Unbehilflichkeit nach einem geringen Beistand, der für ihn zur Erlösung aus der Unbegabtheit wurde. Wem Gaben verliehen sind, verliert sie, um sie in der Not wiederzufinden. Aber erst muß er in der höchsten Not sein. Eure höhnenden Mienen sind nicht berufen, in dieser Angelegenheit, die Jahrhunderte dauern wird, recht zu behalten. Wenn ihr's verständet, würdet ihr in ihm, der schulknabenhaft dasteht, eine weltgeschichtliche Entwicklung erblicken. Wohl müssen ihn meine Worte verwirren. Euch ist nicht gegeben, zu begreifen, wie aus der Eingeschüchtertheit das Gelingen sprüht, blüht, das uns von Vorsehungen vergönnt ist. Die Unerschütterten, die Sicheren brachten nie etwas Großes zustande. Verlegene sind's, die die Verlegenheiten lösen; Stammelnde sprechen besser als Redegewandte. Unzählige werden, an ihn denkend, den ihr beschämt wähnt, hinkniend beten. Aus seines Namens heute noch nicht errichtetem Gewölbe werden die Helden steigen, die ihr euch nicht vorstellen könnt. Kommt, mir seid ihr im übrigen stets angenehm.

(Sie entfernt sich, indem sie sich des Armes eines Höflings bedient, um anzudeuten, daß zwischen Ahnung und Gegenwart ein Unterschied sei, für Jesus einen schicklichen Blick übrig habend.)

(Eine Sünderin gewöhnlichen Schlages kommt herbeigeeilt.)

Die Sünderin: O, sprich, wofür hältst du mich?

Jesus: Für eine Arme. *(Er liebkost sie.)*

Ein Jünger: Das hat doch schon bald keine Art mehr. Er verliert das System.

Zweiter Jünger: Darf man mit einer Person, wie diese hier – –

Jesus: Wenn ihr sie nicht für besser haltet, als ihr alle zusammen je sein könnt – –

Dritter Jünger: Um Gotteswillen!

Vierter Jünger: Unsere Anerkanntheit – –

Fünfter Jünger: Man muß doch die Abstufung wenigstens einigermaßen – –

Jesus: Es wird noch viel geschehen, wozu ihr die Köpfe werdet schütteln müssen.

(Er segnet die Sünderin mit einer Gebärde der Großheit.)

VIER PERSONEN

Der Teufel: Daß ich ein armer Mann bin, zieht man meiner Ansicht nach zu wenig in Betracht. Meine Mißvergnügtheiten verdienen Mitleid. Nicht unwahrscheinlich ist, daß Peru mein Heimatland ist. Einer der größten Dichter, die je existierten, gab sich eingehend mit mir ab, indem er die deutlichste umfänglichste Zeichnung von mir zu entwerfen versuchte. Der Versuch mißlang ihm keineswegs. Goethe hat unwiderlegbar dargelegt, wie insbesondere begabte Leute, wie z.B. Universitätsprofessoren, dringend der Behilflichkeit des Teufels bedürfen. Geistreiche, gelehrte Menschen verhalten sich dem Leben und seinen Anforderungen gegenüber vielfach ziemlich ungeschickt, und wenn sie dennoch die Freuden dieses Daseins pflücken wollen, was man ihnen nicht verargen kann, so sind sie gern oder ungern genötigt, sich auf mich und mein unbestreitbares Gaunertum zu stützen, das ihnen schon an und für sich lockend erscheint. Was geschieht jedoch, wenn ich gedient, vermittelt habe?

Der Engel: Dann verachtet man dich.

Der Teufel: Und du meinst natürlich, daß ich das verdiene.

Das Zwischending zwischen Engel und Teufel: Streitet nicht; nehmt euch an meiner famosen Gelassenheit ein Beispiel. Ich bin weder bös noch gut, weder lieb noch schlecht, weder sehr wertvoll noch auch sehr wertlos. Ich bin halb Fisch, halb Pflanze, halte mich in jeder Beziehung an mir selbst, bin vom ausgesprochenen Laster so weit entfernt wie von der vollqualitätlichen Tugend. Indem ich mich zum Wendungsreichtum der Schlange bekenne, komme ich mit jedermann zur Not aus. Mich sah man weder je sehr lustig noch je sehr mißgestimmt. Ich bin sorglos, weil ich anständig, d.h. nie gänzlich ohne Sorge bin.

Der Teufel: Ich muß fluchen, wettern, mich in einem fort mit Sünden von allen Graden und Standesarten befassen. Mit der Zeit wird dies etwas eintönig. Meine Schurkereien beginnen mir fade vorzukommen. Es lebt etwas in mir, das sich sehnt, brav und brauchbar zu werden. Die Lüsternen, mit denen ich es unablässig zu tun habe, sind eine mich nachgerade langweilende Gesellschaft. Und dann dies: Das Teufelsmetier ist nicht modern.

Der Engel: Ob ich das auch vom meinigen sagen sollte? Wenn sich der Teufel verflüchtigt, muß es da nicht der Engel ebenfalls? Diese Frage könnte mich melancholisch machen. Bleibe doch, bitte, was du bist.

Der Teufel: Immer diese armseligen Verführereien!

Der Engel: Aber dann wäre es ja mit meiner himmlischen Sendung aus. Bedenke das doch ein bißchen. Nimm Rücksicht auf mich. Seit einiger Zeit teufelst du nicht mehr. Ich fühle das zu meinem Bedauern lebhaft.

Der Teufel: Kommst du dir vereinsamt vor?

Der Engel: Ich leide unter Tätigkeitsmangel. Überall

mangelt es an Gefallenen. Warum hörtest du auf, dich geltend zu machen? Ich bin so schön, wenn mich Hoffnungslose um Erlösung, Verstrickte um Rettung anflehen.

Das Zwischending: Ich muß in der Tiefe und Stille meines Wesens über euch lachen. Ihr seid extrem und daher komisch.

Der Teufel: In der Hölle ist nichts mehr los.

Der Engel: Niemand bedarf mehr des Himmels.

Das Zwischending: Das rührt von meinem Einfluß her.

Gott: Ich beuge mich über meine Gedanken herab. Der Jüngling liegt müde im Grünen. Seine Kräfte umlächeln ihn. Die Genien schauen großäugig umher. Die Welt wartet. Ich bin die unbewegliche Bewegung. Ach, so einzig zu sein!

EIN GANZ KLEIN WENIG WATTEAU

Eine Bühne mit Bäumen, die sprechende Figuren zu sein scheinen. Sie stellt einen Park dar. Es treten auf: Der Gleichgültige, Der Trügerische, Der Empfindsame, Die lustige Person.

Der Gleichgültige:

Hunderte wunderten sich schon über meinen totalen Mangel an Teilnahme. All die Ungehaltenheit, die ich auslöse, ist für mich nicht böse. Mein überaus trockenes Inneres kennt keine Freunde, keine Feinde. Ich bin weder ein Menschenfreund noch -feind. Vor allem bin ich mit kostbarem, kaltem Samt bekleidet, und wenn ich mir eine schöne, große, vornehme Katze zu sein scheine, die lediglich für sich lebt, so stimmen vielleicht die Vermutungen, die mir einreden, die Vergleichung sei zutreffend. Das Leben ist für mich ein Speisesaal, worin ich allein tafle, schmause. Von hervorragender Eigenart ist an mir, daß ich mich noch nie langweilte. Meine Gliedmaßen bestehen mit der größten Wahrscheinlichkeit aus etwas wie Alabaster, der einen hinlänglichen Grad von Geschmeidigkeit besitzt. Daß mein Benehmen überall als ein höchst gelassenes und kühles empfunden worden ist, hängt mit meiner Beschaffenheit zusammen. Ich gleiche einer Kerze, deren Flamme sich über sich lustig macht, und die immer gleich hoch und gleich tief steht. Man halte mich nicht etwa für gefühllos. Die, die dies täten, wären in einem eklatanten Irrtum. Aber das Sonderbare, Einzigdastehende an mir ist, daß mein Gefühl gefühllos ist und meine Gefühllosigkeit gefühlvoll, was vielleicht nur ich allein verständlich finde. Ich kann den Arm ausstrecken, und dann lebt er wie ein Verstummter, Vermummter in der Unbeweglichkeit des Ausgebogenseins, und mein Mondscheingesicht ist von einer übermütigen Abgehärmtheit, von einer Entmutigtheit, die die Belustigtheit an ihm vorgenommen zu haben scheint. Ist denn mein Herz nicht wie eine eisige Sonne und sind meine Nerven nicht glühende Drähte, die aber weiter nichts anderes sein können als Fabrikate, und wo ich stehe, herrscht da nicht immer Entlegenheit vor? Daß ich nie etwas Schlechtes, nie etwas Gutes tat, kommt allerdings mir selber hie und da beinahe ein bißchen puppenhaft vor, aber mein Niegelebthaben ragt wie ein riesiger, herrlicher, glänzendgrüner Baum in den schwarzblauen Himmel meiner Ahnung empor, ich sei die seelenvollste Unbeseeltheit, die es je gab, und ich sei das nie ausgesprochene, bezaubernde Wort und der nie gegebene, nie in Empfang genommene Kuß, der zum Sterben süß ist, und die zusammengeschrumpfteste, nieendende Bemühung und die niegeweinte, versteinerte Träne, die perlenähnlich meine Wangen herunterrollt, die den Eindruck zugleich der Melancholie und des Witzigseins machen, und die von einem Pfeil getroffene, blutend und wehklagend aus der goldenen Luft herabstürzende Taube, die lasterhafte Frömmigkeit, Gebärde des Überdrusses, die ein Vorratshaus genannt werden kann, worin die Freuden und alle Ausgelassenheiten eines beweglichkeitsreichen Daseins aufgespeichert, übereinandergestapelt daliegen, und noch nie war ich so kühn, so verwegen, ein Bedauern über die zahlreichen Morde zu fühlen, die es mir gefiel, an mir zu verüben, womit vielleicht ein Widerspruch gesagt worden ist, denn wie käme ein Gleichgültiger wie ich auch nur von weitem zu der Feststellung einer so hellen und großartigen Festlichkeit, zur Beobachtung eines Triumphzuges, als welche man die nach langem Schlaf erwachte Lust betrachten kann, etliches einzusehen, und als die einem das Sehnen vorkommt, nach einer überaus weitschweifigen Periode der Unfruchtbarkeit das, was man Liebe nennt, zu gebären. Die Art, wie ich meine Augen aufschlage und zudrücke, erinnert an das Hinaufziehen und Herablassen eines Theatervorhanges bei der Aufführung einer eleganten, zarten Tragödie. O, daß ich doch wenigstens ein einziges Mal im Leben grob gewesen wäre, womit ich eine Bürgerlichkeit bewiesen haben würde. Der Trügerische scheint jetzt der Meinung zu sein, die Reihe sei nun an ihm, zu reden. Da mir gleichgültig ist, ob man mich wahrnimmt oder ob ich Gelegenheit habe, mich geltend zu machen oder nicht, so ist es das allernatürlichste der Welt, daß ich mich verliere, womit ich angekündigt haben will, daß ich mich zurückziehe. Wenn ich einer Tulpe oder einer Rose oder einer Nelke oder einem Oleanderbusch ähnele, so dufte ich nach einem Traum und nach der Vergeblichkeit, mich glauben zu machen, meine Gefaßtheiten hätten irgendeinen Sinn und seien etwas anderes als eine von Jugend auf geübte Gewohnheit.

Der Trügerische:

Ich bin so sehr in die Haltung der Offenherzigkeit verliebt, daß mir jede Dame augenblicklich glaubt und daß ich mich selber durch meine Vortäuschungskunst täuschen lasse. Meine Betrügereien sind mein Glück. Kein Aufrichtiger vermag so galant zu sein, wie es ein Lügner ist. Mein Können, was das Lügen betrifft, macht meiner Ansicht nach, die von Klugheit zu strotzen scheint, diejenigen glücklicher, die es weniger sein würden, wenn ich ehrlich mit ihnen wäre. Ich zähle mich daher zu den Leuten von Verdienst.

Der Empfindsame:

Indem der Gleichgültige über mich zu lächeln scheint, bedauert er sich, und indem er dies tut, hat er ein Lächeln über sich selbst verschwendet, das groß wie eine Steppenlandschaft ist, die aus lauter blasser Kostbarkeit besteht. Ich trug Blumen nach Hause, wo ich sie zu einem lockeren Strauß zusammenband, der wie ein mutiger Wanderer ausschreitet und zugleich still dasteht wie ein durch das Anschauen seiner Geliebten Gebannter, Bezauberter. Die Blumen, die in der Vase stehen, sind glücklich über den Umstand, daß sie in ihrem Namen gepflückt wurden, die meine Anhänglichkeitsbeteuerungen ablehnte, weil es Beschwörungen, Ergüsse und Ereifertheiten eines Empfindsamen sind. Doch wie glänze ich von Zufriedenheit. Im Sehnen nach derjenigen, die nicht zufrieden mit mir ist, liegt ein Meer von schönem Einvernehmen und Übereinkommen mit mir, und ihr ist das unbekannt, und ich liebe sie um solcher Unwissenheit noch mehr, und nun wieder die Blumen! Sähe mich jemand, wie ich mit ihnen rede, hielte er mich für närrisch. Jetzt beuge ich mich über sie hinab; jetzt springe ich von ihnen weg, als flößten mir die Lieblichen, Unschuldigen einen Schrecken ein. Empfindsamkeit, wie komisch du dich gebärdest. Aber sie macht mich zum rollenden Reifen, zum fliegend-leuchtenden Ball. Ich bin die Kugel, die keine Verdrossenheit, Bedenklichkeit kennt; ich zittere, schimmere von Einfällen, die mit einmal da sind, um die ich mich nicht zu bemühen nötig habe, die in mir und mit mir Unfug treiben wie Kinder, denen die Straße, der Platz, das Haus, die Treppe, die ganze Welt gehört, wenn sie spielen. Spielen meine Empfindsamkeiten mit mir? Bald freuen, bald aber auch kränken, beleidigen, töten, knicken mich die Farben der Blumen; bald bekräftigen, bald beirren sie mich. Doch was tut das? Was tut sie in diesem Moment, von der es klar ist, daß ohne eine solche, wie sie ist, ein Empfindsamer nicht auszukommen, nicht zu leben vermag, da er ohne eine solche, wie nur sie allein ist, nicht empfindsam sein könnte, und dies nicht zu sein, wäre ja das Unmöglichste von allem, was unausdenkbar ist. Hieraus folgt, daß ich einer bin, der sich recht ist, in einem an Vollkommenheit grenzenden Grad recht, was man wissen muß, will man mich nur einigermaßen zu verstehen irgendeine Minimaldimension an Interesse haben.

Die lustige Person:
(Sie sieht sehr gravitätisch aus)

Empfindsamer, du bist ohne weiteres faßbar. Der Gleichgültige ist der Größere, Bedeutendere als du. Über den Empfindlichen lacht man. Angesichts der Gleichgültigkeit steht man starr, schaut man in eine Ewigkeit, was etwas unangenehm ist. Der Trügerische weckt Entrüstetheit, nicht ohne daß man ihn dabei ein wenig bewundert. Ich bin die Dezentheit selbst, ich sorge für das Gleichgewicht der Gemüter, mithin für die Gleichberechtigtheit jeden Genres von Charakter. Meine Gabe, lächerlich zu sein, ist eine Tugend, die deshalb groß ist, weil sie aus der Quelle der Überzeugtheit stammt, daß man sie nie wird anerkennen können. Man lacht hauptsächlich deshalb über mich, weil ich ernsthaft auftrete. Man meint, das geschehe unwillkürlich, während es sich doch da um eine Gestaltung handelt. Aber mein Beruf, meine Sendung bestehen vorwiegend darin, daß ich die Zuhörer im Glauben zu lassen bestrebt bin, ich sei in Wahrheit einfältig. Ich verschaffe ihnen die Illusion, daß es noch Ursprünglichkeit, Naivität gibt. Man hat alle Veranlassung, sich jedesmal zu freuen, wenn ich mich in meiner ganzen, von oben bis unten sorgfältig verwahrlosten Höhe zeige, deren Schlampigkeit eine Kunstleistung ist. Meine Erscheinung erinnert sie an Naturzustände, wie z.B. an einen Waisenknaben. Ich bin für sie wundervoll, aber für mich keineswegs, doch muß mich anstandshalber freuen, daß ich eine Vergnügtheit wecke, die die Möglichkeit meines täglichen Brotes ergibt.

Alle vier:
(sich die Hand gebend und nach vorn tretend)

Wir sind einander ähnlicher als man vermutet, unterscheiden, trennen uns durch Nüancen. Alle Farben, Töne, Worte, Charaktere sind verwandt. Dadurch, daß wir leben, gleichen wir uns aufs Tüpfchen, nur daß jeder sich anders gibt, anders genommen wird.

ANHANG

NACHWORT DES HERAUSGEBERS

Robert Walsers Berner Prosa – von «später» Prosa zu sprechen, verbietet sich eigentlich, da es sich um die Arbeiten eines 42–55jährigen handelt – wird in den «Sämtlichen Werken in Einzelausgaben» in etwas anderer Einteilung als in den vorausgegangenen Gesamtausgaben (Helmut Kossodo Verlag, Genf und Hamburg, bzw. Genf, 1966–1975, und Suhrkamp Verlag, Frankfurt a. M. 1978) vorgelegt. Dieser erste von vier Bänden enthält alle ursprünglich nur in Zeitungen und Zeitschriften veröffentlichten Arbeiten Walsers, als deren Entstehungszeit die Jahre 1921 bis etwa 1925 anzunehmen sind, ferner eine Reihe von Texten aus nachgelassenen Manuskripten des Jahres 1925.

In den gleichen Zeitraum gehören einerseits das Bändchen «Die Rose» (SW Bd. 8), Walsers letzte, 1925 erschienene eigene Buchveröffentlichung, und eine größere Zahl von Gedichten (in SW Bd. 13 «Die Gedichte»), andererseits die von Bernhard Echte und Werner Morlang entzifferten und herausgegebenen Prosa- und Gedichtentwürfe aus den Jahren 1924/25 («Aus dem Bleistiftgebiet», Bd. 1 u 2, Frankfurt a. M. 1985) sowie die von mir schon früher aus den Mikrogrammen gewonnenen Entwürfe des «Räuber»-Romans (SW Bd. 12) und der «Felix»-Szenen (SW Bd. 14 «Komödie», S. 197 ff.). Diese zusammen rund 900 Seiten Prosa und Gedichte sind also zu dem vorliegenden Band hinzuzudenken, wenn man Walsers Produktion der ersten fünf Berner Jahre überblicken will (und darüber hinaus ist noch mit einer unbekannten Menge von verlorenen Entwürfen und auch Manuskripten zu rechnen – man denke nur an den November 1921 abgeschlossenen Roman «Theodor»).

Den Anlaß für Robert Walsers Übersiedlung von Biel in die 34 km entfernte Kantons- und zugleich schweizerische Bundeshauptstadt Bern bot eine Anstellung. Schon 1918/19 war er, wie aus Briefen hervorgeht, mehr und mehr an der Möglichkeit verzweifelt, sich als Schriftsteller aus den erzielten Honoraren am Leben zu erhalten. Nun bot sich ihm ab Anfang 1921 eine Beschäftigung als 2. Bibliothekar am Bernischen Staats-(d. h. Kantons-)archiv, die er allerdings nur wenige Monate ausüben sollte (was zu ihrer Beendigung führte – offenbar ein Konflikt mit dem Vorgesetzten –, ist nicht völlig geklärt). In Biel hatte Walser die letzten siebeneinhalb Jahre lang dieselbe Dachkammer im Hotel Blaues Kreuz bewohnt. Jetzt in Bern zog er häufig um: bis Ende 1925 hatte er nicht weniger als elf Wohnungen, d. h. möblierte Zimmer, inne – bald mehr am Stadtrand (Murifeld, Elfenau, Länggasse, Kirchenfeld), bald mitten in der Altstadt; einmal blieb er zwei Jahre unter einer Adresse wohnen, ein anderes mal nur einen Monat. Wiederholt kehrte er in die gleichen Straßen zurück, in denen er einige Zeit vorher schon einmal gewohnt hatte, in unmittelbar benachbarte Häuser. Er fühlte sich zunächst auch keineswegs als auf Dauer in der Stadt ansässig geworden: «Wie lange ich noch hier in Bern bleiben werde, ist unbestimmt, ich habe während dieser Zeit gelernt, auch wieder andere Arbeit zu tun als schriftstellerische, es geht ganz gut, denn ich kann es noch von früher her», schrieb er am 17. April 1921 an seine Freundin Frieda Mermet, und noch am 3. Januar 1922 heißt es in einem anderen Brief an sie: «Ich kann zur Stunde nicht sagen, wie lange mein Aufenthalt hier in Bern noch dauern wird. Vielleicht zügle ich bald anderswohin.» Schließlich blieb er aber, die Jahre in der Anstalt Waldau eingerechnet, fast zwölfeinhalb Jahre in dieser Stadt, der er in vielen Texten ein liebevolles Denkmal setzte.

Zwei kleine Erbschaften – eine Summe von 5000 Franken aus dem Nachlaß seines 1919 verstorbenen Bruders Hermann, der hier in Bern Geographieprofessor gewesen war, und ein Legat von 10 000 Franken von seiten eines Onkels, der als Architekt in Basel Vermögen erworben hatte – machten Robert Walser in den ersten Berner Jahren für seine Verhältnisse finanziell recht unabhängig. Dagegen war seine literarische Produktion bis Ende 1923 ungewöhnlich gering, auch wenn man den verlorenen «kleinen» Roman mitberücksichtigt. «Geleistet habe ich dieses Jahr nicht übermäßig viel, ich ließ einigen Genies Zeit, sich in voller Üppigkeit zu entfalten, aber ich bin trotzdem etwa noch der neuntgrößte eidgenössische Dichter . . .», schreibt Walser selbst Ende Dezember 1923 an Frieda Mermet. Erst 1924 und vor allem 1925 schwillt dann der Strom der Prosastücke, Szenen und Gedichte, die ihm nun offenbar täglich entstehen, rasch außerordentlich an – das Jahr 1926 hinzugenommen, ist dies die produktivste Periode in Walsers Schriftstellerleben überhaupt (allerdings hält er einen großen Teil der in seiner winzigen Bleistiftschrift konzipierten Texte im Entwurf zurück).

Die biographischen Nachrichten über seine näheren Lebensumstände, über seine seelische Verfassung, seine Unternehmungen in den ersten fünf Berner Jahren sind im übrigen, wie fast immer bei Walser, spärlich und nicht sehr deutlich. Aus der ersten Zeit gibt es Äußerungen einer fast euphorischen Stimmung: «In Zürich haben alle Leute gefunden, daß ich mich äußerlich verjüngt hätte, und das ist wohl ein wenig wahr, ich glaube es nämlich selber, und ich glaube, daß ich auch innerlich mich wieder begonnen habe jung zu fühlen . . . Das Leben dünkte mich in letzter Zeit sehr, sehr schön.» (Ende März 1922 an Frieda Mermet). Sechzehn Jahre später erzählte Walser seinem Freund und Herausgeber Carl Seelig: «Ich begann . . . unter dem Eindruck der wuchtigen, vitalen Stadt weniger hirtenbübelig, mehr männlich und auf das Internationale gestellt, zu schreiben als in Biel, wo ich mich eines zimperlichen Stiles bediente.» (C. S., «Wanderungen mit Robert Walser», Frankfurt a. M. 1977, S. 22) Carl Seelig hatte schon Anfang 1922 ein erstes Mal Kontakt mit Walser gesucht und war auf eine Anfrage damals von diesem knapp beschieden worden: «Die Romantiker und zarten Schriftsteller sind von mir etwas beiseite gelegt. Ich suche jetzt mein Wesen anderswo, bin also da nicht mehr sehr interessiert.» (28. Februar 1922)

In diese Jahre eines existentiellen wie literarischen neuen Aufbruchs fielen offenbar auch Liebeserlebnisse, die der Dichter intensiv bis zur Ekstase durchlebte und durchlitt – auch wenn die Beziehungen völlig platonisch, oder besser: petrarcisch, blieben. Das reale Substrat des sich vor allem in den zahlreichen «Edith»-Texten in diesem Band, in der Sammlung «Die Rose», in den Mikrogrammen sowie im «Räuber»-Roman niederschlagenden Gefühlssturms war wohl eine eher oberflächliche Bekanntschaft mit einer nicht identifizierten Saaltochter (d. h. Kellnerin) in einem Berner Lokal. (Ob die «Edith»-Texte, wie Anne Gabrisch, die Herausgeberin Robert Walsers in der DDR, meint, mit dessen zeitweiliger schwärmerischen Verehrung für ein sehr junges Hausmädchen zu tun haben, die er bei einem zweiwöchigen Besuch im Haus des Malers Ernst Morgenthaler März 1922 kennenlernte, bleibt fraglich.)

Das Jahr 1923 ist kaum durch Korrespondenz belegt, insbesondere gibt es hier eine lange Unterbrechung in der Folge der Briefe an Frieda Mermet, die sich nicht erklären läßt (vielleicht sind auch einfach einige Dokumente verlorengegangen). In einem Brief bereits vom Sommer 1921 an die Freundin äußert Walser recht unbeherrscht eine Überempfindlichkeit gegenüber gewissen Personen und sieht sich als Opfer von Intrigen. Drei Jahre später kommt es bei ihm, gelegentlich eines mit Frieda Mermet in Murten verbrachten kurzen Ferienaufenthalts, zu einem heftigen Wutausbruch, er fühlt sich durch einen anderen weiblichen Hotelgast irritiert, und sein auffälliges Verhalten führt zur raschen Abreise. Auch andere Berichte deuten auf eine gelegentliche übergroße Reizbarkeit Walsers und schroffe, die Konventionen verletzende Reaktionen. Mit aller Vorsicht kann man auch gewisse im «Räuber»-Roman geschilderte Verhaltensanomalien des Protagonisten auf die biographische Realität des Autors projizieren, und zwar eben auf die ersten Berner Jahre: da gibt es episodische Züge von paranoidem Beziehungswahn, andererseits etwas manisch wirkende Ausbrüche von antibürgerlichem Ressentiment (die freilich auch eine Folge des Alkohols gewesen sein können, dem Walser nach eigener Aussage in Bern zeitweilig kräftig zusprach). Vor allem in Gedichten des Jahres 1924, die sich in den Bleistiftentwürfen auffanden, ist von Alpträumen, bzw. ängstigenden und quälenden halluzinatorischen Nachterscheinungen die Rede. Schließlich kann man das äußere Bild dieser Bleistiftentwürfe selbst, vor allem die extreme Winzigkeit der Schrift, aber auch die ornamentale Verschachtelung der Schriftkolumnen, als Ausdruck einer psychischen Anomalität betrachten.

Die hier einigermaßen vollständig aufgeführten Hinweise auf die – vermutlich immer nur vorübergehend und offenbar ab 1925 sich auch wieder etwas stabilisierende – bedrohte seelische Verfassung Walsers mußten gegeben werden, weil sie zum biographischen Hintergrund dieses zeitlichen Abschnitts seines Werks gehören. Die Widersprüchlichkeit und Unklarheit der Erscheinungen läßt davor warnen, hier vorschnell etwa schon von «psychotischen Schüben» zu sprechen. Auch Walsers «Erkrankung» oder «Zusammenbruch» am Ende der Berner Zeit (Januar 1929 ließ er sich in die Heilanstalt Waldau einweisen und stand von da an unter der eher zweifelhaften Diagnose Schizophrenie) wirft noch vielfältige Fragen der Deutung und Erklärung auf, eine von dort rückschließende Annahme bleibt also ohne sichere Grundlage. Jedenfalls gelang es Walser zu dieser Zeit immer wieder, seinen seelischen Zustand auszubalancieren.

Für das Werk gilt, daß Walser die angedeuteten Erfahrungen mit psychischen Grenzsituationen gelegentlich sehr kunstvoll und kontrolliert thematisiert, vor allem auch zum Vorwurf für objektivierende Reflexionen gemacht hat. Freilich übte er dann nachträglich in der Regel Selbstzensur, d. h. er gab die meisten Texte, in denen er solche Erfahrungen bekannte und sich damit auseinandersetzte, nicht zur Veröffentlichung, schrieb sie nicht einmal ins Reine; er traute wohl dem bürgerlichen Lesepublikum das richtige Verständnis dafür nicht zu. Ebenso entgingen seiner kritischen, redigierenden Kontrolle in der Regel auch jene Entwürfe nicht, in denen man ein gewisses Ausgleiten des gestaltenden Vermögens konstatieren kann. Jene Charakteristika jedoch, die bis heute den provokativen Reiz gerade der Berner Prosa Walsers ausmachen – etwa das jongleurhafte Spiel mit trivialen und hohen Motiven, die Travestie der «gebildeten» Kultur, die Rollenmaskeraden, kühnen Montagen und «Spaziergänge im Inneren», die ornamentalen Wortballette – sind selbstbewußt und sicher gehandhabte poetische Ausdrucksformen, sie stellen innovative Attacken auf die literarische Konvention dar, sind sinnvoll und enthalten eine wesentliche menschliche Botschaft.

Keiner der im Abdruck oder als unveröffentlichtes Reinschriftmanuskript erhaltenen Texte Walsers aus diesen oder den folgenden Jahren ist als bloßes Produkt der Psychose anzusehen, das literarisch ohne Interesse wäre. Mögen auch gewisse Stücke Schwächungen der Gestaltungskraft bezeugen und zu psychologischen Bedenken Anlaß geben oder Übergänge vom Originellen zum Verschrobenen bezeichnen: sie gehören doch noch zum künstlerischen Werk und haben in seinem Kontext einen bestimmten Platz. Ich möchte auf zwei Beispiele in diesem Band verweisen: das Prosastück «Ediths Anbeter» (S. 247), in welchem die Ich-Er-Spaltung etwas Selbstquälerisches hat und der Stil eine Tendenz zum Fahrigen, Unbeherrschten zeigt, ohne daß man den Text als «verrückt» oder belanglos abtun könnte; und «Zigarette» (S. 257): hier sind das Motiv, an das Walser seine Betrachtung anknüpft, die Deutung der fallen gelassenen Zigarette als Signal, und dann die Wortspiele «Si-charette» usw. zweifellos nicht nur ausgefallen, sondern anomal im Sinne einer Paranoia. Die ironische, geistreiche Behandlung aber erweist gerade hier Walser als überaus bewußt formulierenden Autor.

Während die Abgrenzung der Berner Schaffensperiode Walsers gegen die vorhergehende Bieler Zeit auch an den Texten einigermaßen sicher zu treffen ist (obwohl nicht ausgeschlossen werden kann, daß der eine oder andere 1921 erschienene Text noch in Biel entstanden ist), ergibt sich am Ende des in diesem Band dokumentierten Abschnitts eine nicht zu vermeidende Unschärfe. Zwar wurden alle Texte, deren Entstehung bis Ende 1925 – trotz späteren Erscheinens – gesichert scheint, aufgenommen. Unter den 1926 und später abgedruckten Prosastücken, bei denen Anhalte zur Entstehungsdatierung (z. B. Entwürfe, Erwähnungen in Briefen oder historisch verifizierbare inhaltliche Motive) fehlen, können jedoch weitere sein, die noch aus den ersten fünf Berner Jahren stammen, sich aber nun erst in den folgenden Bänden finden. Andererseits wurden, um die charakteristische Gattungsgruppe der dramatischen Szenen nicht zu zerreißen, die ihren Schwerpunkt 1925 hat, auch einige solche Stücke hier mitaufgenommen, deren Entstehung erst für 1926 aus den Entwürfen gesichert ist.

Die frühesten vom Autor unveröffentlicht nachgelassenen Reinschrift-Manuskripte, welche dieser Band enthält, bilden dagegen eine in Papier und Handschrift sehr markante und durch eine ganze Reihe von Datierungshinweisen sicher auf Frühjahr/Sommer 1925 zu bestimmende Gruppe. (Über das Verfahren der Datierung, bzw. der ungefähren zeitlichen Zuordnung der nachgelassenen Manuskripte gibt ein editorischer Bericht in SW Bd. 20 «Für die Katz» Rechenschaft.) Die Manuskripte aus dem Frühjahr/Sommer 1925 sind übrigens von Walsers Hand teilweise fortlaufend numeriert, was darauf hinweist, daß sie für eine Buchveröffentlichung vorgesehen waren. 1925 verhandelte er mit dem Zürcher Verlagshaus Orell Füßli wegen einer geplanten Prosasammlung – vielleicht handelte es sich um diese, vielleicht auch um ein zwei Jahre später mit einem Wiener Verlag ebenso ergebnislos erörtertes oder noch ein anderes Vorhaben.

Die Gliederung des Bandes in Gruppen von inhaltlich oder formal mehr oder weniger deutlich verwandten Texten ist, wie bei den übrigen postum zusammengestellten Bänden, eine hilfsweise Maßnahme des Herausgebers, der gegenüber der Leser kritisch bleiben sollte. Mit «Neueste Nachricht» eröffnet ein Textgenre diesen Band, das zwar schon in den «Tagebuch»-Stücken der letzten Bieler Zeit einzelne Vorläufer hatte, aber in seiner spezifischen Ausprägung und Häufigkeit für die Berner Zeit typisch ist: Berichterstattung über

Alltägliches, kleine Kaleidoskope von Impressionssplittern, Erinnerungspartikeln, Reflexion und Selbstbetrachtung, zuweilen in bloßer additiver Reihung, zuweilen in eine Erlebnis-Szenerie gerahmt. Elemente davon sind auch in vielen Geschichten und zumal essayistischen Stücken anwesend – hier aber machen sie den ganzen Inhalt der Texte aus. Das Zufällige ihrer Verknüpfung, die Plakatierung auch ganz privater Nebensächlichkeiten und trivialer Details, die bis zur Geschwätzigkeit mitteilungsfreudige Haltung des referierenden Ichs sind natürlich ironisch und oft bewußt provozierend gemeint. In vielen Stücken wird Kommunikation hier eher travestiert als vollzogen, und das Ich entpersonalisiert sich weitgehend. Andererseits wird in der spontanen Notierung doch ein Ausschnitt exemplarischer Wirklichkeit, als Wirklichkeit eines subjektiven Bewußtseins, sprachlich fixiert und mitgeteilt, und die Betonung des Kleinen, Unscheinbaren ist nicht nur eine ironische Aktion gegen die Literatur und Publizistik der «großen» Ereignisse, Charaktere und Gefühle, sondern auch eine positive Botschaft an den Leser. Selbst das aleatorische Prinzip der Komposition und die scheinbare Beliebigkeit der Einzelmotive haben, wie sich besonders in späteren Stücken erweist, eine paradoxe Bedeutung: gerade in ihnen ist «Sinn» verborgen, Zusammenhänge und Relationen, die im Prärationalen liegen und nur in einer Anspielung, mit Betonung auf «Spiel», erscheinen.

Die an das Titelstück «Varieté» angeschlossene zweite Gruppe stellt eine erst 1925 auftretende Weiterentwicklung des berichtenden Genres dar, mit einer Kombination von erzählerischen, auf Sinnbildhaftes zielenden und vor allem reflexiven Elementen.

Unter dem Titel «Studie» sind die Essays über literarische und künstlerische Gegenstände versammelt. Der Leser wird in ihnen zwischen dem historischen Eigengewicht des Sujets und dem spezifischen gedanklichen oder empfindungsmäßigen Horizont der Sätze Robert Walsers, die es umspielen, zu unterscheiden haben. Auch diese Texte sind literarische, nicht kritische Arbeiten, selbst wo sie im Gewand von solchen aufzutreten scheinen.

«Das Alphabet» leitet eine bunte Reihe von Feuilletons ein, die je ein gestelltes Thema in Paraphrasen und Variationen umspielen – eine in Walsers früherem Werk häufige, hier allmählich ausklingende Spielform.

«Der Schurke Robert» steht einer Folge von Masken Walsers

voran, mehr oder weniger phantastischen Ich-Erzählungen oder Er-Fiktionen mit deutlichem Selbstbezug. Rollenverkleidungen des eigenen Ich sind viele, ja die meisten seiner Helden – von «Fritz Kochers Aufsätzen» über die Romane bis zu diesen «Fidelio», «Jean», «Adonis», «Rodja» und noch zahlreichen anderen. In der späten Prosa nehmen diese Masken zunehmend karikaturhafte Züge an, ja werden ins Groteske stilisiert, ein Vorgang, der sich in seinen Ursachen verschieden würde beschreiben lassen – ganz sicher darf man ihn nicht etwa nur psychologisch interpretieren, obwohl die Selbstschau hier problematische Züge hat. Mehrere Stücke des Bandes «Die Rose», die auch etwa 1924 entstanden sein dürften, bilden Parallelen («Wladimir», «Kurt», «Der Affe», «Erich» usw.), ähnliche folgen noch in den späteren Jahren: Splitter eines fortgesetzten selbstanalytischen Romans von der Form eines burlesk-phantastischen Spiegelkabinetts. Drei Stücke in Briefform weisen voraus auf eine ganze Gruppe von solchen Texten, die zeitlich jedoch erst in den nächsten Band einzureihen waren. Die sich auf das «Edith»-Erlebnis beziehenden Stücke wurden hier ebenfalls mitaufgenommen.

«Eine Geschichte» steht über der Gruppe der übrigen erzählenden Prosastücke, die in sich viele Formen vereint – mit Ausnahme nur der konventionellen, die spannende, realistische Handlung, psychologische Konflikte und «lebendige» Charaktere bietet. Diese Welt hat vielmehr etwas von einem Puppen- oder Schattentheater, auf dessen Bühne Märchen, Parabeln und Farcen von merkwürdig irrealen, hochstilisierten Figuren vorgeführt werden. Eingeworfene Zwischenbemerkungen des Spielers, der sie führt, und selbstzweckhaft blühende sprachliche Manierismen verhindern vollends das Aufkommen einer Illusion von Wirklichkeit. Die Stücke sind, so verschieden sie auch untereinander sein mögen, alle Anti-Novellen, sie folgen Konventionen des literarischen Erzählens, wenn überhaupt, dann nur, um diese zu parodieren, ironisch aufzulösen. Hinter diesen Erscheinungen steht eine Walser selbst als solche bewußte allgemeine Problematik der Moderne, die hier nur angedeutet werden kann: der Verlust der selbstverständlichen Übereinstimmung in dem, was Wirklichkeit, Leben, Sein und Geschichte ist, und vor allem auch in der literarischen Verständigung darüber. Die unreflektierte Fiktion einer repräsentativen Allerweltsrealität in Sprache, das Trompe-l'œil der Literatur ist für den Walser dieser Jahre definitiv unmöglich geworden, wie für viele andere Autoren auch. Er experimentiert mit einer sich von Inhalt und Gegenstand mehr oder weniger lösenden Sprache, mit phantastischer Imagination, mit Elementen des Märchenstils, er nimmt die Reflexion auf den Vorgang des Schreibens mit in die Geschichte hinein und er bezieht schließlich Figuren und Handlungen fertig aus Trivialromanen, deren Inhalt er nacherzählend und meist deutlich ironisch weiterverarbeitet.

Am Ende der Gruppe stehen die ersten Beispiele für diese Übung des «Anlesens» (wie es Walser selbst gelegentlich nennt). «Ich hatte mir nämlich etwa ein Jahr lang zur sehr merkwürdigen, eigentlich ein bißchen komischen Gewohnheit gemacht, erstens solche Bücherchen sehr eifrig zu lesen und zu studieren, um unmittelbar darauf und zweitens aus dem Gelesenen eine eigene Erzählung, d. h. irgendwelches Possierliches, Witziges, Selbstisches, Vergnügtes, Tändelndes herauszuholen . . .», schreibt er im «Tagebuch»-Fragment von 1926 (SW Bd. 18 «Zarte Zeilen», S. 75 f.) dazu. Tatsächlich sind weitere solche Paraphrasen in «Die Rose» und vor allem in den Mikrogrammentwürfen aus dieser Zeit zu finden (vgl. «Aus dem Bleistiftgebiet», Bd. 1, S. 85 ff.) Robert Walser fuhr aber damit auch in späteren Jahren fort. – Zu dem Fragment des «Theodor»-Romans vgl. die ausführliche Einzelanmerkung.

Um 1924 begann Robert Walser, zahlreichen der fiktionalen Gattung zugehörigen Texten die Form von Dialogen, Monologen oder kleinen Szenen zu geben. «Die Rose» enthält dafür schon eine Reihe von Beispielen, die «Felix»-Entwürfe in Bd. 14 «Komödie» dieser Ausgabe und die übrigen aus den Entwürfen gewonnenen Szenen («Aus dem Bleistiftgebiet», Bd. 2, S. 403 ff.) gehören ebenfalls zu dieser Gattung, die hier unter dem Titel «Kleines Theater des Lebens» vereinigt ist – es sind alle dramatisierten Texte, die aus Einzelabdrucken bekannt sind. Was hat es mit dieser Form auf sich, die Walser wiederum sehr verschiedenartig zu füllen weiß – historisierend oder parodierend, mit relativ direkten Selbstaussagen, glossierenden Gesellschaftsbildern oder phantastischen Possen? Er hatte – seit den frühen Dramoletten, die er mit wenig mehr als zwanzig Jahren schrieb –, eine besondere Vorliebe für die dialogische Ausprägung von Gedanken und Gefühlen, die gleichwohl nicht zum Dramatischen, sondern eher noch zum Lyrischen tendierte. Das (fingierte) Unmittelbare des Sichaussprechens, die spontane, direkte Weise der

Formulierung im Monolog und auch das ursprünglich Dialektische des Gesprächs, in dem Argument gegen Argument tritt, reizten ihn offenbar – nur diese elementaren Erscheinungen und nicht etwa das, was die Literatur darauf aufbaut, Psychologie der Charaktere, Dramaturgie der Verläufe. Es gibt auch noch einige spätere Vers-Dramolette, Variationen berühmter Auftritte und Monologe, und schließlich diese charakteristische, konzentrierte Gruppe der Prosa-Dialoge und -Monologe aus der Mitte der zwanziger Jahre. In ihnen wird die szenische Form zu einer Art «Metatheater» (Dieter Borchmeyer) ausgebaut, in dem das Theater als Spielraum des Möglichen sich selbst reflektiert – nicht die Aufführung auf einer wirklichen Bühne, sondern eine gedankenvolle Imagination ist es, worauf die Texte abzielen.

Walsers Berner Prosa enthält eine Fülle von mehr oder weniger verschlüsselten Anspielungen auf Erlebtes, Erinnertes, Gelesenes, auf Personen, Orte und Begebenheiten. Ihre vollständige Auflösung wäre eine kaum durchzuführende, jedenfalls äußerst langwierige Aufgabe, die Mitteilung der Ergebnisse würde die Anmerkungen unverhältnismäßig anschwellen lassen und doch von nur sehr fraglichem Wert für das Verständnis der Texte sein, in denen ja die historische Faktizität dieser Motive meist gar keine Rolle spielt. Die Anmerkungen gehen daher auf solche Erwähnungen nur insoweit ein, als sie für die Datierung benutzbar oder von einem gewissen biographischen oder allgemeinen Interesse sind.

ANMERKUNGEN

S. 7 *Neueste Nachricht:* Bezieht sich auf Walsers mehrmonatige Tätigkeit als Bibliothekar beim Berner Staatsarchiv im Frühjahr 1921. – Else Heims (1878-1958) war eine Schauspielerin, die er aus ihrer Zeit im Ensemble Max Reinhardts in Berlin kannte; sie war auch Reinhardts erste Frau.

S. 8 *Nachricht Nummer Zwei:* Robert Walser wohnte zu dieser Zeit Murifeldweg 14, d. h. am südöstlichen Stadtrand von Bern.

S. 10 *Nachricht Drei:* In Thun am Thunersee im Berner Oberland hatte Robert Walser 1899 als Angestellter gearbeitet. In seiner Berner Zeit wanderte er häufig hierher und noch weiter (die Entfernung Bern–Thun beträgt etwa 28 km). – Niesen: Berg am Thunersee oberhalb Spiez. – Kleisthaus: Aufenthalt Heinrich von Kleists 1802, auf einer Insel am Ausfluß der Aare, Schauplatz von Walsers Erzählung «Kleist in Thun».

S. 14 *Ostermundigen:* nordöstlicher Vorort von Bern.

S. 16 *Reise ins Emmental:* Diese Wanderung, die ihn in die Heimat seiner Mutter führte, unternahm Walser, wie einer brieflichen Erwähnung gegenüber Frieda Mermet zu entnehmen ist, im Frühjahr 1921.

S. 19 *Die Elfenau:* Hier spielt Walser auf seinen Austritt aus der Bibliothekarsstelle beim Berner Staatsarchiv an. Die Elfenau ist ein Naturreservat mit Wald und Auen am Ufer der Aare, zugleich ein nahebei gelegener Vorort von Bern. In diesen zog Walser aber erst Herbst 1921 für einige Monate – als das Prosastück entstand, wohnte er noch im benachbarten Murifeld. – «Christian Günther»: Anspielung auf den Barockpoeten Johann Christian Günther (1695-1723).

S. 22 *Brief:* «Manon Lescaut»: der Roman des Abbé Prévost (Antoine-François Prévost d'Exiles, «Histoire de Chevalier des Grieux et de Manon Lescaut», 1731). – «Paul et Virginie», Roman von Jacques Henri Bernardin de Saint-Pierre (1787), einem Freund und Schüler Rousseaus, berühmtes Vorbild exotisch-idyllischer Naturschilderungen der Romantik.

Walser las, wie auch anderswo belegt, zu Zeiten viel französische Literatur, und zwar grundsätzlich im Original. 1921/22 schrieb er an seine Freundin Frieda Mermet gelegentlich in französischer Sprache.

S. 25 *Tramfahrt:* «Kabis»: schweizerisch für Kohl. – «die Sacher-Masochsche ‹Venus›»: spielt auf den Roman «Venus im Pelz» des Leopold Ritter von Sacher-Masoch (1836-1895) an, dem Walser ein Prosastück in «Die Rose» widmete (SW Bd. 8, S. 68).

S. 26 *Neues:* Unveröffentlichtes Manuskript in Privatbesitz. Es wurde an den «Neuen Merkur» eingesandt und entstand frühestens Ende Dezember 1921, spätestens Januar 1922. – «Acht Tage weilte ich als Gast . . .»: Pfarrer Ernst Hubacher und sein Bruder, der Bildhauer Hermann Hubacher, hatten Walser mehrfach in Faulensee am Thunersee zu Gast, im Ferienhaus. – Die Schauspielerin Tilla Durieux (1880-1971) war mit dem Kunsthändler Paul Cassirer (1871-1926) verheiratet, mit beiden war Walser in seiner Berliner Zeit gut bekannt. – René Schickele (1883-1940), Schriftsteller und Redakteur, bzw. Herausgeber der «Weißen Blätter» von 1915-1920, in denen viele Beiträge Walsers erschienen. – «Innere Stimme»: «Die innere Stimme», Roman von Emil Schibli (1891-1958), einem jüngeren Bekannten Walsers; er erschien 1923. – «Affische»: eigentliche Affiche, frz. und schweizer. für Aushang, Anschlag. – «Geburtsort der Rachel»: Elisa R. (1821-1858), Schauspielerin am Paiser Théatre français. – «Strübli»: eine Art Schmalzgebäck von spiralig gedrehter Form. – «Einige Glatte»: von schweizerisch «glatt» für lustig, fidel.

S. 29 *Festzug:* Eine Reminiszenz an Walsers Zürcher Jugendjahre – der Umzug dürfte an einem Sechseläutentag (Volksfest zum Winterende) um die Jahrhundertwende stattgefunden haben. «Luise» ist die Freundin des Autors, der er die gleichbetitelte Erzählung in «Kleine Prosa» (SW Bd. 5, S. 192) widmete. – Maria Waser: schweizerische Erzählerin und Historikerin (1878-1939). – Emanuel von Bodmann: schwäbisch-schweizerischer Lyriker, Erzähler und Dramatiker (1874-1946). – Dieses Prosastück war in den früheren Gesamtausgaben noch der Bieler Prosa Walsers zugeordnet, in der es als reines Erinnerungsbild besser Anschluß findet als unter den Texten der ersten Berner Zeit. Der Erscheinungstermin erst im November 1921 gab für die neue Einordnung den Ausschlag.

S. 32 *Im Spital:* 1925 erwähnt Robert Walser in einem Brief an Frieda Mermet eine Ischiaserkrankung, wegen der er einige Zeit früher einmal in klinischer Behandlung gewesen war – vermutlich liegt der Skizze dieser Spitalaufenthalt im Juni 1923 zugrunde.

S. 39 *Ich ging wieder einmal ins Theater:* «wie die mir wüstsagte»: wüst sagen, schweizerisch für derb schelten, gehörig die Meinung sagen.

S. 41 *Über eine Opernaufführung:* Carl Seelig änderte den Titel in seiner Auswahl «Unveröffentlichte Prosadichtungen» in «Eine Opernaufführung».

S. 45 *Ich nannte mich Tannhäuser:* Der in den früheren Ausgaben wesentlich später eingeordnete Text, der vermutlich erst 1927 oder später in einer noch nicht identifizierten Zeitschrift erschien, entstand, wie der inzwischen aufgefundene Entwurf belegt, spätestens 1925. – Der Titel spielt auf den sagenhaften fahrenden Ritter und Minnesänger an, der durch Frau Venus um sein Seelenheil kam.

S. 48 *Über einen Film:* In einem undatierten, aber wahrscheinlich vom 11. März 1925 stammenden Brief Walsers an Frieda Mermet ist der kürzliche Besuch dieses Filmes erwähnt. Das Prosastück stammt jedenfalls aus dem Frühjahr 1925. «Gösta Berling» war der erste große und bedeutende Film mit Greta Garbo (als Elisabeth Dohna) und wurde 1924 unter der Regie von Mauritz Stiller in Schweden gedreht. – In «Stück ohne Titel (II)» (SW Bd. 19 «Es war einmal», S. 303) geht Walser nochmals auf diesen Filmeindruck ein.

S. 60 *Bin ich anspruchsvoll?:* «Ich habe mir vorgenommen, einen Roman zu schreiben . . .»: Robert Walsers letzter, nur im Entwurf existierender Roman «Der Räuber» wurde vermutlich im Juni 1925 begonnen, ein Vierteljahr nach dem Erscheinen dieses Prosastücks. Dieses kann im übrigen auf seine Wohnungssuche Ende Januar/Anfang Februar 1925, aber auch noch auf zwei Wohnungswechsel, die im Spätherbst 1924 rasch aufeinanderfolgten, Bezug nehmen.

S. 62 *Aufsatz über einen Landaufenthalt:* Schauplatz ist das frühere Prämonstratenserkloster Bellelay im Berner Jura, in dem seit 1772 auch eine Schule eingerichtet war. 1797 bei der französischen Besetzung teilweise zerstört, dienten die Gebäude des aufgelösten Klosters später unter verschiedenen Besitzern als Fabrikräume, bis 1899 in ihnen eine kantonale Pflegeanstalt für Geisteskranke eingerichtet wurde. Robert Walsers Schwester Lisa war hier als Lehrerin für die Kinder des Anstaltspersonals angestellt, seine Freundin Frieda Mermet als «Lingère» oder Glätterin. Bei ihnen verbrachte der Autor seit seiner Bieler Zeit häufig einige Besuchstage.

S. 67 *Berichterstattung:* Das städtische «Fest» war die Eidgenössische Landwirtschaftsausstellung Herbst 1925 in Bern. – Talma: François-Joseph T. (1763-1826), der berühmte französische Tragöde, Meister des pathetischen klassischen Stils.

S. 69 *Beitrag zur Conrad Ferdinand Meyer-Feier:* Der hundertste Geburtstag des Dichters war am 11. Oktober 1925.

S. 75 *Ich soll arbeiten:* Dieses Stück stellt in seiner vorliegenden Form eine Kombination aus mindestens drei offenbar unabhängig voneinander entstandenen Entwürfen dar, die in den «Mikrogrammen» Walsers erhalten sind. Der erste beginnt, nach anderen einleitenden Sätzen, mit «Aber richtig, da habe ich einen Berg bestiegen, nein zwei Berge hintereinander . . .»; ein zweiter setzte ein mit: «Sie sollen arbeiten. Einfach tätig sein sollen Sie . . .»; der dritte deckt sich inhaltlich mit dem Absatz «Und nun möchte ich von einem Zimmer sprechen . . .» und enthält auch wörtlich Sätze aus dem Abatz «In hiesiger Stadt starb ein bekannter Verlagsbuchhändler . . .» Alle drei Entwürfe wurden jedoch stark überarbeitet, abgeändert und vor allem komprimiert (meist sind sonst die Abweichungen der Endfassung vom Entwurf vergleichsweise gering). Die drei Entwürfe, von den Herausgebern auf 1. vermutlich Juni/Juli 1925, 2. nach Niederschrift des «Räuber»-Romans, d. h. frühestens wohl August 1925, 3. nach 1. 11. 25 datiert, sind vollständig wiedergegeben in «Aus dem Bleistiftgebiet», Bd. 2, S. 475 ff.

S. 78 «ein bekannter Verlagsbuchhändler»: Alexander Francke, bei dem 1917 «Kleine Prosa» von Robert Walser erschienen war. Seinen Tod am 1. November 1925 meldete Walser mit ganz ähnlichen Worten auch seinen Briefpartnerinnen Frieda Mermet und Resy Breitbach; das Datum bildet den terminus post quem für den dritten Entwurf und damit auch für das ganze, erst am 30. Juni 1926 in der «Prager Presse» erschienene Prosastück.

S. 79 «Ein sehr netter Mensch . . .»: der Entwurf nennt den Namen dessen, der jenen Ausspruch tat – es war der Shaw-Übersetzer Siegfried Trebitsch (1869-1956), der auch als unterhaltsamer Erzähler und Dramatiker hervortrat und zu Walsers Berliner Bekannten gezählt haben dürfte.

S. 80 *Wohnungswechsel:* Mit dem «Landsitz» auf einer Anhöhe über der Aare muß Walsers Domizil vom Dezember 1925 bis April 1926, das ehemals wattenwylische Anwesen am Elfenauweg, das jetzt der Stadt gehörte, gemeint gewesen sein.

S. 84 *Ländlicher Sonntag:* Gilles de Rez: richtiger Gilles des Rais (1404-1440), reichbegüterter Adliger, der sich an der Seite Jeanne d'Arcs Kriegsruhm und den Titel eines Marschalls von Frankreich erkämpfte; nachdem er seinen Besitz verschwendet hatte, wurde er wegen widernatürlicher Unzucht, Ermordung von wahrscheinlich über hundert Kindern, Teufelsbeschwörung und anderen Verbrechen verurteilt und hingerichtet. Sein Andenken verband sich mit der Blaubartsage. Walser spielt auch in «Tagebuchblatt (II)» in «Die Rose» (SW Bd. 8, S. 86, vgl. auch Anmerkung) auf diese Gestalt an.

S. 85 Emanuel von Fellenberg: 1771-1844, Berner Politiker und Pädagoge, gründete in Hofwil (urspr. Wilhof) verschiedene Schulen und eine Lehrer-Ausbildungsstätte, von denen weite Wirkungen ausgingen. 1883 verlegte der Staat Bern sein Lehrerseminar nach Hofwil.

S. 87 «eine sogenannte ‹Glatte›»: glatt, schweizerisch für lustig, fidel.

S. 88 *Sonntagsspaziergang (II):* Zusammen mit dem folgenden Stück in einer noch nicht identifizierten Zeitschrift erschienen; im Juni oder Juli 1926 fordert Walser den Druckbeleg dieser Stücke von Frieda Mermet zurück: «Ferner die Wegweiser Sachen: ‹Ausflug› und der ‹Sonntagsspaziergang›. Beide in dem Heft vereinigt.»

S. 93 *Eindruck einer Stadt:* Modell dieser Stadtansicht ist wiederum Solothurn (wie schon in «Die Kleinstadt», SW Bd. 16 «Träumen», S. 108). 1538-1792 hatten hier die wichtigen französischen Gesandten bei der Eidgenossenschaft, die Ambassadoren, ihren Sitz. – Tadeusz Kościuszko (1746-1817): polnischer General, führte den letzten Aufstand gegen die Teilungen Polens: 1797 mußte er ins Ausland gehen.

S. 95 *Eine Stadt (II):* Das Stadtbild ist nicht nach einem bestimmten wirklichen Vorbild gezeichnet, sondern stellt eine kühne Montage von Eindrücken aus verschiedenen Walser bekannten Schweizer Städten dar, u. a. Zürich, Solothurn, Biel, Bern und Thun.

S. 98 *Die Allee:* Obwohl erst 1931 in der «Prager Presse» erschienen, ist dieser Text dem Konzept nach (vermutlich bald nach dem 7. 9. 1925) zeitlich hier anzuschließen.

S. 101 *Marktbericht:* Nach einer Bemerkung Walsers in einem Brief an Frieda Mermet auf die Landwirtschaftsausstellung in Bern Herbst 1925 bezogen (wie «Berichterstattung», S. 67.) – «Ein rheinländisches Fräulein . . .»: Mitte September 1925 begann Walser, mit Therese Breitbach, der jüngeren Schwester des späteren Schriftstellers Joseph Breitbach (der schon vorher Kontakt mit ihm aufgenommen hatte), zu korrespondieren. Sie war damals eine 17jährige Schülerin in Koblenz.

S. 108 *Nun ist sie weg, aber sie denkt an mich:* Lauzun: der Herzog von Lauzun (1633-1723), notorisch häßlich und unliebenswürdig, aber dabei geistreich; seine Günstlingsstellung am Hof Ludwigs XIV. verlor er durch seine Unverschämtheit und ging später, nachdem er Jahre in der Haft zugebracht hatte, ins Exil nach England. In seinen glücklicheren Tagen war er der zweite Besitzer des 1656 von Le Veau erbauten vielgerühmten Hôtels auf der Insel Saint-Louis in Paris gewesen, mit dem sein Name verbunden blieb. – «Jene ‹weiße Dame›»: bezieht sich möglicherweise auf das in dem Prosastück «Die weiße Dame», SW Bd. 18 «Zarte Zeilen», S. 55 wiedergegebene, ans Halluzinatorische grenzende Erlebnis.

S. 120 *Olympia:* Auch dieses Prosastück ist eine Kombination aus – in diesem Fall zwei – unabhängigen Entwürfen, die die Herausgeber der Transkription des zweiten, Bernhard Echte und Werner Morlang, auf August/September 1925 datieren (vgl. «Aus dem Bleistiftgebiet», Bd. 2, S. 488 ff.). Der erste Entwurf entspricht mit minimalen Abweichungen dem Anfang des Textes bis S. 123, erstes Drittel, während aus dem zweiten längere Abschnitte entfielen. – Der Titel spielt vermutlich auf ein ebenso benanntes berühmtes Aktbild von Édouard Manet (1865) an, vielleicht aber auch auf ein Porträt Émile Zolas von Manet, auf dem über dem Schreibtisch des Schriftstellers eine Vorstudie jener «Olympia» zu sehen ist – dann würde sich Walser hier mit diesem identifizieren. – 5. Z. v. u.: «und wenn es es ist»: das im Erstdruck fehlende «wenn» wurde eingefügt.

S. 121 «Ich schrieb diesem Mädchen zu Ehren ein Buch»: vermutlich ist Walsers letzte Prosasammlung «Die Rose» (1925) gemeint, in dem die «Edith»-Episode anklingt.

S. 124 «Unlängst starb da so eine Größe auf dem Gebiet des Romans»: in der zweiten Augusthälfte 1925 kommentiert Walser den Tod des Volksschriftstellers J. C. Heer (1859-1925) in einem Brief an Frieda Mermet: «Dieser J. C. Heer schrieb hauptsächlich für Vorkriegshofdamen und für Glätterinnen . . .»

S. 126 *Die Ruine:* Im Sommer 1925 sandte Walser dieses Prosastück an Max Rychner, den Herausgeber der «Neuen Schweizer Rundschau – Wissen und Leben», mit einem undatierten Brief, in dem es heißt: «Darf ich Ihnen hier wieder einmal etwas, nämlich das Prosastück ‹Die Ruine›, mit der höflichen Bitte einsenden, es gelegentlich, d. h. möglichst bald lesen und mir sagen zu wollen, ob Sie es wert finden, in Ihrer hochgeschätzten Zeitschrift irgendwo untergequetscht zu werden? Wie Sie sehen werden, stellt es etwas wie eine Kombination dar, und wie ich glaube, ist sie ganz nett gemacht.» – Die Mikrogramm-Entwürfe zu diesem Stück belegen, daß es in seinem jetzigen Aufbau erst nachträglich komponiert wurde. Dabei entfielen Passagen, ein ursprünglich selbständiger Text wurde eingebaut (die Geschichte vom Rollentausch Herrin/Zofe, S. 129-131), und die mittleren Episoden erfuhren gegenüber dem Entwurf eine Umgruppierung. Den genaueren Befund und die entfallenen Entwurfsabschnitte teilen Bernhard Echte und Werner Morlang mit: «Aus dem Bleistiftgebiet», Bd. 2, S. 495 ff. – Zum Stichwort «Ruine»: Anfang November 1925 schreibt Walser an Frieda Mermet: «Man liest zur Zeit immer irgend etwas von der Ruine d. h. Kirche zu Bellelay, die gesäubert vom Alltagsdreck werden soll, der mir persönlich so wunderbar gut gefiel, weil gerade er zum Noblen dieser historischen Architektur in einem so anziehenden, poetischen Gegensatz stand. Es herrscht so wenig Sinn für Poesie unter der heutigen Gesellschaft. Wie schön, wie hübsch fand ich es, in dem herrlichen, hohen, halben Halbdunkel, in diesem Ruinenhaften, umherzuschwengeln und zu bengeln, und dann durch die Kegelbahn ins Eßzimmer mich von den Abenteuerlichkeiten zu retten. O, wie nüchtern, prosaisch, nützlich, hochanständig, fad ist unsere Zeit. Aber es hat vielleicht auch wieder sein Gutes, man kann dann davon seltsam abstechen.» (Es handelt sich um die heute völlig restaurierte Barockkirche des Prämonstratenserklosters Bellelay, die seit der Aufhebung und teilweisen Zerstörung des Klosters 1797 dem Verfall preisgegeben war.)

S. 128 Bakunins Grab: Michael Bakunin, der 1814 geborene Begründer und theoretische Führer des Anarchismus, starb am 1. 7. 1876 in Bern und wurde dort begraben.

S. 131 «Aber nun lassen Sie mich Ihnen erzählen, . . .»: Diese Einlage spiegelt – in besonderer Beleuchtung freilich, Walser konnte diese Lebensperiode auch anders bewerten – ziemlich deutlich seinen Aufenthalt in Biel 1913-1920.

S. 142 *Nachtgedanken:* «Youngsche Nachtgedanken»: eine Anspielung auf das Hauptwerk Edward Youngs (1683-1765), die «Complaints, or Night-Thoughts on Life, Death, and Immortality», 1742-1745.

S. 145 *Abhandlung:* Die Stelle in der «Familie Schroffenstein» von Kleist lautet: «. . . Der Teufel hat im Schlaf den beiden mit Kohlen die Gesichter angeschmiert. Nun kennen sie sich wieder . . .»

S. 146 «Geschwister Tanner», Robert Walsers erster Roman, erschien 1907 auf Empfehlung Christian Morgensterns im Berliner Verlag Bruno Cassirer, ebenso ein Jahr später «Der Gehülfe»; die Buchumschläge hatte in beiden Fällen Karl Walser entworfen. Beide Romane erreichten zwar bald eine zweite, «Der Gehülfe» sogar eine dritte Auflage, waren also keine völligen Mißerfolge. Aber die Auflagen zählten nur jeweils 1000 Exemplare, und insgesamt wurden die Hoffnungen von Autor und Verlag doch enttäuscht.

S. 151 *Studie (I):* In Carl Seeligs Auswahlband «Unveröffentlichte Prosadichtungen» unter dem abgeänderten Titel «Französische Lyriker».

S. 153 *Etwas über Goethe:* Der August 1921 erschienene Text könnte vielleicht noch in Biel entstanden sein. Die Weise, wie Walser hier Goethes Aufbruch zu seinem ersten Italienaufenthalt im September 1786 adaptiert, mag durch die Stimmung beeinflußt sein, die Walser bei seinem Wechsel von Biel nach Bern 1920/21 erfüllte (darauf macht Anne Gabrisch, die Herausgeberin Walsers in der DDR, in einer Anmerkung zu diesem Stück aufmerksam).

S. 158 *Jean Paul:* Jakobowsky: Ludwig J. (1868-1900) war Lyriker, Erzähler und Literaturkritiker, gehörte zum Kreis der «Gesellschaft», der Münchner Zeitschrift des Naturalismus.

S. 163 *Brentano (III):* Vgl. hierzu die anderen drei Stücke, in denen Walser – je in einer anderen Periode seines Lebens – den Namen und gewisse Züge der Biographie des romantischen Dichters Clemens Brentano (1778-1842) entlehnt: «Brentano. Eine Phantasie» (SW Bd. 15 «Bedenkliche Geschichten», S. 78; entstanden um 1902); «Brentano (I)» (in «Aufsätze», SW Bd. 3, S. 97; zuerst erschienen 1910); «Brentano (II)» (SW Bd. 16 «Träumen», S. 236). Das vorliegende Stück reichte Walser zwischen Dezember 1925 und Februar 1926 an die «Prager Presse» ein; etwas später mahnte er den Redakteur schon: «Ich würde sehr schön finden, wenn Sie speziell für den ‹Brentano› Verwendung hätten.» Im Sommer 1926 erbittet er den «Beleg von diesem Seltsamling ‹Brentano› . . .»

S. 165 «Bettina gleicht mir»: Bettina von Arnim, die Schwester Clemens Brentanos.

S. 167 *Über eine Art von Duell:* Adolf Wilbrandt (1837-1911) war ein fruchtbarer, beliebter Dramatiker, Erzähler und Lyriker; zeitweilig auch Direktor des Wiener Burgtheaters; als Literarhistoriker mit Arbeiten u. a. über Kleist hervorgetreten.

S. 172 *Bildnis eines Dichters:* Das ungenannte Modell dieses Porträts dürfte Frank Wedekind (1864-1918) sein, mit dem Walser sowohl in München wie in Berlin zusammengekommen war.

S. 174 *Einiges über Maurus Jokai:* Der lange Zeit beliebte ungarische Romanschriftsteller lebte von 1825 bis 1904, am 19. Februar 1925 war sein hundertster Geburtstag. Entweder zu diesem Tag oder, angeregt durch andere Gedächtnisartikel, bald danach dürfte Walser seine Glosse geschrieben haben. – «Verfözzelt»: schweizerisch für zerfranst, zerrissen.

S. 182 *Walser über Walser:* «Geschwister Tanner», Walsers erster Roman, dem Erlebnisse seiner Zürcher Jahre zugrunde liegen, entstand Anfang 1906 in Berlin und erschien ein Jahr später bei Bruno Cassirer; «Der Gehülfe», als zweiter Roman 1908 veröffentlicht, enthält den genau-realistischen Bericht von Erlebnissen im Jahr 1903 während einer Anstellung bei einem Ingenieur. Bezeichnenderweise erwähnt Walser hier seinen dritten Roman «Jakob von Gunten» nicht, der am wenigsten direkt-autobiographischen Stoff enthält und den er selbst später Carl Seelig gegenüber als «etwas verwegen», aber auch als das ihm liebste seiner Bücher bezeichnete (Seelig, «Wanderungen mit Robert Walser», 1977, S. 15).

S. 184 *Vier kleine geschichtliche Bilder . . .:* Der Entwurf dieses erst am 11. April 1948 in der «Neuen Zürcher Zeitung» (vermutlich nach einem von Carl Seelig zur Verfügung gestellten Manuskript) abgedruckten Stücks stammt vermutlich aus dem Winter 1924/25.

S. 187 *Hodlers Buchenwald:* Ferdinand Hodler (1853-1918), schweizerischer Maler. – Oskar Bider (1891-1919), Pionier der schweizerischen Luftfahrt, bei einer Kunstflugvorführung tödlich verunglückt. Sein Denkmal in Bern findet sich auf der Kleinen Schanze unweit des Parlamentsgebäudes. – Spitteler: Carl Spitteler (1845-1924), Schweizer Dichter und Schriftsteller, dessen ambitioniertes, z. T. schwieriges Werk über einen engeren Kreis von Gebildeten kaum hinausdrang.

S. 195 *Fünfuhrtee:* Guys: Constantin G. (1802-1892), französischer Zeichner; seine Werke, die er – ein öffentlichkeitsscheuer, vagabundierender Außenseiter der Gesellschaft – meist verschleudert und verschenkt hatte, kamen nach seinem Tod zu hohem Ansehen.

S. 198 *Damenschuhe:* «Als Simon auf Schloß Rosenhof...»: eine Anspielung auf Walsers eigene Dienerrolle (vgl. Anmerkung zu «Jean», S. 214).

S. 201 *Die Mädchen:* In der von Carl Seelig herausgegebenen Auswahl «Unveröffentlichte Prosadichtungen» unter dem Titel «Flanierende Mädchen».

S. 203 *Wie sich etwa ein Gast benähme:* Etwa Ende August 1925 schreibt Robert Walser an Frieda Mermet «unter Beifügung eines ‹Züri-Zitig›-Artikels, wozu mir Leute, die am Thunersee ein Landhaus besitzen, ungefragt Modell gesessen und gestanden sind». Der Gastgeber war Pfarrer Ernst Hubacher, der darüber später im «Kleinen Bund» (Nr. 314, 8. Juli 1955) schrieb. In dem erwähnten Brief heißt es noch: «Inliegenden Ausschnitt vom Gast würde ich Sie ersuchen wollen, für so etwas wie eine persische Miniatur zu halten. Es ist so ein ganz klein wenig etwas Schwüles dabei, nur eben sehr geschickt gestickt und gemalt, d. h. aquarelliert und ausgedrückt.»

S. 207 *Das Bäumchen:* Im Mikrogramm-Entwurf ist dieses Prosastück – bei nahezu wörtlicher Übereinstimmung der Fassungen – ein Gedicht (wiedergegeben in «Aus dem Bleistiftgebiet», hg. von Bernhard Echte und Werner Morlang, Bd. 2, S. 504 f.). Es bezeichnet damit die Nähe zwischen Vers und Prosa in Walsers Berner Schaffen, bzw. die Möglichkeit von Übergängen zwischen den Gattungen.

S. 212 *Fidelio:* «Mit neunzehn Jahren fuhr ich...»: Ein kurzer Aufenthalt Walsers in Berlin Herbst 1897 ist sonst nur durch eine Ab- und Wiederanmeldung bei der Zürcher Einwohnerkontrolle belegt. (Ein Besuch um den Jahresanfang 1902, als Walser aber schon 23 Jahre alt war, ist auch aus Briefen bekannt.)

S. 213 «ein Bild von Fragonard»: Jean Honoré F. (1732-1806), Maler und Radierer des französischen Rokoko. Auf sein Bild «Der

Kuß» beziehen sich ebenso «Ein Bild von Fragonard» und «Der Kuß (III)» (SW Bd. 20 «Für die Katz», S. 40 und S. 144).

S. 213 *Schatten:* Bezieht sich auf «Peter Schlemihls wundersame Geschichte» von Adelbert von Chamisso (1814), deren Held dem Teufel seinen Schatten verkauft, aber darüber nicht das versprochene Glück findet, sondern zum gemiedenen Außenseiter wird.

S. 214 *Jean:* hier und im folgenden Stück *Adonis* sind Reflexe aus den Diener-Episoden in Walsers Biographie gegeben: noch vor der Anstellung auf dem oberschlesischen Schloß Dambrau Ende 1905 übte er, wie auch im Roman «Geschwister Tanner» beschrieben, zeitweilig einmal eine Art Dienertätigkeit im Haushalt einer vornehmen jüdischen Dame in Zürich aus.

S. 216 *Kasimirs Lebenslauf:* Der Text wurde in den früheren Gesamtausgaben, dem Typ des Manuskriptpapiers folgend, wesentlich später eingeordnet. Dieser Manuskriptbefund bleibt jedoch ziemlich unsicher, während der inzwischen identifizierte Mikrogramm-Entwurf eindeutig auf 1924/25 zu datieren ist (nach B. Echte und W. Morlang Okt.-Dez. 1924). Es ist immer noch möglich, daß Walser den Text erst 1926 oder noch später in Reinschrift ausarbeitete, als Ausnahme von der Regel der mehr oder weniger kurzfristigen Bearbeitung. (Der Abdruck erst am 6. 12. 1931 besagt wenig, da gerade bei der «Prager Presse» Walsers Manuskripte manchmal jahrelang auf ihr Erscheinen warteten.)

S. 225 *Balzac-Phantasie:* Die Erzählung «Das Mädchen mit den Goldaugen», die Balzac 1834/35 schrieb und die er Delacroix widmete, hat, aufs kürzeste zusammengefaßt, folgenden Inhalt: Ein vornehmer und überaus schöner junger Mann, der natürliche Sohn eines Lords, verliebt sich in ein Mädchen, das streng bewacht im Haus eines spanischen Granden lebt. Unter gefährlichen und geheimnisvollen Umständen gelangt er in seine Nähe, doch wird er der Liebe der Schönen nicht froh – trotz ihrer körperlichen Unschuld kann er sich nicht vom Verdacht befreien, für jemand anderen genommen zu werden. Der Verdacht wird zur schrecklichen, beleidigenden Gewißheit, als ihn die Geliebte einmal versehentlich mit dem Namen einer Frau anspricht. Seiner Rache kommt dann jene Frau, von einer Reise zurückkehrend, zuvor, indem sie die ihr untreu Gewordene tötet – über der noch blutenden Leiche des Mädchens mit den Goldaugen aber erkennen sich die beiden als Halbgeschwister von verblüffender Ähnlichkeit. – In der Chiffre «Mädchen mit Goldaugen», die bei Walser gelegentlich wiederkehrt (so auch im «Räuber»-Roman, auf die Geliebte Edith bezogen), ist also eine Anspielung auf Bisexualität und die Möglichkeit erotischer Dreiecksbeziehungen enthalten.

S. 231 *Brief eines Europäers:* Zweiter Absatz, dritte Zeile, «zog ich mich in die Zurückgezogenheit . . .»: das «mich» fehlt im Erstdruck. Das Anredefürwort wurde überall groß, statt wie im Erstdruck klein, geschrieben (d und D sind in Walsers Handschrift nicht zu unterscheiden).

S. 251 *Die Einzige:* Dieses kleine Prosastück schrieb Robert Walser für Eduard Korrodi, den Literaturredakteur der «Neuen Zürcher Zeitung» und einflußreichen Mentor der neueren schweizerischen Literatur, in ein Exemplar seiner «Gedichte», die 1919 bei Bruno Cassirer neu aufgelegt worden waren. Carl Seelig erhielt es später in Abschrift. Der nicht genauer zu datierende Text scheint in innerem Zusammenhang mit den vorangestellten Stücken (wie auch mit weiteren in der Sammlung «Die Rose») zu stehen und somit am ehesten den Jahren 1924/25 zuzugehören. (Die «Edith»-Episode, auf die so viele Prosastücke hinweisen, ist biographisch nicht aufgeklärt.)

S. 254 *Rodja:* 1924/25 finden sich verschiedene Anzeichen für eine intensive Dostojewski-Lektüre Walsers («Der Idiot von Dostojewski» in der Sammlung «Die Rose»; «Dostojewski-Glossen», am 25. Dezember 1925 in der «Prager Presse»; später auch in Briefen), deren Einfluß hier mindestens bei der Namensgebung spürbar ist: gemeint ist zweifellos der Rodion Raskolnikow in Dostojewskis «Schuld und Sühne».

S. 261 *Eine Geschichte:* In der von Carl Seelig herausgegebenen Auswahl «Unveröffentlichte Prosadichtungen» unter dem Titel «Vor der Verlobung».

S. 303 *Die Dame mit dem Brief:* Die Annahme des Manuskripts wurde vom Herausgeber der Zeitschrift «Orplid» am 3. 1. 1926 bestätigt.

S. 306 *Wir verlieren uns nicht so schnell:* Das unveröffentlichte Manuskript im Nachlaß ist mit der Adresse «Bern, Gerechtigkeitsgasse 29/III» signiert, die vom 1. April bis Ende August 1925 galt.

S. 327 *Der Mann aus dem Jura:* Der Text wurde in den früheren Gesamtausgaben wesentlich später eingeordnet, weil das von Walser unveröffentlicht nachgelassene Manuskript zu einem erst ab etwa 1928 anzutreffenden Typ zu gehören scheint. Sicherer ist jedoch die Datierung des inzwischen identifizierten Entwurfs, der sich übrigens z. T. auf demselben Blatt wie der zu «Wir verlieren uns nicht so schnell», S. 306, findet: nach B. Echte u. W. Morlang März/April 1925.

S. 340 *Drei Geschichten, nach Buchdeckeln erzählt . . .:* In den von B. Echte und W. Morlang aus den Mikrogrammen herausgegebenen Entwürfen erwähnt Walser die drei Buchumschläge ebenfalls an einer Stelle, und noch an zwei weiteren zitiert er den Titel «Unter der Peitsche der Polin» (vgl. «Aus dem Bleistiftgebiet», S. 46, S. 254 u. S. 419).

S. 345 *Theodor:* Die erste Erwähnung des Romans «Theodor» liegt wahrscheinlich in einem undatierten Brief Walsers an Frieda Mermet vor, der August oder September 1921 geschrieben wurde: er schreibe «une nouvelle raconte, une espèce d'un petit roman» (einige Briefe aus diesen Monaten sind scherzhafterweise in Französisch geschrieben). Am 8. März 1922 trug er im «Literarischen Klub» des «Lesezirkels Hottingen» in Zürich aus dem Manuskript vor. Im Bericht der «Neuen Zürcher Zeitung» über diesen Abend (Nr. 370, 20. März 1922) heißt es: «Der Held seines Romans – nennen wir ihn Theodor – legt ein schönes Buch aus der Hand und will nun ‹auch dem Schönen im Leben begegnen›. Das ist nun der still wirkende Zauber seiner Erlebnisse, daß sie alle irgendwie Anlässe zum Ausdruck einer lieblichen Bewegung der Gefühle werden. Man lernt durch diesen flanierenden Herrn Theodor einige Menschen kennen, freut sich der zierlichen Art, deren er sich im Umgang mit Frauen befleißt, und hat sein Vergnügen an den köstlichen Dialogen. Auch dieser Theodor ist ein Leberecht-Hühnchen; er versteht sich darauf, an den Vorteilen des Lebens sein holdes Genügen zu haben. Ist er einmal gut angezogen, so sagt er, es wundere ihn nicht, wenn er nächstens Banknoten geschenkt bekomme und zwar deshalb, weil er wie ein Mensch aussehe, der ein gefülltes Portemonnaie besitze. Es braucht nicht gesagt zu werden, daß Robert Walser seinem Helden alle guten Gaben seiner ironischen und doch so herzlichen Kunst mitgab.»

Zu dieser Zeit war der Roman offenbar abgeschlossen, denn Ende März teilte Walser schon dem Schweizerischen Schriftstellerverein mit, der Rhein Verlag habe ihn abgelehnt, und bat um Vermittlung des Manuskripts an einen anderen Verlag. Im Sommer 1922 verhandelte er dann mit Grethlein & Co. – ergebnislos, weil der Verlag in seinem Programm keinen rechten Platz für dieses Werk sah und jedenfalls die gleichzeitige Übernahme der Rechte an Walsers drei frühen, bei Bruno Cassirer in Berlin erschienenen Romanen zur Bedingung machte. Walser seinerseits mochte offenbar in dieser Frage nicht an seinen alten Freund und Gönner Cassirer herantreten (das fragmentarische Konzept eines Briefes an ihn ist allerdings erhalten) und stellte zunächst einmal eine Honorarforderung in Höhe von Fr. 3000,–, die wiederum der Grethlein Verlag ablehnte. Der Schriftstellerverein, der den Roman inzwischen aus seiner Werkbeleihungskasse mit Fr. 1500,– bevorschußte, versuchte 1923 nochmals vergeblich zu vermitteln – Walser beharrte in seiner Haltung, verhielt sich dem wirklich um ihn bemühten Verlag gegenüber, durch allzu tüchtiges Gebaren und Verfahren irritiert, ausgesprochen unfreundlich. Anfang 1928 schrieb er dem Schriftstellerverein, der Roman liege seit vier Jahren beim Rowohlt Verlag in Berlin, der seither nichts mehr von sich habe hören lassen (Rowohlt hatte aber 1925 Walsers letzte Prosasammlung «Die Rose» veröffentlicht). Er blieb seitdem verschollen. In einem Brief vom 17. Mai 1927 an Otto Pick von der «Prager Presse» heißt es beiläufig: «Ich schrieb vor ein paar Jahren einen mangelhaften Roman, den eine in Zürich etablierte Schweizerische Schriftstellervereinigung mit einer ganz hübschen Geldsumme belehnte . . .», nicht unbedingt ein Beweis einer nun tatsächlich kritischen Einstellung, aber jedenfalls eines geschwundenen Interesses auf seiten Walsers gegenüber diesem Roman.

Die im Dezember 1923 in «Wissen und Leben» veröffentlichten Auszüge sind das einzige, was sich von ihm erhalten hat. Sie erschienen mit dem Untertitel «Aus einem kleinen Roman» und folgendem Vorspruch der Redaktion: «Robert Walser hat die Freundlichkeit, einige Abschnitte aus einem noch unveröffentlichten Roman ‹Theodor› auf unsere Bitte hin uns zum Vorabdruck zu überlassen. Herr Theodor, ein liebenswürdiger Phantast, ist energisch entschlossen, etwas zu erleben; muß er doch – der Verleger will es so – in einem Tagebuch allerlei Erstrebtes und Erlebtes kunstvoll niederlegen. Er wird vorerst Sekretär in einem Kunstsalon, bürgerlich also gefestigt unternimmt er ein halsbrecherisches Abenteuer. Die beiden Episoden sind folgendermaßen dargestellt:»

Diese Episoden lassen erkennen, daß der Roman wenigstens zum Teil wieder einen autobiographischen Hintergrund hatte: Walsers vorübergehende Sekretärstellung bei dem Kunsthändler und damaligen geschäftsführenden Direktor der Berliner Sezession Paul Cassirer, 1906 oder 1907 (vgl. das Prosastück «Der Sekretär» in SW Bd. 16 «Träumen», S. 272), dazu vermutlich weitere wirkliche Erlebnisse seiner Berliner Jahre 1906-1912. Andererseits ist in der Figur Steiners und dem Verhältnis Theodors zu seiner Frau und ihm ein biographisch bisher nicht belegbares Element gegeben, das schon in der Erzählung «Simon» (in der Sammlung «Geschichten»; vor 1903 entstanden) angedeutet ist. Der «arme, schwarze Teufel Aggapaia» tritt als exzentrischer, verrückter Gelehrter Agappaia in «Geschwister Tanner» wieder auf, und in einem zweiten, nicht erhaltenen Roman (vor «Der Gehülfe») «geht der Held wirklich nach Asien, indem er sich einem tollen Gelehrten, ‹dem Teufel im Sommermantel›, als Gehilfen anschließt. Eine wissenschaftliche Expedition!» (Brief an Christian Morgenstern vom Oktober 1906.)

Andeutungen über den weiteren Inhalt des Romans sind schließlich einem empfehlenden Lektoratsgutachten der Schriftstellerin Lisa Wenger zu entnehmen, das dem Schweizerischen Schriftstellerverein vorlag. Dort heißt es unter anderem, nach Sätzen, die den Inhalt der erhaltenen, hier wiedergegebenen Passagen umschreiben: «Entzückend ist die Schilderung des Eremiten und tief durchdacht und empfunden seine Umgebung, der Wald, die Tiere, sein Innerstes, seine Beweggründe, warum er Eremit wurde. Sehr fein und seltsam ist das junge Mädchen gezeichnet, das Theodor seine Liebe anbietet und ihm sagt, daß sie nach Mann und Kind verlange. Man tut das nicht. Hat man aber die Szene gelesen, so bedauert man, daß man es nicht tut. – Alle seine Personen tragen irgendein Kleid der Freude, der Anmut, der Poesie, der Achtung. Sie sind nie banal. Vieles ist noch ungeschickt. Vieles ein wenig mager. Aber es ist sicher anzunehmen, daß der Verfasser noch viel zu sagen hat, und es wäre schön, ihm dazu zu helfen, daß er es sagen kann.»

S. 391 *Szene aus dem Leben des Malers Karl Stauffer-Bern:* Karl Stauffer wurde 1857 als Sohn eines bernischen Landpfarrers geboren, der zu schweren Depressionen neigte und längere Zeiten in Heilanstalten verbrachte. Er war ein schwieriges, unausgeglichenes Kind, verließ früh das Gymnasium, brach eine künstlerische Malausbildung in Bern wie eine handwerkliche Lehre in München ab, bildete sich aber selbst weiter und besuchte schließlich in München Kunstschule und Akademie. 1880 ging er für sieben Jahre nach Berlin. Seine erste Ausstellung erbrachte ihm frühen Ruhm und großen Erfolg, er erhielt viele Porträtaufträge und genoß, halb Naturbursche, halb Großstadtmensch, sein Lebensglück in vollen Zügen. 1886 besuchte er einen früheren Schulfreund in Zürich, Dr. Emil Welti, und lernte dessen Frau kennen: die reich begüterte, spätgeborene Tochter des Zürcher Industriellen und führenden Stadtpolitikers Alfred Escher, eine ebenso schöne wie exzentrische, geistvolle wie stolze Frau. Von beiden erhielt Stauffer ein mehrjähriges Stipendium ausgesetzt, das ihm Aufenthalte in Italien ermöglichte; er arbeitete dort bis zur nervlichen Erschöpfung, ohne doch eine künstlerische Krise, die sich schon vorher anzeigte, überwinden zu können. In den gleichen Jahren verstärkte sich die Bindung zwischen ihm und seiner kunstliebenden Gönnerin durch eine intensive Korrespondenz und weitere Besuche. Im Herbst 1889 nach Zürich gerufen, weil Lydias Mann unter dem Einfluß äußerer Umstände melancholisch geworden war, leitete er zunächst eine Umgestaltung des großen Parks ein, der zu ihrem Besitztum Belvoir gehörte, überredete die Freunde dann aber zum Verkauf und zur gemeinsamen Übersiedlung nach Italien. Stauffer entwarf phantastische Pläne, an denen zum Teil auch sein naher Freund aus den Berliner Jahren, Max Klinger, teilnahm (u. a. für einen Tempelbau), die aber, wie sein übriges Verhalten, zunehmend Anzeichen von Wahn enthielten. Schließlich fliehen Lydia und er überstürzt nach Rom, sie will sich von ihrem Mann trennen. Auf dessen Betreiben wird Stauffer verhaftet. Wochenlang wird er in italienischen Gefängnissen, dann in einer Heilanstalt festgehalten. Sein Bruder bringt ihn nach Biel, wo seine Familie jetzt lebt. In Bern begeht Stauffer im selben Jahr 1890 einen ersten Selbstmordversuch. Im Herbst fährt er nochmals nach Italien, um bei Adolf Hildebrand bildhauerisch zu arbeiten. Aber seit dem Skandal ist er gesellschaftlich verurteilt und kann auch keine Aufträge mehr erhalten. Am 24. Januar 1891 stirbt er, 33jährig, an einer zu starken Dosis eines Beruhigungsmittels. Am Ende des gleichen Jahres schied auch die Frau seines Freundes aus dem Leben – sie hatte den Kontakt mit Stauffer ganz abgebrochen; nach jenem Skandal in Rom hatten Ärzte auch bei ihr Geisteskrankheit feststellen wollen. – Robert Walser geht außer in diesem Dialog noch mindestens zweimal in seinem Werk auf Karl Stauffer-Bern und seine tragische Lebensgeschichte ein: in einem nachgelassenen Prosastück ohne Titel (IV) (in SW Bd. 20 «Für die Katz», S. 242) und in einer Anspielung in dem Stück «Zückerchen» in «Die Rose» (SW Bd. 8, S. 80). Vermutlich ist auch der Prosastückentwurf «Unter anderem malte er auch seine Frau Mama» («Aus dem Bleistiftgebiet», hg. v. B. Echte u. W. Morlang, Bd. 1, S. 293) auf ihn zu beziehen. Walser hatte zweifellos schon als Kind von diesem

Drama gehört, das weithin Aufsehen verursachte, kannte sicher auch Stauffers Familie zumindest vom Ansehen, da er ja in Biel aufwuchs. Später können ihm gewisse Parallelen zwischen seinem eigenen Leben und dem Stauffers (zum Beispiel bestimmte Umstände der Jugend oder die Berliner Periode) nicht unbewußt geblieben sein. Wahrscheinlich kannte er auch Otto Brahms Buch «Karl Stauffer-Bern» (1892), mit Briefen des Malers an seine Freundin.

S. 395 *Eine Erzählung von Voltaire:* Walser variiert hier eine Episode aus Voltaires «Jeannot et Colin».

S. 399 *Eine Aufzeichnung von Stendhal:* Schon vierzehn Jahre früher hatte Walser der hier glossierten Geschichte ein Prosastück gewidmet: «Aus Stendhal», in der Sammlung «Aufsätze»; sie findet sich in Stendhals «De l'amour».

S. 402 *Eine Novelle von Guy de Maupassant:* Die Novelle, auf die Walser anspielt, hat den Titel «Fou?» und ist der Bericht eines krankhaft eifersüchtigen Mannes, der das Pferd seiner Frau und dann sie selbst erschossen hat, weil er sich betrogen fühlte.

S. 408 *Eine Gottfried-Keller-Gestalt:* Ein Reinschrift-Manuskript dieses Prosastücks befindet sich in Prag bei den der «Prager Presse» eingereichten Manuskripten, der Abdruck wurde in dieser Zeitung aber nicht aufgefunden (der im Nachlaß erhaltene Beleg zeigt auch ein etwas abweichendes Druckbild). – Der Mikrogramm-Entwurf, in dem es eine von mehreren Keller-Glossen darstellt, stammt vermutlich erst aus dem Jahr 1926. – Inhaltlich entspricht es Kellers Novelle «Pankraz der Schmoller».

S. 410 *Dostojewski-Glossen:* Der erste Text bezieht sich offenbar auf einen kurzen Abschnitt in Dostojewskis «Tagebuch eines Schriftstellers» von 1876 (in der Übertragung von E. K. Rahsin «Der Knabe mit dem Händchen» überschrieben); der zweite geht auf die Erzählung «Weihnacht und Hochzeit» von 1848 zurück. – Zu Walsers Dostojewski-Rezeption vgl. Michel Cadot, Une lecture créatrice de Dostoevskij: le cas du romancier suisse Robert Walser, in: Revue de Littérature Comparée, 3/4, 1981.

S. 412 *Table d'Hôte:* Der Entwurf des Textes stammt erst aus dem Jahr 1926.

S. 414 *Zwei Männer reden:* Der Entwurf des Textes stammt erst aus dem Jahr 1926.

S. 420 *Erziehung des Apachen:* Der Entwurf des Textes stammt erst aus dem Jahr 1926.

S. 422 *Der Wanderer:* Im Mikrogramm-Entwurf mit dem folgenden Stück *Lohengrin* zusammenhängend. – Robert Walser hatte einen Vetter mütterlicherseits, der ein Tuchgeschäft in Burgdorf führte und den er von Bern aus vermutlich das eine oder andere Mal, ganz sicher aber in dieser Zeit einmal auf einer Fußwanderung besuchte.

S. 429 *Ferienreise:* Der Entwurf des Textes stammt erst aus dem Jahr 1926.

S. 438 *Der Herbst:* Der vorgestellte Schauplatz ist, wie am dritten Absatz zu erkennen, Bellelay im Berner Jura, das «Einfamilienhaus» die frühere Schmiede, die zur Zeit der Besuche Robert Walsers das Schulzimmer und Lisa Walsers kleine Wohnung enthielt. – Der zweite Absatz («Der Städter mustert eine ländliche Bibliothek») und die Schlußsätze des Abschnittes «Derselbe in einer neuen Situation», ab «. . . und ist eine Seele ruhig . . .», wurden nach dem in Prag erhaltenen Manuskript wiedereingefügt; die «Prager Presse» hatte sie beim Abdruck ausgelassen. – Der Entwurf des Textes stammt erst aus dem Jahr 1926.

S. 441 Lafcadio Hearn: (1850-1904), Sohn eines Iren und einer Griechin, lebte seit 1869 als Journalist und Übersetzer in den USA und seit 1890 in Japan, u. a. als Lehrer und Dozent. Seine Bücher über die japanische Kultur und das japanische Leben waren von bedeutender Wirkung. Ein eigentliches «Tagebuch» hinterließ er nicht, vermutlich bezieht sich Walser auf einen Band der Aufzeichnungen aus Japan (z. B. «Out of the East», 1895).

S. 442 «Nicht umsonst hielt sich mein Vater . . .»: Der Vater Robert Walsers, Adolf Walser, hatte sich als junger Buchbinder mehrere Jahre in Paris aufgehalten.

S. 448 *Gespräch in einem Landhaus:* Das Stück enthält mindestens zwei autobiographische Anspielungen: Außersihl ist ein Stadtteil Zürichs, in dem Walser als junger Commis und angehender Dichter einmal einige Zeit gewohnt hatte. In der

«Sofaprinzessin» ist Fega Frisch zu erkennen, die Russisch-Übersetzerin und Frau des Kritikers und Schriftstellers Efraim Frisch, der zu Walsers Berliner Zeit Dramaturg bei Reinhardt war. – «Ich las ... einstmals Maeterlinck»: Maurice Maeterlinck (1862-1949), belgischer Schriftsteller, Dichter und Essayist des Symbolismus. «Der Eindringling» (1890, dt. 1892) gehört zu seinen dramatischen Frühwerken – ein Stück, in dem aus eigentlich alltäglichen Dialogen eine Atmosphäre beklemmender, ungreifbarer Angst erwächst, eine Erwartung des Schreckens.

S. 451 *Der Kinderfreund:* Vermutlich Ende Januar 1926 erwähnt Walser in einem undatierten Brief an Frieda Mermet: «Ich habe hier in der Elfenau eine Gruppe von ganz kleinen Freundinnen, es sind Proletarierkinder ...» Wenig später heißt es im gleichen Brief: «Im Mittelalter gab es einen Rattenfänger von Hameln, dessen legendäre Figur vielleicht mit dem berühmten Kinderkreuzzug in eine Beziehung zu setzen sein könnte. Damals zogen bei 15 000 Kinder nach Palästina und wurden alle vernichtet, und als der Papst die Trauerkunde vernahm, soll er sich wahrhaft dramatisch gebärdet haben ...» (Auf den Kinderkreuzzug bezieht sich also auch die Anspielung am Anfang des Prosastücks.) Am 22. 4. 1926 berichtet Walser der Freundin dann, wie ihm seine Freundschaft mit den Kindern Verdruß einbrachte, wie sein Verhältnis zu einem bestimmten Kind sich trübte und die Mutter ihm einen Beschwerdebrief schrieb. Diese Briefstellen deuten auf eine Entstehung des Textes erst Anfang oder Frühjahr 1926.

S. 455 *Mutter und Erzieher:* Die Einordnung dieses Brief-Dialogs unter die Stücke der szenischen Gattung erfolgte hier wegen des inhaltlichen Zusammenhangs mit dem vorhergehenden Text (vgl. die vorige Anmerkung).

S. 457 *Der schwarze Peter:* Walsers Besuche bei Pfarrer Ernst Hubacher und seiner Familie könnten im Hintergrund dieses Prosastücks stehen.

S. 477 *Vier Personen:* Der Entwurf des Textes stammt erst aus dem Jahr 1926.

S. 479 *Ein ganz klein wenig Watteau:* Antoine Watteau (1684-1731), der französische Maler, hat mit seinen Sittenbildern und Commedia del'arte-Szenen Walser auch zu einem späteren Prosastück inspiriert: «Watteau», SW Bd. 20, S. 245. Vgl. auch «Der Saubub», SW Bd. 19, S. 185. – Der Entwurf des Textes stammt erst aus dem Jahr 1926.

ZEITTAFEL

1878 Robert Otto Walser am 15. April in Biel geboren.

1884-1892 Besuch der dortigen Volksschule und des Progymnasiums.

1892-1895 Lehre bei der Bernischen Kantonalbank in Biel.

1894 22. Oktober: Tod der Mutter.

1895 April bis August in Basel, anschließend für ein Jahr in Stuttgart, wo damals auch sein Bruder Karl lebte. Vergebliche Versuche, Schauspieler zu werden.

1896 Rückkehr in die Schweiz. Anmeldung am 30. September in Zürich, wo er, abgesehen von kürzeren anderweitigen Aufenthalten, in den folgenden zehn Jahren lebt. 1. Oktober bis 20. November 1897 Hilfsbuchhalter bei der Allg. Versicherungs-A.G. «Schweiz».

1897 Ende November: Reise nach Berlin.

1898 8. Mai: Erste Veröffentlichung (eine Auswahl Gedichte) durch Josef Viktor Widmann im «Sonntagsblatt des Bund» in Bern. Hierdurch Bekanntschaft mit Franz Blei.

1899 Frühjahr in Thun.
Mai bis Mitte Oktober vermutlich erster, nicht belegter Aufenthalt in München, wo ihn Franz Blei in den Dichter- und Künstlerkreis der Zeitschrift «Die Insel» eingeführt haben dürfte.

1900 Oktober 1899 bis April 1900 in Solothurn.

1901 September in München. Wanderung nach Würzburg, wo er Max Dauthendey besucht.

1902 Januar in Berlin, Februar bis April bei seiner Schwester Lisa in Täuffelen am Bielersee, anschließend wieder in Zürich.

1903 März in Winterthur, 15. Mai bis 30. Juni Rekrutenschule in Bern, Ende Juli bis Dezember «Gehülfe» des Ingenieurs Dubler in Wädenswil am Zürichsee.

1904 Ab Januar wieder in Zürich, Angestellter der Zürcher Kantonalbank. November erster Militär-Wiederholungskurs in Bern. Ende November erscheint im Insel-Verlag Leipzig sein erstes Buch «Fritz Kochers Aufsätze».

1905 Im März Übersiedlung nach Berlin, wohnt bei seinem Bruder Karl. Juni kurzer Aufenthalt in Zürich. Oktober bis Ende 1905 Diener auf Schloß Dambrau in Oberschlesien.

1906 Anfang Januar Rückkehr nach Berlin. Niederschrift des Romans «Geschwister Tanner» (erscheint im Frühjahr 1907 bei Bruno Cassirer). Kurzzeitig Sekretär des Kunsthändlers, Verlegers und Geschäftsführers der Berliner Sezession Paul Cassirer (ev. auch erst im folgenden Jahr). Sommer/Herbst Niederschrift eines zweiten, nicht erhaltenen Romans.

1907 Januar: Weitere Roman-Pläne, von deren Ausführung nichts überliefert ist. Juni/Juli: Abschluß des Manuskripts «Der Gehülfe» (erscheint im Frühling 1908 bei Bruno Cassirer). Bezug einer eigenen Wohnung in Berlin-Charlottenburg, Wilmersdorfer Str. 141.

1908 Entstehung des Romans «Jakob von Gunten» (erscheint im Frühling 1909 bei Bruno Cassirer). Juni/Juli: Ballonfahrt von Berlin nach Königsberg mit Paul Cassirer.

1909 Bibliophile Ausgabe der «Gedichte» mit Radierungen von Karl Walser bei Bruno Cassirer.

Aus der Zeit von 1909 bis November 1912 sind nicht nur keine Briefe erhalten, sondern es fehlen auch sonstige Belege für seine damaligen Lebensumstände.

1912 November: Wohnt in einer eigenen Wohnung oder einem Zimmer in Charlottenburg, Spandauerberg 1. Vorbereitung der Prosabände «Aufsätze» (erscheint im Frühling 1913 bei Kurt Wolff in Leipzig) und «Geschichten» (erscheint 1914 ebenfalls bei Kurt Wolff).

1913 März: Rückkehr in die Schweiz. Wohnt zunächst bei seiner Schwester Lisa in Bellelay, dann kurz bei seinem Vater im Hause Akeret in Biel. Bezieht im Juli eine Mansarde im Hotel Blaues Kreuz in Biel, wo er während der nächsten sieben Jahre bleiben wird. Beginn der Freundschaft mit Frieda Mermet.

1914 9. Februar: Tod des Vaters.

Frühling: Vorbereitung des Prosabandes «Kleine Dichtungen», für den Walser im Sommer einen Preis des

«Frauenbundes zur Ehrung rheinländischer Dichter» erhält. Die erste Auflage, «hergestellt für den Frauenbund . . .», wird im Herbst 1914 gedruckt, die zweite erscheint 1915 bei Kurt Wolff in Leipzig.

Kriegsausbruch. 5. August bis 4. September: (1.) Militärdienst in Erlach; 21. September bis 13. Oktober: (2.) Militärdienst in St. Maurice.

1915 Anfang Januar: Kurze Reise nach Leipzig und Berlin.

25. Januar: Gebrüder-Walser-Abend des Lesezirkels Hottingen in Zürich.

6. April bis 13. Mai: (3.) Militärdienst in Cudrefin (Jura); 6. Oktober bis 3. Dezember: (4.) Militärdienst in Wisen.

1916 Sommer: Anfragen der Verlage Huber und Rascher wegen eventueller Veröffentlichungen. September: Manuskript «Der Spaziergang» abgeschlossen (erscheint April 1917 bei Huber & Co. in Frauenfeld). Oktober: Zusammenstellung des Bandes «Prosastücke» (erscheint Ende November 1916 mit Druckvermerk «1917» bei Rascher in Zürich).

17. November: Tod des Bruders Ernst in der Heilanstalt Waldau bei Bern.

1917 Frühjahr: Zusammenstellung der Sammlungen «Kleine Prosa» (erscheint im April bei A. Francke in Bern) und «Studien und Novellen» (in dieser Form nicht erschienen). Mai: Abschluß des Manuskripts «Poetenleben» (erscheint November 1917 mit Druckvermerk «1918» bei Huber & Co. in Frauenfeld).

16. Juli bis 8. September: (5.) Militärdienst im Tessin.

1918 Januar: Abschluß des Manuskripts «Seeland» (erscheint mit Druckvermerk «1919» erst 1920 bei Rascher in Zürich). 18. Februar bis 16. März: (6.) Militärdienst in Courroux. Mai: Abschluß des Manuskripts für den nicht erschienenen Prosaband «Kammermusik».

Winter: Arbeit an dem Roman «Tobold».

1919 März: Fertigstellung des Manuskripts «Tobold».

Eine zweite Auflage der «Gedichte» und der Band «Komödie» erscheinen bei Bruno Cassirer in Berlin.

1. Mai: Tod des Bruders Hermann.

November/Dezember: Zusammenstellung einer kleinen, nicht erschienenen Prosasammlung «Mäuschen» (vermutlich identisch mit der in der gleichen Zeit brieflich erwähnten, ebenfalls nicht erschienenen Sammlung «Liebe kleine Schwalbe»).

1920 8. November: Leseabend im Kleinen Tonhallensaal in Zürich.

1921 Januar: Übersiedlung nach Bern. Während einiger Monate zweiter Bibliothekar des Berner Staatsarchivs.

Arbeit am Roman «Theodor», der im November abgeschlossen wird.

1922 8. März: Vorlesung aus dem Roman «Theodor» im Lesezirkel Hottingen in Zürich, anschließend für acht Tage Gast beim Maler Ernst Morgenthaler in Wollishofen.

Anfang der zwanziger Jahre erhielt Robert Walser aus zwei Erbschaften (des Bruders Hermann und des Onkels Friedrich Walser) insgesamt 15 Tsd. Franken.

1923 Juni: Spitalaufenthalt wegen Ischias.

Herbst: Wanderung nach Genf.

1924 22. Juli: Austritt aus dem Schweizerischen Schriftstellerverein.

1925 Februar: das letzte Buch, «Die Rose», erscheint bei E. Rowohlt in Berlin.

Frühjahr: Arbeit an den «Felix»-Szenen.

Zusammenstellung eines nicht erschienenen Prosabandes und Arbeit am «Räuber»-Roman.

Anfang September: Ferienaufenthalt mit Frau Mermet in Murten.

Oktober: Beginn der Korrespondenz mit Therese Breitbach.

1928 15. April: 50. Geburtstag des Dichters.

1929 25. Januar: Eintritt in die Heilanstalt Waldau, Bern. Nach einer Pause von vermutlich einigen Monaten Wiederaufnahme der Korrespondenz mit Redaktionen und Fortsetzung der literarischen Arbeit (bis 1933).

1933 Juni: Verbringung nach Herisau, in die dortige Heil- und Pflegeanstalt seines Heimatkantons Appenzell-Außer-

rhoden, wo er bis zum Lebensende bleibt. Keine schriftstellerische Arbeit mehr.
Neuauflage der «Geschwister Tanner» bei Rascher in Zürich.
1936 Carl Seelig besucht erstmals den Dichter in Herisau. Beginn gemeinsamer Wanderungen und Gespräche.
Neuausgabe «Der Gehülfe» im Verlag der Bücherfreunde, St. Gallen.
1937 Auswahl «Große kleine Welt», herausgegeben von Carl Seelig.
1943 28. September: Tod des Bruders Karl.
1944 7. Januar: Tod der Schwester Lisa.
Carl Seelig übernimmt die Vormundschaft. Von ihm besorgte Auswahlbände und Neuausgaben: «Vom Glück des Unglücks und der Armut», «Stille Freuden», «Der Spaziergang» und «Gedichte».
1947 Auswahl «Dichterbildnisse» und die erste Biographie des Dichters: Otto Zinniker, «Robert Walser der Poet».
1950 Neuausgabe «Jakob von Gunten».
1953 Beginn der von Carl Seelig herausgegebenen «Dichtungen in Prosa».
1956 Tod Robert Walsers am Weihnachtstag (25. Dezember) auf einem einsamen Spaziergang.

INHALT

NEUESTE NACHRICHT

VARIETÉ

STUDIE

DAS ALPHABET

EINE GESCHICHTE

AUS EINEM KLEINEN ROMAN

KLEINES THEATER DES LEBENS

Robert Walser
Sämtliche Werke in Einzelbänden

Verzeichnis
der suhrkamp taschenbücher
Eine Auswahl

2/1/6.84

2/2/6.84

2/3/6.84

2/4/6.84

2/5/6.84

2/6/6.84